LA DAMA
JUNTO AL RÍO
CASTIGOS INMORTALES 1

XOCHITL GUERRERO BANDA

Copyright © 2024 Xochitl Guerrero Banda
Todos los derechos reservados.

Quedan rigurosamente prohibidas, bajo las sanciones establecidas por ley, la reproducción total o parcial de esta obra por cualquier medio o procedimiento, comprendidos la reprografía y el tratamiento informático, y la distribución de ejemplares de ella mediante alquiler o préstamo públicos.

Coordinación editorial: Lucía Colella.
Corrección de ortografía: Tinta Dragón, a cargo de de Lucía Colella.
Diseño y realización de cubierta: Tinta Dragón, cargo de de Lucía Colella.
Maquetación: Tinta Dragón, a cargo de Lucía Colella.
Ilustración de mapa: Tinta Dragón, a cargo de Andrea Henriquez.

A todos los que ahora ya no están conmigo, su partida me dolió y en ese dolor encontré inspiración. Abuelito Julián, abuelita Pepa, tía Flor, sé que si los dioses se los llevaron de nuestro lado fue para reencontrarnos en otra vida, hasta entonces los llevaré en mi corazón.

PRÓLOGO

Cuando la atraparon inmediatamente la condenaron. No había justificación válida para sus acciones y ella no negó ser la responsable de causar tanto dolor.

Solo existía silencio en su cabeza mientras era arrastrada hacia su destino, a enfrentar las consecuencias de su egoísmo.

Una voz, que le pareció más celestial que mundana, le habló con firmeza:

—¿Tiene algunas últimas palabras?

—No hay arrepentimiento que pueda pesar en mi cabeza.

Caminó orgullosa, como alguien que no tiene nada más que perder. Incluso se atrevió a sonreír, porque ya no debería arrodillarse, ni suplicar o alabar a nadie.

No pudo escuchar una respuesta, la cuerda apretó con fuerza. Igual de obstinada que antes, se negó a mostrar el dolor en su rostro, a gritar, a moverse. Simplemente lo resistió. La última burla, la última muestra que le daba al mundo de que no le temía a la muerte.

Su visión se nubló, antes de fluir como humo y ser llevada por el viento, antes de encontrarse frente a un abismo de vida y de muerte. Esa voz resonó de nuevo, como si la persiguiera o no quisiera abandonarla. Celestial y femenina. Poderosa y grave. Fuerte como un rayo.

—No es el final. Tu castigo apenas comienza —le replicó con furia—. Serás la destrucción de tu destino. En cada encuentro, tu vida será el precio de la suya.

Antes de arrastrarse al precipicio y dejar que su cuerpo flotara dentro de la oscuridad, tuvo la osadía de responder, con el último de sus esfuerzos.

—Ni siquiera la muerte tiene poder sobre mí.

Y al apagarse esa estrella, otra se encendió, como una vida que es robada para otra vida.

LA DAMA
JUNTO AL RÍO

Ni luchar contra la corriente.
Ni huir de las olas.
La única salvación es hundirse.

CAPÍTULO 1: SOSPECHOSO

Mientras más me dedicaba a ese trabajo, más humanidad perdía. Era una suerte que yo no fuera completamente humana o no quedaría nada de mí para el final. Estaba desesperada por salir de ese lugar. Mareada y confundida, no dejaba de preguntarme si había dormido demasiado o solo estaba completamente ebria.

Un solo trueno se escuchó esa noche, opacando el sonido del disparo. No di en el blanco, pero sí obtuve el resultado que deseaba. El sujeto frente a mí dejó de atacarme y retrocedió. Levantó ambas manos enseguida, al tiempo que yo me maldije por haberme precipitado. El tipo llevaba casco igual que yo y el rostro cubierto. Intenté ver más antes de que la linterna en su mano derecha apuntara en mi dirección, cegándome un poco y evitando que pudiera distinguir algo.

—Es sospechoso. —Su voz, grave y certera, hizo algo de eco en el lugar. Yo luchaba por no cerrar demasiado los ojos y perderlo de vista.

—¿Qué es sospechoso? —gruñí en respuesta, sosteniendo mi arma en alto, justo entre los dos, obligándolo a mantener su distancia, con la promesa de que el siguiente disparo sería directo a su cabeza. Apreté los dientes, molesta por lo relajado que se veía.

Cuando levantó la barbilla para verme a la cara, el reflejo del metal brilló alrededor de su cuello.

—Que en esta trágica escena somos los únicos testigos. —Apuntó con la cabeza a la ventana, que era enorme, un hueco desde el suelo hasta el techo—. Se pensaría que uno de los dos es el culpable.

Porque a través de esa ventana se asomaba el desangrado cuerpo de una mujer. Era tan dramático como una escultura, colgaba desde la terraza del viejo edificio. Una cuerda sujetaba su cuerpo con fuerza, por el cuello, y le enredaba también los brazos sobre la cabeza. Había sido inmovilizada, probablemente antes de ser lanzada desde el techo. Lo más interesante en ella eran las marcas hechas con sangre en sus brazos y piernas. No tuve tiempo de ir a verificar la forma en que la habían atado antes de ser encontrada por este hombre que salió de la anda.

—Pienso lo mismo —confirmé con lentitud, intrigada por su presencia. Me pregunté si dos pisos era una distancia suficiente para arrojar a alguien y que quedara con vida, tal vez intentaría averiguarlo—. Qué linda reunión, sobre todo la vista. Lástima que tenga que irme.

O lo intentaría, ya que él se atravesó en mi camino. De cerca pude notar que no agachaba la cabeza por diversión. Lo hacía para ver la cámara que colgaba de mi cuello y caía frente a mi pecho. Me alejé inmediatamente, como protegiendo un valioso tesoro. Cuidé la distancia entre nosotros con mi arma, apuntándola nuevamente hacia su cabeza.

—Supongo que no piensas compartir tus hallazgos. —Chasqueó la lengua dos veces—. Qué egoísta. —Su voz se volvió sombría y el tono en que dijo la última palabra casi me hace estremecer.

—El cadáver sigue en su lugar, haz tus propios hallazgos. —Casi escupí las palabras, más bien parecía que deseaba deshacerse de la evidencia que recién había recolectado.

—Sin embargo, no debería dejar que te lleves esos... —Estuvo a punto de caminar hasta mí, antes de que el sonido lejano de las sirenas nos hiciera detener nuestra conversación. El hombre y yo nos miramos fijamente, el contacto visual se sintió pesado, una conexión intensa ante la situación. Me pregunté si su corazón había comenzado a latir al ritmo del mío. De algún modo lo sabíamos, debíamos salir de ahí sin ser vistos. Así que nuestra discusión sería pospuesta y yo me aseguraría de que fuera para siempre—. Supongo que es hora de irme. Pero no lo haré sin llevar esa cámara conmigo.

—Lástima que no pueda permitírtelo. —Alcé la pistola con la mira al techo para hacerle énfasis a mi amenaza.

—No dispararías con la policía tan cerca. —Un argumento astuto de su parte, pero no lo suficiente como para detenerme.

—Eso no está comprobado. —Comencé a caminar en su dirección, sin dejar de apuntar.

—De verdad necesito esas fotos. —De más cerca pude notar que ese brillo en su cuello de hecho era una cadena de oro, medio oculta entre su chaqueta.

El sujeto era más alto que yo, seguramente lo bastante fuerte como para vencerme si se atreviera a acercarse.

—No más que yo.

—Te pagaré por ellas... —Fue una súplica. Extraño en un asesino ser el que suplica.

—Alguien ya lo hizo. —Reí entre dientes, medio fascinada por su actitud tan... contradictoria. Era fácilmente más grande que yo y debía tener un arma consigo, de otra forma no me explicaba cómo había sometido a la víctima.

No pasaron ni cinco segundos, el hombre dejó de suplicar y comenzó a correr hacia la salida.

No dudé en seguirlo.

Dejarlo escapar sería mi perdición, lo necesitaba vivo o muerto. Bajé las escaleras, una tras otra en cada piso, precavida de no tocar nada en mi intento por alcanzarlo.

No dejes rastros, era una regla.

Que no te atrapen, era otra.

Y si te atrapan, date por muerta.

Si a ese hombre lo atrapaba la policía, culpable o no, y me mencionaba... me atraparían.

Necesitaba un buen ángulo para disparar. Antes de llegar a la planta baja dejé de correr y recargué el brazo sobre el barandal, ajustando la mira en su dirección. Lo tenía justo donde lo quería cuando otro disparo lo alertó e hizo que se ocultara entre las columnas del lugar.

—¡Dos contra uno es trampa! —gritó desde su escondite.

—¿Quién fue? —pregunté a las personas tras el comunicador en mi muñeca.

—Sigo lejos, las patrullas todavía no llegan al edificio. —Escuché la respuesta de mi compañero por el auricular.

—¿Mariel? —pregunté buscándola con la mirada, pero solo encontré escombros y columnas.

—Lo siento, lo tenía en la mira.

Me distraje lo suficiente como para permitirle huir, fue tarde cuando logré ver su cabeza cerca de la entrada al lugar.

—Voy por él. —Avancé por las escaleras y llegué al último piso sin bajar la guardia. Comencé a correr hasta salir del edificio.

Demonios. Lo había perdido. Por más que busqué en ambas direcciones una y otra vez, la calle se encontraba vacía. Prácticamente lancé una moneda mental para decidir la dirección en la que comenzaría a correr, Mariel llegó hasta mi antes de eso.

—Tú izquierda, yo derecha —dijo y pasó rápidamente a mi lado, decidida a alcanzarlo.

Fui calle arriba, la noche continuaba intensificándose tras el atardecer. Temerosa de encontrarme con algún civil, oculté el arma entre mi abrigo.

Poco recordaba de mi encuentro con el hombre, menos su vestimenta, simplemente buscaba cualquier persona cerca que midiera dos cabezas más que yo. Nada, ni un alma rondaba por este lugar, la colonia era bastante deplorable.

Ese hombre de alguna manera nos había atrapado y permitimos que escapara. Era tarde como para seguir buscando cuando el teléfono celular en mi bolsillo comenzó a sonar. Habia pasado el tiempo límite.

Número desconocido. Yo lo conocía demasiado bien, era el único que llamaba a ese teléfono.

—Tenemos la evidencia —me apresuré a decir al responder.

—Suena como si hubieras tenido un contratiempo. —El hombre tras la llamada sonaba serio, incluso cansado.

—Tendré el reporte listo mañana por la tarde. —Por el bien del equipo, necesitaba tiempo para cubrir algunos errores en ese papel.

La razón de su llamada era que estaba al tanto de la misión, alguien del equipo debió haberle notificado de inmediato.

—Bien, lo esperaré por escrito en mi oficina y espero que lo leas para mí. —Esa era su manera de molestarme, cuando tenía problemas me hacía trabajar de más—. ¿Vendrás a casa esta noche? —Su voz se suavizó por completo, era la señal de que ahora dejaba de ser mi jefe.

—Esta noche no puedo. —Me sentí incómoda al negarme.
—Entonces te veré en la oficina.

Colgó.

Respiré un poco en la oscuridad antes de continuar con el trabajo.

—Axel, ¿viste algo?

—No, ni siquiera lo vi salir, ¿nos retiramos? —Lo notaba en su voz, conocía la razón por la que no lo quería cerca. Era el culpable de haber perdido al objetivo. Pese a saber que este sería el resultado, no debíamos perderla de vista.

—No podemos irnos. —Mariel sonaba agitada—. Es nuestro único sospechoso, además de se dio cuenta de nuestra presencia.

Las luces llegaron a mí desde lo lejos y el sonido de las sirenas inundó el lugar por completo.

—Pero ya no podemos quedarnos. Axel, ve por el auto y llévate a Mariel, la policía no puede encontrarnos aquí. Los veo en el punto de reunión.

—De acuerdo —respondieron al unísono y desactivaron los comunicadores, una prevención en caso de ser rastreados.

Me aseguré de que nadie estuviera siguiéndome antes de entrar al lugar por la puerta trasera. Era un área de casilleros, bastante lúgubre como para pertenecer a una cafetería. Al fondo se encontraba una puerta, muy bien asegurada para mi gusto.

Dentro, Axel se cambiaba de playera en una esquina; intenté no ver demasiado. El lugar estaba lleno de más casilleros y no todos eran utilizados.

—Mariel se fue a casa, ya sabes... ¿tienes la cámara? —Me costó mucho correr con ella, temía que se dañara.

La busqué en la parte interior de mi abrigo, tomándome mi tiempo para examinarla antes de entregársela.

—Imprímelas y yo me encargaré del reporte. —Buscó mi mirada. Había cometido un error, ninguno de los dos lo olvidaría—. Yo me haré responsable de todo, ya vete.

Le di una palmada en el hombro. Pensé que diría algo antes de irse. Me equivoqué.

Caminé con pesadez hasta el casillero, el único conjunto de ropa que quedaba era un vestido celeste que me llegaba hasta las rodillas, de tela delgada y bastante sencillo en realidad, además de un suéter blanco. Ropa de mi compañera, sin duda alguna.

Tomé el arma y la guardé en la caja de hasta el fondo del lugar, con un par de rifles en su interior, resguardadas debajo de mil y un utensilios de cocina.

—No puedo creer que hayas trabajado hoy. —La voz de Amaris me sorprendió cuando salí del cuarto oculto—. Estaba por subir a dormir.

Una pequeña luz en el techo iluminaba el área. Mi amiga estaba junto a una escalera que guiaba al segundo piso.

—De verdad no estaba planeado. —Di unos pasos hasta ella, cerrando la puerta detrás de mí—. No esperaba verte aquí a esta hora.

—Lo bueno es que llegaste. Tengo algo para ti esperando en la cafetería. —Seguí a la alta mujer a través de una puerta más allá de la escalera y entonces entramos en su cafetería. Un lugar cómodo en el que pasaba la mayoría de mis tardes.

Encendió una luz y caminó hacia la parte de atrás del mostrador para abrir un cajón bajo llave.

Recorrí el lugar con la mirada, las sillas estaban sobre las mesas y las cortinas de hierro cubrían los dos ventanales, cada uno a un lado de la puerta principal. El lugar era hermoso por las tardes, cuando se podía observar el atardecer y sus cálidos colores se reflejaban en los cristales.

Se acercó a mí y tendió el teléfono celular mientras hacía un puchero.

—Estaba preocupada porque no respondías mis mensajes y cuando fui a buscar otro delantal lo escuché sobre tu casillero. —Se cruzó de brazos en cuanto lo tomé y lo metí en mi bolso—. Sé que no es al que tu novio te llama, pero es más moderno que el otro. Llévalo contigo, es importante.

—Lo es, tienes razón. Es importante porque tiene tu número. —Soltó una risilla ante mi coqueteo.

—¿Quieres tomar algo arriba? Hoy cerré temprano así que estoy muy aburrida. —Había tristeza en ese redondo rostro.

—Me encantaría, pero solo vine a dejar las cosas.

—Trabajo, trabajo, trabajo. Ustedes, chicas, son horribles. —Parloteó—. Entonces llévate mi paraguas. Lo vas a necesitar. —Eso último fue repentino, dicho con esa forma suya de decretar las cosas.

—El pronóstico del clima no dice nada sobre lluvia esta semana —dije pensativa—. Supongo que vas bien con lo de la adivinación. —No le gustaba usarla, quería deslindarse de eso, de su magia. Pero ya que no podía abandonarla, practicaba para controlarla.

—Aunque no quisiera, necesito usarla para algo. Así que lo haré para predecir el clima. Si con eso evito leer a las personas que vienen... —Había pasado, se notaba en su expresión, ver algo en algún cliente de ese día. Algo desafortunado.

—¿Quieres hablar de eso? —Bajó la mirada y fijó esos ojos azules en mis botas. Arrugó la nariz.

—Una pareja joven, la mujer está embarazada y se veía preciosa con ese vestido amarillo que realzaba su vientre. Ambos estaban radiantes de felicidad y él la cuidaba con mucho amor. —Estaba triste, pero no lloraba, seguramente había llorado toda la tarde—. El joven me tocó la mano al tomar el cambio, la visión era demasiado fuerte para ignorarla... —Su voz fue disminuyendo hasta que lo soltó—: Van a perderlo. —Lo dijo con la seguridad con la que se lanza una maldición, aunque la maldición era para ella, siempre lo era.

Se me apretó el estómago con brusquedad. Volví a sentirme mareada al imaginar lo que esa horrible visión le había mostrado. El dolor, la sangre y pánico me invadieron la mente como un recuerdo.

Vivir viendo ese tipo de cosas... no, yo no podría hacerlo. Me acerqué y le apreté el brazo.

—Esas cosas pasan *todo* el tiempo. Debes dejarlo ir, ya sabes, como a todo lo demás. —Me mostré tranquila.

No hablábamos de eso muy seguido, pero alguna vez me había contado sobre ver la muerte de alguien o un accidente. Aunque también veía cosas buenas, desgraciadamente las malas la marcaban más.

Después de conocernos y saber que trabajaríamos juntas, insistió en que usara un brazalete que evitaba que personas como ella leyeran mi futuro. Accedí cuando me di cuenta de lo mucho que le costaba lidiar con el futuro de desconocidos. Desde entonces llevaba esa pulsera en el tobillo.

—Lo sé. —Soltó un suspiro, demasiado empática como para no ser humana.

—Yo tuve una noche muy entretenida —dije para distraerla—. Me atraparon en el acto y tuve que sacar mi arma. —Metí la mano en el bolsillo del pantalón y la saqué, mostrando los dedos índice y pulgar.

Fue como apagar y encender un interruptor. Cualquier señal de tristeza fue remplazada por esa mirada plana que la dominaba al hacer uso de su poder. Una pequeña alarma le inundó el rostro.

—Javier te va a reprender por eso. Seguramente lo descontará de tu paga. —Su humor definitivamente había cambiado, ahora estaba calculando las posibilidades.

—Javier puede quitarme la paga completa sin problema. Estoy hasta el cuello de todos modos.

Solamente con ella podía hablar de eso por diversión, se encontraba en una situación parecida a la mía.

—Bueno, si te pones algo lindo esta noche puede que mañana no lo note en tu reporte. —Me reí realmente fuerte, haciendo algo de eco.

—No puedo creer que lo hayas siquiera sugerido. No cuando insistes tanto en que lo deje.

—Es verdad que no me agrada tu relación con él, pero eres muy testaruda y no me dejas más opción que aceptarlo.

—Mejor dedícate a controlar la adivinación, tendrías más tiempo de practicar si contrataras a un ayudante. Cada vez viene más gente.

Contempló su negocio, como si apreciara las posibilidades.

—Lo pensaré.

Me entregó el paraguas, despidiéndose con la cabeza.

Di unos veinte pasos cuando una leve lluvia comenzó a caer. Sonreí mientras abría el paraguas verde para cubrirme. El sonido de las gotas golpeando el suelo, leve y sereno, me tranquilizaba; casi olvidaba el susto que aquel hombre me había provocado al acorralarme. Claro que aún estaba el hecho de que andaba por ahí, rezaba que no lo hubieran atrapado, esa clase de criminales difícilmente aceptaba hundirse solo.

Caminé un par de calles hasta llegar a la avenida, pensaba tomar un autobús al otro lado de ésta. Estaba por cruzar cuando escuché a un hombre maldecir. La bolsa de plástico en la que llevaba sus compras se había roto, una lata de algo en conserva rodó hasta donde yo me encontraba. Me incliné para tomarla y después me acerqué hasta él. Llevaba una sudadera negra, pero el gorro no impidió que su rostro estuviera ya húmedo por la lluvia que cada vez aumentaba.

Le ofrecí la lata cuando terminó de recoger otra parecida. Me observó completamente, reconociendo mi existencia, antes de tomarla con algo de lentitud. Era un hombre desalineado, se notaba que la barba comenzaba a crecerle y unas enormes ojeras marcaban su rostro, cualquiera parecía una flor fresca a su lado.

Era la viva representación de la palabra desastre.

—Gracias. —Apenas un susurro. Ese día todo mundo se veía cansado, al parecer.

Asentí con la cabeza y continué con mi camino hasta el puente peatonal. Entonces noté que él iba en la misma dirección, caminando detrás de mí. Me giré para observarlo meter las latas en los bolsillos de su sudadera.

Sentí lástima por el hombre, empapado, con la mala suerte de una bolsa rota. Sobre todo porque el incremento de la lluvia parecía molestarle tanto como a mí.

—Si va a cruzar podemos compartir mi paraguas. —Una idea tonta. Como si no me hubieran advertido infinitas veces que había que alejarse de desconocidos, más si era de noche.

Fue tarde como para retractarme cuando el hombre asintió.

Si lo pensaba bien, en este caso quien podía estar en peligro era él ya que a los míos se nos consideraba una especie bastante letal. Solo que, yo en particular, no lo era sin un arma en la mano.

Gracias al cielo el paraguas era lo bastantemente grande como para mantener una distancia entre nosotros. Subimos los escalones del puente en silencio, lo hice con calma para poder cubrirlo de la lluvia. Él solo estaba cabizbajo, tal vez apenado, o tal vez lo hacía porque era demasiado alto. Lo vi de reojo un par de veces, solo para asegurarme de que caminaba a mi paso.

Llegamos arriba y nuestras miradas se cruzaron. Le sonreí con amabilidad, porque tal vez era lo que necesitaba para sentirse mejor: que alguien lo tratara con amabilidad. A veces era todo lo que yo necesitaba. No dije nada y él tampoco, ni siquiera me sonrió de vuelta, así que volví a mirar al frente.

Casi estábamos a mitad de camino cuando el viento comenzó a soplar con fuerza, lo suficiente como para arrebatarme el paraguas. Lo sostuve con fuerza, pero perdí el equilibrio debido a la altura de mis botines.

Me vi arrastrada hasta el barandal del puente cuando su mano cubrió la mía y sostuvo el paraguas con fuerza. En realidad, todo su brazo parecía estar sobre el mío y su pecho estaba pegado contra mi espalda.

Lo observé por sobre el hombro como reflejo ante su cercanía. Dejé de respirar cuando reconocí la cadena de oro sobre su cuello, de ella colgaba un dije con forma de brújula. Deseé que fuera una coincidencia, una pesadilla. La idea quedó descartada cuando susurró:

—Es sospechoso. —Abrí los ojos de par en par, verdaderamente horrorizada. Dudaba totalmente de la casualidad.

Si te atrapan, date por muerta.

Si te reconocen... te mataremos nosotros.

Y, como si la conmoción de ser atrapada y reconocida no fuera suficiente, mi corazón comenzó a tronar cuando noté el destello que transformó la tonalidad café de sus ojos en un verde intenso. Algo imposible entre los humanos, pero una habilidad distintiva de los Calpián.

CAPÍTULO 2: CALPIÁN DE HERENCIA

El mundo en el que yo vivía, el mundo en el que todos vivían y morían, era un mundo misterioso, lleno de criaturas como la que tal vez yo tenía a mis espaldas. Criaturas astutas, que mentían y engañaban, encantaban y atraían, eso eran los Calpián. Hermosa crueldad personificada, y un poco más que eso. Seres que hacían fáciles promesas de protección, falsas; aquel era el más peligroso de sus engaños, sobre todo para los mestizos como yo.

Pero este hombre, tan demacrado y derrotado, no parecía un ser lleno de magia encantadora. A menos que ese aspecto fuera parte de su engaño y manipulación.

—¿Qué?... —Me desorienté, perdida en el color de sus ojos, hasta que recordé su comentario—. ¿Qué es sospechoso? —No me moví, todavía no. Quería ver sus ojos solo un poco más, descubrir qué ocultaban esas joyas bicolores que brillaban más de lo común.

—Hay muchas cosas sospechosas estos días —comenzó con tranquilidad—. Eres la segunda mujer que veo el día de hoy con unos ojos hermosos, tan *diferentes.* —Saboreó la última palabra sobre mi oído. Y fue suficiente. Me aparté de él y marqué distancia con el paraguas, tomándolo del mango con firmeza, justo como lo había hecho con el arma durante nuestro primer encuentro—. Parece que solo sabes amenazar, aunque esta arma... —tanteó la punta con la palma de la mano— no parece tan mortal como la otra. —Se rascó la barbilla con tres de los dedos, dedos de aquella mano que había sostenido la mía.

Estábamos en lados contrarios sobre el puente, a varios metros sobre el suelo, bajo la lluvia y con el viento moviendo nuestras ropas en dirección a mis espaldas. Y ese paraguas verde, una mancha de tela, casi cerrado por completo, era lo único que se interponía entre ambos.

—¿Quieres averiguarlo? —Hervía de furia. Este hombre, que ahora se burlaba de mí nuevamente, me estaba causando más problemas de los que necesitaba en un día, en una vida.

—Tranquila. —Levantó las manos como antes. Esta vez estuve segura del tono travieso en su voz—. Solo quiero las fotografías, no tenemos que luchar. —Negó lentamente, como si tratara con una bestia salvaje. Pero yo no era la bestia, era la cazadora.

—No te las daré. —Tal vez debí haber fingido ser ignorante, aunque él ya me había reconocido, podía darme alguna ventaja. Sonrió, como probablemente también lo había hecho cuando no podía ver su rostro.

—Creo que tendré que convencerte. —Hostilidad, era mi señal.

No debía enfrentarlo sola y desarmada, no cuando era un posible criminal capaz de matar a sangre fría. Sería imprudente de mi parte intentar algo, por más capaz que me creyera de lograr atraparlo. No si de verdad no era humano.

—No creo que puedas. —Di un paso atrás y él avanzó la misma distancia—. Si te vuelvo a ver, estás muerto.

Le lancé el paraguas y comencé a correr, huyendo de él. Esperaba que fuera la última vez.

Como si el cielo quisiera ayudarme, el autobús que debía llevarme a casa estaba llegando y deteniéndose un poco antes de llegar hasta el puente. Corrí para alcanzarlo y, cuando subí, supliqué que el conductor se diera prisa en avanzar. Lo hizo.

Tomé un asiento en el fondo y no miré por la ventana. Me concentré en mi vestido. Ahora estaba empapada y la tela se pegaba a mis piernas. Tendría que recordarle a mi compañera no volver a poner ropa como esa en ese casillero.

Aunque esta vez había logrado escapar, sabía que, si ese hombre era realmente un Calpián, lo mejor sería que me mantuviera fuera del radar por algún tiempo y no contarle a nadie sobre aquel encuentro.

Al ser relacionada con actividades ilegales entraría en una lista negra de la que no sería fácil salir.

Si bien los Calpián eran seres manipuladores, algo por lo que les daba crédito era que les importaba mucho la preservación de su especie. Con promesas de protección habían creado la Sociedad Calpián. No sabía muy bien cómo funcionaba, solo que todos dentro de la sociedad se protegían unos a otros, sin importar qué.

Pero no todos los Calpián, o no todos los que tenían sangre Calpián corriendo por sus venas, vivían bajo la protección de la Sociedad. Algunos lo hacían por su cuenta, entre los humanos, como yo. Sin embargo, si lo necesitábamos, si deseábamos su protección, nos la darían, aunque no nos conocieran. Existía una ley que protegía a los solitarios, como nos llamaban, solo que esa ley no brindaba protección a quienes eran acusados de cometer actos ilícitos.

Esa ley era como un salvavidas para mí, por más engañosa que fuera, en caso de que las cosas en mi segundo empleo se salieran de control, la tomaría para escapar.

Estaba siendo dramática, no me habían atrapado haciendo nada malo, solo tomando unas cuantas fotos. Sí se pondría malo si los Calpián husmeaban en mi pasado. Además, ese hombre, fuera uno de ellos o no, podía no pertenecer a la Sociedad. Y también podía ser mucho peor.

Mi padre me había advertido, una y otra vez, que no me acercara a la comunidad Calpián. Aunque me recibieran como a uno de ellos, no eran seres en quienes los humanos, o cualquier otra criatura que no llevara por completo su linaje, pudieran confiar. Él era humano, lo llamaban Calpián de nombre, y ya que estaba casado con mi madre también se le ofrecía protección. Ella era Calpián de sangre, criatura mágica de pies a cabeza. Pero la magia no siempre es buena y quienes la poseen no siempre la usan para el bien.

El edificio de siete pisos era el más alto en la zona y mi departamento estaba en el último. Bendita la persona que había inventado los elevadores. Cuando entré, otro hombre, vecino de un piso debajo, entró conmigo.

En el edificio todos éramos solitarios. Había escuchado su historia una vez. Era mestizo, un hijo no deseado. Su madre humana lo abandonó desde muy pequeño. Bajó en el sexto piso y yo continué. En el séptimo piso solo había tres departamentos, los más grandes, y solo dos estaban ocupados.

Me apresuré a abrir la puerta y entrar, sentía mucho frío gracias a la ropa mojada. El lugar estaba oscuro, silencioso. Caminé a mi habitación y encendí la luz. Las cortinas oscuras que cubrían el gran ventanal estaban cerradas, montones y montones de documentos se encontraban apilados en mi escritorio, pero correctamente ordenados, debo añadir.

Esa noche soñé con hadas, pero no lindas hadas con alas coloridas más bien eran criaturas de largas garras con alas rotas y piel podrida. Monstruos intentando disfrazarse de seres encantadores.

El sonido de la televisión me despertó. Caricaturas por la mañana, la mejor de las medicinas para la jaqueca. Ya olía a un rico almuerzo cuando salí de mi habitación, cambiada y lista para otro día.

—¡Seremos mejores amigos por siempre! —La pequeña frente al televisor repetía las frases de los personajes mientras comía su cereal con leche.

Ya estaba vestida con su lindo uniforme, llevaba el cabello atado en dos colitas, con moñitos lindos en cada una de ellas; sus pequeños risos cobrizos casi se pegaban a su cabeza.

—No escuché que llegaras anoche. Pasé por ella al volver, estaba cansada después de jugar a las escondidas en el parque. —Una mujer de largos cabellos cobrizos meneaba una cuchara y depositaba la comida en dos platos.

Me apresuré a prepararme un poco de café.

—Supongo que Valeria no encontró a alguien para jugar. —Había una pequeña de su edad con la que tenía algo parecido a citas de juego. Era su *mejor amiga para siempre*, pero su casa no estaba cerca de la nuestra.

—Mamá no sabe esconderse, por eso nunca va conmigo ¿puedes ir con nosotros? —Esa niña ni siquiera podía pronunciar bien la letra ´r´, tal vez eso era parte de su encanto, encanto que me hacía decirle que sí a todo.

—Por supuesto, le enseñaremos a tu madre como esconderse mejor. —Le acaricié la mejilla y limpié un poco de leche que tenía sobre la cara. Ella me sonrió y yo entrecerré los ojos y moví la cabeza de un lado a otro haciendo la voz aguda—. Eso si te portas bien en la escuela.

Volví por mi taza de café y me senté en la pequeña mesa del comedor, frente a Mariel, para comer el almuerzo antes de ir al trabajo.

—La verdad, no pensé que llegarías, creí que irías a casa de Javier... —Aunque el amorío le incomodaba, a diferencia de Amaris ella nunca había opinado al respecto.

—Hoy tenemos esa junta sobre las actividades del mes, quería dormir bien... —Me arrepentí de la sinceridad de esas palabras—. Quería no tener que hablar sobre la misión de ayer. —No quería recordarlo, lo evitaría hasta que tuviera que escribir ese reporte.

—Te has ganado otra taza de café por ser tan responsable. —Tomó mi taza al ver que ya estaba vacía, olvidando preguntar si escribiría la verdad sobre la misión. Lo hizo a propósito y yo se lo agradecía.

—¡Los mejores amigos no se dicen mentiras! —gritó Valeria.

De repente me reí al ver cómo levantaba las manos, sosteniendo la cuchara con todo el puño.

Sentía simpatía por la niña. Al igual que yo, ella era Calpián de herencia. Las dos éramos mestizas, mitad aquí y mitad allá. Y sabía lo difícil que era crecer sin uno de los padres presentes, si ella lo necesitaba, la protegería como un padre. Lo había decidido el día en que había seguido a Mariel por el callejón.

—Tía, ¿sabes que eres un zombi? —preguntó de repente.

—¿Qué? ¿Yo? —Me toqué la cara exageradamente y ella comenzó a reírse—. Soy muy joven para parecer zombi.

—No... —Su risita era aguda y contagiosa—. Hablas mientras estás dormida y caminas raro.

Mariel casi escupe el almuerzo ante el ataque de risa.

—Se dice sonámbula mi amor —se tapó la boca con una servilleta—, y tu tía no es eso, solo tiene muchas pesadillas.

—¿Entonces no come cerebros?

—Mmm, solo los de las niñas que se portan mal. —Intenté sonar tenebrosa, pero esa chiquilla se reía de todo. Fácilmente volvió la vista a la televisión—. ¿Hablo dormida? —Me dirigí a su madre.

—A veces escuchamos tus... balbuceos. Te puedo asegurar que nunca entiendo nada, no te preocupes.

Se me revolvió el estómago de solo pensar en esas pesadillas que me hacían gritar.

—¡Las mejores amigas juegan juntas! —Ambas la miramos con ternura.

—Las mejores amigas deben ir a la escuela para verse, así que vamos a lavarnos los dientes.

Mariel se levantó para dejar su plato y taza en el fregadero. Bebí un sorbo de mi nuevo café mientras las dos iban a lavarse los dientes. Cuando terminé, lavé los platos sucios y también comencé a prepararme para ir a la escuela.

Me acomodé los lentes para abrir la puerta del auto y bajar junto con Valeria. Su madre y yo siempre la dejábamos en el jardín de niños antes de irnos a trabajar. Ella se despedía de nosotras dándonos dos besos en la mejilla, después corría al interior de la escuela junto con los demás niños.

—Buenos días —saludó el padre de Ana, la amiga de Valeria.

—Buenos días. —Le sonreí ampliamente y le tendí la mano. El hombre era guapo, mayor pero guapo, con la piel morena y unos lindos ojos castaños, coquetos de alguna manera—. ¿Ana ya entró? —Yo sabía que sí, que el hombre se quedaba afuera para esperarnos, para esperar a Mariel.

Sonrió y bajó la cabeza.

—Si, ella quería esperarla adentro. —Señaló la entrada del colegio—. ¿Tuvieron un lindo fin de semana? —La pregunta no parecía ser para mí, ya que no dejaba de mirar a mi amiga a mi lado. Casi le doy un codazo para que respondiera.

—Si, lo tuvimos. Muy tranquilo. —Y fue todo. Mi amiga o bien era grosera, o solo era indiferente a propósito.

—Me alegra... —Seguía sonriendo, seguía viéndola, pero ella solo tenía ojos para el portón que la separaba de su hija—. Las veré después.

Esperé a que el hombre subiera a su camioneta y se marchara antes de plantarme frente a ella.

—¿Por qué eres tan mala con él? Es tímido y me gusta.

—Tú ya tienes novio.

—Me gusta para ti. —Por fin apartó la vista del edificio detrás de mí.

—Ya hablamos de esto, casamentera. —Me golpeó el brazo y arrugué la frente ante su tranquilidad, tocándome el brazo con dramatismo—. No puedo... no necesito salir con nadie. Por más que te guste. —No estaba ofendida, más bien parecía divertirle la situación—. Además, él es viudo...

—Exacto.

—Exacto —contrarrestó—. No creo que la haya superado, que haya dejado de amarla. —Demasiados pensamientos para no estar interesada. Notó mi mirada—. No tengo ni tiempo para pensar en eso. Hay que irnos o llegaremos tarde.

Puse los ojos en blanco y la seguí hasta el auto.

No es que pensara que ella necesitara de un hombre. Era una gran madre. Trabajadora, cariñosa, buena cocinando, todo el paquete. Pero la conocía bien, ella muy, muy en el fondo, quería enamorarse, que la cuidaran, que le dieran el cariño que alguna vez había pensado que el padre de Valeria podía darle.

—Pondré algo de música, no quiero escuchar las noticias. —Elevé los talones dentro de los zapatos de tacón rojos con desesperación unas diez veces, deseando no escuchar sobre asesinos en serie o cadáveres colgando de techos.

Siseó algo entre dientes.

—Sé que no quieres hablar de eso, pero...

—Pero preguntarás de todas formas —adiviné.

—Yo perdí al sospechoso, déjame a mí hablar con él. —Mantenía la vista en el camino; aunque su semblante estaba tranquilo, no lo estaba su mente.

—En realidad yo lo perdí primero, no te preocupes, lo arreglaré.

Había más que decir, pero se contuvo, siempre se contenía.

Me encantaba viajar en ese auto color rojo, que combinaba especialmente con mis zapatos ese lunes por la mañana. Disfrutar de esas cosas me daba ánimos para lidiar con adolescentes rebeldes y profesores molestos.

Llegamos a la preparatoria en una hora. Era un colegio privado a las afueras de la ciudad, donde no había casas. Estaba ahí por una razón.

Me encontraba con un especial buen humor, hasta que entramos a la sala de juntas con los demás profesores, todos tenían una opinión que dar y lo hacían sin orden ni paciencia, fue asi como la junta de profesores llegó a un punto de tensión insoportable.

—Estamos invirtiendo mucho en actividades que realmente no aportan nada al aprendizaje de los alumnos. —Dejé de escuchar el resto cuando uno de los otros profesores comenzó con su discurso usual, como cada vez que se planeaban los festejos para los estudiantes.

—Ya hemos hablado de que este instituto se mantiene como uno de los mejores en su rango, es una recompensa ante sus esfuerzos. No podemos privarlos de ellos, ¿o sí?

—No estoy hablando de eliminar fiestas como las de Halloween, solo quiero expresar lo inconforme que me siento cuando se convierten en parrandas —continuó el hombre.

Vi como Mariel, que estuvo callada hasta el momento, respiró con exasperación.

—Esas *parrandas* nunca han terminado mal. Si planeamos esta como las anteriores, no tenemos que preocuparnos por mantener el prestigio de la institución. Debemos seguir el plan, el presupuesto destinado no se cambiará. —Me encantaba escucharla ser firme. Mariel podía parecer una amable y tranquila ama de casa, podía parecerlo cuando no sacaba las garras para defender su opinión.

—Muy bien, aquí está la distribución del presupuesto. Este año lo organizan los estudiantes de la tarde, como siempre serán asesorados por uno de sus profesores —interrumpió otra profesora, dejando de lado las oposiciones.

Comprendía la actitud de los demás, era bien sabido que las fiestas a finales de octubre se salían un poco de control. Estudiantes ebrios, algunos besándose por los pasillos, pero nada que involucrara policías o demandas. Hasta ahora. Y también comprendía que esos muchachos en su mayoría no conocían otros espacios para convivir libremente, sin fingir encajar en donde no lo hacían.

—Y cuando dijiste «es una recompensa» juro que pude ver cómo se le ponían rojas las orejas. Eres asombrosa. —La abracé con delicadeza al caminar, porque la vi verificar una y otra vez que su blusa blanca de botones no tuviera ni una sola arruga.

—Tú estuviste muy callada. Ni siquiera te vi resoplar cuando se pidió cambiar el plan de estudios.

—Mi trabajo es ser la guardaespaldas. Tú sé la que los pone en su lugar. —La verdad, para esa parte de la reunión ya me encontraba perdida entre el tipo de esa noche y la pesadilla sobre él.

—¡Julia! —Me pellizcó en el brazo y dejé salir un pequeño grito de sorpresa más que de dolor—. Debes cambiar esa actitud, la mitad de tus alumnos aún te evalúan con «deficiente» en las encuestas de fin de año y los demás profesores nunca votan por ti cuando hacen esas premiaciones al mejor compañero.

—No me interesa. ¿Qué van a hacer? ¿Despedirme? —Me reí sin ganas. Ni el director del lugar podía deshacerse de mi por más que quisiera.

—Tal vez eso te afecte en... —Comenzó a buscar algo en los bolsillos de su pantalón de mezclilla y después en su bolso.

—¿Olvidaste algo en casa? —Estaba desconcertada, incluso se giró para observar el pasillo del que veníamos.

—Creo que dejé las llaves en el auto, ¿puedes ir por ellas? Estoy segura de que olvidé cerrarlo.

—No te preocupes, te las doy en la salida. Ve. —Asintió y comenzó a subir los escalones hacia el siguiente piso.

Tenía mucho trabajo atrasado, pilas y pilas de exámenes sin revisar. La última misión la había dejado agotada. Ahora muchos alumnos deficientes tendrían algunos días a favor para rogar por su calificación. Incluso el día anterior, cuando me había pedido responder a un mensaje por ella, vi en su celular varios correos electrónicos de alumnos preocupados por sus calificaciones.

Negué con la cabeza para mí misma, agradeciendo que mis estudiantes fueran lo suficientemente inteligentes para saber que pedirme algo así sería una mala idea, y caminé hasta el estacionamiento.

El lugar era amplio, con demasiada capacidad como para atender al doble de los alumnos con los que contábamos. El colegio era una especie de antigua mansión actualizada y moderna. Seguramente había pertenecido a una familia rica.

A menudo me imaginaba las enormes puertas de madera que seguramente habían antecedido a las nuevas de vidrio. También imaginaba cómo se vería el auditorio principal si en el pasado lo hubieran usado como un salón para bailes, con todos los estudiantes siendo remplazados por pomposas damas y caballeros de la alta sociedad. Incluso los jardines eran hermosos. El verde de los arbustos, a mi parecer, contrastaba perfecto con los blancos y grises de las paredes. Era una lástima que una parte del jardín hubiera sido destrozada y eliminada para crear el estacionamiento.

Como Mariel había dicho, la puerta del auto estaba abierta y las llaves estaban abandonadas en el asiento del conductor. Las tomé y, al cerrar la puerta, aproveché para mirar mi reflejo en el espejo retrovisor. Me acomodé los cabellos y comencé a caminar desde el estacionamiento hasta la entrada principal del lugar, por un pasillo amplio que los unía. Ya había entrado cuando vi, a través de las puertas de cristal, que una camioneta cerrada y completamente negra se estacionaba justo frente a la entrada principal.

Admito que la curiosidad de ver quién estaba detrás de los vidrios polarizados fue la que me obligó a observar desde una esquina cercana.

Algunos alumnos apenas comenzaban a llegar, dejados por sus padres o solos. A la mayoría los conocía. O al menos a los del turno de la mañana. Pero no recordaba ver a alguien llegar en una camioneta de ese tipo. Las puertas traseras se abrieron y dos adolescentes, que en definitiva no conocía, bajaron con lentitud. Un chico y una chica, de último año tal vez, bastante altos. Y cuando la puerta del copiloto se abrió, tuve que cerrar los ojos y volverlos a abrir, cerciorándome de que la ansiedad de mi pesadilla de anoche no me estaba persiguiendo.

Pude ver, a través de esa puerta abierta, que el conductor de esa camioneta de hecho era el hombre que me había atrapado y reconocido. El tipo de mi pesadilla.

Una pesadilla clara, en la que estaba rodeada de hadas perversas que querían quitarme la cámara que contenía las valiosas fotografías. Tenían la piel abierta de los brazos y las piernas, ya podrida y mal oliente, con largas garras y colmillos opacos. Entre ellas se encontraba ese hombre, extendía una mano en mi dirección y con la otra señalaba a la mujer que colgaba del techo. Ella tenía los ojos abiertos y me miraba como si supiera un secreto tan grande como para hundirme.

No pude detener las náuseas que me atravesaron en ese momento. Me cubrí la boca con las manos y corrí al baño más cercano. Estaba vacío, así que ocupé el cubículo más grande y me arrodillé ante el sanitario, aferrándome a él con las manos mientras inclinaba el cuerpo para dejar salir el almuerzo.

Los mechones más cortos del cabello me cayeron enseguida a los lados de la cara. Los acomodé un par de veces detrás de las orejas para que no me molestaran. Un sudor frío me cubría la frente y olas de estremecimientos me recorrían el cuerpo con frecuencia.

Escuché a tres alumnas entrar, me arrepentí de no haberme tomado el tiempo de ir a los baños para profesores en el segundo piso. Esperaba que no me escucharan, o al menos que no me vieran arrodillada. Esa oleada de asco se detuvo y, aunque lo intenté, no pude ponerme de pie. Me sentía adolorida, la garganta me ardía y me temblaba el cuerpo. Me limité a escuchar mi respiración y el chillido de las chicas.

—¿Vieron la falda de la cazadora? Creo que es la más corta que ha traído, aunque hoy actúa muy extraño —dijo una de ellas, no reconocí su voz.

Ante el comentario no pude evitar ver la falda negra que llevaba puesta, pegada a mi cadera y piernas. Me llegaba un poco arriba de las rodillas y aun así intenté bajarla un poco más.

—Como de costumbre, esas dos siempre parecen perderse en su propio mundo —contestó otra voz, tal vez mi reciente recaída me había vuelto inestable, ya que no las reconocía. Seguramente alguna de ellas llevaba clases conmigo—. Son tan estrictas, esto es la preparatoria. ¿Por qué me humillan así? Espero que el siguiente año pueda llevar matemáticas con otro profesor...

—Pero María Elena es más fácil de manejar, ella te dará algún punto extra si le suplicas con buenos argumentos. En cambio, la cazadora...

Sentí el impulso de enfrentarlas. Si me hubiera sentido lo suficientemente bien como para salir, sin duda lo habría hecho. En mi actual situación podría terminar vomitando a los pies de ese trío de chismosas.

No presté atención a lo demás. Agarré con fuerza una enorme cantidad de papel sanitario y me limpié el rostro sin pensarlo. Escuché que salían riéndose a carcajadas después de seguir comentando sobre mi ropa y lo vulnerable que mi amiga era ante las historias tristes. Mientras yo me dirigí al área de los lavabos.

CAPÍTULO 3: CAZADORA

Me limpié el rostro con abundante agua. Me retiré la mayor parte del labial con papel sanitario antes de salir del cubículo. Mientras me retocaba el maquillaje, que siempre cargaba en mi bolso de mano, muchas cosas pasaron por mi cabeza.

No era que el hecho de que los estudiantes me tuvieran un apodo me afectara, me pasaba desde que yo misma había estudiado en la preparatoria. Después de todo, tener un apellido como Cazador y una actitud de *lobo feroz* no ayudaba a mantener un perfil bajo. Además, no era la primera vez que me llamaban «la cazadora», ni la última. Tampoco era la primera vez que me comparaban con mi mejor amiga.

Algo más me perturbaba, la visión de que mi pesadilla comenzaba a alcanzarme en el que parecía mi último lugar seguro. Él estaba aquí, en todas partes. La ansiedad que eso me provocaba no se comparaba con cualquier malestar estomacal.

Limpié los lentes con la orilla de la blusa, molesta porque varias gotas de agua los manchaban y eso bloqueaba mi visión. Al salir del baño, pude reconocer a las tres chicas que estaban cerca como las que habían estado acompañándome inconscientemente, solo por la expresión en sus rostros cuando me vieron cruzar la puerta. Mis preocupaciones más grandes me impidieron saludar o hacer algún gesto de conocimiento de la situación. Vi que dos de ellas me siguieron hasta el aula en la que debía impartir mi primera clase del día.

—No, este trabajo es individual, de ninguna manera puede ser completamente igual al de su compañero. —Otra vez estos dos llevando la misma tarea. Habían logrado sacar mi mirada de «no creo que apruebes este ciclo escolar».

—Pero vale la mitad de la calificación final, hacerlo solo me costará más de una semana.

—Tuviste... ambos —señalé a los chicos, frente a todos—, tuvieron un mes para finalizarlo. Y sabían del puntaje y de lo importante que era desde que se inició el semestre, no es excusa...

—Solo quiero más tiempo... —Ya me colmaban la paciencia.

Me encantaba ser profesora, transmitir el conocimiento y esas cosas. Lo que no me gustaba era tener que tolerar la ineptitud, irresponsabilidad, ¿falta de disciplina? Bueno, había muchas cosas sobre ser profesora de las que podía prescindir, pero en general amaba mi trabajo.

—¿Más tiempo? ¿Crees que es justo que te dé más tiempo que el que se les dio a tus compañeros? —Respiré hondo, ya se me había reprendido una vez por ser demasiado directa con ellos—. ¿Cuáles son? —El chico no respondió, confundido—. Tus excusas, Torres ¿cuáles son tus excusas? —Cuando el chico no respondió decidí continuar—. Ambos vuelvan a sus asientos, por favor.

Ellos lo hicieron mientras yo me levantaba desde la parte de atrás del escritorio para dirigirme al pizarrón. Todos los demás eran conscientes de la situación cuando comencé a entregar los trabajos calificados. Escribí las palabras *sí* y *no* divididas por una línea vertical.

—Como ya todos escucharon —comencé, elevando la voz—, los compañeros solicitan más tiempo para realizar el laboratorio. Ahora, yo podría darles ese tiempo extra, aunque sé que aún tienen exámenes de otras materias. Voy a dejar que sus compañeros decidan. Puedo darles una semana más a todos. —Recargué el marcador en la palabra *sí*. Escuché cómo Torres y su compañero suspiraron—. Pero todos deberán realizar diez problemas más. —La mayoría de los otros estudiantes comenzaron a quejarse entre ellos—. O puedo no darles ni un minuto extra y deberán conformarse, *todos*, con su calificación actual —interrumpí sus quejas apoyando el marcador en la palabra *no*.

Caminé hasta donde se encontraba el alumno más cercano y le entregué el marcador. Enseguida entendió mis intenciones, lo tomó y fue hasta el pizarrón para escribir una pequeña línea en la sección de *no*.

—Lo siento, chicos, necesito pasar con cien mi último examen de historia. —Lo escuché disculparse y volver a su lugar después de pasar el marcador a otro compañero.

Cada uno de los alumnos pasó a dejar su voto en una de las secciones, incluidos los amigos que estaban en aprietos. Obviamente votaron por tener esa prórroga de tiempo.

La hora de clase estaba por finalizar, así que conté los votos.

—Hay trece votos en contra y siete a favor, así que no se cambiará la fecha de entrega. Creo que deben esforzarse más para el siguiente tema, es el más largo, pero es el último. Ya pueden irse.

Siempre los dejaba salir cinco minutos antes por si alguno de ellos deseaba preguntar algo. En esta aula especial en nadie lo hacía.

Todos salieron, tomé mis cosas y caminé hasta mi oficina, que estaba junto a la de Mariel.

No todos los profesores tenían una oficina propia, alguna vez nosotras dos compartimos una. El año anterior se nos había dado un espacio mejor, cuando remodelaron y construyeron más aulas en la parte de atrás, junto con una cancha deportiva. Me asomé por la pequeña ventana en su puerta y vi el lugar vacío, extraño ya que ambas teníamos esta hora libre. Pensé en ir a buscarla, pero preferí entrar a comer algo. Anhelaba esas barras de chocolate guardadas en uno de los cajones junto a mi escritorio.

Mi oficina era pequeña, así que los pocos muebles en ella estaban estratégicamente acomodados para que pareciera un lugar espacioso. Las paredes de ladrillo blanco se encontraban repletas de cuadros con mis diplomas, reconocimientos y unas cuantas pequeñas pinturas de paisajes completamente artificiales, como de otro mundo. Mi favorita era la de un árbol con hojas azules del color del cielo, que se encontraba en una especie de bosque oscuro, que a la vez estaba repleto de pequeñas luces flotantes, como estrellas bajas.

En mi escritorio estaba la computadora y, junto a ella, un marco con espacio para tres fotografías, todas eran de mi familia. Sonreí al ver la primera, de un cumpleaños de Valeria. La pequeña, su madre y yo estábamos completamente cubiertas de betún color rosa. En las otras dos fotografías estaba con mi padre y mi tía Carlota, ambas del día en que había egresado de la universidad.

Me senté y abrí ese cajón lleno de papeles, para luego sacar todas las barras de chocolate que pude encontrar y devorarlas de manera ansiosa una tras otra. Cuando no hubo más, comencé a golpear la madera con las puntas de los dedos, vagando entre la idea de buscar algo en la cafetería o esperar a la hora de la comida.

—Es un error, debe ser el estrés. —Me llevé las manos a la cabeza.

La imagen del hombre en aquella camioneta me perseguía. Les había sonreído a los jóvenes que lo acompañaban, despreocupado. No sabía por qué, pero eso me enfurecía, que él pudiera estar así de tranquilo mientras su presencia en mi reporte me tenía tan nerviosa.

Encendí la computadora y comencé a escribir una versión un tanto endulzada de nuestro encuentro. Saltándome algunas partes, como el puente y el paraguas o nuestra conversación antes de que llegara la policía. En especial omitiendo que había aparecido en la preparatoria esta mañana.

Mi tiempo libre terminó y envié el reporte directo al jefe antes de presentarme para mi siguiente clase y desear desaparecer de la faz de la tierra. Fuera del aula estaba nada más y nada menos que el director del instituto, junto con los dos jóvenes que había visto salir de la parte trasera de aquella camioneta. Varios escenarios posibles inundaron mi mente, no dejé que perturbaran mi expresión desinteresada mientras caminaba hasta el director.

—Buenos días —saludé sin ánimos.

El hombre, de mi estatura y enorme abdomen, ni siquiera me miró a los ojos; ya era su costumbre. Seguido se comportaba rígido conmigo. Todo había comenzado el día en que Valeria lo conoció y no pudo evitar llamarlo *calvo*, palabra ante la cual solté una carcajada, en lugar de reprenderla.

—Estos dos son nuevos, llegaron sin previo aviso. Es una especie de emergencia y es temporal. Serán asignados a tu clase. Intenta ponerlos al corriente. —Prácticamente me lanzó una carpeta con su información personal antes de alejarse.

—Entren. —Hice un gesto con la cabeza al interior del aula y ambos lo hicieron sin decir nada.

Pasaron junto a mí, percibí esa... vibra, más bien diría sensación, de que algo era diferente en ellos. Eran Calpián. No lo explicaba, una especie de instinto que venía con el paquete de ser mitad como ellos.

Me quedé afuera, abrí la carpeta y eché un vistazo rápido. «Convenio con los Vigías». Las familias de esos chicos habían tenido que abandonar la sociedad Calpián por razones clasificadas y ahora estaban a la espera de una respuesta para volver. Por alguna razón extraoficial, se creó un convenio para que los Vigías los protegieran y no estuvieran a la deriva mientras esperaban el proceso, seguramente largo y tramposo, que tenían que superar para volver con los suyos.

Alguna especie de treta por parte de los Vigías. Si estos chicos y sus familias no eran recibidos ante la Sociedad, podrían aportar valiosa información o convertirse en valiosos miembros de nuestro lado.

Lo más importante era que, si estos chicos eran Calpián, su acompañante también debía serlo. Aunque mi instinto no tuviera efecto en él.

—Bien, chicos, tenemos dos nuevos compañeros: Karen y Alberto Montenar. —Ambos permanecían de pie junto al escritorio, demasiado tranquilos como para ser un par de adolescentes Calpián. No eran los primeros estudiantes con tal naturaleza, pero a esos dos se les notaba que habían crecido dentro de una familia perteneciente a la Sociedad. Privilegiados—. Tomen asiento junto a la ventana, el que quieran. —Analicé a los demás, era seguro que los hermanos Montenar tendrían problemas con algunos de sus compañeros. Tal vez alguien cuya historia fuera ajena podría ayudarles—. Delgado, por favor comparte tus apuntes con ellos más tarde, para que sepan la forma en la que trabajamos. —La pequeña joven asintió con timidez. Su historia la conocía bien, ella vivía en el mismo edificio que nosotros, en el mismo piso.

La clase continuó con normalidad. Mi comportamiento al menos, porque mis pensamientos eran un caos. No pude evitar observar a los hermanos de vez en cuando, preguntándome sobre su relación con aquel hombre. No estaban demasiado perdidos y me alegró saber que podían seguir el ritmo de la clase sin mayor contratiempo.

Algunas horas más de lo mismo, luego una comida en la que tuve que servirme dos porciones en la cafetería para saciar por completo mi ansiedad. Comerme mis problemas era la mayor de mis virtudes. Clases y trazar una especie de plan maestro para mentirle de frente a mi jefe fueron las actividades que principalmente me mantuvieron ocupada.

Mariel entró a mi oficina para robar mi engrapadora.

—Hoy recibí una alumna nueva. Leí su expediente. No pensé que los Vigías pudieran ser así de serviciales con los Calpián. —Se sentó sobre mi escritorio.

—Yo recibí a dos de ellos y también me sorprendió. Me incomodan un poco. —Me mordí la lengua, no me gustaba mentirle.

—¿Por qué? —Solo le ocultaría mi drama con ese sujeto misterioso mientras lo resolvía. Para que no se preocupara.

—Por mi pasado. La Sociedad me pone nerviosa. —En el blanco. Puso su cara de remordimiento y dejó pasar el tema.

—Nos iremos cuando todos hayan salido. Si lo que dice el expediente es verdad, pronto estarán inscritos en alguna de las preparatorias de la Sociedad. —Eso esperaba, o se me volvería costumbre llegar temprano al trabajo, algo no muy agradable—. Voy a volver para poner algunos documentos en orden. Te veo en el auto.

Asentí y la vi salir por la puerta. Inmediatamente me levanté de la silla para asomarme por la ventana, la vista daba directamente al estacionamiento. Cual acosadora vi a los estudiantes retirarse y a esos tres esperando la camioneta que no tardó demasiado en llegar. Esta vez no pude ver al conductor, pero mi estómago se revolvió al imaginarlo.

—Prometí que te mataría si volvía a verte. —Los seguí con la mirada hasta que no fueron más que una borrosa mancha negra perdiéndose en la carretera—. Pero estaré muerta antes de eso.

Nos detuvimos frente a una biblioteca. Por fuera se veía como un lugar pequeño e incómodo, pero los libros dentro guardaban inimaginables secretos. La recepcionista, una mujer de edad avanzada con largos y trenzados cabellos blancos, nos sonrió mirándonos sobre sus pequeños anteojos.

—Buenas tardes. —Mariel siempre le sonreía de vuelta.

—Buenas tardes —le respondió antes de dirigirse a mi—. Señorita Cazador, tiene correspondencia. —Me tendió un enorme sobre amarillo que dudé en tomar.

—No tiene remitente. —Analicé el documento entre mis manos—. ¿Quién lo trajo?

—Un joven. Solo dijo que era para usted y se fue.

—Gracias. —Me metí el sobre bajo el brazo y caminamos hasta el último estante de libros.

Entramos por una pequeña puerta de servicio con un letrero de «Solo personal autorizado». Atravesamos el lugar, que parecía un pequeño cuarto de conserje, y salimos por otra puerta que nos llevó a lo que aparentemente era una habitación vacía. Solo hasta que la puerta estuvo completamente cerrada, una luz púrpura parpadeó dos veces y la pared frente a nosotras se partió en dos, para mostrar el inicio de una estrecha escalera.

—Ábrelo. —La miré desconcertada. Nunca era entrometida o hacía notar su curiosidad—. Se ve tan sospechoso que temo que sea algo malo y quieras enfrentarlo sola.

—Si es algo malo debería enfrentarlo sola. —Seguimos descendiendo por la escalera, para ella era más fácil, ya que sus zapatos eran bajos.

—No es verdad. Hazlo. —Una orden nerviosa.

Suspiré y tomé el delgado sobre entre las manos, rogando que no fuera nada preocupante o me desmayaría.

Lo abrí. Me confundió ver un papel escrito con letra a mano, una carta.

Me vigilan.

Si quieres la información ven por ella.

Alguien más la está buscando.

Será de quien llegue primero.

Sin importar si ya pagaste por ella.

En dos días. S.

18189868

No era exactamente una mala noticia. Y no era buena. Un aviso, de un informante del caso actual.

—Tengo un informante valioso, pero creo que más personas encontraron su debilidad. Debo verlo en dos días o perderé la información.

—¿El Justiciero de Dios? No sé por qué lo perseguimos si se deshace de la escoria. —Llegamos al final y nos detuvimos frente al par de puertas de hierro.

—Eso piensan todos. Yo pienso que se roba nuestro trabajo. Esa escoria deberíamos atraparla nosotras por nosotras para ganar puntos —renegué.

Busqué el teclado a la derecha y sonreí burlona a la cámara de seguridad. Puse los cuatro dígitos y las puertas se abrieron de manera mecánica.

—Ten cuidado, la línea es muy delgada entre ser o no un criminal. No quiero que termines en su mira. Si logró reconocerte podría encontrarte fácilmente como a sus víctimas. —Comenzó a bajar la voz.

—Nunca me habían llamado escoria con tanta preocupación. —Le sonreí ampliamente y entré al concurrido lugar.

El centro de operaciones. Un lugar lleno de escritorios, pantallas y gente moviéndose de un lado a otro con papeles, gritos y todo tipo de señales.

Esquivé a varias personas antes de llegar hasta el fondo, donde la oficina de Javier se encontraba. Usualmente no lo veía hasta el final del día, pero hoy había un reporte que entregar. Verbalmente, al parecer.

Mariel se perdió en sus propios asuntos. Me dirigí a terminar con ese dolor de cabeza antes de que me explotara en la cara.

Llamé a la puerta dos veces seguidas y no esperé respuesta antes de entrar. El hombre, cinco años mayor que yo, de cabello castaño claro y piel blanca, estaba sentado frente a su escritorio. Sostenía con fuerza un par de papeles, cada uno en una mano y los comparaba con algo de enojo en sus ojos.

¿Así me veía yo cuando descubría que mis alumnos copiaban en sus exámenes?

Levantó la vista y su expresión, en lugar de suavizarse o relajarse, pareció marcarse, arrugando su frente más de lo que ya estaba. Cerré la puerta detrás de mí.

—Envié mi reporte esta mañana. —Inmediatamente agarró otro papel y lo extendió hacia mí.

Caminé dos pasos para poder tomarlo, apenas lo rocé con los dedos y él se puso de pie antes de soltarlo por completo, haciéndome retroceder.

—Ahora puedes leerlo. —Apreté la mandíbula, comenzaban a dolerme los dientes por ello.

Acomodé el documento entre mis manos y me aclaré la garganta.

—*Reporte del incidente...*

—Ve a la parte interesante, por favor. —Su voz era grave, careciente de emoción.

—*Encontramos a un sujeto después de llegar a la escena, no se identificó y huyó rápidamente. La policía llegó al lugar y el equipo se retiró antes de que la situación se complicara. El encuentro no ocasionó mayores contratiempos.*

Palabras vagas sobre un encuentro fortuito, no había sentido nada al escribirlas, este trabajo era tan arriesgado. Si moría haciéndolo sería afuera y no en las manos de mis compañeros.

—Te atraparon. Es probable que no te identificaran ni a nosotros... —Rodeó el escritorio y se detuvo a mi lado, no quise verlo—. Te atraparon —repitió, demasiado cerca.

—No es la primera vez que estoy en una situación parecida.

—Esta vez es peor —susurró contra mi cuello. Fue difícil no inmutarse ante su cercanía.

—¿Lo es? —Abandoné el papel en el escritorio y me volví para enfrentar su mirada.

—Se te escapó de las manos. No me veas a mí, mira la pantalla. —Mi corazón tronó cuando giré su computadora para observar.

Ese hombre estaba ahí, en mejor estado del que lo había visto antes. Su cabello era tan oscuro como el mío, largo hasta cubrirle las orejas, pero tenía la piel más bronceada que la mía. Y esos ojos.

No reaccioné ante la visión de mi pesadilla. Cuando miré a Javier nuevamente me tomé la molestia de parecer confundida. Se suponía que no había podido ver su rostro.

—¿Quién es? —Me recargué contra la madera cercana y él avanzó junto a mí.

—El sujeto, protagonista de tu reporte. —Mi sorpresa no fue tan actuada porque no había imaginado que lo identificarían tan pronto. Si el sujeto no había sido tan rápido como yo para escapar, si lo habían atrapado, entonces también podían descubrirme—. Y es el principal sospechoso de los asesinatos.

Un escalofrío me recorrió y me sentí mareada nuevamente. Supe que estaba por caer cuando los brazos de Javier me rodearon por los hombros y me apretaron contra él.

—Estoy bien —susurré anticipadamente, pero no me soltó. Subió una de las manos para sujetarme de la cabeza.

—Pareces cansada. —Esta vez pude notar la preocupación. Algo que no mostraba en horas de trabajo.

—He tenido algunos mareos. —Solté una risilla—. Y no puedo comer nada sin devolverlo después. Seguro es un mal estomacal.

—Ve al médico. Hoy. —Sí, era una orden, no una sugerencia, no una petición. Una orden.

Suspiré contra su cuello, con estos zapatos él era solo un poco más alto que yo. Recargué la frente contra su hombro por el cansancio y sentí cómo me besaba la cabeza. Reprimí el escalofrío que ese tipo de tacto me causaba.

—Si, lo haré al salir —dije para tranquilizarlo y me senté frente a su escritorio—. ¿Desde cuándo ese hombre es el principal sospechoso? —Se alejó sin soltarme por completo.

Captó mi mirada e intenté parecer tan inocente como pude. Aunque no fuera una pregunta inocente, necesitaba la respuesta para realizar bien mi trabajo.

—Hoy por la mañana me llegó... cierta información. Tuvo contacto con la mayoría de las víctimas y fue encontrado fisgoneando en otra de las escenas. Es una conexión muy consistente.

—¿Cómo sabes que es el sujeto que me encontró? Yo no estoy segura, ¿lo atraparon? —O no deseaba estarlo.

—Solo lo confirmé por mi cuenta. —Extraño en Javier, aceptar algo sin pruebas. A no ser que no quisiera dármelas, ¿y si esas pruebas también me afectaban a mí?—. Y no, nadie ha dado con él. Obtuve esto antes de que la policía lo hiciera oficial.

—De acuerdo, ¿cómo debo proceder?

—Puedes seguir investigando, pero no te acerques demasiado si la policía está cerca, hemos logrado mantenerlos al margen, pero no sé cuánto tiempo dure. Hasta ahora no tenemos más sospechosos.

Poníamos todos nuestros esfuerzos en dejar a los humanos fuera de estos casos, teníamos gente infiltrada, pero cada vez era más difícil ocultar la información.

Me solté de su brazo para ver la fotografía del hombre de nuevo. Sus facciones se volvían más claras ante mis ojos. Había soñado anoche con cada línea de su rostro. Una visión borrosa de la realidad.

—¿Es humano? —Solo dudaba por el hecho de que nada en mí me lo había advertido al acercarme por primera vez.

No respondió de inmediato, volvió a su lugar en silencio. Hasta que se sentó y me miró sin expresión.

—Calpián. —Escucharlo en voz alta volvía un poco más real mi pesadilla.

—Le diré al equipo que proceda con especial cuidado en este caso. —Los lazos de los Vigías con la Sociedad eran tensos—. ¿Sabes algo sobre un convenio?

—Me avisaron esta mañana. No fue una sorpresa para nosotros que los Grandes Vigías aceptaran. Si las cosas salen mal para esas familias podríamos beneficiarnos.

Si sospechaba sobre el comportamiento de la Sociedad Calpián no me lo diría, incluso si alguien comenzaba a investigarlos. Mis misiones nunca tenían que ver con la Sociedad, él conocía mi historia.

Mis padres no habían tenido un matrimonio feliz, por lo poco que mi padre ha querido contarme. Dentro de la Sociedad, la presión sobre los matrimonios mestizos es espeluznante. Mi padre no soportó a la familia de mi madre o al resto de los miembros y pensó que yo tampoco lo haría, así que me tomó y huimos de ese lugar cuando yo tenía once años. La peor parte era...

—Bien. Intentaré llevarme bien con los jóvenes. Por si las cosas se resuelven a nuestro favor.

La peor parte era, y lo entendí demasiado tarde, que mi madre había preferido pertenecer a esa sociedad, prefirió dejarme ir con mi padre. No me buscó y pudo haberlo hecho. Pudo haber usado el poder de los Calpián y recuperarme. O abandonarlos y seguirnos. No hizo nada.

—Te llevaré a casa esta noche —avisó. Le sonreí débilmente antes de salir.

Apenas llegué a la pequeña sala en la que estaba todo lo relacionado a la investigación del caso del *Justiciero de Dios*, que por cierto me parecía un apodo patético para un criminal, Mariel entró eufórica y cerró la puerta con fuerza.

—Julia, ¿estás bien? Me dio las actualizaciones del caso y me hizo leer tu reporte. —Se detuvo frente a mí con preocupación en todo su rostro.

Puse los ojos en blanco y suspiré molesta.

—¡Claro que sí! —Alcé las manos hacia el aire—. No me sorprendería que comenzara a repartir copias por todo el lugar. —Me tomó de la mano y dio un ligero apretón.

—Estuviste frente al culpable, no es humano... Y yo lo dejé ir. —Sus ojos se movían por todo mi rostro, evaluándome—. Necesitamos reunir correctamente las pruebas y lo atraparemos. No te acerques más, ahora yo me haré cargo.

No podía dejarla y no serviría de nada, él me había reconocido. Era tarde para mí.

—Solo es un sospechoso. Hará falta evidencia contundente, el arma, un motivo o lo que sea. No tenemos nada de eso y tú no puedes buscarlos. —Su rostro se contrajo. Yo estaba en lo correcto. Estábamos cerca y no era suficiente.

—Ya no quiero que hagas esto...

—He hecho cosas peores. —Quise decir sin darle importancia y me arrepentí de inmediato.

Cada vez que me encomendaban una misión peligrosa, ella se preocupaba de muerte y sentía culpa por la posición en la que me ponía. Pero era mi decisión, siempre lo había sido. Lo fue el día en que la seguí, a ella, tan indefensa con su pequeña hija de meses. Así había comenzado este trabajo para mí, el día en que rasguñé a Javier para evitar que molestara a Valeria. Cuando me interpuse entre él y mi amiga para salvarla de un mal rato y de una mala vida.

—Sé que las has hecho... Y quiero que te detengas. —Por sus ademanes me percaté del cilindro de papel blanco que llevaba entre las manos.

—¿Te entregó mi reporte? —pregunté ofendida y, cuando intenté quitárselo, retrocedió, llevándolo lejos de mi alcance—. María Elena Lirios, si eso es una copia de mi reporte deja que la tenga. —Luchamos por breves momentos.

Pelear así con ella me divertía. Y cuando finalmente tuve el papel entre las manos dejé de sonreír. Y no solo eso, todo mi cuerpo se descompuso mientras leía las impecables letras impresas en dorado y rosa, con una hermosa caligrafía y decoración.

—No quería que lo supieras todavía... Han invitado a todos. De verdad esperaba decírtelo con más calma. —Se tropezó con las palabras a mis espaldas. Y al parecer las invitaciones de esa boda realmente eran para todos. Esta tenía mi nombre en una de las esquinas inferiores, escrita a mano por el hombre con el que alguna vez había pensado casarme—. Fue un descaro de su parte poner tu nombre en una y dejarla en tu escritorio... Es obvio que es una burla.

—No me interesa —la interrumpí y logré sonar desinteresada con éxito. En el proceso sentí cómo mi garganta se hundía con cada letra.

—Julia, por favor... —Dejé de ver la invitación para verla a ella. Estaba triste por mí—. Está bien que no le prestes atención, pero no intentes ocultar si te afecta...

—No me afecta en absoluto. Seguí con mi vida. Estoy con Javier, él puede casarse mañana mismo si así lo desea. —Abandoné el papel en una mesa cercana, con delicadeza, como si fuera a desmoronarse con solo soltarlo.

—Bien, si quieres hablar... ya sabes. —Me regaló una pequeña sonrisa y dejó que me marchara.

Ahora captaba de manera diferente la mirada de mis compañeros. Todos debían estar al tanto de lo que me hacía sentir el ver esas invitaciones esparcidas en copias por el lugar. Era tan malo como si fuera mi reporte describiendo mi fracaso el que estuviera en sus manos.

Me mantuve fría durante toda la tarde, mientras reorganizábamos estrategias y analizábamos la nueva información. Me convertí en la cazadora que era, observando mis presas, analizando el momento justo para atacar.

—Descubrimos que las recientes víctimas fueron los principales sospechosos en el asesinato de una niña Calpián, en aquel templo hace unos veinte años, fue una noticia muy viral y estremecedora en aquel entonces. Así que hemos comenzado a investigar los posibles motivos del sospechoso, estableciendo que el vínculo tiene que ver con su origen... —Ingrid, la investigadora principal de mi equipo, estaba hablando y repartiendo documentos en una de las salas de reuniones—. Debemos comenzar a descartar algunos, no he podido hacerlo aún ya que la información personal del sospechoso es escasa.

—Así que lo único que sabemos es que se entrevistó con la mayoría de las víctimas y que estuvo en dos escenas del crimen —interrumpí, como líder del escuadrón mi deber principal era vigilar que todos en el equipo hicieran correctamente su trabajo.

—Tengo las fechas exactas y sé con cuales se encontró. Igual tenemos imágenes de la primera escena en la que lo vieron y, con tu reporte escrito, tengo la información sobre la segunda. —Ingrid era pequeña y de piel morena, hermosa en alguna forma humana, pero con una segunda naturaleza detrás.

—Necesito un nombre... —dije con impaciencia.

—¿Cuáles son los posibles motivos en los que has pensado? —Leo, un especialista del área de informática, era el único del equipo que se atrevía a ignorarme. Bueno, a veces Mariel también lo hacía.

Ingrid me observó, esperando. Asentí con la cabeza para que respondiera.

—El motivo obvio es que tenga algún tipo de conexión con la víctima, que tenía alrededor de seis años cuando fue secuestrada por ese culto... —Estuvo hablándole a Luis y luego se dirigió a mi nuevamente—. Ya tengo su expediente, así que comenzaré a buscar entre sus conocidos para ver si encuentro alguna coincidencia. Ella tenía dos hermanos y sus padres siguen vivos. El sospechoso puede estar entre ellos o algún otro familiar. —Comenzó a hojear algunos de esos documentos sobre la mesa—. Sus familiares directos no coinciden con la descripción del sospechoso... También tengo la teoría de que alguno de ellos lo contrató para vengarse. Mi primera sugerencia es vigilar a los familiares, para saber si se pone en contacto con alguno de ellos.

Todas esas cosas eran un tanto obvias a mis ojos.

—Necesitamos saber qué sucedió en el lapso en que perdimos de vista al objetivo. También la relación que tenía con el sospechoso y su identidad. Y averiguar si la policía encontró el arma homicida o alguna pista —señalé.

—Axel, ¿viste al sospechoso rondando cerca cuando seguías a la última víctima? —preguntó Mariel.

Axel, junto conmigo, hacía las operaciones en el campo. No estábamos hechos para quedarnos detrás de una computadora a buscar desde las sombras, trabajar en el campo de batalla era lo nuestro. A veces Mariel se nos unía.

—No, nunca vi a un hombre así. Ella se encontró con otras personas. Están limpias, pero la perdí por más de una hora. —Y se lo lamentaba, no por el asesinato, esa clase de gente le daba igual. Lamentaba perder su objetivo por tanto tiempo.

—Bien. —Era un caos, uno pequeño comparado con otros grandes primeros fiascos. Nuestro equipo había sobrevivido a esos, lo haríamos de nuevo—. Trabajemos con lo que tenemos y no nos quedemos en nuestros fracasos. Luis, busca en las cámaras de seguridad una imagen mejor. El rostro de nuestro sospechoso no está en nuestra base de datos, intenta con el tránsito. Debe tener una multa o deudas. *Algo.* —El chico, unos años más joven que yo, asintió y se levantó para ir a trabajar—. Ingrid, recupera lo importante del caso de la niña y ese culto extraño. Algo se nos está escapando, si encuentras algo sobre lo que la familia hizo después, tráelo a mi escritorio. E investiga sobre lo que el sospechoso pudo preguntar a las víctimas al encontrarse con ellas.

—Creo que debemos seguir investigando las marcas que deja en las víctimas. Sé que dijiste que parecía una pista inútil... —Me costaba trabajar con ella cuando se comportaba tímida. De vez en cuando le daba algunos empujones.

—¿Crees que esas marcas tienen que ver con el culto?

Se humedeció los labios antes de esconderlos con fuerza.

—No. —Negó con la cabeza, haciendo que su coleta se sacudiera de un lado a otro—. Creo que es personal. El asesino los deja en su cuerpo con su propia sangre por una razón.

—Entonces sigue investigándolo, solo no descuides lo demás. En dos días traeré mejores fotografías. —No dijo nada mientras tomaba sus expedientes y salía por donde Luis lo había hecho—. Axel y Mariel. —Me giré en la silla para ver en la dirección de ambos, sentados uno junto al otro, con ganas de acción en sus rostros—. Vamos a buscar a los familiares y a seguirlos con cautela, no queremos alertarlos. —No me gustaba ser la que se quedaba sin trabajo, como el líder que solo delega tareas—. Yo no me acercaré, si el sospechoso me reconoce, retrocederá. Axel, tú encárgate del acercamiento con la familia. Mariel, quédate detrás. Ya saben qué hacer.

Me quedé sola en la sala de reuniones, torturándome, pensando en qué me mataría primero. Los Vigías me borrarían del mapa al enterarse de que me habían reconocido. La Sociedad me daría la espalda cuando me reconociera como a una criminal. El asesino serial, Justiciero de Dios o lo que fuera, vendría por mí al descubrir que seguía sus pasos. Tal vez me tiraría del techo para no enterarme de los planes de luna de miel de mi exnovio.

—Demasiadas opciones —susurré para mí misma. Suspiré por llegar a casa y comer algo de ese rico asado que había sobrado la semana pasada. Aunque esa noche no podría hacerlo.

CAPÍTULO 4: VIGÍA

Mariel fue a recoger a Valeria al jardín de niños poco después. La ventaja era que nuestro empleo principal no requería de nuestra presencia en la oficina todo el tiempo, éramos un tanto libres. Yo me quedé unas horas más, organizando el desastre o intentándolo al menos.

De alguna manera, la parte táctica de mi vida era fácil y estaba resuelta. Este empleo me había dado una cubierta, que era mi trabajo como profesora, en una academia a la que solo asistían personas como yo, perdidas entre un mundo humano y normal y uno mágico y retorcido. Además de mi departamento, en un condominio con el mismo tipo de personas.

Eso eran los Vigías, una comunidad de humanos que había comenzado con el propósito de observar los pasos de criaturas como los Calpián y, con el tiempo, se convirtieron en los cuidadores de humanos que habían conocido demasiado cerca el mundo de la magia y terminaron dañados.

Técnicamente ellos no tenían responsabilidades conmigo, ya que mi padre no había acudido a ellos. Sin embargo, Javier era hijo de una de las familias fundadoras de los Vigías, por lo que ellos lo respaldaban, a él y a su pequeña empresa. Y él me respaldaba a mí.

En algún momento me sentí culpable por ocultarle a mi padre sobre mi verdadera profesión. Con el tiempo, ese sentimiento se convirtió en una cuestión de venganza. Siempre había sido un padre amoroso, aunque un tanto ausente. Si me perdió de vista fue su decisión.

—Julia, vamos a casa. —Entró sin avisar y prácticamente me llevó de la mano para que lo siguiera.

Javier tomó mi bolso y lo puso en la parte trasera de su auto. No conocía la marca o el modelo, alguna vez me lo había dicho, ahora lo había olvidado. Estaba oscureciendo y me encontraba completamente agotada y hambrienta.

—¿Qué tal comida china? Realmente quiero arroz frito en este momento. —Subí al coche y él después.

—Lo pediremos a domicilio. —Me costó mucho no poner los ojos en blanco. A ese hombre le gustaba tanto su privacidad a la hora de comer.

Llegamos a su casa. La de él sí era una casa, espaciosa, hermosa. Quedaba cerca de esa biblioteca y en una colonia ideal, bien construida, con solo casas como la suya y parques verdes llenos de árboles frondosos. Se podría decir que esa colonia había sido construida por los Vigías y que todas esas casas les pertenecían.

Comimos con algo de silencio y jamás el pollo agridulce fue tan rico para mí como en ese momento.

—No era broma, espero que reconsideres mi oferta de cambiar el color que usas en tus cortinas.

—El gris está bien —respondió por lo bajo y siguió comiendo.

—Es un poco plano para una casa tan linda como esta. —Dejé mis cubiertos para inclinarme en la mesa—. ¿Qué tal verde? —Frunció el ceño con disgusto.

—¿Las pondrás tú? —dijo en voz baja. Me limité a observarlo. Castaño, algo guapo, con esa barbilla plana y fuerte. Su aspecto desentonaba con esa preocupación tan... errática—. Si quieres cambiar cosas de la casa, me gustaría que lo hicieras tú misma.

Algo en sus ojos era diferente, casi amoroso. Como si realmente no le importara si pintaba toda la casa de rosa con tal de que le dedicara tiempo.

—Mañana te compraré las más hermosas cortinas color verde vómito que encuentre.

Soltó varias carcajadas. Eran escasas las veces en que lo escuchaba reír. Tenía una risa fuerte y clara.

—Lo aceptaré, lo valdrá si te veo colocarlas con tus propias manos. —Mi mano cruzó la mesa para darle un pequeño pellizco. Siguió riendo.

Me era fácil jugar con él, me había costado al principio, tuve que aceptar que este era mi papel, si iba a jugarlo debía parecer cómoda en él.

—Claro que me dejarás todo el trabajo y solo te sentarás a observar.

—No me gustaría arruinarlo. Eres mejor en esas cosas que yo.

Lo decía en serio. Yo había movido los muebles de la sala y el comedor para que el espacio se viera mejor. Si esta casa era bonita en decoración, era gracias a las tardes que pasaba en ella, esperando a que Javier terminara de hacer lo que fuera que hacía cuando se encerraba en su oficina. Si alguna vez lograba terminar con mi trabajo para él, en definitiva, debería dedicarme a la decoración de interiores.

—Pero tú eres mejor lavando los platos. —Le guiñé un ojo y él suspiró antes de tomar los platos y dirigirse a la cocina para lavarlos.

No muy seguido me preguntaba sobre lo que teníamos Javier y yo. Esa relación en la que terminamos enredados. No me importaba lo que era, ni lo que le faltara. Él era una roca en la que había podido anclarme para mantenerme estable. Mientras pudiera sostener mi vida en él, lo haría. Me costara lo que me costara.

Me levanté de la silla y limpié lo mejor que pude la parte de esa enorme mesa que habíamos usado. Cuando me dirigí a la sala, su teléfono celular comenzó a sonar.

—¿Puedes decirme quién es? —gritó desde la cocina y comencé a buscar el aparato entre los bolsos de su maletín.

Lo saqué y junto a él estaba otra de esas fastidiosas invitaciones. Claro que habían invitado al jefe, seguramente esperaban un para nada modesto regalo. Y como si mis pensamientos no fueran suficiente tortura, la persona tras la llamada era nada más y nada menos que el novio.

—Es Barranco. —Lo tenía registrado con su apellido.

Javier llegó hasta mí con las manos aún mojadas y usó uno de sus nudillos para contestar con rapidez.

—¿Qué es? —preguntó sin cortesía.

Me quedé medio congelada junto a él, mirando el listón que sobresalía de esa invitación, como si fuera un imán o atrayente. La saqué del maletín.

Vivian y Alfonso. Sus nombres estaban escritos con letras enormes y el de Javier con pluma, como lo había estado el mío en aquella invitación que ahora estaba perdida.

Él la arrancó de mis manos con una expresión vacía y yo dejé caer los brazos con dolor.

—Sí, la vi en mi escritorio. Un mes puede pasar muy rápido. —Mi corazón tronó, se casarían en un mes—. Tal vez no vaya, pero te enviaré un regalo. —No lo haría, no si sabía lo que significaba para mí. Y lo sabía—. Darles tantos días libres a los dos puede ser difícil. Solo pueden tenerlos si encuentran quien los remplace. —Se estaba comportando difícil, pero no por mí. Era así con todos, hasta conmigo—. Te veré mañana en la oficina y lo discutiremos mejor.

Terminó la llamada y se dirigió a mí.

—Terminaré con los platos. —Me apresuré antes de que pudiera decir algo. En efecto, no había terminado la tarea así que continué.

Lo sentí a mis espaldas mientras ponía toda mi concentración en la vajilla y, cuando el último plato estuvo limpio, me abrazó por detrás. Besó mi cuello con lentitud. Consolándome. Así comenzó. Después esas manos acariciaron mi vientre y subieron hasta la parte baja de mi pecho. Me resigné a dejarlo continuar.

—Me mata —susurró en mi cuello—. Ver que sufres por él. —En un movimiento brusco me giró, recargándome en la orilla del lavabo y estampando su cuerpo contra el mío—. Cuando me perteneces —Me tomó de la barbilla con toda la mano, pero fue delicado.

Sus labios abrieron los míos con rapidez, con hambre. Ahora sus manos estaban en mis caderas y luego en mi cintura. Me dejé llevar y pasé mis manos por sus hombros, apretándolos con fuerza, no para atraerlo a mí, si no para resistir aquello.

—No sufro por él —dije a la primera oportunidad, pero él volvió a besarme con fuerza, arrancándome el aliento nuevamente—. Lo odio. —Aquello era verdad.

Capté su atención, su expresión sombría fija en mí, imperturbable.

—¿Entonces por qué te afecta tanto su boda? —Un reto de lealtad.

—Porque no se lo merece. Ser feliz. —Lo entendía, lo había presenciado en primera fila y fue un apoyo enorme durante aquellos meses difíciles, no emocional, más bien un punto de defensa.

—Las personas como él no son felices por mucho tiempo. Pronto lo pagará. —La manera en la que lo dijo, con determinación, como una amenaza, me hizo querer agradecérselo de la única forma en que él aceptaba mis agradecimientos. Lo besé, esta vez con su misma brutalidad.

Abandonó mis labios y se perdió en mi cuello, ascendiendo hasta mi mandíbula, succionando mi carne con esos dientes que habían escupido esas palabras tan tentadoras para mí. Aunque no era capaz de perderme en la sensación de sus caricias, no me era tan indiferente la manera en que me tocaba. Sus labios iban tras mi oreja y sus manos apretaron mis muslos, arrastrándose hasta la orilla de mi falda mientras yo lo abrazaba con una pierna.

—Me encantan esos zapatos rojos —gruñó en mi oído y yo solté un pequeño gemido como respuesta—. Quiero tenerte solo con esos zapatos. —Últimamente me era difícil diferenciar cuáles de mis reacciones eran reales y cuáles no, era una trampa psicológica que me ayudaba a sobrellevarlo.

Todo el asunto era un estímulo apenas significativo, pero muy reconfortante. El desahogo que mi cuerpo necesitaba después de días estresantes como este. Probablemente era lo mismo para él. No duró mucho. Pronto comencé a sentirme mareada, no por placer, si no por algo horrible que volvía a revolverse en mi estómago. Unas terribles náuseas me nublaron el juicio.

Me aparté de él con la misma brusquedad con la que me había atraído. Corrí con prisa hasta el baño. Apenas logré llegar y vacié esa deliciosa cena por el inodoro. Todo era más de lo mismo, los escalofríos, el sudor. Cuando terminé, Javier se acercó hasta mí, arrodillándose con una pierna en el suelo donde yo me encontraba casi desmayada. Me tendió una toalla.

—No sabía que era tan malo. Te dije que vieras a un médico. —Aquellas palabras que debían denotar preocupación sonaban más bien distantes dichas por él.

—Lo olvidé cuando tomaste mis cosas y me trajiste directo a casa. —Me limpié la boca, cansada de estar enferma. Jalé de la palanca y el agua comenzó a arremolinarse, el sonido refrescaba mi mente.

—¿Cuánto tiempo has estado así? —Estaba serio. Se había olvidado de mi malestar mientras veníamos en camino. No lo admitiría.

—Algunos días, no era tan malo hasta ayer.

—Tú... —Me analizaba con demasiado detenimiento.

No deseaba saber qué clase de ideas pasaban por su cabeza, así que me puse de pie antes de que las expresara en voz alta.

—Iré a consultar mañana sin falta. Seguramente comí algo en mal estado. —Aunque no recordaba mi cena del día anterior, probablemente era la culpable.

Salí del baño y hasta ahí llegó nuestra sesión de besos y caricias.

Dormimos juntos. Pero no se me acercó, no me tocó en toda la noche. Necesitamos varias sábanas, ya que la casa permanecía fría en esta temporada.

Peores pesadillas me agobiaron esa noche. En estas yo estaba vestida de novia, completamente de blanco con un velo sobre mi cara, pero cuando lo retiré no estaban frente a mí ni Alfonso, ni Javier. El asesino me observaba con malicia, sosteniendo una cuerda ensangrentada entre sus dedos. Sus labios articulaban mi nombre, pidiéndome que me acercara hasta él a través de ese lugar lleno de las mismas criaturas abominables de siempre.

Me desperté asustada, tanto por mi pesadilla como por el sonido del vidrio quebrándose. Lo primero que hice fue tomar los lentes de la mesita junto a la cama, confundida al despertar sola, con la noche aún en curso. Salí de la habitación y bajé las escaleras. Javier se encontraba junto a un montón de vidrios rotos; me di cuenta, eran de la ventana. Alguien había lanzado desde el exterior una roca enorme que ahora se encontraba en medio de los trozos de cristal.

—No te acerques, puedes lastimarte. —Levantó una mano en mi dirección, con los ojos puestos sobre mis pies descalzos.

—¿Qué pasó? —pregunté en voz baja.

Negó con la cabeza y lo comprendí. Mi mente sacudió la pesadilla anterior para que pudiera entender mejor la situación. Alguien había invadido una zona protegida por los Vigías. No había forma de que lo hicieran al azar, o como broma. Era una amenaza directa.

—Bajé por agua y escuché el sonido. No vi quién lo hizo —dijo mirando el desastre en el suelo. Desconcertado, como nunca lo había visto.

—Tienes que llamar a los Vigías, o tal vez al equipo de seguridad de la central. —Se me acabaron las palabras cuando nuestras miradas se encontraron. Su expresión se tornó completamente horrorizada, pensé que tal vez me estaba sangrando la cabeza.

—Me encargaré de eso después, hay cámaras de seguridad afuera. —Caminó hasta mí, sin importarle pisar los cristales, aunque él sí llevaba zapatos—. Primero te llevaré a tu casa, tal vez no sea seguro que vengas por un tiempo. —Fue inesperado. Por alguna razón parecía más preocupado por mí que por la situación y no, no era normal en él. Lo normal para Javier era atacar primero, protegerse después.

—Puedo irme sola, necesitas resolver esto. —Siempre regresaba a casa sola.

—Aún es de madrugada. Si el responsable sigue cerca no quiero ponerte en peligro. Te llevo yo y llamaré a un escolta.

Recuerdo volver a la habitación de huéspedes, donde estaba el armario que contenía mi ropa, escoger prendas al azar y después ir al auto. Me quedé dormida hasta que llegamos a mi edificio. Él me despertó y me acompañó hasta la puerta de mi departamento, esperó a que entrara y se fue con prisa.

A la mañana siguiente Mariel volvió a sorprenderse por mi presencia en la casa. Sorpresa que aumentó cuando le conté sobre la ventana rota.

Algunos días pasaron y no parecía haber pistas sobre ese accidente, tampoco sobre nuestro sospechoso, lo cual en parte agradecía.

—El objetivo debió ser Javier. Tú lo conoces mejor que nadie, sabes cómo arrastra a desafortunadas personas como nosotras hasta su red de manipulación. Quizá es alguien a quien acosa como lo hacía conmigo.

Tenía sentido y a la vez, no. Siendo honesta, no estaba realmente preocupada por lo sucedido. Me preocupaba más cómo podía afectarnos a los que estábamos cerca de él.

—No importa si no es un ataque para los Vigías, atacar a Javier es como atacarlos a ellos. Debe ser un demente...

—O alguien que no sabe con quién se está metiendo, un humano ajeno a todas esas comunidades misteriosas. Yo lo fui una vez. — Estábamos sentadas en la oficina de Mariel, era nuestra hora libre compartida.

—Un humano muy valiente para ser ajeno. No recuerdo que Javier se haya metido jamás con alguien ajeno a... pues a esto.

—¿De verdad no te ha dicho nada?

Negué con la cabeza. Desde ese día sus únicas palabras hacia mi eran para preguntar si me sentía mejor o necesitaba algo.

Tuve que mentirle sobre ver a un médico y tomar algo de medicamento. Mis mareos seguían, aunque las náuseas ya no eran tan fuertes, así que olvidé lo de tener una consulta.

—Me extraña, jamás lo vi tan... —No existían las palabras para describirlo y que cuadrara con él—. Simplemente está actuando muy extraño conmigo desde entonces. —A los ojos de otra persona debía ser completamente normal, que la pareja mostrara tanta preocupación por poner a su amada en peligro. Javier y yo no éramos así. Me lanzaba al peligro todo el tiempo y ambos lo aceptábamos. No éramos una pareja tan oficial o unida.

—Tal vez sabe más al respecto y no quiere decírtelo. Incluso podría no ser la primera vez que algo así le sucede. —No quería darle más vueltas, preocuparme por esas cosas no era mi tarea—Ten cuidado. Me alegra que no vayas a verlo por un tiempo.

Nuestra conversación se redujo a eso, a los problemas que Mariel podía conocer. Durante estos días la apresuré para llegar temprano a la preparatoria y no toparme con... inconvenientes. Igualmente nos íbamos después de que todos los alumnos hubieran salido.

Me dirigí a clase, con esos alumnos nuevos. Todos estaban dentro cuando llegué y noté algo peculiar durante toda la hora. Esos chicos parecían ahora cercanos a Delgado y ella se veía confiada estando a su alrededor.

Me alegraba y me preocupaba. Esa joven era muy solitaria y, cuando los dos hermanos volvieran a sus orígenes, lo sería de nuevo. La clase terminó y en efecto esos tres salieron juntos. Mas tarde pude verlos junto a esa otra joven Calpián, la que llevaba clases con Mariel. Esta última no se parecía físicamente a los hermanos, así que era probable que no fueran familia tal cual.

—Es muy inteligente y creo que hasta adelantada. No lo hacen notar por alguna razón. —Me compartió durante el almuerzo.

—Si sus familias estaban lejos de la sociedad y ahora están aquí es porque nunca estuvieron en una escuela humana, así que probablemente los educaron en casa —comenté con tranquilidad. Mariel estaba pensativa respecto a la joven, Miriam Mirantes.

—Su presencia me preocupa. A todos los profesores igual —continuó—. Un paso en falso y la Sociedad vendrá tras nosotros. — Los riesgos parecían más altos que la recompensa. Nadie se atrevía a preguntar sobre ese tratado, sobre los términos bajo los cuales nos ponía.

No fui a la oficina, no lo necesitaba, todos seguían en movimiento y se reportaban conmigo cuando era necesario. En su lugar fui con Amaris, a su cafetería. Por respuestas, por tranquilidad, por café, por una nueva ancla.

Me senté donde siempre, un lugar en una de las esquinas en la barra que estaba junto a la ventana. Me gustaba observar a las personas y la cuesta baja de la calle. Saqué mi computadora portátil y leí los reportes del equipo mientras me traía mi café.

Habían encontrado a la familia de la víctima. Aunque actuaban con normalidad, se quedarían cerca para vigilar. Volví a abrir el archivo del caso que enviaron a mi correo. Sofia Levana tenía seis años cuando fue secuestrada por los miembros de un extraño culto, la torturaron y desangraron hasta la muerte. La mayoría de los miembros de ese culto, que fueron sospechosos en ese entonces, eran nuestras victimas en la actualidad. En aquel entonces no se logró atrapar a un culpable, las razones por las cuales los Calpián no lo habían hecho eran desconocidas para nosotros. Los reportes de la policía humana tenían escasa información. En cuanto a los Vigías, como la familia había pertenecido a la Sociedad cuando sucedió la tragedia, se quedaron al margen. Ahora todos esos sospechosos estaban siendo cazados por alguien. Si todos eran culpables de la muerte de aquella niña, no lo sabía. A mis ojos se merecían lo que les estaba sucediendo, ya que aparte de ese crimen tenían otros cuantos en sus expedientes. Aunque todos esos criminales eran humanos.

Así que la familia Levana era y es una familia Calpián, una que había abandonado a la Sociedad cuando esta no pudo hacer justicia por su hija.

Cerré todo lo referente al trabajo cuando Amaris llegó con mi taza de café.

—Capuchino vainilla... con tu toque especial favorito. —Sonreía impecablemente, con el cabello rubio, casi blanco, trenzado sin esfuerzo. Se lo había teñido hacía unos días y la verdad era que se le veía precioso.

—Gracias... —Tomé la taza con ambas manos del lugar donde la colocó junto a mi computador—. De verdad tengo ganas de un pastelillo de chocolate, ¿me harías un descuento?

Me miró con diversión y puse la cara más inocente que tenía.

—La casa invita... te traeré una rebanada. —Me palmeó la espalda.

—Te adoro.

—No es verdad. —Se burló—. Ah, no olvides devolverme mi paraguas, tal vez llueva de nuevo muy pronto. —Me guiñó un ojo antes de irse.

Me encantaba verla así de feliz, con su mandil café atado a la cintura y contenta de atender a los clientes.

Nunca le tuve miedo, ni siquiera en sus peores momentos. No sabía mucho de su pasado, solo que había huido de una vida miserable y que ahora era una protegida de los Vigías. Si su pasado había sido miserable no se le notaba, ella vivía como si toda su vida fuera una maravilla. Me alentaba a continuar. Saber su historia y la de otros, de cómo los Vigías los habían apoyado, me hacía sentir que mi trabajo, por más malo que pudiera ser en ocasiones, era para beneficio de los buenos. De aquellos que limpiaban el desastre de todas las criaturas que, en mi opinión, no debían pertenecer a este mundo. Aunque una mitad de mí fuera parte de ellas.

Conecté los audífonos a la computadora y comencé a escuchar música mientras revisaba algunas tareas de los estudiantes que llevaba en el maletín. Tenía lista la pluma de tinta roja para marcar cualquier error que pudiera existir.

Apenas era de tarde, con un otoño tranquilo y llegando a la mitad. Algunas de las hojas de los árboles ya estaban teñidas de hermosos colores amarillos y cafés. Violines comenzaron a escucharse, una composición hermosa de la que disfrutaba en momentos de tranquilidad como este, en medio del caos de mi vida diaria.

Dejé por un momento los documentos que estaba revisando y levanté la vista al cielo. Blancas y esponjosas nubes de todas las formas y tamaños se teñían de cálidos naranjas y rosas conforme el sol descendía.

En el momento en que alguien se sentó en uno de los bancos a mi lado dejé de tontear y volví a trabajar. Una sensación extraña me recorrió la espalda y miré sin pensarlo.

La pesadilla hecha persona, el sospechoso, el asesino, el error en mi expediente. El hombre al que los míos buscaban con desesperación, sentado a mi lado, con las manos juntas sobre la barra, un anillo en ellas. La expresión tranquila. Los hombros hacia atrás en esa chaqueta de mezclilla y con la misma expresión devastada y acabada de la última vez.

—Un gusto volver a verte —dijo sin mirarme, observaba el cielo, el mismo que yo había contemplado antes. Ahora completamente anaranjado.

—Yo no diría que es un gusto —respondí con calma, apartando la vista de él. Abandoné los papeles sobre las teclas.

Soltó una risita. No me permití alterarme. Relajé la expresión de mi rostro para no mostrar nada, no le daría nada.

—Para mí lo es.

—Te lo advertí —dije por lo bajo—. Que la próxima vez no vivirías.

—No te veo intentándolo —se apresuró a decir.

—Pues mira bien —respondí, apoyando mi arma en su costado dentro de mi abrigo. La había sacado de uno de los bolsillos interiores sin que se diera cuenta.

—Pareces inteligente. No dispararías en un lugar público.

—Me estás subestimando. Dijiste algo parecido la primera vez.

—Y no lo hiciste.

Cierto, pero no me inmuté ante ello. Se me calentó la sangre. No entendía cómo aquella vez me había horrorizado hasta vomitar por su presencia. No era miedo lo que me hacía sentir, sino algo más profundo y oscuro.

—En aquel entonces tenía prisa. Hoy tengo tiempo. —Aunque realmente no sabía si sería capaz.

No tuve que pensarlo demasiado, Amaris apareció y se interpuso entre los dos. Retiré el arma enseguida y volví a meterla en su lugar con discreción.

—Aquí esta tu pastel de chocolate. —Dejó el pequeño plato junto a mi taza—. Y el café del caballero. Que lo disfruten. Espero que estén teniendo una linda charla.

Amaris me miró con los ojos bien abiertos y me pregunté si conocía las circunstancias en las que me encontraba. Si había tocado al hombre a mi lado. Si vio su futuro.

—Gracias. —Él le sonrió, apenas una pequeña sonrisa, pero el gesto a mi amiga me hizo enojar.

—Avísenme si necesitan algo más. Y no olvides mi paraguas —dijo devolviéndole la sonrisa y retirándose para atender a más clientes.

—¿Me estás siguiendo? —pregunté uno segundos después mientras él tomaba de su café. Yo ni siquiera quería mirar mi pastelillo.

—Vivo aquí cerca. Desde que llegué he estado viniendo a este lugar. Es cómodo. —Volvió a poner las manos sobre la barra, el café entre ellas. Aunque tenía la vista fija en esa ventana, frente a los dos, podía sentir como me miraba—. Tu arma no tiene balas. —Sus palabras llamaron mi atención así que lo miré de nuevo, con la expresión aun plana.

—¿Quieres apostar? —No tenía idea de cómo lo sabía. Aun así, no quise darle la razón.

—Te dejaré ganar esa apuesta esta vez. —Apartó la vista hacia mi taza de café.

Me di cuenta de que yo conocía muchas cosas de él. Los lugares en los que había estado y ahora, la zona en la que vivía. Así que cerré la computadora y puse los papeles sobre ella, con las letras hacia abajo. No dejaría que él descubriera nada de mí.

—Bien, no esperes a que te agradezca. —Sentí cómo observó cada uno de mis movimientos.

—No te vayas —dijo, de pronto, al ver cómo levantaba el maletín para guardar las cosas. No me detuve—. Se para quien trabajas, lo que haces.

—Qué miedo. —Abandoné el bolso negro sobre la barra y me giré totalmente para contemplarlo—. Suenas como un acosador. —Quería detenerlo en ese mismo instante, pero no tenía los medios y no deseaba hacer un escandalo en el lugar.

Era alto, eso lo había notado desde el inicio. Pero también era ancho de espalda, corpulento de alguna manera. Y un posible asesino, no debía olvidar eso.

—Está bien, admito que verte desde la calle pudo haber influenciado en mi decisión sobre tomar un café... Pero de verdad necesito hablar contigo. —Ahora era amable de alguna manera, como si cambiara de estrategia.

Me puso un poco nerviosa, pensar en que me había estado observando mientras trabajaba. También debía saber que la dueña era mi amiga. ¿Quién tenía más información sobre el otro?

—Si es por las fotografías, ya no las tengo. —Dejé de mirarlo cuando me encontré con sus ojos. Esa mezcla espeluznante. ¿Sabría él lo que era yo?

—Obviamente no, han pasado días. Quiero que me ayudes a localizar a los demás... sospechosos. —Porque él era el principal sospechoso, ¿y ahora quería que lo guiara a nuevas víctimas? El horror debió notarse en mi expresión porque suspiró—. Sé lo que estás pensando. Lo que la policía y los demás piensan. No me importa. —Se puso serio, rígido—. Me encontré con esas personas porque necesitaba información. Ahora están muertas y no me darán lo que necesito. Pero si encuentro a sus compañeros...

—Espera un segundo. —Levanté la mano en su dirección. La contempló de una manera que no pude distinguir. Recordé otra cosa. Era la misma mano con la que había sostenido aquel paraguas. La bajé enseguida—. No sé por qué piensas que yo voy a ayudarte. Tu cerebro no debe funcionar bien. No somos aliados. Desde mi perspectiva, eres un posible criminal.

Incluso lo consideraba mi enemigo. Y entendí por qué debía tener miedo. Demasiados lugares, nuestras vidas se conectaban en demasiados lugares. Él vivía cerca de la cafetería de mi mejor amiga, tenía sentido haberlo encontrado aquella vez en el puente. También frecuentaba la preparatoria en la que yo trabajaba. Me arrepentí de no haberle contado a alguien, de no haberle dicho a Mariel, si algo me pasaba...

—De acuerdo. ¿Cuánto quieres? Puedo pagarte. —Una parte de mí quiso sentirse ofendida. Pero si de verdad sabía para quién trabajaba yo, era razonable que pensara que lo hacía por el dinero.

—No hay oferta que puedas hacer que me haga creer en ti. —Una parte en mi interior me gritaba que le diera lo que quería y saliera corriendo. ¿Por qué diablos seguía ahí sentada?

—Está bien, debí pensarlo mejor. —Arrugó la frente y se rascó la barbilla. Lo había visto hacer ese gesto aquella vez—. Deberíamos comenzar con una presentación, —Extendió la mano hacia mí—. Soy Gabriel... Gabriel Mirantes. —Parecía indeciso al decirme su nombre, si es que era el verdadero.

Levanté una ceja y él resopló. Dejó caer la mano, sospechando que no la tomaría. Y no lo haría. Volví la vista a la ventana. El nombre hizo clic en mi cabeza. Me sentí un tanto idiota por no haberlo pensado antes. Ese hombre seguramente era familiar de los chicos del instituto.

No podíamos encontrar información sobre este hombre, Gabriel. Y tal vez nunca lo haríamos. Estaba tan bien protegido que era el asesino perfecto. Protegido por ese maldito convenio del que nadie decía nada. Me pregunté si los Vigías lo sabrían, o si los habían engañado. ¿Los Calpián lo sabían? El principal sospechoso, burlándose de dos de las comunidades más grandes en este loco mundo mezclado.

—¿Qué quieres de esos criminales? —Escupí de pronto, viendo su reflejo en la ventana.

Bajó la vista hasta las manos.

—Supongo que si quiero tu ayuda tendré que decirlo. —Tomó del café y esta vez encontró mi mirada en el reflejo—. Esas personas son responsables del secuestro de alguien a quien conocí.

—¿Sofia Levana? —Había sido un caso famoso y todos conocían su nombre, no era secreto para nadie, asi que no temí decirlo.

Negó con la cabeza.

—Otra persona. En realidad, se dice que son los responsables de su desaparición, necesito averiguar si es verdad.

¿Otra desaparición Calpián? Este tipo quería hacer justicia por su propia mano. No iba a ayudarlo, no podía, pero ¿podría entregarlo? Él bien podría estar de regreso a su Sociedad en medio año, menos. Yo, en cambio...

—Suerte con eso. —Me puse de pie, tomé mis cosas y lamenté tener que abandonar ese delicioso pastel de chocolate.

—Le dejaré mi número de teléfono a la dueña. Por favor, piénsalo.
—Lo vi desde mi posición de pie, seguía sentado, con una expresión lastimosa. Muy distinta a su actitud anterior.

Una sensación extraña me atravesó el cuerpo. No quería vomitar de nuevo, no frente a él. Así que no le respondí.

CAPÍTULO 5:
EN LA TRAMPA

Fui directamente al centro de operaciones. El cielo comenzaba a oscurecerse y además no me arriesgaría a que me siguieran hasta el departamento. Hice las conexiones en mi cabeza, sobre lo que el tal Gabriel podría saber. No era miedo, pero tal vez le insinuaría a Javier que quería pasar tiempo con él para que me llevara a su casa. No había posibilidad de que nos siguieran hasta el área de los Vigías.

Todo el trayecto miré a mis espaldas, buscando en las sombras. Y al caminar cruzaba por lugares ventajosos, con muchas personas o en espacios abiertos. No había nadie detrás de mí.

Mi respiración se normalizó cuando entré en la biblioteca, la recepcionista no estaba. Me pareció extraño, sin embargo, no podía darle demasiada importancia. Así que prácticamente corrí directo a esas escaleras. Bajo tierra podría pensar mejor, pero, sobre todo, me sentía desesperada por contarle a Mariel. Era hora de que alguien supiera que el posible asesino estaba tras de mí. Si eso la ponía en peligro, tal vez deberían mudarse por un tiempo. Mi padre vivía en una pequeña ciudad a unas seis horas de aquí. Esa noche le pediría a Javier relevar a Mariel en sus deberes en su nombre, con alguna excusa sobre Valeria. Aún no lo planeaba lo suficientemente bien.

Había un enorme alboroto, más de lo usual. Algunas personas se reubicaban y cambiaban sus lugares de trabajo, otros estaban enfadados, cruzados de brazos, estorbando en el camino de otros. Y Mariel estaba en una esquina; cuando encontró mi mirada abrió los ojos, sorprendida y advirtiéndome.

Fue cuando me di cuenta: unos cinco hombres, entre ellos Alfonso, salían de mí, sí, *mi* sala de reuniones, con cajas repletas de papeles. Eran los documentos de nuestra reciente investigación. Me apresuré con desconcierto y un poco de enojo, quería explicaciones.

—¡Oye tú!

Antes de poder saltarles encima, alguien me tomó con fuerza por el codo. Javier me hizo una señal con la cabeza y después una igual a mi amiga que ya estaba detrás de mí, para que lo siguiéramos a su oficina. Todo mi equipo estaba ahí, esperando por nosotras, por mí.

—Ahora que están todos aquí... —Javier soltó un suspiro mientras se acomodaba tras su escritorio. Se veía estresado—. Como ya vieron, tenemos una rotación de personal. Es una orden de los superiores. —Y con eso debía referirse a los Vigías—. Varias cosas van a cambiar a partir de hoy. Eso se verá conforme la marcha. —Se frotaba las manos una con otra—. La razón por la que están aquí es que he decidido desintegrar su equipo, por lo tanto, el caso... —Me miró fijamente, pero lo disimuló dirigiendo su mirada hacia Mariel, que estaba a mi lado—. El caso será asignado a un equipo dirigido por mí personalmente. A algunos de ustedes se les asignará otro equipo.

Sentí la tensión entre mis compañeros. Era una represalia, por haber tenido al sospechoso en el lugar y fallar, por perder a la víctima por más de una hora, por no poder cumplir con nuestro trabajo.

Estaba por protestar, segura de que nadie más lo haría, de que todos bajarían la cabeza como siempre. Porque, de todos, yo era a quien no tocaría, no castigaría, y si lo hacía, no me importaba.

—No puede hacer eso... sacarnos. Hemos estado trabajando en esto durante casi dos meses, conocemos bien el caso. —Dos meses en los que no habíamos logrado nada. Fue Ingrid quien objetó, sorprendiéndome.

Javier la observaba con la misma sorpresa. La pequeña muchacha, qué osada, no bajó la cabeza, no retrocedió.

—Tu y Axel serán asignados a mi equipo. He visto como trabajan y creo que me serán útiles ya que conocen el caso. Los demás serán reasignados.

Lo escuchaba con mis propios oídos y no podía creerlo. Me estaba sacando. Y mi maldito cerebro no se decidía si eso era bueno o malo, porque el sospechoso me conocía. Y yo ya no podría cubrir mis huellas.

—¿Cuándo será eso? —Leo, que estaba reclinado en la puerta cerrada, se encaminó un poco hasta quedar a mi lado.

—Ahora mismo. Ya hay una lista afuera con las nuevas asignaciones. Por el momento todos salgan. —Había mucho que decir, me di cuenta, pero todos nos dispusimos a obedecer—. Julia y Mariel, quédense un momento.

Se intercambiaron miradas entre los presentes. Yo sabía lo que los demás estaban pensando, que ser la amante del jefe estaba dando sus frutos. Ya no me importaba. Ellos no se habían dado cuenta, desde hacía tiempo que mi relación personal con Javier me estaba dando lo que yo quería.

Todos obedecieron; al final Javier se dejó caer en su asiento, los brazos cruzados y la boca torcida.

—¿Por qué estás haciendo esto? —pregunté en voz baja.

No me sorprendería que no me lo dijera, fuese lo que fuese.

—Ese convenio cambió algunas cosas entre los Vigías. —Así que era eso. Me pregunté qué tanto tendría que ver con Gabriel—. No se preocupen, se les pagará por lo que ya han trabajado.

—Aun así, estamos cerca... —Mariel dio un paso con decisión.

—Les asignaré otra misión. *La última.* —La sorpresa de mi amiga estaba escrita en su rostro, junto con otra palabra. Libertad.

Pero ahora Javier tenía los ojos fijos en mí. Pensé bien en mi respuesta, porque ahora nuestro tiempo juntos seria cuestionado. Sabía muy bien lo que él estaba pensando. En si me alejaría de él tan solo pisar la libertad.

—¿Y cuál es? —Una pregunta, la misma que hacía cada vez que me llamaba para asignarme un trabajo.

Y parecía satisfecho, pero distante.

—El convenio con la Sociedad Calpián. —Abrió un cajón junto a él y lanzó un manuscrito de buen tamaño sobre el escritorio—. Quiero saberlo todo sobre esas familias. ¿Por qué abandonaron la Sociedad? ¿Por qué vuelven ahora? ¿Qué cambió? —Una trampa—. Lo más importante: ¿qué disputas persisten entre ellos y la Sociedad que podamos aprovechar a nuestro favor? —Una sucia jugada de su parte, la más vil del mundo—. Y si no pueden con ello, avísenme.

No miré a Mariel y estaba segura de que ella tampoco intentaría mirarme, ambas éramos conscientes de lo que aquello significaba.

Nuestro boleto a la libertad era un pase directo a la perdición. Un paso en falso y la Sociedad nos capturaría, nos pondría en esa lista negra o peor, nos eliminaría sin preguntar quiénes éramos. Retroceder significaba trazar una lealtad con nuestra especie. Los Vigías nos considerarían un riesgo de fuga, una traición por nuestra parte. Y si simplemente fallábamos nunca seríamos libres.

El juego comenzaba, el tiempo sería limitado, ese convenio pálido y escrito con tinta azul lo dictaba. Las reglas, los huecos legales, los plazos, cada línea en él nos podían jugar a favor o en contra.

La trampa perfecta.

Fui a casa tan rápido como pude, nunca olvidaría su mirada. Salió junto conmigo de la oficina de Javier, con el manuscrito entre las manos temblorosas. Por un momento pensé que se desmayaría o que comenzaría a gritar obscenidades por todo el lugar, maldiciéndonos a todos. Lo habría preferido sobre esa tranquilidad tan fría que la gobernaba cuando me dijo que iría por Valeria.

No volvería hasta tarde, lo que más necesitaba en ese momento era estar con su hija. Con la razón por la que luchaba y soportaba día con día.

Así que, al cerrar la puerta detrás de mí y sacar los escasos papeles que quedaban en mi portafolio, después de entregar lo último que tenía sobre el caso, lancé todo al suelo en un gruñido de furia.

Observé los papeles esparcidos, mi respiración ya estaba irregular.

—Maldito. —Un susurro— ¡MALDITO! —Y no me importaba si todo el edificio escuchaba. Maldeciría su nombre con cada mala palabra que conociera.

Porque lo había planeado bien. Si alguien podía hacer esto, lograrlo o, en caso de fallar, que no le importaran las consecuencias, era Mariel.

Nuestro as bajo la manga, uno que él debía saber que nos negaríamos a usar, era Valeria. Una pequeña niña mestiza que podríamos llevar ante la Sociedad para que reclamara su protección y así descubrir las tretas sobre las familias que estaban volviendo. Y a Mariel no le importaría que la descubrieran, que quisieran marcarla o que le quitaran todo derecho futuro a pertenecer a ellos. Tampoco le importaría si pasaba lo mismo con su hija, porque si algo tenía claro Mariel, siendo la frágil humana de la cual uno de los suyos se había burlado, era que no deseaba que su hija se acercara a ellos. Misma razón por la cual no podíamos someterla a ese riesgo.

Y si yo fuera la mujer con sentido común que él creía que yo era, a mí tampoco me importaría. En caso de tener que presentarme yo misma, no debía importarme lo que hicieran con mi nombre. El asunto era que yo no debía tener sentido común, porque me importaba. La Sociedad era mi plan de respaldo, un plan no muy sólido, pero sí una vía que me daba algo de paz por las noches. Pese a que mis familiares dentro no se merecieran mi consideración, no podía evitar preocuparme por las consecuencias de tomar tan arriesgada decisión.

Así que había dos alternativas: arriesgar a esa preciosa niña por la cual Mariel y yo hacíamos lo que hacíamos o arriesgarme a mí misma, infiltrarme en la Sociedad con la posibilidad de perder su favor para siempre.

—Desgraciado. —Había lágrimas en mis ojos, me arrodillé para juntar los papeles y no pude evitar arrugarlos entre las manos al pensar en él—. Voy a tener que ser yo, no hay alternativa.

Y si fallaba, si me atrapaban, no tendría a dónde ir. Solo a él y a los Vigías. Estaría atrapada con ellos por siempre al pedir oficialmente su protección.

La libertad lo era todo. Para Mariel, Valeria, para mí. Y lo valía, aun si fallaba, intentarlo por ellas, por nosotras, lo valía. Yo debía ser la carnada.

Seguí gruñendo al recoger el resto de los papeles cuando una alarma sonó en mi teléfono. Un recordatorio. Había olvidado esa cita con aquel informante. ¿Valdría la pena ir? ¿Ir y entregarle mis esfuerzos a otro?

Pero tenía que ir, porque si iba a intentar poner un pie en la Sociedad para terminar este estúpido trabajo, necesitaría evidencia por si aquel hombre, Gabriel, se interponía en mi camino.

Él era el obstáculo principal entre nosotras y la libertad. No iba a permitir que nos la quitara.

El lugar era un centro comercial. Mi informante lo había escogido junto con la hora cuando me reuní con él casi una semana antes. Un detective, uno de verdad, humano, que perseguía al asesino serial.

Samuel, un hombre viejo, con conexiones entre personas que pertenecían tanto a los Vigías como a los Calpián. Lo había escogido tras descubrir que, de hecho, vendía información a ambas partes y que no toda la información que daba era real o estaba completa. No se resistió cuando le pregunté qué pensaba que harían sus clientes con sus tres pequeños nietos al descubrir sus mentiras. Y no eran mentiras pequeñas. Su información filtrada de hecho favorecía a varios criminales reales y los liberaba de pagar por sus atrocidades. Todo parecía depender de quién pagara mejor.

Saqué el ya arrugado papel que contenía los dígitos cuando fui al área de casilleros. Era cerca de las diez de la noche y el lugar seguía lleno.

18189868

Los casilleros en el lugar eran de máximo dos dígitos, así que me dirigí al 18. Esperé a que un par de chicos se alejaran del lugar para abrirlo cómodamente. El candado en él exigía los siguientes seis dígitos.

Los introduje con algo de rapidez, levantando los talones con frenesí. La pequeña puerta se abrió y dentro distinguí un grueso sobre amarillo. En ese momento alguien puso con fuerza su mano contra un casillero junto a mí, su brazo estaba tan cerca de mi cabeza que me paralicé por un momento. Y después tomé el sobre con rapidez, apretándolo contra el pecho, para que quien fuera que estuviese a mis espaldas no lo viera.

—¿Esta vez no hay un arma para amenazarme? —Me giré inmediatamente. Gabriel, a quien había visto apenas unas pocas horas antes, estaba ahí, de nuevo. Seguramente me había seguido sin que me diera cuenta—. Se te va a marcar una línea de tanto arrugar la frente. —Me señaló con un dedo de su mano libre y lo dejó caer inmediatamente.

—¿Por qué vienes tras de mí? Dijiste que te buscara si yo...

—Que lindos pensamientos tienes. ¿Así es como funciona tu cerebro? —Sonrió de lado, una sonrisa un tanto atemorizante. Sentí que se me contraía la garganta y fue el único gesto que hice frente a él—. Creo que tenemos el mismo informante.

Señaló con la barbilla el sobre entre mis manos.

Así que era él, la otra persona que quería las fotografías del forense.

—Yo llegué primero. —Me apresuré a decir, recordando las indicaciones en la carta. Me giré un poco, de lado, para cubrir el paquete con mi cuerpo. No funcionó muy bien.

—Sí. —Dejó de sonreír—. Parece que siempre llegas primero.

Lo último lo dijo en voz más baja, reflexionando para sí mismo. Me di cuenta de lo cerca que estaba de mí, de lo grande y alto que era. Con la misma chaqueta de antes y el cabello colgándole alrededor de la cara. Acorralándome como a una presa.

Pero rara vez me permitía ser la presa. Me enderecé, acercando el cuerpo un poco al suyo, y él retrocedió la misma distancia, con sorpresa en su cara, pero sin quitar el brazo de donde lo tenía apoyado junto a mi cabeza. Alcé la barbilla para poder mirarlo a los ojos, desafiándolo. No sabía por qué, no quería que él me viera como a alguien manipulable o a quien pudiera atemorizar, sin importar si de verdad era capaz de asesinar a alguien.

—Así que el contenido me pertenece. —Levanté una ceja, esperando una respuesta, que retrocediera o algo.

Se dedicó a estudiarme, no sabía qué buscaba en mí. Me mantuve firme, sin apartar la mirada de la suya, ni siquiera me permití parpadear.

Él cedió primero, dejó caer el brazo y bajó la mirada.

—Solo déjame verlas. Solo un vistazo. —De nuevo ese cansancio en su voz.

Por su complexión debía ser fuerte, aun así, no parecía capaz de matar a alguien. Carecía de la energía. Me costaba imaginarlo lanzando a alguien desde el techo de un edificio. Si se atrevía a llevarse el paquete, definitivamente se convertiría en mi sospechoso principal. Deseé ver su reacción ante esa evidencia en mis manos. Una jugada arriesgada.

—Responde a mi pregunta.

—Siempre lo hago —dijo como si nos hubiéramos visto en más de solo tres ocasiones. Era verdad, la última vez respondió a mis preguntas.

—¿Cómo supiste que era yo? Me refiero en el puente.

No es que me hubiera quitado el sueño que tal vez mis habilidades para pasar desapercibida no fueran las mejores. Simple curiosidad nada más.

—Por tus ojos. —Sonrió de nuevo. *Tan diferentes*, había dicho—. Por los lunares. —Señaló sus propios ojos para hacer énfasis.

Era verdad que tenía unas extrañas manchas oscuras en esa parte blanca de los ojos que no recordaba cómo se llamaba. No sabía que se podían considerar lunares. Lo investigaría más adelante, o no.

—¿Eso es todo? ¿Así de fácil? ¿Cómo las distinguiste en la oscuridad? —Para mí no tenía sentido, me estaba tomando por tonta.

—Dijiste una pregunta. —Se cruzó de brazos y aun así yo esperé, y él bajó la voz—. Ya sabes lo que soy, yo puedo detectar ese tipo de cosas, eso y... —Miró a otra parte, como si alguien nos estuviera observando. Seguí la dirección de su mirada y no pude ver a nadie.

—Continúa —le exigí.

—Que impaciente. —Rio al volver la vista hasta mí—. Tu aroma... —Estoy segura de que abrí mucho los ojos por la revelación, eso sonaba tan... íntimo—. Debes tener un hijo en casa, tu aroma es como a... bebé.

Aclaró como si sus pensamientos hubieran seguido los míos. La ropa que me había puesto apresuradamente para atender el llamado de Axel a la escena, intenté recordarla. La playera bajo el abrigo era de Mariel, junto con el atuendo en ese casillero de la cafetería, por eso tenía el olor de su pequeña hija por todas partes y su perfume.

—¿Ustedes pueden detectar ese tipo de cosas? —Mi voz sonó demasiado baja y pensativa, cosa que no me gustó.

—No estoy seguro de si esa pregunta entra en la lista de cosas que estoy dispuesto a revelarte. —Volví a encontrar su mirada, evaluándome—. Tú... —Entrecerró los ojos.

Fue cuando me di cuenta, él realmente no tenía idea de lo que yo era, de lo que la mitad de mí era. No pensaba darle la oportunidad de descubrirlo.

—Te daré unos minutos y debes decirme lo que veas en ellas. —Esta vez lo vi a través de las pestañas, con la barbilla baja y no tan desafiante. Ocultándome.

Él asintió, dejando de lado cualquier otro pensamiento. Me tendió la mano para que le diera el paquete. En su lugar lo abrí y saqué el contenido por mi cuenta, dándole la espalda. No le soltaría la evidencia así como si nada.

Casi podía sentir su sonrisa burlona y atemorizante. No debía ser tan aterradora como las imágenes frente a nosotros. Pasé una tras otra y cada una era peor que la anterior. Fotos bien definidas de las marcas que el asesino dejaba sobre los cuerpos de las víctimas. Miré alrededor en busca de alguien que pudiera captar lo que tenía entre las manos. Todos estaban lejos, entretenidos con las decoraciones de día de muertos. Agradecí haber girado hacia el casillero aún abierto que, junto con Gabriel, me cubría bien.

—Todas siguen el mismo patrón. —Susurró. Eso ya lo sabía. Busqué algo en su mirada. Él estaba de pie a mi lado, un tanto encorvado. No distinguía nada en él—. ¿Puedes pasar a la siguiente? —No apartó la vista, manteniéndose serio.

Al parecer yo me había perdido un poco buscando en su rostro. Me apresuré a cambiar la fotografía por la siguiente.

—¿Qué es eso? —Señalé con el dedo, una línea blanca y pálida junto a una de las líneas hechas con sangre en el brazo de una de las primeras víctimas. Pasé rápido las fotografías y encontré lo que buscaba. Con la piel limpia se notaban las cicatrices—. Las marcas están hechas sobre cicatrices.

Tragué saliva, demasiado fuerte.

—Son diferentes a las que les hace con su sangre —dijo poniendo su dedo sobre la imagen.

—¿Sabes qué son? —Volví a observarlo.

—Me parecen familiares. —Me miró con duda.

—Dime. —Podría mentirme. Me diera lo que me diera, encontraría la forma de usarlo.

—Es un idioma antiguo. Lo he visto en dos ocasiones y no hay persona en este mundo que recuerde cómo leerlo.

—¿Idioma antiguo? ¿De los tuyos? —De su propio arsenal. ¿Acaso estas personas conocían tanto sobre los Calpián?

—No. No sé explicarlo. Como dije, sé que es antiguo y sé que nadie lo lee ahora. No nos pertenecía... —Había algo que no quería decirme. Dudaba sobre presionarlo más.

—Y dices que no es el mismo que pone con sangre.

—Oh. Puede ser el mismo, los patrones se parecen, pero es como si reescribiera sobre ellos. La razón por la que ellos las tienen marcadas en la piel... es como si corrigiera lo que dicen.

Idioma tan antiguo que ya nadie leía, por eso Ingrid no había encontrado nada, no lo haría nunca.

—Tú querías ayuda ¿Aún la quieres? —Lo que fuera que se estaba maquinando en mi cabeza, no se veía seguro. Una alternativa que se me había ocurrido de pronto.

—¿Ahora ya somos aliados? —No, yo seguía teniendo dudas. A la vez quería más pruebas.

—Mañana por la noche. Me expones tus motivos y yo decido si te daré lo que estás buscando. Mañana decidiré si somos aliados. —Levanté las cejas y le tendí el paquete—. ¿Las quieres? —Una prueba.

—Puedes quedártelas. —Sentí desprecio en sus palabras—. He visto suficiente. —Se alejó dos pasos hacia atrás. Seguí sus movimientos a mi propio ritmo—. Tampoco confío completamente en ti, así que mañana me expones tus motivos para querer ayudarme. Decidiré si dejas de ser sospechosa para mí. —También amargura, su comportamiento cambió completamente—. Te veré a las ocho en esa cafetería.

Y se fue. Seguí su espalda con la mirada hasta que dio vuelta en una esquina y desapareció entre los pasillos.

Ninguno confiaba en el otro. No necesitaba confiar en él, solo que me remplazara como carnada.

Las luces estaban todas apagadas, así que intenté ser discreta al dirigirme a mi habitación. Cuando encendí la luz me sobresalté al ver a Mariel recostada en mi cama. Los ojos rojos, la nariz congestionada y la respiración entrecortada.

—Un día de estos moriré de un infarto por tu culpa. —Cerré la puerta y abandoné mi abrigo y bolso en una mesita cercana—. ¿No podías dormir? —Me senté en la cama junto a ella.

Estaba muy callada, tan seria. Por eso estaba aquí y no en su habitación.

—No puedes... —susurró y me miró por primera vez—. Sé lo que estás pensando. —Golpeó la cama con la mano abierta, de manera débil desde mi vista—. Maldición, te conozco tan bien que sé lo que estás planeando. Y no quiero que lo hagas. —Respiró con fuerza.

Le tomé la mano, tan fría como la mía, y temblé por el contacto.

—No he planeado nada. —No completamente al menos.

—No quiero que te presentes en la Sociedad. Lo estuve pensando toda la noche. Sin importar lo que elijamos hacer, vamos a perder. —Claro que lo había pensado todo este tiempo, seguramente se ahogó a gritos en el auto al marcharse, justo como lo había hecho yo en casa—. Deja que yo haga el plan esta vez —Me apretó la mano con fuerza.

Me dejé caer a su lado, observando el techo. Ella era tan consciente como yo de los riesgos de cualquier decisión que tomáramos.

—¿Y ya tienes algo en mente? —No pude quitar la vista del techo.

—Sí.

Me enderecé hacia ella. Parpadeando.

—¿De verdad?

—Me siento ofendida, soy tan capaz como tú...

—No incluye a Valeria, ¿verdad? —Su rostro se contrajo y se relajó rápidamente.

—No, pero sí incluye a otros niños. —Notó mi falta de comprensión—. Tenemos tres pequeños, o más bien medianos, espías en la preparatoria ahora mismo. A los cuales las dos somos cercanas.

Brillante. No lo había pensado. Era mejor que usar al sospechoso. Solo que eran cercanos al hombre.

—Tenemos un problema. —Me senté en la cama y ella siguió mi movimiento, haciendo lo mismo.

—¿Qué clase de problema? Puede parecer difícil, pero son adolescentes, algunos detalles se les pueden escapar. —Me acerqué y acomodé un mechón de su cabello.

—Lo siento, debí decírtelo antes... ya sabes como soy. —Sonreí débilmente, frunciendo el ceño. Un gesto de disculpa—. Creo que me he metido en más problemas, de esos que no te gustan.

—¿De qué hablas? —Tenía la frente arrugada. Se veía tan joven para estar tan cansada, para ser madre soltera, para tener dos trabajos y estar completamente sola.

—Digamos que... —Hice una mueca y entrecerré los ojos—. El sospechoso de la investigación del Justiciero de Dios... conoce mi rostro.

Abrió la boca, con la sorpresa y la confusión chocando en su mirada. Le conté todo. Comenzando con ese domingo en la noche, sin saltar detalles. Esta vez quería que ella supiera todo, para que corriera por su cuenta si iba a patearme por toda la casa o a consolarme por estar tan cerca de un posible asesino.

—Así que este tipo está relacionado con los estudiantes, intentar acercarnos a ellos nos expondrá ante él. —No había dicho nada, no me interrumpió mientras hablaba. Yo ya estaba inquieta cuando dije—: Por favor, si sientes ganas de golpearme puedes hacerlo.

—Es mi culpa. —Una reacción para nada acertada a lo que esperaba.

—¿Qué? Prácticamente acabo de decirte que he estado en contacto directo con el asesino, ¿y dices que es tu culpa?

—Haces todo eso por mi culpa. —Ahora entendía todo, íbamos a tener esta charla por milésima vez en cuatro años.

—Mariel, lo diré por última vez antes de encaminarnos a esta loca lucha por la libertad. Cada paso que he dado en mi vida, por más que quisiera o no hacerlo, por más descabellado o insensato que fuera, lo he dado por mi cuenta, porque así lo he decidido. Si me he parado frente a un asesino a hablarle de tú por tú y a prometerle que lo escucharé, es porque yo decidí, conscientemente, hacerlo. —No me miraba, sabía que estaba preocupada.

—Sé que ha sido tu decisión, pero si algo te pasara, si te lastimaras, yo no podría vivir con eso. —Ese era nuestro principal problema, tomábamos responsabilidades y sentimientos que no nos correspondían.

—Encontrarás la forma de hacerlo, pensando que tu estúpida amiga se metió sola en ese lío. —No quise dejarla continuar con su remordimiento—. Tengo una idea que puede servir. —Y también me encargué de mostrarle los pedazos de mi plan.

—Si de verdad es el asesino, no nos sentiremos mal de usarlo y exponerlo, incluso podríamos tener una ventaja al atraparlo —comenté mientras caminábamos al comedor.

La noche anterior no había salido como yo esperaba. Mariel estaba tan cansada que tomó lo poco que pude contarle y dijo que lo reflexionaría en sueños. Esta mañana habíamos actuado con normalidad ante la pequeña en casa, para que no estuviera intranquila con nuestros problemas.

—Si de verdad lo es, estarías en peligro por estar junto a él. —No dejaba de retorcer las manos frente a su vientre—. Deja que yo me reúna con él esta noche...

—¿Y si llega hasta Valeria? Deja de querer tomar el dominio de mi plan. Yo iré esta noche. Tú vigilarás el frente y Amaris, nuestras espaldas.

—¡Eso es! —Prácticamente dio un salto frente a mí—. Hagamos que Amaris... ya sabes, nos diga sobre él. Ella puede ver si es el culpable o no.

—Elena, no sabía que podías ser cruel. Si resulta ser culpable, las cosas que ella podría ver... Sabes cómo le afectan esas cosas, cómo absorbe todo eso como una esponja.

Puso cara de arrepentimiento.

—Es verdad. No lo pensé bien.

Aunque tal vez no tendríamos que pedírselo, ella ya podría saber algo. Había insistido un poco con el paraguas y su actitud con el hombre había sido extraña. Yo estaba tan distraída con todo el caos que no noté lo particularmente amable que había sido con él. Y cuando guiñó un ojo.

—Espera. —Nos detuvimos antes de entrar al comedor—. Tal vez ella ya vio algo. Así que iremos a hablar con ella antes de hacer cualquier otra cosa. También necesitamos saber su posición respecto a las nuevas decisiones de los Vigías.

—Sobre eso...

En ese momento se nos adelantaron los tres estudiantes nuevos, junto con Paulina Delgado. Los cuatro jóvenes nos saludaron con amabilidad mientras entraban al área de comida. Noté con una nueva claridad la imagen frente a mí, cómo esa joven humana sonreía y se divertía con esos tres Calpián, como si fuera una de ellos o los conociera desde siempre.

—Tal vez tengamos un infiltrado que no habíamos considerado —dije en voz baja, observando a los chicos con atención hasta que se alejaron.

Mi amiga habló con entusiasmo.

—¿Crees que Paulina sea lo suficientemente cercana a ellos? Sin duda podríamos convencerla de ayudarnos. Así no tendrías que acercarte a ese hombre.

—Está bien. —Suspiré con fuerza—. Ambos planes, trabajemos al mismo tiempo. Tú encárgate de Paulina y el acercamiento con los chicos. Yo con Gabriel. —Enmudeció de pronto—. La que tenga algo primero será quien siga con el plan, la otra se retira. ¿De acuerdo?

Lo consideró, demasiado tiempo para mi gusto. Al final solo asintió con la cabeza.

—Hoy le pediré a Paulina que cuide a Valeria para acompañarte. Después hago el primer intento. —Ver cómo ladeaba la cabeza, maquinando cada palabra, pensándola con anticipación, me hacía recordar que en verdad éramos buenas en esto.

—¿Qué ibas a decir? Sobre los Vigías.

Algo ensombreció su mirada.

—No deberíamos reportar a Javier ningún avance que obtengamos. Obviamente no podemos hablar de nuestro plan sobre... el sospechoso, pero tampoco le digamos nada más. Deberíamos parecer estancadas frente a él.

—¿Por qué? —No me hacía sentido no poder alardear con Javier cuando obtuviéramos lo que necesitábamos nada mas y nada menos que del hombre al que él no había podido atrapar. La sola idea me parecía excitante, tan satisfactoria que haría lo necesario para que nunca lo encontrara.

Dudó y volvió a retorcer las manos.

—Temo que intente entorpecer nuestra misión. Todos lo sospechamos, pero dime ¿qué pasará con su relación cuando el contrato termine? —Apretó los labios, como si pudiera devolver esa pregunta a su boca—. Sé que aceptaste salir con él para beneficiarnos, pero nunca funcionó, no obtuviste nada.

—Claro que lo obtuve. Tengo lo que quería. —La interrumpí antes de que siguiera pisoteando el poco orgullo que me quedaba.

—Supongo que hablas de calentar tu cama, porque nunca presentó ninguna ventaja para nosotros en este contrato. Y tú no lo amas, lo sé, te he visto enamorada. —De nuevo pareció arrepentirse de hablar. Abrió la boca para decir algo.

—Es verdad. —Interrumpí de nuevo—. No siento amor o lo que sea por él. Aunque sea bueno calentando camas. —También era verdad que nunca nos hizo nada fácil. De hecho, esa relación trajo más complicaciones laborales que soluciones.

—Entonces... —Se acercó más a mí para que nadie que pudiera estar cerca escuchara—. ¿Por qué?

—Porque si fallamos en este último trabajo, si llegamos al punto en que no podemos zafarnos del contrato... —Me incliné para quedar junto a su oído—. Voy a matarlo.

CAPÍTULO 6: CONFIANZA

Su expresión no tenía nombre, estaba completamente paralizada y podría decir que incluso la sangre había abandonado su cuerpo. Intentó articular diferentes palabras y falló al pronunciarlas. Parecía no poder asimilar mi confesión.

Me alejé de ella para brindarle un poco de espacio. Cuando estuve finalmente medio metro frente a ella, preguntó con la voz un tanto ronca:

—¿Serías capaz? —Me estudió de pies a cabeza.

—Si tengo que hacerlo, lo seré. —Me escuché más segura de lo que esperaba, como si mi voz hubiera tomado un nuevo filo con solo afirmar ese pensamiento que me había perseguido por un largo tiempo.

—Jugar con la vida y la muerte no es algo que decides de la noche a la mañana. —Analizó apresuradamente— ¿Desde cuándo lo estás planeando? —Su mirada cambió, intentando reconocerme. La manera en que entrecerraba los ojos me hizo sentir juzgada.

—Desde siempre. —Acepté casi sin aliento, negándome a recordar el punto de mi vida que me había hecho tomar esa decisión. No quise dar más explicaciones y me adelanté a entrar en el comedor.

Fue extraño, encontrar a Mariel mirándome y apartando la mirada cuando la descubría. Sentía como si una grieta se abriera entre nuestra amistad ante la vista de lo que había revelado. Me sentía rechazada. Y lo odiaba.

Entré en esa cafetería de nuevo, de repente ese lugar de paz también se sentía perturbado o la perturbada era yo. Todo era confuso estos días.

Porque realmente algo había cambiado en la actitud de Mariel hacia mí. Cuando no dejó que Valeria se sentara conmigo en el auto, o cuando evadió mi mirada y no me dirigió la palabra mientras conducía. Pero aquí todo seguía siendo normal.

—Hola, chica que extravió mi paraguas. ¿Qué te sirvo hoy? —Algo se alivió en mi pecho cuando Amaris me sonrió de la misma manera en que lo hacía siempre.

Y ahí estaba el tema del paraguas. Solo había unas cinco personas en el lugar, todas ya parecían haber sido atendidas.

Me acerqué a donde estaba mi amiga, tras la caja registradora.

—Hola. —Le sonreí brevemente— ¿Cómo sabes que perdí el paraguas? No te lo he dicho. —Intenté ser cautelosa, no quería otra fractura con una amiga cercana.

Sus ojos se entornaron completamente sobre mí, porque había sido descuidada y la descubrí.

—Ups. —Se le escapó una risa nerviosa.

Hice un gesto con la cabeza hacia algún punto a sus espaldas y ambas entramos, para que nuestra conversación fuera guardada por ese pequeño cuarto oculto. La luz en ese lugar era tenue y amarillenta. Vi cómo jugaba nerviosamente con su cabello usando ambas manos, que eran una hermosa mezcla de manchas claras sobre su piel morena. Me preparé para que mis palabras fueran rechazadas o juzgadas en cuanto salieran de mis labios. Este era el precio de la libertad, este era el juego. No solo el riesgo ante nuestros enemigos, sino también arriesgar a nuestros propios amigos.

—Sé que viste algo. —Intenté sonar calmada, no era la gran cosa—. ¿Puedes hablarme de eso? ¿Yo estaba ahí? —Se mordió el labio para después sonreír mostrando los dientes.

—Los dos estaban sobre el puente. —Movió las manos frente a mí, como si recreara la escena con ellas—. Vi mi paraguas, tú eras una mancha borrosa. Seguramente debido al brazalete, pero te reconocí con facilidad. —Y estaba orgullosa por ello, se le notaba—. Ese pobre hombre es un Calpián perdido. Pobre, estaba tan triste bajo la lluvia, solo necesitaba un poco de ayuda. —Hizo un último ademán hacia mí, acercando su dedo pulgar al índice para mostrarme la poca ayuda que ese hombre necesitaba. Habló tan rápido que necesité toda mi atención para no perder ni el más mínimo detalle.

La manera en que lo contaba, con seguridad, con esa voz de mensajera del futuro o profetisa siempre me provocaba escalofríos.

—Quiero saber todo lo que hayas visto sobre él, lo que sepas. Por favor, es importante. —Volvió a jugar con su cabello. Miraba la pared, seguramente pensando en las mesas con clientes detrás de ella.

—Sabes que, para mí, ver esas cosas es como violar su privacidad. —Había olvidado esa parte, igual de importante que el temor que la perseguía después de ver en ellos. El remordimiento de saber sin que le contaran—. Si es importante, dime exactamente lo que quieres saber. Si sé la respuesta te la diré.

Parecía dispuesta a cooperar pese a todo. Después de ver en la vida de alguien, ella solía verse triste, culpable, aunque no lo hiciera intencionalmente.

Pero quería ayudarme, aunque yo no supiera exactamente qué preguntar. Tenía tantas dudas sobre ese hombre, una parte de mí deseaba saber todo sobre él para no llevarme sorpresas al enfrentarlo.

—Quiero saber si él sería capaz de matar a alguien —dije con lentitud, deslizando cada palabra entre mis labios como un secreto.

—¿Estás hablando del Justiciero de Dios? ¿Crees que es él? —Sus ojos se movían en todas direcciones, descontrolados.

—Es un sospechoso...

—No es él —me interrumpió, tan segura que me sorprendió.

—No hay forma de estar cien por ciento segura.

—No es él —repitió con firmeza.

—¿Cómo lo sabes? —Apartó la mirada, evadiéndome por completo. Un solo pensamiento se filtró en mi mente como una bala—. ¿Tú sabes quién es? Me refiero al asesino serial. —Volvió la mirada hasta mí y luego a la pared.

Una especie de escalofrío me recorrió el cuerpo. No lograba distinguir si el miedo era por mí o por ella. Si ella había estado frente al verdadero asesino, si lo tocó...

—No puedo hablarte sobre eso. Pero ese hombre no es el asesino que buscas. —Esta vez jugaba con su cabello de manera casi compulsiva.

—¿De verdad sabes quién es? ¿Cómo?

Al diablo con ser cautelosa. Tragarme la curiosidad era algo que no se me daba bien. Lo que ella supiera, quería escucharlo todo.

—Por Javier. —Cerró los ojos y resopló con fuerza—. Usar este lugar para sus... actividades no le es suficiente. Cada cierto tiempo viene y debo ver en su futuro para prevenirlo y ayudarlo. —Abrió los ojos de golpe y me vi reflejada en esas dos canicas azul profundo, tan intenso como si me estuviera mostrando su poder—. Él se encontrará con el asesino.

Javier no era ningún tonto, claro que iba a utilizar las habilidades de todos en su favor siempre que pudiera.

—Dijiste que no se puede cambiar el futuro. —Una vez le había sugerido que, si podía, debía intentarlo.

—No. Dije que no servía de nada saber el futuro. Conocer nuestro destino no nos ayudará a cambiarlo, al contrario, puede que simplemente nos encamine hasta él. —Sostenía mi mirada con tal firmeza que sentí que aquellas palabras eran un mensaje especial para mí. Fruncí el ceño e incliné un poco la cabeza como respuesta—. El futuro está construido por nuestras decisiones diarias, de cada segundo. Se forma en base de ellas. No es algo que esté escrito en tinta permanente, se pueden corregir puntos y comas. —Bajó la cabeza e inhaló—. Aunque a veces creer que estás cambiando algo solo te lleva al mismo final. No es fácil descifrar a dónde nos llevarán nuestras decisiones, no cuando las de los demás son tan importantes o incluso más.

Palabras de alguien que no había podido cambiar su destino. Pero estas no eran las que quería escuchar. Agité la cabeza un par de veces como para aclararme las ideas, como si funcionara alguna vez.

—Entonces, estás diciendo que lees el futuro de Javier cada tanto. Y viste que encuentra al responsable. Y que además no es el hombre del puente. —Asintió dos veces con la cabeza—. Deja que cambie mi pregunta. —Debía ser una buena, definitiva. La respuesta debía ayudarme a decidir que tanto me acercaría a ese hombre— ¿Puedo confiar en él? —Ella pareció analizarlo con detenimiento.

En ese momento Mariel llegó y se detuvo a unos saludables cinco pasos de distancia de nosotras. Amaris vio en su dirección y podría jurar que algo diferente cruzó por su mirada.

—Ambas pueden confiar en él, solo sean precavidas. —Se quedó pensativa, como si buscara la forma correcta de darnos claras instrucciones sin revelar demasiado—. Su pasado esta ensombrecido, sus decisiones no lo han encaminado a ningún lugar. Su futuro es impredecible, cambiante.

Aquello era algo que nunca había escuchado antes, no había persona cuyo futuro Amaris no pudiera predecir.

—¿Eso es malo? —No es que me importara el futuro de Gabriel, pero si seguía entrelazándose con el nuestro, si sus decisiones terminaban afectándonos, entonces importaba.

—Es normal y a la vez no lo es. —Todo el asunto parecía un acertijo. Gabriel era un acertijo.

Esta vez Mariel se acercó hasta quedar junto a la vidente.

—¿Puedes explicar eso? —Su voz sonó más condescendiente de lo que la mía jamás sonaría.

Y sentí celos, enojo. Porque la voz con la que me había hablado y la mirada con la que me miró horas atrás, no reflejaron esa comprensión y paciencia que le regalaba a Amaris.

—Él... él toma el mismo camino que debe tomar. Sus decisiones, en el pasado y en el presente, lo llevan por donde mismo. Pero es como si hubiera más destinos en un mismo sendero. Es como si este sendero, que es el mismo de siempre, pudiera ser uno diferente al mismo tiempo. —Me estaba mareando con tanta adivinanza—. No sé explicarlo, de verdad que no lo entiendo. ¿Cómo puede un camino, que ya sabes a donde te lleva, terminar en un lugar diferente?

—Creo que estamos por averiguarlo —susurró Mariel en el momento en que elevó la vista hasta un reloj en la pared contraria.

El plan era simple y no tenía que salirse de control.

Yo me sentaría a esperarlo en una de las mesas afuera de la cafetería. Amaris observaría desde su lugar dentro, tras la caja registradora. Mariel fingiría estar demasiado absorta en un libro, sentada en la barra junto a la ventana.

El cielo ya se encontraba completamente oscurecido, cubierto por densas y grises nubes que ocultaban la luna. La calle estaba bien iluminada y la gente entraba y salía de la cafetería, de la librería de enfrente, de las coloridas casas en el vecindario.

Tomé un sorbo de mi malteada de chocolate. Necesitaría azúcar para enfrentar lo que pudiera suceder.

Aun si ese hombre no era el mentado justiciero que sacaba a los criminales de las calles, podría ser peligroso. Y era por eso por lo que mi pistola con silenciador descansaba entre mi abrigo, dentro de la bandolera de cuero.

El pequeño reloj en mi muñeca marcó las ocho y media. Era difícil, pero intentaba no girar para ver a mi compañera a mis espaldas tras el cristal, pues debía actuar con naturalidad. Me limité a registrar la calle en su lugar.

Una gran sombra estaba inclinada en la esquina cercana, frente a una casa de un color azul vibrante. Me costó distinguirlo hasta que levantó la cabeza y me hizo una seña con la mano para que caminara hasta él. Dudé por una fracción de segundo. Me levanté lentamente, asegurándome de que Mariel notaba el cambio de planes. No permitiría que me perdieran de vista al ser arrastrada mas allá de esa esquina.

Crucé la calle después de que una motocicleta pasara frente a mí, tan distraída con el ruidoso sonido que, cuando llegué a la banqueta, apenas noté que el hombre efectivamente había doblado la esquina.

Miré sobre el hombro y Mariel ya estaba saliendo de la cafetería. Respiré hondo antes de seguirlo, esto se estaba escapando lentamente de mis manos. Quien elige el lugar tiene la mayor parte del control. Fuera a donde fuera que Gabriel me dirigía, iba a lamentar seguirlo.

Había dos considerables metros de distancia entre su cuerpo y el mío. Observé su amplia espalda y el cabello oscuro que le cubría la nuca. Llevaba puesta la misma chaqueta de mezclilla del día anterior y tenía ambas manos en los bolsillos.

Sus pasos eran firmes, definitivamente tenía planeado el lugar al que me llevaría. El sonido de sus botas fue todo lo que escuché durante dos cuadras enteras, hasta que se detuvo y yo con él. No se volvió hacia mí, sino que entró en un lugar pequeño y un tanto oscuro. Un bar. Realmente no quería seguirlo al interior. ¿Cuál era su plan? ¿Embriagarme?

Miré a mi alrededor y encontré a Mariel asintiendo con la cabeza desde el otro lado de la calle. Si teníamos suerte, su presencia en ese lugar pasaría desapercibida y las circunstancias todavía podían seguir a nuestro favor. Así que entré. Mi ropa no desentonaba del todo con el lugar. Estaba preparada, en pantalones de mezclilla y tenis para correr si era necesario.

Gabriel tomó asiento en una mesa lejana al ruido. El lugar estaba lleno, múltiples cuerpos se movían a empujones en el pequeño espacio en el centro que se utilizaba como pista de baile. Mas que un bar parecía un antro. Pero no había camareros, solo era atendido por un único hombre, algo joven, que se movía entre los presentes con dificultad y entregaba él mismo las bebidas. Gabriel pidió algo e hizo una seña con su mano, levantando dos dedos, y el hombre se retiró.

Escuché pasos detrás de mí y advertí la presencia de Mariel, presencia que me otorgó la confianza para sentarme frente a Gabriel.

—Pensé que nos veríamos en la cafetería. —Elevé la voz, solo un poco, para que pudiera escucharme entre el ruido de risas, música y charlas ajenas.

—Nos vimos ahí. Pensé que nuestro encuentro ameritaba un buen trago. —La pequeña mesa era lo único que nos separaba.

—¿Sueles frecuentar este lugar? —No olvidaba el hecho de que vivía cerca de aquí.

Una sonrisa lastimosa adornó su cara, pero esta era fría, sin felicidad. Las bolsas bajo sus ojos y la falta de brillo en ellos hacia difícil imaginarlo feliz.

—No creo que quieras malgastar tus preguntas en trivialidades como esa.

El hombre, con un delantal negro y la cabeza llena de canas, que presumía ser el dueño del lugar, llegó a nosotros con dos bebidas, las botellas cerradas y oscuras. Las depositó en la mesa frente a cada uno y en medio dejó un pequeño abre sodas de fierro.

—Así que solo puedo hacer una cantidad limitada de preguntas. —Afirmé para mí misma, elevando las cejas mientras él abría su bebida y me ofrecía el pequeño abre sodas para que hiciera lo mismo—. Por favor, vamos al grano. —Notó que no tenía intenciones de aceptar su ofrecimiento así que abrió él mismo la botella para mí.

—Vamos a esperar a alguien. —Dio un trago largo y después volvió la vista a la puerta.

Mi corazón se aceleró ya que Mariel estaba sentada en una mesa cercana a la entrada, pero no era a ella a quien se refería.

Samuel, informante, detective, porquería de persona, entró con cautela y buscó en todas direcciones. No vino a nosotros, se sentó en la barra y parecía buscar a alguien más.

—¿De qué se trata todo esto? ¿Qué hace él aquí? —No me gustaba, simplemente era inconcebible para mí, no saber la dirección de este encuentro.

—Tranquila. —Estaba calmado—. Nuestro amigo en común recibió una llamada esta mañana y tuvo la amabilidad de avisarme. Alguien más está buscando sobre nuestros pasos. —Me era difícil encontrar la conexión si alguien buscaba lo mismo que nosotros—. Tú quieres atrapar al culpable —dijo, señalándome con la mano con la que sostenía su cerveza—, yo solo quiero respuestas y dejar de ser el sospechoso.

Mirarlo a los ojos resultaba difícil, no podía hacerlo sin encontrarme rodeada por incógnitas.

—¿Vas a ayudarme a encontrar al culpable? —Era inútil, ese ya no era mi trabajo. Si me descubrían aferrándome a ello me podían quitar la oportunidad que me acababan de dar.

—Ya lo estoy haciendo. Supongo que sabes que si alguien más esta tras la información es porque sabe algo. Tal vez incluso es el mismo culpable. —Sonaba tan confiado—. Lo descubriremos pronto.

O no, porque quien entró por la puerta fue el mismísimo diablo en persona. Javier.

Mariel se encontraba platicando con algún tipo al azar para cubrirse. En cuanto vio a Javier entrar me miró directamente. Hice un gesto con la cabeza a la puerta y ella salió por donde entró. Me di cuenta de que yo también debía salir de allí y debía llevar el trasero de Gabriel conmigo. Javier no debía de verlo, a ninguno de los dos.

—Tienes que sacarme de aquí por donde no me vean. —Me recliné sobre la mesa para no tener que elevar la voz—. Acabas de cometer una estupidez.

Estaba confundido, pero no dudó en hacer lo que le pedí. Se puso de pie y lo seguí a través de las personas. No a la entrada por la que habíamos llegado, si no a una salida desconocida.

Daba directamente a una pequeña calle, olía extraño, pero se encontraba completamente vacío y oscuro. Con la suficiente luz para que pudiera distinguir la forma en que Gabriel se estremeció al observar el lugar. No sabía si por su aspecto o por mis palabras.

—Conoces al sujeto. —Inquirió volviéndose en mi dirección.

—Sí. —No podía decirle que era mi jefe y revelar más secretos de los Vigías. Decirle que era mi amante no sonaba mejor—. Está trabajando en el caso.

—Pensé que tú estabas trabajando en el caso. —La distancia entre ambos era grande y ni eso evitó que notara mi vacilación—. Puedes hacer una pregunta y después tendrás que dar una respuesta.

Metió ambas manos en los bolsillos de su chaqueta y esperó a que yo preguntara. Quería preguntarle en qué demonios estaba pensando al confiar en Samuel, tal vez no lo conocía como yo. O preguntarle directamente sobre el estúpido convenio y terminar con todo.

—Dijiste que buscas respuestas de las víctimas. ¿Por qué vas tras los pasos del asesino? —Era buena para comenzar, eso esperaba.

Suspiró con fuerza, por un momento pensé que no respondería. Se aclaró la garganta y lo hizo.

—La persona que desapareció, quiero saber si sigue viva. Tengo la... —Le costaba y yo le creía. Eso en sus palabras era culpa, la conocía bien—. Tengo la extraña sensación de que el asesino podría tener un motivo más allá de la venganza. —Avanzó dos pasos hacia mí, como para asegurarse de que viera en su rostro que era la verdad—. Todo lo que se refiere a la desaparición de esa persona es un misterio para mí, para todos. Creo que si alguien caza a estos criminales es para ocultar la verdad.

Él estaba buscando a alguien. Ya tenía la certeza de que no era el asesino, que podía confiar en él, pero que debía ser precavida. Por ahora sus palabras eran suficientes para mí, por esta noche.

—Tu turno —susurré en las penumbras.

—¿Cuál es tu nombre? —Y había olvidado eso, que solo uno de nosotros se había presentado.

—Julia. —Esperó, pero yo no pensaba ofrecer más que un nombre por ahora—. ¿Cómo hiciste las conexiones entre las víctimas? No todas ellas fueron acusadas del primer secuestro —pregunté rápidamente.

Siseó un poco, sentí que lo había atrapado en algo grave.

—Sabía que todos ellos formaban parte de una especie de culto. Hay varios como esos, se cree que están formados para ir detrás de los de mi especie. Lo cierto es que nunca habían hecho nada hasta que se llevaron a la hija de los Levana. —Se balanceó sobre los pies—. Todas esas víctimas fueron acusadas de otro asesinato, de un hombre mayor hace ya muchos años, después de lo que le pasó a Sofia Levana. Me encontré con uno de ellos antes de que fueran detrás de él. No tuvo tiempo de pensar en darme todas las respuestas. —Un asesinato más que agregar a la lista de esas personas. Me seguía aferrando, esos asesinatos no eran por lo que había venido hasta aquí—. ¿Por qué cambiaste de opinión sobre ayudarme? —Bajó la vista hasta mis pies y después volvió a encontrar mi mirada—. Esa salida fue sospechosa. —Inclinó la cabeza a la puerta y me encontré atrapada.

—Es verdad, me sacaron. Tengo tiempo en esto y no he obtenido más que un falso sospechoso. —Lo señalé con la mano para después dejarla caer con pesadez—. No puedo dejarlo así, necesito las respuestas. —Mitad verdad, mitad mentira. Había descubierto hace tiempo que decir una mentira junto a una verdad lo hacía más fácil de creer.

Chasqueó la lengua y dio un paso más hasta mí.

—Supongo que crees que estando junto a mí me atraparás haciendo algo. —Y un paso más—. No soy el culpable. —Hizo énfasis en cada palabra.

Esas eran sus dudas, no poder confiar en mí, que lo traicionara a la primera. Quería preguntarle, pero había algo que hacía cosquillas en mi curiosidad.

—¿A quién estas buscando? —Abrió los ojos como si mis palabras lo hubieran golpeado en el estómago. Parecía a punto de responder o evadir, hasta que unas voces llegaron a nosotros desde la puerta por la que habíamos salido.

Eran dos hombres adultos. Reconocí la risa retorcida en cuanto llegó a mis oídos. Gabriel debió percibirlo, me tomó por el codo y me llevó tras lo que parecía una hilera de contenedores de basura, para escondernos detrás de ellos. Estábamos demasiado cerca el uno del otro como para escuchar nuestras respiraciones mezcladas.

Estaba atrapada entre Gabriel y la pared. Elevé un poco la cabeza y me encontré con sus ojos, oscurecidos ante la falta de luz, pero igual de consientes como yo lo estaba de nuestra cercanía. Apoyó una mano en la pared junto a mi cabeza, no parecía hacerlo para retenerme, más bien lo hacía para no avanzar más hacia mí.

—¿Cómo supiste que yo era su informante? —Samuel deambulaba y escuché un encendedor y después vino el olor del humo. Un cigarrillo.

—Es una mujer, no llegó hasta ti por su cuenta. —Se jactó Javier con indiferencia—. Tuve que darle algunos empujones para que llegara lejos.

Una ola de calor me recorrió la cabeza, enojo o vergüenza, fuera lo que fuera hervía en mis entrañas.

Samuel se rio con fuerza, a largas carcajadas, y podría decir que Gabriel se estremeció frente a mí. No quise verlo, porque mi corazón latía con fuerza y no quería que notara cómo esas risas me afectaban.

—Amigo mío, deja que te dé un consejo. Abandona a esa mujer. Sea lo que sea que te dé... —rio de nuevo—, no vale la pena. Te va a meter en problemas.

—Lo que ella me dé no es de tu incumbencia. —Agradecí eso, aunque no apaciguaba mi coraje—. Así que dime, ¿qué tanta información le diste sobre esta investigación? La voy a necesitar y temo que al pedírsela omita algunos detalles.

Estaba segura de que Gabriel me observaba sin parpadear. No estaba lista para enfrentarlo. Para enfrentar lo que sea que Samuel confesara. Y si se le ocurría mencionar a Gabriel, por primera vez me pregunté: ¿qué tanto sabía Samuel sobre él?

—Tenía unas fotografías para ella. —Ambos nos pusimos tensos al momento que el informante continuaba—. Tuve problemas con mis colegas y las perdí, una lástima.

Sentí su suspiro en la frente y entonces lo vi. Tenía los ojos cerrados e intentaba controlar la respiración. ¿Estaba asustado? Le di un ligero apretón en el brazo que mantenía junto a su costado, quería tranquilizarlo. Abrió los ojos de repente, nada que revelar en esa mirada, ni miedo, ni disgusto, nada.

—Supongo que no hay manera de recuperarlas. ¿Qué puedes decirme? ¿Tienen algo sobre el sospechoso?

—Nada por el momento. No los he dejado llegar lejos. Aún se encuentran preguntándose por el pasado de esas pobres personas. Pero no prometo darte demasiada ventaja, últimamente me tienen vigilado.

—Si Julia vuelve a buscarte dale lo que te pida e infórmame de inmediato. No puedo permitir que mi adorno se salga demasiado del camino, aunque no me gustaría tener que controlar si busca respuestas en otro lugar.

Adorno, esa era yo, el adorno del jefe. La mujer que le calentaba la cama y no al revés. No quería ni imaginarme ante cuántos me había presumido de esa cruel manera. Gabriel subió el brazo, el que yo aún apretaba con ligereza. Me sorprendió cuando esa mano tan fría se acercó a mi frente y me limpió el sudor. Porque estaba sudando y no me había dado cuenta.

Lo solté, como si pudiera retroceder. Vio mi vacilación con arrepentimiento y bajó el brazo tan rápido como lo había acercado.

—¿Esa terca? Me sorprende que no me haya llamado. No creo que lo supere con facilidad.

—Estoy seguro de que le he dado la distracción perfecta para reemplazar esta.

Tarea que me había llevado a esta situación, junto a este hombre, tras un asqueroso contenedor de basura, espiando al mismísimo jefe.

Escuché las palmadas que se dieron entre ellos.

—Más te vale apretarle bien la correa a esa perra.

El sonido de un golpe firme llegó hasta nuestros oídos. Gabriel me tomó con fuerza por los hombros, cuando un escalofrío me recorrió la columna y ese familiar mareo de estos días pasados se asentó en mi cabeza.

—No vuelvas a referirte a ella de esa forma. Si algo así vuelve a salir de tus labios en mi presencia me temo que no volverás a hablar en toda tu vida. —Uno de ellos se fue y el otro lo siguió mucho después.

Fue cuando Gabriel se separó de mí para revisar el lugar, que todo se puso borroso y claro a la vez.

No tenía palabras, me sentía rodeada, asechada, como si mil moscas plagadas de oscuridad me rodearan silenciosamente. Mas que moscas parecían abejas, ya que en ningún momento sentí el impulso de alzar las manos para alejarlas de mí. Les temía. Sentía que, con solo un movimiento, era capaz de provocarlas y ellas me atacarían. Era como si esas manchas en mis ojos hubieran salido para envolverme en el centro de un huracán feroz.

Me recargué con fuerza sobre la pared y en algún momento terminé desplazada en el suelo.

—Julia —susurró Gabriel entre dientes, acercándose a mí y sosteniéndome—. ¿Qué tienes? —Su voz se escuchaba lejana, interferida.

Él permaneció de rodillas a mi lado. Vi la sombra que nos cubrió desde lo alto, pero no pude advertirle a tiempo.

—¡Aléjate de ella! —La exigencia fue tan clara que supe quién era solo por su voz.

No era capaz de distinguir su rostro. Mariel apuntaba con su arma, justo a la cabeza de Gabriel.

—Ustedes deberían de dejar de apuntarme de esa manera. —Alejó las manos de mí casi a regañadientes y se puso de pie en un solo movimiento.

—¿Qué le hiciste? —presionó mi amiga.

—Nada...

Abandonó su posición de retirada cuando comencé a cerrar los ojos. Su mano en mi cabeza fue lo último que sentí antes de desplomarme por completo.

El agua me arrastraba en dirección al abismo, una clara caída mortal. Llenaba mis pulmones e impedía que mi boca emitiera cualquier tipo de sonido, ahogando mis gritos antes que a mi cuerpo.

—¡Mamá! ¡Ya despertó! —Unos curiosos y grandes ojos claros fueron lo primero que vi cuando me desperté—. ¿Tía, estás bien? —Valeria tenía la cabeza totalmente inclinada hacia la derecha, era como un cachorro.

—Estoy bien. —Comencé a sentarme, frotándome la cabeza. Estaba en casa; para ser precisa, estaba en mi habitación. Sobre mi amplia cama, rodeada de todas mis almohadas—. ¿Qué hora es?

—Ya pasó la hora de dormir. Pero mami dijo que podía quedarme contigo mientras ella hablaba con el señor —musitó con voz aguda.

—¿Qué señor? —Me puse de pie y todo me dio vueltas mientras intentaba llegar a la puerta, con unas pequeñas pisadas tras de mí.

Mariel se encontraba en la sala, de pie a unos dos metros de distancia de la puerta principal. Preocupada, con las manos temblorosas y la mirada perdida.

—Mami, la tía Julia despertó. —La pequeña caminó hasta ella y le tomó la mano. Ese contacto pareció devolverla a la realidad, porque levantó la vista hasta mí.

Yo me sostenía con fuerza del muro más cercano y debía verme realmente mal, porque Mariel abrió los ojos y la boca, como si estuviera frente a un fantasma.

—¿Estás bien? Deberías volver a la cama. —Se apresuró, dejando de lado a la pequeña y caminando con firmeza.

—¿Lo trajiste hasta aquí? ¿Él sabe dónde vivimos? —Y se detuvo, apretando las manos en puños.

—Mariel, terminé de lavar los platos... —Paulina Delgado salía de nuestra cocina. Aún llevaba puesto el horrible uniforme color vino del instituto—. Buenas noches, señorita Cazador. —No me miraba a los ojos, nunca lo hacía.

Esas dos tenían tiempo hablándose de manera informal. Ya que Paulina cuidaba seguido a Valeria, Mariel le había pedido que le hablara por su apodo fuera del instituto.

—Buenas noches. —Intenté incorporarme. Separarme de la pared presentaba un enorme desafío en mis condiciones.

—Si no necesitan nada más, me iré a casa ahora. —Se acercó a uno de los sillones y tomó su mochila. Mi amiga la siguió y le entregó algunos billetes enrollados.

—Gracias por ayudarme hoy. Espero que puedas mantener esto en secreto. —Me miró de reojo y apretó la mano de la joven mientras depositaba el dinero en ella—. No debemos dejar entrar hombres al departamento —murmuró. Le guiñó un ojo y la joven se sonrojó.

—No se preocupe. Yo no diré nada. Nos vemos mañana. —Dio unos pasos, que parecieron saltos, hasta la puerta; se despidió de Valeria con una sonrisa y se perdió en el pasillo.

—¿Eso fue lo que se te ocurrió? ¿No podemos meter hombres al departamento? ¿Qué somos? ¿Adolescentes? —pregunté dejándome caer en el piso para sentarme sobre mis pantorrillas.

—No vio demasiado porque estaban en mi habitación. —Mariel se volvió a Valeria, que jugaba con los botones de su suéter rojo—. Ve a colorear mientras veo que la tía Julia esté bien —se dirigió a ella con ternura.

La niña asintió frenéticamente con la cabeza y se dirigió corriendo a su habitación, seguramente a asaltar una de las muchas cajas que tenía llenas de lápices de colores.

—¿Qué pasó exactamente? —Se sentó en el suelo junto a mí, poniéndome las manos sobre las mejillas.

—Estas tan pálida, ¿te sientes enferma? —No respondí, alzando las cejas, esperando su respuesta—. Te esperé frente a ese bar, por un largo tiempo. Cuando no saliste, volví a entrar temiendo... —Se tropezó con las palabras—. Entré y no estabas, ni Javier, ni los otros hombres. Me invadió el pánico. Te había dejado atrapada entre un hombre al que apenas conocías y uno al que conocías demasiado bien. —Habló tan rápido que necesitó un momento para inhalar aire antes de seguir—. Los busqué en el interior y el dueño me dijo que había una salida hacia el depósito de basura. Iba de camino, pero Javier y ese hombre regresaron. Tuve que salir y rodear el lugar para buscarte. —Retiró las manos de mi rostro y las llevó hasta mis hombros—. Estabas en el suelo, pálida y temblando, él te sostenía y pensé que te habían hecho algo. —Se le quebró la voz—. Lo lamento. —Soltó y me abrazó con fuerza. Aquí íbamos de nuevo con los reproches—. Lo siento, he sido una completa idiota.

—¿Qué? —A diferencia de todas aquellas discusiones pasadas, esta incluía lágrimas.

—Es solo que no podía concebir la idea en mi cabeza. La idea de que te volvieras una asesina por mi culpa. —Comenzó a sollozar. Supe de qué estaba hablando—. Pero ahora lo entiendo. Porque cuando vi a ese hombre sosteniéndote con sus manos, como si te hubiera lastimado, también pensé que podría matarlo. Pensé que dispararía sin preguntar. Si algo malo te pasaba... —Se alejó de mí y pude verla. La cara brillante por las lágrimas, el maquillaje medio corrido de sus ojos—. Si un día de estos decides que no lo soportas más, que no toleras lo que haces con él y que quieres matarlo, yo misma te ayudaré a esconder el cadáver. —Llevó una mano hecha puño hasta su pecho y se dio varios golpes con ella—. Yo misma lo enterraré donde nadie lo encuentre.

Sabía que hablaba de Javier, pero incluso temí por Gabriel, la amenaza parecía ir en todas direcciones. Vacilé entre acreditarle el hecho de que realmente había sido una idiota, excluyéndome como a una delincuente cuando todavía no había hecho nada. Verla así de rota... no creía poder agregar más leña a ese fuego.

—Gracias. —Mi voz sonó baja y una sola lágrima se me escapó al limpiar las suyas—. ¿Por qué lo trajiste a casa? —Ella cerró los ojos.

—De verdad no quería. Después de que te desmayaras, él te cargó y dijo que su auto estaba cerca. Parecía realmente preocupado así que lo seguí. Nos llevó directo a la cafetería. Pero Amaris no estaba, y no encontré nuestras llaves. —Su rostro reflejó confusión por un breve instante—. Dijo que podíamos llevarte a un hospital, aunque me daba mucho miedo el hecho de que Javier estaba cerca. No tuve opción, ni tiempo para pensar en una. Terminé por decirle que viniéramos aquí. —Se veía arrepentida—. Te tomó la temperatura y el pulso, dijo que no parecía nada verdaderamente grave, que podía ser el estrés. —Señaló la puerta tras ella con un pulgar—. Prácticamente acaba de irse. Me dejó su número. Dijo que lo sentía y que lo contactáramos si aún queríamos ayudarlo.

Respiré por la boca cuando intenté ponerme de pie y ella hizo un reflejo de mis movimientos. Mi estómago se sentía como un remolino y mi cabeza me pesaba.

—Hay que hablar con él.

—¿Estás loca? Ya se fue. Te llevaré a la cama y mañana no irás a trabajar. —Me tomó del brazo y me giró para que volviéramos a la habitación.

Carecía de fuerza para resistirme. La seguí y dejé que me recostara en la cama, acomodando las cobijas para meterme en ellas.

—Creo que estás exagerando...

—Julia, sé que algo te está pasando, ¿estás enferma? El otro día escuché cuando Javier te preguntó si habías visto a un médico... —Javier, ese maldito doble cara, tan preocupado por mi salud, pero a mis espaldas me trataba como su trapo sucio.

—No es nada, solo que mi estomago no procesa la comida como debería —dije dándome unos golpecitos, como si me reprendiera por ello.

—¿No estarás...? —Se sentó en la orilla de la cama—. Cuando me embaracé tenía mareos todo el tiempo.

—¿Qué? —Me enderecé—. ¿Qué diablos estás insinuando?

—No sé cómo funciona para los Calpián... O los que son mitad Calpián. —Me señaló con la mano y la dejó caer sobre mí.

—No estoy embarazada —reproché con rapidez.

Me sorprendió con esos argumentos ¿Javier creería lo mismo? Se había comportado diferente después de que vacié la comida en su baño. Fue cariñoso y solo se acostó a mi lado toda la noche sin tocarme. Y cuando quisieron asaltar la casa, me miró de esa manera tan extraña y me sacó de ahí con rapidez. Ni siquiera quiso verificar la situación primero y me tomó como prioridad.

—¿Estás completamente segura? —Miré su mano entre las cobijas, absorta por sus palabras.

Qué extraña era la vida, una niña me había encaminado a hacer este trabajo y ahora otro niño me sacaba de él. No dudaba, ni un poco, que si Javier creía que yo esperaba a su hijo, al heredero de los Huaneri, construiría un plan para sacarme del trato, de nuestra deuda. Para no ponerme en más peligro.

—No lo sé —susurré mientras una nueva arma crecía en mi interior. Aunque no de la forma en que ella creía—. ¿Qué cambiaría si así fuera? Tener al hijo de Javier, ¿qué ventajas nos daría? —Encontré su mirada y reconocí el asombro.

—No puedes estar hablando en serio. Debes asegurarte. Esto no es cualquier cosa.

—Claro que no es cualquier cosa. —Es una llave, una clave.

Comencé a agitar la mano frente a mí, para aclararme el panorama. Ella misma había dicho que nunca logré conseguir nada de él. Ahora él querría algo de mí y eso nos daría la ventaja que necesitábamos.

—Si de verdad estás embarazada, no hay forma de que te deje ir. Buscará la manera de conservarte a su lado. Por lo menos los primeros años.

Pero si él quisiera que su heredero naciera sano y salvo, iba a tener que someterse a lo que *yo* pidiera, a lo que *nosotras* pidiéramos.

Estuvo a punto de agregar algo más, pero una cabeza llena de rizos se asomó por la puerta y robó nuestra atención.

—Mami, ¿has visto el color amarillo? No lo encuentro por ningún lado —dijo acercándose con tristeza. Entornó sus ojos sobre mí—. ¿Estás enfermita? —Puso el labio inferior sobre el superior y arrugó la frente en un adorable puchero.

—No es nada, mañana estaré como nueva. —Le mostré la mejor sonrisa que pude.

—¿Quieres que te lea un cuento para dormir? —Juntó las pequeñas manitas frente a su estómago. Un gesto familiar.

—Claro, incluso puedes dormir aquí. Te prometo que no es contagioso. —La niña sonrió abriendo la boca y salió corriendo, seguramente para buscar su libro favorito.

Al volver la vista, Mariel me seguía examinando, tal vez ya me imaginaba con el vientre abultado.

—Hazme un favor, ¿quieres? —Me tomó las manos entre las suyas con fuerza—. No te expongas demasiado. Javier, Gabriel, tu informante, esos estudiantes. En el momento en que las cosas salgan mal, corre. Yo prometo correr también, aunque no sea en la misma dirección.

Era casi irónico que ninguna fuera buena corriendo o huyendo, pues a ambas no habían atrapado en el pasado.

—Prometo que tendré cuidado. —Me incliné hacia ella—. Y que me mantendré alejada de Javier por un tiempo.

Todo lo que hizo después fue asentir con la cabeza e ir tras su hija.

Hijo. Palabra que me daba un miedo tal que me removía las entrañas. Dolía recordar y pensar que un hijo así no tendría un futuro fácil.

Valeria se acostó conmigo, con un pesado libro entre las piernas. Fingía leerlo cada vez mejor, ya que a su edad no era capaz de distinguir todas las letras. Menos formar palabras. Su imaginación era tan enorme como las historias que se inventaba. Yo intentaba reaccionar de la manera más auténtica a todos los acontecimientos. Estuvo así durante pocos minutos hasta que comenzó a bostezar con frecuencia y después se quedó completamente dormida.

No me veía a mí misma siendo madre, no en el pasado y menos ahora. Me gustaba ser la tía. Fui criada por una, así que intenté ser la mejor tía que podía. Algún día Valeria me recordaría de la manera en que yo recordaba a Carlota, la hermana de mi padre. Ella había sido tan amable y cariñosa conmigo, no encontraba mejor manera de corresponder el amor que me dio que dándoselo a una pequeña que lo necesitaba al igual que alguna vez lo hice yo.

Tal vez me veía un poco reflejada en ella. Valeria era, a fin de cuentas, Calpián de herencia, una huérfana en algún sentido y al cuidado de un humano en un mundo dividido en múltiples bandos y sin pertenecer a ninguno en concreto. Yo no quería traer algo así al mundo.

Aunque el hijo de Javier, sin duda, pertenecería a un lugar. Los Huaneri eran una de las principales familias fundadoras de los Vigías. Javier era el último descendiente de esa línea, no había tenido hermanos y no tenía más parientes que los ancianos de su familia que pronto morirían. Así que un hijo para él, para los Vigías, alguien que continuara la línea de los Huaneri, seguramente sería valioso.

Javier había estado casado, una boda pronta a pleno inicio de su adultez. Nunca pudieron tener hijos y ella lo abandonó en algún momento. Un amor joven que no duró. Sin duda parte de las cosas que lo moldearon para ser el perfecto títere de los Vigías.

Era mi turno averiguar qué tanto estaba dispuesto a dar, a entregar, para salvar el linaje de una familia tan antigua y valiosa como la suya.

CAPÍTULO 7:
ESENCIA

Seguí las indicaciones de Mariel y me quedé en casa; ella se encargaría de explicar mi ausencia y yo debía pasar todo el día en reposo. O solo lo intentaría las primeras horas, porque después estaría alistándome para salir del departamento tan pronto como encontrara mis llaves. El aburrimiento me había consumido cuando me senté frente al televisor al desayunar, no necesité más que eso para decidir salir.

Puse algo de música para quitar el extrañamente aturdidor silencio que rodeaba el lugar vacío, no acostumbraba a estar sola en el departamento. Me sentí extraña al verme al espejo. Por un momento, solo uno pequeño, me imaginé con el vientre abultado y el cuerpo más robusto. Ser madre, tener un hijo, ser esposa, cuidar de alguien más. No de la manera en que cuidaba de mi familia en la actualidad, sino protegerla de manera maternal. No podría, no me lo imaginaba. No soñaría con ello, esa vida no era para mí. Tal vez en otro lugar, otro tiempo y circunstancias, yo tendría a un lindo hijo, lo amaría y lo cuidaría. Pero eso no era posible en esta vida.

Busqué en mi bolso y en los bolsillos de cada uno de mis abrigos y pantalones. Mariel había dicho que no encontró nuestras llaves para entrar en la cafetería, la mía estaba junto con la de la casa. Era extraño que ambas se hubieran perdido al mismo tiempo.

Si dejaba la casa abierta dudaba que alguien se atreviera a entrar y robar, aun así, no me daba la tranquilidad necesaria para hacerlo. Tendrías que arriesgarme.

Acababa de tomar mi chaqueta negra para ponérmela cuando alguien llamó a la puerta con dos golpes fuertes. Rogué no haber invocado a cierto hombre con mis sueños sobre niños malditos y hadas sangrientas. Tras la puerta solo estaba un arrepentido Gabriel, con las manos en los bolsillos de la sudadera negra.

—Hola —saludó casi en un suspiro, analizándome.

—¿Qué haces aquí? —Me llevé las manos a las caderas y lo examiné de vuelta con una ceja arriba.

—Quería saber si te sentías mejor. —Vaciló—. Pensaba esperar todo el día en la cafetería de tu amiga, tristemente mi plan falló... sigue cerrada —explicó. No se me hizo extraño que Amaris desapareciera—. De verdad lo siento, creo que lo eché a perder. Quiero compensarlo.

—¿Crees? —Había incredulidad en la pregunta.

Una gran parte de mí quería golpearlo. Me di cuenta, tras ver su reacción a mi tono de voz, que no lo culpaba por no saber que sería Javier quien llegaría a la cita. Estaba enojada por todo lo que había sucedido después. No me había dejado dormir lo estúpidamente indefensa que me volví antes de desmayarme. Que él tuviera que atraparme.

—Tengo algo más, algo que quería contarte ayer ¿De verdad estás mejor? —

Me molestó la manera en que me evaluó, mirándome de arriba abajo. Dudando de mi capacidad de seguir con esta absurda búsqueda.

—Estoy en una pieza, como podrás ver. Estaba por salir. —A la cafetería, la cual, según el extraño frente a mí, estaba cerrada.

—Ya veo. Puedo enviarte la información por mensaje... —Sacó su teléfono celular y se dio cuenta de que no tenía mi número.

—Me lo cuentas de camino. —Hice una seña con la cabeza, a algún lugar a sus espaldas—. Solo iré por mis cosas. —Era mi oportunidad, por más irritada que me sintiera a pasar tiempo con él. No podía desperdiciar el hecho de que él había acudido a mí. Si lo hacía tal vez después debería ir a buscarlo.

Ya que no había llaves, tomé el par de teléfonos celulares de una mesita cercana y cerré la puerta tras de mí. Metí cada uno en los bolsillos de la chaqueta y la cerré sobre mi pecho. Caminamos uno junto al otro.

—Encontré a un hombre que está relacionado con las otras víctimas. —Cruzamos el pasillo hasta llegar al ascensor, pasando por otras dos puertas a parte de la mía.

—¿Cómo lo encontraste? —Me acomodé los cabellos detrás de las orejas cuando el viento que se filtraba por las ventanas abiertas lo sacudió frente a mi rostro.

—Porque es uno de los principales sospechosos en el asesinato del padre de una amiga. —Había mencionado algo de eso antes, el otro Calpián asesinado después de la chica Levana—. En realidad, había cuatro sospechosos. —Extendió la mano con cuatro dedos levantados—. Tres de ellos fallecieron, dos en manos del asesino en serie.

—Justiciero de Dios. —Interrumpí, rodando los ojos.

—Eso no es justicia, pero sí, en sus manos. —Sus palabras eran dudas, aunque el tono en su voz delataba que le alegraba que alguien se encargara de esas personas.

—¿Cómo murió el otro?

—Se suicidó. —Lo comentó como si no fuera nada.

Cuando llegamos al ascensor tenía un letrero de «*Fuera de servicio*» pegado a un lado.

—Escaleras. —Anuncié señalando el camino con una mano. Casi pude imaginarlo rodando cuesta abajo, claro, después de ser empujado por mí—. ¿Cómo obtuviste esa información? —pregunté cuando comenzamos el descenso.

Dudó, apretando los labrios y rascándose la barbilla.

—Digamos... que la compré. —Levantó levemente la comisura de sus labios.

—Bien, comprar suena mejor que robar. —Reflexioné— ¿Por qué crees que Samuel haya mentido sobre las fotografías? ¿O no te advirtiera sobre los Vigías? —No quería recordar la conversación que había escuchado, que ambos habíamos escuchado. La respuesta del hombre nos favoreció. Fue un golpe de suerte que yo no hablara de esas fotografías con nadie hasta el momento. Nadie más que Mariel.

—Le dije que estaban en mi posesión, solo como un comentario. No pensé que alguien aparte de ti preguntaría por ellas. —Esa era la raíz del problema, ese hombre no pensaba.

—El hombre de ayer trabaja conmigo. Ahora está a cargo del caso. Debes tener cuidado.

—¿Preocupada por mí? —Me detuve ante la acusación.

—No exactamente, pero ahora estamos juntos en esto. Por ahora me perteneces. —Cruzó los brazos sobre el pecho y me miró con diversión—. Eres el medio que uso para mi fin, si él te encuentra intentará usarte para su beneficio. No dejes que te vean. —Me iba a arrepentir, de hecho, ya lo estaba haciendo, aun así, continué—. Si alguien te sigue, o sientes que te vigilan, llámame.

Saqué mi celular de uso personal. Mariel me pasó su número esta mañana, asi que ya lo tenía registrado, con un seudónimo, por supuesto. Hice la llamada y su celular comenzó a vibrar en el bolso de su sudadera. Al menos no tenía una fastidiosa canción de tono. Tomó el aparato y contempló el número hasta que colgué la llamada sin contestar.

—De acuerdo. —Asintió sin agregar algún comentario.

—Llévame a ver a ese hombre y dime lo que sepas. —Pasé a su lado y seguí descendiendo. Estábamos como a la mitad de camino.

—Está en sus sesentas y vive en las afueras de la ciudad. Hasta donde sé, también es parte de ese culto.

—¿Sabes exactamente qué hacen en ese culto? ¿Cuál es su propósito? —Era perder el tiempo, pero también era muy pronto para comenzar las preguntas importantes.

—Hasta donde se sabe, secuestran y matan a los de mi especie, se cortan con idiomas antiguos... —Contó cada acto con sus dedos mientras girábamos otra esquina junto al ascensor descompuesto.

—Dime algo nuevo, por favor. —Di el último paso y abandonamos las escaleras.

—Es todo lo que sé al respecto. No se sabía de su existencia hasta el primer incidente. Es como si solo se revelaran al matar o ser asesinados. Fuera del culto son personas normales.

—Al parecer, no sabes mucho. Aburrido. —Canté la última palabra de manera involuntaria.

Tras pasar por la recepción, donde nunca había nadie atendiendo, y salir del edificio, se acercó a un auto gris, o al menos creo que había sido gris antes de estar lleno de lodo y otras cosas. Me abrió la puerta en lo que interpreté como un acto cortesía involuntario.

—Sube, será alrededor de una hora de camino. —No deseaba subir al auto del desconocido, aunque al parecer era confiable—. O puedes ir caminando si quieres. —Ofreció con indiferencia.

Resoplé y subí al asiento del copiloto; cuando ambos estuvimos dentro, encendió el motor para arrancar. El interior estaba más limpio que el exterior, aunque había algunas cajas en los asientos de atrás. Un labial en el portavasos, quizá el tipo tenía novia.

Me miraba, lo supe al darme cuenta de que no estábamos avanzando. Levantó una ceja cuando nuestras miradas se encontraron.

—Lindo auto. —Sonreí a medias.

—Si ya dejaste de inspeccionar, nos iremos ahora. —Pisó el pedal y condujo por la avenida.

—No puedes cuestionar mi curiosidad, no sé nada sobre ti. Eres un Calpián, si perteneces a la Sociedad ¿por qué no les pides ayuda? —Fue lo suficientemente sutil para comenzar.

—No pertenezco a la Sociedad —respondió con la voz fría, sin quitar la vista del camino. Al menos no iba a mentirme al respecto. Ya que no me miraba no intenté parecer sorprendida—. Y si lo hiciera, sé que no me ayudarían.

—¿Por qué? Pensé que ustedes se *protegían* unos a otros sin importar quienes fueran. —Me las arreglé para cruzar las piernas una sobre la otra.

—Así es, se dice que hay protección. Recuerdo que la había. Pero eso no te garantiza otras cosas iguales o más importantes. —Vi mi entrada y la tomé.

—¿Recuerdas? ¿Antes si pertenecías a la Sociedad? —Lo vi espiar de reojo.

—¿A dónde quieres llegar? —Seguía siendo muy pronto.

—Solo tengo dudas. No sé si se puede volver una vez que te sales. —Intenté sonar más indiferente de lo que lo hice. ¿Eso en mi voz era añoranza?

—¿Quién eres? —Arrugó la frente y se detuvo en el semáforo—. ¿Por qué te importan esas cosas? —dijo volviéndose hacia mí, apoyando el brazo sobre el asiento.

Revelar algo para obtener algo. No era un secreto, en realidad, y mi naturaleza no parecía tener el poder de cambiar mucho entre nosotros.

—¿De verdad no lo sabes? ¿No lo *hueles* en mí? —Recordé como me había acusado de oler a bebé.

Soltó una pequeña risa y siguió cuando la luz se puso en verde.

—No es así de simple. Aroma fue la palabra que se me ocurrió en ese momento. —Se rascó la barbilla.

—¿Cuál es la correcta, entonces?

Lo procesó por largo rato. Durante dos cuadras no hubo más que silencio. Justo cuando pensé que no respondería, lo hizo.

—Esencia —soltó en voz baja.

Ya lo tenía, si algo había descubierto en estos años al lado de Javier era que a las personas les encantaba hablar, pero sobre todo les encantaba explicar, si empezaban era muy difícil hacerlas parar.

—Esencia —repetí confusa.

—No es tu olor, es algo que te rodea, que muestra tus hábitos. Se adhiere a ti como el humo a un fumador constante —explicó con tranquilidad.

—Sigo sin entender cómo es diferente al aroma. —Crucé los brazos y observé por la ventana. Conocía este camino.

—Muy bien. Es como... Un aura, ¿has escuchado la palabra?

—Claro que sí. —Soné muy ofendida y él sonrió por ello.

—Es como eso. Los Calpián podemos sentir esa aura, la esencia de lo que es una persona. La tuya esta mezclada con una más pura y transparente. Usualmente los niños no tienen pecados, vicios o malos hábitos, así que sus esencias se sienten limpias.

Ahogué el sonido de asombro que estuvo a punto de salir de mis labios.

—¿Yo podría detectar eso? —Ver algo así seguramente brindaba ventajas a la hora de los interrogatorios.

—¿Por qué podrías? Los humanos no pueden, solo los seres de esencia lo hacen.

—¿Tener esencia no me convierte en un ser de esencia?

—No es así como funciona. Los seres de esencia son los que pueden usarla, los humanos la tienen, pero no pueden manipularla. —Se veía demasiado relajado para estar revelando lo que parecía ser un secreto Calpián.

—¿Tú puedes verlas y además usarlas? —Otro semáforo.

—Los Calpián no podemos influenciar en la esencia de los demás, pero hay criaturas que sí pueden.

—¿Qué ves en la mía? —Realmente no tenía demasiada curiosidad, pero debía cubrir bien las razones tras mis siguientes preguntas.

Él se volvió nuevamente hacia mí.

—No es fácil distinguir las esencias humanas entre sí, todas son parecidas. Una vez que identificas los patrones, cuando te acercas lo suficiente, entonces puedes reconocer los pequeños destellos. La tuya es tan humana como cualquier otra, aunque a veces creo que puedo ver algo más.

—Por supuesto —resoplé y el auto siguió avanzando.

—¿Qué? —Turnaba su mirada entre el camino y yo con mucha frecuencia.

—Porque no soy completamente humana. —Aquí vamos—. ¿De verdad no lo ves? Tal vez me mintieron toda mi vida. —La broma no dio el efecto que buscaba.

—¿Y qué eres? —preguntó, estacionándose.

—¿Ya llegamos? —Observé alrededor. Seguíamos sobre una avenida.

Negó con la cabeza.

—Responde. —Se puso firme, me recordó más al hombre en la construcción abandonada que al del puente.

—Tú primero. ¿Por qué saliste de la Sociedad? —Directo, aunque no la información que necesitaba.

Inhaló con fuerza, estaba desesperándose. Él había venido a mí y no al revés, debía responder a mis preguntas y entender que tuviera muchas de ellas.

—Hace... muchos años, tuvimos que abandonarla. —Se encorvó hacia el volante.

—¿Tuvieron qué? —No fue voluntario entonces.

—Así es, nos obligaron a marcharnos, no es que lo quisiéramos. —¿Nos? Eso no tenía sentido, nunca nada parecía tenerlo ¿Se incluía a su familia? ¿A esos jóvenes Calpián? Los habían echado y ahora los querían de vuelta. Aunque nadie había dicho que los quisieran de vuelta. ¿Por qué alguien a quien echaron querría volver? —. Tu turno. —Su voz sonó tan grave que me arrancó sin más del hilo de pensamientos que formaba en mi cabeza—. ¿Qué eres?

—Soy como tú —dije sonriendo—. Mas bien soy la mitad. —Extendí una mano hasta él—. Soy un Calpián de herencia.

Y si antes pensaba que mi naturaleza no cambiaría nada entre nosotros, estuve muy equivocada. El resto del trayecto, Gabriel me abandonó en un silencio infernal. Se veía tan concentrado, sopesando mis palabras, me daba miedo romper el silencio primero.

—No lo entiendo —dijo finalmente. No quité la vista de la ventana al escucharlo hablar—. Tu esencia casi es puramente humana.

—Creo que eso significa que casi soy normal. —Chasqué la lengua sin ánimo—. Es una lástima. Me gustaba pensar que era diferente. —Suspiré para darle el toque final de sarcasmo.

No es que quisiera ser normal, había vivido entre los humanos buena parte de mi vida, no veía nada malo en no pertenecer a una raza en peligro de extinción. Pero vivir en la... oscuridad, en la ignorancia de todo lo que hay alrededor. No lo soportaría. Aunque lo había sufrido en mi adolescencia, muchos, a diferencia del Calpián a mi lado, veían algo diferente en mí, algo que no les gustaba. Eso me había metido en problemas más de una vez.

—Es extraño, nunca me he topado con alguien así. —Vi que no cambiaría de tema con facilidad, realmente estaba desconcertado.

—Tal vez lo has hecho y lo tomaste por humano —me burlé.

—Eso significa que tu linaje humano fue más fuerte que el Calpián, aunque contradice muchas cosas.

—¿Qué cosas? —Seguía con la mirada fija en las casas que dejábamos atrás, todas eran iguales en forma, algunas tenían árboles y jardines y otras hasta eran del mismo color entre ellas.

—Los Calpián buscan reproducirse... —Casi reí por la forma en que su voz fue disminuyendo ante la última palabra y él se aclaró la garganta para continuar—. Tener descendencia con humanos porque son la especie más débil en esencia. Así que los hijos suelen ser más Calpián que humanos.

Hijos parecía ser el tema del día. Descendencia y herederos. Solo me revolvía el estómago.

—Creo que a mi madre no le funcionó —dije contra el cristal, viendo mi reflejo.

—¿Tu padre es humano?

Maldición. Me llevé la mano hasta la boca y me di pequeños golpes en ella. La apreté en puño y presioné los dientes para controlarme.

—Sí. —Me rasqué una ceja, no era un caso poco común, pero no me gustaba la idea de que supiera mi historia —. Y mi madre una Calpián. —Me acomodé los lentes en el puente de la nariz y luego rasqué ésta con uno de mis nudillos.

—Por cierto, no sé tú apellido y me siento en desventaja.

Por su puesto que ahora se creía con derecho a preguntarlo. Aunque si saberlo lo hacía confiar en mi valía la pena el riesgo.

—Cazador —dije sin entusiasmo. Si lo reconocía o no, en este punto, daba igual.

—Cazador. —Era como si lo saboreara—. Son una familia importante entre los Calpián.

—Lo sé.

Mi padre nunca había querido contarme, pero sacarle las historias a mi tía era fácil. Décadas atrás, tal vez casi un siglo, los Cazador fueron una familia Calpián de sangre. El linaje se fue perdiendo con el tiempo, las siguientes generaciones fueron Calpián de herencia y, al final, después de un tiempo, todos eran humanos. La tristeza con la que mi tía lo contaba me hizo ver lo sucedido como una desgracia.

—Conocí a alguien de esa familia. Tienen derecho a vivir en la Sociedad.

Yo no conocía a nadie más de la familia Cazador que no fuera un pariente directo. Hasta donde recordaba, solo éramos mis abuelos, mi padre, mi tía y yo. Cualquier otro lazo se había roto cuando salimos de allí.

—No me importa el pasado de mi familia. A diferencia de ti, yo escogí abandonarlos. —Mi padre lo había escogido; no era diferente, sus decisiones eran las mías.

—Ya veo, no es un caso particular.

Llegamos al lugar. Una casa pequeña, como todas alrededor, separadas por varios metros de distancia, con cercas marcadas de alambre de púas. Kilómetros atrás, el camino se había vuelto una terracería y, kilómetros después, nos estacionamos para dejar el auto una cuadra antes del lugar. El jardín era todo un huerto, con enormes árboles frutales en hileras. El portón de vieja madera se encontraba abierto, así que seguí a Gabriel al interior.

—¿Qué diablos estás planeando hacer? ¿Llegar y preguntar directamente? —Me puse a su altura.

—Eso es exactamente lo que he estado haciendo —señaló sin más.

—No es que cuestione tus métodos. Pero, dime, ¿cuántas veces te han funcionado? —Se detuvo y me miró, resignado—. Eso significa que ninguna. Estás olvidando que ese hombre mató a alguien en el pasado. No puedes tomártelo a la ligera.

—¿Y qué sugieres? —Se cruzó de brazos y me observó con las cejas levantadas.

Me abrí la chaqueta, solo lo suficiente para presumir el arma en el interior, y la cerré inmediatamente.

—Me gusta llamarlo *interrogatorio forzoso*. —Levanté las cejas con orgullo.

—¿Y te ha funcionado?

—No encontraras quien diga que no. —Un intento por asustarlo, aunque dudaba que algo lo hiciera.

—Eso sonó como una amenaza —resopló.

—Lo es. Para que no se te ocurra hacer algo estúpido. Recuerda que siempre estoy preparada para disparar.

Caminamos unos veinte metros hasta llegar a la entrada de la casa. Una pequeña puerta blanca, igualmente abierta.

—Buenas tardes —saludó con fuerza. Me alegró que nadie respondiera, anunciar asi nuestra presencia no era inteligente.

—No hay nadie. —Me asomé por la puerta. Se divisaba una pequeña sala de paredes blancas.

Gabriel comenzó a caminar para rodear la propiedad. Una mecedora descansaba junto a la entrada y una mesa frente a ella. Había tiras de cuero por todos lados.

—El lugar está solo. Es extraño que esté abierto. —Apareció junto a mí con cautela.

—¿Será porque todos saben quién es? O lo que es capaz de hacer. —Aunque dudaba que alguien con tal reputación pudiera esconderse en un lugar como éste.

Una sombra cruzó entre dos naranjos a espaldas of Gabriel. No pude distinguirla, era rápida. Alguien nos había seguido.

—Deberíamos irnos. —Sonaba decepcionado. Su segundo intento por aportar algo al caso había fallado al igual que el primero.

Asentí y comenzamos a caminar. Lo dejé avanzar unos pasos por delante. A un costado distinguí cómo la sombra se acercaba a observarnos. La dejé continuar. Solo cuando la escuché a mis espaldas, a punto de escabullirse tras otros árboles, me lancé sobre ella.

Era una mujer, de complexión más pequeña que la mía. Se le escapó un gruñido cuando sintió mi peso sobre ella. Me empujó con rapidez y caí a su lado, tomándola del pie antes de que se atreviera a escapar. Me pateó con fuerza, pero no la solté. Me incorporé hacia ella y me tomó por los hombros, atrayéndome de una sacudida y volviendo a lanzarme lejos. Tiré de su cabello, largo y rubio, para llevarla conmigo. Caímos juntas en un grito ahogado. Llevó las manos a mi cabello, pero golpeé su cabeza hacia abajo con mis dos manos. Sentí un tirón en la chaqueta cuando volvió a levantar la cabeza.

—¡Perra! —gritó, rasguñándome la cara.

Tomé esa mano con fuerza y la torcí hacia afuera, dejando las marcas de mis uñas en su muñeca. Me puse de pie, en posición para recibirla, con las manos en puños frente a mí. Ella hizo lo mismo, lista para arrojarse a mí nuevamente. Pero Gabriel la rodeó con los brazos y evitó el posible enfrentamiento.

—Muy bien, fue suficiente. —La contuvo como pudo. La mujer se sacudía y retorcía entre sus brazos, con el cabello hecho un desastre y las ropas desalineadas por la pelea.

—Esa perra...

—¿Por qué nos espiabas? —pregunté, acomodándome el cabello con los dedos y después la chaqueta.

Ella no dejó de luchar hasta que Gabriel dijo:

—Vamos a calmarnos, por favor. —Su voz era tan calmada que pensé que les hablaba a dos niñas peleando por un dulce.

La mujer finalmente se tranquilizó y Gabriel la soltó lentamente. Me preparé para que intentara alcanzarme apenas fuera libre, pero no lo hizo. También acomodó sus ropas, deslizando la orilla de su blusa hacia abajo y sacudiéndose la tierra de los pantalones. Cuando me miró con furia, un escalofrío me recorrió completa. No por la forma en que lo hacía, si no por sus ojos. Dos perlas cafés que lentamente tomaron un color gris opaco. Ella era un Calpián.

—¿Quién eres? ¿Qué haces aquí? —pregunté con calma.

Ella bufó enfadada.

—Estaba buscando al hombre que vive en esta casa —gruñó—. Los encontré a ustedes en su lugar.

—¿Por qué lo buscas? —preguntó Gabriel, caminando hasta quedar a mi lado. Su cercanía me tranquilizó un poco. Aunque ese hecho debía ponerme más nerviosa.

—Quería hacerle unas preguntas. —Su voz era más grave que aguda.

—Curioso. —Gabriel se rascó la barbilla—. Nosotros veníamos exactamente a hacer lo mismo. —Avanzó un paso hasta ella. Estuve a punto de seguirlo, pero me detuve—. ¿Qué respuestas buscas? —le preguntó llevando las manos a sus bolsillos.

—Quiero saber sobre sus amigos.

—¿A qué amigos te refieres? —Di ese paso junto a Gabriel y ella me devolvió esa mirada furiosa.

—Los que están muertos. —La indiferencia en su voz no parecía real—. Tal vez él también lo esté, ya que el lugar se ve vacío.

—¿Quién eres? —Gabriel la examinaba como si intentara recordarla, como si la conociera. Me preguntaba si lo hacía, si todo esto no era una trampa para mí, un truco.

—Eso no importa. ¿Quiénes son ustedes? ¿Importa? Somos dos Calpián y un humano en la casa de una posible víctima—. *Humano*, estuve por poner los ojos en blanco. ¿Así me veían ellos siempre? —. Aunque la humana es irrelevante. Tú y yo, grandote... —señaló a Gabriel—. Si nos encuentran aquí, la Sociedad nos desaparecerá rápidamente.

—¿A qué te refieres? —Las cejas de Gabriel estaban tan juntas una con la otra que temí que ya no pudiera separarlas.

—Porque si los Vigías o cualquier otro grupo de humanos nos encuentran aquí, querrán declararle la guerra a los Calpián. Somos menos en número, la Sociedad no lo permitiría.

Guerra, los Vigías querían una guerra. No parecían capaces de llegar tan lejos.

—Eso no es relevante ahora —la enfrenté y Gabriel me miró con advertencia en sus ojos. No sabía si era porque temía que esta mujer fuera parte de la Sociedad o si temía por él o por mi—. No explica para qué querías ver al hombre que vive en esta casa. —Señalé el lugar con la mano.

—No pienso darle explicaciones a una perra humana. Tengo mis motivos.

—Todos los tenemos. —No me gustaba esta actitud entre Gabriel y esa extraña. Esa complicidad o forma de jugar el uno con lo que dice el otro. Era como si me estuviera perdiendo de algo.

—Supongo que así es. También hay un motivo por el que debo irme. Espero que no volvamos a encontrarnos.

Pasó a mi lado y me empujó el hombro con fuerza. Puse la mano sobre el lugar en que impactó y abrí la boca para protestar en silencio. Gabriel solo la siguió con la mirada, cómo balanceaba su largo y teñido cabello de un lado a otro mientras caminaba.

—¿Esa perra?

—Qué vocabulario tan amplio. —Se volvió a mí y observó algo en mi rostro—. Deberíamos curarte ese rasguño. —Puso un nudillo bajo mi pómulo derecho y el contacto me ardió. Silbé entre dientes alejándome de su tacto—. Lo siento. —Sonrió de lado mostrado un poco los dientes. El gesto hizo que entrecerrara uno de sus ojos y después caminó por donde se había marchado la chica.

—Hijo de... —escupí siguiéndolo con resignación.

Llegamos al lugar donde teníamos el auto. No había señales de la extraña mujer rubia.

—Me llamó grandote. —Se burló Gabriel, como si no fuera la primera vez que lo llamaban de ese modo.

—Es pequeña. Hasta para mí eres alto. —Subí al auto, pero a él le tomó algunos segundos más.

—Te mueves bien. Pero el cabello, ¿era necesario? Es lo primero que atacan las chicas. Predecible. —El tono en que cantó la última palabra fue una vil imitación del mío.

—Es tan predecible que muchas veces no lo esperas. Es estrategia. —Señalé mi cien con mi dedo, como si señalara mi cerebro.

Encendió el auto y se quedó en silencio.

—¿Qué hacemos ahora? Deberíamos esperar a que ese hombre vuelva. —Todo en él denotaba seriedad en este momento.

—Si quieres hazlo tú. Algunas personas tenemos una vida que seguir. —Me sacudí el polvo de los hombros, preguntándome qué tan mal me vería. Lo comprobé en el espejo retrovisor—. No sé a quién le compres tu información, pero deberías investigar a esa mujer. Otro Calpián buscando a estas personas es muy sospechoso. —El rasguño era de menos de dos centímetros, aunque se sentía profundo y un poco de sangre se asomaba por la herida.

—Déjamelo a mí. —Extendió el brazo por delante de mí y retrocedí por su acercamiento. Abrió la guantera del auto para sacar un paño azul marino con decoraciones en negro y lo puso en mi regazo—. No se ve tan mal, en unos días desaparecerá.

Tomé el pedazo de tela entre las manos y lo doblé para ponerlo lentamente bajo mi pómulo. Dolió un poco.

—Ya puedes contarme a quién estas buscando. —Seguí mirándome en el espejo, inspeccionando la herida.

—Ella es una vieja amiga. Desapareció hace más de una década. —Puso el auto en marcha y se mordió el interior de la boca—. Por mucho tiempo pensé que había muerto.

—¿Por qué piensas que sigue viva? —Despiadado, pero en el tono adecuado.

—Porque para los demás, ella lo está.

CAPÍTULO 8: CASA

Entré al departamento con desesperación, fuera de mí, intentando arrancarme la piel que me ardía desde el interior. Me deshice de la ropa y no fue suficiente, algo en mi pecho se calentaba a tal grado que me impedía respirar, inundándome los pulmones con la insoportable sensación de un incendio. Necesitaba apagarlo, sabía que no debía dejarlo crecer, que la evidencia de tal explosión en mi interior debía desaparecer.

Todo se sintió más refrescante cuando una enorme oscuridad me cubrió completamente, como un manto de noche sin estrellas. Juraría que me encontraba descansando sobre un reflejo de ese manto. Mi alrededor estaba lleno de un vacío nocturno, los muebles no estaban, tampoco los cuadros o las cortinas, como si hacía tiempo hubieran abandonado el lugar. Una larga caricia sobre mi mentón me hizo estremecer. Una garra de afilada muerte se presionó contra mí hasta el punto de desangrarme. Dolía de manera extraña y reconfortante, como un agradecimiento. Luego todo fue tragado por un rayo de luz pura y blanca como la nieve, aunque brillante como escarcha. Solo por un breve instante.

Dejé de ser presa del fuego solo para estar de nuevo bajo el agua. Conforme me hundía, ésta se volvía tan espesa como la sangre o la pintura. Grité, desprendiéndome del poco aire que me quedaba, cuando una mano callosa me tomó por el tobillo con fuerza. Otra por la muñeca. Una más por un hombro. Hasta que un sinfín de manos me jalaban hacia abajo con fuerza. Al ver a mi alrededor, todas ellas pertenecían a las mismas criaturas putrefactas con las que continuamente había estado soñando.

Era mi cuarta o quinta taza de café y aún no sentía las ganas necesarias para lidiar con el día.

—¿Estás diciendo que a esas personas las corrieron de la Sociedad? —Asentí para Mariel, forzando a mis ojos a permanecer abiertos—. ¿Y ahora ellas quieren volver? —Otro asentimiento. Ella anotaba todo en una libreta.

Yo tenía el codo sobre la mesa y la mano bajo la barbilla, dándole apoyo a mi cabeza para que no cayera directo en la mesa. Tras mis pesadillas de esa noche, existieron lapsos repetidos de insoportable insomnio. Mis ganas por devolver el desayuno no eran tan grandes como el deseo por cafeína. Estos mareos me estaban volviendo loca.

—Creo que hay que investigar por qué los corrieron. Eso explicaría mejor el hecho de que no les están poniendo fácil el regreso. —Di un largo sorbo a mi café. Sentí cómo mi mano temblaba al sostener la taza.

—Tal vez Miriam o Karen ya se lo contaron a Paulina. —Habló para ella misma. Estuvo pensativa unos minutos antes de mirarme—. ¿A dónde fuiste anoche? ¿Ya me vas a contar cómo te cortaste la cara? Cuando dije que no fueras a trabajar fue para que te quedaras aquí —gritó lo último y comenzó a pegarme en el brazo con la libreta—. Niña traviesa —dijo entre dientes.

Sus golpes no eran tan fuertes así que no me molesté en cubrirme. Solo moví el hombro hacia arriba como un reflejo.

—Estuve en casa toda la noche. —Intenté apartarla—. Una mujer, una pequeña y muy tramposa. Estaba buscando algo en ese lugar. Si tengo suerte, Gabriel lo averiguará por mí. —Levanté la taza de nuevo cuando su libreta estuvo lejos de mí.

—Realmente piensas que te contará todo... Me sorprendes.

—Está desesperado. Las almas desesperadas no razonan, actúan. Y ya lo he visto saltar al pozo sin detenerse a pensar en cómo saldrá de él. —Me llevé la taza a los labios para encontrarla vacía.

—¿Te sientes mal? Por usarlo cuando está desesperado. —Me la quitó de las manos y la llevó al lavabo detrás de mí. A veces se volvía loca por las cantidades industriales de café que ingería en las mañanas.

—Con el tiempo te acostumbras. No es la primera persona. He jugado con la desesperación de muchos como él. —No dijo nada—. Tenemos que hacer algo.

—¿Respecto a qué?

—Investigarlo —comenté como si fuera obvio—. Sin que los Vigías se den cuenta, claro. No queremos que lo atrapen.

—Eso va a ser imposible —dijo en una sonrisa vacía—. En cuanto comencemos a buscar, lo encontrarán y tal vez lo arresten. Sigue siendo un sospechoso. —Porque solo nosotras teníamos la certeza, gracias a Amaris, de que él no era el culpable.

—Me estoy dando cuenta de que Amaris no nos dijo si Javier tenía esta información. —La incertidumbre me despertó un poco.

—De ser así ya tendrían otro objetivo. Se lo ocultó por una razón. —Se puso frente a mí con los brazos cruzados—. Tal vez lo hizo por nosotras. Déjalo por el momento, iniciaré con mi parte.

Asentí por el ofrecimiento. Esta vez quería un respiro. Aunque mi respiro la obligara a trabajar de más.

—Quiero visitar a mi padre. No fui la semana pasada por culpa de la misión. Este fin creo que merezco un descanso.

—Puedo ir contigo si quieres. A Valeria le encanta visitar el pueblo. —Sonaba extraña, una escapada como esa retrasaría cualquier plan que tuviera en mente. Y lo que fuera la consumía, lo veía claro.

—Puedo llevarla si quieres. Tómate el día, el fin entero. Y no quiero saber lo que hagas con él. —Levanté las manos y me gané un codazo en las costillas.

—Gracias. —Respiró profundo—. Tal vez también visite a mi propio padre. —Salió de la cocina.

La relación que tenía con su familia era difícil. Ellos la habían echado cuando supieron que estaba embarazada y nunca la volvieron a recibir. Intentó visitarlos cuando Valeria era más pequeña, ganándose insultos de su padre y la negación de su madre. Iba algunas veces por año, sola desde aquella vez. Creo que lo hacía por compromiso, ya que su madre había fallecido poco después. La razón por la que no llevaba a Valeria era para que ella no escuchara o viera cómo la rechazaban de nuevo.

La pequeña veía cada árbol que pasábamos con asombro. Abrazaba la mochila con fuerza contra su cuerpo. Balanceaba las pequeñas piernas que no lograban tocar el suelo.

—Me gusta viajar en autobús. —No quitaba la vista de la ventana.

—A mí también. —Yo estaba sentada junto al pasillo. Al perder *accidentalmente* dos veces en el piedra, papel o tijera, este fue el asiento que me había tocado.

—¿Crees que el abuelo Tadeo quiera verme? —Dejó caer la barbilla en la parte alta de su mochila.

—Claro que sí, ¿por qué preguntas eso? —Era una pequeña bastante curiosa al expresarse. Una vez se le había escapado decirle abuelo a mi padre, este sonrió tanto que desde ese entonces la trataba como a una nieta.

—Porque el abuelo de mamá nunca quiere verme. —Se refería al padre de Mariel.

—No es que él no quiera verte. Solo que no le gustan los niños.

—¿No le gustan? —Por fin volvió su mirada hasta mí. Se me rompió el corazón al ver sus pequeños ojos conteniendo las lágrimas.

—Él no sabe cómo tratar a los niños. Es un señor amargado. —No eran las mejores palabras.

—Amargado. —Asintió mirando fijamente el asiento de enfrente—. El abuelo Tadeo no es amargado. Siempre juega conmigo a las atrapadas. —Sonrió. Recordando tal vez.

Fueron al menos siete horas y media de camino. Mi padre nos esperaba en la central de autobuses y mi sobrina corrió hasta sus brazos. Él la cargó, sonriendo.

—¡Mira qué grande está mi nieta! Pesa mucho —me reprochó, porque tenía meses sin venir de visita.

—Es que como mucho pan. —Ambos nos echamos a reír. El otro día había reprendido a Mariel por darle harina a la pequeña. Probablemente escuchó.

Subimos a la vieja camioneta de papá, después de meter nuestra maleta en la cajuela. No tenía asientos traseros así que sentamos a Valeria en medio. Un viaje encantador.

—¿Cuántas vacas tienes? —Movía la cabeza de un lado a otro.

—Ya son ocho —le contó con orgullo.

—¿Y caballos? —La radio sonaba de fondo.

—Ahora tengo dos.

Esos dos eran todo un caso. Dos niños hablándose con mutuo asombro.

—¿Y la tía Carlota? —Sí, de hecho, también se había apropiado de mi tía.

—Está cocinando una rica cena para todos nosotros. —La voz con la que respondía a todas sus preguntas era la misma que había hecho para mí cuando yo era pequeña.

La camioneta se mecía de un lado a otro sobre el camino lleno de piedras. Varias veces los tres brincamos al cruzar algunas demasiado grandes y Valeria reía con diversión.

Deseaba que su madre estuviera durmiendo, o al menos estuviera fuera de la casa. Imaginar la desagradable visita que haría al día siguiente me daba lástima. Agradecía tener un padre tan paciente.

—¿Qué tal las clases? Los alumnos deben ser difíciles. Estas generaciones están tan atadas a la tecnología que parecen robots —exclamó sobre el hombro.

—Son difíciles, pero puedo con ellos. —Su conocimiento solo llegaba hasta mi primer empleo.

Para él, para mi tía y todos nuestros demás conocidos, yo era una exitosa profesora en una institución privada. Aun no me atrevía a confesarle mis aventuras, no creía atreverme nunca.

La casa estaba igual que siempre. Su imperturbable esencia la convertía en el hogar perfecto para una persona que cambiaba constantemente. Suspiré al verla, era del mismo color verde olivo que el interior del departamento. Un intento de mi parte por sentirme en casa. Con una gran puerta de madera rojiza en la entrada y varias ventanas con los mismos detalles. Bastante grande comparada con las demás casas cercanas, rodeada por rosales y demás flores coloridas.

—¡Llegan a tiempo! La comida está lista. —Carlota estaba sonriente, llegaba desde el fondo de la casa con algunos limones entre los pliegues de su mandil.

Bajamos de la camioneta, que se quedó detrás la cerca que rodeaba el lugar. Había un amplio camino de piedra que nos guiaba a la entrada principal.

—¡Tía Carlota! —Valeria corrió hasta ella y la rodeó, mareándola con el movimiento.

—Miren quién llegó. ¿Quieres ayudarme con estos? —Se inclinó y la niña tomó tantos limones como pudo cargar. Ambas se dirigieron al interior de la casa.

—Sí, y yo también vine. —Caminé tras ellas, seguida por mi padre.

—¡Oh! No te vi. —Sonrió tímidamente, mirándola con complicidad.

Cuando llegué a la sala, Carlota me alcanzó en un demasiado apretado abrazo.

—Me vas a comprimir tanto que voy a desaparecer —supliqué ahogadamente.

Se apartó de mí sin retirar las manos de mis brazos y acomodó algunos mechones de mi cabello.

—Mira que hermosa estás. —Era una aduladora.

—Gracias, tú también te ves hermosa.

Su cabello, negro como el mío, era largo, tan largo hasta llegar a su espalda baja. Lo entrelazaba con listones y cuentas. Era unos centímetros más baja que yo y era delgada, pero de hermosa figura. Sus ojos eran claros, de un color ámbar muy hermoso.

—Eso ya lo sabía. —Me guiñó un ojo y fue hacia la cocina, donde Valeria ya estaba asaltando las cazuelas.

—¿Puedes venir un momento? —Mi padre me guio hasta la habitación que utilizaba como oficina.

De niña me encantaba entrar y tomar un libro solo para ver los dibujos, sentada en su silla de madera, con el libro extendido sobre el escritorio. A veces me sentaba ahí simplemente a observar, curiosa, todos los objetos que tenía sobre él. Mi padre era un historiador. Le encantaba investigar sobre el pasado del país y sus pueblos indígenas. Al entrar al lugar, lo primero que se observaba en el librero de enfrente eran dos libros publicados a su nombre.

—¿Todo está bien? —pregunté, sentándome en un hermoso sillón de cuero y madera color rojo, de la misma madera que decoraba toda la casa.

—Sí, ya sabes como es. Sigo viajando. —Se recargó en la pared—. ¿Y tú? ¿A qué debo esta repentina visita? —Cruzó un tobillo sobre otro.

—Vine a ver a mi familia. Solo quiero un fin tranquilo. No es nada.

Ojalá pudiera decírselo, contarle todo y que resolviera el problema por mí como cuando no tenía la estatura para sentarme en esa silla. En ocasiones, me sentaba a su lado dispuesta a contarle todo. Al final me iba a dormir con el escenario de esa conversación en mi cabeza, nunca me atrevía a tenerla.

—Eso espero, es muy raro que vengas en estas fechas. —Se cruzó de brazos.

—¿Raro? —Me recliné en mi lugar.

—Tus visitas suelen ser en verano o para fin de año. —Se impulsó con la pared y caminó hasta la puerta.

—¿Monitoreas mis visitas? —exageré mi indignación.

—Son tan pocas que es obvio. —Me sonrió inclinando la cabeza.

Su cabello ya estaba casi completamente lleno de canas, entre las cuales resaltaban a medias algunos mechones oscuros.

—Vengo tan seguido como el trabajo me lo permite. —Una excusa. Me puse de pie en un salto.

—Claro... —Apretó los labios—. Si pasa algo interesante, no dudes en contármelo. —Aquello era repentino—. Y no tardes en venir a comer. —Se fue con cautela.

Me acerqué al librero y acaricié los lomos de los libros con los dedos. Conocía la mayoría de los títulos, aunque nunca los había leído. La historia no era lo mío, me parecía impresionante, pero simplemente no me fascinaba como a mi padre.

Me apoyé sobre el escritorio con las palmas de las manos. Varias plumas estaban acomodadas en frascos distintos. Un pequeño catalejo y una lupa descansaban uno junto a otro. Una vez los había usado con el propósito del otro solo para que mi padre me corrigiera. También había un reloj de arena y varios frascos con líquidos de diferentes densidades y colores. Tintas, probablemente.

Algo llamó mi atención en el cesto de basura. Miré a la puerta antes de inclinarme a recoger los papeles perfectamente doblados que estaban ahí. Eran impresiones con imágenes y pequeños textos. Aparentemente el actual trabajo de mi padre radicaba en investigar leyendas sobre dioses y seres que brindaban a las tribus los elementos para sobrevivir. Pasé una por una todas las páginas, eran al menos treinta. Entre ellas una imagen sombría captó mi atención. Un esqueleto con mirada de noche, el nombre era extraño para mí, impronunciable. Me recordó brevemente a la oscuridad de mi última pesadilla. La letra de mi padre estaba sobre la imagen, garabatos indescriptibles, su letra era un caos. Me sacudí en un escalofrío y metí el documento de nuevo en su lugar. Por alguna razón estaba en la basura y no siendo información para un nuevo libro.

Valeria colgaba entre mi mano y la de Carlota, caminando con largos pasos, como si flotara.

—¿Ya estamos cerca? —preguntó por decima vez.

—Llegaremos pronto —respondí de nuevo.

Mi tía llevaba un enorme jarrón de cristal con algunas flores de su jardín dentro. Yo, una escoba que de vez en cuando usaba como bordón.

Llegamos al panteón y ambas soltamos las manos de Valeria para que pudiera continuar por su cuenta. No era la primera vez que la llevábamos, así que recordaba el camino. La tumba de mis abuelos se encontraba justo en el extremo opuesto a la entrada. Le pedí a Carlota venir conmigo ya que no creía volver por un tiempo. No mientras no resolviera el problema que me esperaba en casa.

—¿Han estado bien? —Le habló con ternura a la lápida de mármol. Colocó el jarrón en un espacio al costado y yo barrí unas cuantas hojas que se habían desprendido de un nogal cercano.

La tumba era sencilla, un montículo de concreto; la lápida tenía dos cruces en la cima y los nombres de mis abuelos en ellas. *Florinda y Elías*. Sin sus apellidos, a petición de mi padre. Como si no quisiera que alguien fuera de la familia diera con el lugar.

—¿Tu abuelo era como el abuelo Tadeo? —Tomaba las hojas con sus pequeñas manos para alejarlas.

—Idéntico —le respondí con calma.

Mi padre se parecía mucho al abuelo Elías. Había sido un hombre amoroso, carismático y muy divertido. Menos al final, cuando su enfermedad lo hacía olvidarse de mí y verme con severidad. Cuando olvidaba mi nombre y lo remplazaba por el de cualquier otro. Mantenía los recuerdos más felices en mi corazón, los recuerdos de un hombre sano que era capaz de memorizarse cada chiste que leía o escuchaba. Sobre todo, nunca olvidaría sus últimas palabras para mí.

«*Julieta, te amo. Siempre serás mi nieta*».

No había dicho mi nombre, aquellos días en el hospital eran más difíciles para él que para mí, pero lo tomé como un momento de lucidez en el que quiso disculparse por olvidarme de vez en cuando. Me ponía triste pensar en ello, en la última vez que lo vi.

Acabé mi trabajo y dejé a Carlota con la niña junto a las tumbas. Deambulé por el lugar para despejar la mente. Más personas comenzaban a arreglar las tumbas de sus familiares. Por el día de muertos, me di cuenta, que sería en unos días más.

Un joven tropezó conmigo. Supongo que ambos estábamos demasiado distraídos como para vernos.

—¡Disculpa!

—Lo siento, no te vi —le dije cuando una mujer mayor se acercó a él.

—Te dije que no te alejaras... —lo reprendió tomándolo por el codo—. Una dis... —Se quedó sin palabras al dirigirse a mí. Algo en su mirada pasó del lamento al asombro en segundos.

Sus ojos se pusieron extrañamente vidriosos.

—No es nada, de verdad. —Levanté las manos para tranquilizarla.

—Lo siento. —Tomó al joven por los hombros y se alejó rápidamente.

Ambos eran de piel morena y cabello oscuro, el de la mujer con algunas canas y trenzado sobre su cabeza. Un encuentro raro, nadie se lamenta tanto por un accidente como ese. El rostro de la mujer me acompañó en todo el camino. Me preguntaba si nos conocíamos o si ella pertenecía a ese otro loco mundo que había creído dejar atrás al venir aquí.

Afuera, bajo un hermoso cielo estrellado, mucho más iluminado que el cielo nocturno de la ciudad, Carlota y yo nos sentamos junto al jardín para disfrutar la brisa.

—Hay tantas cosas —comentó de la nada—, tantas cosas que desconocemos.

Su actitud tranquila y un poco perdida me recordó a Amaris.

—¿A qué te refieres? —Me incliné a un lado para cortar una hoja de un arbusto cercano.

—No estoy segura —rio nerviosa—. Tal vez a las personas, ya sabes, somos buenos juzgando a primera vista, pero detrás de los demás hay más que solo intenciones vagas, hay historias—. Esta conversación trajo a Gabriel a mi cabeza.

—¿Tienes algún problema con alguien?

Del interior de la casa, las risas de mi padre y Valeria nos alcanzaron, risas genuinas de felicidad. El sonido llamó mi atención, e inconscientemente giré la cabeza hacia los ventanales a nuestras espaldas. Las cortinas estaban abiertas, así que pude observar a esos dos moverse de un lado a otro, jugando sin parar. Me reconfortaban en una cálida sensación y sonreí por verlos divertirse.

—No, últimamente no me molesto por ese tipo de cosas, pero algo me dice que tu sí. —Giré inmediatamente en su dirección, confundida por su acusación—. Siempre que vienes las cosas parecen estar bien en tu vida, tan bien que me es difícil creerte. —Se puso de pie para caminar hasta una pequeña jardinera, en ella había todo tipo de flores plantadas en hermosas piedras—. No te obligaré a contarme. Solo quiero recordarte que lo mejor de la vida es dejarse llevar por los sucesos, buenos o malos. —Tomó una pequeña piedra entre las manos—. Aprendí a convertir rocas en macetas. Problemas en soluciones. Se puede hacer con todo, hasta con las personas.

Cuando volvió su mirada en mi dirección, sentí que no era necesario contarle nada; que, de alguna manera, ella sabía todo. Siempre había sabido leerme, incluso en mi adolescencia, cuando era temperamental y distante.

—Problemas por soluciones —repetí, me parecía imposible que mis problemas pudieran transformarse en soluciones—. Suena más fácil de lo que parece. —Dudé por un momento, buscando la manera correcta de expresarme sin revelar demasiado—. ¿Y si este problema solo se hace más grande? —Me observó con las cejas levantadas.

—Tendrás una solución mayor —dijo divertida y eso me dejó pensando por un momento.

—Lo digo en serio. —Le lancé la hoja, amarilla por la época, pero ni siquiera llegó hasta ella.

—Yo también. —Su sonrisa no abandonó su rostro—. Los problemas más grandes solo lo son porque te enfocas en ellos.

—Solo quiero deshacerme del problema, obtener mi solución y dejarlo atrás.

—Tal vez ese es el verdadero problema. —Ahora sí estaba confundida—. ¿Por qué dejas los problemas atrás? Así nunca aprenderás de ellos. Y si no aprendes, volverás a cometer los mismos errores. Te recomiendo darle una oportunidad, incluso si obtienes lo que quieres, no huyas de la oportunidad de aprender.

¿Aprender? ¿De Gabriel? ¿De todo este asunto de la Sociedad? ¿O de toda mi vida junto a Javier y los Vigías? La lección que había aprendido era a no volver a meterme en la vida de los demás, a no andar haciendo tratos a diestra y siniestra. Mas allá de eso, nunca había reflexionado sobre las enseñanzas que esta vida me dejaba.

—Gracias. —Fue todo lo que pude decir.

Ella caminó hasta mí y se arrodilló para estar a mi altura y tomar mis manos.

—Sé que tu vida es difícil, probablemente siempre lo sea, o hasta empeore. Solo debes recordar, sea lo que sea que te pongan en frente, lo que sea que descubras y aprendas, guárdalo con aprecio en tu corazón, esas cosas solo te definen por la forma en que las tomas. —Me acarició el rostro de forma maternal—. Te amo mucho, desde el día en que te conocí te amé. Y soy muy feliz de ser tu tía y ver la mujer en la que te has convertido. —La plática se tornó bastante desconcertante desde mi punto de vista—. Lo que sea que estés haciendo, no es tu culpa. —Me sentí descubierta, lo habría tomado personal si no fuera la frase que usaba para consolarme cada vez que acudía a ella.

Valeria brincaba sobre la cama, arrancándome de otra pesadilla.

—¡Tía! ¡Despierta! ¡Vamos a comer de un pozo!

—¿Qué? —Fue mi primera noche tranquila en un largo tiempo. Llena de pesadillas, sí, pero había dormido toda la noche.

—La tía Carlota nos llevará a comer de un pozo. —Bajó de la cama cuando comencé a levantarme.

Carlota, maliciosamente, sonreía desde la puerta. Seguramente esas dos habían planeado despertarme de tan agradable manera.

—Dije que iríamos a ver cómo sacan la barbacoa del pozo, no que la comeríamos de él. —Pasó las manos frente a su cara mientras reía—. Dense prisa. —Caminó a la cocina.

—¡Apúrate, tía! —Valeria la siguió.

Rodé los ojos y busqué mis zapatos. Lo bueno de un lugar como este era que no me importaba que me vieran en ropa de dormir. Después de abrochar mis cintas, me quedé en silencio por un rato.

Contemplé mi habitación, de un horrible color rosa pastel. Una etapa de la que me arrepentía. Varios cuadros colgaban de las paredes y había estantes con figuras de vidrio. Sirenas pequeñas y princesas de películas. Todo lo demás sobre mi niñez o adolescencia estaba en cajas apiladas frente al armario. Sonreí a todo eso al levantarme para ir a *comer de un pozo*.

El olor que se desprendió, cuando mi padre y otro hombre retiraron las grandes pencas de maguey del pozo, me rodeó de felicidad y hambre. Valeria estaba asombrada viendo cómo sacaban la carne y la ponían sobre enormes bandejas. Todo saldría bien mientras no preguntara sobre la procedencia.

Contemplé el cielo y disfruté de la armonía de la brisa. Algunas aves volaban entre los árboles y silbaban cantos tranquilos. Me daba envidia verlas volar, cabalgando el viento con las alas extendidas. Me encantaría sentir eso alguna vez en mi vida. Grandes nubes blancas adornaban el cielo en todas direcciones, en todos tamaños y formas. Mi niñez vino a mí de nuevo, cuando brincaba en la cama como Valeria y me imaginaba que lo hacía sobre las suaves y hermosas nubes del cielo.

Comimos en nuestra casa; aunque Valeria estaba llena de preguntas para mi padre, su boca estaba más llena con comida.

—¿Necesitas... dinero? —La pregunta me obligó a dejar el tenedor sobre el plato.

La última vez que mi padre había visitado el departamento, la única vez, de hecho, señaló muchas veces lo caro que parecía la vida en la ciudad.

—La verdad, no, me aumentaron el sueldo ya que tengo dos turnos. —No me gustaba mentirle, no cuando su preocupación era genuina.

—No deberías trabajar tanto. —No me miraba, limpiaba seguido las mejillas de Valeria con una servilleta—. ¿Al menos sales con alguien o te diviertes?

—De acuerdo. —Me reí sin diversión— Sí, salgo con alguien. — Se lo quería ocultar hasta la tumba, pero tal vez, solo tal vez, si sabía que tenía de alguien para cuidarme, se calmaría un poco—. No es algo muy formal, así que es todo lo que diré.

Lo vi asentir para sí mismo. Había llegado a contarle de mi noviazgo con Alfonso y de la ruptura. No supo demasiado, creí que era falta de interés, pero ahora sabía que realmente le incomodaban esos temas. Nunca supimos comunicarnos, siempre me cuidó y de manera torpe estuvo al pendiente de mí, pero ser padre soltero no era fácil. Eso hizo que Carlota y los abuelos estuvieran más involucrados que él en mi educación.

—Me parece bien que salgas con alguien —interrumpió Carlota, aligerando el ambiente—. Después me cuentas los detalles. Quiero saberlo todo.

Por supuesto que quería, no dejó de acosarme en todo el día con preguntas ridículas. Y cada vez que mi padre escuchaba, buscaba una excusa para ir a otro lado.

—No sé qué de todo eso responder primero —dije finalmente, cambiando la ropa de Valeria por algo un poco más abrigado.

—La pregunta más importante, ¿es guapo? —Doblaba las prendas sobre la cama mientras yo luchaba con la pequeña.

—Solo mete tus brazos en cada manga. —A Valeria no le gustaban los abrigos sin cremallera—. Sí, tía, es muy guapo. —Rodé los ojos.

—¿Puedo ponerme el rosa? —La pequeña reía con inocencia, porque al fin había logrado ponerle el abrigo y ahora debía quitárselo.

Negué con la cabeza, pero igual comencé a cambiarla de nuevo.

—¿Tiene un buen trabajo? —insistió.

—Sí, sí tiene un buen trabajo. —Resoplé y busqué la prenda rosa entre las demás. Valeria la señaló con su pequeño dedo y yo la alcancé para ella. Tenía su otra mano junto a su boca, comiéndose las uñas seguramente.

—Puedo hacerlo sola. —Me hubiera gustado saberlo antes.

—¿Desde cuándo? —pregunté. Me encontraba sentada en el suelo, junto a ella.

—No sé. —Hundió la cabeza entre los hombros. Tomó el abrigo con fuerza y salió corriendo.

—Es muy lista —señaló Carlota.

—¿Finalmente terminó el interrogatorio? —Me puse de pie.

—¿Te hace feliz? —Su seriedad cambió la atmosfera.

—Sí. —Salí tras Valeria, con la esperanza de que no notara la mayor de mis mentiras.

Gracias al cielo mi plan de un fin de semana tranquilo estaba por concluir con éxito. Ya teníamos la maleta lista para volver cuando comencé a hurgar entre las cajas en mi habitación. Quería una foto de los abuelos para el altar de muertos que pondrían en el instituto. Este año estaría adornado por todas las fotos de familiares que lleváramos.

Encontré algunas de mi padre y varias mías de cuando era una niña. De cuando era bebé sobre una hermosa cuna de madera fina. De mí a los cinco años con dos coletas mal hechas, una más arriba que la otra, sonriendo sin algunos dientes. De mí a los siete en un parque, abrazando un gran árbol. No recordaba para nada estos momentos. Pronto me di cuenta de que estaba sola en todas ellas.

No lo había notado antes, incluso cuando busqué fotografías con el abuelo de pequeña, no había ninguna. Era probable que mi padre las perdiera al huir de la Sociedad, aunque eso había sido cuando yo tenía algunos diez u once años. Aproximadamente hacía quince años.

Una punzada nerviosa subió por mi cabeza y decidí llevarme el álbum de fotos completo. No creía que lo fueran a extrañar. La casa estaba sola, mi padre había salido después de la comida y Carlota llevó a Valeria a lanzar piedras al río. Tal vez por eso me atreví a entrar en la habitación de mi padre. Un lugar muy ordenado y con muy pocas pertenencias. Un armario, una mesa, una cama y una silla. Nada más. Sin fotos o cuadros, sin adorno alguno que lo hiciera destacar. Me acerqué al armario y lo abrí de par en par. Había unas cajas azules en una esquina y recordé que solía llenarlas de papeles importantes. Ahí debía de haber más álbumes de fotos, si es que existían más.

Sabía exactamente qué estaba buscando. Recordaba la fotografía, las posiciones, el lugar. Pero en esas primeras dos cajas no había nada más que papeles llenos de letras sin sentido. En la tercera, más de lo mismo. Ahí estaba, en la esquina contraria. Una caja más pequeña. Era de un material resistente y rígido. Dentro estaba *esa* foto. No la que buscaba, sino la foto de mi madre. Una mujer de cortos cabellos oscuros, entre sus veintes, que sonreía para la cámara. Sus ojos eran dos profundas esferas entre ámbar y café. La foto estaba tan bien preservada, enmarcada en un hermoso marco negro con decoraciones plateadas. Tomé el retrato entre las manos y lo aparté con brusquedad. Antes venía a escondidas para mirarlo con anhelo, ahora solo era un recordatorio molesto.

El resto de las fotografías eran de mi padre y otros hombres Calpián, antiguos amigos. Esta vez encontré la foto correcta. Mi abuelo abrazaba a mi abuela por la espalda, con la cabeza sobre la de ella. Sonrientes, felices de verdad. La fotografía estaba en blanco y negro y los dos se veían incluso más jóvenes de lo que yo era en la actualidad.

Tomé el papel con delicadeza y lo puse junto al álbum que había obtenido de mi habitación. Algo centelló dentro de la caja debido al movimiento de mi cabeza ante la luz que entraba por la ventana. En el fondo de la caja había un collar. La cadena era dorada y fina. De él colgaba una piedra de un hermoso color rojo que tomé por un rubí, incrustada sobre una placa de plata. Al girarla vi una inicial escrita en la parte de atrás.

J.

Tragué con fuerza. Nunca en mi vida vi semejante joya. Si era para mí, un regalo olvidado o una herencia reprimida, no importaba. Al menos quise pensar que no importaba cuando no pude evitar aferrarme a él, guardarlo en el bolsillo de mi pantalón y salir con el botín a toda prisa.

—Nos veremos para fin de año. —Le sonreí a mi padre al despedirme y me abrazó ante el comentario.

—Cuídate mucho, eres lo más valioso que tengo. —Me besó la frente.

—Gracias por eso —le reprendió su hermana.

—Bueno, eres una de las personas más valiosas que tengo. —Le pasó la mano sobre los hombros al separarse de mí—. Solo ten cuidado y saluda a Mariel de nuestra parte.

—Claro que sí, cuídense también. Ya son mayores, no pueden andar por ahí sin más.

De camino a casa observé la joya sobre la palma de mi mano. Tenía la cabeza de Valeria sobre las piernas mientras ella respiraba profundamente. Me fue fácil perderme en esa pisca de anhelo. La piedra estaba hermosamente pulida y sus bordes brillaban con cada rayito de luz que tomaba, luz que provenía de algún foco en el interior del autobús, ya que la noche nos había alcanzado al abordarlo.

Seguramente estaría muy cansada mañana para ir a la escuela, y no solo Valeria. La desperté para bajar del autobús y subir a un taxi. Inmediatamente volvió a sumirse en el mundo de los sueños. Sonreía de repente. Al menos una de las dos tenía dulces sueños.

En el edificio me encontré con la bendición de un ascensor reparado. Tomé a la niña en brazos y el conductor fue tan amable que me ayudó a llevar la maleta hasta el ascensor. Se despidió con igual gentileza. Aún existía esperanza en el mundo.

Lo difícil fue llevarlas a ambas por el pasillo. Agradecí las maletas con rueditas, otro invento ingenioso del hombre. Si mi tarea fue pesada, habría sido imposible sin ellas. La puerta estaba abierta y me apresuré a dejar a la pequeña en su habitación, abandonando la maleta en la sala. Sin señales de su madre a la vista, pues estaba en mi habitación, con la cabeza baja y una toalla en las manos.

—Hemos vuelto, por si no era obvio. —Me senté con ella en la cama—. ¿Qué tal tu fin?

Enderezó la cabeza y encontré un horrible corte en su labio inferior, justo en medio. Parpadeé varias veces mientras abría la boca.

—Me siento tan mal como me veo —susurró.

—¿Cómo? ... Oye, pelear con brujas rubias es lo mío. —Acerqué la mano a su rostro y la alejé en un gesto exagerado, silbando entre dientes. No me atrevía a tocarlo, su labio estaba hinchado.

—Fue mi padre... —Lloró en silencio—. Está tan enfermo y aun así... —La rodeé con los brazos y dejó caer su rostro sobre mi hombro.

Di palmadas en su espalda para consolarla. La ira se instaló en mí, ese hombre era insoportable.

—Merece sufrir. —Me arrepentí cuando se alejó de mí. Sus ojos castaños se cerraron con fuerza y después se abrieron de golpe.

—Esta vez concuerdo contigo. —Se precipitó a mí con rapidez y me sorprendí ante la fuerza de su abrazo.

Era peor que malo. Lo que se hubieran dicho o hecho, esta vez había alcanzado el límite de la paciencia de mi amiga. Lo cual, en general, era bastante difícil.

CAPÍTULO 9: AGUARDIENTE

Mariel durmió en mi cama esa noche. Yo no pude hacerlo. Mi temor por despertarla con alguna de mis pesadillas me mantuvo despierta toda la noche. Eso e imaginar lo que le haría al hombre que la había golpeado si alguna vez se cruzaba en mi camino.

Sentí cómo se despertó temprano y se levantó para lavarse, antes de ir a monitorear a su hija. Aproveché esas horas de sueño que parecieron minutos antes de que *ese* teléfono sonara con fuerza. Un mensaje.

Mariel apareció en mi puerta.

—Quiere vernos.

—¿Tan temprano? —Me cubrí el rostro con las sábanas de la cama, dando la vuelta para quedar boca abajo.

—Significa que no hay que lidiar con adolescentes en un lunes.

Sus palabras me hicieron salir de la cama con rapidez. Cuando Javier nos solicitaba, sin importar la hora, acudíamos. Después de todo tenía el poder para justificar nuestras faltas al instituto.

No miré mucho sobre la ropa que me puse. Ni estaba de humor para usar maquillaje. En el auto me arrepentí de esa decisión. Mi rostro no podía verse peor.

Valeria, sin embargo, tuvo que ir a la escuela. De alguna forma la niña tenía la energía de un hámster corriendo en una rueda.

—Ya quiero contarle todo a Ana. —Se balanceaba de un lado a otro.

—Buenos días. —Esta rutina entre mi amiga y el padre de Ana comenzaba a cansarme. Hoy me sentía con el poco ánimo para esto, así que intervendría de una buena vez.

—Buenos días —respondió mi amiga para mi sorpresa.

—¿Estás bien? —Señaló la herida de mi amiga. La preocupación en su rostro me enterneció el corazón.

—No es nada. —Se sonrojó Mariel, llevándose los dedos a la boca—. Me caí intentando cambiar un foco. —Una mentira seguramente bien pensada.

—Es por la falta de alguien *más* alto en la casa. —Mencioné con énfasis, ignorando las miradas de ambos. La de mi amiga seguramente era de advertencia.

—Si necesita... —Se tropezó con las palabras—. Saben que si necesitan algo pueden decirme. —Puso las manos detrás de la espalda.

—Gracias. —La timidez de mi amiga era nueva. Generalmente no escatimaba en ignorar al hombre con desdén. Culpaba a su *accidente* de esta nueva actitud.

—Ahora que lo mencionas. —Me acomodé a su lado. No tenía las palabras en la cabeza, pero debía ser una tarea considerablemente difícil—. Tenemos un problema con... —Miré alrededor mientras las palabras salían de mi boca—. Pintura. —Junté las manos y el sonido se pareció mucho al de un aplauso. Mariel se movió inconforme a mi lado—. Nos gustaría pintar la sala y una mano extra nos haría un *enorme* favor. El trabajo nos tiene aturdidas, sería genial terminarlo en un día.

El hombre apretó los labios para disimular su sonrisa. Estaba segura de que captaba mis intenciones. También estaba segura de que agradecía la oportunidad.

—Me encantaría ayudar. ¿Qué día les gustaría que fuera? —Miró a mi amiga y le sonrió débilmente.

—¿Qué tal mañana? *Hay que hacerlo de una vez por todas.* —Y no solo pintar.

—Estaré ahí después de la escuela. ¿Qué les parece si también recojo a Valeria? Así las llevo a ambas a casa.

—¡Perfecto! Que amable eres. —Apreté su brazo en agradecimiento y miré a mi lado.

—Si, gracias. —Fue todo lo que dijo mi amiga.

Ochenta y tres, ochenta y cuatro, ochenta y cinco, ochenta y seis...
—Te dije que no jugaras a la casamentera.
—Récord. —Dejé de contar—. Te vi jugando a la mujer tímida y decidí que era una estrategia muy antigua.

Apretó el volante con fuerza. Al despedirnos del hombre y subir al auto no mencionó nada, se contuvo cuanto pudo.

—Es verdad que cambié un poco de opinión...
—¡Lo sabía! —reí con felicidad.
—Pero fuiste muy obvia.
—Él ha sido obvio *todo* el tiempo. Te habías tardado. De nada.

Llegamos a la biblioteca. La mujer de siempre había sido remplazada por un joven de cabello cobrizo que leía títulos de libros detrás del escritorio. No lo conocía.

—Está cerrado. —No nos miró más de cinco segundos antes de volver a su tarea.

—No hay puertas cerradas en este mundo. Solo personas que no desean abrirlas. —Recitó mi amiga. *Dramático*.

El chico solo hizo un gesto con la mano para dejarnos pasar.

—¿Quién es ese? ¿Quién dijo que la abuela de piolín era demasiado vieja para el trabajo? Porque sé que no fui yo —pregunté en el túnel de la entrada, a menudo comparaba a nuestra antigua recepcionista con la caricatura, todo por culpa de Valeria, era una mala influencia para mí.

—No lo sé, casi olvido la contraseña. Temo que no sea el único cambio.

Un temor bien fundamentado. El centro de operaciones estaba completamente diferente. Los escritorios esparcidos se habían reducido a la mitad de la cantidad inicial. Menos personas de las acostumbradas caminaban de un lado a otro por el lugar. Distinguí algunos rostros nuevos.

—Acabémoslo de una maldita vez. No creo poder permanecer en un lugar tan silencioso. —Caminé hasta la oficina tan conocida.

Este nuevo silencio, que remplazaba los usuales gritos y parloteos de siempre, era realmente insoportable.

—¡Qué milagro! —saludó Javier al vernos entrar.

Costó mucho de mí el no correr hasta su lugar para golpearlo. Aquella lamentable escena de detrás del bar me perseguía. Apreté la mandíbula con fuerza y controlé mi respiración.

—Un gusto —dije sentándome en una de las dos sillas que estaban frente a su escritorio. Mi acompañante tardó, pero hizo lo mismo.

—¿Qué novedades me tienen? ¿Listas para ser libres? —Juntó las manos sobre el escritorio y alzó las cejas a la espera de una respuesta. Qué descarado de su parte burlarse de esa manera.

Debía saber que ese manuscrito con el convenio no nos serviría de nada. No contenía información útil. Nos había entregado una parte de las páginas, ya que estaban numeradas Mariel no tardó en darse cuenta de que estaba incompleto. Y, en las que si teníamos, la mayoría del contenido estaba censurado con horrible tinta negra.

—Hasta ahora hemos encontrado información ambigua. Nada en concreto. —La seguridad en su voz no tembló como creía que haría la mía. De acuerdo, que ella respondiera a sus preguntas esta vez—. Entregaremos un reporte formal cuando todo esté claro.

Cruzó una pierna sobre la otra y colocó las manos entrelazadas sobre esta. Estaba erguida y con la barbilla en alto. No era así con Javier, debía saber que hoy yo no era capaz de tomar ese rol.

—Bien, no me interesa saber nada que no sea seguro. —Sacudió una mano frente a su rostro. Un nuevo tatuaje salía de su muñeca. Una cinta negra que le rodeaba la mano con inscripciones extrañas dentro—. En cuanto me den lo que necesito, comenzaré a tramitar la finalización de su contrato. Aunque me temo que igual se hará con su trabajo en el instituto. —Se puso de pie y rodeó el escritorio.

—No hay inconveniente. —Mariel se puso de pie, como para enfrentarlo—. ¿Podemos irnos?

En cambio, yo me quedé en mi lugar cuando las manos de Javier se posaron sobre mis hombros. Separé un poco los labios, pero no emití sonido alguno. Era como sostener dos pesadas cadenas que me fijaban en mi sitio, el atormentador peso me dejó paralizada.

—Puedes irte. —Pero yo no.

Mariel dudó. No vi en su dirección, segura de que me observaba. Temía que viera la angustia en mi rostro. Angustia por estar a solas con él. Por no controlarme. Nunca le temí, pero hoy cargaba con muchos secretos y no aguantaría mucho con ellos.

—Te veré afuera —susurró y salió, cerrando la puerta con demasiada fuerza.

—¿Cómo estás? —Me sorprendió sentir su aliento en mi oído. Me perdí el momento en que se había inclinado hasta mí. Era como si supiera todos mis secretos.

«Es una mujer, no llegó hasta ti por su cuenta».

«Tuve que darle algunos empujones para que llegara lejos».
«No puedo permitir que mi adorno se salga demasiado del camino.»
Una nueva fuerza llegó a mí a través del enojo. Sentí que mi garganta se contraía antes de recuperar mi confianza.
—Bien. —La palabra salió en un tono distante.
—No me has buscado. —Comenzó a deslizar las manos desde mis hombros hasta mi clavícula.
Me puse de pie, asqueada por su tacto. Si alguna vez me había permitido perderme en él, ahora lo aborrecía.
—Tú no me has llamado. —Continué mi juego, paseando a un lado del escritorio, con el rostro en dirección a mi dedo que se deslizaba entre los papeles expuestos.
—Las circunstancias no han sido buenas después de ese frágil intento por atacarme. —Una verdad.
—¿Entonces fue un ataque directo a ti? —Más que preocupación era curiosidad. Me preguntaba si distinguía entre ambos o simplemente percibía el que prefería.
—Nada que no se resuelva pronto. Deberíamos salir hoy, hay una fiesta en honor a un colega.
Dejé de escucharlo. Era normal que yo lo acompañara a todo tipo de reuniones. Todo tipo: elegantes o casuales. Incluso algunas no tan cómodas. Ahora lo veía más claro. El me exhibía en esos lugares como un adorno frente a los Vigías. Todos ellos, todos los que pertenecían a las familias importantes, se casaban y salían con humanos. Él... él llevaba a una Calpián de Herencia.
—No puedo. —Me apresuré a la puerta. Me alcanzó con la mano sobre el picaporte y me tomó por el mentón
—¿Qué es este nuevo orgullo en ti? —Sus palabras en el callejón me retumbaban en la cabeza con más fuerza que antes. Él y yo debíamos de dejar de tener encuentros desagradables en callejones—. ¿Es por tu libertad? ¿Te desharás de mí ahora que estás cerca de ser libre? —Estaba enojado, incluso rojo del cuello—. Escúchame bien —dijo entre dientes—, no importa si ya no me debes nada. No importa si te dejo ir. No eres *nada* sin mí. —Moví la cara a un lado para soltarme de su agarre y salí de ahí.
Todos me observaron, varios ojos con nueva curiosidad. Si no conocían ya las circunstancias de mi trabajo, lo harían pronto. Mariel me tomó la mano y me llevó hasta la que alguna vez fue la

sala de reuniones en la que trabajábamos. Ahora estaba tan... vacía. Sin montañas de papeles y cajas junto a las paredes. Sin mapas ni fotografías pegados en la pizarra.

Pero si había una persona dentro. Axel.

Sonreí al verlo y caminó para abrazarme.

—Cazadora. ¿En qué andas metida? —Le devolví el abrazo.

Estaba aliviada por ser recibida de la misma manera de siempre. Las últimas veces que lo había visto, estaba tan absorto por el trabajo que no me atreví a perturbarlo.

—Lo de siempre. Misiones imposibles y cosas por el estilo ¿Y tú? —Se apartó de mí.

—Ya sabes. Buscando asesinos que matan asesinos. Lo de siempre. —Algo cambió en su mirada castaña.

—¿Pasó algo? —Arrugué la frente.

—Hubo otro... —comenzó Mariel abandonando su tono de superioridad de hacía unos momentos con Javier. Esa dualidad suya me hacía desatinar algunas veces.

—¿De verdad? —Pero mi mirada estaba sobre el rostro pálido de Axel.

—Saben que no puedo hablar de eso. —Era un hijo de perra, pero era leal.

—¡Vamos! —Golpeé su brazo con fuerza—. ¿Recuerdas quién te salvó el trasero en tu primera misión? —Para los dos, estar en el campo y meternos en peleas era demasiado fácil, tan fácil que a veces no mediamos nuestros golpes.

—Esa fuiste tú —resopló sonriendo, probablemente recordando—. Bien. Este fin de semana encontramos otro cuerpo igual a los demás. —Se acercó a la puerta, la abrió un poco para asegurar que nadie más escuchara—. Encontramos la huella del zapato de una mujer y ADN en el lugar.

Tenían pistas tangibles. Algo que mi equipo nunca pudo había podido encontrar. Javier, ese idiota, era un idiota muy minucioso.

—¿Ya tienen otro sospechoso? —Mariel me tomó del brazo.

Axel suspiró con fuerza y se movió ansioso.

—Estamos estancados... Javier está estancado.

—Pero tienen pruebas —reproché.

—No importan. Javier piensa que una mujer jamás podría hacer algo como eso. La víctima era un hombre mayor. —Ese imbécil misógino y machista—. Y cree que si hubo una mujer seguramente tenía como cómplice a nuestro sospechoso actual. —Hablaba de Gabriel.

Sentí cómo Mariel se tensaba a mi lado. Igual que yo.

—¿Qué no nos estas diciendo? —Crucé los brazos—. ¡Escúpelo! O te consumirá.

Mi amigo titubeó, pero finalmente cedió. Explotó de frustración.

—Javier está obsesionado con ese hombre. Ha perdido el objetivo, no sé qué le pasa.

El hecho de no encontrarlo por ningún lado debía de estar volviéndolo loco. Una hermosa satisfacción se instaló en mi interior, porque yo era consciente del paradero del hombre.

—No es normal en él. —Mariel, por el contrario, no parecía satisfecha en absoluto.

—Quiero pensar que se debe al ataque en su casa. Ha habido... —Se acercó más a nosotros e inclinó la cabeza—. Otros ataques a los Vigías —susurró.

Mas ataques, más asesinatos. ¿El mundo se estaba volviendo loco? Quería preguntar, pero ponerlo contra la espada y la pared en cosas tan confidenciales me hacía sentir mal. En su lugar, volví a abrazarlo por el cuello, poniéndome de puntillas. Inhalando su olor a oficina.

—Cuídate mucho. —Le palmeé la espalda y bajé para incorporarme con Mariel—. ¿Por qué hay tantos cambios en la oficina?

—Orden de los Vigías. Se redujo el número, no sé a dónde los llevaron. Ingrid y Luis se fueron también.

Me entristecí al recordar los ojos de la pequeña Ingrid. Esperaba que el mundo no fuera cruel con ella.

—Gracias por confiarnos esto.

—Si no te lo cuento a ti, ¿a qué bruja se lo contaría? —Lo pellizqué en el brazo, pero no dejó de reír.

Despedirme de él fue difícil, en sus ojos vi el miedo de que pronto también podría ser enviado a cualquier parte.

Mariel caminaba detrás de mí al atravesar una puerta que nos llevaba directo a una sala de armas.

—¿Qué tal una práctica de tiro? —Me acerqué a la mesa donde se encontraban las armas de práctica. Inspeccioné la primera que encontré—. Apuesto a que no le habrías dado a... nuestro amigo, por más cerca que estuviera su cabeza.

No respondió. Me coloqué todas las medidas de seguridad y me posicioné en una de las cabinas, frente a mí se alzaba el blanco. Una plantilla con varios círculos blancos y negros, uno dentro del otro, cada vez más pequeños.

Me concentré. *Toma tu arma, apunta y dispara*. Una lección muy burda, mi primera lección. No había dado en el blanco aquella vez, mis disparos pasaban siempre lejos de la plantilla.

Disparé tres veces seguidas. Presioné un botón y la plantilla se estiró hasta mí. Ahora todos mis tiros daban en el blanco. Demasiado perfecto: había un solo hoyo en la plantilla. Justo en el centro. Solo alguien con vista de Calpián podría ser tan preciso y yo fui entrenada por alguien que era mitad así y mitad otra cosa.

—Estuviste muy callada... con Javier. —Se acercó a mí cuando dejé el arma y me quité el equipo—. ¿Era miedo? ¿Por lo del embarazo? —Me estremecieron sus palabras.

—No fue nada. Me alejaré de él el tiempo que queda. Sé que lo lograremos. Pronto nos liberaremos del contrato.

—Julia, no sé cómo decir esto. —Puso la mano sobre mi hombro. Me lastimaba que a veces no tuviera la confianza de decirme las cosas como eran—. Pero de alguna manera tú siempre encajaste en este retorcido trato. —Tomó mi pistola y la recargó—. Porque te gusta ser profesora y cumplir las misiones. —Se posó en la cabina que yo había ocupado y dio tres disparos. Cuando la platilla llegó a ella, pudimos ver que los hoyos estaban dispersos por los costados—. Y yo no. —Observamos la plantilla, ejemplo de sus palabras—. Esto nunca fue para mí, pero tal vez es a donde tú perteneces.

No entendía del todo lo que insinuaba. ¿Ella creía que me quedaría con Javier? ¿Para siempre? Un adorno por siempre.

—No es que no puedas ser curiosa o expresar tu opinión. —Prácticamente le arrebaté el arma de las manos—. Pero ¿qué es diferente? ¿Por qué últimamente siento que me avientas piedras sin aviso? ¿Qué cambió? —Me estaba enojando—. Vivo mi vida como lo he hecho todo este tiempo, sigo haciendo las cosas de siempre.

—Nada ha cambiado. —Igualó su tono con el mío—. Es eso. Sigues metida en todo esto y siento que nunca vas a salir. Creo que debí reprenderte desde antes, detenerte para que no llegaras tan lejos

—¿Es porque crees que estoy embarazada? —Me calmé. Su silencio respondió por ella—. Escúchame bien; *no estoy embarazada*— Su mirada insinuaba que no me creía— ¿Y qué si lo estuviera? No cambiará mi vida como cambió la tuya. —Escupí el reproche, dejé el arma en la mesa junto a las demás y salí casi corriendo.

Me sentí repentinamente asfixiada, necesitaba más aire del que la calle me proporcionaba, lo cual parecía imposible de obtener.

Estás cerca del final. Me dije mentalmente sin dejar de caminar. *Una última misión y estás fuera.*

La última misión, la libertad estaba tan cerca. Mariel y Valeria podrían comenzar a viajar al extranjero. ¿Y yo? ¿Quién sería yo sin este trabajo? Sin esta adrenalina. Sin este respaldo. Todo este tiempo me había esforzado demasiado. Ser la mejor. Hacerlo bien. Para ser libre... ¿y después? Mariel tenía razón, esto se había convertido en lo mío.

Tomé el primer autobús que pasó, me dejaba cerca del único lugar al que se me había ocurrido ir.

No eres nada sin mí. Palabras crueles que giraban en mi cabeza. Por mucho tiempo me dije que seguía en esto por Mariel, pero también lo hacía por mí. Cuando había egresado de la universidad me sentí tan vacía. Tenía tantas preguntas sobre mi otra naturaleza y además deseaba que algo diferente me sucediera. Reconocí a Javier en cuanto lo vi junto a mi amiga, sentí la oportunidad cuando la oferta se me presentó. Visualicé las opciones y esa fue la mejor en su momento. Por mucho que me gustara ser profesora, el sentimiento de satisfacción que me daba el conocimiento no se comparaba con la adrenalina que me corría por las venas al enfrentarme a lo desconocido. Sin este estúpido trato entre Javier y yo, ¿qué sería de mí? Era seguro que Mariel ya tenía un plan, cosas que quería hacer. ¿Qué quería hacer yo más allá de esto? ¿Qué era este nuevo sentimiento de inseguridad? Incertidumbre. Se apoderaba de mi estómago y golpeaba contra mi carácter para derrumbarme. Y podría derrumbarme. Si él no hubiera parecido del otro lado de la calle.

—Hola. —Alzó la mano. Me di cuenta muy tarde de su presencia—. Se ve que también necesitas un café... Yo invito. —Pero cuando se movió para entrar a la cafetería, esta seguía cerrada.

Mi amiga continuaba ausente. No me preocupaba, ya que cuando la había conocido hizo lo mismo por un tiempo. Se ausentaba de vez en cuando, ya fuera días o semanas. Tenía sus propios secretos, como todos.

—¿Conoces otro lugar igual de bueno? —No lo miré por temor a que notara lo rasposa que estaba mi voz.

Sentí su inquietud.

—Creo que lo que necesitas es un trago. —Logró captar mi atención. Levanté una ceja ante la sugerencia.

—Pero en otro bar —susurré, esta vez vi su expresión.

Gabriel se rascó la barbilla con la mirada en el suelo.

—No conozco otro que me sea confiable... —Pateó una piedra que estaba junto a él—. Tengo algunas buenas botellas en casa. —Me miró a los ojos.

—¿Me estás invitando a tu casa? —Abrí los ojos, expectante.

—No es un lugar secreto ni nada por el estilo... Ni uno que frecuente demasiado. No me importa si vas.

No captó la dirección de mi pregunta. No creía que fuera inocencia. Yo, en cambio, no tenía otro lugar al cual ir. A menos que abordara otro autobús a la casa de mi padre, aunque eso generaría muchas preguntas.

—Debes saber que conservo mi pistola. —Levanté una mano en su dirección, no para amenazarlo, sino para que me dirigiera—. Vamos.

Después, ebria, o nunca, me preocuparía por las consecuencias de aquella decisión. En el futuro me encargaría de reparar el desastre.

El departamento pequeño al que Gabriel llamaba casa estaba a menos de cuatro cuadras de la cafetería, cuesta arriba. Llegué tan cansada que, en cuanto abrió la puerta, nervioso, y me mostró la sala, me dejé caer con pesadez en el único sofá que había en el lugar.

Observé sin ocultar mi curiosidad. La mitad de la sala era también la cocina. Esta estaba marcada por una barra de madera. Había solo dos puertas más, las cuales identifiqué como el baño y su habitación.

—Bonito. —Me crucé de piernas y él caminó a la cocina.

—Gracias, aunque no fue su encanto lo que me hizo comprarlo.

—¿Así que es tuyo? Esa es una gran ventaja. —Subí el brazo hasta el respaldo. El sofá era de un color amarillo mostaza. Nuevo debió haber sido hermoso.

Subió la mano hasta una repisa, de la cual bajó una botella de tequila de una marca que conocía y otra botella de vidrio sin etiqueta. Las puso en la barra y me hizo una seña para que me acercara. A regañadientes me senté sobre un banco muy alto y lo observé sacar dos vasos de la alacena. Tenía muy poca vajilla.

—Trae los vasos —dijo tomando las botellas—. Te mostraré por qué compré este lugar.

Bajé del banco de un salto. Tomé los dos vasos de plástico y lo seguí. Salimos del departamento y me llevó por un pasillo algo estrecho. Una escalera para incendios apareció frente a él.

—¿A dónde vamos? —Apreté los vasos contra mi cuerpo. Demasiado pronto para sentir arrepentimiento.

—Sube y míralo por ti misma. No podré subir con las botellas.

Le di los vasos y comencé a subir las escaleras, realmente no estaba muy alto, aunque la sensación de tener su mirada clavada en mi espalda era extraña.

—No me mires el trasero —le dije al subir los primeros cinco peldaños. Lo escuché reír bajo.

Al llegar arriba vi que era una especie de terraza. Colindaba con los techos de otras casas. Y la vista cuesta abajo... no es que fuera la vista más hermosa que hubiera visto, pero toda aquella ciudad se sentía tan, pequeña, lejana. Un lugar ajeno al ajetreado centro.

—Toma estos para que suba. —Me incliné sobre la parte superior de la escalera y tomé las botellas, una por una, poniéndolas a mi lado, después los vasos—. Llévalas a la orilla —dijo al estar a mi lado y sonrió al ver mi expresión, una amplia sonrisa que me hizo notar que, del lado derecho de su rostro, se le marcaba un hoyuelo—. No te lanzaré del techo, lo prometo. No con mi mejor botella en tus manos.

—Una vez quise lanzarte de uno. —La sinceridad salió de mí sin que me diera cuenta, y eso que aún no estaba ebria.

Tomé las cosas como pude y caminé hasta la orilla, me quedé a un metro del final, junto al pequeño barandal, rodeado de plantas verdes que subían y se enredaban en los barrotes negros. Lo sentí acercarse por detrás y giré instintivamente. Tenía una manta entre las manos. Soltó una carcajada ante mi actitud y colocó la manta en el suelo. Se sentó sobre ella y yo lo acompañé.

—Eso es licor de agave artesanal, de un lugar que visité hace poco. —Sirvió un poco en un vaso, de esa botella extraña sin etiqueta, y me lo ofreció.

—¿Cómo sé que no intentas drogarme? —Incliné el torso hacia atrás e intenté fisgonear sobre el contenido de la elegante botella.

—Si lo piensas bien, el alcohol es un tipo de droga... Si tanto desconfías... —Bebió del vaso y lo dejó de lado, tomando la botella de tequila—. Me regalaron esta hace poco, sigue cerrada. Puedes beber de ella. —Me la ofreció para que la abriera.

Puse los ojos en blanco y respiré hondo. Me incliné hacia él y retrocedió por mi cercanía. Mi brazo tocó su abdomen cuando lo estiré para tomar el vaso con el licor extraño. Al enderezarme en mi lugar, lo extendí hacia él. Hoy en día ser envenenada para mí no era nada.

—Salud. —Y lo bebí de una sola vez.

Un error, ya que no era buena bebedora. El calor me bajó por la garganta y caló en todo mi ser, deslizándose por mi pecho. Hice todo tipo de muecas al terminar de pasarlo.

—Creo que no fue muy astuto de tu parte. —Reía con fuerza, con las manos sobre el estómago.

—¿Qué diablos es esto? Arde como el infierno. —Saqué la lengua con la boca muy abierta, frunciendo el ceño ante la sensación.

—Si es demasiado podemos ir a comprar cervezas. —Hizo ademán de ponerse de pie—. Creo que hay un depósito cerca.

Lo tomé del brazo con fuerza, evitando que se fuera. Tenía las mangas de su sudadera por los codos y el tacto de su piel fue suave bajo mi mano.

—Está bien. No tenía muchas ganas de beber después de todo —dije sin entusiasmo y volvió a sentarse.

«*No eres nada*».

La sensación que me envolvió al escuchar esas palabras se quedaría conmigo por un buen tiempo. Intentando alejarlas, vi a Gabriel y me encontré con su mirada.

La personificación de la palabra desastre. Ahora yo también lo era. Con lo poco que había dormido esa noche, o lo nada que dormí, más las emociones de esa mañana, seguro era un reflejo de su mirada cansada y algo ojerosa.

—Supongo que tu día ha sido tan malo como el mío. —Sonrió débilmente.

—Algo. —Me encogí de hombros, como para no darle importancia—. Solo te pido que no hablemos sobre asesinos y chicas perdidas, por favor. —Me atraje las rodillas hasta el torso y las abracé con fuerza. Tal vez era una buena oportunidad, emborracharlo hasta la inconsciencia, pero de verdad no tenía ganas de seguir con eso.

—Hecho. —Abrió la otra botella y se sirvió de ella—. ¿Quieres de este? —Asentí sin mirarlo.

Tampoco lo vi cuando me lo entregó. Una versión reducida de la sensación anterior corrió por mi garganta cuando lo tomé.

—¿A qué te dedicas? —Una pregunta fácil. O eso pensé antes de su vacilación.

—Era enfermero, hasta hace algunos años... —Esta vez tuve que verlo.

—¿De verdad? —Estaba incrédula. No lo imaginaba vistiendo de blanco y atendiendo pacientes.

—De verdad. Ahora soy ayudante en una carpintería. —Sobrevivía, como muchos.

—¿Por qué dejaste la medicina? —La curiosidad era peligrosa.

Ignoré el sentimiento sirviéndome otro trago de esa primera botella. Él observó el movimiento al hablar.

—Alguien con aversión por la sangre no dura mucho en esos lugares. —Reí con fuerza, casi escupí el licor y el calor se quedó en mi lengua.

—¿Cómo se te ocurrió dedicarte a semejante cosa con una fobia como esa? Los enfermeros hacen todo el trabajo, poner las vendas y curar las heridas. —Algo en su mirada y la forma en que apretó los labios me dijo que era serio—. ¿Y qué tal la carpintería? ¿Cómo terminaste en eso? —pregunté para alejarlo de ese resentimiento creciente.

—Por un amigo, me invitó a aprender con él y después me ofreció el puesto. No es exactamente lo mío, pero el resultado final siempre hace que valga la pena. —Ya tenía el vaso servido de nuevo y lo levantó hacia mí—. Salud —dijo antes de llevárselo a los labios.

Tenía un trabajo que no era lo suyo y creía que al final valía la pena. Si un hombre como él, errante, podía llegar a disfrutar de algo que no era lo suyo... Tal vez, solo tal vez, yo también podría.

—¿Has hecho algo interesante? —Realmente quería saber cómo lo sobrellevaba.

—La barra en la cocina y un pequeño ropero en mi habitación. —Señaló con un pulgar a sus espaldas—. Debo admitir que no se ven muy bien. —Se rascó bajo la oreja—. Me gustan porque los hice yo mismo, por el trabajo que les dediqué.

Asentí tres o cuatro veces con la cabeza, volviendo la vista a la ciudad frente a nosotros. No debían ser ni las doce de la tarde y ya podía sentir que estaba algo ebria.

—Es una forma bonita de verlo. —Pensé en las cosas que yo había hecho con mis propias manos, nada bonito hasta ahora. Tal vez, al ser libre, podría intentarlo.

—¿Tienes algún pasatiempo? —preguntó llenando mi vaso, lo sostuve con fuerza.

—Mmm... Creo que ninguno en concreto, no sé hacer carpintería —mencioné hacia él—, ni pintar, ni soy buena con las lecturas pesadas, ni... Creo que me gusta bailar.

—¿Bailar?

—No es que sea buena. —Reí sin ganas—. Pero... me gusta la música.

—Ya veo —suspiró—. Es mejor que nada.

Mejor que nada.

No eres nada.

Cerré los ojos con fuerza.

—Sí —susurré.

Un hermoso silencio se instaló en el aire. La ciudad frente a nosotros centelleaba con todo tipo de sonidos y acontecimientos. Pero yo era inmune, por este breve instante, a todo aquel caos.

—¿Quieres comer? —Me sobresalté un poco al escuchar su voz. Ya se había puesto de pie—. Hay fideos instantáneos. —Me tendió una mano. La sola mención de la comida me hizo agua la boca.

Quizá era porque quería seguir siendo ajena al caos que me esperaba al volver. Quizá era porque me había ofrecido de una botella de tequila que había sido un regalo. O por sus palabras esperanzadoras. O por el extraño sentimiento de comodidad. O solo estaba ebria. No importaba. Tomé su mano e incliné la cabeza, aceptando la invitación.

—O podemos pedir comida a domicilio —dijo mientras observábamos el paquete de fideos instantáneos sobre la barra—. No había estado aquí en semanas, olvidé comprar comida.

—¿Y seguirás aquí de ahora en adelante? —Recargué la barbilla entre las manos sobre la barra. Me negué a volver a sentarme en ese banco tan alto.

—Sí, ya traje mi equipaje. —No es que por traerlo significaba que no podía llevarlo a donde fuera que lo tenía, pero parecía representar un problema.

Seguramente ese lugar era con los Calpián, o los Vigías... O a cualquier lugar a donde su loca búsqueda lo llevaba. Me negué a seguir preguntándome sobre su pasado, temerosa de abrir una brecha entre nosotros.

—¿Te acompaño a hacer la despensa? Vas a necesitar más que sopas instantáneas si te vas a quedar aquí por algún tiempo. —Tuve que levantar mucho el rostro para mirarlo. Él no estaba inclinado sobre la barra como yo.

Como no respondió, volví la vista al paquete frente a mí. Me maldije por sonar tan necesitada de una distracción. Soltó una risilla cuando hice los ojos viscos frente a la falta de comida.

—Por supuesto. Tienes razón. —Golpeó la mesa dos veces con los nudillos para llamar mi atención—. Vamos por comida decente. —Ladeó la cabeza hacia la puerta.

Muy pocas personas rodeaban los estantes en busca de productos y muchas ya estaban haciendo fila en las cajas para pagar.

—Será mejor hacer tiempo hasta que la fila disminuya —le dije mientras tiraba de un carrito.

—¿Te gusta la pasta? —preguntó de la nada.

—¿Tarda mucho en prepararse? —Mi estómago comenzaba a protestar por el ayuno.

—Me temo que sí, pero es lo único que sé cocinar.

—Yo no sé cocinar en absoluto. —Dejé salir a la ligera.

¿En qué momento me había vuelto tan relajada con él? ¿En su departamento? ¿Antes? Daba igual, era más cómodo de esa manera ya que él actuaba de la misma manera relajada que yo.

—Lamentable. —Negaba con la cabeza, divertido—. Te enseñaré a hacer mi pasta especial.

—La única que sabes hacer —lo corregí rodando los ojos.

—¿Por qué crees que es especial? —Me quitó el carrito de compras y avanzó hacia la sección de pastas.

—¿Qué lleva esta famosa pasta especial? —pregunté de puntillas sobre su hombro mientras él inspeccionaba dos frascos distintos de puré de tomate.

—Paciencia —dijo, volviendo su rostro a mí. Me alejé antes de que su nariz chocara con la mía—. Ese es el ingrediente secreto. —Regresó a mirar los frascos.

—¿Te gusta la sandía? —Miré en dirección a la sección de frutas.

—¿Podrías traer manzanas? —Siguió mi mirada.

—La fruta más aburrida de la vida. —Puse los ojos blancos—. ¿Qué tal mangos?

Negó con rapidez, arrugando la nariz.

—Es muy fácil mancharse.

—Para alguien de cuatro años. Solo debes cortarlos en cubos para comerlos. —Riendo, avancé hacia el lugar donde se encontraban las bolsas de plástico.

Tomé tres mangos y deposité la bolsa en el carrito cuando Gabriel llegó a mi lado.

—¿Qué tal una piña?

Esta vez fui yo quien hizo gestos.

—A veces son... ácidas. —Saqué la lengua, recordando la sensación.

—¿Fresas? —Negue con la cabeza—. ¿Peras?

—Son parientes de las manzanas. —Reproché como si fuera obvio.

Sus hombros temblaron en una risa silenciosa.

—¿Entonces? —Registré los alrededores en busca de algo que llamara mi atención y lo encontré. Tiré de su camisa y señalé mi objetivo—. No estoy seguro de que sea una fruta. —Entrecerró los ojos.

—No importa, un buen guacamole salva casi cualquier comida.

Hacer pasta resultó más difícil de lo que pensaba. Esta en especial parecía llevar muchos ingredientes.

—Mejor tú encárgate de la comida y yo guardo las compras.

Me alejé inmediatamente de la montaña de ingredientes y me dirigí a las bolsas que habíamos dejado sobre el sofá. Estaba guardando la leche en el refrigerador cuando me tomó de la muñeca.

—Prometo que es fácil. Ven, te enseñaré a cocinar. —Me sorprendió un poco la gentileza con la que me sujetaba, diferente a la brusquedad con la que me había sostenido antes. No tuve más remedio que seguirlo.

Fue un desastre, uno divertido. La pasta estuvo a punto de pegarse y reímos a carcajadas cuando, al abrir un frasco de salsa de tomate, la tapa salió volando. Me había negado a que él lo abriera en mi lugar, mirándolo con desaprobación, así que se alejó lo suficiente y la tapa no llegó hasta él.

Olvidamos el guacamole, estábamos tan hambrientos que no importó. Nos sentamos en el suelo, cada uno a un lado de una pequeña mesa que estaba frente al sofá. Yo recargué la espalda en éste mientras olía la comida de mi platillo.

—No es por nada, pero deberíamos poner un restaurante. —Casi hice que escupiera su bebida sobre la comida. Seguíamos bebiendo alcohol. No se terminaba.

—Si los clientes se dieran cuenta del desastre en la cocina, nos clausurarían. —Para mi sorpresa, había disfrutado todo aquello. Cada parte.

—Estoy segura de que mi pistola los mantendría callados. —Me llevé el tenedor a la boca y saboreé el bocado—. Lástima... —Me detuve ante el desliz.

—Creo que alguien la olvidó en casa. —Sonreía mientras comía, moviendo sus cejas de arriba abajo.

—Detalles. —Intenté no darle importancia—. ¿Puedo pasar a tu baño?

Señaló la puerta con la mano, tenía la boca llena. Me puse de pie con torpeza y fui a donde me había indicado. El baño era igual de pequeño, contaba solo con lo necesario. Un cepillo de dientes descansaba en una repisa junto a un reloj, que se veía costoso. No resistí el examinarlo, bañado de un color oro y con detalles azules, las pequeñas manecillas relucían brillantemente con cada pequeño movimiento. Por la parte trasera tenía una inscripción.

T.

Estremecí ante la coincidencia. Seguramente ya estaba ebria. Así que lo dejé en su lugar.

Al salir, no había señales de él en la sala, ni en la cocina. Cuando me acerqué a mirar tropecé con él, saliendo de su habitación. Caí al suelo de espaldas, sobre mis codos. Reí hacia el techo.

—Lo siento. —Se apresuró para ayudarme a levantar. En su lugar solo me incorporé para quedar sentada en el piso. Puse las manos sobre mi regazo y las observé.

—¿Por qué me invitaste a tu casa? —No sabía de dónde venía eso. Era tarde para devolver la pregunta a mis labios.

—Te veías perdida. —Se inclinó sobre una rodilla frente a mí—. Hubo un día en que no lo supe, pero todo lo que necesitaba era que alguien me sonriera y me extendiera un poco de amabilidad... Fue el día que te conocí.

Lo miré bajo las pestañas, con la boca abierta y sin levantar la cabeza del todo. Sopesando las delicadas palabras.

—No lo hice por amabilidad. —Tragué con fuerza. Avergonzada—. Lo hice por lástima.

—No importa. —Esta vez levanté la cabeza, noté me miraba con detenimiento—. Las intenciones... son lo de menos. Así como a veces lastimamos a las personas sin quererlo y les duele, sin importar que no teníamos la intención de hacer daño. Para mí... creo que funciona en ambos sentidos. A veces hacemos un bien. Lo importante es el impacto que ocasionamos en la otra persona. El origen de ese acto queda descartado en cuanto sale de nuestras manos—. Observó sus propias manos. Como si alguna vez hubiera infligido daño por accidente.

Me balanceé hacia adelante y quedé junto a su rodilla, sentada sobre mis muslos.

—Gracias —susurré. Me di cuenta de que estaba llorando cuando sentí un sabor salado en mi boca.

Ahí, en ese pequeño departamento, llegué a mi punto límite de sensibilidad. Fue como abrir una puerta y dejar que cada dolorosa experiencia saliera de donde la escondía. Algo respecto a él, o respecto a al lugar, o el día, o la situación en general, fracturó mi determinación por soportar y soportar hasta el final.

Rápidamente usé la manga de mi blusa para limpiarme.

—Gracias a ti. —Me ofreció el mismo pañuelo que había manchado con mi sangre. Había tenido la intención de lavarlo, pero lo olvidé en su auto.

—A veces... —Tomé la tela con lentitud—. No sé si confiar en ti y considerarte un aliado. —Apreté el paño entre las manos—. O considerarte un enemigo planear y tu muerte.

Miré fijamente como los nudillos se me ponían blancos por lo fuerte del agarre. Este hombre me obligaba a torcer cada regla que me había autoimpuesto en el pasado. Interrumpía en mi vida una y otra vez. Era un obstáculo más que un impulso. Pero aquí, con sus palabras, tan extrañas en mis oídos, dudaba. Jamás había escuchado tales pensamientos, ni en mis más alocados amigos. Cada palabra, de alguna manera, me reconfortaba.

Me tomó de las manos con delicadeza y sintió la tensión en mi apretón. Así que relajé los dedos sobre la tela.

—Puedes decidir si confías en mí o si quieres matarme después. —Acercó su rostro hasta el mío—. Prometo esperar tu decisión con paciencia.

Volví mi rostro hacia él. Se veía relajado. Aun cuando estábamos tan cerca. Aun cuando acababa de amenazarlo.

—Tu ingrediente secreto. —Mi aliento se mantuvo entre los dos.

Se retiró tan rápido como se inclinó. Fue apenas un roce, sutil y suabe. Como si no hubiera podido contenerse, se había inclinado sobre mí para besarme. Retirándose al comprender lo que había hecho.

Comenzó a enderezarse, observándome con preocupación. Abrió la boca, seguramente para escupir alguna excusa o disculpa.

Antes de que pudiera decir algo, me levanté para besarlo. Le rodeé el cuello con los brazos y cerré la distancia entre nuestros cuerpos en un solo movimiento. Casi esperé que me rechazara, que me alejara, porque parecía que lo haría, ya que su primera reacción fue quedarse completamente inmóvil. En su lugar respondió a mi beso y me abrazó contra él por la cintura, aquello me llenó de una extraña calidez que me hizo desear tenerlo más cerca.

Nos puso de pie con torpeza. Ya estábamos cerca de la puerta después de todo. Me guio ya que yo estaba de espaldas, pero sabía que íbamos a caer sobre la cama. Me inclinó sobre ella con tanta delicadeza que me hizo sentir protegida, valiosa.

Le quité la sudadera por la cabeza, junto con la playera y me sorprendí al encontrarme con una figura bastante musculosa. La carpintería debía ser buena como ejercicio. Apenas terminé de retirar las prendas, tomó mis lentes con ambas manos, quitándomelos con cuidado, y volvió a besarme inmediatamente después de dejarlos de lado. Parecía negarse a quedar lejos de mí más de lo necesario. Me volvía loca la manera en que era tan cuidadoso en todos los aspectos.

Me saqué la blusa por mi propia cuenta, exponiendo mi cuerpo, que no estaba esculpido ni era prominente. Aunque nunca me reproché por ello.

—¿Cómo te hiciste eso? —Deslizó su pulgar por la pequeña marca en mi abdomen.

—Ya no lo recuerdo... —Lo atraje de nuevo a mi para que dejara de ver la cicatriz.

—No creo que sea buena idea. —Jadeaba mientras nos deslizábamos sobre la cama, hasta topar con un respaldo de madera. ¿Obra suya?

—No... no lo es. —Estuve de acuerdo, al tiempo que el besaba mi cuello. Su barba me raspaba la piel con cada roce, provocándome un agradable cosquilleo.

—Entonces... hay que detenernos. —Llevó las manos a mis caderas. Solté un gemido agudo cuando besó algún punto en mi cuello que me llenó de calor. Me estaba gustando sentir su aliento sobre la piel.

—De acuerdo —suspiré.

Pero no nos detuvimos. Volvió a besarme, subiendo una de las manos para tomar mi mentón. Se sostenía con las rodillas a cada lado de mi cuerpo.

—De acuerdo. —Habló en mis labios. Me acariciaba el rostro con el pulgar, contorneando mi barbilla.

—Haz... haz que olvide. —Mis palabras lo hicieron estremecer y volvió a mi cuello.

—¿Qué quieres olvidar? —Su voz sonó más grave, como si mis palabras le estuvieran dando un objetivo.

—Todo —exhalé ante la vibración que me recorrió al escucharlo.

—Entonces... —Me miró a los ojos, brillantes, verdes, hipnotizantes, eran todo lo que me ataba al mundo en ese momento—. Seré tu olvido —prometió con dulzura.

Descendió por mi cuello, con besos delicados que encendían cada parte de mi piel, hasta besar mi clavícula. Me estremecí al recordar las ataduras que había sentido esa mañana. Debió darse cuenta, porque se detuvo.

—No te detengas. —Llevé las manos a la parte de atrás de su cabeza y dejé que mis dedos se hundieran en los mechones largos de su cabello. Casi tirando de él. Para que sus caricias cubrieran la sensación de las manos que me habían mantenido cautiva por tanto tiempo.

Me tomó con fuerza de la cintura y rodó hacia un costado. Abrí las piernas para sentarme sobre él con rapidez, sin dejar de tomarlo por los hombros. Escuché la forma en que recargó la espalda contra la madera, acomodándose para besar mi mandíbula, como si me saboreara la piel.

Sus manos ahora recorrían mi espalda, exploratorias, curiosas. Su nariz rozó mi barbilla, hacia mi oído y luego por mi mejilla, hasta mi boca. Sus labios estuvieron sobre los míos con mayor intensidad. No me resistí y le mordí el labio con un poco de fuerza, haciendo que él gruñera ante la sensación.

Por alguna razón un tanto vengativa quería que fuera él, de verdad lo quería. Me parecía incluso teatral que fueran sus besos los que borraran los de cualquier otro.

Era carnal, pero tan diferente a lo que había tenido con Javier. No quería pensar en ese hombre nunca más en mi vida.

CAPÍTULO 10: OTOÑO

Esos rostros tan irreconocibles desaparecían mientras corría para alcanzarlos, cada vez con más velocidad. Nunca lograba llegar a ellos. Se desvanecían como un recuerdo. Alguien me empujó y caí por el borde.

Abrí los ojos de golpe. Un techo desconocido se alzaba sobre mi cabeza, una gruesa colcha me cubría hasta los hombros, estaba en una cama que no era la mía, en una habitación ajena.

El fuego y el deseo de la noche anterior llegaron a mi mente como un reproche.

Me senté en la cama para encontrarme con la gris oscuridad de un amanecer a punto de entrar. Un horrible y agudo dolor se instaló en mi cabeza y me mareé ante la rapidez del movimiento.

En esa cama solo estaba yo.

Me llevé las manos a la cabeza y la apreté con reproche.

—Maldición —exclamé demasiado alto, inmediatamente me cubrí la boca.

Los besos ansiosos que nos habíamos dado hasta quedar sin aliento, los recorridos con nuestras manos, el fuego, el humo, las cenizas. Todo ocurrió de verdad.

Salí de la cama con movimientos silenciosos. Me sorprendió encontrarme aún con los pantalones puestos. Aliviada, encontré mis lentes sobre el pequeño ropero que Gabriel había mencionado el día anterior. La madrugada era fría. Busqué a mi alrededor y abrí los cajones del mueble de madera, sin poder encontrar el resto de mis ropas. No fue hasta que abrí el último cajón que encontré una sudadera, no dudé en tomarla y ponérmela con lentitud. Tomé mis zapatos, cada uno en una mano, y los apreté contra mi pecho mientras salía de puntillas de la habitación.

El lugar se encontraba rodeado de silencio. La sala estaba completamente oscura. Puse una mano frente a mi cuerpo para poder tocar todo lo que se me pusiera en frente, ajustando la vista tanto como podía.

Al llegar hasta el sofá me quedé quieta por un momento. Gabriel dormía en él, escuchaba su respiración, fuerte y profunda. Una manta más delgada lo cubría y se encontraba en una posición bastante incomoda.

Apreté los labios al verlo así, le dolería el cuello al despertar. Continué mi camino y abrí la puerta con toda la cautela del mundo. Al deslizarme sobre la pequeña abertura lo miré de nuevo, juraría que abrió los ojos, aunque no lo distinguía con claridad. Cerré la puerta con el mismo cuidado y me fui del lugar.

Entré a mi propio departamento con las manos en los bolsillos de la sudadera robada.

Fui recibida a golpes. De una almohada demasiado grande para mi gusto. Chocó con mi espalda y mi costado.

—Si. —Ladró Mariel, lanzando un nuevo golpe entre cada palabra—. Te. Desapareces. Así. De. Nuevo. —Se detuvo para enfrentarme—. Venderé todas tus cosas por internet. —Estaba furiosa. La sangre enrojecía un poco su rostro. Su mirada era otra cosa. Fulminante.

—Comienza con los zapatos. Aunque muchos son imitaciones —dije en un largo bostezo.

Pasé de largo y seguí hasta mi habitación. Conocía la rutina. A continuación, una de las dos se disculparía y la otra fingiría que no era gran cosa.

Estaba cansada de la rutina. Esperaba que retomar mi trabajo de profesora me devolviera algo de energía.

Mis alumnos no parecían haberme extrañado demasiado. Y por supuesto que compensé de la mejor manera el ausentarme por dos días.

—Espero que disfrutaran su fin de semana. —Si como profesora siempre era alguien distante, hoy estaba completamente fría. Lo que más necesitaba era permanecer con la cabeza fría. Ni siquiera me detuve a observar a los jóvenes Calpián, conocidos de...—. Ahora, abran su libro en el siguiente capítulo.

Después de horas de desahogar mis penas torturando a mis alumnos me sorprendió no encontrar a Mariel por ningún lado. Delgado llegó a mi oficina, tocando la puerta con nerviosismo.

—Disculpe, señorita Cazador... —Miraba el suelo con timidez.

—Adelante, puedes pasar. —Le ofrecí una pequeña sonrisa, algo molesta por tener que tratarla con cuidado para no arruinar lo que fuera que Mariel hubiera logrado con ella.

—No quería molestarla —se apresuró a decir. Consciente de que no miraba mis ojos, sino a algún lugar en mi frente, me relajé para que ella se sintiera cómoda—. No encuentro a la profesora Elena.

Ya éramos dos. Aunque yo ni siquiera intentaba encontrarla en realidad.

—¿Sucede algo?

—Es que yo... —Apretó los puños—. Descubrí lo que ella quería.

Abrí los ojos de par en par, asombrada de que el plan de mi amiga diera sus primeros frutos.

—La haré venir enseguida. Puedes tomar asiento si gustas. —Por más sensible que estuviera nuestra relación últimamente, este era su plan. Había prometido apartarme si funcionaba. Ella debía estar presente.

Trae tu trasero a mi oficina. Pau lo consiguió.

Un mensaje claro y simple.

—Gracias. —Tarde me di cuenta, no era que ella estuviera incómoda conmigo. De verdad no quería hacer esto.

—Gracias a ti. No tienes idea de lo mucho que esto significa para nosotras.

Algo en su mirada cambió totalmente, un brillo leve apareció en sus ojos. Lo que Mariel hubiera dicho o hecho para convencerla, era lo suficientemente fuerte para tenerla aquí sentada.

Mariel apareció en menos de cinco minutos. Así que concluí que realmente me estaba evitando.

—¡Pau! —Cerró la puerta de un empujón y caminó hasta arrodillarse junto a su silla.

Yo estaba tras el escritorio y decidí ser una mera espectadora del interrogatorio.

—Mariel, digo... profesora. —Agitó la cabeza—. Creo que descubrí lo que me pidió.

—Adelante, puedes contarme —la incitó con amabilidad—. Puedes decirme lo que descubriste.

Se miraban como si fueran dos almas semejantes. Ansiosas por ayudarse.

—Me invitaron a su casa este fin de semana. —Miró entre ambas—. Ni siquiera tuve que insistir. Les pregunté si se quedarían aquí... y me contaron todo. —Vi la resistencia en ella. Resistencia a romper la confianza de sus nuevos amigos.

—De acuerdo. ¿Qué te contaron? —Apretó su mano, intuyendo lo mismo que yo.

—Hace quince años... el lugar en que vivían cambió. Y los hicieron marcharse. —Se puso tensa—. Karen dijo que les dieron dinero para que se fueran y que quienes no aceptaron de alguna forma terminaron por irse. —Me sorprendió que los Calpián necesitaran sobornar en ese tipo de situaciones —. Alberto dijo que pronto volverían.

—¿Es todo? —Vi el ligero apretón que Mariel puso sobre su agarre.

—Karen también dijo que sus padres no estaban seguros sobre volver, que alguien los convenció. —Si alguien más incitaba a las familias a volver podía ser por un problema político—. Dijo que sus padres han discutido mucho por eso, que pareciera que están en guerra.

¿Guerra? La chica rubia de la última vez había dicho lo mismo. Tal vez era más grande de lo que imaginábamos.

Esperamos a que continuara, pero parecía ser todo.

—Muy bien. Muchas gracias, de verdad esto es de gran ayuda. —Le sonrió.

—Hay algo más. No sé si es importante. —Parpadeó un par de veces—. Karen y Alberto no son hermanos de verdad. La familia de Alberto falleció en un incendio, así que los Montenar lo adoptaron. —Aquello era triste, pero desafortunadamente irrelevante.

—Gracias por confiar en nosotros. —La chica asintió ansiosa—. Por favor vuelve si sabes algo más.

Se fue con la misma inquietud con la que llegó.

—No es suficiente. —Me acomodé en mi asiento— ¿Cómo la convenciste de hacerlo? Se veía como si estuviera robando un caramelo por primera vez.

—Cuando dijiste que jugabas con la desesperación de muchos... —tomó asiento donde antes había estado Delgado... Pau— pensé en Pau. Es joven para tener alguna. Así que se me ocurrió usar mi propia desesperación —suspiró—. Le dije que, si no descubríamos las intenciones de esas personas, mi hija correría peligro. Por ser como ellas.

A esto estábamos llegando. A exponer todas nuestras cartas sobre la mesa.

—Brillante. —Estaba rígida.

—¿Dónde has pasado la noche? —Su mirada era determinante—. No me digas que has ido con Javier...

—Ah, por favor. —Lancé la mano al aire y después crucé los brazos—. Tengo más escondites. —Casi sentí la nariz de Gabriel sobre mi cuello al recordar exactamente dónde había pasado la noche.

—Vi una prenda que no es nuestra, en casa. —Quería acusarme—. Hablando de prendas, te he prestado varias blusas y no las encuentro por ningún lado. —Giré la cabeza para estirar el cuello.

—Deben estar por ahí. Toma las mías si necesitas ropa. —No necesitaba mi permiso para hacerlo, usualmente mi estilo no era el suyo.

—Julia... —Su tono se convirtió en un hilo de voz.

—Ni lo digas. —Alcé una mano para detenerla—. No más disculpas. —Ya era hora de decirnos las cosas a la cara—. Así que escúchame. No me voy a disculpar. —Respiré hondo—. Hemos caminado juntas durante todo este trato. Pero al terminarlo será nuestro final. Sé que cada una deberá tomar un camino distinto. Y está bien.

Su expresión era de dolor y comprensión a la vez.

—Lo sé.

Ya comenzábamos a separar nuestros caminos, con cada paso que dábamos hacia adelante, avanzábamos dos lejos de la otra. No estaba segura de que supiéramos cómo continuar estando una sin la otra y eso era peligroso.

Amaris finalmente regresó y no era la misma. Su cabello estaba un poco más corto y teñido de un color castaño cenizo. Su silueta se había vuelto más delgada y un tatuaje, muy parecido al que había visto en la muñeca de Javier, se posaba alrededor de su dedo índice.

—No te fuiste ni una semana y vuelves así. —La señalé completa.

—También te extrañé. —Me abrazó.

No hablaría de eso. Y yo no debería preguntar. Menos ante el hecho de que se había ido justo después de obligarla a hablar sobre Gabriel.

—Quiero un capuchino y dos de esas galletas. —Saqué la cartera del interior de mi saco.

—¿Vas a pagar? —Se detuvo al ver el movimiento.

—¿Puedo no hacerlo? —Era verdad que la mayoría de las veces obtenía descuentos y pagaba mucho después. Si mi relación con los Vigías terminaba pronto, tal vez esta complicidad con ella también lo haría.

—Por supuesto que puedes. —Me dio la espalda para servir el café de una máquina—. Eres mi mejor compañía. —Colocó la tapa de plástico—. Eso y que es demasiado tarde para hacer la cuenta de todo el dinero que me debes. —Puso el café sobre la barra y tomó una pequeña bandeja de plástico para colocar las galletas.

—Gracias. —Le guiñé un ojo y sonreí con picardía.

Esta vez no me senté en la barra junto a la ventana. Busqué una mesa cerca de la caja registradora para que Amaris se sentara conmigo de vez en cuando. Todo el tiempo sus sonrisas parecían reservadas. Llevé de nuevo el trabajo del instituto. Al ser mis últimos momentos como profesora, quería terminar bien mi trabajo pendiente.

—¡Amaris! Querida amiga. —Una mujer alta, de agraciada figura, entró escandalosamente en el lugar. Me puse rígida al escuchar su voz. Era Vivian—. He estado buscándote por todas partes. —Extendía sus brazos como si Amaris pudiera correr a abrazarla. No lo hizo.

—¿Sí? —En su lugar, mi amiga se cruzó de brazos, con la boca torcida y observándola de arriba abajo.

Dirigí mi atención a la ventana, intentando ignorarla. Un error. Estacionado frente al local, Alfonso estaba en su auto. La mirada fija en su teléfono celular. Despreocupado. Ausente. Igual que lo había estado aquella vez. Cuando, en esta misma cafetería, Vivian me había citado para gritarme y exigirme que me alejara del que consideraba su hombre. Para humillarme públicamente.

«Estamos juntos desde hace más de un año».

«No significas nada para él».

Había terminado con mi café esparcido en una enorme mancha sobre mi blusa.

«*Aléjate de él*».

Fue su advertencia final.

Alfonso no se había dignado a presentarse él mismo. A terminar limpiamente la relación. A mirarme. Simplemente prefirió enviar a su amante en su lugar. Como un cobarde, la esperó afuera mientras ella me desgarraba con las palabras más crueles.

—Esta es la invitación para nuestra boda. —Su voz aguda me regresó al presente—. Es en dos semanas. —Sentí la pausa forzada en su discurso—. ¡Julia! —Se volvió hacia mí y lamenté el haberme sentado en esta mesa, el venir a este lugar—. Estoy segura de que recibiste la invitación. Qué pena. —Hizo un gesto de preocupación, demasiado exagerado como toda ella—. Entenderás que será incómodo para nosotros si asistes. Tuvimos que invitarte ya que no parecía correcto excluirte. ¿Qué pensarían de nosotros? —Suspiró con demasiada fuerza—. Sin duda tu ausencia no será notoria. No creo que el jefe se atreva a llevarte. Además, los padres de Alfonso podrían indignarse.

Claro que no. Y yo no dejaría que *el jefe* me exhibiera de esa manera, otra vez.

Me obligué a sonreír con hipocresía.

—Estoy demasiado ocupada como para tomarme la molestia de aparecerme. Tranquila. —Tenía tantas ganas de tomarla de ese ridículo tocado que llevaba en la cabeza y poner su rostro contra el suelo.

Soltó una carcajada, amarga, llena de veneno.

—No creo que tengas nada más que hacer que meterte con el jefe.

Apreté las manos en puños. Era consciente de sus intenciones, de sus intentos por enfurecerme, por encender mi temperamento. Estaba dispuesta de darle el gusto con tal de borrar su sonrisa burlona a golpes.

—¡Julia! —Para mi sorpresa, Gabriel se acercó con rapidez hasta mi mesa y me dio un rápido beso sobre mi mejilla, cosa que me dejó congelada en mi lugar—. Lamento la tardanza, el tráfico estaba horrible. —Ignoró por completo la presencia de Vivian y centró su atención solo en mí. Tomó mi mano entre las suyas.

Solo pude observar todos sus movimientos, desconcertada.

La mujer acumuló toda su indignación en la mirada que le dirigió y salió hecha una furia.

—¿Qué haces? —Aparté mi mano.

—Evitando que te metas en problemas. —Movió la cabeza para señalar a la puerta.

Vi a Vivian subir al coche y cómo Alfonso dirigía su mirada al interior del lugar.

Tomé la mano de Gabriel con fuerza.

—No mires atrás. —Me apresuré ante su expresión—. Seguramente ese hombre conoce tu rostro.

—¿Quién es?

—Mi... mi exnovio. —Solo pude relajarme cuando el auto se puso en marcha y desapareció de la vista. Tontamente corregí mi respuesta—. Es el imbécil que me quitó el caso del asesino en serie.

—¿Es una historia fea? —Aparté la vista de la ventana para encontrarme con su mirada afligida.

—La peor. —Tragué con fuerza.

—Se ve como un idiota —susurró.

Me di cuenta de que no había soltado su mano y el calor de la noche anterior se posó sobre mí. La retiré con lentitud.

—¿Qué te sirvo? —Amaris, quien aparentemente había observado la escena desde su lugar junto a nosotros, sonreía.

—Lo que ella está tomando, por favor. —Asintió y, tras lanzarme una larga mirada, se perdió en el mostrador—. ¿Te fuiste muy temprano? —Gabriel preguntó sin mirarme.

—Tenía que ir a trabajar. —Me aclaré la garganta—. Tomé prestada una de tus sudaderas, pero te la devolveré pronto —me apresuré, ansiosa.

—No hay problema. —Aseguró observando la mano que había retirado—. ¿Estas bien? Yo...

—Tranquilo. —Desvié la mirada de su rostro—. Todo está bien.

—¿Y con ellos? ¿Todo bien? —Me fastidiaba el tono de su voz.

—¿Qué escuchaste? —Suspiré resignada.

—Lo suficiente como para saber que estabas en aprietos.

«No creo que tengas nada más que hacer que meterte con el jefe».

Ahora Gabriel debía de pensar lo peor de mí.

—No es como parece. —Cerré los ojos, no pude evitar sentirme apenada. Me recargué sobre el respaldo de la silla.

Amaris volvió y trajo más galletas consigo.

—La he extrañado. ¿Está bien? Vine a la cafetería cada día, pero seguía cerrado. —Se dirigió a ella con un tono amistoso.

La mujer menuda le sonrió.

—Yo estoy bien. Me disculpo. —Se puso la mano sobre el pecho—. Tuve una emergencia familiar. Pero todo está bien. Qué agradable que seas un cliente tan leal.

Gabriel le devolvió la sonrisa y me observó después.

Por alguna razón salimos juntos del local, tras permanecer comiendo en silencio. Aferraba el maletín contra mi cuerpo, como si lo necesitara para permanecer de pie.

—¿De verdad esta todo bien? —Se detuvo frente a mí. Mi mente traicionera me hizo mirar su torso. Estaba dispuesta a enfriar el ambiente a toda costa.

—Este fin de semana encontraron otro cadáver. —Miré a nuestro alrededor para asegurarme de que nadie escuchara—. Y encontraron las huellas de una mujer.

Se puso tenso y permaneció quieto como una roca. Podría jurar que apretaba la mandíbula con tanta fuerza que se quedaría sin dientes.

—¿Ya tienen otro sospechoso? —Ser relevado de ese puesto era una de sus prioridades.

—Es que... —Me debatí internamente sobre contarle de la creciente obsesión que consumía a Javier.

Clavé la vista en el suelo, como si la respuesta estuviera entre el pavimento.

—No tienes que decírmelo si aún no confías en mí. —Se pasó una mano por el cabello y metió la otra en la bolsa de su chaqueta—. Me conformo con que aún no te decidas por matarme.

Al verlo noté que, especialmente hoy, se veía diferente. O al menos ya no era un desastre. Se veía como alguien que había dormido cómodamente toda la noche y estaba pulcramente vestido. Con una chaqueta de cuero café con el cuello afelpado y una camisa de botones de un gris oscuro. Aquel reloj costoso en una mano y en la otra, el anillo de siempre.

Honestamente era guapo, al menos cuando no parecía un muerto viviente.

—No van a dejar de buscarte —dije finalmente, absorta por su imagen—. Creen que eres un cómplice.

Suspiró, relajándose después del acto. Resignado.

—Claro que sí. ¿Qué haremos ahora? No puedo limpiar mi nombre si no encontramos al culpable. No puedo obtener respuesta si no encontramos a las víctimas.

—¿Volviste a la casa de ese hombre? —Lo miré a los ojos frunciendo el ceño.

—Fui el fin de semana. Allanaron la casa, todo dentro era un desastre. —Estaba decepcionado.

—Tal vez fue esa mujer, ¿sabes algo sobre ella? —No dejaría de lado el rasguño en mi cara, ya no se notaba tanto, pero había requerido mucho maquillaje para cubrirlo.

—Es Sarai Levana... —Familiar de Sofia Levana. Se seguían involucrando.

—¿Serán sus huellas las que encontraron en la escena del crimen? —Me rasqué la cien con el dedo índice. Siguió el movimiento con la mirada, perdido.

—Hay que averiguar quién es la víctima y tal vez lo descubramos.

De nuevo me estaba metiendo en esto, perdiendo el objetivo.

Paulina nos había brindado un patrón de respuestas bastante general. Si quería obtener las respuestas importantes por parte de Gabriel, era necesario que me centrara en el maldito objetivo de una vez por todas.

—Te ves bien para alguien que durmió en el sofá. —Seguimos caminando hasta llegar a un parque cercano.

Las hojas caían de los árboles, guiadas por un viento tranquilo. El naranja, el amarillo y el café se mezclaban sobre el suelo y sobre nuestras cabezas en una danza pacífica.

—Es porque he estado en la Sociedad. —Se encogió de hombros.

—¿Todo bien? —Su resignación me provocó un titubeo que no me permitiría tener.

Algunas personas corrían en el circuito junto a nosotros, otras paseaban tomadas de la mano o en grupo. Un frio gélido nos cubría, pero era envolventemente cómodo.

—Quieren que vuelva. —*Quieren*. Me detuve ante la palabra.

—¿De verdad? —Se detuvo a unos pasos de mí.

—No quiero hacerlo. —Se acercó.

—¿Por qué?

—Porque me lo están complicando todo. Nos quieren de vuelta, pero a mí me quieren tener lejos.

—No entiendo. ¿Por qué piensas eso? —Curiosidad inservible.

—Hay una persona en la Sociedad que está haciendo todo lo posible por contenerme. No me gusta eso. —Hizo una mueca, dolido.

—¿Quieren que vuelvas para vigilarte?

—No exactamente. Los intereses están... divididos. —Siguió con el recorrido y avancé tras su espalda.

Me recordaba al otoño, se camuflaba con él a la perfección. No por los colores, sino por la sensación. El otoño es un desastre, uno hermoso. Es esa separación irregular entre el verano y el invierno, pero no es como la primavera. Todos aman la primavera porque les da calidez, les da esperanza. La promesa del verano. Por el contrario, el otoño anuncia la llegada del frío. Frío para muchos significa problemas. Significa que hay que refugiarse y abrigarse. Esconderse. Y es hermoso porque el frío te acerca a las personas, te obliga a buscar calor. El otoño es un beso que un día puede ser cálido y al siguiente no. Se tiñe de los colores más sorprendentes para prepararse a lo que sigue.

—Eso parece bastante complicado. —Aminoró el paso para que yo caminara a su lado—. ¿Qué cambiaría si vuelves? —Recé internamente para que hoy respondiera a todas mis preguntas.

Hice ademán de meter las manos en los bolsillos inexistentes de mi saco y terminé frustrada por la falta de ellos. El saco negro era elegante y se ajustaba a mi cintura por medio de dos únicos botones, pero todo eso era inservible.

Suspiré por la brisa otoñal y me froté las manos frente a mí, con la esperanza de generar un poco de calor.

—Muchas cosas. —Me sorprendió al tomar mis manos entre las suyas y nos detuvimos de nuevo—. Viviría donde ellos quisieran. —Con la mirada fija en su labor, no vaciló al acariciar el dorso de mis manos. Las suyas permanecían extrañamente tibias—. Trabajaría donde ellos quisieran. —Me dio un apretón. Yo estaba completamente perdida en ese contacto entre nosotros—. En resumen, dónde, cuándo y cómo, según lo conveniente.

—Entonces, ¿ellos quieren controlar tu vida? —Apenas pude seguir el hilo de la conversación. Los dos aún teníamos la mirada en nuestras manos juntas.

—No es tanto como eso. Es parte de la protección. Te dan un trabajo, una casa. Prácticamente te dan una vida. —Sentí su mirada sobre mí—. Al volver, yo tendría que apegarme a ella por un tiempo, para mostrar lo bien que me adapto. Eso significa que no podré vagar por allí, buscando y amenazando con mi detective favorita. —También sentí su risa.

«Mi detective favorita».

—¿Y después? —Puse la cabeza de lado al verlo. Estaba nervioso. Actuaba con seguridad, pero su mirada lo delataba.

—Después podría... descarriarme un poco. No somos prisioneros.

—¿Volverás? ¿Aunque no quieras? —Tal vez soné un poco preocupada.

Pasaron segundos, minutos, en los que solo nos vimos el uno al otro. Ese día sus ojos eran castaños, un poco claros, apacibles.

—No lo sé —suspiró—. Tal vez pueda encontrar lo que busco con ellos, o puede que nunca me dejen descubrir la verdad.

Como para detenerme de continuar mi interrogatorio, hizo lo último que pensé que haría.

Aproximó nuestras manos a su boca, lo suficiente como para usar su aliento y generar algo de calor. Me paralicé cuando siguió frotando mis manos entre las suyas, perdido en la tarea.

Mordí el interior de mi labio para mantener mi imaginación a raya.

—Tengo que irme. —Se detuvo ante mis palabras—. Avísame... avísame si averiguas algo.

Me retiré lentamente y mis dedos protestaron ante la falta de su calor. Gabriel tomó de nuevo mis manos, con decisión.

—Te llevo a casa.

Mariel estaba sobre un banco, con una enorme brocha en la mano y la ropa llena de pintura. Lo había olvidado por completo, pero bien pudo haber sido a propósito.

—Hola. —Entré en el departamento. Un par de risas llegaron a mis oídos desde la habitación.

Los sillones estaban cubiertos con plástico y amontonados en el centro del lugar, junto a demás muebles. Una enorme lona cubría la mayor parte del piso. El olor a pintura fresca era un tanto insoportable. Y el color...

—Llegas tarde. —Bajó del banco y se apresuró hasta mi—. Debiste venir a ayudar. —Intentó parecer amenazadora, agitando la brocha frente a mí.

—Estoy segura de que tuviste toda la ayuda que necesitabas. —Confirmando mis palabras, Cristian, el padre de Ana, salía de nuestra cocina.

—Ya reparé la gotera del lavabo. —Y había estado ocupado—. Julia, qué gusto verte. —Sonreía de oreja a oreja, con la camisa arremangada y un trapo entre las manos, pintura en el rostro y el cabello revuelto.

—Igual. De verdad lamento haber llegado tarde, pero... —Busqué una excusa, no era necesaria, pero quería dar una—. Honestamente lo olvidé.

Él sonrió aún más, si es que se podía, inclinando la cabeza en esa manera tierna tan suya.

—No pasa nada, ya terminamos con la sala, aunque Mariel sigue sin abandonar esa esquina. —Señaló con un dedo el lado de la pared frente a la que estaba el banco.

—Es que no se ven los trazos parejos. —La voz de mi amiga sonó baja, apenada.

—Pues yo veo todo bastante bien. Qué lindo color. —Era un amarillo pálido y un tanto... desagradable a la vista.

—Lo escogieron las niñas. —El hombre se pasó una mano por el pelo.

Mariel me obligó a hacer la mayor parte de la limpieza. Ya que la pintura no se secaría pronto, los muebles deberían quedarse como estaban.

Distinguí las sonrisas de complicidad entre esos dos. Qué normal se sentía, como si su relación no necesitara de locas noches llenas de tequila y sufrimiento. Su despedida se alargó demasiado para mi gusto. Una parte de mí quería escuchar las palabras que hacían reír a mi amiga, la otra deseaba que pararan de una buena vez. Un sentimiento extraño y feo que retumbaba como un tambor.

—Eso ha sido... lindo. —Con las brochas lavadas y los recipientes limpios, estaba lista para dormir un poco.

—Te falta recoger el plástico del suelo. —Señaló.

—Que limpia eres.

—Díselo a ella. —Miramos a la pequeña que salía de la habitación, soñolienta y con pintura amarilla por todas partes.

—Muy bien, pollito, hay que bañarte. —La tomé en brazos y ella comenzó a protestar.

—Mamá, no quiero bañarme aún...

—Sabes que cuando mamá está ocupada, la tía Julia manda. —En mi lugar, ella comenzó a retirar el plástico mientras yo me encargaba de la niña.

Resopló, pero enseguida se entretuvo con mi cabello mientras la llevaba a la ducha.

CAPÍTULO 11: AMENAZA

Cada veladora estaba encendida, las pequeñas flamas en los centros titilaban lentamente y cambiaban de dirección cuando las personas caminaban demasiado cerca. Pequeños pétalos de un asombroso naranja vibrante descansaban en el suelo y marcaban el camino a seguir. Camino sobre el cual se elevaban varios arcos de caña decorados con delgadas capas de papel picado morado, turquesa, negro, naranja, amarillo. Cada imponente escalón, cada pecado, contaba con distintos tipos de tributos. Desde comida de delicioso aroma hasta objetos apreciados. Y en la cima, junto a muchas otras fotografías, se encontraba el cuadro de mis abuelos.

Los alumnos, los profesores y los familiares presentes reían y hablaban sin parar. Varios jóvenes tenían pintura en el rostro y se movían con gracia dentro de hermosos vestidos y trajes típicos. Una mujer que no reconocí me empujó con el hombro. La dejé ir, absorta frente a la hermosa imagen de una catrina con un largo vestido negro y flores sobre la cabeza. Aunque el día de muertos había sido la semana pasada, todos parecían tomarse muy en serio la festividad.

—Tengo miedo. —Valeria observaba horrorizada a un chico, cuyo maquillaje de calavera era más devoto de día de brujas que de día de muertos. Realista, diría yo—. La muerte me da miedo.

—No hay que temerle a la muerte. —Me puse de rodillas y le sostuve la mano con fuerza—. La muerte es como un viaje. —Jugué con uno de los rizos de su cabello—. Vas a un lugar hermoso por un tiempo y te reencuentras con personas maravillosas. —Palabras familiares—. Y en algún momento vuelves aquí. —No me constaba, no era muy creyente de nada en particular. Solo eran palabras tranquilizadoras para alguien demasiado joven como para entender.

—¿Son como vacaciones? —Su voz era tan dulce como la miel. Así de empalagosa.

—Exacto. Vas de vacaciones, te diviertes y vuelves. —Alargué el brazo a un lado y lo traje de vuelta a mí, para indicarle el recorrido de la muerte con el movimiento.

Mariel volvió con dos vasos de chocolate caliente, me entregó uno y el otro se lo dio a su hija.

—Hay mucha gente. No los veo.

Decidimos permanecer lo más lejos posible de las familias Montenar y Mirantes. Si bien sentía mucha curiosidad por esas personas, no deseábamos ser reconocidas en caso de que algo saliera mal. Aún contábamos con que Pau encontrara algo más. Ella estaba junto a su padre. Veían con anhelo la vieja fotografía de una mujer en vestido de novia, su madre, antes de ponerla junto a las demás.

El salón estaba repleto de personas conocidas y desconocidas; si aquellos jóvenes se aparecían, no dudaba que buscaran a su amiga.

No aparecieron.

Otra persona familiar se presentó en su lugar.

—Axel, bastardo. ¿Qué estás haciendo aquí? —El idiota me pasó una mano por los hombros.

—Gusto en verte. Se nota que no puedes dejar de seguirme. —Me acomodó el cabello detrás de la oreja.

—Eres tú quien apareció en nuestro trabajo. —Le di un codazo en las costillas—. ¿Qué sucede?

Mariel cargó a Valeria en brazos, aproximándose más a nosotros.

—Estamos vigilando. —De pronto toda expresión divertida abandonó su rostro.

Seguí su mirada, cientos de cuerpos se interponían entre la salida y nosotros, pero todos estaban disfrutando de la festividad en paz.

El salón de eventos del instituto era lo bastante grande como para que todos pudiéramos convivir espaciosamente. Las columnas, decoradas con miles de detalles a los costados del lugar, y los balcones antiguos, que sobresalían al interior del techo, parecían abandonados, aunque eran buenos puntos de observación.

—¿Vigilando? —La voz baja de Mariel me hizo agudizar todos los sentidos y defensas.

No contaba con ningún tipo de arma más allá de la pequeña navaja suiza abandonada en mi oficina. Ya que el lugar se podía considerar seguro.

—Solo es precaución. —Se escuchaba forzosamente tranquilo—. Hay muchas personas y no queremos que algo salga mal.

Su brazo estaba tenso sobre mí y supe por qué estaba vigilando junto a nosotras. Manteniéndome junto a él. Por Javier.

—Nada va a salir mal. —Me quité de su agarre con dificultad. Al final me dejó ir—. Míralos. —Extendí los brazos—. La ceremonia principal ya terminó y pronto todos se irán a casa. Lo peor que puede pasar es que se roben la vajilla de barro de la madre de algún alumno. —Mariel sonrió, viendo cómo un profesor llevaba de la mano a su madre para que se sirviera otro plato de comida.

—Como dije, es precaución.

Con los ojos en blanco me dirigí a Mariel.

—Vamos a buscar algo de comida. No creo que él... —Lo señalé—. Se mueva de aquí hasta que el jefe lo ordene. —Hice un gesto de despedida, al igual que Mariel.

Cuando nos apartamos, me tomó del brazo.

—Deberíamos irnos... Javier también debe estar aquí.

—Pero tenemos hambre —reproché.

Valeria asintió en sus brazos.

—Sí tengo... —exclamó la pequeña.

Continuó caminando con un bufido.

—Mi vida es difícil cuando ustedes dos se unen en mi contra.

Reí a carcajadas ante su expresión.

—Las ventajas de ser la tía.

Nada sucedió en aquella reunión. Axel se fue sin despedirse. Había sido... raro.

Mariel manejaba con precaución ya que Valeria se había quedado dormida en el asiento trasero del auto.

—Cristian me invitó a salir este fin de semana —soltó de la nada.
—¡Eso es genial! ¿A dónde van a ir?
—A un restaurante nuevo en el centro. Al parecer conoce al dueño y lo invitó a la inauguración.
—Mmm... —Ese feo sentimiento se aferraba a mí de nuevo—. Suena elegante. —Me esforcé por sonar feliz por ella.
Lo estaba, se lo merecía, más que nadie. Y aun así...
—Debo admitir que estoy nerviosa.
—Tranquila. —La tomé del brazo—. Te prestaré uno de mis vestidos y te arreglaremos preciosa.
—¿Vas a cuidarla? —Miró hacia atrás por unos segundos.
—La pregunta me ofende. Claro que yo cuidaré de ella.
Me acomodé en el asiento. Todo iba a estar bien. Si todo salía bien, ella ya tendría un buen respaldo al final.
—Escuché lo que le dijiste... sobre la muerte. ¿Así es como la ves?
Me aseguré de que la pequeña realmente estuviera profundamente dormida, luego me aclaré la garganta para decir:
—No lo sé, tal vez así es como quiero verla.
—Eso explicaría muchas cosas.
—¿Qué cosas? —No me gustaba su tono de voz.
—Que te lances al peligro como si fueras de vacaciones. Solo eso.
—Yo era así, en algún punto había adoptado ese papel, por ambas—. A veces me pregunto si crees en Dios, si le rezas o le pides...
—Mi familia no es muy religiosa. Si hay un Dios en algún lugar, probablemente no se fije en mí ya que jamás me he fijado en él.
No fue una platica alentadora, pero al menos ya habíamos dejado de lado los reproches y las quejas.
—No me va a cerrar.
—¿Cómo no te va a cerrar si eres más delgada que yo? —grité desde afuera del baño.
—¿Y lo usabas en preparatoria?
—Lo usé hace unos meses.
Salió del baño con las manos sobre el pecho para sostener el escote del vestido negro.
—No puedo, ¿tienes otro?

Resoplé y rodeé los ojos, dirigiéndome a mi habitación. Todas las prendas sobre la cama habían sido rechazadas, eran una montaña de telas y colores. Con las manos en la cadera, caminé hacia el armario abierto.

—No recuerdo ningún otro vestido... ¡Oh! —Al final del lugar, una bolsa negra había sido abandonada desde el inicio. Conocía su contenido—. Tengo este.

Retiré el plástico y saqué el atuendo de hermosa tela roja que brillaba bajo la luz de la lámpara. Seda.

—¿Ese es...?

—Sí, pero no importa. —Se lo puse en las manos y la dejé para que se vistiera.

Le quedaba a la perfección. En algún tiempo había sido tan delgada como ella, antes de tener que forzar a mis músculos a existir para sobrevivir.

—¿Estás segura? Es el vestido que te dio Alfonso...

—Ni lo menciones. —La detuve con una mano—. Debí tirarlo hace mucho, si no lo hice tal vez fue para una ocasión como esta.

El vestido le llegaba hasta el inicio de las rodillas, se ceñía perfectamente a su silueta. El escote era un tanto atrevido y se sostenía únicamente por el par de tirantes que se anudaban en los hombros.

—No creo hacerlo —dijo con pavor—. Es demasiado...

—Está bien. El pobre hombre tendrá un infarto y tú podrás sostenerlo entre tus brazos —bromeé para tranquilizarla.

—El día no está tan caluroso. —Pasó las manos por la prenda en repetidas ocasiones, como si intentara acostumbrarse a ella.

—Puedes llevarte mi abrigo nuevo. —Levanté el dedo índice frente a ella—. Deja de poner excusas. Te ves hermosa.

Tragó fuerte y Valeria llegó a nuestro lado.

—Mami, pareces una princesa. —Sonreía de oreja a oreja y le habría creído el cumplido de no ser porque le había advertido que fuera amable mientras Mariel estaba en el baño.

—Gracias corazón. —Le acarició la barbilla—. Aunque dudo que las princesas se vistan tan atrevidas. —Eso fue para mí—. Debes portarte bien mientras no estoy.

—¿Podemos ir al parque?

—Solo si la tía Julia quiere.

La niña me miró bajo esas pestañas rizadas suyas y no pude evitar asentirle. Salió corriendo, satisfecha.

—Ahora el cabello. —La tomé de la mano y la arrastré hasta el asiento frente a mi peinador.

Media hora más tarde salió de la habitación, completamente lista.

El largo cabello le caía en ondas sobre las hombreras del abrigo negro que era tan largo como el vestido. Llevaba una gargantilla de plata que no me convenció del todo.

No, existía un collar mucho mejor, que combinaría a la perfección y llevaría la atención a donde la necesitábamos.

—¿A dónde vas? —Me siguió hasta la mesita junto a mi cama. En la parte de atrás del único cajón que tenía permanecía escondida una pequeña bolsita de cuero café—. ¿Qué es eso?

—Quítate la gargantilla. —Abrí la bolsita y deslicé la cadena hasta la palma de mi mano.

Mariel me hizo caso y la giré para ponerle el collar. El pequeño y llamativo cristal rojizo se deslizó por su clavícula y se mantuvo unos centímetros más abajo.

—¿De dónde salió? —Levantó la joya y observó la letra escrita tras ésta—. ¿Segura que puedo usarlo?

—Queda a la perfección. Sería un crimen no usarlo.

Me alejé para contemplar el resultado. La sonrisa en mi rostro era genuina, pero intenté no observar el collar en su cuello. En su lugar miré los tacones negros, bajos, que decidió usar. Mis zapatos rojos le habían parecido demasiado altos.

—Gracias. —Parecía aliviada y conmovida al verse frente al espejo.

—Ve a atrapar a ese hombre. —Le sonreí en complicidad.

Quedaron de verse en el lugar ya que Cristian dejaría a su hija con un familiar para que la cuidara. Agradecía en silencio que no hubiera pensado en mí para esa tarea.

—Y si algo pasa, no dudes en llamarme, no importa qué, voy a venir corriendo.

—Estoy segura de que sí. —Casi la empujé fuera del departamento para que se marchara—. Y si no vienes a dormir nadie te preguntará por qué.

Antes de que protestara o continuara con su charla sobre los números de emergencia, prácticamente le cerré la puerta en la cara.

Valeria estaba detrás de mí y la miré, alzando las cejas.

—¿Quién quiere ir al parque?

El lugar en cuestión no estaba tan lleno como la última vez que lo había visto. De todos los parques en la ciudad, decidí traerla al que estaba cerca de la cafetería de Amaris, con la excusa de pasar a saludarla. De hecho, lo hicimos, razón por la que ahora yo estaba sentada en una banca bebiendo café caliente.

Valeria iba y venía de los columpios y demás juegos en el lugar.

—¿Tía, crees que pueda ir por el pasamanos? —Tenía mi chamarra blanca fuertemente agarrada entre sus manitas.

—Sí, si yo te ayudo. —Su miedo a las alturas no era tan grande como sus ganas por subir al juego. En eso se parecía a mí.

Me estaba poniendo de pie cuando un gran perro negro se lanzó sobre ella y la tumbó. Me asusté por el grito que dio ante el impacto.

—¡Ah! Deja de lamerme. —Para mi sorpresa, ella estaba riendo.

Me puse de rodillas para tomarla en brazos.

—Muy bien, firulais. Déjala ir. —En vano, intenté retirar al peludo animal. Él solo continuó olfateándola y llenándola de baba—. ¡Es suficiente! —Perdía la paciencia.

—¡Sirio! —El que debía de ser su dueño silbó dos veces, el perro se puso alerta y después se echó a correr por donde venía.

—¿Éstas bien? —Le pregunté mientras la ayudaba a ponerse de pie y le sacudía la ropa.

—Sí, tía —dijo entre risas—. ¿Viste lo enorme que es?

Me giré para enfrentar al dueño, sorprendida al reconocerlo. Gabriel.

—Lo siento. —Sonrió al verla—. Le gustan mucho los niños. —Volví la atención a Valeria. Deseaba que no fuera verdad, que no fuera Gabriel. Pero claro que era él. Vivía cerca y frecuentaba la cafetería—. ¿Están bien? —Ya estaba a mis espaldas—. Ya le puse la correa así que no volverá a pasar.

Tomé la mano de Valeria y me puse de pie, apoyando una mano en la rodilla. Él estaba frente a mí con ropa deportiva en tonos verdes y grises. Sostenía con fuerza la correa del que debía ser Sirio, quien se sentó con la lengua afuera.

—Estamos bien —dije un tanto indignada—. Al menos ella parece estarlo.

¿A caso estaba loca? El tipo literalmente no me había hecho nada malo, incluso se estaba disculpando. Me estaba enojando sin ninguna razón.

—Me alegra verte de nuevo. —Sonrió ampliamente, mostrando los dientes.

—Tía, ¿quién es él? —Tiró de mi mano y señaló a Gabriel.

—Es... —Me incliné a ella, sin respuesta—. Un amigo.

Amigo. No era seguro. Aunque son los amigos quienes te consuelan cuando estás mal, no era el término correcto.

—Me llamo Gabriel. —Se acercó a ella y se sentó sobre sus propios talones para tocarle la cabeza—. Y él es Sirio.

—¡Hola! —Valeria se mostró inmediatamente encantada por él. Eso me molestó—. ¿Quieres venir al pasamanos con nosotras? ¡Lo voy a pasar completo! —Se sonrieron mutuamente.

—¡Claro! —Se incorporó y me observó—. Si a tu tía no le molesta.

Me inspeccionó con la pregunta escrita en su rostro. Yo, que observé todos sus movimientos, me ruboricé un poco antes de apartar la vista.

—No hay problema.

La pequeña me soltó la mano y corrió al juego. La observamos y Gabriel rio cuando ella comenzó a reír.

—Es tu sobrina... —No era una pregunta, más bien una agradable confirmación. Como si hubiera creído lo contrario—. Me alegra un poco que lo sea.

Casi no presté atención a sus palabras cuando Valeria gritó, ya en la cima de los peldaños del pasamanos.

—¡Tía, ayúdame! —No miraba abajo y tenía su brazo estirado para alcanzar la parte de arriba del juego.

Caminé a ella, pero Gabriel llegó primero. La cargó sobre los hombros y al fin pudo alcanzar los pasamanos de la parte de arriba. Una escena tierna, el verlos reír con el perro rodeándolos y siguiéndolos. Lo fue hasta que recordé que para su madre no lo sería. No le agradaba que frecuentara a Gabriel. Enterarse de que el hombre de hecho había conocido a su hija la pondría de malas.

Esperaba que al menos de momento la estuviera pasando bien, comiendo con Cristian y coqueteando en ese deslumbrante vestido rojo.

—¡Tía! —Valeria me abrazó las piernas—. ¿Viste que lo hice? —Apoyó la barbilla en mí para mirarme hacia arriba.

—Te vi. —Acaricié su cabello—. Muy bien hecho.

Gabriel nos observaba con una extraña expresión en su rostro. Permanecimos sentados en una banca mientras Valeria jugaba con Sirio entre los árboles y el césped.

—Creo que se llevan bien —dijo primero, rompiendo el silencio en el que nos instalamos.

—No sabía que tenías un perro. —Me comí las palabras: «*no lo vi en tu departamento*».

—Estaba con unos amigos. Lo he traído a conocer otros lugares.

Sus amigos, seguramente eran Calpián de sangre, como él.

—Ya veo —susurré y crucé las piernas ante el frío de la tarde.

—Ella debe de ser hija de tu amiga... La escuché cuando fui a tu casa.

Cuando me desmayé.

—Sí. Es una gran madre.

A veces también era como una madre para mí.

—¿Cómo terminaron viviendo juntas?

Yo seguí mirando al frente, a esa preciosa luz que tanto protegía.

—Por el trabajo. —Mas bien dicho, por culpa del trabajo—. Es una ventaja estratégica. —Me encogí de hombros—. Es difícil vivir sola hoy en día.

Creo que entendió mi resistencia a dar detalles porque no preguntó nada más. El celular de Gabriel comenzó a sonar en el bolsillo en su pantalón y observó la pantalla con una mueca.

—Dame un segundo —me dijo al responder—. ¿Qué sucede?

No escuché muy bien lo que la otra persona respondió, pero pude detectar la voz de una mujer. Gabriel se puso de pie y se alejó un poco al percatarse de lo alto que sonaba su conversación.

Volvió con resignación.

—¿Todo bien? —reí nerviosa—. Te ves mal.

—Me tengo que ir. —Se rascó la barbilla—. Me están buscando. —Levantó el aparato como si fuera obvio. No lo era para mí—. Me temo que tendrás que seguir buscando sin mí, voy a tener que salir de la ciudad por algunos días. —Eso en su voz era verdadera lástima—. Te veré al volver, ¿de acuerdo?

Llamó a su mascota y se despidió de Valeria con una mano.

—¿Es una amenaza? —No sabía cómo reaccionar a la promesa de su ausencia. Confundida, levanté la mano para imitar su gesto de despedida, sacudiéndola tres veces. Él la tomó y se acercó a mí para besar mi mejilla, sonriente.

—Cuídate mucho. —Un susurro cálido.

Comenzó a correr junto a Sirio y los dos se alejaron al extremo opuesto del parque. Una sensación extraña me consumió al verlo marcharse. Anhelo.

Volvimos completamente exhaustas. Y todo empeoró cuando vimos que el elevador estaba descompuesto, de nuevo. Valeria subió las escaleras de tres pisos, pero tuve que cargarla para subir el resto.

Estaba sacando la llave. Y cuando intenté abrir la puerta me di cuenta de que, de hecho, no estaba cerrada.

—Creo que a tu mamá no le fue tan bien —susurré mientras abría la puerta.

El lugar estaba hundido en las penumbras. No había nadie en casa.

—¿Dónde está? —Valeria se dirigió a su habitación, pero no había nadie.

—Tal vez olvidé cerrar. Ve a cambiarte para que cenemos algo. —Ella asintió frenéticamente y desapareció en su habitación.

Yo hice lo mismo. Pero ese lugar no estaba solo.

Sentado en la cama, con las manos juntas entre las piernas, Javier observaba el suelo con determinación.

—¿Tuviste un lindo paseo? —preguntó con voz ronca—. Te esperé por mucho tiempo.

Tragué saliva y cerré la puerta por puro instinto. No quería, pero tampoco deseaba que se acercara a Valeria.

—¿Cómo entraste? —Me sentí tensa al hablar.

—Yo les di este lugar, ¿lo olvidaste? —Levantó la cabeza. Sus ojos eran dos sombríos orbes negros —. Tengo una llave para cada cerradura de este lugar.

—¿Qué? —Estaba roja de la furia. Pero me enfrié cuando se puso de pie, de golpe, y caminó hasta mí.

—Así que si crees... —golpeó la puerta con los puños, encerrándome entre sus brazos, acorralándome entre con su cuerpo—...que te puedes esconder de mí en este o en cualquier lugar, deja que te corrija. No puedes.

—¿Qué quieres? —Intenté sonar tranquila o segura. No logré ninguna.

—Tú me perteneces. —Hubo dolor en esas palabras—. Irás conmigo a donde yo te diga. —Se acercó hasta que su boca besó mi cien y después habló en mi oído—. O me la llevaré a ella. —Me estremecí ante la amenaza.

—No lo harías. —Sonó como un reto, asi que me retracté por tentarlo—. No lo hagas... —supliqué.

Se apartó y me besó con fuerza. Distinguí el alcohol en mi lengua cuando abrí la boca por la sorpresa y él lo vio como una invitación.

Mi respiración se volvió irregular y él lo sintió, ya que puso una mano sobre mi cadera y alejó su boca de la mía.

—Voy a venir por ti en una semana. —Me besó el cuello—. Vas a estar aquí y te vas a poner la ropa que te envíe. Será una sorpresa de compromiso.

Compromiso. ¿Compromiso?

Me movió con ambas manos y salió por la puerta. Lo seguí inconscientemente.

Valeria estuvo ahí en un momento y él se acercó a ella para tocarle un hombro. La mirada asustada de *mi* pequeña, como si recordara la primera vez que había conocido a ese hombre, me hizo entender directamente de lo que él era capaz.

Como ella se encogió ante su tacto, Javier se mostró satisfecho. Y se fue. Valeria corrió para abrazarme en un acto reflejo y la atrapé entre mis brazos.

—Tranquila. —Ella temblaba—. Ya se fue. —¿O era yo? —. Se fue.

De nuevo no dormí. Observé el pequeño cuerpo de Valeria a mi lado, su respiración era lenta y tranquilizadora. Amortiguadora de mis peores pensamientos.

Pensé en todas las veces en que Javier había sido amable conmigo, cuando reía conmigo y me dejaba salirme con la mía. No quedaba nada de eso. No podía decir que desconocía al hombre que se había presentado ante mí ese día. Actuó así inicialmente, cuando Mariel y yo entramos a su círculo de trabajadores.

Ahora solo estaba el hombre con un deseo, un heredero. Algo que yo no podía darle. Tenía que ser eso, no encontraba explicación a su comportamiento.

Casarme con Javier. En última instancia, ¿podía ser un futuro para mí? ¿Si nos casábamos, él volvería a ser el de antes? El hombre con el que finalmente había decidido salir. Después de todo lo que me había hecho ¿era suficiente para mí casarme con él?

Tampoco era capaz de imaginar matarlo para arrancarme sus malditas garras de la piel.

Me dolía la cabeza de tanto pensarlo. De tanto recordar su amenaza. Cada asqueroso momento volvía a mí como un yoyo. El beso, la cercanía, el enojo, el dolor. Solo deseaba encontrar una escapatoria y rápido.

CAPÍTULO 12: COMPROMISO

Hacía tiempo que no me sentía tan impotente. Había tenido miedo en el pasado: lo sentí cuando estreché la mano de Javier para cerrar el trato, cuando mi primera misión terminó en una pelea con un arma y, sobre todo, lo sentí cuando tuve que decidir la manera en la que quería sobrevivir. Pero siempre... siempre encontraba la manera de actuar aun con esa carga en mi espalda. No me detenía, me había prometido no detenerme hasta el final. Comenzar a incumplir esa promesa no era lo ideal, no cuando se había presentado en *mi casa*, asustó a *mi sobrina* y amenazó a las personas que tanto amaba.

—Julia. —Dos pares de ojos curiosos me observaron en el desayuno—. ¿Estás escuchándome? —Mariel abandonó su taza de café y Valeria continuó comiendo.

—Sí, perdón. —Me enderecé para estirar un poco la espalda. Me había perdido en mis pensamientos por el tiempo suficiente como para no seguir el hilo de su historia—. Continúa.

La incité con una mano mientras respiraba con fuerza.

—Bueno. Como decía, creo que fue lo mejor. Me la pasé muy bien de todas maneras. —Sonreía como una tonta, una tonta enamorada. Me encantaba verla así.

—¿Y qué fue lo que pasó? —Jugué con el tenedor.

—¡Sabía que no estabas prestándome atención! —Me dio pequeños golpes con la mano.

—Lo siento. —Puse mi mirada más inocente.

—Me dejaron plantada.

—¿QUÉ? —Me puse de pie con brusquedad—. ¡Ese maldito! —Cubrió los oídos de Valeria mientras yo me alejaba de la mesa—. Le doy la oportunidad que tanto ha estado buscando y te deja sola... Me va a escuchar.

Se apresuró a tomarme del brazo.

—Y dije que fue lo mejor.

Me reconfortó ver esa expresión suya, era genuina.

—¿Cómo? —Volví a sentarme, confundida y enojada.

—Te conté lo del hombre. Aidan. El que conocí el otro día en el bar...

En el intento fallido de Gabriel por obtener algo más sobre el caso. Recordaba verla platicar con algún hombre, pero su rostro y aspecto eran una mancha borrosa en mi memoria.

—Ah. —Fingí entenderlo.

—Él estaba ahí buscando a alguien que también lo dejó solo, así que me acompañó. Fue... divertido. —Y algo más, dado que llegó a casa a muy altas horas de la madrugada.

La forma en que tenía la mirada en la nada me dijo que se encontraba recordando su noche especial.

—Me alegra que de todas formas la hayas pasado bien.

No me daba buena espina que se anduviera encontrando con desconocidos, aunque yo no era el mejor ejemplo del mundo para refutar esa actitud. Al menos ella lo había conocido en un bar como las personas normales.

—Es muy inteligente, pero es divertido. En una combinación muy extraña.

—Mami, ¿ya tienes novio? —Sin duda no tenía idea del significado correcto de la palabra.

Si la conocía era debido a mi relación con Javier. ¿Creería ella que todas las relaciones eran así? Estaba dándole un mal ejemplo y el pensarlo me revolvió el estómago.

—No, mi vida, es un amigo.

—¿No te vas a casar con el papá de Ana para que seamos hermanas? —Casi escupo el café sobre la mesa.

—Valeria, tú y Ana ya son como hermanas. —Me adelanté ya que mi amiga pareció quedarse sin palabras.

—No quiero un papá. —Mariel y yo nos miramos, extrañadas por el ultimátum—. Así estamos bien.

—¿Por qué lo dices?

El silencio de Mariel me hizo ver que no estaba lista para tener esa conversación con su hija.

—Cuando las mamás se vuelven a casar se olvidan de sus hijos. —Estaba casi llorando—. Lo vi en la tele.

Mariel se apresuró a abrazarla.

—Te prometo que yo nunca me olvidaré de ti. Además, no voy a casarme, ¿de acuerdo?

La niña asintió, pero no dejó de llorar en un buen rato. No era el momento apropiado y aun así tuve que decirlo:

—Javier vendrá por mí en unos días... — No sabía con exactitud cómo terminar esa oración.

—No. — No me agradó el tono de su voz, pero la comprendía.

—Él no me dejará en paz si me niego.

Agaché la cabeza, sentía tanta lástima por mí que me dio miedo ver su reacción, pero la vi.

Todas las emociones en mi rostro llevaron a Mariel a visualizar lo ocurrido sin que yo tuviera que explicarlo.

—No quiero que te le acerques más, tienes que alejarte de él. Por tu bien. —Me sostuvo la mano en señal de paz.

Me gustaría decir que era capaz de alejarme de él en el momento que yo lo deseara, pero no era así, este juego del jefe poderoso y la empleada sumisa era adictivo y, por alguna razón, cada vez me hundía más.

Me llevó a un hotel muy lujoso en el centro y me hizo vestir una prenda larga, blanca y sencilla para la ocasión. Era un vestido hermoso, se ajustaba a mi cintura y luego caía con elegancia a mi alrededor. El escote era demasiado hasta para mí. Adornos de hermoso encaje me cubrían los hombros y la espalda. Tenía el cabello recogido en un moño en la nuca y sujetado con peinetas decoradas con perlas.

Frente al enorme espejo, quise llorar por el pánico. Me veía como una novia en el día de su boda. Lo que planeara en ese momento me mantenía intranquila.

La mujer que me ayudó a arreglarme guardaba sus cosas cuando me acerqué a ella.

—¿Sabes a dónde me están llevando?

Su mirada era severa, llena de disgusto.

—No lo sé. Solo me pagaron por maquillarla y peinarla. Me comentaron que era una boda. —Siguió con su labor como si no se tratara de la gran cosa.

Boda. ¿Mi boda? Un pánico terrible me sacudió el cuerpo. Como si el vestido vibrara con repulsión ante la palabra.

Me dejó sola después de eso.

—¡Te ves hermosa! —Javier entró en la habitación y me tendió el brazo para guiarme—. Nos están esperando.

Vomitaría, aquí mismo, sobre la hermosa tela blanca. Él estaba vestido en un elegante traje negro con un moño en la camisa blanca. Se veía realmente apuesto con ese peinado y la luz en sus ojos. Muy diferente a la oscuridad que los había acompañado en su amenaza.

Lo tomé del brazo y salimos juntos de la habitación. Convenciéndome para estar tranquila, respiré con fuerza para poder hablar.

—¿Qué estás haciendo? —pregunté por lo bajo, temerosa de ser reprendida.

Al descender las escaleras del lugar, llegamos a un espacio lleno de personas en ropas elegantes que nos miraron con recelo. Agradecí no reconocer a nadie. El lugar estaba decorado con flores blancas y rosas rojas. No saludamos a nadie ni nos detuvimos ante ellos. Nos dirigimos a una habitación conjunta. Los murmullos quedaron distantes.

—Es una sorpresa. —Me tomó la mano izquierda y colocó un anillo en ella—. De compromiso.

Tres diamantes coronaban la joya de oro y los detalles pequeños me hicieron saber que era un anillo familiar. Quedé inmóvil al contemplar la majestuosidad de la joya.

Entramos en la habitación igualmente decorada y caminamos al interior. No tuve tiempo de soltarme de su agarre o de esconder mi mano cuando vi a Vivian y Alfonso sentados uno junto al otro riendo y conversando. O lo hacían hasta que nos vieron.

—¿Qué hiciste? —susurré sin aliento.

No se comparaba ni con las más horrendas y sangrientas pesadillas que tuviera en mi vida. Ni se comparaba con los más desfigurados cadáveres que hubiera inspeccionado o fotografiado. Esta escena, este momento, era mucho peor, por dramático que sonara.

Esta pareja, que ahora era feliz y acababa de unirse para siempre, me recordó inmediatamente el daño que me hicieron. Que *nos* hicieron.

—¡Alfonso! Felicidades por tu matrimonio. —Mi acompañante los saludó con una sonrisa brillante.

Vivian se quedó helada al observarme. No mi presencia, mi vestido. La prenda era sencilla, pero resultaba verse mucho más fina que su vestido de novia. Su disgusto me reconfortó un poco, si deseaba algo era hacerla sufrir como ella me había obligado a hacerlo.

—Javier... Qué bueno que llegaste. —El hombre, que de hecho también me observó confundido, se acercó a nosotros.

Javier me soltó la mano y caminó hasta él para entregarle un sobre.

—Un regalo de mi dama. Me alegra que sean los primeros en saber que nos comprometimos.

La mirada de ambos fue directo al anillo en mi mano y sentí la necesidad de arrancarme el dedo.

—Felicidades. —La sonrisa fingida de la novia contenía tanta envidia en ese momento que sonreí para ella.

—Gracias. —Sin modestia, sin timidez y realmente sin placer.

—Ahora podemos dejar el pasado atrás. —Se apresuró Alfonso, vi temor en sus ojos y después un tatuaje que se asomaba por el cuello de su camisa—. Yo estoy casado y tú, comprometida. —Me tomó de la mano y la retiré enseguida—. Ya puedes perdonarme. —No sonaba como una petición, sino como pregunta.

Retuve las lágrimas. No lloraba por él, nunca más lloraría por él.

—Nunca —susurré con voz ronca.

¿Dejar el pasado atrás? Yo nunca lo haría. Esa pesadilla me perseguía constantemente.

Javier lo apartó de mí y me sostuvo por la espalda.

—Ya la escuchaste. —Su tono firme era amenazador—. Ve y disfruta de tu fiesta.

Alfonso lo observó asustado.

No deseaba mi perdón y que olvidara el pasado. Deseaba que mi posible futuro junto a Javier no se convirtiera en una molestia para él.

Salimos de la habitación. La recepción junto a las escaleras estaba vacía. Al parecer todos habían sido llevados a un salón y estuvimos solos.

Me sentía estúpida, o enferma, enfrentarme a ellos en esta situación, verlos unidos, felices sobre las piezas rotas de mi corazón, era un golpe demasiado fuerte. Por más que yo estuviera dispuesta a superar el pasado, a olvidarlo simplemente por sanar, no los perdonaría por dañar a un inocente.

Me faltaba el aire, así que empujé a Javier lejos de mí. Lo quería lejos y varios metros bajo tierra.

—¿Por qué? —Esta vez mis lagrimas corrieron libres—. ¿Cómo pudiste? —Me llevé las manos al pecho, como un reflejo de mi incontrolable respiración—. No debiste traerme aquí. —Me abracé a mí misma para calmarme. No podía, respiraba frenéticamente y aun así el aire no llegaba a mis pulmones.

—No finjas que no lo disfrutaste. —Me tomó de los hombros—. Vi cómo sonreíste ante ellos, te sentías superior a ellos.

Me alejé torpemente y tropecé al pisar el vestido. Quiso ayudarme a ponerme de pie y solo me alejé usando mis piernas.

—No lo disfruté más de lo que lo odié. —Me puse de pie y me quité el anillo con furia—. ¿Nos comprometimos? No esperes que algún día me case contigo. —Se lo arrojé a la cara. No intentó atraparlo—. Tú sabes... más que nadie tú sabes... —Lo señalé con un dedo. No es que le hubiera tenido fe en el pasado, pero me sentía realmente traicionada—. Sabes lo que me obligaron a hacer, lo que tuve que hacer... Lo que dejé ir para continuar adelante. Verlos juntos simplemente me hace revivirlo. Ver que ganaron al estar juntos solo me hace sentir miserable.

—Ellos no han ganado. Si te casas conmigo...

—¿Para qué? ¿Para seguir viendo la cara del hombre por el resulté herida? ¿Para contemplar en primera fila cómo hacen su vida después de que casi pierdo la mía? —Los reclamos salían sin parar por mi boca, ya no podía contenerme.

—Julia. —Su expresión no cambió, era severo, firme a su postura.

—¡No! Se terminó. No me importa lo mucho que digas que vas a ir detrás de mí. Se terminó para mí. Voy a terminar tu estúpido trabajo y no quiero saber más de ti. ¡Es todo!

—Eso es lo que piensas. —Se dio la vuelta y regresó por donde habíamos llegado. Me había metido en este ridículo teatro solo para abandonarme. Como un cobarde.

—¡Si vas por Mariel o por su hija juro que te mataré! — grité, pero no dejó de darme la espalda. Aunque estaba segura de que me había escuchado.

Me las arreglé par aponerme de pie y salir por el primer pasillo que se me puso enfrente. Cuando logré llegar hasta la calle me quité las peinetas de la cabeza y las arrojé a uno de los pequeños jardines que decoraban la entrada del hotel. No tenía mis cosas conmigo, había dejado mi celular personal en casa y la cartera en la habitación del hotel. Así que caminé. Por horas hasta que el sol descendió sobre los edificios.

Porque yo nunca podría ser madre, tener un hijo y una familia. Fue la estupidez de Alfonso o su orgullo, los que me pusieron en peligro en la que había sido nuestra última misión juntos. La herida fue tan profunda, mi cuerpo no lo resistió y perdí el embarazo. Junto con la oportunidad de intentarlo de nuevo. Y aun así... aun así yo había pensado que era lo correcto, que esa era la forma en que debían ser las cosas. Yo no tendría al hijo del hombre que me había humillado y abandonado. Y no tendría que pasar por algo parecido de nuevo.

Cuando mis pies parecían no poder más, finalmente llegué con Amaris. Aún estaba abierto y algunos clientes dejaron sus charlas para observarme. Ella se apresuró a encontrarme.

—¿Julia? —La alarma en su voz me asustó un poco. Yo estaba tan perdida en mis pensamientos que era fácil ignorar el entorno en el que me encontraba.

—Voy a pasar al baño... —No podía explicarle, no todavía. Primero quería lavarme la cara.

Me sentía un tanto ausente de la realidad, la calma que ahora me recorría era falsa o simplemente una consecuencia de la ansiedad que había sentido antes.

Era peor de lo que imaginaba. En algún punto me tallé los ojos y ahora estos estaban rodeados por un aro negro. Me lavé infinitas veces hasta quedar lo más limpia posible y volví a la cafetería, donde Amaris ya tenía una infusión para mí.

—Sube a mi habitación y busca algo de ropa... Puedes quedarte si lo necesitas.

Me senté junto a ella, pero no necesitaba té de manzanilla, necesitaba un trago, o dos, o mil. Me puso su suéter sobre los hombros y me acercó la taza. Una risa familiar llegó a mis oídos y vi cómo Gabriel entraba al lugar, pero estaba acompañado. Una hermosa mujer de piel morena y ojos grandes se aferraba a su brazo en una estrepitosa risa. Inmediatamente pensé en el labial en su auto.

Sonrió al verme y aparté la vista. Apenada por mi aspecto, confundida al verlo con una mujer. ¿Ella era la razón por la que había abandonado el parque con prisa?

—Tengo que irme. —Le di un apretón a mi amiga y salí por la puerta. Sin mirarlos, a ninguno de ellos.

Me estaba asfixiando, necesitaba un lugar donde... esconderme. Era cobarde y estúpido y muchas otras cosas, pero era lo único que podía hacer.

La brisa otoñal no era suficiente. Mi departamento no sería suficiente.

Caminé con rapidez durante muchas cuadras y avenidas, con los zapatos en la mano. Me perdí. No reconocía esa parte de la ciudad, se veía igual a todo y diferente al mismo tiempo, eso no hizo que me detuviera.

Me coloqué el suéter de Amaris con cuidado, pasé los brazos por las mangas y sentí algo al meter las manos en los bolsillos. Dinero. Era el suficiente para volver a casa. Y también para tomar un trago.

En esa zona encontré algunos bares y entré en el que se veía más decente. No quería llegar a casa, no con ese aspecto. No quería volver a la cafetería con Gabriel ahí.

«*Solo unas horas*», me prometí. «*Solo un trago*», mentí.

Jugué con la botella, racionando el contenido. Un hombre que se veía realmente más joven que yo se sentó junto a mí en la mesa más alejada del lugar. Colocó dos botellas más y sonrió de manera engreída.

—¿Por qué tan sola? ¿Puedo invitarte un trago? —habló por sobre la música.

Sin responder, bebí lo último de mi cerveza y tomé la que él me ofrecía.

—Gracias. —No solía aceptar ese tipo de cosas, pero hoy...

Se inclinó hacia mí y después observó mi ropa.

—¿Te escapaste de tu boda? —masculló antes de beber.

—Algo así. —Tomé con fuerza la botella, intentando no apresurarme—. Escapé de una boda.

El chico levantó la mano y un mesero se acercó. No escuché la conversación, aunque sospeché de lo que se había tratado cuando el camarero volvió con una botella de algo caro y dos copas.

—Entonces hay que brindar por ello.

Una mujer caminaba con decisión hasta el final, hasta la orilla. Con la carne temblorosa y erizada. Con los pies descalzos, sucios y sangrantes. La ropa hecha pedazos donde sus heridas se abrían paso entre la tela.

«*No lo hagas*».

Sus intenciones eran claras cuando observó con la cabeza inclinada hacia abajo. El río era profundo y una guerra se desataba donde la tormenta provocaba que las olas chocaran con las afiladas rocas. Con cada rayo, un paso más; con cada estruendo, un latido menos. Y al final contuvo el aliento, antes de arrojarse a la que consideró su única salvación.

La noche me abrazó con un tipo diferente de sueño. Yo flotaba sobre enormes acantilados y mi alma era llevada tranquilamente a un lugar menos ruidoso.

Una puerta se abrió y cerró con extrema lentitud.

Desperté con el sonido de una licuadora. Estiré el cuerpo bajo las cálidas cobijas que me cubrían, con el peor dolor de cabeza del mundo. Mundo que se detuvo cuando me percaté del pesado brazo que descansaba sobre mi abdomen.

Escuché su respiración a mis espaldas y recordé a aquel joven en el bar. Me mordí el interior del labio con fuerza. No había pasado, ¿o sí? Era muy joven y yo llevaba un vestido de novia. Solo que ahora no lo tenía puesto. Una bata gris me cubría en su lugar.

De hecho, mi cabeza se encontraba recargada sobre su otro brazo. Descubrimiento que me hizo pensar lo peor. A regañadientes, me obligué a mirar sobre el hombro y la nueva imagen me rompió y reacomodó todas las piezas en diferente lugar.

Con los ojos cerrados y la respiración tranquila, era Gabriel quien se encontraba en la cama junto a mí. Volví la vista al frente. ¿En qué momento me había cruzado nuevamente con ese hombre? No recordaba haberlo visto en el bar, ni nada después de varios tragos de bebidas diferentes. ¿Y qué diablos hacíamos los dos metidos en la misma cama?

Intenté retirarme, pero sus brazos se aferraron a mí y me atrajo a él con firmeza. Estaba despierto.

—¿Te vas tan pronto? Aún no me recupero de los golpes que me diste en la madrugada —dijo entre suspiros pesados y soñolientos.

Moví el cuerpo entre sus brazos para quedar frente a él. Era atractivo por la mañana, con los ojos entrecerrados, unas lindas líneas se marcaban bajo ellos, y el cabello totalmente desordenado, contrastando con el blanco de las almohadas.

—¿Te golpeé? —dije, un tanto ronca e incrédula de su acusación.

—Sí. —Sonaba tan dormido—. Por todas partes, aún me duele.

—Lo siento. —Estaba buscando una excusa para mi comportamiento. No la tenía.

—Eres *tan* tierna cuando estás ebria —Se acercó hasta que su nariz toco la mía y un calor extraño subió a mis mejillas.

—¿De verdad? —Mi voz era baja debido a su cercanía.

—No. —Se rio bajo y ronco—. Eres muy rezongona, enojona, explosiva... pero todo eso es *tan* tierno para mí. —Pareció más despierto cuando abrió los ojos de golpe y el verde en ellos era tan vibrante a esa distancia—. Coqueteabas con ese imbécil. Te dije que sería tu olvido. En tu mente voy a estar solo yo.

Me quedé sin aliento. Y cuando él cerró los ojos nuevamente, yo hice lo mismo. Dejé que su respiración me arrullara.

La segunda vez que desperté, me encontré acostada sobre su pecho. El algodón de su playera era suabe en mi mejilla. Mi cabeza subía y bajaba al ritmo de su respiración.

Sentí cómo sus enormes y cálidas manos subían hasta mi rostro para levantarlo, para que pudiera verme a los ojos. Me cubrí la boca con los nudillos de mi mano.

—Pesas un millón de kilos —susurró en mi frente.

—¿Acabas de llamarme gorda? —Quería sonar ofendida pero no podía dejar de reír y él tampoco, al parecer.

—Me encanta tener tu peso sobre mi... —Esas palabras hicieron que la situación subiera de tono, se calentara. Lo noté en su mirada, cuando el verde se oscureció en un tono esmeralda. Pero no era deseo, más bien parecía anhelo. Tomó la mano con la que yo cubría mi boca y la retiró. Aflojé los labios. Comenzó a acercar su rostro, pero dudó. En el último instante lo noté indeciso. Así que me levanté para avanzar ese último centímetro entre nosotros. Besé sus labios con calma, con lentitud. Mi corazón dio un salto cuando él respondió con la misma calma exploratoria, saboreándome como yo a él. Sentí su sonrisa en mis labios y abrí los ojos mientras me retiraba lentamente. Abrió los ojos también, observándome distante—. ¿Qué me estás haciendo?

Dejó un beso en la parte alta de mi frente, un beso largo. Pude sentir la humedad de sus labios sobre mi carne, suaves y cálidos.

¿Qué me estaba haciendo él a mí? Estaba perdiendo el foco. Tenía una misión y un propósito, y él me hacía perder el tiempo con estas cosas y yo caía en ellas. ¿Estaba cayendo en mis propias trampas en lugar de atraparlo a él?

—¿Dónde estamos? —Me alejé lo suficiente para observarlo—. ¿Qué pasó?

—Te encontré en el bar, con ese idiota sobre ti. Intenté llevarte a casa y tu... estabas muy agresiva. —Apartó la mirada, como si recordara lo realmente mal que había estado—. Quería llevarte a casa, pero me rogaste que no lo hiciera y me quitaste las llaves del auto.

—¿Qué? —La escena se filtró en mi cabeza, demasiado borrosa para verla con claridad.

—No importa, mandé a alguien por él cuándo te traje aquí. —Volvió a mirarme—. Este lugar me pareció mejor. Esta casa... de algún modo también es mía.

También. No era su departamento, lo noté de inmediato. El lugar estaba repleto de cosas y todo parecía más hogareño que aquel vacío lugar al que llamaba casa.

—¿Y mi ropa? —Encogí los dedos de los pies con nerviosismo.

—Vomitaste sobre tu vestido y... —Fruncí el ceño—. No me mires así. Tranquila, te lo quitaste sola. Aunque la bata tuve que ponértela yo.

Aquello me relajó y me avergonzó en partes iguales.

—Lo siento. —Mi voz seguía sonando ronca.

Escondí la cara entre su pecho y él comenzó a acariciarme la cabeza, tranquilizándome.

—No importa.

El tono bajo de su voz me lastimaba. Pensar que sentía lástima por mí me hizo querer preguntar:

—¿Qué tanto sabes? —Quería saberlo también, para comprender sus acciones.

Tragó con fuerza y detuvo su caricia para abrazarme de la cintura.

—Mencionaste la boda de tu ex y que querías matar a tu novio.

—Ya no es mi novio —lo corregí rápidamente—. ¿No hay un sofá en esta casa para ti? —dije sin levantar el rostro.

—No me dejabas ir y yo... yo quería quedarme a tu lado.

Permanecimos escuchando la respiración del otro por varios minutos. Me sentía en completa paz mientras escuchaba los latidos de su corazón. Primero un tamborileo desenfrenado que poco a poco se convertía en una sinfonía lenta. Ayer había sido como un torbellino y hoy era como un día soleado.

—¿Tienes hambre? —Su voz era grave.

—¿Pasta? —pregunté en su pecho.

Su risa hizo que me estremeciera con el retumbar de su cuerpo.

—Estoy seguro de que no es pasta. —Me retiré para que pudiera incorporarse. Protestó un poco antes de hacerlo también—. Te traeré algo de ropa.

Caminó al enorme armario y deslizó una de las puertas a un lado. Lanzó sobre la cama una de sus playeras y pantalones deportivos.

—Gracias.

Tomé las prendas con decisión. Me quedaban grandes, pero eran cómodas. No tuve miedo de vestirme frente a él, pero Gabriel tuvo la iniciativa de darme la espalda.

—Vamos. Te presentaré a los chicos. —Me sonrió cuando me puse de pie.

—¿Chicos? —Recordé el sonido de la licuadora. Claro que había más personas en esa casa.

—Cuatro payasos que tengo como compañeros.

Para mi sorpresa, me tomó de la mano al llevarme fuera de la habitación.

La casa era muy bonita. Las paredes de color ladrillo combinaban bien con las cortinas y las alfombras. Dos hombres estaban sentados frente al televisor, le gritaban a la pantalla cada vez que el balón iba en la dirección equivocada.

—Esos dos son... Kaede y el más joven es Esteban. —Los señaló a cada uno con la mano y los chicos apartaron su atención del partido.

Kaede, de piel más morena, me analizó con la frente arrugada. Esteban, de cabello muy corto y piel más rojiza, me sonrió.

—¡Un gusto conocerte! —Esteban se puso de pie y llegó hasta mi para estrecharme la mano.

—Ella es Julia —continuó Gabriel.

—¿Julia? —Desde lo que parecía la cocina, aquella mujer de piel morena con la que Gabriel había entrado a la cafetería me sonrió. Llevaba una espátula en la mano derecha—. Así que te escabulliste aquí anoche. ¿Te sientes mejor? —Su voz era aguda pero clara.

—Sí, gracias. —La saludé con la mano.

—Ella es Izel, hermana de Kaede.

—Un gusto. —Estaba realmente nerviosa con tantos pares de ojos sobre mí.

Luego todos dirigieron su atención al hombre que entró por la puerta principal y cargaba con dos enormes bolsas.

—¡Está frío afuera! —Dejó caer las bolsas en el suelo y se quitó la chaqueta. Finalmente, puso los ojos sobre mí.

—Y él es Teodoro... Teo. Es el esposo de Izel. —Gabriel se veía calmado en comparación al torrente de emociones que nos rodeaba—. Teo, ella es Julia.

Izel me arrastró a la cocina y, entre ella y Teo, comenzamos a preparar la comida. Mi tarea era simple: picar la verdura. Teo era algo así como el encargado, ya que mandaba personas de aquí para allá. Gabriel y Esteban sacaron las cosas de las bolsas y Kaede siguió sentado frente al televisor.

—¿A qué te dedicas, Julia? —preguntó Teo, poniendo más papas sobre mi tabla de picar.

—Soy... desempleada por el momento. —Pronto sería verdad.

—Necesitamos ayuda en el taller, por si te interesa. —Izel le dio un golpe en las costillas y él le besó la mejilla—. ¿Qué? Tal vez le gusta la carpintería. —Miré a Gabriel que sonreía mientras ponía varias latas en la alacena.

—Que esté desempleada no quiere decir que no haya algo que quiera hacer. —Izel me guiñó un ojo con complicidad—. ¿Qué edad tienes?

—Veinticinco. —Me corté un poco con el cuchillo, pero escondí la evidencia y continué con mi labor—. ¿Y tú?

—Veintiocho. —Me quitó las verduras y las puso en un sartén mientras me pasaba las zanahorias—. Esteban tiene veinte y esos vejestorios tienen treinta. —Señaló a su esposo y a Gabriel.

—Yo apenas cumplo veintinueve —le replicó Gabriel, indignado.

—Ah, una disculpa. No sabía que un año y como cinco días hicieran gran diferencia.

—¿Cumples años en cinco días? —pregunté, lavando las zanahorias.

Una sartén chilló cuando Teo dejó caer varias tortillas rojas sobre ella para dorarlas.

—El veinticuatro de noviembre, no estoy contando los días. —Soltó una risa un tanto amarga.

—Muy bien, si no tienen una tarea aquí, por favor salgan de *mi* cocina —indicó el encargado.

Llenos de protestas y quejas, Gabriel y Esteban se fueron a sentar a la sala.

—Trátenla bien —los amenazó Gabriel.

Unos momentos más tarde, fue Kaede quien rondó a mi lado.

—No puedo leerte. Tienes una protección en el tobillo. —Señaló el amuleto color rojo en mi pie y sentí la necesidad de esconderlo tras el otro, dentro de las enormes pantuflas que Gabriel me había prestado—. ¿Qué estás escondiendo?

—¿Leerme? —Me inspeccionaba como a un libro.

—Quiere decir que no puede identificar anomalías en tu esencia. Es lo que hace, él ve cosas en las personas —explicó Izel, alejándome de su hermano—. Ese es nuestro don. Vemos lo mejor y lo peor en las personas. —Lo señaló primero y después a sí misma—. La protección que tienes te la dio la mujer en la cafetería, ¿verdad? Puedo detectar su esencia en ella.

—Sí, dijo que no quería *leer* a las personas cercanas a ella. Me lo dio por eso. —Miré a Kaede, quien se perdió en su mente por un instante que aproveché para entregar las zanahorias y salir de la cocina.

—No te sientas mal. Mi gemelo es muy obstinado y a veces reservado. Le agradarás con el tiempo. —Con el tiempo, si es que pasaba el suficiente con ellos para eso.

Me senté en un sofá junto a Gabriel y él me tomó la mano al ver el corte en mi dedo índice.

—Te traeré algo. —Quiso ponerse de pie, pero lo detuve.

—Estoy bien, no es profundo. —Me acerqué más para susurrarle—: No quiero que me dejes sola.

Sonrió y me abrazó por los hombros. Kaede volvió cuando el comentarista del juego gritó.

—¡Gol! —Esteban se puso de pie con las manos en alto—. ¡Me debes quinientos! —Señaló a Kaede con diversión.

—¡Mierda! —Kaede se acercó al televisor y observó el espacio que marcaba los minutos que faltaban —. Aún hay tiempo, solo necesitamos que el maldito árbitro deje de venderse.

El más joven rio ante sus reclamos, se sujetaba el estómago con fuerza y las carcajadas inundaron el espacio.

—Vamos a comer o todo se va a enfriar. —Izel prácticamente se llevó a su gemelo de una oreja.

Una mezcla interesante: los gemelos videntes, los tres Calpián de sangre y una Calpián de herencia. Si le contara a Mariel seguramente se reiría. Aunque no era la mezcla de personas más extraña con la que me había encontrado.

—¿Cómo se conocieron? —La curiosidad de Teo era admirable.

—La verdad fue un encuentro memorable —comenzó Gabriel y le supliqué con la mirada que no fuera a decir la verdad—. Fue en esa cafetería, ¿cómo se llama? —me preguntó.

—Luz de luna. —Nadie sabía que tenía nombre, ya que Amaris nunca lo había pintado, ni puesto ningún letrero. Sin embargo, alguna vez me dijo que ese era el nombre del lugar.

—Ya veo. —Teo tomaba la mano de su esposa al comer, como si no pudiera resistirse a tocarla.

—¿Cómo se conocieron ustedes? —pregunté al aire, sin dirigirme a nadie en específico.

—Conocí a Gabriel cuando teníamos su edad. —Señaló a Esteban con la cabeza—. Era un pobre vago sin futuro. —Soltó una carcajada—. Un solitario merodeando en un lugar en el que no debía de estar. Le salvé el cuello.

Gabriel rio estrepitosamente a mi lado y me deleité con el sonido, era como un canto de esperanza.

—Mentira. —Lo apuntó con el tenedor—. Caíste directo en esa zanja y tuve que sacarte.

—Es verdad —confirmó Kaede sin dejar de mirar su comida, moviendo los cubiertos de un lado a otro—. Todos conocemos esa historia, no quieras hacerte el héroe con la visita.

—Bien, da igual. Lo importante es que desde ese momento nos volvimos amigos. Lo he ayudado un poco con sus... viajes. En ese entonces ya era novio de Izel y por eso iba y venía de la Sociedad a mi antojo.

Casi me atraganto con la comida.

—¿Tu perteneces a la Sociedad?

—Sí. La abandonaba seguido ya que en aquel entonces las relaciones con los Ilegítimos no eran bien vistas en mi familia.

—¿Los qué? —Todos ellos me observaron confundidos.

—Como tu amiga Amaris —dijo Gabriel—. Los gemelos pertenecen a los Ilegítimos.

—No sabía que los videntes tuvieran nombre... —Aunque ella no hablaba de su pasado, no mencionaba nada sobre su origen.

—Oh, no. No somos solo videntes. Los Ilegítimos somos... Mmm... —Izel buscó la palabra—. Aprendices de la magia, como hechiceros, si quieres un término más conocido. Tu amiga en especial maneja bien el arte de la adivinación. Mi hermano y yo, de las virtudes.

—¿Virtudes?

—Lo que define a una persona —me respondió Kaede—. En mi caso, yo puedo ver las buenas virtudes en la esencia de las personas. Ella solo ve lo perjudicial.

Eso sonaba horrible, me pregunté si todos los presentes llevaban un amuleto como el mío. Izel me observó.

—Tranquila, aprendemos a controlarlo, a ocultarlo de nosotros. Es como apagar y encender una lámpara. Cuando queremos, podemos encenderla y buscar en la esencia; y cuando no queremos ver más allá de lo que es una persona, simplemente la apagamos. —Izel se sirvió más papas y le ofreció a su esposo.

—Conque es así.

Y Amaris había abandonado todo aquello antes de aprender a controlarlo. Su vida podría ser más sencilla si supiera cómo hacerlo. Tal vez Izel podría enseñarle.

—Como sea —prosiguió Teo—. Finalmente logré casarme con Izel. —Le acarició la mejilla y ella sonrió ante el gesto—. Y mi familia tuvo que aceptarlo. Claro que no sabía que su hermano venía incluido en el paquete.

—Obviamente, ella no puede vivir sin mí. —Pareció un chiste, pero dicho con demasiada seriedad.

Teo puso los ojos en blanco y siguió:

—Y cuando Gabriel dijo que quería estudiar enfermería, yo sabía que no saldría bien. Trabajó... ¿qué? ¿Medio año antes de salir corriendo?

—Soporté todo un año.

—Como digas... Y hace unos años mi familia adoptó a Esteban. Como no quiero que se aburra, lo llevo conmigo a todos lados. —Teo le apretó el hombro al chico.

Esteban se sonrojó en su lugar cuando lo miré. Él estaba frente a mí, Teo frente a Gabriel y los gemelos, al final

—Y esta casa, ¿todos viven aquí siempre? —Aquella debía ser una dinámica interesante.

—A veces. De pronto los varones... —Izel levantó las manos, con una señaló a mi compañero y con la otra a su hermano— deciden perderse en sus propios lugares. La casa era de nuestro abuelo, falleció hace poco más de un año. Pero la casa... era un tema delicado. Gabriel y Teo... —se recargó en el brazo del último— nos ayudaron a recuperarla. Por eso Gabriel tiene una habitación aquí para él cuando la necesite.

«*Esta casa... de algún modo también es mía.*». Se refería a que la compartía.

—¿Tú tienes una casa? —preguntó Teo con la boca llena.

—Claro que tiene una casa, estúpido. No vive en la calle. ¿O sí? —Kaede me miraba divertido.

—No, yo vivo con una amiga.

—¿Y tendremos problemas porque Gabriel te robó de tu boda? —Éste debió darle un pisotón por debajo de la mesa, ya que Kaede chilló y movió su asiento—. ¡Oye! Vi el vestido en el área de lavandería, tenía que preguntar.

—No era mi boda. Es... es una larga historia. —Una que no quería contar ni hoy ni nunca en mi vida.

Teo se aclaró la garganta. La incomodidad llenó el ambiente de una manera que parecía no sucederles seguido, así que todos continuaron comiendo, incluyéndome. Me sentí mucho más relajada cuando Gabriel puso la mano sobre mi rodilla, estabilizándome. Aquello, todo, se sintió normal; pese a las preguntas, sentía que me habían recibido como si me conocieran de siempre.

CAPÍTULO 13: IGNORANCIA

Intentaba acomodar las cobijas de la cama de una forma decente cuando Izel entró en el lugar con varias cosas entre las manos.

—Tengo algo de ropa que podría quedarte. Y el agua está lista para que tomes un baño si quieres. Tu vestido estará limpio muy pronto.

—No debiste molestarte... Voy a tirarlo de todos modos. —Tomé las prendas que me ofreció.

—¿Por qué? Es muy hermoso. Incluso podrías venderlo. Me hubiera gustado tener un vestido así en mi boda. —Imaginaba que había sido un evento imprevisto.

—No soportaría verlo de nuevo. —Solté, sentándome en la cama—. Si quieres puedes conservarlo. No me importa.

Ella se sentó a mi lado y tomó mis manos entre las suyas.

—Puedo arreglarlo, ¿sabes? Si te quitaras el amuleto podría ver exactamente ese dolor en ti y modificarlo de tu esencia. Hacer que desaparezca.

Era una oferta tentadora. Muy tentadora. ¿Tendría el poder suficiente para quitar todo lo malo de mí?

—Gracias. Pero lo voy a necesitar. Si no recuerdo ese dolor, jamás podré desprenderme de esas personas. —Le sonreí, seguía siendo una oferta amable y desinteresada.

Me dejo a solas para que pudiera ducharme. Al salir del baño, Gabriel me esperaba sentado en la cama, mejor tendida de lo que yo la había dejado.

—Dijiste que eras desempleada... Tú y yo sabemos que no es verdad. —Se acercó a mí y apartó un mechón húmedo de mi cara—. ¿Por qué mentir?

—¿Decir la verdad cambiaría las cosas? Tus amigos son cercanos a la Sociedad y yo pronto voy a abandonar a los Vigías.

—Con todo lo que sabes... —Su preocupación apareció al instante en su mirada.

—Yo no sé nada —dije con seguridad.

—La ignorancia puede ser letal. —Volvió a su lugar en la cama.

—En mi caso es todo lo contrario. Permanecer en la ignorancia me mantiene con vida. Soy un Calpián de herencia, los Vigías saben que puedo reclamar mi derecho a ser protegida por la Sociedad en cualquier momento. Si me ven con intenciones de hacerlo, van a querer asegurarse de que no les vendo ningún tipo de información. Por eso nunca pregunto sobre lo que no es necesario. —Me coloqué frente a él y puse las manos sobre sus hombros, sosteniéndolo con firmeza para que me mirara a los ojos—. Así que no sé nada, ni de ellos, ni de ustedes. Por eso he sobrevivido hasta el día de hoy.

—Sobrevivido —repitió y me abrazó por la cintura, escondiendo su rostro entre mis costillas—. Solo estás sobreviviendo, es difícil y significa que hay que luchar seguido. ¿Cuándo vas a vivir?

—Pronto. —Una promesa para mí misma—. Aunque no sé si pueda volver a la Sociedad, considerando que tú no quieres volver. Lo que quieren para ti, contenerte, no sé si yo podría dejarlos hacerme lo mismo.

—Eso es porque yo tengo enemigos en la Sociedad. —Se apartó de mí y no pude evitar sentarme en sus piernas.

—¿Quiénes? —Era verdadera intriga.

Dudó al inicio, pero encontró algo en mi rostro que le dio la seguridad para hablar de ello.

—La persona a la que estoy buscando, mi amiga... Su familia no me quiere en la Sociedad. Estoy seguro de que cada traba que le ponen a mi familia para volver es porque quieren que nos rindamos al final, porque quieren que desistamos. —Cerró los ojos y dejó caer la cabeza en mi hombro—. Y no los culpo, yo les hice mucho daño antes.

Sopesaba sus palabras y la culpa en ellas.

—¿Qué quieres decir? —No podía ser tan grave.

—¿Recuerdas que te dije que siempre pensé que ella había muerto? —Asentí, no sé si lo notó, pero continuó de todos modos—. Fue mi culpa... Ella tuvo un accidente por mi culpa. —Antes de darme cuenta, ya estaba rodeándole el cuello con los brazos—. Éramos jóvenes e inmaduros y yo... yo la lastimé.

Me rompió el corazón escucharlo tan herido. Con la voz temblorosa por primera vez. Me apretó con fuerza contra él.

—No tienes que contármelo. Y estoy segura de que no fue tu culpa. —Le pasé la mano por la espalda para tranquilizarlo, se resistía a llorar, apostaba lo que fuera a que revivía el momento seguido en su cabeza.

—Es por lo que tengo esa aversión a la sangre. A las heridas graves. Quise ser enfermero como una especie de compensación por lo que hice. —Lo imaginaba y había sido una acción altruista de su parte, aunque no bien pensada.

—¿Buscaste ayuda?

—Sí, vi a varios terapeutas. Después de innumerables sesiones uno dijo que con el tiempo lo superaría. Otro dijo que las etapas del duelo no eran eternas y que debía ser paciente.

Debió pasar mucho tiempo repitiéndose que era mejor ser paciente.

—Creo... creo que la vida que llevas dice mucho de ti. Tal vez aún no lo superas, puede que nunca lo consigas, pero no es una carga, es un recordatorio, de que la vida es corta y debes continuarla. —La verdad no supe de dónde había conseguido las palabras—. Debes dejarla ir.

—No es eso. —Levantó la cabeza con brusquedad—. No estoy buscando fantasmas. Su familia le ha hecho creer a la Sociedad que ella fue secuestrada. Necesito saber si es verdad. —Ahora sonaba herido, tal vez sus amigos ya le habían dicho las mismas cosas para hacerlo desistir de su búsqueda.

Pobre hombre. Y yo jugaba con su desesperación.

—Entonces deberías cambiar la estrategia. —Le acaricié el rostro—. En lugar de buscarla, ¿por qué no intentas demostrar que ellos están mintiendo? ¿Hay alguna razón por la que lo harían?

Di en el blanco. Con la mirada lejana, acariciaba mis costillas con el pulgar de manera automática, como si esa pequeña acción lo calmara. ¿Sería consciente de ello?

—Sí —respondió en un susurro—. La hay. —Pero él conservaba la esperanza de que ella siguiera con vida, sus acciones lo mostraban.

—Me enteré de ese convenio con los Vigías. —Lo saqué de su ensoñación. Más para su beneficio que para el mío—. ¿Formas parte de él?

—Eso parece. Aunque no exactamente yo. Mi familia es la que ha quedado bajo la *protección* de los Vigías.

Toda su familia, incluyendo a Miriam.

—¿Cómo los protegen? —Me sentí mal por preguntar, por seguir utilizándolo cuando se había abierto tanto conmigo. Y aun así no pude evitarlo.

—No lo hacen. Es una trampa. Los Calpián nos enviaron con los Vigías para que no estuviéramos esparcidos, pero más que nada para asustarnos y probarnos. Vigilarnos.

—¿Por qué querrían asustarlos?

—Para no volver. Prácticamente nos dejaron en las garras de sus enemigos, solo para asustarnos o para tentarnos... —A traicionarlos.

No había marcha atrás, si iba a hacer esto lo acabaría de una vez. Acababa de prometer que pronto podría vivir, este era el precio de mi vida.

—¿Y por qué vuelven? Ellos no los quieren ahí. No entiendo la insistencia.

—Nosotros estuvimos la mayor parte de nuestra vida fuera, por eso no lo entendemos. Los adultos lo saben mejor. Es nuestro derecho, siempre lo ha sido. Y ahora que alguien está luchando desde dentro para eliminar la corrupción, quieren ayudar.

—¿Hay corrupción en la Sociedad? —Temí preguntar, pero lo hice de todos modos.

Dudó, no sabía si desconfiaba o simplemente era otra cosa. Parecía muy tarde para hacer otra pregunta. Creí que había ido demasiado lejos hasta que respondió.

—Hace años hubo un cambio en el poder. No recuerdo bien, pero la última vez que estuve allí la Sociedad era manejada por un comité formado por tres familias. Durante mucho tiempo estas eran solo Calpián de sangre. —Para ser alguien que no recordaba bien parecía intentarlo, su expresión lo delataba—. Para erradicar esa discriminación, pusieron en el poder a familias cuyos últimos sucesores ya no eran solo Calpián de sangre. A muchos no les gustó y hubo una especie de debate. Al final ganaron las familias con más poder y aquellos que perdieron fueron expulsados para evitar un nuevo levantamiento.

Procesé la información con lentitud. Una voz en mi cabeza, esa que era compasiva y abrazaba a Gabriel, me dijo que me detuviera. Pero otra voz, la que me dominaba cuando importaba, me gritaba lo contrario.

—Pero si esas tres familias fueron elegidas por ellos mismos, ¿qué cambió para que quisieran quitarlas del poder?

Tenía la frente arrugada de nuevo, con las cejas increíblemente juntas. Aún no me miraba a los ojos.

—La lealtad cambió. —Apretó los puños a mis costados y se tensó debajo de mí.

Tomé uno de ellos entre mis manos y lo deshice con dulzura. Por fin conseguí su atención y le sonreí.

—Es bueno que ahora alguien de dentro esté luchando por ustedes. Para que vuelvan.

Estuvo a punto de decir algo más, pero la puerta se abrió de golpe y Teo se detuvo al vernos.

—Lamento interrumpir.

Me puse de pie y me alejé al instante. Como si hubiéramos estado haciendo algo malo.

—¿Pasa algo? —Gabriel aún sonaba enojado.

—Hubo una explosión no autorizada en las minas de Taiman. —Me estremecí ante la mención—. Debo ir a ayudar ya que mi valle está cerca. Kaede me va a acompañar. Solo quería decírtelo.

Ahora Gabriel estaba imposiblemente rígido.

—De acuerdo. Ve y ten cuidado. —Se asintieron con la cabeza mutuamente.

Teo se despidió de mí con una sonrisa traviesa y salió a toda prisa.

—¿Su valle?

—El valle de Dunia. Pertenece a la Sociedad y es el lugar que su familia protege. Colinda con las minas de cristales.

No entendía mucho sobre la ubicación o distribución de la Sociedad, ahora temía por lo grande y basto que sonaba.

—Ah. —Volví para sentarme, esta vez a su lado. Y me recargué en él—. Va a estar bien, ¿verdad? —pregunté más por obligación, aunque una nueva preocupación subió a mi pecho.

—Sabe cuidarse. —Me tomó la mano y comenzó a jugar con mis dedos.

—¿Y tú? —Observé nuestras manos juntas.

Pensé en cómo eran Teo e Izel, cómo se movían uno alrededor del otro. Así debía de ser un matrimonio. Así quería que fuera el mío si alguna vez llegaba a casarme. No una especie de cosa rígida en la que respondías al otro solo cuando era necesario.

—Aunque si estás por ahí con tu arma, agradecería tu ayuda. —Sonaba más relajado.

Ignoré su evasión a la pregunta. Porque era lo mejor y porque me agradaba más su actitud de ahora.

—Claro, por un módico precio — dije en tono de burla.

—Creo que quedaré en quiebra. —Dio un largo suspiro y después levantó la mirada al techo.

Fue fácil despedirme ya que solo quedaron dos en la casa.

—Espero vengas pronto a visitarnos. —Izel me sonreía de esa manera alegre que alguien que veía lo peor en las personas no podría tener—. Y no te preocupes por la ropa.

—Por supuesto. Gracias por todo. —Le sonreí de la misma manera. En el interior, la tristeza de saber que no era probable que algo así sucediera de nuevo presionaba con insistencia.

Fuera de la casa, la tarde soleada y fría nos recibió. El jardín estaba lleno de césped y nada más, aun así, era bonito. Caminábamos por la entrada cuando levanté la cabeza y contemplé las nubes, que eran cirros extendidos sobre el cielo como velos de humos.

—¿Qué estás viendo? —Gabriel se detuvo a mi lado y siguió mi mirada.

—Las nubes, el cielo. —Volví la vista hacia arriba—. Hay tantas cosas maravillosas como para no mirar arriba de vez en cuando.

—Mmm, qué profundo sentimiento. —Nos miramos el uno al otro. Sonrió de lado, de esa forma suya tan distintiva. Un nuevo sentimiento me invadió, tan diferente al escalofrío que alguna vez había sentido ante ese gesto.

Sirio llegó ante nosotros desde la parte de atrás de la casa, con una pelota agarrada entre los dientes. Gabriel rio para él y le rascó la cabeza.

—¿Dónde has estado? —Se puso a la altura del perro—. Sentado.

Me asombró ver la forma en que Sirio obedeció la orden.

—Parece ser muy listo. —Me acerqué para acariciarlo, pero me gruñó.

—Lo es. —Afirmó con diversión ante la reacción del animal.

Puse los ojos en blanco.

—Hay algo que no recuerdo muy bien, solo quiero saberlo. Entre nosotros, ¿pasó algo? —No solo me refería a la noche anterior y el pareció entenderlo.

—Es gracioso. —Retrocedió un paso—. Es la segunda vez que vomitas mientras intento llevarte a la cama, tal vez deba cambiar mi estrategia. —El doble sentido de sus palabras aligeró el ambiente.

Me sonrió, casi afirmándome con la mirada que absolutamente nada había pasado, cosa que me tranquilizaba y me avergonzaba increíblemente por igual.

—Prometo dejar de vomitar cerca de ti. —Me encogí de hombros.

—Mejor promete dejar de beber tan impulsivamente —dijo con un poco de seriedad.

—Lo prometo. —Levanté la mano en señal de que cumpliría mi promesa.

El departamento estaba solo. Una parte de mí me decía que no era buena idea, pero la otra no quería desprenderse tan rápido de él.

—¿Quieres un poco de agua? —De la manera más segura que pude me recargué sobre la puerta abierta.

Él observó al interior con una expresión entre tranquila y divertida.

—Por supuesto.

Dos palabras simples que complicaron todo.

Entramos al lugar y lo invité a sentarse en uno de los sillones de la sala mientras yo iba a la cocina. Estaba nerviosa. Su simple presencia o el hecho de que estuviera en mi casa me hacían querer mover las manos de esa manera tan frenética en que Mariel lo hacía.

Lo vi merodear y observar las paredes recién pintadas. Los muebles ya ocupaban su lugar original y los cuadros estaban colgados en distintas distribuciones.

Le entregué el vaso con agua fresca y ocupé un lugar a su lado.

—Pintamos la sala hace poco. —Una observación clara.

—Sí, recuerdo que era de otro color. Este es... interesante. —Bebió el líquido con un ceño extraño.

Solté un hilo de risa.

—Lamento decir que no estuve presente cuando lo escogieron.

Un desperdicio. Todo aquello había sido parte de un estúpido plan, al estilo cupido, que no salió como debía. La vida lamentablemente no era como las películas.

—Me alegra saber que no es tu estilo. —Me miró de reojo.

Lo iba a reprender cuando la puerta se abrió y la pesadilla comenzó. Mariel cargaba con dos cajas de cartón, lo suficientemente anchas como para cubrirle el cuerpo. Su cabello estaba completamente desarreglado y, detrás de ella, un hombre alto de cabello rubio cargaba con dos más.

Me quedé entre paralizada y aturdida. Decidiéndome entre lanzar a Gabriel a mi habitación o esconderlo detrás de un sillón.

—No olvides cerrar la puerta —indicó entre risas.

El hombre también reía al momento en que cerraba la puerta.

Mariel dejó caer las cajas frente a sus pies y me observó con una sonrisa, que desapareció de inmediato al ver a mi compañero.

Su propio acompañante imitó sus movimientos, pero en su lugar abandonó las cajas con más delicadeza. Al encontrarse con la expresión de mi amiga, siguió su mirada hasta nosotros, confundido.

—Mariel. —Avancé hasta ella, medio interponiéndome frente a Gabriel, como si así pudiera evitar que lo viera, de la forma más natural posible—. No sabía que vendrías con alguien. —Ante su silencio, decidí proceder en una dirección diferente—. Mucho gusto, mi nombre es Julia. —Le tendí una mano al hombre desde mi lugar.

El dudó por mucho tiempo antes de avanzar dos pasos para tomarla. El roce deslizó una corriente de electricidad de su mano a la mía. Nos soltamos rápidamente debido a la sensación.

—El gusto es mío, mi nombre es Aidan. —Era el sujeto del bar, quien la había acompañado en el restaurante.

Su mirada volvió inmediatamente al hombre a mis espaldas. Intuí que buscaba en él lo que fuera que Mariel buscara.

—Él es un amigo —señalé, volviendo a su lado.

—¿Por qué no te sientas mientras te traigo un vaso con agua? —Mariel murmuró al ver el contenido en las manos de Gabriel—. Julia, acompáñame a la cocina.

Cerré los ojos con fuerza y apreté los labios. Al abrirlos, respiré profundo antes de caminar tras mi amiga. Desde la cocina se veía cómo los hombres estaban sentados uno frente al otro, sumidos en silencio. Miraban sus pies o sus manos o cualquier cosa en la habitación que no fuera la persona que tenían delante.

No podían ser más opuestos.

Gabriel tenía la piel bronceada por el sol. El cabello increíblemente oscuro, un poco largo y despeinado, con esa barba de pocos días asomándose de su barbilla y por sus mejillas. Y la ropa simple y lisa. Llevaba puesta la sudadera negra que yo conocía y pantalones deportivos, con tenis blancos.

Por el contrario, Aidan era de piel clara y casi pálida, como si nunca en su vida saliera al sol. Sus cabellos eran rubios y tenía un corte limpio y bien peinado. Su ropa también parecía más ostentosa de alguna manera. Desde la camisa de botones, hasta el pantalón y los zapatos negros.

Pero claro, en su mejor momento, como cuando tenía que visitar la Sociedad, Gabriel sin duda era más atractivo que Aidan.

—¿Qué estabas pensando? —Mariel rompió mi análisis con un susurro fuerte.

—Solo le di un poco de agua, no hicimos nada malo. Tú también trajiste a alguien sin decirme.

—*Mi alguien* no es un Calpián de sangre. —Los sonidos salían de entre sus dientes con cautela—. No confío en él, no me gusta.

—Lleva el agua antes de que piense que se te olvidó.

—No hemos terminado. —La empujé fuera de la cocina antes de que siguiera regañándome.

Necesitaba una excusa para zafarme de todo eso. No. Para zafar a Gabriel de todo eso.

Puse mi mejor cara y me encaminé a la sala. Me senté junto a Gabriel y Mariel se sentó en otro sillón entre nosotros y Aidan. El silencio era tan incómodo que deseaba ser tragada por los cojines del sofá. Buscando algo que decir me encontré con las cajas abandonadas junto a la entrada.

—¿Qué hay dentro?

—Están vacías —comentó Aidan—. Son para la mudanza.

—Comenzaré a empacar primero —señaló una preocupada Mariel.

¿Había encontrado otro lugar para vivir? ¿Cuándo comenzó a buscar?

Como si viera las preguntas en mi rostro, Gabriel me tomó de la mano, gesto que nuestros dos acompañantes no dejaron pasar.

—No sabía que se estaban mudando. —Me miró intrigado.

—Yo tampoco. —No me importó no conocer al otro hombre, o que Mariel no confiara en Gabriel, no quería mentir por alguna razón. No tenía ganas—. Aunque creo que no lo estoy.

Volví la vista a mi amiga, quien buscaba las palabras mientras abría y cerraba la boca de una manera automática.

—Te lo iba a decir —soltó por fin—. Creí que era lo mejor. —Se puso de pie y yo hice lo mismo.

—¿Lo mejor? —Quería gritarle, reprocharle. No tenía sentido. Ella no me debía ninguna explicación y yo había dicho que al final nuestros caminos se separarían—. Sí... Creo que es lo mejor.

Ellos nos miraban como si quisieran interponerse entre las dos. No era necesario.

—Julia... —Mariel quiso acercarse a mí y al final retrocedió.

Me volví hacia Gabriel con una expresión vacía que él no se merecía.

—Vamos, te acompaño al auto. —Comencé a caminar con la esperanza de que me siguiera.

—Con permiso. —El tono de su voz sonó hostil a mis espaldas.

Estaba siendo solidario conmigo, se ponía de mi lado. No preguntó nada en todo el transcurso al estacionamiento.

—Gracias por todo. —No tenía más palabras que esas. Junté las manos frente a mí y él las tomó con firmeza. Aparté la mirada ante el gesto.

—¿Todo está bien? Siento que algo está pasando. —Llevó una de las manos hasta mi barbilla y me movió el rostro, con una amabilidad aterradora, para que lo viera a los ojos—. No necesitas confianza para desahogarte con alguien. Solo hazlo para no cargar con ello.

—Yo... —Quería decirlo, aunque no sabía por dónde comenzar. Mis problemas con Mariel tal vez habían comenzado desde que decidí en su lugar.

—¿Tiene que ver con el trabajo? ¿Saben algo del asesino? —Me sorprendió que llevara el tema en esa dirección.

—Alguien nos dijo que ya tienen una pista, consiguieron ADN del último ataque, pero todo es tan confidencial que frustra. —Respiré hondo, quería ayudarle con eso, pero sinceramente no me convenía continuar entrometiéndome en el caso—. Yo... quiero dejarlo por la paz, ¿no te gustaría hacer lo mismo? —Lo miré agotada, deseosa de escapar y dejar de engañarlo.

Creo que observó esa impotencia en mí, porque solo se acercó para abrazarme con fuerza.

—Está bien si quieres dejarlo, puedes dejarlo. —Me acariciaba la nuca con serenidad—. Si hay algo que pueda hacer por ti, dímelo. Has hecho mucho por mí.

—No lo creo. —Exhalé sobre su hombro— Y lamento que vieras eso.

—Diría que no fue incómodo, pero... —Rio bajo, siempre reía para mí—. Ese hombre no me gusta.

—¿Estoy detectando celos? —Me alejé para ver su rostro.

—Por supuesto que no. —Intentó sonar despreocupado, sin embargo, había algo más—. Pero, de verdad, algo está mal.

Quería seguir burlándome de su actitud hasta que recordé las cosas que él era capaz de ver.

—¿En su esencia? —Asintió con la vista en el cielo, o en el último piso del edificio, nuestro departamento—. ¿Qué era?

—Va a sonar más ridículo que los celos. —Volvió su mirada hasta mi—. Realmente no sé explicarlo, es... Solo sé que no me siento cómodo con lo que hay en él.

Me quedé con esa sensación, la que rodeaba a Gabriel al hablar del desconocido. Desconfianza. La misma que mi amiga sentía por él, no habría forma de advertirle.

CAPÍTULO 14: CITA CON LA MUERTE

Nos evitábamos de nuevo, pero esta vez de una forma más cordial. Ella me llevó al instituto, como siempre, incluso almorzamos y comimos juntas, pero la incomodidad estaba entre las dos. Los días anteriores habían sido soportables debido a la carga de trabajo, eso nos distraía. Pero ese día fue demasiado.

—Solo hagamos nuestro trabajo para terminar con esto —me dijo en la cafetería de la escuela.

Honestamente no la entendía; esta nueva actitud suya, como si necesitara estar a la defensiva conmigo, cuando era ella la que estaba huyendo de mí, cuando era yo quien mantenía a Javier a raya por el bien de su hija.

Cada vez que me le acercaba para aclarar las cosas, ella solo retrocedía. Su actitud me hacía sentir tan... sola.

Era como luchar contra un nuevo oponente, como jugar a las atrapadas. Yo iba tras ella y Mariel solo seguía corriendo lejos de mí. Eso hacía que ya nada importara, solo avanzar. Si tropezabas y no podías levantarte, entonces te arrastrabas, pero continuabas.

La impresora de mi oficina dejo salir la hoja de papel y la tomé con desesperación.

«*Informe de investigación*».

Si de algo estaba sirviendo mi constante insomnio, era para volverme una persona productiva. La impresora continuó con su tarea y yo comencé a leer la primera página mientras volvía a mi escritorio. Las clases terminaron y, al percatarme de que los Calpián al parecer ya no eran transportados por Gabriel, subí a mi oficina a imprimir el reporte.

Lo escribí todo, uniendo cada pieza.

Como Paulina y Gabriel habían dicho, seguramente hacía quince años la política dentro de la Sociedad tuvo un giro inesperado. Comencé por ese punto y terminé con la *rebelión* actual que comenzaba a crecer.

Me sentía como una traidora. Nunca mencioné a Gabriel ni a los jóvenes y, aun así, escribir la historia que me había confiado se sentía incorrecto.

Por motivos nada profesionales y que, por supuesto no tenían nada que ver con Gabriel, me guardé detalles, como la explosión en aquella mina, para mí misma. Pero me percaté de documentar todo lo demás, cada palabra dicha por esas personas, los amigos de Gabriel.

El día siguiente... ya decidiría el día siguiente lo que haría con ese informe. La otra opción era esperar a que Mariel obtuviera algo más de Pau. Esa joven y yo terminamos con una cosa en común a final de cuentas; no me sorprendería que ya supiera algo más y que lo ocultara debido al mismo dilema que estaba teniendo yo.

Mi teléfono celular comenzó a sonar y contesté sin ver el número.

—Hola, ¿cómo estás? —Me sorprendí al escuchar su voz, como si mis pensamientos lo hubieran llamado, como si mi traición lo hiciera. Gabriel hablaba en voz baja y parecía estar en un lugar algo concurrido.

Busqué la fecha en un calendario cercano casi por instinto. Los días pasados me había abstenido de buscarlo, de enviarle un mensaje o llamarlo.

—Qué honor ser llamada por el cumpleañero —me burlé al tiempo que guardaba el informe completo en mi maletín, como ocultándolo de él.

—Sobre eso —rio al teléfono—. ¿Te gustaría salir conmigo hoy? Los chicos me tienen harto con sus burlas sobre los treinta y el fin de mi vida.

A lo lejos, juraría que podía escuchar cómo Teo se reía.

Me estaba invitando a una cita. No habíamos tenido una real. Y si buscar pistas sobre asesinos contaba, entonces nunca tuvimos una que no terminara conmigo en el suelo. Nuestra relación era complicada, yo estaba tomando demasiado de él, pero solo porque era fácil.

Dudé por un momento, porque una parte de mí se sentía cómoda a su lado y otra parte de mí se sentía demasiado sola.

—¿A dónde quieres ir? —Me mordí el nudillo del dedo índice, una costumbre que pensé que ya no tenía.

—Mmm... ¿Qué tal un paseo por el centro? Podemos cenar algo después. —No estaba planeado, nuestros mejores encuentros no lo habían estado.

—Me encanta la idea, ¿te veo junto a la estación del metro? —Dejé mis cosas de lado para concentrarme.

—Preferiría ir por ti.

—No dejaría que el cumpleañero hiciera semejante viaje. —De pronto mis palabras sonaban llenas de anhelo.

—Por favor. —El nuevo tono en su voz hizo que se me calentara el rostro.

—Bien, te veo a las seis —tartamudeé un poco y casi pude sentir su sonrisa.

—Nos vemos a las seis. —Sonreí también ante la confirmación.

El corazón me latía con fuerza cuando colgó la llamada.

Las ansias en su voz me hicieron sentir impotente, que me cuestionara el traicionarlo. No me agradaba la forma en que me seguía aferrando a él y no podía dejar de hacerlo.

Bajé a la entrada del edificio, con la excusa de facilitar nuestro encuentro, pero en realidad no quería que Mariel lo viera. Ocultaría la salida lo más que pudiera. Cuando salí del departamento, ella seguía empacando; muchas de sus cosas ya estaban en cajas. Todo estaría bien en cuanto esas cajas siguieran en el departamento, después de eso, no lo sabía con exactitud.

Estaba un tanto ansiosa, sentada en la pequeña sala de espera del lugar. Como se trataba de una caminata, llevaba mis tenis blancos más cómodos. Movía los pies de un lado a otro mientras esperaba que la cabellera oscura de Gabriel se asomara por la puerta principal. No pasaron ni cinco minutos cuando decidí salir del edificio y esperarlo afuera.

A lo lejos, las luces de la ciudad ya estaban encendidas y todo alrededor vibraba con vida y frenesí nocturno. Los autos pasaban de un lado a otro en las concurridas avenidas. Sujetaba con fuerza mi bolso cuando alguien me tomó del brazo, obligándome a ver a mis espaldas. Él vestía prendas parecidas a las que había tenido puestas la última vez que lo vi.

—¿Aidan? —Su nombre retumbó entre nosotros.

—Julia. — Sentí cómo saboreaba mi nombre mientras me sonreía de manera encantadora—. ¿Qué haces aquí afuera?

—Espero a alguien. —Por alguna razón me sentí obligada a responderle, a seguir hablándole.

Su barbilla se movió a un lado en un gesto extraño y volvió a su lugar en el mismo instante.

—Ya veo... ¿tu amigo de la última vez? —Su pregunta sonó como una acusación.

En respuesta, fue Gabriel quien se apresuró hacia mí desde la calle opuesta. En el reflejo de sus ojos, que ahora eran cafés, las luces centellaban.

Fue entonces que me percaté de que Aidan seguía tomando mi brazo. No me gustó su cercanía, así que retrocedí para que pudiera acceder a la puerta tras de mí.

—¡Julia! —Gabriel dijo mi nombre con alegría y rosó mi mano para que tomara la suya, sonriendo ampliamente—. ¿Por qué no esperaste dentro?

No pude responder antes de que notara la presencia de Aidan. Se observaron de una manera muy extraña, como viendo a través del otro; el encuentro me provocó una sensación de asfixia.

—Quería algo de aire fresco. Ya podemos irnos. —Le di un apretón antes de volver al otro hombre—. Nos vemos después.

Nadie se movió y todo alrededor de pronto se detuvo. Por una fracción de segundo fuimos rodeados por una corriente de aire llena de pesadez.

—Por supuesto —dijo de manera condescendiente—. No los entretengo más. —Inclinó la cabeza como despedida antes de entrar en el lugar.

No hubo palabras entre nosotros hasta que el hombre estuvo completamente fuera de nuestra vista.

—Eso fue extraño. —El susurro grave de Gabriel me indicó que había sentido exactamente lo mismo que yo—. Julia, tú... —Me volví a él ante el llamado de mi nombre—. Estás preciosa. —Con su mano libre me acarició la mejilla. Me quedé sin palabras ante la suavidad en su voz.

—Gracias. —Sonreí un tanto avergonzada.

Había decidido usar un vestido en un tono guindo, la falda caía suelta hasta por debajo de mis rodillas y las mangas largas, cerradas en los puños, me cubrían de la brisa nocturna, aunque el escote dejaba a la vista mi clavícula y una fina cadena que rodeaba mi cuello.

Noviembre solía ser un mes con días fríos pero agradables, el invierno aún no aparecía, así que los días cálidos también eran habituales; especialmente esa noche era agradable para una caminata.

Caminamos uno al lado del otro por toda una avenida llena de luces brillantes, la gente que nos rodeaba avanzaba con prisa y ánimo.

—¿Siempre has vivido aquí? —Giré hacia él al escuchar su voz.

—¿Qué? —Me había distraído con un grupo de jóvenes que reían a carcajadas.

—¿Que si siempre has vivido aquí? —Se rio de mí.

—Ah, no. —No sabíamos nada el uno del otro, nada más que lo que habíamos presenciado en cada encuentro—. Vine aquí para estudiar la universidad y aquí he vivido desde entonces.

Este era el peligro que corría cerca de él, el de revelar algo que no debiera.

—Ya veo, supongo que no debió ser fácil. —Se pasó una mano por el cabello mientras cruzábamos una calle.

—¿Y tú? —Conocernos hasta cierto punto no debía ser malo—. Sé que viviste en la Sociedad, ¿y después?

Me tomó del brazo y cambió su lugar conmigo para caminar del lado de la calle.

—He vivido en muchos lugares, al cumplir dieciocho años dejé a mis padres para hacer algunas cosas por mi cuenta. —Me observó con tranquilidad, como si no fuera gran cosa—. Quería viajar y conocer algunos lugares interesantes. No me gustaba la forma en que me trataban después de... del accidente del que te hablé.

Debía referirse al accidente de su amiga, la chica a la que buscaba tan desesperadamente que se había convertido en un sospechoso.

—Suena increíble eso de conocer lugares nuevos. —Quise desviarme del tema—. ¿Algún lugar memorable? —Realmente me interesaba saber sobre su libertad, las posibilidades que había en el mundo.

—Hubo un lugar realmente mágico —comentó, perdiéndose en el recuerdo—. Donde el agua nace de las raíces de un árbol y cae en cascada en forma de río, de noche las luciérnagas rodean el agua y la neblina que baja de la montaña lo hace ver realmente místico.

Me parecía irreal que un lugar así existiera, pero, si lo hacía, quería verlo con mis propios ojos.

—Suena realmente mágico, ojalá pudiera verlo alguna vez. —Parecía increíble la añoranza con la que comencé a imaginarme nadando en un lugar así, cosa que yo nunca me atrevería a hacer.

—Tal vez algún día puedas hacerlo. —Entrelazó nuestros dedos con dulzura, aquello parecía una promesa. Llegamos hasta una calle tranquila llena de restaurantes y demás puestos de comida—. ¿Qué deberíamos cenar? —En ese momento me tomó la otra mano y se acercó a mí.

—Ya que es tu cumpleaños, supongo que debería invitar la comida.

Se detuvo, balanceando nuestras manos unidas mientras las observaba con tranquilidad. Con una tranquilidad arrebatadora, como si esto fuera tan natural entre nosotros.

—No es necesario. No celebro mi cumpleaños desde hace tiempo. —Tenía una idea sobre la razón —. Solo te invité a caminar porque quería verte, la fecha fue mi excusa perfecta.

El había querido verme tanto como yo a él, solo que yo me resistí más al impulso.

—Tonterías. Soy fiel creyente de que los cumpleaños se inventaron para recibir regalos y que te inviten la comida. —Intentaba ponerlo de buen humor, hoy no quería conversaciones sobre la Sociedad o su pasado, hoy era un día especial debido a muchas cosas.

—Creí que era más bien para saber la edad de una persona... — Se rascó la cabeza, abrumado por su edad.

—Tranquilo, sabelotodo. —Esta calle no estaba tan concurrida, así que me fue fácil localizar el lugar donde quería que comiéramos—. ¡En ese lugar! —Señalé el local con orgullo.

Aunque el lugar era pequeño y famoso, logramos encontrar una mesa disponible para dos. Las paredes estaban cubiertas de piedras talladas de diferentes tamaños y formas, las ventanas y los balcones que se asomaban de estas lo hacían ver como un lugar un tanto antiguo, pero hermoso. Dentro, las mesas estaban cubiertas por manteles blancos. Un bello candelabro colgaba del techo en el centro de todo.

—Es... lindo. —Intentaba, sin éxito, ocultar una sonrisa.

Ambos nos sentamos frente al otro en una mesa junto a una de las ventanas. La vista a la calle era perfecta.

—¿Lindo?

Me encontré molesta por el simple cumplido. El lugar verdaderamente me encantaba. Varias plantas decoraban el interior en macetas de piedra y el suelo de madera oscura le daba un toque rústico.

—Es que me recuerda a un lugar. Uno que no me gusta demasiado.

Abandoné mi mueca molesta por una de arrepentimiento.

—Lo siento tanto, podemos irnos si...

—No. No quise decirlo así. —Se rascó la mejilla—. Vamos a quedarnos. Quiero quedarme. —Sonaba afligido—. No hago esto seguido.

—¿Esto? —pregunté divertida.

—Salir con chicas y esas cosas. —Se encogió de hombros.

Un camarero llegó a nosotros con el menú y agua. Le agradecí y esperé a que se fuera para continuar.

—No te creo. —Volví a sentirme molesta. No esperaba que mintiera, no era necesario—. No se te nota.

—Es verdad. —Su brazo cruzó la mesa en un gesto de que deseaba sujetar mis manos, asi que se las ofrecí. Acarició mis dedos con los suyos al sostenerlas—. Tú me lo pones muy fácil. Junto a ti se vuelve muy fácil. Lo cual no parece normal ya que tu carácter es realmente difícil. —Levanté una ceja y me sonrió de nuevo—. Simplemente pasa, quiero hacer todas esas cosas por ti, solo porque sí.

Me quedé sin palabras. Por primera vez no supe qué decir porque aquello me conmovió. Le creía, era mejor hacerlo, aunque fuera solo por esta noche.

Comimos entre risas y un montón de historias sobre sus amigos.

—¿Qué fue eso de la zanja? —Me atreví a preguntar, con la confianza suficiente de que él me lo contaría todo.

—En el límite del valle cavaron una zanja para levantar un muro, aunque nunca lo hicieron. Teo nunca en su vida cabalgó tan cerca. El animal se asustó por los sonidos de la pólvora en la mina y lo lanzó directo a la zanja. —Se escuchaba como un suceso trágico, aunque él lo relataba con una sonrisa en el rostro—. Yo me acerqué al valle porque comencé a cazar en esa zona. Escuché sus lamentos durante un largo trayecto hasta dar con él.

Dejé el vaso sobre la mesa, confundida.

—¿Cazabas?

—Conejos. En aquella época viví en lugares pequeños y alejados de las ciudades. Larga historia. —Parecía que no quería entrar en detalles. No me sorprendía, mi padre había cazado venados con sus amigos cuando yo era niña, incluso lo acompañé incontables veces. Pero alguien con las fobias de Gabriel...—. ¿Cuándo conociste a la dueña de la cafetería?

Responder aquello era complicado.

—Fue hace unos años, por medio de Mariel. —Bebí de mi limonada antes de seguir—. La conocí justo en la cafetería.

—¿Son muy unidas? —Su curiosidad me intrigaba.

—Amaris es más amiga de Mariel que mía. Pero sin duda somos cercanas. Voy tan seguido a visitarla como puedo.

Pronto, el camarero volvió a recoger todo y me incliné hacia él para pedir el postre sin que Gabriel escuchara. La comida era buena, excelente, pero la razón por la que habíamos venido era el postre.

—¿Qué pediste? —Reía con la frente arrugada.

—No comas ansias. Es tu sorpresa de cumpleaños. —Llegaron a nosotros dos enormes rebanadas de un pan untado con crema, que era realmente delicioso. La especialidad del lugar—. Tu pastel de cumpleaños.

Se echó a reír bajo, llevándose la mano a la boca para ahogar las carcajadas.

—¿Pastel? —No entendía lo que le divertía tanto, pero me alegraba que riera—. Es el mejor pastel que me han dado de cumpleaños.

Lo miré expectante, a la espera de que probara el primer bocado. El brillo en sus ojos lo delató, le había gustado.

La noche parecía eterna y nosotros éramos dos almas llenas de vida y energía, como dos estrellas fugaces. Gabriel me había dado su chaqueta para cubrirme del frio. Caminamos por varias cuadras hasta el lugar donde estaba el auto. Una cuadra antes de llegar al estacionamiento, Gabriel se detuvo.

—¿Todo bien? —Me detuve a unos pasos de él.

Observé en la dirección en la que él lo hacía. La calle a nuestro lado se veía muy sola y mal iluminada, pero detecté dos sombras moviéndose de manera extraña y después desaparecieron en uno de los locales.

—Reconocí algo. —Su postura cambió, todo su humor lo hizo—. A alguien, creo que debí actuar diferente. —No entendía absolutamente nada de lo que estaba diciendo.

—¿Actuar diferente? Gabriel. —Lo tomé del brazo para atraer su mirada.

—La vez que te encontré en ese bar, debí hacer algo con esa escoria.
—Intentaba comprenderlo, pero seguía sin unir todos los hilos.

—¿Te refieres al hombre que dices que estaba sobre mí? —El asintió dos veces.

—Quédate aquí —dijo en un tono que sugería rabia y enojo—. Por favor.

Y desapareció en la calle, tan rápido que lo perdí de vista tan solo al parpadear. Solo podía suponer que ese hombre rondaba por aquí, pero, al verlo partir de esa forma, con esa mirada de muerte ensombreciendo sus ojos en un verde opaco, temí... y no sabía exactamente por quien.

Así que fui tras él, ignorando su pedido, porque me mataba la curiosidad y necesitaba entender. Corrí por toda la calle y comencé a buscar entre los locales, todos cerrados, alguna señal de vida.

De un momento a otro me encontré tirada en el suelo, junto a una chica con la que había tropezado.

—Lo siento. —Me puse de pie primero para ayudarla, se veía realmente desorientada y, más que eso, estaba ebria, tal vez hasta drogada—. ¿Estás bien? —Sus ropas estaban fuera de lugar, tenía el maquillaje corrido y abría y cerraba las manos con frenesí.

—Me dijo que corriera, no sé quién es... —Intenté tocarla, pero se alejó de mi—. Me obligó a venir aquí. —Sollozaba.

—¿Dónde está esa persona? —pregunté por instinto—. ¿Quién te hizo esto? —Comenzaba a molestarme el verla tan afligida.

—Están por allá. —Señaló un lugar, con la mano temblorosa.

—Ponte de pie. —Esta vez solo mantuve la mano frente a mí para que ella la tomara solo si quería. Le tomó tiempo; no me miraba a los ojos, tal vez por su estado.

—¿Qué hago? —me preguntó cuando estuvo a mi altura.

—Ve a casa, si no puedes entonces espera aquí. —Tal vez en su estado no podría llegar a ningún lugar por si sola.

Asintió y fui por donde ella me había indicado.

El sombrío y polvoriento lugar estaba completamente abandonado, pero la puerta permanecía abierta. Un hombre alto estaba sobre Gabriel, ambos forcejeaban y él no podía alejarlo.

No dudé en tomar lo primero que encontré en el suelo para golpear al sujeto en la cabeza, eso lo alejó de Gabriel el tiempo suficiente para que este se incorporara. Por la dificultad en sus movimientos noté que no se encontraba en buen estado.

—¿Qué demonios? —Se giró en mi dirección y sonrió al verme, no era la reacción que esperaba—. Así que eres tú. —Su voz retumbó entre las sombras—. Ahora puedo reconocer a tu guardaespaldas —El hombre se acercó a mí y, entre las penumbras, descubrí su rostro.

—Tú...

En efecto, era el hombre del bar. Recordé su voz y la manera tan extraña en que se aproximaba a mí, pero ya no se veía lleno de juventud, extrañas y oscuras cicatrices enmarcaban su rostro. Mientras más lo veía, más de ellas aparecían. Su encantadora e hipnotizante presencia fue remplazada por su tenebroso semblante, fue como retirar una máscara de engaño.

—Esta vez no vas a poder escapar de mí. —Me tomó del cabello y me arrojó contra la pared más cercana, con una rapidez que no pude detectar, que no era normal—. Nunca he dejado ir a ninguna, tú no serás la excepción. —La fuerza con que su mano se cerró alrededor de mi cuello evitó que respirara con normalidad—. Pensé que eras humana, pero puedes ver mi rostro, lo noto en tu mirada, no hay humano que pueda reconocer la magia en mí.

Terminé siendo arrojada a otra pared. Intenté ponerme de pie, pero mi tobillo me dolió con cada movimiento. Él llegó antes de que pudiera hacer cualquier cosa.

—No la toques. —Gabriel lo sujetó desde atrás para que no pudiera acercarse a mí, aunque sí alcanzó a tirarme del cabello—. ¿Los Ilegítimos saben para qué usas tus dones?

—Hasta aquí puedo oler, joven Calpián —le dijo al atacarlo—, que no tienes el poder para lastimarme. Y si lo tuvieras, no podrías tocarme, hace mucho que abandoné a los Ilegítimos, pero la Sociedad no puede castigarme si tengo la protección de los Vigías. —Alargó el cuello para mostrar el tatuaje que lo probaba.

Abrí los ojos ante el descubrimiento, no solo aquel hombre no era humano, sino que también se jactaba de pertenecer a los míos. Los buenos, ¿o no?

—Cuando se enteren de lo que haces con los humanos, esa protección desaparecerá. —Lo alejó de mí lo más que pudo.

—A ellos no les importa lo que hago, sino lo que sé. —Algo cambió en esa persona, mi instinto me advirtió que no era nada bueno—. Y hoy quiero la esencia de tu novia.

En algún momento, el hombre lo empujó con una fuerza extraordinaria y comenzó a avanzar en mi dirección. Me paralicé al ver sus ojos ensombrecidos y sus labios pálidos, cómo extendía las manos hacia mí, mostrando los colmillos cual criatura de la noche, dispuesto a atacarme.

De pronto, un brillo extraño, lleno de poder, estalló en la habitación. Demasiado rápido como para registrarlo. Solo pude unir las piezas de lo sucedido cuando ya estaba en el suelo y todo terminó. En menos de un latido de mi corazón, todo cambió.

Ahora yo estaba de rodillas en el suelo, con la espalda fundiéndose contra la pared con fuerza. Gabriel, a unos tres metros de distancia de mí y ese hombre... ese hombre estaba tirado frente a mí, entre los dos, con la cabeza cubierta de sangre, los ojos abiertos y fuera de órbita.

—¿Qué...? —balbuceaba al temblar.

Me llevé las manos a la cabeza en el instante en que Gabriel cayó de rodillas al suelo, observándose las manos manchadas de sangre. Dejó caer lentamente el anillo que sostenía en una de sus manos. No recordaba verlo quitárselo.

Entonces comprendí que el hombre estaba muerto. Él lo había hecho. Gabriel, quien tenía una aversión por la sangre y las heridas graves. Lo hizo por mí.

Me apresuré a ponerme de pie y rodear el cuerpo en un salto para inclinarme frente a Gabriel; mis rodillas junto a las suyas, mis manos junto a sus manos.

—Está bien —le concedí, pero no dejaba de ver sus manos. Así que lo tomé del rostro y lo obligué a verme—. Está bien, no veas la sangre. Mírame a mí. —Me di cuenta de que mis manos también estaban manchadas—. Fue mi culpa. —Chillé al ver sus ojos cafés titilando con lo que percibí como remordimiento—. Fue mi culpa. —Puse la frente contra la suya—. No se lo diré a nadie. Vámonos de aquí y no se lo digamos a nadie.

Yo también temblaba, en parte por miedo y en otra por asombro, por la impresión de aquella luz frenética e inestable, llena de poder y furia.

—Yo lo hice. —Sentí su aliento en la nariz.

Apartó su frente de la mía. Ocultó el remordimiento en su mirada con una capa de severidad.

—No se lo diré a nadie —repetí en un susurro—. Lo prometo.

Fue así cómo, esa noche, todas las estrellas se apagaron.

CAPÍTULO 15:
HACER SANGRAR A ALGUIEN

La sangre es más difícil de quitar cuando no es tuya, así que no es recomendable hacer sangrar a alguien.

El rojo me manchaba el cuello, sus brazos, mi vestido, sus manos y ropa. Mi primer instinto al ponernos de pie fue cubrirlo con su chaqueta, ya que él tenía más sangre en su ropa que yo. La chaqueta se encontraba junto a la pared contra la que el sujeto me había lanzado primero. Cuando se la di, procesó por largo rato lo que tenía que hacer con ella, así que comencé a ponérsela.

—Solo vámonos —susurré ante su expresión—. No lo mires más. —Me incliné para recoger el anillo y se lo puse con cuidado entre las manos.

—Llamemos a la policía y digamos que fue en defensa propia. —Se alejó de mí en un movimiento impulsivo, apenas alcancé a detenerlo.

—Sabes cómo funciona. No importará, no hay manera de explicarlo. Además, ¿esto en qué lugar te pondrá ante la Sociedad? ¿Y ante los Vigías? Ya eres sospechoso de un asesinato. Ahora podrían asociarte a los demás. —Mi mente era una tormenta, mi voz sonó como un lamento.

Apenas podía ordenar mis ideas, pero no actuaría sin pensar, no esta vez.

—¿Y qué hacemos? —Finalmente me miró—. ¿Lo dejamos aquí sin más? ¿Huimos? —Sonaba enojado.

—Sí. —No existía otra respuesta—. Por lo que sé, los dos hemos huido antes, así que hagámoslo de nuevo. —Se sintió como un golpe bajo, y lo fue. Así que no esperé por su respuesta y salí del lugar. La joven de antes no estaba, no la busqué demasiado tampoco, no quería que Gabriel lo notara. Yo me ocuparía de esa preocupación y, aunque la chica hubiese visto algo, aunque dijera algo, estaba demasiado mal como para que alguien le creyera—. Vamos al auto, rápido —le indiqué cuando salió. Lo tomé del brazo, en parte para cubrir la sangre en mi costado con él y en parte para guiarlo.

«*Tenemos que ir a tu departamento*».

«*Debemos cambiarnos*».

«*No hay que contárselo a nadie*».

Fueron las únicas frases que me atreví a decir en las últimas horas. Pero él no dijo nada más. Se encontraba conmocionado, ausente. Temía romperlo de solo preguntarle si se encontraba bien.

Nada faltaba, pero definitivamente algo se perdió. Lo sentí, la distancia se abrió entre nosotros como un abismo sin final.

En el auto, no pude evitar observar su mano sobre el volante, el anillo brillante en su dedo índice. Mi conocimiento sobre esos anillos era poco, pero sabía que los Calpián usaban ese tipo de accesorios para ocultar su poder. Antes no comprendía tal habilidad, debía tener relación con la esencia.

Aquel estallido había sido potente, el brillo cegador inundó todo a su paso y se desvaneció con la misma velocidad con la que fue convocado. Que mi cerebro no pudiera recordar lo sucedido con exactitud me asustaba.

—Tenemos que hacer algo —dijo al detener el auto frente a su departamento.

—No podemos —susurré al final—, tú no puedes —le recordé—. Debemos deshacernos de la evidencia.

—¿Crees que lo encuentren pronto? —Apretó las manos con fuerza sobre el volante, no me miraba, tenía la vista fija en lo que sea que estuviera frente a él.

—No lo sé, no estoy segura. Nunca vi a alguien como él.

—Tú trabajas con este tipo de situaciones. —Elevó la voz—. Debes saber... —Y suavizó el tono conforme seguía hablando. La situación lo rebasaba y yo solo podía imaginar la clase de cosas en las que estaba pensando.

—Mírame —le pedí—. Por favor. —Aunque giró hacia mí, su vista estaba baja—. De verdad lo lamento, pero no te atormentes con ello, tú pudiste ver su ser, lo que él quería hacerle a esa chica... a mí.

Logré captar su atención. Mis palabras parecieron tener un efecto tranquilizador, ahora su ser se sentía completamente diferente. Sin embargo, no era una calma normal.

—¿Te quedarías? —preguntó.

Temí aceptar y temí negarme, pensando en el tipo de accidente que le había hecho perder a su amiga, ¿sería un accidente como el que acabábamos de presenciar?

Asentí con la cabeza, pero no estaba muy convencida de la decisión.

Entramos en su departamento y me permitió ducharme e intentar enjuagar la mancha en el vestido. No se quitó por completo, pero al menos no se notaba mucho debido al color. Él hizo lo mismo, aunque su ropa estaba irreparable. Yo tenía el cuerpo lleno de moretones, pero al menos mi tobillo no estaba tan mal como había pensado.

Estaba lista para pedirle alguna camiseta cuando decidió que era mejor idea llevarme a casa.

—Querías que me quedara —le recordé mientras secaba mi cabello, acercándome a él con preocupación.

—Lo mejor será que no, lo mejor será separarnos por un tiempo.
—O para siempre, porque nuestra relación no se sentía igual.

Pensar en que quería alejarme para protegerme no me gustaba, ¿tenía miedo de hacerme sangrar también? La idea de dejarlo solo con esos pensamientos me mataba. Pero tenía miedo, de él, de ese hombre, de ese poder brillante y cegador.

Terminé aceptando. Sí, estaba preocupada por él, pero estaba más preocupada por mí; una parte de mí no podía olvidar lo que había sentido cuando la habitación estalló en luz. Miedo.

Casi no podía correr con suficiente velocidad, casi no respiraba el aire necesario para avanzar. Las astillas en mis pies se clavaban a mi carne con cada paso que daba al alejarme de sus garras. El animal medía de alto lo mismo que yo de estatura y, aunque sabía que no me haría daño, no deseaba avanzar al lugar al que quería guiarme.

Sus aullidos eran en parte una advertencia y en parte un reclamo. Yo no cedería. No me importaba llenar el bosque con la sangre de mis talones.

Sus manos estaban frías al sostenerme con fuerza, yo no prestaba atención, pero estaba segura de que sus labios formulaban mi nombre. Ella me miraba con intensidad y sus ojos seguían mis movimientos al intentar calmarme.

El recuerdo de mi pesadilla me perseguía entre las sombras de la habitación. Entre las cortinas, bajo la cama, tras la puerta abierta, como si la criatura de mis sueños continuara observándome.

—¿Julia? —La respiración de Mariel comenzó a seguir el ritmo de la mía—. Todo está bien. —Me pasó la mano por la frente y limpió el sudor que me pegaba los cabellos a la piel—. Fue un mal sueño. Solo eso...

Quería borrarlo todo, cada paso y grito. Comencé a asentir frenéticamente con la cabeza y cerré los ojos en un intento por calmarme.

—Lo fue. —La tomé por las muñecas para alejar sus manos de mi rostro—. Estoy bien. —Me escuché enfadada. No la había visto de frente en días.

—No te creo. —La falta de luz me impedía reconocer su rostro, pero era capaz de imaginar su frente arrugada y su preocupación—. Tus gritos podrían despertar a las personas al otro lado de la ciudad.

—Supongo que tendré que disculparme mañana. —Intenté ser sarcástica, aunque el tono ronco de mi voz no le dio el efecto que esperaba.

—Julia, ¿qué está pasando? ¿Qué no estás diciéndome? —Inclinó la cabeza para observarse las manos atrapadas entre las mías.

—¿Qué respuesta quieres primero? —No respondió—. ¿Qué no estás diciéndome tu? Te vas a mudar —Estaba cansada, tan malditamente cansada—. ¿Y qué hay del tipo del otro día? —Ese hombre que se había comportado tan extraño frente a Gabriel.

El patrón era claro, nos quebrábamos y solo éramos capaces de arreglarlo cuando una de las dos se encontraba en desventaja.

—Cuando decidas que es momento de entregar ese reporte seremos libres y nos separaremos, tú misma lo dijiste... —El enfado se congeló en repentina sorpresa. Suspiró ante mi expresión—. Lo leí mientras no estabas. —Alejó las manos de las mías y comenzó a ponerse de pie—. Sé que no debí leerlo —comenzó con voz potente—, pero estoy cansada de esta vida. Debes comprender lo mucho que deseo que todo esto se detenga. Tú decides si eres capaz de terminarlo o no. —

Observaba la pared con la barbilla en alto—. No prometo esperarte por mucho tiempo. —Cerró los ojos al advertirme—. Creo que te estás dejando llevar demasiado por ese hombre. Aidan me contó que lo vio venir por ti.

—¿Yo? Porque tu actitud cambió por completo cuando conociste al tal Aidan. ¿Qué clase de cosas te dice para alejarte de mí? Tampoco me gusta que te reporte sobre mi vida —reclamé indignada, no se me había pasado por la cabeza que el tipo fuera capaz de contarle sobre aquel pequeño encuentro.

—Solo se preocupa por mí, no confía en Gabriel.

—Pues si en esas estamos, Gabriel no confía en él y yo tampoco. —El tono de ambas se elevó con la sola mención de esos hombres.

—¿Y tú le crees? —soltó, incrédula.

—Tu estabas allí cuando Amaris nos habló de él. En cambio, de tu nuevo amigo no sabemos nada. —Le recordé triunfante.

Se puso de pie con rapidez.

—No creas todas las adivinanzas de Amaris. —Nunca la había escuchado hablar así de ella—. No sería la primera vez que se equivoca, o que lo malinterpreta todo.

No deseaba estar sola, fue mi cobardía la que le permitió marcharse. Me pasé las manos por el cabello antes de salir de la cama, directo a la ventana, la abrí tanto como pude para que el aire y la noche fueran libres de correr del exterior al interior.

Por alguna razón comencé a asfixiarme con la oscuridad, a ahogarme en ella. Con la respiración frenética, caí al suelo sobre las piernas y dejé que el tiempo fluyera. Observé el cielo y a nada en particular. Me agobié con mi propia vida, intentando decidir con qué situación lidiaría primero. De pronto fue... demasiado, de pronto me encontré sangrando.

Las personas avanzaban de un lugar a otro entre los concurridos pasillos, solo sombras a mi vista, fantasmas pasajeros. Mi concentración estaba sobre mis pasos y mi respiración, sobre mi compostura. Porque estaba completamente fuera de juego, porque ya no tenía cartas, ni piezas. Había gastado todas mis jugadas en mi desesperación por una probada de... lo que sea que hubiera intentado en estos días con Gabriel. Me sumergí estúpidamente sin saber nadar.

—Profesora, aquí están los permisos del grupo. —Delgado me entregó un conjunto de papeles.

Distraída era la palabra que me definía en vida. Ese día era la excursión estudiantil y lo había olvidado entre ese montón de mierda que me esperaba en casa.

—Gracias. —Tomé los papeles con la mayor seguridad posible.

Llevaríamos a los estudiantes a un área forestal por algo de la clase de biología y me habían pedido ayudar a cuidar que todo estuviera bajo control.

No me entusiasmaba demasiado, solo quería alejarme de la ciudad por unas horas. Lo bueno de este viaje era que no tendría que dar mis clases, honestamente ya no me importaba demasiado, estaba exhausta.

Llamaron a los jóvenes al patio del instituto, un lugar cubierto por césped y rodeado por hermosos arbustos que aun mantenían sus hojas anaranjadas y amarillentas.

—De acuerdo. —Un profesor llamó la atención de todos, con su voz fuerte y clara—. Como no es posible transportarnos en un solo autobús, formaremos dos grupos iguales para que sea más fácil. De la «A» a la «M» en el primer autobús, de la «N» en adelante, en el segundo. ¡Andando!

Era inesperado que me tocara ir justo en el primer autobús, con Delgado, Mirantes y los jóvenes Montenar. No podía evitar mirarlos de vez en cuando durante el transcurso.

—¿Podemos poner música? —Karen Montenar estaba sentada justo a mis espaldas.

—Mmm... —El otro profesor que venía conmigo estaba durmiendo tan cómodamente que me dio lástima—. Pero en la parte de atrás y no muy alto. —Los prefería distraídos.

Aunque Karen no parecía desistir.

—¿Usted sabe de dónde proviene su apellido? —Se asomaba desde la parte de atrás y sujetaba con fuerza mi asiento.

—La verdad, no. —No quería comenzar esta conversación de nuevo.

—Ah, entiendo. —Para mi suerte, ese fue su último comentario.

Cuando finalmente llegamos, ninguno de ellos pudo contener las ansias de explorar el lugar y nosotros les dimos un poco de libertad.

—Solo no olviden ir en grupos y no alejarse demasiado del sendero. —Tuve que recordarles mientras repartía unos folletos que no me molesté en leer.

—Deben volver en dos horas para la comida —añadió el mayor de los profesores.

—Señorita Cazador, ¿quiere ser mi pareja? —Karen Montenar apareció a mi lado de pronto.

—Deberías ir junto a tu hermano —señalé.

—Él va con Pau y Miriam. A mi me gustaría acompañarla a usted.

—Deberías buscar otro grupo...

—Será mejor que la acompañes y sigas a esos tres, una buena parte del grupo va en esa dirección, yo me quedo con los demás. —El otro profesor prácticamente me empujó hacia Karen.

—De acuerdo. —Intenté no mostrar mi molestia.

Caminamos juntas a algunos metros de distancia de sus amigos, era verdad que varios alumnos caminaban en esa dirección.

—¿Cuántos años tiene? —La curiosidad de la joven me molestaba.

—Tengo veinticinco —respondí mientras intentaba no caminar cerca de las espinas que, de vez en cuando, se asomaban sobre el camino—. ¿Y tú? —El interrogatorio era de dos.

—Cumpliré diecisiete en abril —dijo y sonaba orgullosa.

—Así que estás por ir a la universidad. —Intenté guiar la conversación en esa dirección.

—Sí, el año que viene debería ir, solo que aún no se si eso será aquí o en... otro lugar.

—¿Otro lugar? —Eso captó mi atención, la Sociedad seguramente le escogería una universidad para cuidarla más de cerca.

—Depende de mis padres, ellos decidirán donde estudiaré.

—¿Igual para tu hermano? —No olvidaba que el joven era adoptado, al igual que Esteban; parecía común entre los Calpián.

—Él probablemente no vaya a la universidad, es complicado. —Aunque no sonaba triste por ello, más bien contenta—. ¿Dónde creció usted? —Aquí íbamos de nuevo.

—Aquí en la ciudad, ¿y tú? —No quise darle detalles ni le presté demasiada atención, mi vista se perdió entre los estudiantes que iban frente a nosotros.

—No creo que usted conozca ese lugar... —Se rio un poco y después se apresuró a unirse a los demás.

Me preocupaba el interés que Karen mostraba por mí; aunque solo era una adolescente, algo en ella me molestaba.

En mi opinión, el viaje era aburrido, pero muchos de ellos parecían divertirse al ver la vegetación y los insectos. El lugar estaba rodeado por diferentes tipos de árboles, aunque el sendero estaba bien marcado por rocas y algunas hierbas con espinas las atravesaban. En ocasiones nos topábamos con áreas de descanso. Pronto nos cruzamos con un río que acompañaba el camino.

Me tomé mi tiempo para sentarme en una banca de piedra. Aunque solía tener la condición suficiente para correr, las subidas me causaban cansancio, más después de mis desveladas.

—¿Quiere un poco de agua? —preguntó al acercarse a mi nuevamente, logrando asustarme con su repentina presencia.

—¿Qué? No me asustes así. —Incluso me llevé las manos al pecho—. Gracias, pero no.

La vi bajar el brazo con el que me ofrecía la botella de agua.

—El lugar del que viene mi familia se llama Alturia, allí nací, aunque no la recuerdo —continuó con nuestra platica de antes.

Jamás había escuchado el nombre de esa ciudad, debía estar oculta por la Sociedad.

—¿Por qué me estás diciendo esto? Sabes que no conozco ese lugar. —Busqué a mi alrededor a sus compañeros, ninguno estaba cerca.

—Usted tenía curiosidad.

—¿Ah, sí? —Era verdad, yo había preguntado.

—Pregunte lo que quiera, *todo* lo que usted quiera saber. —Se sentó a mi lado y cruzó las piernas.

Se veía demasiado relajada, confiada.

—¿Por qué? —Era tan fácil que me causaba desconfianza.

—Porque sé que envió a Pau a investigar sobre nosotros, no sé por qué, pero creo que usted es como yo, como nosotros, los que venimos de afuera. —La habían descubierto, me pregunté si todos ellos lo sabían, si aún podían confiar en la pobre chica—. Creo que usted me mintió, que sabe quién es su familia y quiere volver. Podemos ayudarla. —Esta vez encontré sus ojos, sin comprender del todo.

—¿Ayudarme? —Las intenciones eran buenas, pero malinterpretaba mis planes.

—Ahora todos estamos volviendo, mis padres dicen que será difícil, pero es posible... La familia Cazador pertenece a la Sociedad, usted debería estar allí y no con... no aquí.

De verdad era fácil. Era increíble que fuera tan fácil. No sabía qué respuestas me faltaban por obtener, pero estaban a mi alcance.

—¿Les están pidiendo algo? Para volver, demostrar lealtad o algo así.

La joven se quedó pensativa.

—No sé si es una muestra de lealtad. Cada fin de semana debemos ir al centro de la Sociedad, la llaman la Ciudad Escondida, nos hacen preguntas y exámenes. Cada vez que voy debo decir lo mismo, o al menos algo parecido, sobre cómo he vivido mi vida todos estos años y lo que pienso sobre volver. Me preguntan sobre lo que mis padres dicen. —Casi se le acabó el aire.

—¿Qué clase de exámenes? —Aquello era nuevo.

—De sangre y esas cosas, dicen que es para verificar nuestra salud, aunque mi papá me dijo que son capaces de detectar el gen en nosotros. —Debió notar mi confusión, porque aclaró—: Así lo llaman, el gen Calpián, se ve diferente en los Calpián de sangre que en los de herencia, la esencia puede ser engañosa, así verifican que pertenecemos a la especie.

Yo era uno de esos casos en los que la esencia engañaba a los suyos.

—¿Algo más? —No tenía preguntas concretas, intentaba procesar la información.

—Nos preguntan por la escuela, si nos caen bien nuestros... anfitriones, si hemos escuchado algo, si conocimos a alguien... sospechoso.

Sospechoso.

—¿Puedo saber qué les has dicho? —Si sabían de mí, de mi amiga, de su hija, tal vez ya estábamos en su mira.

—Nuestros padres nos han dicho que no digamos nada, por nuestra seguridad. Desde el primer día supe por su apellido que usted era uno de nosotros, pero exponerla solo nos podría meter en problemas con los Vigías. El padre de Miriam dice que es mejor no hacer enemigos si estás en medio del fuego cruzado. —Eso me daba cierta tranquilidad—. Aunque no es fácil engañarlos, nunca nos dejan ir más allá de la Ciudad Escondida.

—Aunque yo no soy una de ustedes... agradezco la discreción.

—Tal vez usted sea humana, pero a su familia, a toda su familia, le han prometido protección, deberían cumplir con eso.

—También agradezco tu preocupación, te aseguro que has sido de mucha ayuda. —La tomé del hombro.

Aunque no me ayudaba de la forma en que ella seguramente pensaba.

Ella estaba por decir algo más, pero los gritos de Paulina nos alcanzaron.

—¡Profesora! ¡Miriam cayó junto al río! —La chica ni siquiera llegó hasta nosotras.

Me puse de pie con rapidez y corrí en su dirección.

—¿Dónde está?

Corrimos por todo el sendero hasta llegar a un puente colgante; en ese lugar el río viajaba varios metros por debajo de nosotros. Pero el grupo de chicos no se encontraba junto al puente, sino unos metros más adelante, donde una barandilla de seguridad se encontraba incompleta, como si alguien la hubiera derrumbado. El otro profesor ya se encontraba en el lugar.

—¿Venías con ellos? —No recordaba su nombre, era nuevo y más joven. Aunque viajamos en el mismo autobús, no recordaba verlo al bajar.

—Sí, pero no la vi caer. —Miriam Mirantes se encontraba desmayada a la orilla del rio y, junto a ella, la parte faltante de la barandilla—. Debió asomarse demasiado por la saliente y caer.

—Los guardias nos advirtieron que el agua comenzaría a subir pronto. Debemos bajar y traerla rápido. —Comencé a buscar una ruta de bajada; para cualquiera de nosotros sería muy difícil intentar traerla. Cuando mi vista volvió al lugar desde el que la joven parecía haber caído, me encontré con los Montenar y Paulina Delgado, que observaban demasiado cerca del borde—. ¡Chicos, aléjense de la orilla! ¡Ahora! —Sin mucha oposición, los tres me hicieron caso.

—Profesora, por favor sáquela de ahí. —Alberto parecía ser el más afectado, con los ojos rojos, irritados por el llanto. Tal vez había presenciado el accidente.

—No debemos precipitarnos. —Me dirigí al joven profesor—. Ve con esos tres a buscar al encargado y a los rescatistas. —No necesitaba que nadie más saliera lastimado—. Mejor llévate a todo el grupo —corregí al encontrarme con las demás miradas curiosas.

—Yo me quedo —insistió Alberto—. Me quedo con usted. —Noté en su voz que no sería fácil hacerlo desistir.

Y no me agradaba demasiado la idea, pero, si finalmente decidía encargarme del asunto, necesitaría ayuda.

—Bien, él se queda, pero llévate a los demás. Y dile al profesor del otro grupo que debe llamar a los padres, deben saber del accidente.
—Dejé de lado el hecho de que no debía encontrarme con esas personas, poniendo como prioridad el bienestar de la estudiante.

El profesor asintió, se veía aliviado de no tener que hacerse cargo de la situación en persona. Tal vez dentro de unas horas, cuando Miriam estuviera a salvo, me permitiría enojarme con él.

—Chicos, vengan conmigo. —Comenzó a caminar, nadie lo siguió.

Eran alrededor de diez estudiantes quienes permanecían murmurando alrededor de la escena. Si no obedecían al nuevo, tal vez la Cazadora se había ausentado demasiado.

—¡Todos vayan con el profesor si no quieren un reporte! —grité tan alto que hasta los pájaros y las cigarras parecieron callar su canto. Pero funcionó, los murmullos también cesaron y todos fueron detrás del hombre. Algunos con una lentitud desesperante.

—¿Ella va a estar bien? —Alberto se movía con ansias a mi lado. Se alzaba sobre las puntas de sus pies para visualizar a la joven desde una distancia segura del borde.

Me atreví a mirarla, boca abajo y con ambos brazos sobre la cabeza. No podía ver bien su rostro, pero toda su ropa estaba sucia e incluso rota por la caída. Seguramente había rodado, tal vez se rompió algún hueso en el deceso. Sin mencionar la sangre.

—En cuanto la subamos, lo sabremos. —No tenía palabras para calmarlo, no poder bajar personalmente me inquietaba.

—¿No puede ir por ella? —Con mis recientes pesadillas, la sola idea me paralizaba.

—Es mejor esperar a los rescatistas. —Me apresuré a decir y quedé como una cobarde—. Si bajo, no podré subir con ella. —La espera no parecía una opción para el—. No tardarán. —Lo tomé brevemente del hombro con fuerza.

—No la cuidé bien. Todo esto es mi culpa —soltó en llanto. Incluso vi cómo comenzaba a temblar mientras se llevaba las manos a los ojos.

—Era yo quien debía cuidarlos. No busquemos culpables, mejor comencemos a despertarla. —Porque la joven no se había movido, ni siquiera alcanzaba a notar su respiración—. Deberíamos intentar despertarla.

—¡Miriam! —Su grito me aturdió por la cercanía—. ¡Despierta! ¡Pecosa! —Gemía entre cada palabra, usando todo el aire que podía retener para llamarla.

—Sin apodos —lo reprendí.

—Le molesta que la llame así, tal vez despierte para insultarme —respondió alto para que pudiera escucharlo por sobre el viento que comenzaba a soplar en esa parte alta de la montaña.

—¡Señorita Mirantes! ¡Despierte! —Opté por intentarlo a mi modo.

Y así continuamos, gritando al uníson, cayendo en la desesperación ante lo inútiles que resultaron nuestros intentos. Justo cuando pensé que Alberto se quedaría sin voz, varias personas, que debían ser rescatistas, y el profesor del otro grupo llegaron hasta el lugar.

—¿Cómo se encuentra? —Estaba alarmado, rojo de todo el rostro.

—Sigue desmayada, ¿localizó a sus padres?

—Vienen en camino —me confirmó.

—Bajaremos por ella, por favor, retrocedan.

Descendieron con agilidad, ayudándose entre sí con una cuerda, y subieron a la chica, aún inconsciente, hasta nosotros.

La pusieron en una camilla y, tras verificar sus signos vitales, pudimos reconocer que seguía respirando. Entonces todos comenzamos nuestro viaje de regreso a la entrada del lugar, donde se encontraban todos.

Alberto caminaba tan rápido como podía para ir al ritmo de los rescatistas que cargaban la camilla.

—Por favor, despierta, prometo no volver a llamarte pecas... —El joven la miraba afligido.

—¿Tú cuidabas a los chicos? Los padres harán preguntas.

—El nuevo estaba con ellos, pero no creo que esté listo para responderlas. Si es necesario, puedo hacerlo en su lugar. —Pensándolo bien, esa no era la mejor opción para mí.

—Yo lo haré, soy el principal encargado de esta excursión, era mi responsabilidad. —No estaba segura de sí había notado mi titubeo o si solo se ofreció porque se sentía culpable.

En la cima, justo donde debíamos reunirnos para comer, ya se encontraba una ambulancia, y todos los alumnos la rodeaban preocupados.

—La llevaremos a un hospital, ¿quién vendrá con nosotros? —El paramédico se turnaba para observarnos.

—Los padres aun no llegan —señalé.

—Entonces quédate a esperarlos. Yo iré con ella y el nuevo debe encargarse de regresar a todos al instituto. Y espero que lo haga sin inconvenientes. —Sonó más como una orden para mí que para el nuevo.

Asentí y él se apresuró a subir a la ambulancia para acompañar a Miriam. Apenas se cerraron las puertas, las sirenas comenzaron a sonar y después la ambulancia comenzó su apresurado camino hacia el hospital más cercano. Cuando estuvieron lejos, me dirigí a los estudiantes.

—¡Muy bien, todos hagan dos filas por autobús! —Aplaudí dos veces y los chicos obedecieron—. ¿Cuál es tu nombre? —Me dirigí al nuevo.

—Andrés... Andrés Luarca —susurró. Honestamente, no se veía nada bien y parecía lamentarse por todo aquello—. Yo seré su remplazo. —Esa información era nueva para mí, pero no quise molestarme en interrogarlo, no ahora.

—El profesor Luarca los llevará de nuevo al instituto. No deben alarmarse, su compañera pronto despertará. —O al menos eso esperaba—. Por ahora, espero que nadie cause más problemas —dije con la voz firme.

—Usted parece tener el respeto de los estudiantes... —susurró al observar a todos subir a los autobuses.

—O el miedo, a veces no lo distingo. —Me dirigí a Andrés esta vez—. Avisa al director de la situación, ya que estaban bajo tu vigilancia. Yo hablaré con los padres en cuanto lleguen, pero reportarlo al director es tu responsabilidad.

—Sí, está bien. —Se veía preocupado, pero confiaba en que fuera alguien responsable. Pobre, llenar mis zapatos no le sería fácil.

Observé a los estudiantes, muchos de ellos estaban realmente afectados, todo el ánimo había decaído tanto que no temí que ocasionaran más problemas.

Pasaron algunos momentos insoportables en los que dos pensamientos llegaron a mí: el primero era que estaba por reunirme con un par de preocupados padres Calpián, que estaban por volver a la Sociedad; el segundo, tendría que irme con ellos ya que no existía otra forma de dejar la montaña.

Mis pensamientos fueron interrumpidos por el sonido de una camioneta que entraba a toda velocidad, la misma camioneta negra que había visto llegar con los chicos al instituto.

Respiré hondo, convenciéndome de que podría lidiar con la preocupación de esas personas sin rebasar los límites, que sería capaz de separar mi trabajo de todo lo demás. Solo que, en su lugar, un muy asombrado y molesto Gabriel fue quien bajó del vehículo.

«*Mierda. ¿Por qué apareces en todos lados?*»

Clavó la mirada en mí con lo que percibí como odio, porque estaba más allá del enfado. Incluso caminó hasta mí apresuradamente.

Estaba por decir algo cuando me tomó con fuerza por los hombros y me empujó hasta que choqué con el tronco de un árbol cercano. Puede que no aplicara demasiada fuerza en su empuje, pero me tomó tan desprevenida que cedí ante él, ligera como una hoja.

—¿Dónde está ella? —No pude reaccionar ante su demanda, no nos habíamos visto ni hablado en semanas, desde ese accidente. Y aquí estábamos, siendo partícipes en otro, como si este tipo de desgracias nos llamaran al oído.

Evité su mirada y me concentré en el tacto de sus manos en mí, me tomaban como si temieran lastimarme, pero no dudaban en ser firmes.

—Ya... ya la llevaron al hospital. —Me apresuré a decir, un tanto asustada. No exactamente por él, más bien asustada por el hecho de que esa joven estaba herida y él me culpaba.

—Si algo le sucede... —Me amenazaba. Se atrevía a amenazarme. Solo que su acción tuvo el efecto contrario, aquello incluso me dio risa. ¿Yo era la amenaza? De los dos, ¿realmente pensaba que yo era capaz de lastimar así a alguien? ¿A propósito?

—¿Me vas a matar? —solté casi sin pensar. Aquello tuvo un efecto extraño en él, creí que retrocedería, agobiado ante el recuerdo de aquella noche, así como yo no había podido dormir solo de pensar en ese hombre sin humanidad. Pero no retrocedió, estaba confundido.

—Aléjate de ella —escupió con énfasis.

Mientras más me reía, él más se enojaba, y eso me hacía más gracia. Su forma de actuar conmigo cambió tan drásticamente que hacía gracia.

—¿Por qué debería? —hablé como quien no había hecho nada malo y él me empujó un poco más contra la corteza del árbol.

—Porque es mi hermana y no quiero que le hagas lo que me haces —gruñó entre dientes.

Ese era el parentesco, así de íntimo, de cercano. No excusaba del todo su comportamiento, pero sí lo explicaba.

—Yo no le hice nada. —Sonreí, traviesa. Esto no me divertía, pero sí despertaba mi curiosidad.

El hombre frente a mi parecía más capaz de hacer sangrar que cualquier otra versión de él que hubiera visto antes. Una parte de él que me había estado ocultando. ¿Qué más me había ocultado? ¿A caso me había mentido?

Apretó con fuerza el cuello de mi camisa mientras me estrujaba más hacia atrás. Pude sentir cómo la madera comenzaba a clavarse en mi espalda.

—¿Nada? ¿Y qué haces aquí? —demandó casi a gritos—. ¿POR QUÉ ESTÁS TRAS ELLA?

—No estoy tras ella, ella vino a mí, idiota —interrumpí antes de que me dejara sorda—. Solo soy su profesora. Yo trabajo en ese instituto.

Lo empujé, no tenía la fuerza para lanzarlo lejos, pero mis palabras lo hicieron alejarse lo suficiente como para que pudiera apartarlo de mí.

El conocimiento invadió su rostro, no, lo inundó. Me tomó con fuerza por el antebrazo y lo levantó hacia él, así que me volví para verlo. Cara a cara, de nuevo, tan cerca y de alguna manera alejándonos cada vez más.

—Estás en el bando equivocado. —Palabras pausadas.

Su comportamiento hacía que todos los momentos lindos que compartimos en el pasado se volvieran falsos e insignificantes. Un engaño en el que había caído aun sabiendo de lo que su especie era capaz. Cosa que me lastimó, y sentirme lastimada me enfureció.

—Estoy en medio de ambos bandos, al igual que tú. —Le recordé en el mismo tono en que él me hablaba—. ¿Qué ves ahora en mi esencia? ¿Ya te acercaste lo suficiente? —dije entre dientes.

—Tal vez demasiado. —Lanzó mi brazo a un lado al soltarlo—. Aquí deberíamos separarnos.

—Cumple esa promesa —le reproché llena de rabia ante su actitud. Estaba por alejarse, desconcertado. Queria dejarlo ahí, pero no podía—. Pero si lo haces, ¿eso dónde te dejará? ¿Acaso crees que eso ayude a Miriam? —Se volvió hacia mí, como si el escuchar el nombre de su querida hermana en mis labios lo devolviera a la vida.

—Solo mírame. —Se señaló con ambas manos—. Ya no sé dónde estoy parado.

«*No quiero que le hagas lo que me haces*».

El Gabriel frente a mí se desconocía a sí mismo más de lo que yo lo hacía. Un remordimiento extraño comenzó a adentrarse en mi cabeza al imaginar la clase de dolor que siente alguien que teme cometer errores del pasado.

Tomé aire, consciente de que me arrepentiría por mis palabras.

—Si me llevas, puedo decirte a qué hospital de los Vigías la llevaron, aunque no creo que sea muy seguro para ti entrar, puedo hacerlo en tu lugar... —Una parte de mí esperaba que se negara, no porque no quisiera ayudarlo, sino porque su actitud de antes sugería que no quería mi ayuda.

—Vamos. —Fue la única palabra que salió de sus labios, ni siquiera lo meditó, solo comenzó a caminar y yo lo seguí, suspirando, en parte de dolor y en parte por cansancio.

Noté sus miradas durante el trayecto al hospital. La parte de mí que se había perdido en sus brazos en nuestros últimos encuentros anhelaba que estuviera preocupado por la manera en que me había tratado, que se arrepintiera, que me preguntara si me encontraba bien.

Pero todo el camino estuvo lleno de un aterrador silencio, solo interrumpido por mis instrucciones para guiarnos hasta el lugar.

—Es aquí —dije cuando el gran edificio de ventanales claros y paredes blancas se presentó frente a nosotros—. Recomiendo que te estaciones lejos, no sé con exactitud cuántas personas conocen tu rostro, pero si las cámaras de seguridad te detectan...

—¿Vas a ir en mi lugar? ¿De verdad? —me interrumpió sin mirarme, solo observaba el lugar como un reto, de manera hostil.

Su actitud me recordaba mucho al hombre que había conocido en octubre, el que me reconoció en aquel puente, el de mis primeras pesadillas.

—Creo que estarás de acuerdo conmigo, no importa lo que pasó entre nosotros... —Su cuerpo pareció estremecerse ante la palabra—. No dejes que tus emociones te controlen, ni siquiera tienes que confiar en mí. —Respiré profundamente y comencé a hacer caso a mis palabras, porque eran ciertas—. Te aseguro que entraré, preguntaré por ella y saldré a contarte todo con detalle. Si algo puedo asegurarte es que nunca fallo en mi trabajo. Entrar, observar y salir, suelen ser cosas en las que soy buena. —No lo miré, porque no quería saber de qué manera me observaba, solo asentí con la cabeza—. Misión aceptada. —Bajé del auto con rapidez, sin esperar su respuesta.

Caminé con prisa hasta el interior del lugar y pasé como si nada por el puesto de seguridad. Realmente me desagradaban los hospitales, evitaba visitarlos lo mas que podía. Me dirigí a la recepción y pregunté por la chica. Conocía a algunas personas en el lugar, pese a odiarlo, ya había estado ahí más de una vez por distintas razones.

Antes de llegar a la habitación, pude reconocer la voz del profesor que intentaba tranquilizar a los padres de Gabriel.

—Nos prometieron protección, ¿se referían a esto? —El padre alzaba la voz y se movía frenéticamente, de manera intimidante.

—Le aseguro que esto fue un accidente, de ninguna forma faltamos al tratado...

—¿Y mi hija? ¿Ella que tiene que ver? —La madre se adelantaba—. Debieron ser más cuidadosos, nosotros la dejamos en sus manos porque creímos... —No terminó su frase, comenzó a llorar desconsoladamente y vi cómo el padre la abrazaba con fuerza.

—De verdad lamentamos mucho este accidente. —Jamás vi a ningún profesor en una posición como esa.

Me debatí entre acercarme e irme de ese lugar. Mis piernas no me respondieron, estaba atascada en medio. Enfrentarme a los padres de Gabriel era demasiado para mí, más por la tensión que nos rodeaba últimamente.

El doctor salió del lugar y se acercó a las tres personas.

—Ella estará bien, está despierta. —Los padres suspiraron casi al mismo tiempo—. La herida en su cabeza no es grave, solo se quebró el brazo izquierdo, pero no tardará en sanar. Aun así, le haremos más estudios y en poco tiempo podrá volver a casa.

Las palabras del médico eran tranquilizantes, pero me di cuenta de que no se las decía a los padres de la paciente, toda la comunicación era directamente con ese profesor. Algo en mi cerebro conectó los puntos frente a mí, porque esas personas eran puramente Calpián. El piso estaba completamente vacío, ellos eran los únicos aquí, apartados de los demás, y el médico no se dignaba a hablarles directamente. Eran excluidos, o por su origen o por el lugar al que pretendían volver.

Salí de ahí antes de que alguien pudiera verme. Gabriel seguía esperando en la camioneta, con la cabeza contra el volante, sujetándolo fuertemente con sus manos. No lo soltó ni cuando subí junto a él.

—Despertó, al parecer solo tiene un brazo roto y no encontraron nada malo, pero la estará en observación. —No dijo nada—. Tus padres ya están aquí. —Eso sí atrajo su atención, ya que levantó la cabeza y miró a la nada.

—Así que están aquí —susurró de manera extraña—. Eso es bueno, al menos no estará completamente sola.

No supe qué decir, prácticamente ya había cumplido con mi parte, pero mi interior me decía que le debía más.

—Ya debo irme. —Abrí la puerta, pero no bajé, esperaba algo: que me detuviera o agradeciera, algo que me quitara del pecho la horrenda sensación de que era el final—Adiós. —Era estúpido esperar su atención cuando todos sus pensamientos debían enfocarse en su familia.

CAPÍTULO 16: PRESA

Cuando el reloj marcó las tres, ya había llegado al hospital. Se convirtió en mi rutina esperar a que los padres de Miriam fueran a comer algo para entrar y verificar su estado con mis propios ojos, aunque fuera solo desde la pequeña ventana en la puerta de su habitación.

La joven tenía una semana en reposo, le habían vendado la cabeza y enyesado el brazo. Y en todo ese tiempo, no hubo un solo día en el que no me presentara a verla. Me daba tanta lastima verla en ese estado, más después de enterarme de su desmayo el día después del accidente.

Me convencí a mí misma de que era simple remordimiento por no haber estado para ella, aunque quizá lo hacía por Gabriel, no lo sabía. Tenía tiempo sin verlo y realmente no deseaba pensar en él, pero no podía evitarlo.

Fueron días cansados, ese nuevo profesor, Luarca, me seguía a todas partes; hacía preguntas y anotaba cosas en un cuaderno. Después del accidente se tomó muy enserio su papel como mi sustituto, parecía que quería copiar todas mis acciones para cuando tuviera mi puesto.

Era un alivio deshacerme de él en cuanto el timbre sonaba para marcar el fin del turno matutino. Tomaba un autobús que me dejaba en el centro y después iba al hospital en taxi.

No me acercaba tanto a los padres Mirantes. Mariel me había dicho que, si tanto insistía en visitarla, al menos mantuviera mi distancia. Yo no había querido contarle, pero cuando todo el instituto se enteró del accidente, ella vino corriendo a mí.

Y después de todo, yo prefería pensar que seguíamos siendo amigas, que nos seguíamos importando la una a la otra, aunque cada vez habláramos menos.

Bajé por las escaleras de emergencia. Desde aquella vez, en la que me había topado por accidente a la señora Mirantes en el ascensor, fui precavida con mis visitas. Mi teléfono celular comenzó a sonar como loco, llenándose de mensajes de texto.

«¿Dónde estás?»

«¿Por qué no viniste con Mariel?»

«Esta no es la forma correcta de entregar un informe».

«No lo leeré hasta que no estes aquí».

«Ven enseguida».

«Ahora».

Lo primero que vino a mi mente fue que Mariel había decidido entregar su informe sin avisarme, probablemente mi ausencia de los últimos días la hizo desesperarse. No volvimos a hablar de mi investigación, y la verdad era que no tenía tiempo de completarla, ni de enviarla; evitaba pensar en ello.

Una persona diferente a la de la última vez estaba en la recepción de esa biblioteca. Cada vez que visitaba el centro de operaciones algo era diferente: las personas, el ambiente, los muebles. Debía ser cosa de los Grandes Vigías, ya que a Javier no le gustaban los cambios drásticos.

Mi amiga ya estaba en su oficina y el jefe sostenía el informe entre las manos. No había ninguna expresión en su rostro, nada que pudiera darme una pista de lo que Mariel había entregado.

—No es suficiente. —Javier tiró los documentos sobre su escritorio.

Mariel y yo nos observamos con el ceño fruncido.

—¿Cómo que no es suficiente? Tenemos todo, los motivos, los antecedentes, los métodos... —comenzó a reprochar, así que tomé el documento para verificar lo que estaba diciendo.

Aquello era una mezcla entre sus hallazgos y mi reporte.

MI REPORTE.

Lo había tomado sin mi autorización, sin avisarme o advertirme. Debió aprovechar mis visitas constantes al hospital para duplicarlo y crear el suyo. La verdad era que el plagio no me importaba, pero esperaba que me diera algo de tiempo, al menos el suficiente para atreverme a traicionar a Gabriel.

Traición. ¿Eso era lo que estaba pasando en este momento? Ni siquiera supe reaccionar, solo observé al hombre frente a nosotras, nos analizaba con su tan conocida mueca de decepción. Me preguntaba si él sabría lo que su estúpida trampa le hacía a nuestra amistad.

—He dicho que no es suficiente. —Se cruzó de brazos—. Eso no le da armas a los Vigías.

¿Armas? ¿Contra los Calpián? Así que todo esto era solo un frágil intento por demostrar algo ante la Sociedad, tal vez de verdad se buscaba una guerra.

—Nunca será suficiente, ¿verdad? —interrumpió Mariel, poniéndose de pie—. No quieres soltarnos... —Captó mi mirada y después la de Javier. Ella lo comprendía tanto como yo, por la manera en la que el hombre me observaba, de manera posesiva—. No vas a soltarla y no me vas a dejar en paz para tenerla. —Nunca la había escuchado así en el pasado.

Inhalé tanto aire como pude, consciente de los deseos de ambos. Resignada a que solo yo podía complacerlos.

—Déjala ir y yo terminaré el trabajo —lo dije más por obligación que por voluntad, al final de cuentas era eso; Mariel era un rehén en este juego de la amante del jefe y no era justo.

—¡Julia! —me reprendió, pero me resistí a mirarla.

En su lugar, seguí observando al jefe. La sonrisa que tenía mostraba un poco de sus dientes, se deleitaba con la situación, con nuestro sufrimiento.

—He dicho que no es suficiente, *ambas* deben continuar con la investigación. —Se puso de pie, dispuesto a marcharse.

No importaba si recaudábamos mil historias, el trabajo se había hecho para ser imposible de realizar. Obtener esa información nos había costado mucho. Lo que los Vigías querían era una fisura para declararle la guerra a los Calpián.

—¿Qué pasaría si pudiéramos ayudarte? —comenzó Mariel—. ¿Y si supiéramos la identidad del Justiciero de Dios?

El impulso del momento me hizo ponerme de pie junto a ella. Buscaba su mirada y ella simplemente mantenía la cabeza en alto.

—¿Tú sabes quién es? ¿Cómo? —Su voz fue grave, pude ver que mi amiga lo tenía justo donde lo quería.

—No importa cómo. Lo que importa es que no solo sabemos quién es, sabemos dónde vive y qué lugares frecuenta. —La vi deleitarse con las expresiones en su rostro, por tenerlo justo entre sus manos, por ser esta vez quien tuviera la ventaja.

Porque escapar sería difícil, sin embargo, existía una manera. Aunque la información no fuera de interés para los Vigías, el hombre frente a nosotros se volvía loco por obtenerla.

Solo pensar en revelar tal secreto me aceleró el corazón. No tenía otra opción y no retrocedería ahora, todos los encuentros, el hecho de que ese hombre seguía apareciendo en mi vida, tenía que ser para esto. Y no había otra opción, Mariel ya estaba vendiendo la información al postor más confiable.

—¡Dime! —golpeó el escritorio con el puño, como si quisiera asustarnos.

No esta vez. Si la ignorancia era letal, en este momento yo me sentía como un arma afilada ante el conocimiento que poseía. El arma que Mariel empuñaba.

—Trae los papeles, termina los contratos y déjala ir, entonces te lo diré todo. —Tomé la conversación en mis manos.

Le molestaba, yo más que nadie podía notar la guerra interna que él peleaba por escoger entre su sospechoso y yo.

—De acuerdo —aceptó finalmente.

No tardó ni diez minutos en imprimir y firmar la terminación de nuestros contratos. Al instante en que tomó una pluma para culminar con su parte, yo tomé otra para anotar la información en una hoja en blanco que estaba sobre su escritorio. Me espero impaciente y eso solo hizo más disfrutable, junto con el tiempo que usé para doblar la hoja por la mitad, muy lentamente.

—Aquí está todo, solo necesito la certeza de que no volverás a molestarnos, que no nos amenazarás, ni a nuestras familias. —Agité el papel de un lado a otro, manteniéndolo entre mis dedos índice y anular.

—Tienen mi palabra. —Puso la mano derecha sobre su pecho, a la altura del corazón—. Y mi palabra es la de los Vigías. —Deslizó los documentos sobre el escritorio hasta que estuvieron frente a nosotras—. Revísalos afuera y danos unos minutos a solas, este es su último día.

Mariel no dudó y puso las manos con rapidez sobre los contratos para examinarlos, tan absorta en lo obtenido que no se detuvo a pensar en abandonarme con ese hombre.

—Supongo que eso es todo. —Dejé el papel sobre el escritorio y él me agarró la mano en el momento.

—Siempre fue tu plan. ¿O me equivoco? —Apostaba a que ni en sus más locos pensamientos se le había ocurrido que su trampa absurda se volvería en su contra.

—No sé de qué estás hablando. —Ya no le tenía miedo, ni desprecio, verlo tan desesperado y desalineado me hizo incluso perder el poco respeto que había llegado a sentir por él, por el hombre astuto que alguna vez fue.

—No negarás que aceptaste dormir conmigo para tener privilegios, no hay necesidad de mentir —quería provocarme una última vez.

—No lo hice por eso. —Me zafé de su agarre con brusquedad.

—¿Entonces por qué fue? Si nunca sentiste nada por mí, ¿por qué viniste a mí cada vez que te lo pedí?

Eso me enfureció tanto que no pensé bien mi respuesta, solo lancé la verdad como un par de dados al aire, a la espera de acertar.

—Bien dicen que a los enemigos hay que mantenerlos muy cerca. —Saboreé las palabras en su cara. No respondió, por lo que me tomé la libertad para continuar—: No eras el único que necesitaba desahogar sus penas en alguien. Además, conocerte tan bien, tu casa, tus hábitos, tus puntos ciegos y debilidades, todo, era un arma que se podía usar en algún momento, que se podría vender. Así como hoy te vendo a tu criminal a cambio de mi libertad.

—No habrá necesidad de usar esa información después de todo. —Reaccionó con más tranquilidad de la que pensaba y sostuvo el papel entre sus manos—. Ahora eres libre. —Lo desdobló y leyó su contenido con una sonrisa—. Ya no te necesito. —Arrugó el papel entre las manos y salió de la oficina a toda prisa.

Me quedé sola en silencio durante un largo instante. Me sentía intranquila, acababa de intercambiar mi vida por la de Gabriel. Respiré hondo para intentar calmarme, no me arrepentiría, estaba hecho, que él se las arreglara para seguir, así como lo haría yo.

Las dulces palabras de consuelo y la intensidad realmente se habían acabado, él y yo nos separábamos, me aseguraba de eso al dejarlo en manos de Javier, yo había acabado con él de una vez por todas.

Mariel me esperaba afuera, me miraba sin expresión alguna, y eso fue peor.

—No puedo creer que me hicieras eso. —La miré con desprecio, por orillarme a esto sin aviso.

—Gracias por hacerlo. —Fue su respuesta—. Era necesario, ya terminó todo. —Me tomó las manos.

No, no era mi vida la que intercambiaba, también las vidas de Mariel y Valeria habían estado sobre la mesa; si era necesario, me mentiría a mí misma diciéndome que había sido por un bien mayor. Aunque ella me hubiera traicionado, le concedía que esta vez el fin justificaba los medios.

—Vamos a casa, también voy a empacar. —Retiré las manos con cuidado. Estaba decidida a que mientras más rápido me alejara de todo, más rápido lo olvidaría.

—Está a tu nombre... —susurró mostrándome los papeles que Javier nos había entregado.

Tomé el contrato, había más que solo una promesa de liberación. El departamento estaba a mi nombre, junto con el auto que Mariel solía conducir. También había dos muy generosos cheques. Temblé al ver la cantidad, el valor de una vida cabía en mis manos.

—¿Por qué? —Era demasiado y a la vez un precio insuficiente.

—Dijo que era nuestro pago por el último trabajo.

Casi me quedé sin aire, ¿era mi vida o la de Gabriel la que valía eso? Parecía una burla, dejarnos esas pertenencias como un recordatorio de esta vida.

—Solo vámonos ya... —Estaba cansada, sin la fuerza emocional para discutir.

Seguí a Mariel hasta la biblioteca, la cual estaba llena de gente diferente y completamente cerrada, ventanas, puertas, todo cubierto. Eran guardias de los vigías, unos siete en total, todos con uniforme negro, chaleco antibalas y armados de pies a cabeza. Si un civil se los topaba, bien podían ser confundidos con la policía.

—¿Qué está pasando? —preguntó al tomarme de la mano y llevarme hasta un extremo del lugar, junto a un librero lejano.

—No lo sé, pero no creo que nos dejen salir.

En ese momento, Axel apareció de entre todas esas personas, vestía igual que ellos.

Cuando su mirada se posó en nosotras, le dijo algo a uno de los compañeros y después caminó en nuestra dirección.

—Cazadora, Mariel ¿qué hacen aquí? —Permanecía tranquilo, pero su voz denotaba desconcierto.

—¿Qué sucede? —Mariel se atrevió a preguntar, yo solo veía fijamente los ojos del hombre.

—Hubo otro ataque... esta vez fue un incendio, nos estamos preparando para investigar. —Más ataques, entonces era realmente grave—. Si yo fuera ustedes me iría de la ciudad, del estado o, mejor, del país. Las cosas entre los humanos y los Calpián no están muy bien por aquí.

Eso ultimo llamó mucho mi atención, ¿cómo estaban tan seguros de que los ataques provenían de los Calpián?

—¿Nos dejaran salir? —La conversación entre ellos seguía, pero en mi cabeza varios pensamientos se filtraban.

—Será mejor que vayan por las rutas subterráneas y salgan por otro lado... Tomen la norte, hay un acceso a dos cuadras de aquí.

No preguntamos más, seguramente alguien estaba por llegar y todos ellos esperaban. Simplemente seguimos las instrucciones.

Volvimos al centro de operaciones y después nos dirigimos a un amplio pasillo que se encontraba al fondo del lugar, giraba a la derecha y nos conducía a una serie de túneles conectados. Tomamos la ruta norte en silencio.

Las luces rojas colocadas a las orillas del camino se encendían al detectar nuestros movimientos y se apagaban minutos después. El espacio era lo suficientemente amplio como para que cinco personas pudieran pasar caminando una al lado de la otra. Pero la superficie no era demasiado alta, si levantaba las manos, era capaz de tocar el techo con los dedos, algo incómodo para alguien de más estatura.

—¿Qué sabes de esto? ¿Es serio? —Su voz hizo un poco de eco en el lugar.

—Es la guerra.

Frente a nosotros aparecieron las escaleras que nos llevaban a la superficie. Una pequeña pantalla nos permitía ver el exterior, así nos cercioramos de que nadie estaba cerca antes de comenzar a ascender.

La salida nos llevaba al interior de una pequeña tienda de dulces; el lugar estaba vacío, aunque no parecía abandonado.

—¿Guerra? ¿Te refieres a una guerra contra los Calpián? Eso es una locura. —Me tomó del brazo para evitar que saliera sin decir nada.

—Realmente no sé los detalles, pero sí, están todos locos. —Y ella no estaba exenta. Salimos justo al interior de un local, aunque usualmente era operado por nuestra gente, ese día se encontraba solo—. Salgamos de aquí, estas situaciones ya no nos incumben.

Caminamos una cuadra hasta llegar al lugar donde teníamos estacionado el auto. A lo lejos, tres camionetas cerradas cruzaron la calle, dentro seguramente iban las personas que habíamos visto antes.

Si esta era la libertad, a mí no me sabía a nada diferente. Aún me sentía cautiva, presa, si no era de los Vigías, tal vez de mis acciones.

Había pasado tiempo desde que no estábamos así las tres, tan tranquilas, sentadas frente al televisor. Yo me encontraba en el suelo, sobre la alfombra, comiendo de las palomitas que Valeria me ofrecía de vez en cuando. Ella estaba sentada en el sillón a mis espaldas y Mariel, recostada en el otro sofá.

Era aburrido, muy aburrido y lindo al mismo tiempo; increíble que fuera mitad de semana y todas siguiéramos en casa a esta hora del día. Teníamos tanto tiempo libre que no supimos que hacer, así que, cuando la pequeña insistió en ver una película, no nos negamos. Mi amiga le permitió faltar al jardín de niños, más por miedo que por decisión propia, aún no sopesaba que todo esto fuera verdad. Y yo también.

Esta mañana, al despertar, mi alarma no sonó, ni ninguna otra en el departamento, todo se sentía nuevo y era lo mismo. ¿Cuánto tiempo lo resistiría? Me daba la sensación de que Javier irrumpiría en el lugar y me llevaría a rastras de nuevo ante los Vigías. Sensación que me hacía ver la puerta de vez en cuando.

—¡No! —Valeria saltó y todas las palomitas terminaron sobre mí.

—¿Qué es? —Mariel se despertó alerta, como si realmente hubiera estado a la espera de un ataque.

Yo también miré en todas direcciones, pero en ese enorme apartamento solo estábamos nosotras tres y la luz diurna que se filtraba por las ventanas.

—La serpiente... —Con tristeza verdadera, señaló a la pantalla con la pequeña mano.

Mi mirada y la de mi amiga siguieron la dirección de su mano y después nos observamos la una a la otra. Mariel estalló en una carcajada al verme.

Al inicio no entendí, hasta que Valeria comenzó a comer palomitas que tomaba de mi cabello.

—Están sucias —dije sin ánimo.

Me puse de pie para limpiarme y me dirigí a la cocina. Era frustrante.

—¿Estas bien? —Mi amiga apareció sobre la barra.

—Tan bien como tú, parece que ahora estamos más atrapadas que antes. —Al menos yo era capaz de reconocer que estaba nerviosa. Moría por saber si ella lo reconocía igual.

—No sabía cómo comenzar esta platica... —Me senté frente al comedor y ella hizo lo mismo—. Mañana me voy a mudar, no quiero dejarte sola, pensaba pedirte que vinieras conmigo, aunque tal vez mejor deberías ir con tu padre.

Algo que no me admitía era que no tenía un plan real, no quería irme y no quería quedarme. Era difícil decidir. Mi padre tendría muchas preguntas, igual que mi tía, estaba segura de que no me exigirían respuestas hasta que no estuviera lista para darlas.

—¿Por qué la prisa? —Conocía la respuesta, a la vez no lo hacía.

Ella estaba por responder cuando el sonido de mi teléfono celular la interrumpió. Iba a ignorar la llamada, pero vi que era Axel llamando a mi número personal y eso nunca sucedía.

—Dime —exigí en cuanto contesté la llamada.

—Salgan de allí, van por ustedes. —Había mucho ruido de fondo.

—¿Qué? —Me alejé de mi lugar para intentar comprender mejor sus palabras.

—¡Solo salgan del edificio! Atacarán el lugar.

El sonido de un fuerte estallido retumbó en las paredes del edificio y la llamada se cortó. Valeria gritó asustada y después el sonido volvió a producirse dos veces más.

—¡Abajo! —le indiqué a Valeria y corrí directo hacia la puerta. Mariel corrió hacia la ventana en un reflejo de mis movimientos. La abrí un poco, pero no pude ver a nadie en el pasillo, el disturbio no era en este piso.

—Ven a ver esto... —Mariel se asomaba por la ventana de la cocina, cuya vista se dirigía a la entrada del edificio. Cerré con cuidado, puse el seguro y caminé con prisa hasta ella. Me asomé desde el otro lado de la ventana, con sigilo igual que ella. Si algo habíamos aprendido en estos años era a ser cautelosas. Eran unas diez o más personas, con ropas negras, totalmente cubiertos del rostro. Protegían la entrada, que también era la salida, y retenían a los residentes que comenzaban a escapar del lugar—. Están armados... ¿Crees que sean...? —Mariel giró la cabeza en mi dirección.

—Axel dijo que venían por nosotros. No tienen el uniforme de los Vigías, no estoy segura de que sean ellos. Y no tiene sentido, ¿por qué atacar un lugar que les pertenece?

—¿Es un ataque? —Vi el miedo en los ojos de mi amiga.

Quizá se trataba de un ataque como aquellos que habían ocurrido, alguien de afuera que venía por nosotros.

—Hay que salir antes de que lleguen a este piso —indiqué.

No esperamos más. Casi al mismo tiempo nos apartamos de la ventana. Mariel tomó a Valeria, quien se había escondido debajo de la pequeña mesa en la sala de estar, como le habíamos indicado que debía hacer en caso de una emergencia. Yo me dirigí a mi habitación y busqué el arma que tenía escondida detrás del peinador.

—Mami...

—Quiero que guardes silencio, ya sabes, debes quedarte quieta y detrás de mí.

Escuché las palabras de mi amiga mientras tomaba las balas del mismo lugar y cargaba la pistola con ellas. Me acerqué al armario encontré a tientas una mochila negra que había armado hacía años y me la cargué sobre la espalda.

Cuando salí, Mariel continuaba abrigando a la niña, así que aproveché para volver a asomarme por la puerta y asegurarme de que el pasillo era seguro. Respiré profundo y mantuve el arma abajo al abrir la puerta. Vi cómo la puerta del departamento junto al ascensor se abría y apunté hacia ahí rápidamente.

La cabeza de Paulina se asomó lentamente, miraba en dirección a las escaleras de emergencia y luego en mi dirección. Me relajé y comencé a hacerle señas con la mano libre para que cerrara la puerta.

El ascensor comenzó a moverse, alguien subía. Pude descifrar cómo articuló las palabras: «*estoy sola*» con la boca.

—Ven aquí —le indiqué y ella corrió hasta entrar conmigo.

—¿Qué está pasando? —susurró, asustada.

—Aún no lo sabemos. ¿Dónde está tu padre? —Por lo que sabía, él había sido policía, eso debería servir en una ocasión como esa.

—Trabajando. Intenté llamarlo, pero no responde, le dejé un mensaje. —Vio a Valeria con preocupación.

—¿Por qué no estás en la escuela? —Mariel se adelantó a mi pensamiento.

—Me sentía mal esta mañana, me dejó quedarme en casa...

—Mala suerte —pensé en voz alta—. De acuerdo, vendrás con nosotras. *No* te alejes de mí y haz todo lo que te digamos. —Ella asintió frenéticamente a mis órdenes.

Cada vez se escuchaba con más fuerza cómo algunas personas gritaban y las puertas eran golpeadas, podía oír cómo los intrusos invadían con rudeza. Fue tarde para salir cuando se escuchó el primer disparo. Las tres nos quedamos paralizadas ante la detonación, que no fue la única.

—Es hora, no perdamos más tiempo. —Mariel cargó a su hija en brazos.

—Tú lleva esta. —Le di mi mochila a Paulina y comenzamos a salir.

Avanzamos por el pasillo; yo iba al frente, detrás de mí iba Pau y, al final, Mariel y Valeria. Me detuve al escuchar una puerta abrirse, Mariel bajó a su hija para revisar el otro departamento del piso.

—Julia... ¿Qué es esto? —El asco en su mirada me hizo dar pasos largos para llegar hasta ella.

—Qué mierda... —No podía creerlo, el lugar parecía sacado de una de mis pesadillas.

El departamento, por la distribución de del lugar, era un espejo del nuestro, uno infestado de ratas, moscas y agua. Papel periódico se esparcía por todo el piso, con varios retazos y otro montón de cosas que no sabía lo que eran, desprendían un hedor insoportable.

Las niñas intentaron asomarse al lugar y mi amiga las detuvo.

—No es seguro. —Las hizo retroceder con el brazo y yo me adentré.

—Esto no es reciente, parece que tiene meses aquí. —Me cubrí la boca y la nariz, ese hedor se intensificaba con cada paso que daba—. Mariel... —La llamé, espantada—. ¿No es esa la ropa que me pedías la otra vez?

Mariel se acercó solo para ver los restos de sus prendas, llenas de manchas desconocidas y... ¿cabellos? Como de algún animal herido.

—¿Qué es esto? ¿Quién... haría algo así? —También se cubrió la boca.

—Mejor salgamos de aquí. —La saqué de ese lugar con prisa, pero no fue suficiente; las puertas del elevador se abrieron y dos hombres salieron de ellas.

—¡Vuelvan! —Escuché a Mariel retroceder, pero ya era tarde para nosotras.

Tomé a Paulina del brazo y la empujé hacia la puerta de salida, a las escaleras de emergencia.

—Escóndete donde puedas. —No esperé a ver su reacción y me abalancé sobre el primer hombre.

Corrí hacia él y le lancé una patada al brazo en el momento en el que me apuntó con su arma, después lo empujé contra el segundo de vuelta al ascensor antes de que las puertas se cerraran.

Me encontré indecisa entre seguir a la joven y volver al departamento con mi amiga. No fue necesario decidir. Las puertas se abrieron de nuevo y los hombres se apresuraron a seguir contra mí. En ese momento, una mujer salió de las escaleras tomando a Paulina del cuello. Estábamos rodeadas.

—¡Corran! —Mariel disparó desde mis espaldas y la mujer soltó a Paulina.

Yo la tomé y también disparé en la dirección de los hombres mientras retrocedíamos.

—¡VAYAN POR ELLAS! —gritó furiosa la mujer de las escaleras.

Al entrar, empujé a Pau directo a mi habitación y señalé al armario para que se ocultara en él. Mariel se encerró en su habitación, donde seguramente ya había escondido a Valeria. Yo me quedé en la sala, vigilando.

Los escuché detrás de la puerta y después comenzaron a golpearla una y otra vez. Me aseguré de que mi arma tuviera balas, a la espera del momento indicado.

Cuando la puerta cedió, no esperé a que alguien entrara, así que comencé a disparar desde detrás del sofá. Las tres personas parecieron retroceder para comenzar a disparar desde el exterior.

Mariel también disparó desde la puerta entreabierta de su habitación. Mi amiga no era buena francotiradora, pero la distancia entre su habitación y la salida era ideal para que la probabilidad de errar un tiro fuera baja.

Era mejor luchando cuerpo a cuerpo, así que, cuando los disparos se detuvieron de ambos lados, salió de su lugar. Cerró la puerta y se unió a mí para enfrentarlos.

Las dos personas que seguían en pie ingresaron una detrás de la otra. El hombre ya estaba herido de una pierna, se le dificultaba caminar, pero era realmente enorme, alto y robusto, y no dudó en abalanzarse sobre mi amiga. Mientras que la mujer fue por mí.

Comencé a defenderme como pude y vi cómo su compañero perseguía a Mariel. Mi amiga sin duda era ágil, aunque no estaba segura de que pudiera contra alguien que era el doble y casi triple de su tamaño.

—No sirve pelear, no podrán salir de aquí. Las tenemos atrapadas —escupió la chica. No podía ver su rostro, solo su silueta la delataba—. Si cooperan, puede que salgan vivas para el final.

Ninguna fue sobre la otra, ambas estábamos en posiciones para pelear, pero nadie lanzaba el primer golpe. Era como un juego. Me cansé de esperar y lo hice primero. Fui directo por su rostro, para retirar la tela negra que ocultaba su identidad, pero me esquivó y me tomó del torso con ambas manos para derribarme.

Estaba sobre mí cuando alcé ambas rodillas para quitármela. Como no me soltaba, llevé el antebrazo a su garganta y lo levanté con fuerza, estaba pesada por todo el equipamiento que llevaba encima. Inmediatamente intentó deshacerse de mi brazo, tomándolo con fuerza. Mientras ella se concentraba en eso, envolví su cuerpo con las piernas y nos giré, para que ella quedara en el suelo junto a mí.

Escuché que algo se quebró del otro lado de la sala, probablemente Mariel y el otro sujeto estaban en la cocina. Me apresuré a levantarme para poder ayudar a mi amiga.

La chica me golpeó desde atrás, aprovechando mi distracción. El primer golpe fue doloroso, justo en mi costado; al segundo lo esquivé con tiempo para girar a su alrededor, posicionarme a sus espaldas y patear su centro con fuerza. Ella cayó de rodillas al suelo. Estuvo por girar, así que lancé otra patada en la cabeza y finalmente cayó.

—¿Quién tiene a quién? —dije con dificultad, ciertamente me estaba doliendo respirar.

Mariel apareció del otro lado y la seguí hasta su habitación.

—Ya viene...

Ambas entramos y le pusimos seguro a la puerta. Yo caí al suelo recargada en ella, con una mano sobre el costado que me dolía. Quería comenzar a quejarme cuando vi la sangre de la boca de mi amiga y cómo ya tenía un enorme moretón en la mejilla.

Entonces una muy asustada Valeria salió de debajo de la cama y corrió llorando hasta ella, para abrazarla. No pudieron decirse nada, el hombre ya estaba golpeando detrás de mis espaldas.

—Si no salgo, logrará entrar, intenta ver si puedes llegar a la escalera contra incendios desde la ventana. —El acceso a esa escalera era más fácil desde mi habitación, pero en realidad quedaba en medio de ambas, lo habíamos analizado desde el día en que nos mudamos.

—Espera, deja que te cubra. —Se recargó contra la puerta para ayudarme a detenerla—. Valeria, la caja en el armario que tienes prohibido tocar, tráela para mí, por favor. —La niña asintió y corrió al enorme armario.

Aproveché que Valeria se alejó para salir. El hombre estaba cerca, pero pude cerrar de nuevo.

—¿Quieres que te deje como a tu amiga? —Su voz era pesada.

Era consciente de que tal vez ni en mis mejores condiciones lograría derribarlo, pero no me rendiría. Iba a luchar con todo.

Avancé en dirección a la sala para alejarlo lo más posible, aunque no me siguió; se quedó en el medio, como si intuyera mi plan.

Mariel abrió la puerta y comenzó a dispararle, eso lo hizo retroceder hacia la cocina, lo que le dio a mi amiga la oportunidad para salir. Me hizo un gesto con la cabeza y avanzamos con cautela.

De pronto alguien me tomó por los hombros y tiró de mí hacia atrás, giré inmediatamente y la mujer me golpeó una pierna con la rodilla, así que terminé hincada. En el momento en que Mariel volteó al escuchar mis quejidos, el hombre salió de su escondite. Vi cómo logró quitarle el arma al doblarle el brazo de una manera cruel y dolorosa.

—¡NO! —grité cuando la escuché quejarse del dolor.

El sujeto la lanzó lejos, casi sin problemas, contra la pared cercana a la cocina y tomó el arma para apuntarle. Luché por ir hasta ella, pero en ese intento mi rival me tomó por los brazos y los dobló contra mi espalda.

—Nosotros las tenemos. —Se acercó a susurrar en mi oído y, cuando se incorporó, el sonido del disparo me aturdió.

Solo que Mariel estaba intacta y fue su atacante quien cayó en cuanto la sangre le inundó el rostro. Durante la distracción me puse de pie y usé el cuerpo para empujar a la mujer hacia atrás, hasta que me soltó.

Fue cuando divisé, al pie de la puerta de mi habitación, a una muy pálida Paulina; tenía una de las armas de mi mochila entre las manos, completamente paralizada, probablemente por miedo.

Caminé hasta ella y le quité el arma rápidamente, entonces no dudé en dispararle a la otra chica, dos veces, hasta que cayó.

—¿De verdad? —dije al cadáver.

Todas nos quedamos quietas durante unos segundos, esperando a escuchar a alguien más en el piso. Me moví con cuidado hasta Paulina al ver que Mariel podía pararse sin gran dificultad.

La joven seguía en la misma posición de antes, contemplando el cuerpo del enorme hombre mientras Mariel tomaba el arma que él le había quitado.

—¿Qué hice? —susurró al encontrarse con mi mirada. Las lagrimas contenidas en sus ojos los volvieron vidriosos.

—La salvaste —le aseguré tocando su brazo con delicadeza—. Nos salvaste a todas. Todo está bien. —Y con mejor puntería de la que Mariel tenía.

—Lo maté.

—Era él o nosotras. Cada vez que lo pienses, recuerda eso. Es la ley del sobreviviente. O eres el depredador o eres la presa. —No reaccionó—. ¡Mírame! —La tomé por los hombros, el movimiento bruco la asustó tanto que abrió los ojos de par en par—. No lo olvides, nunca debes ser la presa. —La joven asintió, no muy convencida, así que la solté.

—Salgamos antes de que vengan más de ellos —dijo Mariel volviendo con su hija—. La escalera de incendios no es opción, muchos de ellos siguen en la entrada. Vamos a tener que usar los túneles.

—Será imposible llegar hasta la recepción. —Ya podía imaginar a esas personas tomando cada piso.

—Tenemos que intentarlo, con suerte ya desalojaron algunos pisos. Vamos por las escaleras. —No esperó mi respuesta.

Volvimos a emprender nuestro viaje a la única posible salida. Mariel insistió en que nos asomáramos en cada uno de los siguientes pisos, por si alguien había sobrevivido. El sexto, quinto y cuarto piso estaban completamente solos. Sin embargo, los disturbios se escuchaban del tercer piso hacia abajo.

—Había mucha sangre, estoy segura de que se llevan a los heridos...

—O a los cuerpos —dijo Paulina en cuanto regresé con ellas al interior de las escaleras.

—De acuerdo, Paulina, necesito que lleves a Valeria y te quedes detrás de nosotras. —La niña luchó por no abandonar los brazos de su madre—. Ella va a cuidarte, necesito mis manos libres para ayudar a tu tía.

Al final, solo éramos nosotras cuatro contra quien sabe cuántos de ellos.

—No revisaremos estos pisos. Si ya bajaron a todos a la recepción será un caos, debemos aprovecharlo para salir al invernadero de atrás sin ser vistas. —Tomé el mando, como era costumbre en el trabajo—. Paulina, estoy segura de que no conoces los túneles, pero son angostos y húmedos durante los primeros metros, hay una entrada en el invernadero y solo podremos bajar de uno en uno. En cuanto lleguemos tienes que bajar primero y después te pasaremos a Valeria... —Miré a mi amiga y ella tragó con fuerza.

—Si no entramos al invernadero tras de ti, tienes que cerrar las puertas, todas. La entrada de los túneles puede sellarse desde adentro. —Le dolían las palabras, pero siguió—. Si sigues el camino, a unos diez minutos habrá una desviación. Escucha bien: hay tres caminos, tienes que tomar el de la derecha y salir en la quinta escalera que se te presente. Llegarás a una panadería. No importa quiénes estén en ese lugar, tú solo sales, tomas a Valeria y corres. El taller de tu padre queda a dos cuadras, sabrás como llegar. ¿Entendiste?

CAPÍTULO 17: HERIDA

Bajamos las escaleras con extremo sigilo, las más jóvenes iban a unos pasos de distancia, lo suficientemente lejos de nosotras, solo por seguridad. Estábamos algo preparadas para una situación como esa, aun así, no recordaba con claridad la última vez que me había sentido de esa manera durante una misión, ansiosa, con el corazón en la garganta; también lo veía en Mariel. A diferencia de todas aquellas veces, no eran solo nuestras vidas las que poníamos en peligro, no era una carrera por conseguir un premio.

Abrí un poco la puerta del piso de la recepción, solo lo suficiente como para asegurarme de que no había nadie cerca. Miré a Mariel y le hice una señal para que se quedara con ellas mientras yo salía a inspeccionar.

Jamás vi cosa igual, tenían a todos reunidos en el centro del lugar, de rodillas en el suelo, algunos heridos estaban recostados junto a otros. Algunos atacantes los rodeaban, apuntando con sus armas, y otros de ellos los inspeccionaban. No sabía lo que buscaran, pero se llevaban a algunas personas a la salida del edificio.

Hice contacto visual con un tipo del séptimo piso. Nos topábamos ocasionalmente en el elevador, no lo conocía bien y aun así sentí un remolino en el estómago al notar su estado. No podía abrir bien uno de los ojos de lo hinchado que estaba y un brazo le colgaba a un costado del cuerpo. Solo volvió la vista al suelo cuando un hombre alto pasó a su lado. Yo también dejé de mirarlo por instinto. Y cometí el error de observar con el mismo detenimiento a los demás. Familias juntas que lloraban desconcertadas, niños que se quejaban buscando a sus padres, personas que forcejeaban y eran reprendidas con brutalidad. Era un caos, un caos contenido en ese pequeño espacio. Todos los residentes debían estar ahí, porque sin duda el lugar estaba abarrotado.

Una furia fría me recorrió la columna vertebral; no, no podía abandonarlos, ni dejar que se llevaran a los que estaban junto a la entrada. Algo no me dejaba abandonarlos. No me consideraba el tipo de persona que lucha ciegamente por los demás, pero esas personas eran como yo, como mis amigas, y esto no estaba bien.

«*Mierda. Son muchos*».

Inspeccioné el recorrido hacia la parte trasera del edificio, al invernadero. Todos ellos estaban tan ocupados con su inspección que podríamos pasar desapercibidas, pero la distancia era larga y el área estaba completamente despejada, podrían detectarnos. Necesitaríamos una distracción.

Volví a las escaleras de emergencia.

—Los tienen a todos reunidos y a algunos se los llevan. No entiendo lo que quieren, si fuera un ataque ya todos estarían... —Muertos.

—¿Y podremos salir? —Podría jurar que temblaba.

Solté el aire que había estado conteniendo tras observar aquel desastre; pensé bien en mi respuesta, sin estar segura de que fuera la correcta.

—Las voy a cubrir, tú ve con ellas. —Me acerqué a Pau y abrí la mochila, busqué otra arma y balas para meter en mis bolsillos—. Si no voy tras de ustedes, siguen el plan y se van. —También tomé una pequeña linterna, con una correa que me colgué en el cuello—. No selles los túneles, intentaré llegar. —No la vi a los ojos mientras me preparaba para salir.

—Oye. —Me tomó del brazo con firmeza—. No serás la distracción... Pensemos antes de actuar, por primera vez no seas tan...

—Elena, están lastimando a esas personas y no es al azar. —Disminuí el volumen para que las chicas no escucharan—. Creo que se llevan a los que no son humanos. Si Val y yo estuviéramos ahí, nos harían lo mismo. Intentaré hacer algo, solo entiende que lo hago por mí.

Su agarré se suavizó hasta que me soltó por completo.

—Deja que vaya contigo.

—¿Y quién se asegura de que al menos lleguen hasta los túneles? —Señalé a su hija con la cabeza—. Así debe de ser. Además, es raro que falle un tiro, estaré bien.

—Lo sé. —Miró mis pies—. Prométeme que llegarás, no puedes quedarte atrás.

—Te prometo que será un caos. —Le sonreí con confianza, igual a las chicas, y salí a hacer lo que mejor sabía hacer.

«*Tal vez me arrepienta de esto en poco tiempo*».

Me las arreglé para llegar hasta el escritorio de la recepción y esconderme detrás de él, se encontraba cerca del elevador. Solo tuve que sentarme junto a los demás cuando algún hostil se acercaba y, aunque algunos de los residentes lograron verme, ninguno me delató.

Busqué algo que pudiera usar, realmente no sabía cómo haría aquello sin que algunos de ellos cayeran sobre mí.

Mi mirada se volvió a encontrar con la del hombre herido del séptimo piso, cubría a un pequeño niño, unos años mayor que Valeria, y seguramente era la razón por la que se encontraba en ese estado. Me miraba como si supiera lo que estaba a punto de hacer y señaló a su hijo con la mirada para después volver a mí. Supe lo que transmitía.

«*Sácalo de aquí*».

No vi venir lo que pasó después. El hombre se puso de pie y se fue contra el primer rival que encontró.

—¡Corre! —gritó al aire y el pequeño comenzó a correr en mi dirección.

Fue como un pequeño incendio provocando una explosión. Otras personas comenzaron a forcejear y a luchar, el disturbio fue creciendo y, con ello, más de esos extraños entraron al lugar.

Aproveché el momento para salir de mi escondite y comenzar a disparar, sobre todo a los que se interponían entre ese niño y yo. Aquellas detonaciones fueron la señal de mi amiga para salir del lugar. Me alejé del escritorio para alcanzar al niño y rodearlo con los brazos. Su mirada indicaba miedo, no me conocía.

—Vas a estar a salvo. Ve con ellas. —Alcancé a indicarle en medio del caos.

Dudó, pero Mariel lo tomó del brazo. Ni siquiera me miró, solo avanzaron a la salida trasera. Y no dejé de verlos hasta que desaparecieron al dar vuelta en el pasillo.

Para ese momento, algunas personas ya tenían las armas de sus agresores y se disponían a la salida. Seguí disparando hasta que me quedé sin balas y, al tomar mi arma de repuesto, decidí que era momento de irme también.

Varios me siguieron por la ruta al invernadero. Todos conocíamos el secreto de ese lugar, era parte del encanto del edificio, porque todos vivíamos con el mismo temor: el de ser perseguidos por ser diferentes.

Envié a la mayoría de ellos al frente, para cubrirlos, aunque algunos avanzaban con lentitud, incluido el padre de aquel niño. Al parecer, tampoco podía caminar del todo bien.

—¿A dónde lo llevaron? —preguntó al alcanzarme.

—A la salida cerca del obelisco.

—Eso está muy lejos, podrían atraparlos antes...

—No sabíamos dónde más esconderlos. —Ya respiraba de forma acelerada—. Aún puedes alcanzarlos y salir antes de los túneles... —Alguien disparó a mis espaldas y apenas pudimos esquivarlo al dar vuelta—. Pero para eso tienes que llegar. ¡Corre!

Todos aceleraron el paso al escuchar que venían tras nosotros, así que me pasé el brazo del hombre por los hombros y lo ayudé a avanzar entre todas esas personas. Era muy pesado, un peso muerto, pero otra persona me ayudó.

De hecho, no había notado la forma en que la gente se había organizado hasta que salimos y el invernadero se mostró frente a nosotros. Los niños fueron enviados al frente, las personas comenzaban a tomar lo que encontraban a su alcance para defenderse: escobas, trapeadores, el extintor contra incendios, palas, todo lo que pudiera servirles.

No todos entraron al invernadero, otros se arriesgaron por las jardineras, hacia las calles a los costados del lugar. Esperaba que los invasores solo estuvieran protegiendo la entrada.

—¿Cuántos somos? ¿Unos cincuenta? —preguntó el hombre cuando lo solté.

—Muchos van en otras direcciones, pero aun así los túneles son demasiado estrechos.

—¡Vayan por las armas en el invernadero! —gritó alguien que venía tras de nosotros.

—¿Hay armas aquí? —le respondió alguien más.

—Hay una compuerta junto a la entrada. —Cuando pasó a mi lado, identifiqué a la mujer como un miembro de los Vigías solo por el tatuaje, parecido al de Javier.

—¿Eres de los Vigías? ¿Sabes lo que está pasando? —Intenté detenerla, pero avanzaba rápido.

—Solo sé que los refuerzos ya vienen.

Fue cuando noté que varios de ellos tenían esas marcas, unos seis, y que, de hecho, no recordaba haberlos visto entre las personas en el vestíbulo. Seguramente también habían estado ocultos.

Vi a Mariel en la entrada y en ese momento se escucharon los disparos tras la puerta por la que habíamos salido, puerta que alguien tuvo el ingenio de atrancar con la manguera del invernadero.

—Enviamos primero a los niños —dijo al encontrarme a mitad del camino.

—¿Por qué no fuiste con ellas? —Recargamos nuestras armas al mismo tiempo.

—Primero los más pequeños. —Me sonrió mientras buscaba algo en mi mochila, porque, al parecer, había intercambiado la suya con Paulina.

—Tengo humo —le indiqué.

—¿Bombas de humo? —rio nerviosa—. Estás loca. ¿Lo robaste?

—Eso me han dicho. —Asentí sacando la pistola que me quedaba y ella tomó una navaja.

—No los dejemos llegar hasta ellas. —Me pidió antes de tomar una gran bocanada de aire.

Se escuchó una explosión. Y entonces entraron, pero éramos más y estábamos lo suficientemente armados como para ser capaces de defendernos.

No esperamos para comenzar a disparar, aunque intentaban ocultarse entre las puertas, el impacto los retenía lo suficiente como para que avanzáramos hacia ellos. También dispararon e hirieron a algunas personas, quienes retrocedieron para entrar a protegerse.

Me separé de Mariel y rodeé el lugar para cubrir a la gente que escapaba por una de las otras salidas que daban a alguna calle.

Y me detuve cuando un rostro familiar apareció en medio de todo el alboroto. No tuve control, mis piernas avanzaron y fueron sobre él, la sangre me hervía. Recargué la pistola y disparé por sobre su cabeza para llamar su atención.

—¿Qué haces aquí? —Le apunté a la cabeza—. ¿Te atreviste a venir por mí?

Gabriel me miró a los ojos y apuntó en mi dirección; estuve por dispararle, pero él apretó el gatillo primero. Me paralicé por un segundo, porque aún no lo creía capaz de disparar, hasta que escuché a alguien caer a mis espaldas.

—Esa era mi intención, pero creo que me ganaron. —Era una broma, pese a la falta de humor.

Fue cuando noté que no estaba vestido como los demás invasores; de hecho, su presencia en este mar de gente que se resistía, se sentía completamente ajena.

—¿Qué estás haciendo? —Me obligué a dejar de apuntarle y seguir disparando a los demás, a su lado.

Hombro con hombro, como si hiciéramos esto diario.

—No lo sé. —Por poco no alcancé a escucharlo, pero en ese momento se acercó a mí para hacerme a un lado con brusquedad y quitarme del camino de dos personas que forcejeaban entre sí.

Volteé a verlo, estaba serio, arrugaba la frente y disparaba con una precisión bastante decente. No lograba entenderlo, todo en él no tenía sentido y odiaba que representara una incógnita tan grande en mi vida.

Tan perdida en su presencia, lo siguiente que sentí fue el impacto en el hombro izquierdo. Me sacó de juego. Antes de que pudiera usar la mano derecha para devolver el disparo, la persona disparó de nuevo. Lo esquivé a tiempo, tan rápido y con tan poco equilibrio que terminé en el suelo.

—¡Julia! —Fue Mariel quien se aproximó a mí y presionó la mano contra la herida.

El olor de la sangre comenzó a marearme y después el ardor hizo presencia. Dolía como el demonio, seguramente había atravesado algunas arterias o lo que fuera que percibía desgarrarse. Ya sabía lo que se sentía ser herida por una bala y no era nada como esto, esto parecía otra cosa.

Gabriel pasó junto a nosotras y detonó el rifle repetidas veces, hasta que varios de nuestros oponentes cayeron o retrocedieron.

—¡Sácala de aquí! —ordenó.

Mariel intentó ponerme de pie y llevarme con ella, pero yo dejé de coordinar.

—Soy peso muerto, ve por las chicas —le dije, empujándola a un lado. Esto provocó que me soltara y volví a caer al suelo.

—¡No te voy a dejar!... Pero no voy a poder llevarte. —Examinó mi herida—. Por ahí solo se pasa de uno en uno —recordó.

La gente ya comenzaba a dispersarse, todos huían en distintas direcciones y los pocos que quedaban seguían luchando como podían. No iba a ser tan sencillo.

—Tienes que irte antes de que vengan más de ellos, no creo que se rindan. —Me quejé al intentar enderezarme hacia ella—. Están buscando algo.

—Pero soy humana... —Se interrumpió a la mitad de la oración, cuando otra detonación, más potente y aturdidora, se escuchó desde la terraza del edificio.

—¡Qué demonios! —Esta vez me puse de pie, apoyándome en su brazo—. ¿Qué están haciendo?

Todos miramos al techo, porque solo fue el principio. Poco a poco, cada piso comenzó a estallar en mil pedazos. Lo estaban destruyendo.

—¡Hay que salir de aquí! —gritó alguien a lo lejos.

Quienes quedaban comenzaron a dispersarse, presas del pánico.

Estaba por obligar a Mariel a irse cuando una horrible punzada presionó la parte de atrás de mi cabeza. Incluso miré atrás, como esperando encontrar a alguien enterrándome un lápiz en el cuello. No había nadie. La vista se me nubló y después vino la oscuridad.

—Pobre hija mía... —alguien susurró cerca de mi oído, en un lamento tan emotivo que todo mi cuerpo se contrajo en un escalofrío.

Abrí los ojos. Nada. Me encontraba rodeada de completa nada.

—¿Qué? —Me puse de pie.

El piso estaba frío bajo mis pies desnudos. Era una superficie oscura y lisa.

—Siempre corres sin detenerte... —Busqué a la mujer que me hablaba, pero no había nadie en ese lugar, no había paredes ni techo, solo negra neblina—. ...dónde podré llevarte para escapar de tu destino.

—¿Dónde estás? —pregunté desesperada, sudando frío por el miedo que aquella voz tan ajena me provocaba.

Así que comencé a caminar, a tropezones por el dolor. Y cuando una brisa de aire helado me golpeó el cuerpo, me di cuenta de que estaba completamente empapada.

—Tu destino es el mismo cada vez. —Y de la nada, en medio de la nada, un enorme espejo, rodeado de serpientes, se presentó frente a mí—. Aun así, siempre corres sin detenerte y vas en la misma dirección. —Era como si aquel cristal rodeado de ramas y lazos, perlas y diamantes, me hablara—. A tu destrucción.

Al acercarme me di cuenta de que no era un espejo. Las ondas se producían solamente cuando aquella voz lastimera se alzaba del otro lado. En ese cuerpo de agua no se reflejaba mi persona. Aunque reconocí mi rostro manchado con pintura blanca, roja y negra, era consciente de que esa no era yo. Su cabello era más oscuro que el mío, si es que eso era posible en este mundo; tenía la piel completamente resplandeciente y seca, pero lo más atemorizante eran sus ojos, o la falta de color en ellos.

—¿Tú...? —Me quedé sin habla, porque nuca me había visto al espejo y me había temido tanto como en ese momento.

Aunque ambas usábamos la misma vestimenta, de un azul peculiar y que en realidad era bastante sencilla a excepción de los bordados dorados que decoraban cada centímetro de tela, ella se veía más imponente, tal vez debido a la ornamenta en su cabeza, coronada con plumas y cuentas. Su presencia, o ausencia, se sentía mítica, demasiado ajena a este mundo, incluso para ser un simple reflejo.

—Ni luchar contra la corriente es suficiente, ni huir de las olas tendrá efecto alguno. —Cada frase era dicha con dolor, no solo se reflejaba en el tono de su voz, también en su rostro—. Caer en picada y te sumergirse en los pecados. — Por alguna razón cada palabra que salía de su boca me arrebataba el aire—. El castigo se cumplirá una y otra vez, la única salvación es hundirse en él.

Un olor peculiar me arrebató de aquel sueño, sin duda alguna el más real que había tenido en toda mi vida. Estaba recostada sobre una cama, en una pequeña habitación que no reconocía.

Mi primer recuerdo fueron las explosiones en el edificio y, con el dolor, el recuerdo de haber sido herida en el hombro se le unió. Me llevé la mano al pecho, el objetivo debió haber sido el corazón, pero, para mi suerte, no dieron en el blanco.

No tenía idea de dónde estaba o cómo había llegado hasta ese lugar, pero no quería quedarme. Me sentía en un estado de trance, aún en modo supervivencia, segura de que mi mejor opción era intentar reunirme con mi amiga.

Me puse de pie como pude y vi el panorama completo. Alguien me había vendado el brazo, estaba completamente inmóvil y el olor que me había desperado era el de lo que fuera que le hubieran puesto a la herida para extraer la bala. Mi blusa había desaparecido y por eso una cobija me cubría el torso desnudo. Fue difícil con una sola mano, pero me enredé en esa cobija para comenzar a vagar por el pequeño lugar.

No estaba muy amueblado, no era una casa, debía ser un motel, al parecer uno demasiado barato. Vi las llaves de un auto junto a la puerta, sin duda alguna, quien me hubiese traído hasta este lugar no tardaba en regresar; aunque no precia que tuviera intenciones de lastimarme, no me quedaría a averiguarlo.

No pasó mucho tiempo antes de que escuchara a alguien introducir una llave al otro lado de la puerta. Me apresuré a tomar las llaves y la chaqueta que colgaba junto a ellas. Busqué algo para defenderme, un arma. Encontré un jarrón vacío en la mesa y lo tomé para ocultarme junto a la puerta. Cuando la cabellera oscura de Gabriel se asomó en la habitación, reuní todas las fuerzas que me quedaban para alzar el jarrón de cristal con la mano derecha y lanzarlo sobre él.

Cayó de rodillas al suelo al instante, como un gigante intentando ser derribado. Ver su rostro me hizo recordar la causa de haber recibido un disparo.

Gabriel había aparecido en el lugar, en medio del ataque. Una especie de coincidencia en la que no confiaba. Había admitido que fue por mí, así que no me tragaría el cuento de que había cambiado de opinión, nos hubiera ayudado o no.

Salí del lugar antes de que se pusiera de pie, un golpe como ese no era suficiente para derribarlo por completo. Me costó soportar el dolor que afloraba con cada minúsculo movimiento. Intenté cubrirme con la chaqueta. Aunque solo pude meter una mano dentro de las mangas, tendría que bastar para que las personas no sospecharan al verme corriendo por el estacionamiento en brasier. El atardecer entrante era el perfecta aliado para una ladrona de autos.

No fue difícil localizar el auto viejo con el que habíamos vivido nuestras aventuras. Caminé hasta él con la mayor naturalidad posible, no deseaba llamar la atención. Subí a toda prisa y tal vez la emoción del momento me hizo cerrar la puerta con demasiada fuerza, tal vez solo tenía prisa. Estaba por usar la llave para arrancarlo y alejarme lo antes posible cuando recordé esa cosa importante que la conmoción de mi desmayo me había hecho olvidar.

«*Mierda. No sé conducir*».

Dejé caer la frente sobre el volante, sosteniéndolo con fuerza.

Esa era la razón por la que dependía completamente de Mariel para no usar el autobús a donde quiera que necesitara ir. Razón por la cual, cuando Javier había ofrecido poner un auto a nuestra disposición, insistí para que fuera registrado a nombre de Mariel y no al mío.

Nunca había aprendido a conducir. Lo intenté una vez: mi padre se la pasó gritándome la mayor parte del tiempo y al final decidí que no era para mí.

Pude haber salido rápido del auto, pude haber corrido en dirección a la primera parada de autobuses que se me presentara, pude haberme evitado aquel vergonzoso momento. Pero no, me quedé ahí, maldiciéndome por no haber tenido una segunda clase de manejo.

Gabriel golpeó la ventana del conductor, con dos suaves toques. Entonces recordé que no tenía tiempo, que estaba escapando y que, aparentemente, estaba fallando.

—Abre. —Una sola palabra, seca, soltada en un tono un tanto impaciente.

«*No quiero*», quise decir, gritar.

En su lugar solo me sentí desgraciada, pero aun así quité el seguro y abrí la puerta. Me encontré con un Gabriel sano y salvo, con los brazos cruzados sobre el pecho. Y la expresión... en realidad no había ninguna expresión en su rostro.

—¿Sí? —Intenté cerrarme la chaqueta para que no viera que seguía semidesnuda. Aunque tal vez esa no era la razón de mi vergüenza.

—Llaves. —Tendió la mano frente a mí. No quería dárselas, presentía que me sacaría a la fuerza del auto y me abandonaría en ese lugar. Y me lo merecía, claro que sí. Me resigné y se las entregué de mala gana—. Ve al otro asiento. —Hizo una seña con la barbilla y no sentí que tuviera otra opción más que hacerle caso.

Rodeé el auto, con lentitud, dándole tiempo de dejarme atrás, pero solo tomó mi lugar y me esperó con paciencia.

—Puedes decirlo. —Mi voz casi se quebró cuando estuve en el asiento del copiloto.

—¿Decir qué? —No me miraba, encendía el auto y arrancaba como si nada.

—No lo sé, lo que sea que estes pensando en este momento.

Dejé de verlo para observarme la mano, la que descansaba inmóvil frente a mi abdomen.

Escuché un pesado suspiro y luego una risa amarga.

—No puedo creer que después de todo, seas *tú* la que no puede confiar en mí. —Eso llamó mi atención y me hizo mirarlo—. Supongo que no. No después de lo que me has hecho.

Ese hombre y yo éramos como un imán el uno para el otro. Lados opuestos, deseosos por repelernos, pero volvíamos cada vez. Esta situación era la prueba de ello.

¿Cuántas veces más tendríamos que dejarnos atrás para realmente ya no volver a vernos?

—¿Y qué haces aquí? Debiste dejarme allí... —En ese edificio en ruinas, junto a mi amiga—. ¿Dónde están ellas? Mariel...

—Estabas herida y ella no iba a poder cargar contigo, pero tampoco podía quedarse. Dijo que tenía que buscar a su hija. Imagino que habla de la pequeña... —Conducía con cautela.

—¿Y qué hacías allí? ¿Realmente ibas por mí? —No sabía si quería esa respuesta, pero la necesitaba.

—Sí, estaba dispuesto a ir por ti. —Apretó las manos sobre el volante.

—¿Con que objetivo? —De nuevo, no quería saber.

—Realmente no lo sé. Estaba tan enojado. —Soltó su agarré y detuvo el auto para mirarme a los ojos. Tuve la sensación de ya haber vivido esto—. De verdad arruinaste mi vida. Me tienen acorralado, están por todas partes... Quería exigirte una explicación, que lo arreglaras, que lo revirtieras... Supongo que no es posible. —Otra risa, ese sonido comenzaba a disgustarme por la forma en que me miraba al hacerlo.

—¿Y por qué no lo hiciste? —pregunté en un hilo de voz. La culpa comenzaba a carcomerme, no la sentí real hasta que lo tuve en frente.

—Cuando llegué, escuché los disparos. Vi a esas personas, la brutalidad con la que atacaban, incluso a los niños. Pensé en tu pequeña sobrina y, para cuando recordé a lo que iba, ya estaba corriendo y disparando. Justo en tu dirección.

—Y entonces me dispararon. —Porque su presencia fue una distracción que no pude controlar.

—Terminé contigo en mis manos. Tu amiga me suplicó que te sacara de allí... —Dejó la oración a medias, incapaz de continuar con lo que fuera que estuviera a punto de decir.

No lo necesitaba, era suficiente.

—Entiendo. —Al menos un par de cosas eran seguras. La más importante: Mariel estaba a salvo, a esa hora ya debería de estar en el taller del padre de Paulina.

—No he olvidado lo que hiciste. —La gravedad en su voz me obligó a enfocar mis pensamientos en él—. Pero ya es tarde para reclamar. Tampoco fui muy listo al dejarte entrar en mi vida y revelarte todos mis secretos.

Y regalarme su confianza, presentarme a sus amigos, rescatarme de cada caída emocional en la que había estado presente. Pero no le daría el lujo de tener más armas en mi contra.

—¿Qué pasó después de que me desmayé? —Necesitaba cambiar el tema.

—El edificio entero colapsó, tenía que sacarte antes de que la policía o quien fuera se apareciera... No me quedé a ver lo demás.

Ya no tenía un hogar al cual ir. El departamento que recién había sido puesto a mi nombre ya no existía. Justo cuando pensé que había dado mi último paso lejos de los problemas.

—¿Y a dónde me llevas ahora? —En realidad no importaba, a menos que quisiera deshacerse de mí en medio de la nada o algo así.

Volvió a arrancar el auto, fue cuando concentré mi atención en el paisaje exterior que, honestamente, se veía como *en medio de la nada*.

—Como no puedo acercarme al centro de la ciudad sin ser detectado... y menos contigo herida, nos encontraremos con Teo y él te llevara a algún lugar... a donde quieras, pero lejos de mí.

La idea de ser llevada a donde yo quisiera y no solo votada al azar me agradaba mucho. Y sí, aunque doliera, estaba de acuerdo con la parte en la que ambos nos alejábamos del otro.

¿Y a donde iría? Muchas cosas no tenían sentido y no poder conectarlas me mataba. Sobre el ataque, aquella mujer de los tatuajes extraños había mencionado pedir refuerzos a los Vigías, refuerzos que nunca habían llegado. Era extraño ya que solían acudir rápido a ese tipo de cosas. Tenía una ligera sospecha, solo que no estaba bien formulada. Además, no me creía ni por asomo que Javier me iba a soltar después de todo, tendría que cuidarme de él. ¿Me escondería con Mariel en esta nueva casa de la que yo no sabía nada? Tal vez ya estaba haciendo su vida con ese hombre, Aidan. O tal vez debería ir a la casa de mi padre, ya era hora de contarle la verdad, incluso podría desempolvar su viejo rifle de caza para defenderme si alguien irrumpía en el pueblo.

Cualquier plan sonaba... insuficiente y peligroso.

Vi a Gabriel, decidido, conduciendo con la mente perdida, probablemente intentando resolver el problema que le había causado mi presencia en su vida.

Una vena en mi corazón, la que demandaba adrenalina como si fuera cafeína, me suplicaba no huir de eso, continuar hasta no tener más cabos sueltos.

—Perdón por golpearte con el florero. —Solté de la nada.

—Al menos te disculpas por algo.

No tardamos mucho en llegar a un centro comercial. Gabriel condujo hasta el tercer piso del estacionamiento y se detuvo en una esquina.

—¿Y ahora qué? —Me impacientaba el rumbo que tomaría mi vida después de abandonarlo. Algo extraño empujaba en el interior de mi estómago.

—Esperamos.

Fueron los peores casi sesenta minutos de mi vida. Nuestras respiraciones fueron lo único que se escuchó. No me dejó bajar la ventanilla por miedo a que alguien en el exterior lo reconociera. Aunque el lugar no estaba concurrido debido a la hora, era probable que algún guardia o alguna otra persona aún rondara por allí. Y, para colmo, la radio de su auto tampoco funcionaba.

Estaba por decir algo, lo que fuera para no morir de aburrimiento, cuando un auto, de lo que distinguí como un color verde, se estacionó de su lado. Inmediatamente una camioneta se detuvo, cerrándonos el paso por detrás.

Pensé que alguien intentaba acorralarnos hasta que Gabriel bajó con toda naturalidad.

—¿Quiénes son? —pregunté como si tuviera derecho a la respuesta.

—Baja. Teo está en el auto. Anda. —Lo vi dirigirse a la cajuela.

Tal como había dicho, Teo bajó del auto verde y Esteban, de la camioneta. Pude ver a Sirio, su perro, acostado en la caja de la camioneta sobre sus patas.

La intensidad de la noche era el manto perfecto para cubrir aquella reunión.

—Las cosas ya están dentro. Prepararé tu ingreso en cuatro días. —Le hablaba con cautela, probablemente debido a mi presencia—. ¿Qué hago con ella?

El tono de voz con el que se dirigió a mí me hizo observarlo. El Teo divertido al que le gustaba jugar al jefe de cocina ya no estaba, su trato distante era nuevo. Me miraba como si no me conociera.

—Ella te dirá a donde ir. —Nos reunimos en la parte trasera del auto.

—Aquí están las llaves —interrumpió Esteban. El joven me regaló una pequeña sonrisa, tímida y oculta.

—Gracias, chicos. Disculpen que fuera de última hora. —Gabriel tomó las llaves y se pasó una mano por el cabello.

—Sabemos que no es tu culpa —escupió Teo con insinuación.

—¿Qué harás si te atrapan? —El menor se veía más nervioso, vestía la playera de algún equipo deportivo—. En las noticias dicen que la policía humana ya tiene un sospechoso.

—Sería bueno tener un plan, ¿cómo nos avisarás si te atrapan? —Teo me dejó completamente de lado.

Gabriel pareció pensarlo, como si fuera a viajar a un universo paralelo en el que no existían los teléfonos celulares o el internet. Un lugar así debía ser un buen escondite, seguro y alejado, muy alejado, así que su respuesta la tenía yo.

—Deja que vaya contigo. —Tres pares de ojos me analizaron como si acabara de derrumbar la estructura de su plan de escape.

—Hace unas horas incluso me golpeaste para escapar de mí, ¿qué te falta por descubrir? Pregúntamelo de una vez, no pienso cargar contigo. —Entendí su falta de confianza.

—Yo... seré tu seguro —interrumpí el hilo de sus pensamientos—. Probablemente no me creas, pero soy alguien de interés para los Vigías. Si te atrapan, puedes usarme como rehén. —Sonaba menos loco cuando la punta de la idea se clavó en mi cabeza.

—¿Cómo sabemos que no es una trampa? Para entregarlo. —Teo era escéptico, entendía su lealtad.

—Es obvio que estoy en desventaja en esto. —Conte con los dedos frente a ellos—: Estoy herida, no tengo manera de comunicarme con nadie, ni siquiera puedo conducir un auto, además... se lo debo. —No importaba si había perdido toda confianza en mí, porque mis palabras estaban logrando su cometido.

—¿Por qué te quieren los Vigías? —Gabriel me observaba, confundido, se rascaba la barbilla al reclinarse contra la camioneta.

—No hablarás en serio. Está herida. —Teodoro señaló mi brazo como si yo no acabara de mencionarlo—. Con suerte llegará al límite, pero no creo que soporte hasta...

—Responde. —Que Gabriel ignorara las advertencias de su amigo no parecía normal, Esteban observaba el vaivén de la conversación como si se tratara de un suceso histórico.

Me aclaré la garganta ante la mirada de mi entrevistador.

—Mi jefe... mi... —Tragué saliva, ¿por qué era tan difícil?—. El hombre con el que salía es miembro importante de una de las familias fundadoras de los Vigías. —Todo era mera especulación para mí, pensar que le importaba lo suficiente—. Tal vez él cree que yo tengo algo que quiere, no me va a lastimar por eso, y tampoco querrá que alguien más lo haga. Me necesita.

Teo tenía la boca más abierta que cerrada. Esteban abandonó su rojez usual y se puso pálido como el hueso y Gabriel...

—¿Y qué es eso? —inclinó la cabeza sobre mí. Me sentí tan juzgada como nunca, pese a pasear por toda la oficina al lado del jefe durante dos años, pese a ser el centro de la conversación y escándalo entre los Vigías—. Si voy a arriesgarme a cargar contigo tengo que saberlo.

Sentí la necesidad de jugar con las manos, el gesto podría parecer el de alguien que miente. Necesitaba que creyeran en mí.

—Su hijo —susurré.

Alguien soltó una risa, no quise averiguar quién. Miré mis pies con intensidad. Al menos aún tenía zapatos.

—No. —La palabra salió de sus labios como si fuera una misma letra.

Levanté la mirada y me encontré con un Gabriel imperturbable.

—Pero no estoy embarazada. Solo piénsalo... —Era un estúpido si pensaba dejar pasar la oportunidad que le estaba dando.

—Piénsalo mejor, es una buena estrategia, solo cruza y arrójala en el primer pueblo cercano. Te lo debe. —Esta nueva versión de Teo comenzaba a molestarme.

—No voy a llevarla, ya me causó bastantes problemas. —Caminó en dirección a la puerta del piloto de la camioneta verde.

Teodoro fue tras él.

—¿De verdad nos traicionaste? —Esteban se acercó a mí, solo un paso.

No pude enfrentarlo, así que solo asentí y fui por los otros dos. Gabriel abrió la puerta y me interpuse entre él y el vehículo.

—Sé que te lo debo. No me voy a disculpar y tampoco explicaré nada. Esto es lo que tengo. —No me di cuenta cuando comencé a gritar, pero ni eso fue suficiente para lograr una reacción en él—. Tuve mis razones y ahora quiero arreglarlo.

—Hazle caso. En la peor de las instancias, te topas con los Vigías y la intercambias por tu libertad. Ya dijo que no van a lastimarla. —Las palabras de su amigo lo hicieron alejarse de la puerta y girarse en su dirección.

—Estaría cambiando su vida por la mía. Soy mejor que eso. Soy mejor que ella. —Eso debía dolerme, esa debía ser la intención, pero no lo hizo.

—Mientras sobrevivas, no tienes que probar nada —dije y él volvió a mirarme. Alguna vez alguien me había dicho lo mismo—. El objetivo no es ser mejor que tu enemigo, es aprender de él. —Di un paso más hasta él, para mirarlo a los ojos—. Si quieres sobrevivir, toma el arma que te estoy dando y úsala mientras te lo permito.

Nos miramos por largo tiempo, como si nadie más estuviera junto a nosotros. Éramos él y yo. Sin juegos ni trampas. Ahora ponía mi desesperación a sus pies, sabía que él lo estaba notando.

—Sube a la camioneta —dijo finalmente.

Me quité de su camino para que pudiera subir.

La idea se encendió rápidamente en mi cabeza y no me permití perder la oportunidad, ya que desconocía el destino de este viaje, a un lugar aparentemente sin comunicación. Así que alcancé a Teodoro antes de que se fuera.

—Sé que no merezco pedirte nada. —Lo tomé del brazo y lo solté al instante cuando me miró con furia— No lo hagas por mí. —No respondió, así que continué, sacando un plumón que había visto en la chaqueta de Gabriel y tomando su mano—. Este es el numero de una amiga, ¿podrías asegurarte de que encontró a su hija? Y que la chica a la que ayudaba encontrara a su padre.

Su mirada se dirigió a la camioneta a mis espaldas, seguramente pidiendo permiso, el cual debieron darle ya que abrió la palma de la mano para que yo pudiera escribir el número en ella.

—Solo porque suena importante —dijo cuando terminé de anotar.

—Gracias. —No creía que mi agradecimiento significara algo para él, pero era genuino.

Comencé a caminar hacia mi lugar en la camioneta cuando Esteban me tendió una bolsa.

—Le pedí estas a Izel para ti, Gabriel dijo que necesitarías cubrirte. —Tomé la bolsa con rapidez, al tiempo que usaba la orilla de la chaqueta para tapar mi cuerpo.

—Gracias, dale las gracias por mí. —Con todo el nerviosismo de aquella conversación, había olvidado que aún no me encontraba presentable.

Finalmente logré subir y el chico fue lo bastante amable para ayudarme a cerrar la puerta. Esperaba que nunca perdiera esa parte de su personalidad.

Gabriel se puso en marcha. Tras nosotros, Teo y Esteban nos siguieron en los otros autos, solo hasta la salida del edificio, después de eso tomamos caminos separados.

CAPÍTULO 18: BOSQUE NUBLAR

Hizo que Sirio bajara de la camioneta mientras yo me cambiaba. Retiré el vendaje que me unía el brazo al cuerpo; la herida no se veía grave, cosa que parecía imposible.

—¿Por qué inmovilizarme el brazo de esa forma? —Él estaba de rodillas frente al perro, al otro lado de la puerta abierta de la camioneta.

Me puse la blusa de tirantes con todo el cuidado del mundo.

—¿Puedo ver? —Hice un sonido que le indicó que sí. Se acercó a mí para inspeccionarme el brazo—. No dejabas de moverte, incluso dormida. —Sentí su aliento en mi cuello, antes de que agachara la cabeza hasta mi hombro—. Tomará algo de tiempo, pero te recuperarás. —Sus dedos eran fríos donde acomodaba las gasas y nuevo vendaje—. Eso si el viaje no lo empeora.

Incliné un poco la cabeza para verlo, estaba concentrado y serio. Me dolía suponer que esta sería su nueva personalidad el resto de su vida.

—¿Ya puedo saber a dónde vamos? —Me pareció una pregunta inocente.

Su mirada me lo negó.

—Supongo que puedes saberlo. —Continuó con lo suyo, como si no le tuviera repulsión a la sangre—. No es un secreto para nadie, estoy más que seguro de que los Vigías lo conocen desde hace siglos, puede que hasta tu... —Se aclaró la garganta y volvió a mirarme en un gesto rápido— Cruzaremos el velo.

—¿El velo? ¿Qué es eso?

Suspiró, como si nos encontráramos en un juego nuevo.

—Supongo que lo sabrás cuando estemos allí.

—No estoy entendiendo nada. —Se puso de pie, restándole importancia a mis palabras, así que lo sujeté del brazo—. Gabriel, estoy fuera. Ya no trabajo para los Vigías, el edificio en el que vivía estalló en pedazos, no tengo nada... —No me gustaba provocar lastima. Intenté en otra dirección—. Prometo que no contaré nada de lo que vea o escuche a partir de ahora.

No me miraba a los ojos, más bien tenía la mirada fija en mi frente. Suspiró con fuerza, rindiéndose, y se puso de rodillas para estar frente a mí. Sirio no tardó en llegar a su lado.

—No pienses ni por un instante que existe posibilidad alguna de que recuperes mi confianza —exclamó con severidad—. Como dije, no es ningún secreto. Llamamos velo a la barrera que separa este mundo de Tlamatitlán. —Yo poseía el conocimiento básico sobre las ciudades que habitaban los Calpián, pero ese nombre no me era familiar—. Y esto solo te lo digo en caso de que nos separemos... —Vi la duda en su mirada y una pizca de algo más—. Hay diez lugares por donde es posible cruzar esa barrera, la mayoría pertenecen a la Sociedad, tú y yo solo podemos cruzar por uno que no les pertenezca.

Las palabras «cruzar», «barrera» y «velo» sonaban a un invento para burlarse de mí. Pero dado a que existían demasiadas cosas en este mundo no me quedaba más que creer en él.

—Lo que dices sigue sin tener sentido para mí. ¿Qué clase de lugar es...? ¿Tlamitlán?

— Tlamatitlán... es increíble la forma en que las personas olvidan sus orígenes. —Vi la tristeza cruzar por sus ojos como un rayo veloz—. Es la tierra de la que venimos los Calpián. —La impresión de esa revelación me dejó tan confundida que tardé demasiado en formular mi siguiente pregunta—. Hasta aquí la clase de historia. Cámbiate y después te diré cómo saldremos vivos de nuestro siguiente destino.

Debí detenerme a preguntar antes en qué me estaba metiendo, o más bien dónde. Cruzar barreras y sobrevivir a viajes me estaba verdaderamente asustando. Tomé la camisa de botones y una chaqueta rompevientos negra que me llegaba hasta las rodillas. Ya no estaba tan segura de seguir con esto, porque donde la palabra Calpián estuviera, también lo estaban las palabras «*peligro*» y «*advertencia*».

—Estoy lista. —Me presenté frente a él.

—No con esas cosas en los pies. —Señaló mis pantuflas—. Puedes usar mis botas, te quedarán algo grandes, así que ajusta bien las cintas.

Las dejó en el suelo y yo comencé a ponérmelas, usando solo una mano. Resopló, se inclinó a mis pies y ató ambas por mí, gesto que me avergonzó.

—Yo puedo sola —espeté en un intento por demostrar que aún era una persona útil.

—Tardarías mucho —contestó al terminar—. Vamos. Tenemos que llegar antes de medio día.

Abandonamos la camioneta en un lugar bastante desértico. Gabriel no mencionó lo que sucedería si alguien la encontraba o si esperaba verla allí a nuestro regreso, si es que regresábamos. Al parecer, no podía importarle menos comunicarme las piezas de su plan de escape. Nuestro plan de escape.

En algún punto comenzamos a caminar por una vereda que atravesaba y subía por entre varias montañas. El sol comenzó a asomarse frente a nosotros, con el hermoso amanecer bendiciendo el inicio de nuestro viaje. Agradecía la chamarra rompevientos, también debía pertenecerle, era una gran ayuda contra el fresco de la madrugada.

Detuvimos la caminata para descansar, por quinta vez en la última hora. Algo me decía que lo hacía debido a mi condición, aunque no esperaba tal gesto de su parte.

—Mas adelante habrá una bifurcación. Tu tomarás el camino de la derecha. —Se detuvo, sacándose la mochila—. Sirio ira contigo, en algunas partes el sendero no estará tan marcado y podrías perderte. Él conoce el camino. —El canino sacaba la lengua mientras lo observaba con esa euforia que llena los ojos de los perros felices—. Yo me desviaré un poco para conseguir ayuda. No puedo llevarte porque no era parte del trato, prefiero que te adelantes. —Sacó una botella de agua y una navaja—. Estas caben en los bolsillos interiores.

—Lo que intentas decir... —comencé al tomar las cosas y guardarlas como pude en los bolsillos—, es que no quieres que sepa sobre la ayuda que buscas. —Suspiré, acomodando las cosas—. Y por eso me envías sola. No tienes que ocultarlo.

Asintió, no me quedó claro el significado de aquel gesto.

—En una hora u hora y media, el sendero será interrumpido por el camino para los vehículos. Te esperaré allí. —Se quitó el sombrero y me lo puso sobre la cabeza mientras caminaba en dirección a mis espaldas—. El sol comienza a subir. —Me apuntó con un dedo—. Lo que te di no es agua, tómalo para el mareo o no podrás seguir de pie.

Fue todo lo que dijo antes de reanudar nuestra marcha.

De un momento a otro, ya estábamos frente a la división del sendero.

—¿No estarás intentando deshacerte de mí al enviarme sola? ¿O sí? —No era la primera vez que andaba sola entre la naturaleza, aunque ese lugar desértico y rodeado de plantas más muertas que vivas me provocaba desconfianza.

—Si no llegas al punto en dos horas, me adentraré a buscarte. —Avanzó un par de pasos y después se detuvo para mirarme a los ojos—. Lo prometo. —Dirigió su mirada a Sirio, que estaba sentado justo en medio de ambos—. Cuídala. —Y continuó sin mirar atrás.

Vi su espalda por unos minutos antes de obligarme a continuar por mi camino, que era en un rumbo completamente opuesto al suyo.

Para mi sorpresa, Sirio me siguió. Parecía entender la situación de un modo imposible para un animal. Yo pensaría que seguiría a su dueño de manera caprichosa, pero aceleró su paso para ir frente a mí, como si me guiara.

—Lleguemos en una hora, ¿quieres? Me sentiría patética si él tuviera que venir a buscarme. —Era más patético suplicarle al perro que apresurara el paso—. ¿Tú tampoco confías en mí? Me gustaría saber lo que piensas.

Esa era yo: estaba desquiciada, hablando con un perro, siguiéndolo como si fuera más inteligente que yo. Por la forma en que obedecía a Gabriel, tal vez lo era.

Después de algunos minutos, sentí calor conforme el sol parecía brillar con más intensidad, pero el aire era lo suficientemente helado como para no querer despojarme de mi abrigo. Agradecía que Gabriel hubiera sido tan considerado como para dejarme usar sus botas, no eran exactamente cómodas, menos considerando lo grandes que me quedaban. Al menos las piedras y ramas llenas de espinas que pisaba no me hacían alentar el paso. Aunque tampoco eran ligeras.

De vez en cuando llevaba la mano al sombrero para evitar que saliera volando por la forma en que el viento corría contra mi cuerpo. Algo crujió a la distancia, temí que Sirio me abandonara para ir corriendo detrás de algún lagarto o algo por el estilo. Pero aquello solo lo puso alerta, dejó su paso de antes para comenzar a rastrear algo con rapidez.

—¿Qué sucede? —Olfateaba sobre la misma vereda, por lo que lo seguí sin dudar de su comportamiento.

Fui tras él a tropezones. Intenté mantener su ritmo y esquivar las alargadas ramas de algunos árboles mal formados que sobresalían de las orillas del camino.

Pese a mis esfuerzos, me obligué a detenerme, necesitaba descansar. Le tomó tiempo darse cuenta, pero se detuvo a descansar conmigo.

—Tal vez no fue buena idea. —Me observó hablar, como si entendiera mis palabras, así que continué—: Tal vez solo lo estoy atrasando o distrayendo. —Elevé un poco la mano izquierda, haciendo énfasis en mi herida—. Sospecho que eres bueno guardando secretos. —Me reí por la ironía—. No sé si hice esto por él o por mí. No me mires así, de verdad quería ayudarlo... Y no quería tener que arrastrarme a pedir asilo con mi padre. Quizá aun soy egoísta.

Tomé la botella del interior de mi chamarra, el líquido era claro como el agua o demasiado claro para ser agua. Lo probé con desconfianza, y con razón, era amargo y más espeso de lo que se veía, pero lo bebí por completo.

Sirio me observó con aprobación. El darme cuenta de lo extraño que era confesarme ante él y notar cosas como la aprobación en su mirada fue el impulso que necesité para seguir caminando.

Mas adelante, mucho más adelante, la terracería se abrió camino ante mí, tan amplia que tres vehículos podrían ir por ahí a la vez. Una camioneta con redilas se asomó por la montaña. No sabía si debía quedarme de pie o esconderme. Me quedé en mi lugar con la esperanza de que Gabriel fuera el conductor. No lo era.

Un par de mujeres iban en el interior, riendo y charlando. Se detuvieron justo frente a mí.

—¿Julia? —preguntó la conductora. Me tomó por sorpresa, pero asentí—. Sube. —Señaló la parte de atrás de la camioneta.

Me dirigí a la caja de carga sin hacer preguntas. Gabriel estaba sentado entre cajas de madera con fruta y otras cosas. Avanzó hasta mí de cuclillas y me tendió la mano para ayudarme a subir. Me guio para que me sentara en el lugar que él había ocupado antes y dio dos golpes en la parte exterior de la camioneta para que nos pusiéramos en marcha.

Sirio no subió, corría tras nosotros, con la lengua afuera y tan rápido que parecía feliz de poder ir a un paso mayor. Me preocupaba dejarlo atrás. Al inicio solo lo observaba a él, después me permití disfrutar del paisaje. En algún momento dejamos de subir y comenzamos a ir recto, el desierto se transformó en un lugar lleno de pinos de todas formas y tamaños, con musgo saliendo de entre las rocas del suelo y agua corriendo en hilos a las orillas del camino.

Gabriel quedó sentado frente a mí. Se sostenía de las rejas para no salir volando de la caja con el agitado movimiento del vehículo entre la sierra. Yo evitaba toparme con su mirada, solo lo observaba cuando un movimiento brusco lo hacía moverse de un lado a otro. Tampoco quise preguntar por la identidad de las personas en el interior, de todas formas, no me lo diría.

—Aún no puedo creer que llegaras antes. —Aparté la vista del camino para encontrarlo, él miraba en cualquier dirección que no fuera la mía.

El viento movía su cabello hacia atrás, dejando su rostro completamente al descubierto. Aunque solo podía verlo de perfil, la angulosa barbilla y la forma en que apretaba los labios lo hacían ver severo.

—Fue más de una hora, como predijiste —dije en voz baja.

—Pensé que te llevaría más tiempo. —La camioneta se detuvo—. Hay que bajar.

En el lugar sobresalían dos pequeñas casas de madera, una frente a la otra, con solo un pequeño espacio entre ellas. De pie, pude divisar más casas entre la sierra y todas a gran distancia una de la otra.

Gabriel me ayudó a bajar. Y después se acercó a la ventana del conductor.

—Gracias.

—El grupo ya debe de haber pasado el arroyo, pero pueden alcanzarlo si se dan prisa. Y descuiden, esos asquerosos sabuesos no han llegado tan lejos. No creo que se topen con ellos por aquí.

Entonces arrancaron y continuaron con su camino.

—¿Sabuesos? —¿Se refería a lobos?

—Así llaman a los Vigías. Debemos darnos prisa. —No me esperó, caminó hasta esas dos pequeñas casas y lo seguí.

Tocó una de las puertas con fuerza. No podía evitar la extraña sensación de que me estaba adentrando en terreno al que no debía. Una mujer, de algunos cincuenta años, con ropas holgadas y gastadas, salió.

—¿Sí? —preguntó grotescamente.

—Cruzamos dos. —Gabriel le entregó algo que no alcancé a ver y el gesto pareció alegrarla.

—Ya se fueron —dijo al tomarlo—. Deberán correr.

Entró de nuevo en la cabaña y volvió minutos después con una bolsa pequeña de tela.

—Gracias. —Gabriel la tomó. La mujer me observó por sobre su hombro. Me sonrió de una manera muy extraña, que sentí incluso familiar. Susurró algo que me resulto inentendible, en un idioma diferente. El hombre se giró para observarme, extrañado—. Pregunta por tu salud.

—Ah. Estoy bien, gracias. —Me miré el brazo, de hecho, no se sentía bien, intentaba no pensar mucho en ello.

Ella asintió y cerró la puerta frente a nuestras caras. Si la enfermedad se reflejaba en mi rostro, no estaba segura, pero me sentí leída por esa mujer. Vi a Gabriel guardarse aquel pequeño morral. Sin decir nada, como se estaba volviendo su costumbre, avanzó en dirección a alguna parte. Para ese momento yo ya estaba tan desorientada que podíamos estar volviendo y no lo sabría.

Caminamos por entre el bosque por un largo rato. Mientras más avanzábamos, una neblina espesa comenzaba a cubrirnos. Caminaba detrás de él, observando su espalda y cada uno de los movimientos que hacía: se movía por el bosque como si fuera su lugar. La densidad del lugar y aquella niebla nos impedían ver la luz del sol, pero a él no parecía importarle.

Descendimos por el pequeño arroyo que habían mencionado aquellas mujeres. Al menos fue tan amable como para ayudarme a subirlo, ya que aún no podía hacer demasiada fuerza con el brazo izquierdo. Algo brilló varios metros por delante de nosotros. Primero un punto de luz, luego aparecieron seis o siete más. Divisé las cabezas de varias personas que caminaban entre los pinos con tanta precaución como nosotros. Me di cuenta que las luces eran linternas que usaban para guiar sus pasos.

Poco a poco nos incorporamos entre ellos.

Mi corazón estaba intranquilo, como si presintiera que no había vuelta atrás. Y no la había.

Una leve llovizna cayó sobre nosotros. A mí no me molestaba por el sombrero, pero varios de mis acompañantes se cubrían las cabezas con las manos o prendas. Solo escuchaba murmullos distantes, algunos quejidos y el rodar de las llantas de una pequeña carreta que era tirada por quien estuviese al frente. No estábamos tan cerca los unos de los otros como para que fuera incómodo, era una procesión bastante agradable, de hecho. Y si esas otras personas estaban huyendo como nosotros, entonces me sentía identificada con el estado de ánimo, con el silencio y el disfrute de aquel escape.

—¿Ya puedo saber qué está pasando? —Me incliné hacia él para no elevar mucho la voz.

—Vamos hacia la ruptura. Es fácil perderse en este bosque, sobre todo por el clima, siempre vamos en grupos acompañados por un guía... —Detuvo su explicación—. Ya estamos cerca.

—¿Cómo es que esa persona no se pierde? —Tenía tantas preguntas que no sabía por cual empezar—. ¿Qué te dio esa mujer?

Parecía exasperado.

—El guía es inmune al efecto que el Bosque Nublar causa en los humanos, sabe perfectamente a dónde dirigirse. —Me sujetó por el codo para guiarme entre la maleza—. Y lo que esa mujer me dio es dinero que se puede utilizar del otro lado.

—¿Tú también eres inmune?

Todos detuvieron su caminata a la orilla de un río, en el cual desembocaba una cascada cuya caída no era mucha, pero sí amplia.

—¡De uno en uno, por favor! —dijo el hombre que iba al frente—. Las pertenencias que no cruzan van a la carreta.

Me detuve a contemplar lo que estaba frente a mí con detenimiento. Era el lugar del que Gabriel me había hablado antes, donde el agua nace de las raíces de un árbol y cae en cascada en forma de río, donde en la noche las luciérnagas lo rodean. No me había mentido, era realmente místico. Aunque aquel asombro que me arrebató el aliento no duró tanto, ya que lo siguiente que vi hizo que la sangre abandonara mi cuerpo. Las personas dejaban las linternas y se quitaban los zapatos, los abrigos y sombreros para entrar en el lago. Lo cruzaban hasta perderse a través de esa cascada.

Mi compañero comenzó a imitar su comportamiento y lo detuve de inmediato.

—¿Qué están haciendo? No hay forma en la que yo pueda entrar ahí. —Señalé el cuerpo de agua.

Terminó de deshacer el nudo de sus botas y continuó con las mías.

—Todo lo que tienes que hacer es cruzar la cascada y yo te veré del otro lado. Tenemos que dejar estas cosas aquí, después de todo solo serán una carga innecesaria. Puedes conservar tus lentes.

—No puedo hacerlo —dije sin aliento, sin apartar mi mirada de él, con la esperanza de que lo entendiera.

—Solo es un poco de agua. Y hay algunas reglas que debes saber. Al cruzar llegaremos a un lugar... un poco hostil. No podemos hablar con nadie que no nos hable primero. No debemos meternos en problemas. —Lo último lo dijo en un tono que sugería que yo era experta en meterme en problemas—. Estaremos en ese lugar de paso y nada más. No debemos inmiscuirnos en la dinámica de sus pobladores. —Levantó la vista para clavarla en mi mirada—. Veas lo que veas y escuches lo que escuches, no hagas nada, sin importar qué, tú solo sígueme.

La advertencia era por el bien de los dos. Tuve miedo de la clase de lugar al que nos dirigíamos.

—Debe haber otra manera... —susurré cuando se puso de pie.

Su mirada se suavizo al entender lo ansiosas que eran mis palabras.

—No hay otra manera, si queremos escapar de forma segura, es por aquí. —Me tomó del hombro—. Sí puedes. Voy a estar justo detrás de ti. —Se inclinaba hacia mí para tranquilizarme—. No hay marcha atrás. —Tragó saliva con fuerza—. Si quieres volver...

—Ya entendí —lo interrumpí—. No puedo volver. —No sola, no, aunque me acompañara, cosa que haría que todo fuera en vano.

No muy convencida, me quité la chamarra y el sombrero. El hombre que había hablado antes se apresuró a recogerlos y ponerlos dentro de aquella carreta. Caminé hasta la orilla, vi atrás una última vez, a Gabriel, antes de meter los pies en el agua.

—Te veré del otro lado —me dijo con tranquilidad.

Estaba helada, completamente fría, lo que provocó que un escalofrío me recorriera todo el cuerpo y la piel se me erizara. Con cada paso que daba, me hundía un poco más, hasta que el agua me llegó por sobre las rodillas.

Aquello se parecía demasiado a mis pesadillas. Esas en las que, voluntariamente, terminaba ahogándome en aguas turbias y desbocadas. Mi cabeza aún sobresalía del agua cuando finalmente me topé con la cascada. Miré hacia arriba, asombrada por la vista, que parecía infinita y brillante desde esa perspectiva. Sentí a Gabriel a mis espaldas. No me dijo nada, esperó pacientemente a que yo avanzara. Inhalé hasta llenarme completamente los pulmones y cerré los ojos. Sentí el agua helada cubriéndome el rostro y avancé a toda prisa para que la sensación no durara demasiado.

Recordé aquella última pesadilla sobre la lamentable mujer que agonizaba por mi dolor. Su rostro que era el mío me advertía el final, ¿sería este?

Al abrir los ojos, me encontré en una especie de cueva iluminada por velas que estaban clavadas en piedras y huecos en las paredes. La piedra era entre un color rojo y naranja, y todos los rincones estaban llenos de velas encendidas en todo su esplendor. Aquello me dio la impresión de estar entrando al infierno.

Inhalé y exhalé aire con fuerza un par de veces, al menos no me había sumergido por completo.

Alguien que había cruzado antes que yo me ayudó a salir del agua. Me tendió la mano y no dudé en apretarla fuerte para escalar las rocas hasta estar completamente en la superficie. Una persona diferente y completamente seca me dio una manta para cubrirme. El lugar era un poco cálido, pero mi ropa mojada me mantenía fría.

Como reflejo, miré a mis espaldas, esperando y contando cada segundo en que la cascada caía imperturbable junto a nosotros. Contuve la respiración. Su cabeza se asomó primero entre la corriente y después todo su cuerpo. Una tranquilidad inexplicable me inundó al verlo y pude respirar con normalidad.

Cargaba a Sirio entre sus brazos y lo bajó al llegar hasta mí. El animal se sacudió con fuerza, esparciendo partículas de agua a nuestros pies. Gabriel me miró, la ropa mojada pegada a mi piel ya erizada, el cabello escurriendo y enredado alrededor de mi rostro. Pensé que veía una de todas esas incomodas cosas, pero solo dijo:

—Lo hiciste bien.

Se apresuró a subir para llegar a mi lado y tomar una manta para cubrirse.

—No se separen, no tardaremos en salir.

La persona que había repartido toallas y mantas cuando salimos del agua iba al frente del grupo, esta vez repartiendo manzanas para todos.

La cueva nos llevaba a una especie de túnel, a lo largo del cual más velas, constantes y pequeñas, iluminaban el camino. Y de pronto estas se convirtieron en antorchas, y la piedra rojiza se transformó en una gris y mohosa, llena de garabatos tallados, inscripciones. Una vez había visto roca parecida a esa en el museo de Historia, parecían jeroglíficos.

Esta ya no era una cueva, eran los cimientos de algún edificio antiguo; atravesarlo daba la sensación de caminar por un sendero que detenía el tiempo.

Me sentí mareada y un poco claustrofóbica. Sentía que las paredes, construidas con grandes bloques de piedra, venían hacia mí para aplastarme lentamente. Mi respiración se aceleró poco a poco ante la sensación de que todo mi cuerpo era cubierto por una fina capa de algo suave que se movía alrededor de mí.

—Es el interior de un cenote. —El sonido de la voz de Gabriel arrancó aquella sensación de mí.

Conocía la palabra y ciertamente no recordaba su significado exacto. ¿Cuerpo de agua profundo? Tal vez debería haber sido maestra de geografía o biología, o lo que sea que estudiara los cuerpos de agua, en lugar de matemáticas.

—¿Qué hace un lugar cómo este en las profundidades de un cenote? —Había renunciado a obtener respuestas de él desde que comenzamos esta última y loca cruzada, pero no renunciaría a seguir preguntando.

—Es un altar. —Me tomó del codo, de esa forma desconfiada en que lo había hecho las últimas veces, para ayudarme a caminar por el cada vez más estrecho lugar.

Lo observé confundida. Su silencio me dijo que no estaba dispuesto a revelar nada más. No podría vivir así, en la oscuridad de un mundo completamente nuevo, se volvería en mi contra tarde o temprano. Esta vez la ignorancia no parecía una buena aliada.

—¿Cómo es que las velas en la cueva no se apagaron por la humedad? —Era una pregunta inofensiva.

—¿Magia? Nunca me lo he preguntado, estoy acostumbrado a asumir algunas cosas. —Parecía una maquina al responder, como si hablara con alguien a través de un teléfono celular.

Mi siguiente pregunta era menos inocente que la anterior y no pude formularla. Una gran cantidad de luz solar llegó a nosotros al doblar en una vuelta a la derecha y el exterior comenzó a vislumbrarse frente a nosotros.

—Bienvenidos al Bosque Nublar —gritó nuestro guía con entusiasmo.

La gente comenzó a murmurar con alegría y alivio conforme lo siguieron hasta las afueras de la cueva. Cuando salí, lo vi todo con nuevos ojos.

Si la tierra de la cueva me parecía roja, esta era mucho más intensa y brillante. Y el lugar del que veníamos era todo un monumento incrustado en una montaña. La mitad debía ser el altar, adornado con columnas que sobresalían de la tierra y subían hasta la cima, donde debía estar la vista principal del cenote. La bruma que, por el nombre del lugar parecía ser permanente, le daba un aspecto misterioso y un tanto terrorífico.

Era imposible que todo esto estuviera al otro lado de la cascada por la que habíamos llegado. No cabía dudas: estaba en otro mundo.

—Es increíble —solté, pero sin asombro, más bien en un suspiro, ya que mi aliento se condensaba frente a mi rostro.

Sirio corría de un lado a otro, sin alejarse demasiado. Parecía igual de contento que todas esas personas, como si considerara que aquel lugar era su verdadero hogar.

—Todavía no has visto nada. —Gabriel se quitó la manta con la que se cubría y me la puso sobre los hombros.

Seguimos por un camino amplio de más tierra roja. Atravesaba un bosque cuyos arboles eran realmente gigantes. A unos veinte metros, las primeras casas de un poblado hicieron su aparición. No podía describir la sensación que el lugar me provocaba, como si aquel túnel nos hubiera hecho viajar en el tiempo. Comenzando por la estructura de las casas, las personas a caballo y sus vestimentas. La mayoría de las mujeres usaban faldas y vestidos modestos, aunque varias sí usaban pantalón.

—¿Viajamos en el tiempo? —pregunté finalmente, siguiendo al grupo hasta un gran almacén.

A través de las ventanas de cristal pude observar las prendas, no parecía probable encontrar una sudadera o pantalones de mezclilla. Sirio esperó sentado fuera del lugar.

—Es la sensación que provoca atravesar el velo. Y será más fuerte cuando nos alejemos de la ruptura.

Entramos en el local, viejo y nuevo al mismo tiempo.

—¿Por qué?

La puerta se cerró detrás de mí, ya que fui la última.

—Busca algo que te guste, cómodo de preferencia. Los vestidores para damas están al fondo. Te veré aquí después.

Lo tomé del brazo antes de que se dispersara como los demás.

—Una vez me dijiste que la ignorancia era letal. ¿No crees que en este caso mi falta de conocimiento lo podría ser para ambos? —No desistiría, no cuando acababa de viajar en el tiempo, figurativamente. No, era porque en el fondo todo esto me asustaba...

Había exasperación en sus ojos, ojos que eran... diferentes. De este lado del velo, su mirada era más clara ante mí. Uno de sus ojos era más verde que el otro, de un esmeralda intenso y casi antinatural, imperturbable. Por otro lado, su ojo izquierdo resaltaba más por esas gotas color café que manchaban su iris. La sensación de perderme en ellos era como el perderse mezclando acuarelas en un lienzo en blanco.

—Este mundo no es tan moderno como el otro —comenzó sin entusiasmo—. La actualidad avanza desde los portales hacia el interior del territorio, mientras más lejos estés de un portal, menos... avances *tecnológicos*, si quieres llamarlo así, existirán en este mundo. Menos se parecerá a tu mundo. Aquí ni siquiera hay electricidad.

—Era peor de lo que esperaba—. Tendremos más clases de historia cuando logremos salir de aquí.

Se alejó para ver las cosas en los estantes, miré su espalda unos segundos más antes de hacer lo mismo.

Las mujeres observaban las prendas con asombro, algunas preguntaban por paquetes que habían sido dejados a sus nombres, y yo me permití disfrutar de las telas, las texturas y colores, tan ajenos y maravillosos, sencillos pero encantadores.

—Es tu primera vez, ¿verdad? —Una señora, más bien dicho, la mujer a quien Gabriel le había pagado en nuestro mundo, se acercó a mí desde el mostrador.

—¿Venía con nosotros también? —No pude evitar preguntar.

—Debes hablar de mi hermana, siempre me pasa. —Sonrió para sí misma—. Ella es quien recibe de aquel lado y yo lo hago de éste. —Su paciencia me dio a entender que era algo que le preguntaban seguido.

—¡Ah! —Me sentía mareada, deseaba permanecer tranquila ante lo revuelto y complicado que se estaba volviendo todo—. Sí, es mi primera vez. —Respiraba con normalidad y a la vez con más ligereza, como si el aire fuera más denso de aquel lado.

—Si vas a caballo, deberías llevar estas botas; si vas a pie, te recomiendo estas. —Tomaba una pieza de cada par para mostrarme—. Si vas a quedarte, puedo mostrarte los vestidos...

—Creo que no nos quedaremos. Y llevaré las botas para la caminata. —No se habían mencionado caballos. Ni tampoco un almuerzo o algo así, las manzanas eran buenas, pero...—. ¿Aquí venden comida? —Desde el disparo solo había tenido una comida decente, que había conllevado comida rápida en el auto de Gabriel.

—Hay un hostal al otro lado del pueblo. Tienen buena comida en ese lugar. ¿Vas a querer una falda?

Mi estomago se removió ante la esperanza que me daban sus palabras.

—Pantalón, por favor, el más cómodo que tenga. —La seguí a lo largo de los estantes.

—Estos son para el campo, así que son más cómodos. También deberías llevar una blusa con mangas holgadas. La comodidad y la elegancia pueden llevarse bien de vez en cuando. —Parecía amar su trabajo, o al menos ganar dinero—. Debes saber que el clima aquí depende del lugar en el que estés. Tal vez deberías llevar un sombrero para el sol o algo abrigado. ¿Sabes a donde te diriges?

Cambiaba los temas muy rápidamente, la confusión podría hacerme hablar de más. Pero conocía bien el truco. Dejé de estar tan encandilada por la cultura del lugar y me enfoqué en ella. No era solo una simple vendedora de ropa, debía vender también información.

—Un abrigo me haría bien. —Me esforzaría por no parecer completamente desorientada.

—Una capa, entonces. —Sentí su sonrisa un poco más fingida al darse la vuelta para ir por la prenda.

Al salir de los vestidores, vi que Gabriel pagaba con algunas monedas. Preguntaría por el valor de ellas más tarde. Ya comenzaba a hacer una lista mental de cosas que debía saber sobre ese lugar.

Me acerqué a él. Vestía prendas parecidas a las mías: llevaba unas botas largas, con un pantalón de un tono café oscuro y ¿esos eran tirantes en sus pantalones? Solo los había visto en películas. La camisa blanca permanecía desabrochada de la parte superior.

—Escuché que venden buena comida en un hostal de aquí cerca. —Me puse a su lado.

Ni siquiera me observó, ni a las prendas que vestía, pasé completamente desapercibida ante él.

—Sí, el plan es comer algo y partir enseguida.

Pasó a mi lado y lo seguí. Fuera, y conforme más nos adentrábamos en la ciudad, más cosas que solo conocía de las películas comenzaron a aparecer frente a mí. Carruajes tirados por caballos, algunos más ostentosos que otros. Soldados con rifles sobre los hombros, uniformados de color azul marino y con sombreros extraños. Marchaban al mismo paso en grandes grupos.

—¿Hay una guerra de la que debí enterarme antes? —La gente se detenía para dejarlos pasar, muchos mostraban sus respetos quitándose los sombreros y esas cosas.

—Solo en este territorio. Hay dos bandos en conflicto por el lugar. Actualmente es un tanto pacifica ya que no han tenido conflictos armados en años, pero la tensión persiste. —Nos detuvimos ante una tropa que iba a un paso más acelerado que los demás—. Cruzaremos sus trincheras, es por lo que no debemos meternos en problemas, o podrían incluso pensar que fuimos enviados por los contrarios.

—¿Y podemos cruzar? ¿Como si nada? —Estar en medio de una guerra real me asustaba un poco.

—Al llegar seremos guiados por algunos de esos soldados y entregados a alguien al otro lado de la trinchera. No haremos ni diremos nada, solo cruzaremos y retomaremos nuestro camino.

Recordé su advertencia sobre un lugar hostil y no meterse en problemas.

—¿A eso te referías con no interrumpir la dinámica de los pobladores?

—Debido a los enfrentamientos, verás todo tipo de cosas: pobreza, discriminación, lo que te imagines. No debemos hacer nada o corremos el riesgo de meternos con personas que podrían dispararnos sin preguntar. —Me pareció que ya había cometido algunos de esos errores en el pasado.

Aquí venía la pregunta que temía hacer:

—Estas personas... —Seguimos caminando— ¿Ellos son humanos? —De nuevo el suspenso de su silencio. Ya estaba muy gastado el juego de la desconfianza, nos encontrábamos juntos en ese viaje. No creía que fuera capaz de hacerme regresar. O de abandonarme.

—No todos.

—¿No todos?

Miré a mi alrededor y me sentí bloqueada al instante. Por lo general, si me concentraba bien, podía sentir esa aura o cosa pegajosa que transmiten los Calpián. En Gabriel nunca la había sentido, pero sí en los jóvenes que fueron a estudiar al instituto. Aquí no podía sentirla en ninguno de los presentes, en ni uno solo. Era como si hubiera perdido esa capacidad.

—Prometo responder a todas tus preguntas cuando salgamos de aquí. Ahora solo quédate callada —masculló cuando estuvimos frente al hostal, observaba el sitio con desconfianza o algo parecido.

No era un mal lugar, aunque tampoco uno muy acogedor. Estaba tan concurrido que nos costó encontrar un buen lugar. Las paredes eran grises y las columnas de madera lograban mantener el lugar de pie. Pieles y cabezas de animales colgaban en las esquinas, expuestas como trofeos. Había una barra de madera en el fondo, donde alguien servía comida y bebida.

No fue hasta que nos sentamos, en el rincón más lejano, que pude analizar el entorno. En la parte de arriba debían estar las habitaciones, ya que personas subían y bajaban por unas estrechas escaleras de madera. Alguien tocaba música, una guitarra y tal vez un acordeón, no podía verlos, pero la gente aplaudía de vez en cuando. Todo normal de alguna manera. Pero no lo era.

A nuestro lado, dos mujeres jóvenes con la piel manchada de magenta comían con tranquilidad. Al principio pensé que era pintura, ya que solo la había visto en sus manos, pero una de ellas giró en nuestra dirección y pude notar que casi la mitad de su rostro y uno de sus ojos era de ese color. Apreté el brazo de Gabriel, quien no tuvo más remedio que sentarse a mi lado. Me vio y después siguió la dirección de mi mirada.

—Ver así a la gente es de mala educación. Mejor come, debemos irnos pronto.

Ni siquiera había visto el momento en que nos habían servido la comida. Una sopa bastante decente, acompañada de pan y jugo de alguna fruta que no pude identificar. La comida más deliciosa que había probado en las últimas veinticuatro o treinta horas, no estaba segura.

—No vas a abandonarme por allí, ¿o sí? —Tomé un gran trago de jugo—. Al menos deberías decirme cuál es mi destino ahora que ya estas a salvo.

—No estoy a salvo, no todavía. —No me miraba, parecía que evitaba mirarme todo lo que podía.

—Pero los Vigías no pueden venir por ti aquí. —Aunque... él había dicho que este lugar no era un secreto.

—Sí pueden. Lo han hecho antes. —Un escalofrío me recorrió las piernas. La idea de Javier entrando en ese río, únicamente para venir por mí, me enfermaba. Pensar en esa expresión en su rostro, la que hacía cuando se aferraba a algo con tanta desesperación, cuando no se rendía hasta conseguir lo que quería, me mantenía intranquila—. La buena noticia es que estás conmigo. —Sus palabras, aunque las había dicho sin mirarme, me tranquilizaron. Yo podría ser su seguro en caso de ser atrapado, pero él era mi única escapatoria.

CAPÍTULO 19: FRONTERA ENEMIGA

Me dijo que caminara detrás de él, que no los viera a los ojos y que no hablara; en fin, que fuera como Sirio. Así que mi tarea del día fue observar al animal y recordar que incluso él sabía portarse bien.

—¿Cuántos y a qué hora? —Un soldado, con un cargo seguramente importante, se acercó a Gabriel cuando llegamos a una caseta de control.

No fue hasta ese momento que lo noté: esos militares no eran humanos y no podían ser parte de los Calpián. Tenían profundas cicatrices en la piel y parecía que en cualquier momento ésta se desprendería pedazo a pedazo, aquellos rasguños eran notorios en sus rostros y brazos.

—Nosotros dos, en el siguiente viaje —respondió inmediatamente.

—¿De dónde vienen? —Sentí su mirada, pero no dejé de ver a Sirio—. ¿Quiere comerse al perro o algo así? —Casi levanté la mirada.

—Es que no se llevan bien. —Me rodeó con el brazo—. Acabamos de cruzar por el templo.

—¿Por qué razón cruzaron? —Caminó hasta mí.

—Nosotros...

—Quiero que ella responda. —Dio un paso al frente y sentí la mano de Gabriel tensarse sobre mi hombro—. Responde. —Sus facciones eran realmente peculiares, toscas

—Es tímida —explicó.

—Ya veo. —Me soltó y volvió a dirigirse a él—. ¿Están casados?

—Así es. —No dudó en responder, haciendo más obvia nuestra cercanía. Aquello fue protector de su parte.

—Lástima. —Me inspeccionó de pies a cabeza y después apuntó algo en un cuaderno—. Dos y un perro, hacia la trinchera. ¿Y bien? —Su mirada iba de uno a otro.

—Solo estamos de paso, volvemos para encontrarnos con unos amigos.

—Revísenlos y llévenlos con los otros. —Les indicó a otros dos soldados de menor rango.

Fueron muy eficaces a la hora de hacer su trabajo, nos hicieron poner las manos detrás de la cabeza y, no sé a Gabriel, pero a mí me registraron como si pareciera una potencial traidora de la nación. Agradecía no haber elegido la falda, seguramente verían debajo de ella solo porque sí.

Los seguimos a través del puesto de control, era un campamento militar. Con forme nos adentrábamos, entendía el por qué Gabriel me había vuelto un perro. Los soldados llevaban a otros encadenados. También a civiles, mujeres, niños, todos por igual. Personas heridas y brutalidad en cada esquina era lo único que se veía.

Aquello me generaba más rabia que miedo, pero, sobre todo, arrepentimiento. ¿Estas era las cosas de las que mi padre me había alejado? Y ahora yo volvía, por voluntad propia. Tal vez debí haberme quedado al otro lado de la cascada, debí haberle dicho a Gabriel que me retractaba.

Ahora sí que era demasiado tarde.

—¿Y ellos? —preguntó otro soldado.

—Van a cruzar, llévalos con el grupo. Le comunicaré al capitán que estamos listos para partir.

Seguimos a la otra persona. Un par de enormes carretas esperaban en el centro del lugar, había personas de pie sobre ellas, pero lo que tiraba de estas no eran caballos.

Ese soldado debió ver el asombro en mis ojos, pero reprimí cualquier exclamación. En cambio, observó a mi compañero.

—Adivinaré, otra esposa muda, no eres la primera que tenemos hoy. —El hombre era joven y sus facciones eran iguales a las de sus camaradas, era como si su piel se craquelara—. Esos son caballos, pero son una raza que solo se encuentra en este mundo.

Aquellos corceles eran tan grandes como los elefantes, de pelaje abundante. Realmente no parecían caballos. Las extremidades estaban desproporcionadas, las patas más cortas, las cabezas más anchas, eran como ponis gigantes. Bestias que no había visto ni en televisión, lo único que se les podía comparar eran los mamuts.

—Te ayudo a subir. —Gabriel me tomó con fuerza de la cintura, obligándome a dejar de mirarlos. Subí a la carreta de madera y nos perdimos entre la gente. No nos veían, estaban atentos a sus propios asuntos—. Sí, son caballos, no les temas. —Sirio se sentó sobre mis pies.

Lo miré a los ojos como diciendo «*no estoy asustada*». Pareció entenderlo.

Cuando nos pusimos en marcha, lo sujeté con fuerza del brazo. Y lo apreté con más fuerza cuando un sonido grave y potente se produjo de la parte delantera, esos animales resoplaban y relinchaban muy bruscamente.

—Esa chica no se ve bien. —Un niño me señalaba, junto a la que debía ser su madre.

—Deja de mirarla y guarda silencio. —Le pidió con amabilidad.

—Solo mírame a mí. —Gabriel me envolvió con uno de sus brazos, escondiendo mi rostro entre su pecho—. No te hagas ilusiones, es porque no quiero que llames la atención. —Se recostó al costado de la carreta, usando su otro brazo para sostenerse de esta y que el movimiento no nos hiciera caer a ambos.

Tenía tantas ganas de responderle que no me estaba imaginando nada o que ni soñara con ello. Solo le di un pequeño golpe en el abdomen.

Para respirar mejor, recargué el oído en su pecho y llevé la vista al frente del camino. No podía ver nada, si quería hacerlo debía ponerme de puntillas. Así que cerré los ojos y comencé a prestar atención a los latidos de su corazón acelerado. ¿Yo era la causa? ¿Era algo bueno? Tal vez mi cercanía lo alteraba de una forma diferente a como lo hacía antes. Esas eran preguntas que no le haría.

Quise quedarme dormida, confiando en que a este punto ya no había marcha atrás para él tampoco, así que no lo creía capaz de abandonarme. Había tenido la oportunidad en otras ocasiones y ni lo intentó.

Quise pensar que sería un viaje largo y tranquilo. Pero abrí los ojos de golpe cuando nos detuvimos. Estábamos en el límite del territorio.

—¡Cúbranse los odios! —gritó el soldado de antes.

Miré a Gabriel con la interrogante en los ojos.

—Adelante está la trinchera que divide el territorio. —Se escucharon numerosos disparos, pero no había pánico en el lugar. Recordé el tiroteo en el edificio, había sido la primera vez que estuve en medio de tanto fuego cruzado, y esta parecía la segunda—. Cuando las tropas enemigas se encuentran, disparan al aire en lugar de al rival. Lo hacen para no provocar un enfrentamiento, es una especie de acuerdo. Todo está bien. —Seguimos moviéndonos, pero no hacia el frente. Doblamos a la derecha, evitando esa zanja, avanzando junto a ella—. En un par de horas llegaremos el extremo y ahí cruzaremos.

¿Así serían las guerras de mi mundo? Ya tenía el estómago revuelto. Este tipo de... enfrentamientos, como él lo había llamado, no eran normales para mí. En cambio, él parecía familiarizado.

Un estruendo más fuerte que el de un disparo alteró al caballo que tiraba de nuestra carreta. Debió levantarse sobre sus patas traseras, porque el movimiento fue muy brusco. Comenzamos a marchar a mayor velocidad y, al final, la carreta se volcó.

No pude sujetar su mano con suficiente fuerza, así que salí disparada en dirección contraria, sobre otras personas. Caí sobre alguien, y alguien más me golpeó con el pie. Todos luchaban por salir, así que me arrastré con fuerza, alguien terminó sobre mi brazo ya malherido y eso hizo que gritara de dolor.

Cuando al fin bajé de la carreta pude ver el panorama completo. Habían herido a ambos caballos, las grandes bestias emitían horribles sonidos de dolor y se desangraban. Vi cómo las personas de la otra carreta intentaban correr lejos y eran alcanzadas por soldados con el mismo uniforme que el de antes.

No eran enemigos, eran aliados.

—¡Busquen al espía! —gritó alguien.

Busqué a Gabriel. Él también parecía estar buscándome porque, cuando su mirada me encontró, no dudó en correr hasta mí.

—¡Dispérsense en el bosque! —gritó aquel soldado amable de antes, ayudando a quienes encontraba. Actitud nada parecida a la de sus compañeros.

—Vamos. —Gabriel me llevó de regreso al bosque, alejándonos del camino por el que veníamos. El sol aún no se escondía, pero, mientras más nos adentrábamos en la parte del Bosque Nublar que nos rodeaba, más difícil era ver la luz—. Solo sigue derecho, no te desvíes y no te detengas.

—¿Qué acaba de pasar? —pregunté, acelerada.

—No estoy seguro, nunca me había tocado presenciar algo así. —Me soltó para buscar algo en los bolsillos—. Igual ya estábamos junto a la trinchera, ir con ellos es mera formalidad para no provocar a nadie. Si atrapan a quien buscan ya no nos perseguirán. —Sacó una pequeña caja y me la dio—. Compré estos fósforos por si las dudas, tómala, yo tengo otra.

—¿Por qué me das esto? —Nos agachamos al mismo tiempo cuando los disparos comenzaron—. ¿Los están ejecutando a todos? —La idea me horrorizó, las personas con las que viajábamos eran familias, no soldados. Recordé a todas las personas sentadas en el centro de la recepción, siendo amenazadas con armas de fuego mientras los atacantes inspeccionaban el edificio.

—No lo sé, se escuchan cerca, no dejes de correr.

No había huido de ese ataque solo para encontrarme en un lugar peor. Me sujeté el brazo izquierdo con el derecho, abrazándome para tomar velocidad y que el movimiento no me lastimara más.

Sí estaba asustada, sí tenía miedo. Me lo admitía. Una cosa era tener un arma con un par de balas para ahuyentar a los criminales, otra era ser atacada en mi territorio, y una muy diferente era estar en medio de una guerra que no me correspondía. ¿Cuándo podría estar fuera del radar? Al menos esta vez yo no era el objetivo.

Solo seguí corriendo hacia el frente, sin tocar los árboles a mis costados, sin prestar atención a las ramas que pisaba, sin desviarme demasiado cuando un árbol se me atravesaba.

La noche me estaba alcanzando y el sonido de los disparos también, cada vez más fuertes. No dejé de escapar, no temía a la densidad del bosque o de la noche, temía a la brutalidad de aquellos soldados, temía que me alcanzaran desarmada.

Tal vez Gabriel también había decidido comprar un arma.

Quise preguntarle, pero él no estaba. Me detuve para observar a mis espaldas.

—¿Gabriel? —Ni por la derecha, ni por la izquierda... de pronto ya no supe qué dirección debía tomar—. Gabriel —susurré—. No me hagas esto, no puedes dejarme ahora.

Me llevé las manos a la cabeza. Desesperada. Hacía mucho que no perdía el control de una situación por tanto tiempo. Si antes me sentía invencible, justo en ese momento yo...

«*Estoy asustada. Gabriel, de verdad estoy asustada*».

Seguí avanzando, con más lentitud, esta vez prestando atención. Ya no solo iba en línea recta, sino en cualquier tipo de curva. Me escondía detrás de cualquier árbol, intentando no ser vista, ¿por quién? No lo sabía, no había nada, no había nadie. Tampoco se escuchaba nada, los disparos cesaron y, de pronto, ni la naturaleza emitía sonidos.

Todos los árboles y arbustos eran iguales, todo era negro y gris. Era el Bosque Nublar, donde los humanos no eran inmunes a la niebla.

Me detuve, temblorosa y desorientada, viendo el suelo que pisaba. Decidida a tranquilizarme, convencida de que estaba demasiado lejos como para rendirme.

«*¿Qué haría Mariel? ¿Qué haría Javier? ¿Y Axel? Me quedaba sin personas... ¿Qué haría mi padre?*».

Dejé de mirar el suelo para levantar la vista. La luna brillaba sobre mi cabeza. Tal vez las estrellas de aquí no fueran las mismas que las de mi mundo, ¿era posible? ¿La luna también era otra?

—¡Detente! —Bajé la vista con lentitud y después me giré. Un soldado me apuntaba con su arma. No tenía idea de cómo podía conducirse solo en este lugar—. Mira a quién tenemos aquí, es la mujer tímida... —Se carcajeó de una forma bastante fea—. Te atrapé.

No era de las que se rendía tan fácil ante la muerte. No tenía otra opción, solo comencé a elevar los brazos.

—No soy tímida —dije con fuerza.

—Eso veo, eres una mentirosa, y una espía.

Me preparé para sentir el disparo, solo lo escuché, pero fue al aire. Una enorme bestia había saltado sobre él y le enterró las garras en la espalda. El hombre gritó y yo salté hacia atrás, cayendo sentada sobre el suelo húmedo. Cerré los ojos, realmente no quería ver cómo aquel monstruo lo devoraba o lo hacía pedazos.

El hombre dejó de gritar y el lugar quedó el silencio nuevamente; solo se escuchaba la respiración de la bestia, acelerada y pesada. Imaginé los colmillos y las largas garras, me mantuve inmóvil, deseando que me confundiera con un árbol y siguiera su camino.

La tierra crujía bajo sus patas, avanzaba hacia mí. Estaba segura de que yo estaba temblando, aunque intentaba no respirar, no hacer movimientos bruscos para no llamar su atención. Cómo era posible que aquello se pusiera cada vez peor. Morir por un disparo sonaba mejor. Dejé de escuchar las pisadas, pero la respiración, aunque leve, continuaba. Y entonces los jadeos comenzaron, no eran los de una bestia, de hecho, eran familiares.

Me atreví a abrir los ojos, lentamente. Al principio me costó ver algo, después la figura frente a mí tomó forma.

—Sirio... —solté en un susurro y me abalancé sobre él para abrazarlo—. Qué susto me diste, ¿tú lo viste? —Comenzó a olfatearme y olí la sangre en él, así que me alejé al sentirla en su pelaje. Lo vi, en esos brillantes y sonrientes ojos. Incliné la cabeza hacia un lado, para poder ver los restos del hombre detrás de él, pero inclinó la cabeza también. Era como si quisiera impedir que yo viera. Lo mismo sucedió cuando intente hacerlo hacia el otro lado—. ¿Tú...? —No podía ser, aquel monstruo, no lo había visto bien, pero era unas diez veces más grande que Sirio. *No era posible.* En ese lugar todo parecía posible—. No vas a lastimarme, ¿verdad? —Ladeo la cabeza, con la lengua hacia afuera—. Lo tomaré como un no, creo que eres incluso más inteligente que yo... —Incluso más peligroso—. ¿Sabes dónde está Gabriel?

Ladró dos veces y comenzó a caminar hacia la derecha. Me puse de pie para seguirlo, sin mirar nada más. Tarde o temprano colapsaría, pero no todavía; me lo permitiría al salir de ese maldito bosque.

Esperaba que no se tratara de una locura. Aunque no fuera verdad, lo seguiría, a algún lado debíamos llegar. Pero no volvería a dudar de nada, ya que el can fue a recostarse junto a su dueño, quien se encontraba sentado, recargado en un árbol.

—Sirio... —le susurró.

Me acerqué a él, arrodillándome. Tenía los ojos fuertemente cerrados y la frente llena de sudor. ¿Lo habían herido? Comencé a examinarlo, tocando sus brazos y piernas.

—¿Qué es? ¿Dónde te duele? —Dejé de preguntar cuando noté que al fin me miraba, esa mirada, la conocía. Algo en mí pareció disgustarle y desvió la mirada, pero aún respiraba con irregularidad—. Mírame. —Lo tomé por los hombros, atrayéndolo un poco hacia mí—. Está bien, mírame. ¿Qué es? —Estaba dudando; si se avergonzaba o se arrepentía, no lo sabía—. Necesito saberlo para ayudarte, aun si no quieres, no tienes más opción que confiar en mí.

—Los... los lugares como este... —comenzó, miraba mi barbilla o mi frente, pero no mis ojos—. Solos y... oscuros, me recuerdan...

—Se quedó sin habla, sin aliento. Intentaba alejarse, pero no se lo permitiría.

—Este lugar no es así, no estás solo, aquí estoy yo... y Sirio. —Señalé al animal, que se lamía las patas. No parecía ser el mejor rumbo, así que tomé sus manos entre las mías. Me lo permití, prometiéndome que solo era para hacerlo sentir mejor—. No hay lugares oscuros. Si buscas, siempre habrá luz. Siempre hay luz, solo tienes que buscarla. —Observé a mi alrededor, aquí los árboles eran más frondosos y ocultaban el cielo, pero eso no me impidió encontrarla—. Mira, entre aquellas ramas. —Señalé con la mano—. Esa debe ser la luna. —Cuando volví a mirarlo, él seguía la dirección en que yo apuntaba—. Mírala, ella brilla siempre, como purificando la luz del sol... Siempre que busques, podrás encontrar luz, sin importar qué tan solitario sea el lugar. Esta es mi promesa, siempre que busques encontrarás la luz.

Se perdió por unos instantes en ese pequeño rayo de esperanza, admirándolo como si no lo hubiera visto antes.

—Tienes razón, ahí estuvo todo este tiempo. —Esta vez pude verlo a los ojos, y él miró los míos.

Y retrocedí en el tiempo. Dejé de odiarlo o de temerle o de sentirme culpable. Volví al día en que estuvimos en esa azotea, vulnerables y cansados. Sentí ese magnetismo que me había obligado a llevarlo de compras y dejar que preparara la comida. Y sentí cómo él también lo sentía. El magnetismo que nos había hecho acercarnos y desearnos.

Pero la paz de la luna no duró mucho. Me giré al escuchar los gritos de los soldados, al parecer seguían buscando al espía.

—¿Cuándo se detendrán? —pregunté para mí misma, agotada, asqueada de escapar.

—Vete —dijo con severidad—. No deben alcanzarte, yo los distraeré.

—Oh, claro que no —protesté— ¿Sabes lo aterrador que fue hace rato? —Miré a Sirio—. Me voy a quedar aquí hasta que te pongas de pie. Y más vale que sea rápido. Si me atrapan será tu culpa... ¿No eras mejor que eso?

No pensé que aquellas palabras fueran tan efectivas. Se esforzó mucho, pero logró ponerse de pie. Me tomó de la mano sin pensarlo, provocándome cosquillas donde sus dedos rozaban los míos y comenzamos a correr de nuevo.

Sirio iba frente a nosotros, olfateando la tierra por la que pasábamos, rastreando. No estaba segura de lo que buscaba, debía ser la salida.

—Por allí... —Señaló Gabriel cuando el perro comenzó a correr—. Encontró un camino.

Avanzamos con prisa, conteniendo el aliento. No podía dejar de verlo, de pensar en la bestia que se ocultaba bajo su piel. ¿Gabriel lo sabría? Claro que lo hacía, era su dueño...

—Sirio es...

—Es muy bueno rastreando, además conoce el lugar. —Escuché el cansancio en su voz—. Es una cueva, podemos escondernos aquí hasta el amanecer.

Nos adentramos en un lugar mucho más oscuro y húmedo que el bosque.

—Si encendemos una fogata podrían encontrarnos...

—O peor, podríamos atraer a alguna criatura peligrosa. —No pude evitar voltear a ver a nuestro compañero perruno.

—Algo me dice que estaremos bien. —Tiró de mi brazo al dejarse caer, no pude mantenerme de pie y terminé sobre su torso—. ¿Estas bien? —Toqué su frente casi por instinto cuando lo sentí temblar, como lo hacía cuando Valeria se dejaba caer sobre el sillón—. Tienes fiebre, ¿por qué tienes fiebre y escalofríos? —No esperaba que respondiera, era mas bien una observación.

Volvió el rostro hacia mí, la cercanía se sintió tan peligrosa que inmediatamente me alejé para quedar sentada a su lado.

—No lo sé. —Cada vez sonaba más exhausto.

—Te has estado esforzando demasiado... —No sabía cómo solucionar aquello—. Sirio, vamos, dale calor, siéntate en su regazo. —Creí que era una tontería pedirle algo así a un perro, ya que solo me miraba fijamente. Lo extraño fue que me obedeció.

—Te debe parecer estúpido —jadeó.

—¿Que seas tú quien tiene fiebre cuando soy yo la de la herida de bala? —comenté entre una sonrisa, quitándome la capa para cubrirlo con ella—. Debo admitir que eso me quita protagonismo, pero no es estúpido.

Se rio, la primera risa real que me regalaba desde aquel accidente. Jamás podría olvidar lo que había pasado esa noche, cómo esa segadora luz me inundó tan violentamente que temí ser consumida por ella. Era el recordatorio de que, así como Sirio no era solo un perro, Gabriel no era solo una persona. Sin embargo, el portador de ese gran poder padecía de una fiebre común, era débil y frágil como yo.

—Me refiero a que un adulto tenga ese tipo de miedos... —Y que, además, aun teniendo esa luz en el interior, temiera a la noche.

—No es estúpido. —Dejé las bromas atrás—. Yo también los tengo.

—Miedo al agua. —Llevó la cabeza hacia atrás para observarme—. ¿Es eso?

Por supuesto que lo había notado. Nada de todo lo demás me había hecho retroceder de esta loca decisión, solo ese río.

—Me gusta el agua —comencé con valentía—. Pero cuando es profunda e incierta, siento que podría perderme y olvidar dónde está la salida. —Me di cuenta de que estaba siendo demasiado honesta, a ese punto ya no controlaba la información que compartíamos—. Es más estúpido que te guste algo a lo que le temes. —Me burlé de mí misma para aligerar las cosas.

—No lo creo, a veces sucede al revés. Comienzas a temer de aquello que te gusta. —Bajé la mirada hasta la suya, porque aquella confesión sería fugaz—. A como yo lo veo, solo necesitas aprender a buscar la luz. —Levantó el dedo índice y apuntó hacia arriba—. La salida siempre esta hacia arriba.

Ahora usaba mis palabras.

—Dame más clases de historia, tenemos tiempo.

Comenzó a toser. En lugar de reprochar, se aclaró la garganta y me acomodé a su lado.

—En secundaria aprendemos que el mundo en el que vivimos no es el único que existe —suspiró—. Llamamos velo a lo que separa a los mundos, es como una tela fina que separa realidades, algo de eso... Por alguna razón hay fisuras, aberturas en algunas ubicaciones, es por lo que podemos atravesarlo.

—¿Quién las hizo? ¿Cómo las descubrieron?

—No sabemos cómo fueron creadas. Algunas de ellas fueron descubiertas por distintos personajes que pertenecían a la Sociedad, por eso se construyeron sus ciudades alrededor de ellas. —Él había dicho que existían diez de esas fisuras. ¿Cómo lo sabían?

—Y la Sociedad tiene el control de todos esos portales, ¿por qué los necesitan?

Guardó silencio, tuve que comprobar que no se quedara dormido. No lo estaba, estaba distante.

—Eso... —¿Dudaba sobre contármelo? ¿Era confidencial? Tal vez no conocía las intenciones de los Calpián dentro de la Sociedad, ya que hacía muchos años que no pertenecía a ella.

—Está bien, olvídalo. —Seguramente ahora recordaba mi traición. No sentía remordimiento al respecto, ya que no me habían dejado salida, solo me arrepentía un poco de que las cosas se dieran de esa manera.

—Hace siglos, en este mundo no existían los humanos. —Había tardado tanto en responder que el pequeño eco producido por su voz me asustó—. Tengo entendido que la existencia de las rasgaduras era un tanto secreta y se tomaba con delicadeza. Los Calpián no somos capaces de reproducirnos con otras especies y que el gen prevalezca, es demasiado débil para ser superior al poder de otras criaturas, como las que vimos en el pueblo. Por eso estamos en peligro de extinción. —Me observó, como esperando que yo reuniera las ultimas piezas.

Aquello me sonaba vagamente familiar.

—Lo mencionaste antes, los humanos son débiles en esencia... Por eso un mestizo es más Calpián que humano. —A excepción de mí, al parecer.

—Alguien debió cruzar y procrear con un humano. Cuando la Sociedad se enteró, comenzaron a cruzar. En algún punto ellos también podían venir a este lugar y así fue como las cosas resultaron.

Izel y Teo, ¿qué tipo de hijos tendrían? Ella no era humana, pero no era una criatura extraña. No tenía idea de por qué aquellas preguntas llegaban a mí, probablemente no volvería a verlos en un largo tiempo.

—Gracias por contarme.

—Pues no quiero que te topes con alguien y piensen que fuiste traída a la fuerza o algo así. Sin secuestros. —Su voz se apagaba cada vez un poco más. Parecía desorientado.

—Cuando pensaste que le había hecho algo a tu hermana... —Supe que estaba en terreno peligroso, ya que abrió los ojos de golpe y se puso tenso—. Dijiste que no querías que le hiciera lo que te hacía... ¿Te referías a que por mi culpa tú...? —No quería tocar una fibra sensible, solo moría de ganas por saber lo que él pensaba al respecto, si él pensaba que era mi culpa—. ¿Que por mi culpa ese hombre murió?

—¿Tú crees que fue tu culpa? —Pensé que tardaría más en responder, o que reclamaría en lugar de hacerlo.

—No lo sé. —No era completamente cierto—. Cuando pienso que lo hiciste por mí...

—¿Piensas que fue mi culpa? —Miré en su dirección, la forma en que me analizaba, ¿qué clase de respuesta esperaba de mí?

—No. Fue en defensa propia, no tenías opción. —Intenté sonar segura de esa conclusión.

Frunció el entrecejo, seguramente dudando de mis palabras, intentando averiguar si yo realmente creía eso. O quizá se preguntaba lo mismo que yo: si culpábamos al otro por aquel accidente.

—No fue tu culpa... —Volvió a cerrar los ojos, respirando con pesadez—. Como dijiste, fue en defensa propia.

Tendría que conformarme con eso, al menos no me culpaba por ese accidente, debía ser suficiente.

No dormí ni un poco, en su lugar lo dejé hacerlo, dejé que Gabriel descansara y no le hice más preguntas. Incluso Sirio comenzó a roncar un poco.

Las punzadas comenzaron a intensificarse. Entre todo lo sucedido, mi herida seguramente se había infectado. El agua de la cascada, el aire del poblado, la tierra del bosque, todos conspirando. Sobreviviría, de eso estaba segura. Pero sí aceptaba que debía estar loca para atreverme a pasar por todo esto en lugar de ir a un hospital.

—Ya salió el sol. —Su voz recuperó la dureza de antes, aunque no reaccioné a ella.

Permanecí con la vista a las afueras de nuestro escondite, por donde la luz se filtraba.

—Así es —susurré, inmóvil, temiendo que el más mínimo gesto en mí le hiciera notar mi estado. Me negaba a ser considerada una carga, como Teo había insinuado.

—Debemos irnos, no creo que sigan en la zona. —Escuché como se puso de pie—. Ya estamos cerca, llegaremos caminando.

Pasó frente a mí y salió del lugar.

Sirio no lo siguió. Lo vi de reojo así que me volví a él. Me examinaba, como preguntando: ¿estas bien?

«No, no lo estoy».

—Llegamos —anunció alto, para que lo escuchara.

Nos tomó todo el día llegar, no nos detuvimos a descansar ni un solo momento. Gabriel dijo que quería aprovechar al máximo la luz del sol, que quería llegar antes de que este se ocultara. Sin embargo, ya era de noche cuando arribamos.

Era una casa enorme, rodeada de algunas otras más pequeñas; se visualizaban cuesta abajo desde donde estábamos.

—¿Es otro poblado? —Ya estaba exaltada por el tiempo de la caminata.

—Es una hacienda —respondió, adelantándose.

Descendimos con cuidado y cruzamos una gran extensión de suelo desértico, tierra labrada sin sembradíos. Un corral sin animales, una fuente sin agua y arboles sin hojas. Me detuve y giré sobre mis pies. El muro que limitaba el terreno de la hacienda, de hecho, estaba completamente destrozado.

—¿Está abandonada?

—Solo la han descuidado, no está abandonada. —Sonó indignado.

—¿Por qué descuidarían un lugar como este? —Incluso era sombrío.

—La cantidad de personas que se necesitan para mantener un lugar como este... no hay suficientes aquí. —Se molestó en explicar sin dejar de caminar.

Solo un árbol parecía tener hojas, pocas de ellas decoraban sus entrelazadas ramas. Era gigante y magnifico, incluso de noche.

Gabriel se detuvo ante el par de enormes puertas de madera que estaban justo delante de ese árbol, separados por muy pocos metros. Pensé que tocaría o llamaría a alguien. Me sorprendió verlo empujar las puertas con ambas manos y perderse en el interior. Lo seguí, pero Sirio no lo hizo.

—¿CÓMO TE ATREVES A IRRUMPIR ASÍ EN ESTE LUGAR? —Una potente voz masculina llegó desde ninguna parte.

—Soy yo, déjate de tonterías... —Gabriel avanzó sin darle importancia a la persona.

—¡ALGUIEN TE HA SEGUIDO HASTA AQUÍ! —exclamó otra voz masculina, menos grave.

—Viene conmigo —anunció—. Por favor, prendan algunas velas, no podemos ver nada.

El lugar se iluminó de pronto, decenas de velas se encendieron al mismo tiempo, colocadas en distintas partes de lo que era la recepción del lugar. Algunas también se derretían sobre el barandal de la amplia escalera frente a nosotros.

Dos figuras estaban posadas al pie de ella. Los observé con cuidado. Uno de los hombres, el que más destacaba, tenía los brazos cruzados y su vestimenta era un traje completamente negro. El otro usaba lo que la vendedora de aquella tienda describiría como ropa para montar a caballo, con las manos metidas en los bolsillos del pantalón.

Ese par era como dos personajes perdidos en el tiempo.

—¿A quién trajiste? —replicó el hombre de negro con amargura. Su compañero bajó rápidamente hasta nosotros.

—Ella es Julia, prometo que no causará molestias. —Lo último pareció ser dicho para mí.

—¡Julia! —El hombre frente a mí era mayor que nosotros, algunas canas sobresalían de su cabellera castaña y tenía la piel bronceada. Detecté un extraño acento en su voz—. Es un gusto, mi nombre es Donato Corona. —Extendió la mano hasta tomar la mía y estrecharla en un apretón.

—El gusto es mío. —Sonreí forzadamente, observando cómo agitaba nuestras manos juntas—. Soy Julia Cazador.

El hombre me soltó la mano y se puso a mi lado.

—¿Escuchaste eso, Noche? —El tono juguetón de su voz me desconcentró.

Cuando volví a mirar al frente, el otro sujeto ya se encontraba delante de mí, demasiado cerca.

«*Noche*».

El hombre era la representación física de la oscuridad, el cabello, largo hasta sus hombros, era increíblemente negro, como sus ropas y zapatos. Era como salido de una pintura antigua.

—¿Cazador? Es un gusto. —Su voz era tan musical que emanaba tranquilidad—. Puedes llamarme Noche. —Hizo una pequeña reverencia con la cabeza.

—¿Qué le has hecho a la pobre chica? Se ve terrible, si Día la viera... —Donato Corona me rodeó con las manos, estudiando lo terrible que me veía.

—Entonces es un alivio que llegáramos de noche. —Gabriel me alejó de aquel hombre y pasó su brazo por detrás de mí, sujetándome para avanzar escaleras arriba—. Tiene una herida de bala, cambiaré sus vendajes en la enfermería...

—Yo lo haré. —Noche se interpuso en nuestro camino. La forma en que se movía, como si flotara en el lugar pero con los pies en el suelo, me daba escalofríos—. Está infectada, le prepararé un remedio. Tú debes hablar con Don, hay algo que deben atender. —Gabriel se puso rígido, luego me soltó—. Sígueme.

Noche avanzó con gracia y lo seguí, no sin antes echar un vistazo a Gabriel y esperar su aprobación. Un simple asentimiento de cabeza fue suficiente. Subimos las escaleras, que terminaban al pie de una estatua extraña. Giramos a la derecha y avanzamos por un largo pasillo.

Ese hombre, Noche, le incomodaba a Gabriel. Conocía la razón y me causaba un poco de gracia: hay que tener muy mala suerte para convivir con la personificación de tu mayor temor.

—¿De verdad tu nombre es Noche? —Abrió la puerta de una habitación ya iluminada.

—Ha pasado tanto tiempo desde que escuché mi nombre que en realidad no lo recuerdo.

Ingresó al interior. La enfermería era un lugar lleno de libreros y estantes con botellas de distintos colores. Una camilla se encontraba a un lado del lugar y al otro un fogón encendido. Olía a hierbas y... ¿pegamento?

—Lo siento. —Me senté en la camilla cuando me lo indicó con la cabeza.

Lo vi tomar un mortero blanco y un par de frascos, el contenido de uno era arenoso y el otro, líquido. Puso todo sobre una mesa junto a la camilla y comenzó a mezclar en el mortero.

—No se necesita un nombre si no se tiene un cuerpo propio —murmuró, concentrado en su tarea. No entendía lo que decía, el aroma de su mezcla comenzaba a marearme—. Descubre tu herida, la limpiaré primero.

Me quité la capa con desconfianza y me desabotoné la blusa, solo lo suficiente para dejar expuesto el hombro izquierdo. Suspiré, conteniendo el dolor cuando comenzó a sacar las vendas y gasas que Gabriel había colocado. Lo hizo tan cuidadosamente que no sentí que me tocara.

—¿Se ve mal? —Jadeé evitando el silencio.

—No es tan grave, estamos a tiempo de tratarlo. —Sentía que me hablaba con demasiada confianza.

Me asustó la cantidad de gasas que utilizó para limpiarla. No quise ver el proceso, estaba acostumbrada a que me sacaran sangre y esas cosas, pero no a ese tipo de curaciones. El tónico que usaba tenía ese olor parecido al pegamento. Después aplicó una pasta morada, resultado de la mezcla que había hecho, y la cubrió con más vendajes.

—¿Qué es...? Nada. —No, no quería saber, estaba segura de que ni siquiera entendería la clase de ingredientes que llevaban esas cosas.

—El olor es fuerte, te ayudará a dormir. —Mis palabras no parecían alterarlo—. Ya puedes acomodar tu ropa, aunque debería buscar algo más... limpio. —Acomodó las cosas en su lugar.

—¿Tú me conoces? —Salió de la nada, recordar cómo mi nombre había cambiado algo en su expresión antes—. Conocías mi nombre.

—Los nombres existen para llamar a las personas, pero no tiene caso poseer uno si en realidad no eres a quien están llamando. —Me recordó a Amaris, esa era la forma en que ella usaba frases extrañas para explicar cosas sin realmente hacerlo.

—¿Eso es un no? —Quise levantarme, él se acercó a mí primero.

—No todos entienden lo que se siente compartir un recipiente que no nos pertenece. —La impotencia le inundó los ojos, profundos y oscuros—. Dime, ¿eres el huésped o el propietario? —Me tomó los brazos y quedé inmóvil ante la sensación de su tacto—. Cuando tengas la respuesta... —me acomodó hacia atrás hasta que quedé recostada en la camilla— sabrás si necesitas un nombre. —Y me soltó. Fue como descongelar el tiempo que se había pausado durante su cercanía, de nuevo tuve control sobre mi cuerpo—. Descansa, te esforzaste mucho para llegar aquí.

—¿Qué eres? —Mi voz era débil, comenzaba a perder la fuerza para mantener mis ojos abiertos.

Así que los cerré.

CAPÍTULO 20: HERMANA DE LA NOCHE

Me escabullí entre risas, llanto y velos negros. Los ojos me ardían de tanto tallarlos, pero me dolía más la barriga de tanto que me habían hecho reír, porque se esforzaron en hacerlo.

Buscaba un escondite, entre las cortinas, tras los muebles de la antigua casa, bajo las mesas y en las oscuras habitaciones.

Una de ellas no era oscura, la luz de una lámpara salía de debajo de la puerta. Solo la abrí un poco y retrocedí al escuchar el primer grito.

—ME CARCOME LA RABIA. ¡ESOS DESGRACIADOS SIGUEN LIBRES! —Una voz familiar, de una mujer que se movía ansiosamente por todo el lugar.

—Y los vamos a encontrar, te lo prometo. —Pero la voz del hombre que intentaba calmarla era todavía más familiar.

—Solo hay cuatro fotos aquí. —Le temblaba la voz—. No haces una religión como esa con cuatro personas... ¿Por qué no han identificado a los demás? ¿POR QUÉ NO HAN DETENIDO A NADIE?

—No los han encontrado, lo harán pronto. —A diferencia de ella, su acompañante permanecía calmado.

—¿Para esto querían nuestro apoyo? Los quiero muertos, a todos, él no podrá descansar en paz hasta que todos hayan muerto.

—¡Te encontré! —Alguien me sorprendió por la espalda.

—¿Qué hacen aquí? —La mujer abrió la puerta y me miró con intensidad. Tras de ella, todo tipo de fotografías estaban adheridas a una pared, rostros sombríos de mujeres y hombres y... — Llévatela de aquí... —exigió ella con brutalidad.

Y la puerta se cerró con fuerza.

Alguien me tomó de la mano, con la delicadeza con la que se toma la mano de un recién nacido. Abrí los ojos con esfuerzo, aún me pesaban los parpados, pero estaba lista para despertar. Su rostro era serio de nuevo, no lo había visto en mi sueño, pero aquí estaba, siempre estaba.

—Deberías lavarte, preparamos una habitación para ti. —Me soltó y se alejó de mí, dándome espacio para componerme—. Después puedes venir a cenar con nosotros.

—Gabriel. ¿Qué es este lugar? ¿Vienes a menudo? —Se detuvo, dándome la espalda—. Sé que hay cosas que no tengo derecho a preguntar, pero no puedo evitarlo, todo es tan... todo es desconocido. —Me envolví en un abrazo porque me sentía desprotegida.

—Ni siquiera yo sé que es este lugar, para mí es muchas cosas, tú puedes llamarlo refugio. —Hablaba dándome la espalda—. Y sí, vengo cuando necesito venir. —Me miró por sobre el hombro, pero sonó más amistoso—. Aquí estamos a salvo.

Estaba mareada cuando me levanté de esa camilla, mas no quise quedarme atrás. Lo seguí durante un par de puertas más.

—Aquí había cuadros...

—Pinturas y retratos, Noche los tiró todos. Puedes entrar, ya hay agua caliente en la bañera y puedes tomar la ropa que quieras del armario. El comedor esta abajo, a la derecha, no te tardes. —Me daba instrucciones como si no quisiera perder el tiempo en nada más.

Abrió la puerta para mí y se retiró antes de que pudiera entrar. Lo vi alejarse, fue cuando noté que él ya estaba aseado y usaba ropa diferente.

Terminé de abrir la puerta y entré a una habitación muy diferente del resto de la casa. Era un poco más alegre, más iluminada y decorada. Una enorme cama se encontraba en el centro; las cortinas, los estampados, los candelabros, todo era diferente. Tenía otra energía.

Caminé hasta toparme con el imponente armario al fondo del lugar, abrí ambas puertas y me sorprendí de no encontrar nada.

—De acuerdo. —Bajé la vista a un gran cofre de madera, fue un poco difícil abrirlo—. ¿Qué es esto? — Había plumas, sombreros, abanicos. Lo puse todo en el suelo junto a mí y me arrodillé para ver lo demás.

Debajo de todo eso estaban los vestidos más extraños que jamás había visto. Eran hermosos, las telas y texturas me mantenían asombrada, pero no les encontraba sentido ya que se veían pomposos y enormes.

Resoplé cansada, necesitaría al menos un par de manos más para poder vestir algo de todo eso. Al fondo del cofre vi un par de camisones y una bata de seda. No era elegante como todo lo demás, pero sería cómodo y practico. Eso debía bastar. Tomé todo y caminé hasta una puerta al lado opuesto del lugar.

La bañera estaba lista y había todo tipo de frascos a la orilla de esta. Todo el interior era de algún tipo de piedra lisa y blanca.

Me apresure a entrar y un fuerte olor a rosas me invadió. No deseaba demorarme, ya que moría de hambre y no quería que me esperaran demasiado tiempo.

Bajé las escaleras con algo de prisa y miedo a caerme por el apuro, y encontré el comedor justo donde Gabriel me lo había indicado. Él se encontraba sentado dando su espalda a la puerta por la que entré, Donato estaba a su lado en un extremo de la larga mesa, y, frente a él, en el otro extremo, se encontraba Noche.

—Pasa, acompáñanos. —Me senté frente a Gabriel, donde me esperaba un gran plato con comida colorida. Noté que él y Donato ya se encontraban comiendo, pero Noche no—. A él no le gusta la comida ordinaria... —Me compartió Donato al atraparme mirando—. Solo los dioses saben lo que come, pero yo no quiero saberlo. —Parecía suplicarme que no preguntara.

Asentí lentamente con la cabeza y tomé los cubiertos, decidida a disfrutar lo que fuera que ocupara mi plato.

Me intrigaba lo lejos que se encontraba Noche de Gabriel.

«*¿La distancia entre ellos será a propósito?*»

—¿Cuánto tiempo se quedarán? —La pregunta de Noche me hizo estremecer, como si supiera que mis pensamientos eran sobre él.

—Necesito que la cuiden un par de semanas. —Gabriel hablaba de mí—. Tal vez Día pueda acompañarla mientras vuelvo de Dunia.

—¿Quién es Día? —Lo dudé antes, pero ahora estaba segura de que también era una persona.

—Mi querida hermana. —Noche atrapó mi mirada y volví a congelarme ante la sensación de que no la soltaba—. Quisiera presentártela, pero será imposible. —Alzó la mano hacia delante—. Mis compañeros lo harán por mí.

Dejó de verme y al fin pude apartar mi vista de la suya y volverla a mi plato. Ese hombre me ponía nerviosa, no me imaginaba lo que provocaba en Gabriel.

—¿Irás al Valle de Dunia? —Solté para romper la tensión que crecía, probablemente solo en mi interior, ya que todos se veían bastante indiferentes.

—Así es —me respondió en un suspiro bastante pesado—. Veo que recuerdas tu investigación.

—Gabriel, eso es injusto... —Abandoné los cubiertos para mirarlo, para mirar su cabeza baja y su frente arrugada.

—Que tengan buena noche. —Dejó todo y abandonó la mesa.

Me ponía de malas, realmente detestaba la forma en que parecía superarlo y después nuevamente se comportaba como...

—Es mi culpa... —pronunció Noche con naturalidad—. Lo pongo de malas. —Vi que se examinaba las uñas mientras cruzaba una pierna sobre la otra.

—Esta vez no creo que sea tu culpa. —Estaba más o menos convencida de que era mi presencia o mis palabras las que lo ponían de ese humor.

Di vueltas toda la noche, así que al final decidí encender la linterna de gas junto a mi cama y comenzar a merodear por la habitación. Alguien sin duda había ocupado ese lugar recientemente. Había una vibra, algo que permanencia en las paredes, el suelo, en el techo.

«*Este maldito lugar parece estar embrujado*».

No sobreviviría con estas personas, no con los nervios que me provocaban. Dunia era el lugar del que provenía Teo, seguramente Gabriel se encontraría con él o alguien cercano, debía ir a preguntar por Mariel, tal vez pedir que buscaran a mi padre. No podía quedarme en esa casa por dos semanas más. Con lo peligroso que se veía todo en este lugar, nada me aseguraba que esas semanas se convirtieran en meses.

Me asomé a la ventana, la luna estaba en lo más alto y Noche corría como loco hacia los establos, con las manos sobre la cabeza y algo fuera de sí.

«Será mejor intentar regresar».

Había sido la adrenalina o el miedo lo que me obligaron a rogarle a Gabriel el no abandonarme, por más que fingiera querer enmendar las cosas con él. Ahora no estaba muy segura de querer seguir a su lado.

«Tal vez, al regresar, Mariel ya tenga los pasaportes listos y podamos ir al extranjero».

Necesitaba otro plan de escape para volver a mi mundo, el lugar en el que tenía control de algunas de las cosas en mi vida. Volví a la cama con la certeza de que todo se sentía tan... incierto.

Sentía que me faltaba el aire, todo era muy pesado, los brazos, las piernas, no podía levantarme de la cama, sinceramente no quería. Pasé la noche ideando el discurso más vergonzoso que pudiera convencer a Gabriel de llevarme con él.

Alguien tocó dos veces la puerta y se sintió como si alguien golpeara dos veces mi cabeza contra la pared. Me apresuré a abrir, esperanzada de que Gabriel viniera a despedirse, esperando mi oportunidad.

Una mujer de cabello cenizo esperaba al otro lado del umbral, usaba un vestido largo en color turquesa, lleno de olanes y estampado.

—Tú debes de ser Julia. —Esbozó una sonrisa—. Soy Día, es un gusto conocerte —me saludó con algo nostálgico en su voz. No era la mujer que había imaginado durante parte de la noche. Pensé que sería la contraparte femenina de su hermano, alguien resplandeciente como el sol, llena de energía y alegría. La mujer parecía algo cansada y... mayor, de algunos sesenta años.

—Es un gusto, me hablaron mucho de usted. —Soltó una carcajada en cuanto le extendí la mano.

—Puedes tutearme y no ser tan formal. —Su voz era cautivadora y vibrante a la vez—. Estas arrugas son culpa del mantenimiento que requiere un lugar tan grande como éste.

—Lo siento. —Estas personas me dejaban sin habla—. ¿Gabriel ya se fue? —Me asomé a sus espaldas, a punto de salir corriendo.

—No puedes salir en camisón, no es apropiado, te prepararé y después puedes ver a los caballeros. —Me tomó del brazo con algo de fuerza—. Descuida, no creo que Gabriel vaya a ningún lugar hoy.

La mujer llevó ropas sencillas: una falda larga en color café y una blusa blanca de tela realmente sueve. Me hizo ponerme unas largas medias antes de ayudarme con las cintas de las botas.

Ponía un listón a mi cabello mientras tarareaba algo inentendible.

—¿Tardarás mucho? —Estaba ansiosa.

—Tienes el cabello irregular. —Ella estaba preocupada al peinarme.

—Son capas... no importa.

—Te crecerá rápido, las soluciones que uso para lavar mi cabello ayudan con eso. —No parecía disgustada de que usara sus cosas. Por la forma en que sabía con exactitud dónde estaba cada cosa supe que esta era su habitación—. Sé que parece superficial, pero si quieres ir a Dunia debes practicar cómo conducirte en este lugar. La única gente que desentona aquí es la que viaja a través del velo con frecuencia —explicó al terminar—. Si vas a una ciudad de la Sociedad y ven que no eres de este lado, van a querer explicaciones y tendrás problemas.

Observé su reflejo en el espejo frente a mí, encontrar su mirada me provocó un escalofrío.

—¿Qué clase de problemas?... Espera, ¿cómo sabes que quiero ir a Dunia?

Sonrió, caminando hacia la puerta.

—No creo que quieras quedarte, no pareces de las que se quedan quietas. —Había algo raro en ella, como en todas las personas en este lugar—. La Sociedad Calpián controla la mayor parte de los viajes entre mundos, normalmente quienes usan otras vías para viajar no pretenden toparse con ellos, Gabriel tiene autorización de viajar por su... situación, tú necesitas un permiso, pero no lo tienes. Si quieres entrar a una ciudad frontera vas a tener que fingir muy bien que eres de aquí.

—¿Ellos controlan los viajes? Suena complicado. —El grupo que había viajado con nosotros no era muy grande, pero se habían asegurado estar lejos del radar de la Sociedad.

—Principalmente entre los suyos, ya que no es muy común que los que no viven en sus ciudades viajen. —Hablaba con mucha seriedad al respecto, para ser alguien ajeno a ello—. Tú eres un Calpián, si no eres parte de una de sus familias van a sospechar. En este momento están tomando sus precauciones, ya que, como sabes, su forma de gobierno está por cambiar de nuevo.

—¿Por qué me dices todo esto? Estoy segura de que Gabriel ya les dio instrucciones de no contarme demasiado. —No disimulé el disgusto en mis palabras.

—Sí, dijo algo de eso —comentó como si nada—. Pero no te estoy diciendo nada que no debas saber. Después de todo, este es tu mundo, aun si no naciste aquí, aun si no viviste aquí toda tu vida, todos merecemos saber de qué lugar venimos, aunque no nos guste, debemos recordarlo siempre.

Salió haciendo un gesto para que la siguiera.

El lugar era diferente de día, todas las cortinas estaban corridas y una cantidad extraordinaria de luz se colaba por todos lados, reflejándose en cada superficie.

—¿Dónde está? —La pregunta salió de mis labios sin aviso.

—Debe estar afuera, desayuna algo antes de ir a verlo.

Admitía que la mujer me agradaba un poco.

Era algo difícil caminar con prisa usando esas botas. El tacón se enterraba en el suelo cuando pisaba con fuerza. Agradecía que la falda me llegara hasta los tobillos ya que era un impedimento menos. Gabriel estaba en los establos, junto a un caballo que yacía en el suelo. Así que en ese mundo también habían caballos normales.

—¿Está bien? —No quería interrumpir, pero no podía esperar.

—Acaba de parir. —Examinaba a la yegua con diligencia.

Junto a esta había un pequeño y delgado potrillo, luchando por pararse en sus delgadas patas.

—¿Crees que sobreviva? —La madre se veía en muy mal estado.

—Estará bien, solo está cansada. Son salvajes, así que resisten más. —Sonaba como un veterinario.

—El pequeño también se ve débil. —Lo señalé al acercarme.

Ya había visto algo parecido antes. Mi padre había ayudado a un par de yeguas a dar a luz, algunas de las crías no resistían.

—Eso hay que dejárselo al tiempo. —Se puso de pie y se sacudió las manos en los pantalones—. Esperaré a que coman algo antes de dejarlos ir. —Hubo silencio, momento en el que olvidé a qué venia, en mi mira solo estaba el joven potrillo, que retrocedía y volvía a intentarlo—. Cada vez pareces más una pintura.

—¿Qué? —Noté la forma en que me observaba, sentía que podía ver a través de mí con esos hermosos ojos suyos—. ¿Pintura?

—Es extraño, no es tu apariencia, es tu esencia...

—¿Qué pasa con ella? —Comencé a mirarme los brazos y después los pies, buscando eso que él podía ver y yo no.

—Debe ser por el viaje, este lugar hace eso con nosotros. —Aunque no se veía convencido—. ¿Me estabas buscando? ¿Necesitas algo?

Avanzó primero, sin esperar a que lo siguiera.

—Quiero ir al Valle... Necesito ir contigo. —Al menos tuvo la decencia de detenerse a escucharme. Por un momento estuve segura de que me ignoraría.

—¿Por qué debería llevarte conmigo? ¿Qué más quieres saber? —De nuevo el tono acusatorio.

—Te verás con Teo, ¿verdad? No sé cómo funciona, pero si la Sociedad tiene acceso a esos portales Teo debió poder viajar más rápido que nosotros —deduje con rapidez.

—Tus habilidades de detective son impresionantes. —Se volvió a mí con las manos en la cintura—. ¿Qué quieres de él? ¿Más información? —Estaba enfadado, de la nada, acusándome de nuevo.

—Quiero saber si le entrego el mensaje a mi amiga, si sabe algo de ella... —No lo toleraba más, él debía decidir si estaba enojado conmigo o me perdonaba, no soportaría sus cambios de actitud—. ¿Me vas a personar alguna vez? —Dejó de arrugar la frente—. No me has perdonado, ¿no es así?

Ahora yo también estaba enojada, pero es que simplemente no entendía cómo podía ser amable un momento y al otro...

—Intento entenderte, de verdad. Pero... ¿cómo voy a olvidar lo que le has hecho a mi vida? —Desesperación, ya no era divertido—. Siempre me las he arreglado para pasar desapercibido, pero tú... mira lo que me hiciste. —Extendió los brazos hacia el suelo, como señalándose por completo—. Simplemente flaqueé contigo. Además, ni siquiera has pedido perdón como para que yo pueda perdonarte.

—¿De qué forma podría disculparme? —comencé sin estar segura de lo que diría—. La verdad es que no tenía la intención de entregarte, no quería que las cosas terminaran así para ti, pero sé bien que las intenciones no son las que te importan y los hechos que te importan son estos: al final di tu nombre y tu paradero, y este fue el resultado. —Como no dijo nada, continué preguntando—: ¿Por qué traerme contigo entonces? Si no me has perdonado...

—¡Porque lo vi en tus ojos! —me interrumpió, exaltado—. Tampoco tenías un lugar al cual ir. —Apartó la mirada al calmarse.

—Así que fue simple lastima —reí con ironía.

—Fue más que eso... pero, como has dicho, la intención no cuenta para mí. —Me enfrentó de nuevo con la mirada.

—Supongo que aquí lo importante es que me salvaste el pellejo. ¿Y ahora qué? ¿Me abandonarás aquí? ¿Con el día y la noche? ¿Con estas personas a quienes acabo de conocer?

—Creo que ahora yo tampoco sé qué hacer contigo, ¿debo protegerte de este mundo que desconoces? ¿O debo abandonarte a la primera esperando que mueras en este lugar? —Se acercó a mí para intimidarme, no me permití retroceder ni un paso—. ¿Qué clase de relación explosiva tenemos? Es que a veces simplemente no puedo evitar rendirme a tus pies —dijo entre dientes, como si la sola oración fuera difícil de pronunciar—. Y, en otras ocasiones... en otras ocasiones te tengo miedo, temo al riesgo que te rodea, al peligro que representas en mi vida.

Podía sentir su aliento revolverse con el mío, casi podía escuchar su acelerado corazón latir al ritmo del mío.

—Te prometo que no hare nada. —De un momento a otro su vista ya no estaba sobre mis ojos, parecía estar sobre mis labios—. Solo quiero saber que Mariel está a salvo... que... —mi respiración se volvía irregular con cada milímetro que el parecía acercar su rostro al mío— ...que encontró a su hija... prometo no ser un peligro para ti...

Estaba tan cerca, un poco más y volvería a ceder. Pero retrocedí, dispuesta a cumplir esa promesa. Sus ojos recorrieron cada punto de mi rostro, sorprendidos. Finalmente apartó la mirada de mi persona.

—Me temo que tus promesas no valen mucho. —Lo vi apretar los puños y tensarse junto a mí.

Me dio la espalda y se alejó con rapidez, huyendo de mí. Un par de meses atrás era yo quien huía de él.

Caminé por los alrededores de la hacienda, confundida y molesta. Desesperada. Tendría que atenerme a las decisiones de Gabriel, realmente le había causado problemas en el pasado. Aunque no conocía toda su historia, mi intuición me decía que estaba en un dilema parecido al mío. Ambos teníamos un lugar seguro al cual volver, o podríamos intentarlo, la Sociedad sin duda alguna podría darnos algo para sostenernos, mas ninguno de los dos se veía dispuesto a pedir asilo en ese lugar.

Finalmente, me encontré con aquella a quien llamaban Día, de rodillas sobre la tierra suelta del huerto. Murmuraba algo realmente inaudible para mí. Como si el tiempo hubiera transcurrido con rapidez, el retoño marchito entre sus manos comenzó a florecer de la nada.

—¡Increíble! —Me arrodillé a su lado para ver el milagro. Nunca había visto magia, no de esa manera. Sabía de su existencia, así como conocía la existencia del aire, y solo creía en ella porque la sentía en ocasiones, pero jamás había visto a alguien practicarla de esa manera.

—¿Ves esta sequía? —Levantó la vista al resto del huerto—. Esta decadencia. Es resultado de la ira de los dioses.

La melancolía en su voz me hizo creer en sus palabras. No es que no creyera en la existencia de dios; sí llegaba a dudar de ella en ocasiones, aunque suponía que tenía que existir algún dios en algún lado.

—¿Los dioses pueden sentir cosas como la ira? Creía que la ira y el enojo eran cosa de los mortales. —En realidad rara vez creía en los dioses de los que Amaris y otros me hablaban, pero, si ellos lo hacían, yo podía asumir que debían existir o que al menos que alguna vez lo hicieron.

—Nadie tiene más razones para sentir enojo que los dioses. —Me dirigió una mirada demandante—. Los inmortales, que viven a merced de la impotencia de presenciar todo tipo de atrocidades, sin poder hacer nada para cambiar el rumbo de las cosas.

Sus palabras eran reales, al menos para ella, creía en ellas. En el pasado había escuchado a otros creyentes hablar con su misma fe.

—¿Y por qué los dioses los castigan con esta sequia? —Seguí su platica para entenderla un poco.

—Es porque tuvimos la osadía de tomar algo que les pertenecía, porque mortales tan insignificantes como nosotros quisimos más de lo que debíamos tener. —Observó al cielo.

—¿Qué tomaste tú?

—La vida de mi hermano. —Se llevó ambas manos hasta el pecho.

—¿Su vida? —No entendía, tampoco había visto a Noche el día de hoy.

—Está en mis manos, en mí. Aquí. —Hizo énfasis en su persona.

«*Mi querida hermana, quisiera presentártela, pero será imposible*».

Entonces supe que era literal, así como el hecho de que compartían un cuerpo. Noche y Día, por eso no había visto juntos a los hermanos.

—¿Y Donato? —El otro hombre se veía bastante ordinario.

—Él tomó algo mucho más allá de su alcance, por eso estoy a su lado, para florecer en este infértil suelo durante el día y permitirle algo de vida. Es así como yo desafío a los dioses. —Sonrió—. Así les mostramos que, aunque nos quiten lo que más amamos, no nos han derrotado.

—Suena peligroso, desafiar a los dioses nuevamente. —Observé la carencia a mi alrededor, no era posible vivir de esa forma.

—Tal vez, algún día tú también querrás hacerlo. En algún momento todos sentimos esa necesidad —lanzó el comentario, perdida en esas palabras.

No pensaba desafiar a los dioses justo ahora que le había prometido a Gabriel no causarle problemas, por más convencida que Día pareciera.

—¿Quién eres? ¿Cuál es tu nombre? —Noche solo me había mareado con un discurso sobre si merecíamos un nombre, esperaba que ella no hiciera lo mismo.

—La próxima vez que preguntes no te gustará la respuesta, pero prometo dártela. —Inclinó la cabeza en mi dirección en un gesto solemne.

«¿*Qué se supone que significa eso?*».

—Entonces tú sí tienes un nombre. —Ella era el recipiente. Noche me había preguntado si yo era el propietario, por eso él creía no merecer un nombre, se sentía huésped de su hermana.

—Dejé de usarlo cuando mi hermano decidió dejar el suyo, me sentí culpable por conservar algo que le quité.

—Creo que él piensa que tampoco debería de usar el mío. —Eso interpretaba.

—Si vas a Dunia no puedes usarlo —me confirmó con severidad.

—Lo sé, los Cazador son una familia Calpián.

—Son más que eso, Cazador es un apellido creado por los Calpián, ¿lo sabías? Los Cazador son una de las familias más importantes de la Sociedad, de las más antiguas.

—No conozco tanto sobre mi familia... —No conocía el peso de ese apellido; tal vez por eso, solo al escucharlo, Javier se había obsesionado conmigo.

—Es una hermosa historia, yo presencié parte de ella. —Miraba al horizonte como si mirara en sus recuerdos.

—¿Una historia tan antigua? —Por lo que sabía, mi familia tenía más de un siglo de existencia.

—Fue hace algunos siglos, cuando mi hermano y yo éramos dos cuerpos distintos. —Levantó la barbilla en mi dirección, Algo destelló en sus ojos, emoción—. Iridian Cazador fue la primera humana que los Calpián recibieron como a una de los suyos.

—Creí que habíamos sido Calpián de Sangre hasta hace poco... —La primer Cazador de la Sociedad había sido humana, eso no tenía sentido según las historias de mi tía.

—Es casi un cuento de hadas. —Soltó una pequeña risa, ignorando mi comentario—. Apuesto a que los pequeños Calpián la escuchan en la escuela. —Se acomodó en el suelo y yo imité sus movimientos—. Hace más de siete siglos los Calpián tenían fuertes conflictos con la tribu Huitzil. Los colibríes que actualmente protegen el portal que usaste para llegar aquí en aquel tiempo eran guerreros mucho más salvajes de lo que son ahora. —¿Colibríes? ¿Se refería a las personas de la ciudad?—. En fin. Como parte de sus estrategias para dominar los terrenos que ahora les pertenecen, secuestraron a toda una aldea de humanos. Entonces los Calpián decidieron ir en su rescate, ya sabes, les gusta hacer esas cosas. Alguien a quien conocí muy bien, Aros Escalante, se aventuró a realizar tal hazaña.

—¿Y por qué? —No pude evitar interrumpirla.

—Después de todo, los humanos están de este lado del velo debido a los Calpián. En realidad, no muchos lo apoyaron. Así como en aquel mundo se podría decir que la especie dominante son los humanos, debido a que son más, en este mundo los Calpián eran la especie dominante de aquel entonces. —Parecía profesora de historia, fácilmente la contratarían en el Instituto.

—Aun así, él decidió rescatar a esa aldea. ¿Solo? —Me sonaba fascinante y loco a la vez.

—¡Claro que no! No era un hombre muy osado, pero no era un idiota, los colibríes eran los fuertes, algunos aún lo son. Fue un grupo bastante grande el que logró reunir. Realizaron el rescate con éxito y trasladaron a los humanos que seguían vivos. —Hizo una pausa—. Pero los colibríes los descubrieron antes de que pudieran llegar al punto de reunión. —Apretó las manos en puños sobre su falda—. No iban a poder contra ellos, los superaban en número. No hubieran podido si los humanos rescatados no les hubieran ayudado como lo hicieron. Aros llegó a contarme cómo fueron clave en esa victoria. Tu antepasada, Iridian, fue la más audaz, hizo de distracción y cortó cabezas como nadie. O eso me contaron. Al final vencieron. Y ya que los Escalante eran y son una de las familias más respetadas de la Sociedad, en especial Aros, que era un miembro importante por ser uno de los mejores guerreros, hizo todo a su alcance para recompensar a esos humanos, tomándolos como parte de la Sociedad. —Se acomodó la falda—. Así nacieron los términos Calpián de Nombre y Calpián de Sangre, los humanos querían seguir siendo llamados humanos, ya que no eran Calpián, pero la Sociedad quería que tuvieran una especie de título especial. Lo que ahora para muchos es una marca de discriminación, antes fue un reconocimiento a la valentía. A Iridian la registraron en los antiguos libros como Iridian hija del cazador ya que, en aquel entonces, ningún humano en nuestro mundo tenía apellidos, así que sus descendientes serían registrados como hijos del cazador y, con el tiempo, solo quedó Cazador. —Agachó la cabeza, ocultando su rostro—. Y Aros ahora es conocido como el protector de los humanos y es por él que existe la ley que nombra a todos aquellos como Calpián de Nombre. Cuando las razas comenzaron a mezclarse, nació el término Calpián de Herencia ya que, si había humanos con el honor de un título, entonces los mestizos también merecían uno. —Parecía extasiarse con aquella historia. Añoranza. Ella lo extrañaba, el lazo entre ellos debió haber sido fuerte, hablaba de él como yo hablaba de Mariel.

—Desconozco tanto de mi origen, antes pensaba que para bien. Supongo que nunca imaginé venir a un lugar como este. —Pensaba en voz alta, en la razón por la que mi padre jamás me había hablado de este lugar, en el por qué mi tía me mintió sobre la historia de la familia.

—Por eso no puedes presentarte como una Cazador en una ciudad Calpián, conocen muy bien a la familia, te interrogarán y cuestionaran, podrían encarcelarte o regresarte. Tampoco permitas que tomen tu sangre.

—¿Mi sangre? —¿Cómo vampiros?

—Así registran a las personas, y en este mundo pueden usarla para rastrearte. —Eso daba miedo—. Gabriel seguro te llevara con él.

—¿Cómo puedes asegurarlo? —Mi charla de antes no parecía haberlo convencido.

—Es un hombre responsable. Por un lado, no será capaz de abandonarte en un lugar que desconoces; por el otro, ahora eres su problema, no se lo adjudicará a nadie más, menos a Donato, ya que es alguien... inestable.

—¿Inestable? —Estas personas... todas me aprecian inestables.

—No es peligroso, tranquila. —Agitó la mano de un lado a otro—. Escúchame bien... —De un momento a otro me tomó de los hombros, su repentina cercanía me asustó un poco—. Todo lo que tienes que hacer de ahora en adelante es escuchar las advertencias, pareces alguien con sentido común, solo escucha, no dejes ir ni un solo detalle. Estás por adentrarte en un lugar que, por desconocido, será peligroso; las cosas que descubras, la información que recopiles, tienes que pensar muy bien lo que harás con ella. Debes usarla, a Gabriel no le debes nada, debes sobrevivir, ¿entendiste? —Presentí que no me soltaría a menos que asintiera con la cabeza—. Muchas personas han hecho y harán muchas cosas por salvar tu vida, debes hacer lo mismo.

De la nada me soltó y salí del trance que me mantuvo presa de su voz.

Sus palabras solo me confirmaron lo que había estado planteándome toda la noche: debía volver al mundo que conocía, mi sentido común me lo gritaba.

CAPÍTULO 21: DESTRUCCIÓN

Estaba recorriendo otros lugares de la mansión cuando me encontré con una biblioteca y un salón con un piano. La sensación de estar en un lugar familiar me provocaba escalofríos. Debía ser porque me recordaba al instituto si lo hubieran abandonado en lugar de convertirlo en preparatoria.

—¿Te gusta? —Donato llegó de la nada, con las ropas llenas de tierra y sacudiéndose las manos en los pantalones.

No me gustaba con exactitud.

—¿Tocas el piano? —Señalé al monstruoso instrumento que ocupaba una buena parte del lugar.

Donato soltó varias carcajadas.

—Eso es un órgano y solo he puesto mis manos sobre él para limpiarlo. —Se posó a mi lado y me tendió su brazo para guiarme por el lugar. Lo acepté más por obligación que por otra cosa—. Noche goza de la melancolía, le encanta sentarse ahí a tocar las melodías más deprimentes. Gabriel, a diferencia de mí, sí sabe tocar el piano. Lo ha presumido un par de veces, aunque nunca nos ha hecho el honor.

Me parecía increíble que el hombre fuera mesero, carpintero, enfermero y que, además, supiera de música. Vaya talentos que poseía.

—Sobre Gabriel, ¿hace mucho que lo conoces? —No era una pregunta demasiado personal, no existían razones para evadirla.

—Unos cuantos años, sí... —No parecía prestar atención a lo que decía.

—¿Consideras que es una buena persona? —Era tarde para preguntármelo a mí.

Por más que intentara unir las piezas y comprender al hombre, los pedazos de información no eran suficientes como para confiarle mi vida como lo había estado haciendo. Sabía que le temía a la soledad, a la oscuridad, no le gustaba la sangre, o más bien, no le gustaba ver sangrar a las personas. Aún asi tenía demasiados secretos. Sí, se había congelado cuando ese hombre murió y tampoco pudo avanzar cuando nos perdimos en el bosque. ¿Eran suficientes razones para pensar que él era inocente?

—No. —Su respuesta me sorprendió—. Nadie es buena persona, querida, las buenas personas son para las novelas y las leyendas. —Sonaba tan seguro de sí mismo que fue él quien cambió el tema—. Es una casa antigua, que perteneció a alguien a quien nadie consideraba bueno, y aun así fue tan amable de dejárnosla. Todo aquí le pertenece, casi no hemos cambiado nada, por respeto, sobre todo.

Instintivamente miré a mi alrededor, sí que habían cambiado algunas cosas: quitaron los cuadros y casi todo lo que colgaba de las paredes.

—Hay una pintura en la biblioteca, es la única que he visto en la mansión. ¿Puedo saber por qué? —En cuanto formulé la pregunta, él alzó una mano para dirigirme a la biblioteca, con la más neutra de las expresiones.

—No es la única que permanece en la casa. Esa en especial fue un regalo y todos tienen prohibido tocarla. —Entramos en el lugar. Era grande, con muchos estantes enormes llenos de libros en tristes condiciones, todo lleno de polvo y sin señales de haber sido visitado al menos en varios años. Pero no esa pintura; alguien, supuse que el hombre con el que había entrelazado mi brazo, la mantuvo en impecables condiciones.

—Es hermosa... —O más bien majestuosa. Sabía que se trataba de una pintura ya que había visto a los estudiantes hacer las suficientes en la clase de arte como para identificarlas, aunque bien pasaba por fotografía.

—Es irónico, esas personas describirían su situación de muchas formas, pero no como hermosa.

Dos personas se encontraban en extremos opuestos del paisaje, que era algo parecido a un acantilado. Una de ellas estaba en lo más alto, de rodillas, como suplicando al cielo, la otra se encontraba al final del abismo, igual de rodillas, pero como si reclamara al suelo sobre el que se encontraba. Me pregunté si sabrían que había alguien justo frente a ellos; si sabrían que, si tan solo miraran en las direcciones opuestas a donde lo hacían, podrían darse cuenta de que no estaban solos.

—¿A qué te refieres? ¿Son personas reales? —Me era imposible apartar la vista, los detalles me mantenían absorta. El magnífico y enorme cuadro, que bien podría ser del tamaño de mi cama, me daba la sensación de estar viendo la escena con mis propios ojos.

—Quien la pintó me dijo que presenció con sus propios ojos a esas personas amarse y destruirse mutuamente. —Sentí su mirada en mí, pero me negué a confirmarlo—. Me dijo que lamenta pensar que volverá a presenciarlo de nuevo.

—¿Quién te dio la pintura? —Me acerqué más a la obra de arte y observé que la persona en lo alto era un hombre de cabello oscuro, muy parecido a Gabriel, o era mi imaginación. Y la persona en lo bajo era una mujer, de cabellos cobrizos.

—En algún lugar del mundo humano hay una persona esperando por mí. Y que sabe que yo espero por él. Tristemente ambos somos conscientes de que ninguno de los dos podrá buscar al otro. Conservo la esperanza de que algún día se canse de esperar y comience a vivir su eternidad. —Fue inesperada la forma en que me confesó aquello sin pensarlo; en su rostro vi el cansancio de guardar aquella historia.

—¿Por qué no vas a buscarlo? —Donato parecía todo menos un cobarde. No lo conocía muy bien, no lo conocía nada en absoluto, pero si yo había podido atravesar el velo, no entendía qué se lo impedía.

—Si lo hago, morirá; y si él viene a mí, moriré. —Estas personas realmente estaban malditas, la mansión era la única que parecía ser ordinaria. Eso era lo que los dioses hacían para castigarlo. No tenía los detalles sobre el delito, aunque el castigo me parecía excesivo—. No podemos existir en el mismo mundo, y él no puede venir aquí. —Me miró con los ojos vidriosos, casi entro en pánico al pensar que lloraría—. Los dioses decidieron que, si tanto amaba a los humanos, entonces debía caminar entre ellos durante toda su eternidad.

—¿No es humano? —¿Acaso tú eres humano? ¿O alguien en este lugar?

—Él es un inmortal, un servidor de los dioses, y los dioses son celosos. —Volvió la mirada a la pintura, diciéndome en silencio que aquella escena era una muestra más de ello—. Pero Gabriel es un excelente cartero. Suele traer cosas de aquí para allá cuando no está rescatando señoritas de sus exnovios.

Abrí los ojos, sorprendida, y me volví hacia él.

—¿Él te dijo eso? —No es que no fuera verdad, o que tuviera prohibido decirlo, solo que no había imaginado que esa fuera la parte de la historia que él decidiera contar. Algo dentro de mí me había convencido de que les diría a todos como lo embauqué y lo obligué a traerme aquí.

—Algo de eso. —Se acercó a la pintura—. Ahora sabes que todos tenemos una historia y, si le preguntas a alguno de nuestros enemigos, te dirán que somos los villanos. Así que no te juzgamos, no creo que los hermanos lo hagan, ni siquiera Gabriel, por más que lo intente.

—¿Por qué alguien los consideraría los villanos? Los villanos son quienes los castigaron... —No me parecía que me estuvieran dando todas las piezas, solo demasiada información.

—Piénsalo de esta manera. Si le hablas a alguien de lo que te gusta, de tus más profundos y puros anhelos, si le cuentas a alguien la forma en que amas lo que amas, si hablas de tus metas y sueños, de los sacrificios que has hecho por ti o por los demás, entonces quien escuche te verá como a una heroína, como a una mujer fuerte. Si hablas de cómo has superado cada obstáculo de tu vida y cómo has sobrevivido hasta el día de hoy, quien escuche pensará que eres alguien valiente y valiosa. —Paseó las manos frente a la pintura, como deseando tocarla y sin hacerlo en realidad—. Por otro lado, si hablas de más... —Finalmente puso la mano sobre la pared junto al cuadro—. Si hablas de eso que te provoca pesadillas por las noches, si mencionas tus deseos más desquiciados, tus sueños más perturbadores, si hablas de las cosas que odias, de las personas que detestas, si hablaras de cómo te encantaría deshacerte de tus enemigos... —Parecía que hablaba desde mi perspectiva. Me di cuenta de que no era así, él hablaba de sí mismo—. Entonces la gente podría considerarte la villana de la historia.

Me daba la espalda, como esperando que yo lo encarara. No quería hacerlo.

Aquello me recordó a Gabriel. ¿Era bueno? ¿Era malo? ¿Tenía yo toda la historia en mis manos? Quizás no, quizá seguía dudando de él porque solo conocía piezas de aquí y de allá.

—¿Y si cuento ambas partes de mi historia? —Di un paso atrás, no por miedo, solo para mantener mi postura.

¿Estaba yo dispuesta a conocer toda la historia de Gabriel?

—Nadie quiere escuchar toda la historia. —Se dio la vuelta. No esperaba que tuviera la cara de un loco, pero me sorprendió ver lo calmada de su expresión ante la agresividad con la que se expresaba—. La gente no quiere conocerte realmente, solo desean saber si deben temerte, tú debes decidir si quieres que te teman o no.

Aquello me hizo confirmarlo. Sí, estaba dispuesta a conocer su historia. Me había amenazado, acusado, e incluso lo vi matar a alguien. Igual me salvó, curó mis heridas físicas y emocionales, incluso aceptó cargar conmigo hasta este lugar y, aunque tuvo varias oportunidades, no me abandonó.

—Yo quiero saber toda la historia, quiero ser quien decida si les temo a los demás. —Di de nuevo ese paso al frente. Sus ojos eran grandes, llenos de manchas cafés.

Porque quería que Gabriel escuchara mi historia y la entendiera, que viera a la heroína y la villana que vivían en mí y que decidiera por su cuenta si confiaría en mí.

De un momento a otro solo sonrió. La tensión abandonó la biblioteca tan pronto como llegó.

—¿Demasiada información? ¿Eh? —Dio un aplauso, las partículas de polvo se esparcieron entre los dos—. Gabriel te ha traído a la casa de los locos, es como un manicomio, pero somos pacientes y doctores unos de otros. Sabes... una vez estuve en un manicomio real. Todos pensaban que estaba loco. —Hablaba con la nada más que conmigo—. Alguien me enseñó que escribir lo que te sucede puede ayudar, ¿te gustaría intentarlo?

—¿Escribir lo que estoy viviendo? —Lo primero que se me vino a la mente fue Gabriel, acusándome de llevar un registro de la información que recababa en este lugar.

—Hay algunos cuadernos por aquí, con las páginas amarillas por todos los años que han pasado, eso los hace más bellos de alguna manera. ¡Aquí están! —No vi lo que tomó hasta que me lo entregó, sacudiendo más polvo frente a mí—. Es hermoso, ¿no crees?

Era un cuaderno. Las pastas estaban forradas con cuero de un color entre rojo y rosa, no estaba segura, los detalles estaban borrosos; aun así, era hermoso.

—Sí, lo es... —Al abrirlo, las páginas eran realmente amarillas por el paso del tiempo, el papel era grueso y un poco arrugado—. Gracias.

—¡Tinta! ¡Y una pluma! Estoy seguro de que están por algún lado. —Levanto las manos, mostrándome las palmas—. Espera aquí.

—Te ayudo a buscar. —Comencé a asomarme entre los estantes de la misma forma en que él lo hacía.

El polvo me picaba la nariz cada vez que movía alguna cosa de su lugar. Corrí una cortina pensando que cubría alguna ventana, pero en su lugar encontré otra pintura. Me asusté al instante, aunque no era mi rostro el que estaba dibujado en ella, la silueta me resultó tan familiar... sobre todo por la vestimenta y la pintura roja, negra y blanca que manchaba su lamentable expresión, como la de aquella pesadilla.

—Olvidé que eso estaba aquí, Día insistió en que lo dejáramos colgado, pero Noche lo cubrió. —Pasó a mi lado y continuó buscando.

—¿Quién es ella? —pregunté sin pensarlo.

—Es la diosa Cihuacóatl —confirmó, levantando algo entre las manos—. Sabía que esta caja estaba por aquí, solo necesitamos la tinta.

—Creo que la he visto antes. —Terminé de descubrir la pintura. De la espalda de la mujer se asomaban las cabezas de algunas serpientes y en una de las manos llevaba lo que parecía un escudo de guerra.

—En aquel mundo se habla de ella como leyenda, la llorona. —Se acercó a entregarme la pequeña caja.

—¿Hablas de la que llora por sus hijos en los ríos? ¿Esa llorona es una diosa? —Había muchas versiones de la historia, la cosa que nunca cambiaba era que ella se lamentaba por perder a sus hijos, lo que me recordó sus palabras:

«Pobre hija mía... Dónde podré llevarte para escapar de tu destino».

—Ese no es el origen de la leyenda, pero supongo que en eso terminó. —Se sacudió las manos una contra la otra—. Diosa protectora de la raza, Día la venera, dice que su lamento es un anuncio de destrucción. Creo que ella espera escucharlo, aunque no sé si la destrucción que anunciará será la nuestra o la de nuestros enemigos.

—¿Y alguna vez la ha escuchado? —No olvidaba aquel grito hiriente con el que había soñado, tal vez la diosa me advertía sobre mi destrucción.

—Pues nunca he escuchado nada y espero continuar así. —Soltó una risa, como si no creyera que aquello fuera posible.

Pero aquello era posible y mientras más veía ese cuadro, más miedo se me inyectaba en las venas. Ella había dicho que mi destino era el mismo cada vez y que era mi destrucción. Destrucción era una palabra muy fuerte, me pregunté si acciones como enfrentar a Javier, traicionar a Gabriel, abandonar a Mariel y viajar entre mundos podrían considerarse destructivas.

Me sentí sofocada ante la idea de lo literal que sonaba la frase «sumergirse en los pecados» por la forma en que el retrato me veía y no lo hacía al mismo tiempo, incluso su voz comenzó a reproducirse en mi cabeza como un eco.

Abandoné a Donato al sentir que me asfixiaba y salí con la esperanza de observar unas cuantas estrellas y respirar un aire más frío. Extrañamente, el cielo estaba nublado, justo como el día anterior, y algo me decía que siempre era de esa manera.

Vi a Gabriel caminar de regreso de los establos, seguramente había ido a comprobar el estado del potrillo que acababa de nacer. Quise correr a él y contarle que algo andaba mal, que no estaba segura de lo que me pasaba, pero que las coincidencias eran demasiadas para estar solo en mi cabeza. Apenas me tambaleé un par de pasos hacia él y Noche llego primero. Solo un abrir y cerrar de ojos y ya estaba frente a mí, observándome con el ceño fruncido. Casi caigo hacia atrás por la impresión de su parecencia.

—¿Cómo no lo vi antes? —La forma en la que me examinaba me hizo sentir amenazada.

Escuché cómo Gabriel corrió los últimos metros hasta nosotros, me tomó del brazo y me alejó de Noche, obligándome a retroceder.

—¿Necesitas algo? Noche... —Era la primera vez que lo veía enfrentarse al hombre que personificaba uno de sus mayores miedos.

—Me gustaría saber con qué intenciones la han cubierto con ese manto, el trabajo es tan impecable que me gustaría conocer al autor... —Extendió la mano en mi dirección e hizo un ademan de tocar algo en el aire—. Es fascinante. —Avanzó de nuevo hacia nosotros, sin quitarme la vista de encima.

—Julia, deberías... —comenzó Gabriel.

—¿Qué significa eso? —Abracé el cuaderno y me solté del agarre de Gabriel.

—Tienes un sello de protección sobre tu persona. —Me barrió con la mirada, incrédulo ante sus propias palabras—. Solo conozco a tres personas capaces de realizar algo así y yo soy una de ellas. No tiene sentido. —No sonaba contento ante ese hecho.

—¿Qué es un sello de protección? —Gabriel ganó la pregunta que estaba por formular.

Noche soltó una estruendosa carcajada y podría jurar que un rayo partió un árbol en algún lugar del bosque.

—¿Cómo te lo explico para que puedas entenderlo? —Se movió sigilosamente, rodeándonos; aquello hizo que Gabriel volviera a acercarse a mí—. Es un manto... mágico que se construye alrededor de una persona... para cubrirla del mundo. —Saboreó las últimas palabras, de pronto parecía extasiado—. ¿Por qué te perjudicarían de tal manera? No debió ser barato... Yo podría deshacerlo gratis.

Extendió una mano para sujetarme de la barbilla. Gabriel me apartó de nuevo, de forma tan brusca que tuvo que rodearme con los brazos para que no terminara en el suelo.

—¡Tengo la tinta! —Donato interrumpió con las manos alzadas.

—¿Perjudicarme? —Estaba tan confundida que dejé pasar por alto el hecho de que Gabriel no me había soltado, más bien parecía aferrarse a mí con fuerza—. ¿Por qué alguien querría cubrirme del mundo? ¿Qué significa con exactitud?

—Podrías averiguarlo si me dejas romperlo. —Estaba fascinado, ansioso de poner las manos sobre la cosa mágica que había descubierto en mí.

—Si alguien pagó tanto por poner esto en mí... —susurré en dirección a Gabriel, quien seguía a mis espaldas—. Entonces debería conservarlo antes de saber el por qué.

No era una pregunta, solo necesitaba una opinión.

—Creo que si alguien se molestó en ponerte un sello mágico es porque no quería que el mundo te viera como en realidad eres. —Aflojó su agarre, soltándome poco a poco, sin separarse mucho de mí—. ¿Por qué?

Ahora yo tampoco estaba segura de eso.

—La oferta sigue en pie. Pero no será por siempre. —Noche sonaba molesto de pronto—. Incluso si fue costoso, eso no significa que lo hicieran para tu beneficio. —Me negué a verlo. La expresión en el rostro de Gabriel me mantenía perdida.

«*No lo sé*», quería decirle. Me sentí más mareada que antes y un paso más cerca de la destrucción.

—¿Y realmente le crees? —Donato se llevaba las uvas a la boca, o al menos yo creía que eran uvas, mientras observaba cómo Gabriel caminaba de un lado a otro en la habitación.

Yo estaba sentada a unos metros de ellos, descifrando cómo escribir con tinta que se rehusaba a permanecer fresca en la punta de la pluma. Era realmente muy difícil, por lo que agradecía que los hombres no me estuvieran prestando atención.

—Tú lo conoces mejor que yo, viste cómo la miraba, ella tiene algo... —Se interrumpió, seguramente observándome.

—Puedes hablar de mí, prometo que fingiré no escuchar. —Lo intenté una vez más, sumergí la pluma en el pequeño frasco de tinta; sabía que mi padre lo hacía de esa manera, debí haberle pedido que me enseñara.

—Podrías preguntarle a Día, si el hermano se dio cuenta, seguro que ella también. Se ve débil por fuera, pero es más poderosa que él.

—¿Y crees que también se muera por saltar sobre ella? —Sonreí cuando finalmente logré trazar algunas líneas sobre el papel. No era como si no me importara este asunto del sello, solo que pensar en eso me provocaba ansiedad—. ¿Tú sabes algo sobre estos sellos?

Estaba a mi lado, mirando sobre mi hombro, pero la pregunta no era para mí.

—No me suena el término, pero he escuchado de encantamientos que someten a las personas para que vean las cosas de cierta manera, puede ser la apariencia o los recuerdos...

Dejé de escuchar a Donato, quien creo que había dejado de hablar, cuando Gabriel me sujetó la mano y la inclinó un poco, para ayudarme a tomar la tinta con la pluma de una forma diferente.

—Hazlo así para que la tinta se quede. —Su agarre fue delicado—. De lado podrás tener más precisión. —Su voz era paciente, deslizaba los dedos con lentitud al abandonar mi muñeca.

—Noche no mencionó qué es lo que manipula el sello en ella —continuó Donato, su voz dejó el alarmismo y optó un tono calmado y pausado.

—Dijo que la cubría del mundo. —Elevé la mirada para encontrarme con la suya, ambos estábamos recordando la misma conversación—. Cuando conocí a Julia, la confundí con una humana, no vi la esencia Calpián en ella, no comencé a verla hasta que ella me lo dijo.

—Es verdad... —susurré sin apartar la mirada—. ¿De verdad tienen relación? Mi padre debe saberlo. ¿Tendrá que ver con el hecho de que abandonamos la Sociedad? Siempre me pidió que me alejara de los Calpián. —Me preguntaba en voz alta, ¿tenía sentido? Así como el hecho de que mi tía no me contara toda la verdad sobre la familia Cazador.

De pronto, la mirada de Gabriel endureció.

—Con los primeros rayos del sol, hablaremos con Día. —Se dirigió a Donato—. Y después iremos a Dunia, necesitaré dos caballos.

—¿No quieres el carruaje? Si me dejas sin caballos no podré ir por comida, la yegua acaba de dar a luz, no podré moverme.

—Llegar en carruaje será muy llamativo... —Abandoné la pluma y el papel y me giré sobre la silla para observarlos—. Está bien, iremos en un solo caballo, y haré que alguien lo traiga de regreso.

—Gracias. —El sarcasmo con el que el mayor se expresaba era un tanto rudo.

—¿Me llevas a Dunia? —Me puse de pie.

—Pídele a Día que te preste una capa, no llevaremos más que lo necesario. —No me miraba—. No quiero cargar demasiado al caballo.

¿Sería oportuno mencionarle sobre aquel sueño en el que había aparecido la diosa de la pintura? Ya sentía que acababa de meterlo en un nuevo problema con este asunto del sello, hablar sobre destrucción no parecía lo mejor.

Durante el resto de la noche tuve la sensación de que Gabriel hizo guardia frente a mi puerta, como si tuviera miedo de que Noche viniera a quitar la barrera mágica que insistía que tenía sobre mí. Dicho pensamiento nació cuando una luz se filtró por los orificios alrededor de la puerta y la sombra de unos pies se asomó por debajo. Creí que llamaría. Solo se quedó ahí, sin más, lo que para mí pareció una hora. Después la luz desapareció.

Me ponía nerviosa la sensación de perder el control de mi futuro y de mi pasado. Al parecer no era capaz de procesar el montón de cosas que estaba descubriendo y pensar en una forma de explicarle a mi padre mis hallazgos al preguntar por ellos... eso me ponía aún peor. Albergaba la esperanza de que él no supiera nada de ese dichoso sello. Que, al preguntarle, se burlara de mí e insistiera en que me habían jugado una broma. Y podría seguir teniendo esa esperanza, si mi instinto no me gritara que todo eso podía ser verdad, que mi vida, por más normal que fuera para mí, no tenía ningún sentido. Porque me habían confundido con una humana cuando nunca me sentí como una y porque existe este mundo lleno de cosas que al otro lado siempre fueron solo leyendas.

La mañana nos sorprendió con una cálida bienvenida, cosa que no parecía normal en ese lugar. Con tan solo asomarme a la ventana todo era diferente; los árboles dentro de la hacienda enverdecían como primavera entrante, el césped crecía, el cielo se encontraba despejado, todo se había llenado de vida de la nada.

Lo que más me sorprendió fue encontrarme a Noche, quien parecía tener más de un siglo sin disfrutar de los rayos del sol.

—¡Hermana! —gritaba al cielo con las manos en alto—. ¡No puedes hacerme esto!

Donato y Gabriel se encontraban observándolo desde el interior de la mansión; los vi al bajar las escaleras. Estaba dispuesta a esperar a que Día me apareciera como la última vez, que interrumpiera para cepillar mi cabello y esas cosas, pero mi impaciencia fue mayor.

—¿Qué está pasando? —Me horroricé al ver el pánico en sus rostros.

—Día no ha despertado... —Donato estaba perplejo—. Creo que nos dejó este precioso paisaje como un regalo antes de irse.

—Noche ha soñado con esto toda su vida, ganarse el cuerpo de Día cuando ella se quede sin fuerzas, aunque creo que no lo ha tomado muy bien. —Gabriel tuvo la amabilidad de dirigirse hacia mí.

—¿Qué? —No me gustaba la forma en la que me miraba.

—Tu esencia, la siento más fuerte, solo un poco. —Me observó por completo.

Yo me sentía igual que siempre, pero igual miré mis manos, esperando a que brillaran o algo.

—¡ERES UNA DESGRACIADA! —Los gritos de Noche nos interrumpieron—. ¡Te la llevaste toda! Toda... —Cayó de rodillas y Donato corrió hasta él.

—¿De qué habla? —Sostuve la manga de Gabriel, pensando que también se reuniría con ellos.

—Su poder, su esencia —respondió sin moverse ni un centímetro—. Ahora Noche es como un humano. —Al verlo de nuevo, algo en él era diferente, algo que yo no podía ver del todo, solo podía sentirlo.

—¿Y ella sigue viva? ¿O a dónde se fue? —No podía creer que desapareciera antes de poder preguntarle sobre el sello.

—Físicamente no puede ir a ningún lado. —Lo solté cuando comenzó a caminar y ambos salimos al sol, a reunirnos con ellos—. Pero debe seguir por allí. Entiendo que ambos compartían esencia; si hubiera muerto, Noche se habría quedado con ella.

—¿Por qué crees que se fue? —Le preguntó Donato a Noche, ayudándolo a ponerse de pie. El hombre, que ahora parecía ser capaz de poseer un nombre, se veía débil, como si su fortaleza se hubiera ido con su hermana.

—No lo sé. —Era extraño, no miraba a Donato, nos observaba a Gabriel y a mí.

Lo llevamos al interior, directo a la enfermería para que se recostara. Entre Gabriel y Donato no fue difícil ayudarlo con las escaleras y este último le dio agua, aunque él parecía necesitarla más, estaba pálido incluso.

—Tal vez mañana vuelva... Una vez me contaste que alcanzaste a ver gran parte del amanecer antes de que ella despertara. —Intentó calmarlo al entregarle el vaso para que bebiera.

—No es lo mismo —expresó sin ocultar su malhumor, de manera distante y fría.

—Aun si no vuelve, creo que estaremos bien, afuera todo florece de nuevo como si hubiera roto el castigo. —Bebió el agua que le regresó.

Día era quien le daba vida al suelo infértil, sin ella a su lado, ¿qué pasaría con esos dos hombres?

—¡Morirás sin ella! —Le gritó de la nada—. No sabes por cuánto tiempo el suelo será fértil, más vale que te pongas a sembrar algo antes de que todo vuelva a marchitarse. O tendremos que irnos.

—Sabes bien que no puedo abandonar este lugar por mucho tiempo. —También subió el tono de su voz—. Tú puedes irte si quieres.

—Escribe otra carta —los interrumpió Gabriel—. Buscaré a alguien en Dunia, mi amiga la sacerdotisa tal vez conozca a alguien que pueda ayudar. —Era la primera vez que se refería a Izel como una sacerdotisa—. Pero si no encontramos a nadie, si de todos modos las cosas irán en ese curso, él debería saberlo, podría venir a verte.

Aquellos que estaban destinados a morir si eran buscados por el otro... si de todos modos sucedería, nada perdían con intentar verse una última vez.

—Dudo que alguien sea tan terco como mi hermana para querer desperdiciarse en un lugar como este. —Noche se recostó y nos dio la espalda.

—No escribiré otra carta, aun si muero, no quiero que él me vea, solo entrega la que ya te he dado. —Se recargó en un estante y miró al suelo—. Día no nos lastimaría, si nos abandonó fue porque sabía que su partida no nos condenaría. Sé que estaremos bien. —Donato no perdía la esperanza—. Noche, si te quedas, tal vez ella despierte, tal vez vuelva. Sin embargo, no impediré que te marches. Mi castigo siempre fue pasar por esto solo.

—Yo... Creo que tu hermana realmente no quería abandonar este lugar. —Me incliné hacia él. Ya no parecía tan peligroso como antes—. Déjanos intentarlo.

Me aparté de inmediato en cuanto se dio la vuelta.

—¿Buscarás las respuestas de tu sello? ¿Quieres que me quede porque si ella vuelve podrá explicarte de qué se trata?

—Si te vas, estarías matándola —insistió Gabriel, poniendo su mano sobre mi hombro.

—Ella nos desterró aquí, a los dos, sin preguntarme. —Agachó la cabeza, mostrando el rencor que seguramente había estado reprimiendo.

—También sacrificó su integridad para salvarte, sin preguntarte. —Donato salió, rojo de las orejas.

—Inténtenlo, tal vez ella vuelva... No iré a ningún lado, ¿cómo podría vagar por este mundo en estas condiciones?

—Gracias por no abandonarlo —le respondió Gabriel antes de alejarse.

Yo no me fui, no sabía cómo preguntar, ni si era el momento.

—No sé nada más —dijo, aun cabizbajo—. Hace mucho puse un sello. Como mi poder era robado de mi hermana, este se desintegró con el tiempo. El tuyo sigue intacto y no parece reciente, si mi hermana no lo hizo, entonces no hay forma de saber por qué lo pusieron en ti —exclamó, como si me hubiera leído la mente.

—Dijiste que solo sabías de tres personas que podían hacerlo ¿Quién es la otra?

—Alguien que ya murió. —Levantó la cabeza, su expresión me decía que debía dejar de preguntar, así que dejé de hacerlo.

CAPÍTULO 22: CIUDAD FRONTERA

No quise complicarme más la vida y me puse de nuevo la misma ropa del día anterior. Tal vez omití ponerme las largas medias, había odiado esas ligas con toda mi alma, y tal vez omití el fondo y algunos listones. Recordaba la manera en que Día había abotonado la falda, no fue demasiado difícil.

No lograba sacarme de la mente cuando le había preguntado a Noche si aún era capaz de romper el sello.

«*¿Te gustaría que lo intentara?*»

Prácticamente salí corriendo del lugar. Porque seguía siendo la misma Noche, porque aún me provocaba desconfianza y a Gabriel, escalofríos.

—No puedes llevar tus lentes, esa clase de armazones no se fabrican aquí —me dijo al verme.

—No podré ver bien sin ellos, las cosas lejanas serán como manchas. —Podría sonar más ofendida si no temiera que cambiara de opinión sobre el viaje.

—Entonces no te alejes de mí. —Fue todo lo que dijo.

—Muy bien, solo algo de comida, no es ni un kilo de nada. —Donato se despedía de nosotros con un morral en la mano.

—Tú guarda mis lentes. —Se los entregué a Gabriel.

—¿Sabes montar a caballo con eso puesto? —El hombre tenía un punto, yo no podría ir sentada detrás de Gabriel con estas faldas.

—Debería... —Buscar un pantalón. No importó cuando Gabriel me tomó de la cintura y me subió al caballo, sacándome un pequeño susto.

El rostro de Donato parecía decir: «*Bien, eso lo arregla*».

—Sujeta bien las riendas. —Me las puso en la mano y acomodó la parte baja de la falda para poder subir detrás de mí.

—Nunca he montado de esta manera. —Mis piernas colgaban ambas a un mismo lado del caballo.

—Te sujetaré bien. —En ese momento me rodeó con los brazos para tomar las riendas, pero no se las entregué.

—Entonces sujétate. —Pareció ceder, estaba casi segura de que hizo una mueca, pero no logré verla.

—Por favor, tengan cuidado... Y Gabriel, no te preocupes por nosotros, estaremos bien. —Se dieron un apretón de manos—. Haz lo que te he dicho. Y no olvides entregar mi mensaje.

—Gracias por todo, Donato, volveré para ver a Día nuevamente.

—Aunque los dioses no lo permitan, así lo haremos. —Parecía que comenzaría a llorar.

No nos quedamos a verlo. Con un pequeño golpe al costado del colorido animal, mi compañero hizo que emprendiéramos nuestro viaje.

Sirio, a quien no había vuelto a ver en todo este tiempo, nos observó avanzar y se perdió entre el bosque a nuestro alrededor.

—¿Eres consciente de que no tienes idea de en qué dirección vamos? —Estaba cerca de mi oído cuando puso las manos alrededor de mi cintura, dudoso, pero firme al confirmar que no protestaría ante ello. Estaba nervioso, y yo un poco más; que se acercara a mí de esta forma volvía un poco loco a mi ritmo cardíaco.

—Tú puedes darme las indicaciones necesarias, ¿o no? —Me tomó del brazo y nos hizo girar a la derecha al salir de la hacienda.

—Más adelante nos encontraremos con un camino, solo hay que seguirlo. —Tardó un momento hasta que finalmente me soltó.

—¿Lo ves? Fácil. —Me regodeé.

—Entraremos a Dunia cuando el sol comience a descender. —De nuevo dando instrucciones—. Si alguien nos descubre, no des tu nombre, no digas nada.

—Adivinaré... ¿seré la esposa tímida? —Puse los ojos en blanco al recordar mi primera vez sin voz.

—Puedes insultar, solo no des información sobre ti... o sobre mí.

—No iba a discutir eso con él, de cierto modo estábamos teniendo un avance en la cuestión del perdón—. Iremos directo a casa de Izel, incluso puede que ella sepa ayudarnos con lo de tu... sello. —Desconfiaba de eso, y yo también.

Había evitado mencionar lo del sello desde el día anterior, no era que esperara que lo olvidara, algo me decía que era la principal razón de que lo acompañara.

—¿Es tan importante? —No quise sonar tan... enojada.

—Tendrás que ser más específica... —Su aliento me hizo cosquillas en la nuca.

—Que tenga el sello, parece sacarte de quicio. ¿No podemos fingir que no es verdad? Actuaste muy extraño cuando Noche lo sugirió.

Consejo de Día, la última vez que había revisado mi herida de bala, la cual estaba mucho mejor y daba la sensación de ser un simple rasguño. Ella había dicho que fingiera que no la tenía, entonces podría hacer cualquier tipo de cosas sin detenerme por ello. Aunque Donato la reprendió, asegurando que la medicina de los hermanos hacía que las heridas se vieran mejor por fuera, pero no aseguraba que lo estuvieran por dentro. Había aprendido tantas cosas sobre esas personas en solo dos días y no fui capaz de escribir ni una sola página sobre ellos. Aunque sí escondí el cuaderno entre mis faldas, era un regalo que no pensaba abandonar.

—Si te encuentras con alguien más que quiera quitártelo por curiosidad... No sabemos qué te puede suceder, no conocemos su alcance. Sea lo que sea que contenga, puede ser demasiado para ti.

—¿Y te preocupa? —Miré por sobre mi hombro y aun así no pude encontrarme con su rostro.

—Ahí está el camino. —Volví la vista al frente para comprobarlo—. Síguelo hacia la derecha, lo demás es fácil. —Seguí sus instrucciones. El caballo era manso. Cuando había preguntado, me dijeron que no tenía nombre y desde entonces he pensado en algunos cuantos—. Prefiero no arriesgarme —respondió después de varios minutos—. Con lo de tu sello, es mejor prevenir un desastre más.

—¿Llevarme a Dunia no es peor? ¿Y si alguien más se da cuenta? ¿Y si alguien intenta...?

—Nadie más se va a dar cuenta, yo no puedo verlo, eso descarta a los Calpián, y estoy seguro de que Izel tampoco logró ver nada —me interrumpió con seriedad—. Y nadie va a intentar nada, esas cosas no pasan fácilmente bajo los ojos de la Sociedad.

Pero dos desconocidos sí podían infiltrarse sin problema. Para mí no tenía lógica.

—¿Y de camino? —lo desafié.

—No dejaré que suceda. —Su tono de superioridad me recordó a sus frágiles intentos por ayudarme en mi investigación.

Confiaría en él. Así como yo tenía más control en el otro mundo, algo me decía que él se movía mejor en este.

—¿Por qué te importa tanto? —En realidad no quería una respuesta, era mi forma de pedirle que no le diera importancia.

—¿A ti por qué no te importa? Alguien te mintió. —Sonaba bastante ofendido.

—No es novedad, bueno, sí, es novedad. Pero mientras más pienso en ello, más me parece absurdo, un total malentendido. —Suspiré profundamente, cansada.

—Estas en negación —soltó de la nada.

—No lo estoy —espeté por sobre mi hombro.

—¿Estas negando lo que digo? —Se estaba divirtiendo con esto, casi podía sentir su sonrisa detrás de mi cabeza.

—No soy psicóloga, pero estoy muy segura de que así no es cómo funciona. —Sonreí, era la primera vez que jugaba conmigo de esa forma, me recordó al otoño en que nos habíamos acercado.

—¿No te pone triste? —Eso mató la diversión.

Reflexioné por un largo rato.

—Es que simplemente no lo comprendo. Siento que está muy fuera de mi alcance, no solo desconocía su existencia, tampoco sabía que yo lo tenía... De algún modo no me parece tan grave, no si fue para protegerme, es como tener una vacuna. —La comparación no era justa, no puedes quitarte una vacuna, no pueden quitártela solo para descubrir el mal que está previniendo.

—¿Y si no fue así? —La naturalidad con la que lo sugirió me ofendió.

—No lo creo... —quise reprenderlo.

—Sé que no. Aunque si lo piensas... —No iba a dejar que siguiera hablando.

—¡Es que no quiero pensarlo! —Luché contra la frustración y aun así me invadió.

—Lo siento, debe ser difícil. —La firmeza con la que me sostenía flaqueó—. Solo no quiero que lo dejes pasar. Mereces obtener respuestas.

—Hace unos días estabas furioso porque intente obtener respuestas. —Me arrepentí de traer el tema a la conversación.

—Esas respuestas no eran para ti. —Eso era verdad—. Sé que estabas obligada a hacerlo.

—¿Lo sabes? —Hice que el caballo detuviera su marcha y esta vez giré todo el torso para poder verlo.

—Tu amiga, Mariel... Me suplicó que te sacara de aquella masacre. —Como olvidarla, me extrañaba no haber soñado con eso—. No dejaba de repetir que no había sido tu culpa, que lo habías hecho por su hija.

No exactamente por Valeria, por nosotros, nuestra libertad. Tan anhelada había sido esa libertad... y nunca la sentí cuando comencé a tenerla.

—Sabias la verdad y aun así me trataste como a una mierda. —No estaba molesta, más bien desconcertada.

—Traición es traición. —No me di cuenta de lo cerca que estaba hasta que no solo escuché esas palabras, sino que también las sentí en la sien—. No quise que te sintieras como una mierda. Tenía tiempo que no me sentía así. —Se interrumpió así mismo.

Recordé sus palabras: yo había arruinado su vida después de todo, porque las intenciones no contaban para él.

—De verdad lo lamento. No quería hacerte eso... —No se alejó de mi como la última vez, deslizó una de sus manos desde mi cintura hasta mi pierna—. Solo lo hice porque no tenía otra opción.

Dejó caer la cabeza, recargando la frente en mi hombro.

—Quiero creerte, sé que dices la verdad. —El dolor en su voz era como escuchar la lucha que llevaba en su interior—. Perdí mucho... y después de que Miriam tuvo ese accidente estando contigo...

No lo olvidaría, que no había podido hacer nada por su joven hermana.

—¿Cómo siguió? ¿La viste ese día? —Había tantas cosas de las que teníamos que hablar, pero la vida y este mundo seguían retrasando esas conversaciones.

Asintió sin despegar su frente de mí.

—Solo ese día pude verla, no quería que mis padres me descubrieran. —Que volviera a darme datos innecesarios me hizo pensar que cargaba con más problemas de los que yo era consciente.

—¿Y eso? —Me extrañaba que no tuviera una buena relación con su familia.

—Tenía años sin verlos, también a mis hermanas. —De nuevo se sinceraba conmigo. El corazón se me estrujaba al ver lo fácil que se abría conmigo—. Pasaron un par de años. Solo pude ver a Miriam en su primer día de preparatoria gracias a Teo. —En el encuentro que me había enviado al baño a votar el desayuno, cuando le tenía miedo a su presencia—. Él era el encargado del transporte de los nuevos estudiantes durante la etapa de evaluación de la Sociedad. —De pronto se rio—. Prácticamente le suplique de rodillas para que me dejara ser el chofer.

Con que Teo. No olvidaba lo hostil que se había vuelto su comportamiento conmigo después de la última vez. Obligarme a pasar por eso de nuevo, por mucho que entendiera su actitud, me suponía un reto. Porque conocí al Teo relajado que era bueno en la cocina y se comportaba como un cachorro junto a Izel.

Levantó la cabeza de golpe, sus ojos estaban sobre los míos, parecía despertar de una pequeña siesta.

—Avanza —me ordenó por lo bajo.

Ni siquiera lo pensé, me di la vuelta y continuamos.

—Parece que tienes una relación difícil con tu familia.

Por su actitud llegué a pensar que había crecido con una familia unida, ya que no dudó en tenderme una mano cuando la necesité, así como su hermana lo había hecho por Paulina.

Pau, la joven de quince años que le disparó a un hombre en la cabeza. Solo pensar en eso m hizo sentir que realmente estaba huyendo del caos.

—No es difícil. —Me sorprendió que respondiera—. Solo es a distancia.

Sonaba más complicado que eso, temí incomodarlo si insistía en saber más.

—Tú... ¿Qué crees que fue lo que sucedió en el edificio? Incluso explotó... Esas personas fueron rudas y ni siquiera fueron cautelosas, debió sacarles un susto a los civiles que... —No lo había pensado, estaba tan ocupada estaba queriendo escapar que no se me ocurrió que sucesos como esos saldrían en las noticias, que mi padre seguro que se enteraría.

«*Debe estar asustado. Incluso desaparecí*».

—No tengo idea, uno que otro de ellos parecía... Teodoro debió averiguar algo. Le preguntaré.

Más preguntas. Más preocupaciones. Era como si aquel encuentro en el puente... no, nuestro primer encuentro, hubiera tenido un efecto mariposa en mi vida.

La posición comenzaba a cansarme. Temía moverme demasiado y caerme del caballo.

—¿Cuánto tiempo nos tomará llegar? —No resistiría mucho.

—Con suerte, unas cuatro horas. Haremos algunas paradas, hay una aldea más adelante.

Tomamos cuatro descansos en total. Por nosotros, por el animal. Para que todos pudiéramos comer un poco.

La aldea que había mencionado era muy pequeña, algunas seis o siete casas distribuidas alrededor del camino, demasiado alejadas unas de otras. Las personas que notaron nuestra presencia no se molestaron en acercarse a nosotros. Gabriel mencionó que el camino era usado de vez en cuando por cualquier tipo de viajeros. Nosotros nunca vimos a nadie más.

El sol se escondió demasiado pronto. La última vez me las arreglé para subir sola y colocarme tras Gabriel; sin lentes y sin luz era capaz de hacer que nos estrelláramos contra un árbol.

—No quiero sonar mandón —comenzó sin éxito.

—Es muy tarde para eso —me burlé sobre su hombro.

—Dunia es una ciudad algo grande y tenemos suerte que la familia de Teo, y especialmente él, sea la encargada de dirigir la seguridad del lugar. Será muy difícil que nos metamos en problemas nuevamente, aun así...

—¿Me estás culpando por lo del bosque de la niebla? —Recargué la barbilla en él, con tanta naturalidad que me fue muy incomodó retirarla al darme cuenta.

—No te estoy culpando por eso. —Agradecí que ignorara el gesto—. Esas cosas son frecuentes entre ellos. Solo quedamos en medio. No debe volver a suceder. —Era un rotundo: «*no te quedes en medio*».

—Sí, señor.

Si no hubiera estado muy ocupada sujetándome para no caerme cada vez que el caballo daba un paso, habría hecho un exagerado saludo militar.

—Y es el Bosque Nublar, no de niebla.

Lo sabía. También sabía que todo el lugar tenía un nombre, palabra que no recordaba cómo pronunciar. Se escucharon las cigarras, y algunos animales arrastrarse. Fue aterrador recordar que no teníamos ni una linterna y pronto no quedaría ni un solo rayo de luz que nos ayudara.

—Oye... ¿Por aquí aparecen criaturas peligrosas? —Como Sirio o los animales que cargaban con los carretones.

—Sí, lo hacen. —Sonaba tan despreocupado que me hizo enojar—. Tranquila, Sirio está cerca, es una especie de repelente, otras criaturas se alejan de él.

Eso me consolaba y preocupaba a partes iguales.

Entonces surgieron de la penumbra entrante como pequeñas estrellas. Luciérnagas, pero no unas cuantas como en la ciudad en que vivía mi padre, eran cientos, miles, sin temor a exagerar. Se paseaban de un lado a otro con tanta tranquilidad que me quedé sin aliento. Amarillentas y verdes, se posaban en las hojas de los árboles como luces navideñas.

Gabriel volvió más lenta la marcha, admirando, al igual que yo, los destellos que nos rodeaban.

—Nunca había visto tantas. —Solté sin aliento.

—Suelen verse en esta temporada. —Creo que sonreía—. Hace mucho que no me tocaba verlas en su temporada.

—Es invierno. —Me dije a mí misma, tal vez finales de diciembre, no recordaba la última vez que vi un calendario.

—Aquí es plena primavera. —Escuché que el clima era variado, también de donde yo venía, el cambio climático no era sorprendente. En cambio, que literalmente estuviéramos en otra estación, eso no se comparaba.

A lo lejos pude notar, con mucho esfuerzo, que luces más claras y brillantes formaban filas a los lados del camino, y un par de kilómetros más abajo muchas de ellas se aglomeraban. No era un comportamiento normal en las luciérnagas.

—¿Qué son esas luces? —Tuve que preguntar, temiendo que fueran insectos más grandes.

—Es el valle de Dunia.

—Creí que aquí no había electricidad. —Eran muy claras para ser fuego.

—Las Ciudades Frontera si tienen electricidad. —Parecía que nunca terminaría de aprender sobre ese mundo—. La mayoría de los humanos y Calpián se concentran en las ciudades junto a los portales, por eso es normal que tengan más tecnología. Conforme más te adentres en Tlamatitlán, más fuerte será la sensación de viajar en el tiempo.

La vez que se lo había preguntado no fue tan en serio como para que sintiera la necesidad de aclararlo nuevamente, ¿o solo se estaba burlando de mí?

—Así que... —Me sentí obligada a ocultar mi vergüenza cambiando de tema—. Se llaman Ciudades Frontera porque son la frontera entre los mundos.

—Solo las que pertenecen a la Sociedad.

Teníamos rato descendiendo. La ciudad entre las montañas estaba dividida por un extenso río. Nos recibió un gran arco de piedra, pasamos las primeras luces y después divisamos los primeros edificios. Noté que avanzamos por una bifurcación, que dividía nuestro camino de otro hacia la derecha. Comencé a ponerme nerviosa cuando vi que otras personas se nos acercaban desde ese camino, a pesar de que era un pequeño grupo. Esto empeoró cuando pasamos las primeras casas para adentrarnos en la ciudad.

Cuando Gabriel había mencionado que en estos lugares había más tecnología, me imaginé que se parecerían más a las ciudades de mi mundo. Sentía que estaba visitando un Pueblo Mágico, las casas coloridas, las complicadas estructuras, esa clase de cosas sí me resultaban familiares. Lo que hacía que el lugar se viera diferente era la ausencia de las cosas, no había autos con conductores furiosos, por lo que no había semáforos, ni anuncios escandalosos y distractores, ni demasiada iluminación, solo la necesaria.

Pese a que mi vista no era tan mala, tuve que esforzarme para distinguir las formas lejanas a nosotros. Algo que saltó a mi vista sin mucho esfuerzo fue las banderas que colgaban de los balcones o eran izadas desde los techos, todas de un color entre rojo y púrpura vivo y saturado que era atravesado por una franja blanca y en el centro tenían un dibujo que no lograba distinguir.

—¿Todas las ciudades son así? —Intenté que solo él me escuchara cuando un par de personas a caballo pasaron junto a nosotros y nos saludaron.

—¿Así? —Lo vi devolver el saludo con una inclinación de cabeza.

—Me siento como en un festival de algo...

—Es porque están de fiesta. En año nuevo celebran su aniversario.

—¿Año nuevo aquí coincide con el año nuevo allá? —Necesitaba esa información para hacer mis cálculos.

—Así es. —Al menos no le pareció una pregunta absurda.

Año nuevo, Navidad, estábamos cerca de esas fechas. Me parecía una eternidad y, sin embargo, todo había sucedido demasiado rápido. Tan rápido que no me detuve a pensar en el tiempo que me tomaría salir de esto. Me había tendido mi propia trampa, esta ciudad fácilmente podía convertirse en una jaula peligrosa. Me estaba encerrando con el león.

No me costó mucho identificar la seguridad que Gabriel había mencionado antes. Hombres y mujeres parados en una que otra esquina o plaza; llevaban uniformes y portaban la insignia en las banderas, sobre la chaqueta negra que vestían.

Las cosas comenzaron a ponerse un poco más borrosas de lo que ya estaban, me estaba mareando, solo podía escuchar con claridad los cascos del caballo al chocar con la calle de piedra. Cuando la respiración comenzó a fallarme, me aferré a Gabriel y me recargué en su espalda.

—¿Qué sucede? —preguntó enseguida.

—Tal vez estoy deshidratada. Yo...—Sentí pesado el pecho y un cansancio enorme me abrumó.

—Ya estamos cerca. —Puso la mano sobre las mías—. Esa es la casa

Se encontraba al pie de la montaña, el portón de enfrente era sencillo, de madera, abierto de par en par. Al atravesarlo, vi un pequeño y verde jardín. Deshizo mi agarre sobre su abdomen para bajar del caballo, me sostuve de la silla para no perder el equilibrio.

—¡Llegaron! —gritó alguien.

—Pon tus manos sobre mis hombros. —Me sujetó de la cintura e intento bajarme, pero me desmoroné en sus brazos y tuvo que abrazarme para que no me diera conta el suelo.

—¿Qué le sucede? —Esa era la voz de Izel.

—Debe ser el cansancio por cruzar el velo, no ha descansado bien en los últimos días.

Creí que me ayudaría como apoyo para que pudiera caminar, pero en su lugar me cargó en brazos. No pensaba protestar, sentía las piernas adormiladas y ni siquiera tenía la fuerza suficiente para hablar o concentrarme en qué decir.

—Es su primer viaje, debiste cuidarla mejor. —¿Acaso Izel estaba de mi lado? Puede que nadie le haya contado lo sucedido.

—La llevaré adentro para que descanse. ¿Puedes encargarte del caballo?

No escuché la respuesta, Gabriel parecía decirme algo, aunque solo entendí algunas palabras.

«*Cama. Descansar. Dormir. Agua*».

Me recostó sobre una superficie realmente acogedora. Mi respiración seguía pesada, me dolía la cabeza y un extraño zumbido me invadió los oídos. Otra palabra, que bien pudo pertenecer a una pregunta, se coló entre el ruido en mi cabeza.

«*Frío*».

Y sí, sentía frío en las puntas de los dedos de los pies, en los hombros. Un líquido comenzó a correrme por la sien y por la nuca. Estaba sudando. Me cubrieron con una manta, figuras borrosas y acuosas que se movían con demasiada rapidez como para que pudiera captarlas. Cerré los ojos, intentar enfocarlos empeoraba mis mareos. Me estaba cansando de esto, la última vez que había tenido un mareo fue... me costaba recordarlo, me pasaba tan seguido que quizá era hora de preocuparme.

El tiempo pasó rápidamente, un momento no estaba del todo consiente y al siguiente la tempestad comenzaba a calmarse con rapidez. Me encontraba acostada boca arriba, mirando un techo de madera, cuando me percaté de la presencia de varias personas.

—Debí vigilarla más de cerca, la vi demasiado tranquila, no pensé que esto fuera a suceder. —Los pasos de Gabriel se alejaban y se acercaban del lugar en el que me encontraba.

—Hay ocasiones en que los síntomas toman días o semanas. —Una pausa—. Esto no es tu culpa. —Una mujer hablaba con bastante diligencia.

—Incluso hay casos en los que no hay síntomas por cruzar el velo. ¿Cómo lo sabrías? La chica es fuerte, sobrevivió a una herida de bala. —Teo sonaba más bien indiferente.

—En el hombro. —Gabriel parecía querer restarle valor a mi triunfo—. Además... —Un suspiro—. Le apliqué las gotas de sol en la herida, también las bebió.

Silencio.

—¿Qué tú qué? Esa clase de cosas son para emergencias... —Teo no estaba tolerando la situación.

—Era una emergencia, no iba a llevarla a un hospital y no iba a dejarla desangrarse hasta morir.

Otro silencio. Cerré los ojos; aunque no participaba de la discusión, escucharlos me agotaba internamente.

—Gabriel. Siento que estas siendo demasiado dócil con ella. —Para Teo, en ese momento yo no era santa de su devoción.

—¿De qué hablas? —Gabriel sonaba ofendido.

—¡La mujer te traicionó! Hace unos días viniste a mí decepcionado de ella. Y hoy la traes a mi casa.

Decepción era una palabra más fuerte de lo que había creído que sentía por mí. No estaba enojado conmigo, no me odiaba.

—Creo que ya ha hecho de todo por enmendarlo...

—No, ella hizo de todo para que le salvaras el trasero, porque está embarazada de un hombre peligroso.

Abrí los ojos y parpadeé un par de veces. La sola mención de tal situación me provocaba náuseas.

—Ella dijo que no estaba embarazada... —Su voz flaqueaba.

—¿Y tú le creíste? —El mayor no dejaba de interrumpirlo, eufórico—. Sé que es típico de ti hacer esta clase de cosas.

—¡Niños, dejen de hablar! Ya despertó. —Izel se acercaba a mí con el máximo de los cuidados—. ¿Puedes enderezarte? —preguntó poniéndome una mano bajo el hombro y otra en el costado opuesto. Asentí en el momento en que comenzó a ayudarme y luego acomodó las almohadas detrás de mí. Fue cuando vi que el resto de las personas se encontraban fuera del lugar—. Toma. —Izel me tendía una taza con algo de una jarra de porcelana. Dudé un poco en sujetarlo hasta que aclaró—. Gabriel dijo que te sentías deshidratada.

Sujeté la taza con ambas manos, era gua, mi boca se sintió seca de solo verla. Rara vez el agua tenía sabor para mí, esta estaba fresca y era como beber menta o hierbabuena, lo que fuera que tuviera, la bebí con rapidez. Me sentí hidratada, como una planta que estaba por morir y que floreció después de regarse, inexplicable la cantidad de energía que me llegó al cuerpo.

—Gracias. —Mi voz, aunque ronca, fue como un lazo que atrajo a Gabriel hasta la orilla de la cama.

—¿Te sientes mejor? —Bajó el tono de su voz para mí.

Teo simplemente se fue y otra mujer se quedó al pie de la puerta, solo unos instantes, analizándome, después se fue igual.

—Si, no sé qué sucedió, lo lamento... —Disculparme por aquello que no estaba bajo mi control no era algo propio de mí, la situación entre Gabriel y sus amigos me había obligado a decirlo.

Negó con la cabeza.

—Nos metiste un susto. —Izel me sonreía.

—Lo siento. —Intenté sonreír para ella, no sé qué tanto éxito tuve.

—Estarás bien, te recuperarás rápido. —Sabía que esas palabras eran para mí, pero parecía que intentaba convencerse a sí mismo. Me quedé viéndolo hasta que se dio cuenta de que su actitud me confundía—. Teo y yo debemos ir a un lugar. Por favor, quédate con Izel y Michelle. Y, por favor, no les des más sustos ni provoques más problemas. —Estaba tranquilo, ni enojado ni preocupado.

—¿Cuánto tardaras en volver? —De pronto me alarmó la idea de que se alejara de mí.

Desvió la mirada, ¿por qué de repente ya no quería contarme las cosas? ¿Por qué de nuevo?

—Ya he hablado con Izel de tu condición, ellas te ayudarán a entenderlo.

¿De verdad me abandonaba en este estado? ¿Tan poco le importaba si volvía a desmayarme? No era como que su presencia mejorara las cosas, solo que una parte de mí no quería que me dejara.

—De acuerdo. —Mi orgullo me impidió hacer más preguntas.

—Estarás bien. Y te ayudaran a mejorar tu escritura, es horrible. —Lo último se lo dijo a Izel. Ambos se sonrieron.

—No es tan mala —objeté ofendida.

—Es un crimen, un libro de historia con tu tipografía jamás sería publicado en este mundo. —Sonreía de lado, había extrañado su sonrisa de lado.

—¿No existen las máquinas de escribir? —Negó con la cabeza.

—No vas a estar sola. Puedes confiar en ellas. —Al menos Teodoro se iba con él.

—Lo sé. —Seguía un poco mareada, algo se me estaba olvidando. Teo se iba con él—. ¿Te ha dicho si habló con ella? ¿Crees que Teo encontró a Mariel? —O la había buscado, me fie demasiado de su palabra, un favor como ese no lo haría por mí.

—La encontró. —Izel me apretó la mano.

—Voy a buscarlo. —Gabriel salió con prisa, tal vez porque sabía lo importante que era para mí.

—¿Tú sabes algo?

—No fue fácil dar con tu amiga, la primera vez que la llamamos quedamos de vernos en una cafetería y nunca llegó.

Antes de que alguna de las dos dijera algo más, Teo entró con cara de que en realidad no quería estar ahí. Y la cara de Gabriel me decía que lo había obligado a volver.

—Te envió una carta. —Extendió el papel como si tuviera miedo de tocarme.

Prácticamente se lo arrebaté de la mano y lo abrí con ansiedad. Estaba en uno de esos enormes sobres amarillos que usábamos en el trabajo.

«*Querida J*».

Era por Julia.

«*Todo es un completo caos aquí. Pero comenzaré por el principio.*

Encontré a las chicas. Estuvo en todas las noticias que la dueña del edificio falleció en la explosión. Se dice que fue provocada por una fuga de gas que inició en el piso de la dueña. El jefe cree que ella está muerta. Se volvió loco. Cree que el sospechoso tiene algo que ver con el incidente, tiene a todos estresados buscando a un culpable. Nadie dice nada de las personas que entraron en ese momento, muchos lograron escapar, a muchos no los encontramos, no quedó nada del lugar. No he podido localizar a tu padre, creo que si ya supiera algo estaría llamando como loco, tengo tu teléfono y otras cosas, contáctalo en cuanto puedas. Yo estoy bien, no estoy sola, no te preocupes por mí. Por favor, cuídate mucho. Yo no diré nada, estando muerto nadie te busca. Si algún día quieres verme, siempre vuelvo a donde nos conocimos.

Te quiere. E».

—¿La dueña del edificio falleció ese día? El lugar estaba completamente evacuado por el ataque. —Mi pregunta era para Teo, no iba a responderme.

—Si estuvo en todas las noticias —Izel respondió por su marido—. Tú eras la dueña del edificio.

—¿Qué? —Casi me atraganto con mi propio aire.

Recordaba que Javier había puesto el departamento a mi nombre, pero ¿todo el edificio? Eso me ponía en el ojo público, además, ¿todo un edificio? ¿A la mujer que lo había cortado cuando quiso comprometerse?

—Hay otra cosa... en el sobre. —Señaló Teo.

Lo deslicé hasta mi mano, era una pequeña bolsa de tela oscura. Estaba por abrirla.

—Dile lo demás. —Izel le dio un codazo.

—Ella no me entregó la carta en persona, envió a una joven, mencionó que no acudiría al encuentro porque su hija estaba hospitalizada.

¿Valeria estaba enferma? Lo miré asustada, esperando más detalles.

«*Hola libertad*».

Estaba segura de que no era la clase de libertad que Mariel esperaba.

—¿Qué fue lo que le pasó? —No era muy justo que exigiera una respuesta de él.

—No lo sé... Solo mencionó eso. —Su expresión se relajó.

—Entonces... —Perdí la vista en la nada—. Mi sobrina esta hospitalizada, yo estoy muerta, la amiga que es como una hermana para mi está sola y mi padre... —Estaba perdido, o incomunicado, solo esperaba que no se enterara de nada. Me llevé las manos a la cabeza, sujetándome el cabello con fuerza, hacía mucho que no me frustraba a ese nivel—. Y yo estoy aquí... —Todo aquello era un reclamo para mí misma, había olvidado que no estaba sola.

—Tranquila. —Izel comenzó a darme palmaditas en la espalda—. Todo va a estar bien.

—Debería volver... —Llegar a ese lugar había sido toda una odisea, regresar... ¿Qué tan difícil podía ser?

—Estas bromeando, ¿verdad? —Teo se dirigió a Gabriel como advirtiéndole.

—Todos creen que estoy muerta, no están buscándome, además debo saber si mi padre creyó en todo eso. —Se miraron unos a otros—. Solo necesito...

—No es tan fácil. —Era un rotundo no de parte de Teo—. Puedo preparar su regreso para el día del aniversario, pero si quieres volver, lo harás con él.

Dio media vuelta y se fue. Izel titubeó un poco, pero finalmente lo siguió.

—No puedes dejar que me quede aquí sin hacer nada. —No me miraba. No era su culpa la impotencia en mi interior, pero era el único que podía ayudarme.

—No puedo regresarte al Bosque Nublar, o a algún otro lugar, de verdad tengo que hacer este viaje. Y Teo... la familia Dunia es importante, no puede romper las reglas como si nada, no ahora que todos lo ven por su matrimonio con Izel.

—¿Familia Dunia? ¿Como el lugar?

—Teodoro Dunia, como el lugar. —Le restó toda la importancia del mundo—. Así que te suplico que no hagas nada, ellos tienen sus propios asuntos que atender.

—¿Entonces por qué me dejas con ellos? —Arrastrarme de aquí para allá, suplicándome que no le diera problemas a la gente como si eso hubiera funcionado alguna vez, parecía su nuevo pasatiempo.

—Te traje aquí porque siento que lo necesitas. —Me tomó la mano entre las suyas, sentándose en la cama junto a mí, ¿era esta su nueva forma de darme consuelo? —. Dejarte en la hacienda, excluida de tu hogar, no me parecía justo.

—Este no es mi hogar. —Aparté la vista.

—Pero aquí esta tu origen. Te guste o no. —Lo escuché suspirar—. Dame algunos días. Cuando vuelva, buscaré la forma de regresarte.

—Alguien diría que sería más fácil usar un portal... —Me molestaba que no entendiera mi urgencia por volver, pedirme unos días cuando todo allá era un desastre.

—Eres más inteligente que eso. Piénsalo, si cualquiera pudiera cruzar entre mundos habría caos de este lado, armas que muchos aquí no saben que existen, o llevarían las riquezas de este lado sin supervisión. Hay un orden que mantener, no se logra con mucho éxito, por eso pasan estas cosas, pero se intenta. —No cabía duda de que él conocía muy bien cómo se manejaban las cosas de ese lado.

—Muy bien, te esperaré. —No se veía muy convencido—. Prometo que seré paciente, pero, en cuanto vuelvas, me llevas de regreso.

—Así será. Verás a tu padre, a tu sobrina y a tu amiga. —Me sentí culpable por obligarlo a hacer ese tipo de promesas.

Me tomó más esfuerzo del que esperaba, pero salí tras él. Lo seguí hasta la sala donde se encontraban los demás. La otra mujer estaba sentada en uno de los sillones, Izel iba y venía de un lado a otro poniendo cosas en una mochila. Teo tenía puesto un uniforme similar a los que había visto en las calles cuando llegamos, solo que el suyo tenía sus condecoraciones.

—Puedes dormir en mi habitación. —No le presté mucha atención, observaba cómo Teo enfundaba una espada—. Le dejaré dinero a Izel para que te compre ropa y lo que sea que necesites, solo no te excedas, por favor.

—Entiendo. —Lo seguí con la mirada hasta que su amigo se paró frente a mí, tapándome el paso.

—Oficialmente, la familia Dunia te brinda su protección. —Que Teo se dirigiera a mí con un tono hospitalario me sacó un susto—. Si alguien pregunta lo que sea, muéstrales esto.

Me entregó una insignia de metal con un símbolo grabado. Era un escudo y en su interior tenía una espada rodeada por rosas. Esto era lo que estaba en el centro de las banderas.

—Gracias.

—Es más una responsabilidad que un favor. No le des problemas a mi esposa. Y cuídala mientras no estoy.

—¡Oye! Se supone que yo debo cuidar de ella. —Izel entró desde alguna habitación detrás nuestro.

—Cuídense mutuamente —interrumpió Gabriel para sacar a su amigo de un apuro, o al menos eso interpreté—. Ven. —Me tomó del brazo y me llevó al jardín.

—Prometo que me portaré bien. —Estaba algo cansada todas esas advertencias.

—No es eso. —Suspiró al soltarme—. Si no vuelvo para el día del aniversario... No te vayas, nadie te detendría y no quiero subestimarte, pero no sobrevivirías en este lugar. Por favor, sé paciente y espérame.

—Pero acabas de prometer volver para el aniversario.

—Te prometí llevarte de regreso. —Había pedido que lo esperara, solo eso—. Me lo debes. Suena egoísta, pero Teo tiene razón, no has hecho mucho por merecer mi ayuda. —Lo vi a los ojos, casi podía ver mi reflejo tras el verde cristalino en su mirada. Rabia era lo que reflejaban, de él, mía, de ambos—. Hay traiciones obvias, pero las silenciosas son las peores.

¿Acaso Teo le había lavado el cerebro en la última media hora? Había conversaciones que no morían, que no se acababan. Sentía que no importaba qué tan bien me comportara o los problemas que evitara, aquello siempre volvería.

—Lo entiendo. Tienes razón. —No mentía, también había sido traicionada, y mi mente y las personas a mi alrededor también me lo recordaban cuando era necesario.

—De verdad quiero perdonarte. —Apartó la vista y se llevó la mano a la frente, aquello lo sabía y de todas formas dolió—. Solo quédate. —Se pasó la mano por el cabello, sonaba como el Gabriel cansado que había conocido en aquel puente, de hecho, era el mismo, siempre fue el mismo.

Teo e Izel salieron de la casa y se reunieron con nosotros.

—Hay que irnos ya si queremos alcanzarlos en las minas. —Tomó a su amigo del hombro con una mano, llevaba a su esposa de la otra.

—De acuerdo. —Se volvió a la pareja y miró a Izel, como disculpándose.

CAPÍTULO 23:
SU APELLIDO ES TAIMAN

Michelle Dunia, que era prima de Teo, me acompañó toda la tarde, creo que incluso me vigiló mientras dormía. Izel me ordenó volver a la cama y no levantarme si no era necesario. Mi compañera era una mujer de pocas palabras a la que le gustaba tejer.

Realmente no dormí mucho, cerraba los ojos y me sumergía en la oscuridad solo para volver a abrirlos después.

—Tal vez quieras hacer algo para distraerte. —Era la quinta vez que me removía en la cama—. No puedes dormir por pensar, tienes que ocupar la mente.

—¿Cómo sabes eso? —Le daba la espalda, sujetando las sábanas con fuerza.

—Porque así me sentí la primera vez que crucé. —Giré sobre mí misma, ella estaba sentada en una silla, con una pierna sobre la otra y una bola de estambre en el regazo.

—¿No naciste aquí?

—No, hace apenas tres años que conocí este lugar. —Dejó la aguja de lado y levantó la vista—. Gabriel te dejó ese morral, dijo que tus cosas estaban en él. —Apuntó a un lado de la cama.

Lo tomé y miré en el interior, el cuaderno que Donato me había regalado estaba dentro, junto con el sobre y la carta de Mariel. ¿En qué momento los había guardado? Dejé caer todo sobre la cama y recordé la bolsita que venía con la carta. Contenía aquel collar, la lagrima roja que llevaba grabada mi inicial. Mariel no me lo había devuelto después de su cita fallida, ¿lo habría llevado puesto el día del ataque?

Cuando lo encontré, no me atreví a ponérmelo, una enorme cobardía se apoderaba de mi cuerpo cada vez que lo veía. Esta vez me lo puse, no porque fuera un recuerdo de mi madre o algo de eso, ahora era un recuerdo de mi amiga, de la familia que, con el tiempo, pude formar. También mis lentes estaban entre las cosas, suponía que, si no salía de la casa, no debería existir problema alguno con que los usara.

Tomé el cuaderno, pensando en el par de hombres que habíamos dejado atrás. Tal vez el viaje importante de Gabriel tenía que ver con conseguirles una nueva sacerdotisa para que pudieran sobrevivir a la sequía que los condenaba.

—¿Ya te acostumbraste? ¿A este lugar? —No aparté la vista del cuaderno.

—A veces mis pensamientos se vuelven un caos, desenredar el estambre me hace sentir que los resuelvo. —Lo sujetaba alrededor de los dedos, lo miraba como si pudiera tejerlo con ellos—. Cuando puedo transformarlo en un patrón, siento que mis pensamientos se ordenan con cada eslabón que formo. —La mujer era tranquila, como si solo estar sentada en ese lugar la mantuviera estable—. No sé si me he acostumbrado a este lugar o solo me he convencido de que así es.

Tal vez escribir hiciera lo mismo por mí: si ordenaba mis pensamientos en el papel podría ordenarlos en mi mente.

—¿Tienes tinta y una pluma? —pregunté al recordar que había abandonado la caja que Donato consiguió para mí.

Se le salió una risita ahogada.

—Tengo algo mejor, de donde yo vengo sí existen los bolígrafos.

La habitación de Gabriel tenía un escritorio y Michelle aceptó intercambiar lugares conmigo. Dijo que el montón de almohadas que Izel me había llevado le vendrían bien a su espalda.

Comencé escribiendo sobre el ataque a mi edificio, dejé en el papel todas mis teorías sobre lo sucedido. Seguí escribiendo de mi viaje en el tiempo y el mundo del que venían los Calpián, tristemente no recordaba cada palabra de lo que Gabriel me había contado, entonces me encontré escribiendo sobre él. Cómo sus palabras me decían que no me había perdonado y cómo sus acciones me gritaban lo contrario. «*No te vayas*», me había dicho, mirándome con esos ojos esmeralda. Cómo odiaba que me mirara de esa forma.

Era la primera vez en días que disfrutaba de tanta tranquilidad, y la chica que me acompañaba no me interrumpió o intentó saber sobre lo que escribía. Nunca había escrito un diario, me parecía que el problema con ellos en las películas era que cualquiera podría leerlo. Que alguien conociera mis pensamientos secretos sin mi consentimiento me había perturbado en la adolescencia, por ello el librero en casa de mi padre contenía varios diarios que él me regaló, pero cuyas páginas siempre estuvieron vacías. Al ser un escritor, el hombre creyó que yo también podría apasionarme por lo mismo que él. Tristemente nuestras pasiones estaban algo alejadas.

—Deberíamos comer algo, muero de hambre. Izel no volverá de la casa Dunia hasta el anochecer. —Cuando la vi, se levantaba de su sitio con una prenda rosa iridiscente entre las manos, casi terminada.

—¿Esta no es la casa Dunia? —Cerré el cuaderno con demasiada fuerza. Sí, tenía miedo de que lo leyera.

—¿Esta? —Sonó incrédula—. Es la casa de Teo e Izel, sí, pero la casa Dunia es... bueno no es una casa, pero es donde se reúne la familia Dunia, es como una presidencia municipal o algo así, ni yo entiendo por qué la llaman «casa». —Jugaba con el estambre que salía de la prenda—. Entre tú y yo, las cosas son más fáciles del otro lado.

—¿Y por qué no vives allá? —Esta estúpida costumbre de ser la detective me metería en problemas más temprano que tarde, si es que no lo había hecho ya.

—No tengo nada de ese lado... —Le restó importancia, muy a su pesar—. Vamos, presiento que si no te alimento te desmayarás de nuevo. —Me sonrió con algo de timidez, pero tenía razón; me estaba dando hambre y con lo agotada que me había sentido antes no prometía no desmayarme.

Me sorprendía lo parecido que era el interior del lugar a aquella casa a la que Gabriel me había llevado una vez, cuando conocí a sus amigos.

Cuando Izel volvió, el sol ya se había escondido. Se la pasó en el jardín en lugar de entrar en la casa. Yo ayudé a Michelle a encender algunas velas en la cocina, ya que la lámpara que teníamos no nos brindaba demasiada luz. No hablamos demasiado, solo me contó que trabajaba en la carpintería de Teo, limpiando y como una especie de recepcionista. Cuando Gabriel me contó sobre el lugar, imaginé que era un taller pequeño, aparentemente era un lugar bastante grande, con muchos trabajadores y que además daban clases para que las personas pudieran hacer sus propios muebles.

—Sobre la sierra el bosque produce mucha madera, envían varios de esos cargamentos a las minas, la cantidad de oro y dalias involucradas es enorme... —A la mujer le gustaba hablar cuando no tenía el estambre en las manos.

—¿A las minas de Taiman? —Recordé que allí también había habido una explosión.

—Así es... Cada vez se hace más profunda y grande, al parecer hay muchos cristales... Ah, por si no lo sabías, las dalias son un tipo de cristal muy valioso, son una piedra preciosa que suele ser difícil de encontrar. —Se veía feliz de explicarle todo su conocimiento a alguien que sabía menos que ella—. Y otra cosa que debes saber es que las monedas que usan los Calpián no son las mismas del otro lado, en realidad valen lo mismo que el peso mexicano, pero la Sociedad las usa para monitorear el flujo de su riqueza. —Y estaba orgullosa de saber tanto, se le notaba.

—Ya veo. Así que aquí no se usa el dinero del otro lado...

—Nadie lo acepta más que las casas de valores de los Calpián, ellos jamás dejarán que el dinero del otro lado circule por su territorio, solo sucede en el mercado negro, claro.

Había más cosas extrañas en este mundo que solo su gente.

—¿Tú tienes dinero?

—Claro, cuando me volví parte de la Sociedad me dieron una especie de fondo de manutención y, al ser parte de los Dunia, recibo una parte de las ganancias de todo lo que se haga en nombre de la familia. Claro que no todo es tan bonito como se ve. —Se acomodó las largas trenzas oscuras que colgaban sobre sus hombros—. Tú también recibirás algo cuando la Sociedad te proteja y, si la familia de Gabriel recupera su nombre con el mismo honor de antes, también recibirás algo de ellos.

—¿Por qué la familia de Gabriel me daría algo? —Sentía más curiosidad por lo importante que los Mirantes pudieran ser para los Calpián, solo que ahora preguntar sobre su familia me asqueaba y me recordaba que él sabía que lo había vendido.

—Cuando se casen —comentó sin más.

Casi me atraganto con la sopa.

—¿Qué? —No me imaginaba de dónde había sacado esa idea.

—Ah bueno... —Su piel se volvió más rojiza de pronto, si es que eso podía suceder, cuando se ruborizó—. Pensé que estaban juntos, estaba muy preocupado por ti, de manera intensa. —Hizo un ademan para defenderse—. No puedes culparme por pensar que te trajo para casarse contigo ahora que vuelve a la Sociedad. A menos que te vaya a adoptar...

Como a ella y a Esteban.

—Nada de eso, yo solo estoy de paso. —Ella realmente ignoraba la situación.

—¿Así que no están juntos? —Me sorprendió la insistencia.

—¿A ti te interesa Gabriel? —Me arrepentí de haber preguntado, no era de mi incumbencia.

—Admito que no está nada mal. —Seguía roja.

—La verdad no. —También me arrepentí de eso, pero instantáneamente recordé haberlo despojado de su camisa aquella vez.

—No estoy interesada en él. —Sonrió, esperaba que no se divirtiera con mi reacción—. Solo es extraño, vi una cosa entre ustedes dos...

—¿Una cosa? —Yo también noté la tensión que nos cargábamos últimamente, aunque ya no era tanto como pasión. Debido a mis acciones, eso entre nosotros se sentía igual al odio.

—No me hagas mucho caso, a veces detecto esa cosa en la esencia de las personas, solo que no sé manejarlo, no tengo idea de qué es y muy rara vez logro ver algo. —Veía atributos en la esencia, como Izel.

—¿Eres una sacerdotisa? —No se veía como las que había conocido hasta ahora.

—No, nada de eso —resopló—. Mi padre era un Calpián de Herencia y mi madre era una sacerdotisa, yo soy más como un humano, pero... Es difícil decir que soy, así que Calpián de Herencia es suficiente.

Una mestiza.

—Entiendo. —Su naturaleza era una mezcla bastante intrigante, aunque ella se veía bastante normal a mi parecer.

—¿Y tú? —Era la primera vez que me preguntaban sobre mi raza en este mundo.

—Igual, Calpián de Herencia, solo que...

—Eres una solitaria, también lo fui. ¿Y no quieres tomar tu título?

—Es complicado, ni siquiera debería estar aquí. —Abandoné la cuchara para verla enseguida, consciente de que no debí decir eso.

—Tranquila, también me consideraban una criminal. —Sonaba despreocupada.

—¿Cómo te acogió la ley de protección? —Era muy clara en esos términos.

—Hay un anexo en esa ley... —rio amargamente—. Prácticamente perdona a los traidores, siempre y cuando les des información valiosa. Son unos miserables.

—Así que diste información a cambio de un nombre. —Se me quitó el hambre de pensar en hacer algo así de nuevo.

—Así es, aún me cuestiono sobre esa decisión, pero al menos tengo un techo, dinero y protección.

—Suena a que lo vale. —Estaba pensativa y no respondió, quise cambiar el tema para evitar la incomodidad—. No sé si yo tenga información de valor para ellos. Pero sí tengo cosas para volver.

—Tu familia, ¿cuál es tu nombre? —Gabriel había dicho que podía confiar en ella, así que lo haría.

—Julia Cazador. —No se sorprendió al escucharlo, eso me alegró.

—Supongo que tienes una familia, ¿qué haces aquí entonces?

Qué buena pregunta, no me sentía como la persona indicada para contestarla. La respuesta de Gabriel donde contaba cómo lo había traicionado era menos complicada que la mía.

—Ayudo a Gabriel a escapar de un problema, volveré con él, tal vez el día del aniversario.

—Ah, te lo perderás, la celebración es bonita. —Toda una Dunia—. ¿Cómo conociste a Gabriel?

—En una cafetería, se sentó a mi lado y solo comenzó a hablarme. —Está bien, tal vez no debía confiar tanto en ella, hasta donde yo sabía, ni sus amigos conocían toda nuestra historia.

—Que lindo. —Habría sido lindo que nuestro primer encuentro hubiera sido en ese lugar—. Yo lo conocí hace unos meses. ¿Ya conoces al hermano de Izel?

—Sí, creo que no le agrado mucho. —Recordé la forma en que me había cuestionado sobre el brazalete de Amaris, seguramente ahora me odiaba.

—A él no le agrada nadie en realidad, no te preocupes.

Escuchamos voces que venían desde la entrada de la casa, Michelle no dudó en ponerse de pie y asomarse por la ventana.

—¿Qué sucede? —Caminé hasta ella.

—Ella otra vez. —Suspiró.

Me asomé a su lado, una mujer alta hablaba con Izel; por su expresión podría decir que discutían.

—¿Quién es ella?

—Un problema. Ven conmigo, tal vez necesitemos ayuda para echarla.

Me tomó con fuerza del antebrazo, arrastrándome a la salida, y me soltó al cruzar la puerta. Caminó más rápido y se puso de lado de Izel, con los brazos cruzados sobre el pecho. Yo me acerqué con un poco más de lentitud.

—Soy educada solo por nuestra relación con Dunia. Sé que está aquí, así que dile que salga.

—No me digas, ¿tus espías te lo dijeron? —Michelle le respondió sobresaltada.

—Ya te dije que ya no está aquí. —Izel parecía más cansada que enojada.

—Bien, solo dile que no debe olvidar nuestra conversación. —La mujer, de voz afilada y expresión neutral, me miró, y creo que en esa mirada vi pánico, aunque fue demasiado sutil para estar segura—. Así que tú venías con él. —Quiso acercarse a mí y las chicas le bloquearon el paso. Ella no intentó pasar sobre ellas, ni siquiera las miró, mantenía la barbilla en alto—. Aléjate de Gabriel, es un hombre peligroso, podrías terminar muerta. Aléjate de él, solo se harán daño el uno al otro.

—¿Qué estupideces estás diciendo? —Aquellas palabras enfurecieron a Michelle.

Izel tomó el brazo de su amiga para evitar que se abalanzara sobre la mujer.

—Te lo advierto, vuelve a tu lugar y deja de frecuentar a estas personas. Y ustedes... —La mirada que les lanzó, de superioridad, me robó el aliento—. Díganle que vine.

Se dio media vuelta, varios mechones oscuros escapaban de la trenza floja que le recogía la abundante cabellera, las hombreras de su abrigo azul hacían que toda su figura se viera más angulosa.

Reflejaba autoridad, su vestimenta y forma de hablar, el hecho de que no había dudado, tan solo al mirarme, en darme ordenes con firmeza sin siquiera estar segura de que yo las seguiría.

—Esa engreída... —Michelle caminó varios pasos con el puño en alto.

—No lo han dejado, no lo dejarán. Ya les prometió que no reclamaría su nombre y no fue suficiente. —Izel se veía triste al dirigirse a mí.

—¿Por qué no quieren a Gabriel aquí? ¿Quién era ella? ¿Alguna exnovia? —Bromear no pareció lo mejor. Gracias al cielo el comentario pasó desapercibido.

—Ellos... —Dudó en seguir hablando, vi en su rostro la disculpa.

Claro que Izel estaba al tanto de todo, claro que Teo debió haberle pedido que me tratara de la misma manera hostil en la que él lo hacía.

—Toda su familia odia a Gabriel, es como un resentimiento de décadas. —Se miraron entre ellas, desconocía el significado de aquellas miradas—. Debe saberlo, o creerá que Gabriel es una especie de asesino o algo así. —Michelle se dirigió a mí de nuevo—. Él no hizo nada malo, solo lo culpan, no le hagas caso, esa mujer viene cada vez que sabe que él está aquí.

Me quedé sin habla. Esa mujer y toda su familia despreciaban a Gabriel lo suficiente como para hablar mal de él y acosarlo de esta manera.

—Ella es Victoria Taiman. —Miré a la sacerdotisa, no estaba convencida de darme la información—. Y si de ella dependiera, pondría letreros con la cara de Gabriel para exiliarlo de este mundo.

Caminó hacia mis espaldas y la perdí de vista. Taiman, ese apellido seguía apareciendo, incomodándome.

«*Victoria Taiman, como las minas de Taiman*».

Rudo, el nombre le quedaba.

—Gabriel no es una mala persona. —Fue todo lo que dijo antes de irse con prisa.

Yo admiré por otro par de minutos el portón por el que aquella fría mujer había salido. Aunque esto no tuviera directamente nada que ver conmigo, me dio lastima pensar que la vida de Gabriel era difícil, aunque yo no estuviera en ella.

—Te traje algo de ropa de Mich, te quedará mejor que la mía.

—Gracias. —Nos sentamos sobre la cama—. Me extraña que uses ropa normal cuando todos se ven... pues como Michelle. —Tomé una de las faldas que venía entre las prendas.

—Mañana en el mercado verás que es muy común, verás hombres con trajes y otros con sudaderas. Los que más cruzamos el velo somos quienes más usamos ropa moderna, cada uno se viste según sus costumbres.

—¿Como Victoria? —Casi me dio un escalofrío pronunciar su nombre.

—Su familia es de aquí, son casi como la realeza. Son tradicionales.

—Así que eran una familia importante. Eso me sacó un escalofrío, pero evité pensar en ello.

—¿Qué haría Gabriel para hacer enfadar a la realeza de los Calpián? —Jugaba distraída con las prendas y, cuando me percaté del silencio, quise arreglarlo—. No tienes que decirme nada, solo estoy hablando sola... ¿Tú sabes lo que pasó?

—Claro que lo sé. ¿Quiénes crees que le salvaron el trasero cuando los Vigías fueron a su casa? —Sonó gracioso para estar tan seria.

—Lo siento por eso. —Llegaría el día en que dejaría de disculparme, no era hoy, pero algún día llegaría.

—Fue valiente hacerle frente a Gabriel. Pudiste alejarte y sería completamente su problema. Y aquí estás— habló con gentileza.

—¿No escuchaste a Teo? Estoy salvando mi propio trasero.

—No era la única ni la mejor opción. —Vi en sus ojos las palabras que, por alguna razón, intentaba guardarse hasta el final, quería escucharlas, así que la esperé, paciente—. Yo no te culpo, todos hemos hecho cosas difíciles para salir adelante. Solo que debes entenderlo, nunca nadie lo traicionó de la manera en que tú lo hiciste. Y no me refiero a lo que sea que hayas hecho, si no que él... pensó que eras tan transparente que quiso serlo para ti. Y te abrió su mundo a la primera, porque pensó que eras como nosotros. —Eso era nuevo, quería entenderlo, debió notarlo, se aclaró la garganta y podría jurar que estaba a punto de llorar—. Sabes, nosotros no pertenecemos, ni a la Sociedad ni a nada más... bueno... —Soltó una risilla—. Tal vez sí en papel y otras cosas, pero somos ajenos, actuamos nuestros roles sin involucrarnos demasiado. Solo nos protegemos unos a otros. Y si él te atrajo hasta aquí fue porque pensó que merecías pertenecer a algo así como nosotros. —Me quedé sin habla, en ningún momento había visto la situación de esa manera—. Gabriel, va a ir y venir entre el perdón y el rencor, porque le es difícil manejar ese tipo de cosas. En cuanto a Teo, no lo olvidará pronto, porque Gabriel es como su hermano menor y lo vio mostrarse vulnerable ante ti y tú... Para él, tú fallaste. Ellos son así, testarudos, hombres. —Puso los ojos en blanco y se acomodó el cabello—. No los justifico, es que los he visto cuidarse de esa manera por mucho tiempo.

—No lo había visto de ese modo. —Bajé la mirada a mis pies; así era, más que haberlo entregado a sus enemigos, yo le había roto el corazón.

Me dio unas palmaditas en la espalda antes de levantarse.

—Por eso te lo digo, y porque parece que ya eres una de los nuestros, con todo y traición, estás aquí. —Sujetaba la puerta mientras la cerraba lentamente al salir.

El edificio volaba en pedazos, desde el piso más alto hasta el más bajo; y, en cada estruendo, una parte de mí era borrada.

Una gran sombra se extendía desde el cielo y cubría todo en un oscuro silencio que me perseguía.

Llamaba mi nombre en un susurro. La voz llegaba hacia mí desde todas partes y ninguna.

Al volver a mis sentidos, me senté y observé la ventana. Quería encontrar el origen de aquella pesadilla en la montaña que se extendía tras la casa. Respiraba por la boca; como siempre, no había suficiente aire para saciar las ansias en mis pulmones.

Miré a mi alrededor, la linterna sobre el escritorio estaba apagada, pero había luz en la habitación. Era como si alguien hubiera encendido una bengala y esta pudiera flotar frente a mí, se consumía con cada chispa que lanzaba, pero no se extendía. Entré en pánico cuando se acercó a mi rostro así que soplé con fuerza, varias veces, con las manos junto a la cabeza, deseando no arder con ella.

Se extinguió. Permanecí en mi lugar, aún exaltada y encandilada, observando el hilo de humo que se formaba frente a mí y después parecía tener latido.

—Julia... —La voz venía de ningún lugar en específico—. No te asustes. Esto es una señal de humo. —Era la voz de Gabriel—. Llegué a mi destino y espero volver pronto. —Cada vez que se escuchaba, el hilo de humo se volvía más ancho y retomaba su forma cuando había silencio—. Ten cuidado con lo que le dices al fuego.

El hilo de humo comenzó a dispersarse hasta que no quedó nada, de hecho, tampoco había olor a humo o fuego. Aquello se quedó conmigo toda la noche, ¿había sido un sueño? ¿Tanto lo extrañaba que lo escuchaba cuando no estaba?

A la mañana siguiente sentí la necesidad de comprobarlo.

—¿Qué es una señal de humo? —Mich picaba verdura mientras yo pelaba algunos ajos.

—Es una forma de enviar mensajes, en este mundo no siempre es fácil enviar una carta, o no llegan con la rapidez suficiente. —Bostezaba con fuerza.

—¿Es una especie de habilidad? ¿Yo también la tengo? —Era demasiado... mágico.

—Cualquier ser con esencia de este lado del velo puede hacerlo. Así que ten cuidado con lo que le cuentas al fuego.

—¿Qué? —¿Lo había escuchado? Gabriel había dicho lo mismo, o la señal de humo, o ambos en todo caso.

—Solo se requiere que le digas tu mensaje al fuego y pienses en el destinatario; al soplar, el mensaje se envía. —Ella estaba de espaldas a mí, no se daba cuenta de que la miraba con atención—. Por eso hay un dicho aquí que dice que debes cuidar lo que le cuentas a la gente, pero debes tener más cuidado con lo que le cuentas al fuego.

—Lo tendré en cuenta. —Agradecí que no preguntara sobre mi curiosidad por dichas señales, me daría vergüenza explicar que esa noche una de esas cosas casi hacía que me cayera de la cama.

Nos preparamos para ir a pasear por Dunia. Esta vez, con mejor visión, pude notar los detalles en las estructuras del lugar, las figuras grabadas en la piedra de algunas casas, los materiales lizos y brillantes. El lugar era delatado por su gente, que, como Izel me había contado, vestía todo tipo de prendas. Vi mujeres con faldas iguales a la mía, otras en pantalones, algunos llevaban sombreros de todo tipo de tamaños. Vestimentas charras, trajes más formales, incluso algunas que parecían más modernas. Una mezcla que extrañamente me fascinaba.

«*Al menos aquí sí podré usar pantalón*». Si es que conseguía uno de mi talla.

El mercado era una mezcla de ricos aromas y colores, la gente iba de un lado a otro en cada puesto, todos vendiendo y comprando cosas que se veían cotidianas y otras, realmente extravagantes.

Michelle me llevaba del brazo, lo cual agradecía, podría perderme muy fácilmente entre la gente. Caminaba entusiasmada y probaba todo lo que le ofrecían, además de saludar cuando se encontraba con algún conocido, aunque ninguno se detenía a conversar con ella. Izel iba a nuestras espaldas, llevaba una lista de cosas que seguramente debía comprar. Cada tanto se detenía a decir cosas como: «*Mande diez de estas a la casa Dunia, por favor*».

—Es por el aniversario —dijo cuando me atrapó mirándola por tercera vez—. Soy una de las encargadas del banquete que se da en la casa para la familia Dunia.

—Ya veo. ¿Irás a ese banquete? —le pregunté a mi acompañante cuando estuvimos solas viendo telas y bordados.

—Claro, soy una Dunia en todo lo demás menos en la sangre. —Vi los listones que colgaban en el puesto, la vendedora me sonreía con amabilidad—. Deberíamos comprarte un vestido para el aniversario, seguramente Gabriel te llevará a ver los fuegos artificiales al puente central. Será muy divertido.

—No es necesario. —No sabía de qué hablaba, pero esperaba no estar allí para esa celebración—. Gabriel me pidió que no lo dejara en la quiebra. —Ahora me daba risa la expresión en su rostro al pedirme prudencia.

—Correrá por mi cuenta, o la de la familia Dunia. —Entrelazó el brazo con el mío, con fuerza—. ¿Cuál es tu color favorito?

—El azul —alcancé a responder antes de que me llevara al interior de una tienda.

Perdí la cuenta de la cantidad de vestidos que Mich, ya podía llamarla así en voz alta y no solo en mi cabeza, me obligó a probarme. Izel extrañamente le seguía el juego bastante bien.

—¿Ustedes no se van a comprar un vestido? —Esperaba que se unieran a la tortura de atar incontables listones solo para tener que volver a desatarlos.

—¿Por quién nos tomas? Tenemos días preparándonos para esto. —Mich sonaba verdaderamente ofendida—. Compré mi vestido hace unas semanas y la señora Izel, presidenta del comité que organiza la celebración, mandó a hacer el suyo a la medida desde hace más de un mes.

Izel estaba apenada por eso. Recordé lo que había dicho sobre aquel hermoso vestido, ¿qué clase de boda habría tenido? Después de todo Gabriel había insinuado que su familia era vigilada por la Sociedad.

—¿Entonces este no? —pregunté dando una vuelta.

—Es que no es... —Movía las manos con frenesí, buscando las palabras.

—Recuerda que no debe llamar mucho la atención. —Izel la tomó por las muñecas—. Baja un poco tu entusiasmo.

Resoplé, si tenía que medirme uno más me desmayaría.

—De acuerdo, algo menos esponjoso... —balbuceaba paseándose por la sala, era un espacio privado de la tienda donde, a petición de Mich, llevaron todos los vestidos azules con los que contaban— ...y más moderno, los más modernos son discretos.

—Qué tal este... —Tomé el más cercano y que tenía menos volumen.

—Ve a probártelo. —Me empujó hacia el probador, que se encontraba tras una gran cortina blanca—. Y no salgas si no te queda.

Era muy bonito, me llegaba hasta los tobillos y el corsé era sutil; el escote recto me agradaba y no se veía demasiado pomposo. Salí finalmente y Mich soltó un chillido.

—No es el azul más bonito, pero te queda hermoso —me alabó con emoción.

—Se te ve muy bien. —Izel sonreía como si estuviera orgullosa de mí.

Con ambas de acuerdo incluso yo me puse feliz, suspiré del alivio.

Vi cómo pusieron el vestido en una caja y la ataron con un listón. Era Izel y no Mich quien hablaba con la dueña del lugar.

—¿Es muy caro? —le pregunté mientras esperábamos afuera.

—¿Ese? No realmente, no te preocupes. Iré a ver por qué tarda tanto. —Se sujetó la falda para subir los escalones que separaban el lugar de la calle.

Me preocupaba el costo, si era demasiado lo pagaría cuando volviera al otro mundo, podría preguntarle a Gabriel si la pareja tenía alguna cuenta y depositarlo. Después de todo, el dinero de aquí valía lo mismo que el dinero de allá.

Estaba por entrar cuando la más hermosa y exquisita de las melodías me llegó a los oídos. Ni siquiera lo pensé, me encontré caminando por una calle más estrecha e igual de concurrida hasta que llegué a la fuente del sonido. Un grupo de mariachis estaba reunido, pero solo uno de ellos, una mujer, tocaba en ese momento. Deslizaba los delgados dedos sobre las cuerdas de la guitarra; el sonido producido era hermoso y extrañamente familiar, pero no era una melodía de mi mundo, no, jamás la había escuchado. Era triste, intensa y rápida.

Muchas personas comenzaban a reunirse para escuchar a los músicos, sentí cómo era empujada, así que me aferré a la caja, mi error fue caminar hacia atrás. Me golpeé con una persona, una especie de guardia, uniformado.

—Lo siento. —Incliné la cabeza y me alejé de él.

«*Maldición*». Esperaba que no le importara.

—¡Disculpe! ¡Señorita! —Vi por sobre mi hombro cómo me seguía, así que caminé más rápido.

«*No puede ser, qué idiota*». Ni siquiera estaba segura de la dirección en la que iba, tuve miedo. ¿Qué harían conmigo si me descubrían? ¿Me llevarían a prisión? ¿A un calabozo? ¿Y si en lugar de eso solo me hacían regresar? Era tentador, pero en realidad, prefería no averiguarlo.

Alguien me tomó por el codo y estuve a punto de ponerme a pelear, pero era Victoria Taiman.

—Te dije que volvieras a tu lugar. —Me miraba furiosa.

Entonces el guardia llegó hasta nosotras, ¿era esta su forma de devolverme a mi lugar?

—Señorita... Julia —Miré asombrada al guardia, claro que nunca lo iba a reconocer con ese corte de cabello y el uniforme.

—¿Esteban? —Me sonrió. La última vez que lo vi aún parecía un niño, hoy se veía como el adulto que realmente era.

—¿Se conocen? —Me soltó en ese momento, parecía desconcertada.

—¿Quién es usted? —La forma en la que el joven la interrogó casi me hizo emitir un sonido de asombro.

—Vengo de Taiman. —Le mostró una insignia parecida a la que Teo me había dado. No logré ver el escudo.

Él la saludo con respeto, cosa que me sorprendió.

—Lamento no reconocerla, teniente.

Estaba completamente rígido.

—Descanse, soldado, estoy de paseo solamente. —La mujer le restó importancia y después posó los ojos en mí—. Ya que conoce a la civil, escóltela a donde no pueda causar problemas.

No le quitaba la vista de encima, Victoria era demasiado misteriosa, tentaba demasiado a mi curiosidad.

Mis dos acompañantes nos alcanzaron y, justo cuando pensé que volvería a comenzar la discusión por el paradero de Gabriel, ella se dio la media vuelta y desapareció entre la multitud.

—¿Qué hace aquí todavía? —Mich se indignaba de solo pensar en ella, lo veía en sus ojos.

—Tal vez es parte de los invitados de Taiman, estará aquí hasta que pase el aniversario. —Izel intentó calmarla.

—Eso va a ser un problema. —Esteban abrazó a las chicas en un saludo—. Traje el libro que me pediste.

—Muy bien, hay que intentar resolver las cosas de una en una, comenzando por Julia.

—¿Qué yo qué? —Volví del mar de pensamientos que me llevaban de Gabriel a Victoria y de regreso a él.

—Nunca he escuchado nada sobre un sello mágico. —Izel pasaba las hojas del libro, lo había puesto en una mesa bajita y los tres nos sentamos en el suelo a su alrededor.

—Yo tampoco he escuchado nada parecido. —Michelle optó por sentarse cómodamente en el sillón.

—Después de la enredosa explicación de Gabriel, creo recordar que leí algo muy parecido en este libro. —Se veía decidida, por un momento pensé que ella contenía todo el conocimiento del mundo por la forma en que se le hacía inconcebible no saber nada del asunto.

—¿Sí sabes que esto es un libro de cuentos? —Esteban se desbrochó la chaqueta del uniforme en cuanto entró en la casa.

—Claro que lo sé, hasta conozco al escritor.

—¿De verdad? —El muchacho se exaltó demasiado—. ¿Me lo presentas? —Estaba entusiasmado y con los ojos bien abiertos.

—¡Aquí esta! —Usó el dedo para seguir las líneas que leía—: *Su fortaleza era que nadie conocería jamás el verdadero poder que ocultaba, un candado encerraba su verdadero ser, esa también era su mayor debilidad, pues aquel era un escudo de doble sentido.*

—¿Eso es todo? —Casi le arranco el libro de las manos—. No es suficiente.

Era verdad, aquel era un cuento sobre un guerrero azteca, tenía ilustraciones y toda la cosa.

—Los cuentos del ave azul son muy conocidos incluso en este mundo. —Esteban me quitó el libro para admirarlo de cerca.

—¿El escritor no es de este mundo? —La decepción se apoderó de mí y me obligó a levantarme del suelo para acompañar a Mich en su lugar.

—¿Es de aquí? Sí. ¿Vive en este mundo? No. Él publica bajo un nombre falso en el otro mundo. —Era tierna su forma de ser tan fanático de alguien.

—En uno de sus cuentos, el ave azul, que es el protagonista, es maldecido por entrar en terrenos sagrado sin darse cuenta.

Izel estaba pensativa. Me di cuenta de que Mich no les seguía el ritmo en realidad. Y yo tampoco.

—¡Recuerdo ese! Tuvo que ir a un templo para que le ayudaran a romperla, pero solo pudieron hacerlo a cambio de que se convirtiera en su guardián.

—Estoy perdida... —Ambos voltearon a verme como si la respuesta fuera obvia.

—El ave azul es un guerrero de este mundo, los guerreros veneran la tierra y la naturaleza, era imposible que no supiera que ese lugar era sagrado, debía de sentirlo tan solo al acercarse. —Izel volvió a tomar el libro entre sus manos—. Eso quiere decir que, si él tenía la misma protección que tienes tú, entonces no solo lo ocultaba del mundo. *Esa también era su mayor debilidad, pues aquel era un escudo de doble sentido.* Quiere decir que también ocultaba al mundo de él.

Me deslicé del sillón al suelo junto a ellos.

—Aún asi esto solo es un cuento y no estamos seguros de que sea la misma protección, ese *candado*.

Me puse a pensar en las veces que había logrado detectar a un ser como Izel o Esteban, me tomaba mi esfuerzo, pero sí podía sentirlos. Reconocí a los jóvenes Montenar y detecté que algo era diferente en Amaris al conocerla. Aunque era verdad que esa intuición falló con Gabriel.

—El ave azul existió en realidad. —El joven era optimista.

—El escritor es el ave azul. —Aquello fue revelador hasta para mí.

—¿Qué? —Esteban me ganó la pregunta.

—Habrá que preguntarle sobre el sello.

Ella me miraba con la felicidad de alguien que resolvió el problema del año. Y yo la observé como lo que yo era: alguien que no deseaba esa respuesta, alguien que prefería quedarse con la incógnita unos diez años más.

—Quiero ir contigo. —El chico se aferraba a mi brazo con ansias. No lo recordaba tan extrovertido.

—Si es verdad, debes ser más cuidadosa, no sabemos qué tantas cosas de este mundo no son visibles para ti —me indicó con dureza.

—No lo sé, ¿qué cosas se supone que pude ver o hacer un Calpián de Herencia?

En cuanto lancé la pregunta, todos volteamos a ver a Mich.

—Ah, no, ya saben que soy mitad sacerdotisa, mis habilidades no son tal cual las de un Calpián de Herencia, solo me llaman así porque no hay nombre para lo que soy. —Se cruzó de brazos con algo de indignación.

—Lo olvidé, lo siento. —Izel volvió la vista al muchacho entre ambas—. No debe de ser muy diferente a lo que hace un Calpián, tú ayúdale.

Y él pareció feliz de ser requerido.

—Ah, muy bien. —Se arremangó y frotó las palmas de las manos, luego se giró hacia mí—. ¿Tú puedes ver que soy un Calpián?

Rodé los ojos y resoplé.

—Sí, lo sé desde que te conozco. —Casi le doy un codazo.

—Eso es porque así me presentaron, ¿qué ves en mí?

Me acomodé en mi lugar y lo miré fijamente, entrecerrando los ojos y escaneándolo por completo. Bueno, en realidad no tenía ni idea de lo que buscaba.

—Mmm, sí... eres bastante guapo.

Las chicas se soltaron a reír y él se puso rojo.

—Deja que lo intente yo. —Mich se deslizó hasta quedar sentada junto a mí—. Tu aura es intensa, sus colores... —levantó una mano y comenzó a mover los dedos como si pudiera tocar el aire— son brillantes, sé que eres un Calpián porque...—Por primera vez vi en ella esa mirada perdida que Amaris tenía todo el tiempo, como si estuviera en un trance—. La forma en la que tu esencia existe a tu alrededor, como si te protegiera, le dice a mi instinto que tenga cuidado contigo. —Bajó la mano y pareció volver a la realidad—. ¿Qué tal lo hice?

—Bastante bien, aunque no sé si nos sirva, así es como yo veo a los Calpián, es lo que nuestra naturaleza nos dice sobre ellos. No sé cómo se vean entre ellos. —Su amiga no parecía satisfecha.

—Nos vemos como... ¿familia? Al sentir la esencia de otro Calpián yo siento que es compatible con la mía, como si nos atrajéramos, porque somos iguales. —Comenzó a analizarme, no de la forma en que había hecho con él, definitivamente Esteban veía algo en mi—. Tú pasas desapercibida, como un humano, sus esencias rara vez nos atraen. No siento que te conozca o que pueda confiar en ti, ni lo contrario, como ellas. No hay nada.

—Tampoco siento nada de eso por ti, de hecho, no veo nada, ni colores, ni intensidad, nada. —Era frustrante.

Sonaba peligroso. Por lo que habían dicho Michelle e Izel era como un mecanismo de defensa el saber que las criaturas a su alrededor no eran compatibles con su esencia. Si yo no podía detectar eso, no debería estar en un mundo que requería de tal habilidad.

—Debes ir a ver al escritor, yo te acompaño. —El joven me sonrió con amplitud.

Izel negó con la cabeza y le metió un pellizco. Él chilló por lo bajo.

—Tú no puedes ir, hoy es tu primer día de servicio, tienes que hacer al menos tres meses antes de abandonar tu puesto.

—¡Mi puesto! —Se puso de pie y buscó su gorra—. Me tengo que ir, tenía que vigilar el mercado. Las veo otro día.

Salió corriendo y la puerta se azotó.

CAPÍTULO 24: MAPA ESTELAR

Michelle se quedó con el libro gran parte del día. Al mirar los dibujos nació en ella la necesidad de leerlo por completo: las más de seiscientas páginas de cuentos y cuentos sobre el mismo guerrero. No dejaba de decir lo increíble que era que alguien de este mundo fuera al otro a hacerse rico con sus propias vivencias. Parecía dispuesta a intentarlo algún día.

Me hubiera gustado que se llevara el libro cuando se fue a trabajar a la carpintería, me desagradaba verlo sobre la mesa, llamándome. Me prometí que no investigaría más al respecto hasta que Gabriel volviera, tenía asuntos más importantes que resolver que el estúpido candado mágico. Lo peor era pensar en la persona que había decidido ponerme semejante cosa peligrosa.

—Tengo que ir a la casa Dunia, no quisiera dejarte sola, por si Victoria se aparece por aquí. —Izel metía y sacaba cosas de un bolso grande, como si temiera olvidar algo—. Puedes venir conmigo y quedarte en el mercado con Esteban. Apuesto a que le servirás de ayuda para vigilar, es malísimo, como te diste cuenta.

—Tal vez me contraten como guardia y haga que lo despidan. —Me estaba terminando una manzana.

—No hay mucho que cuidar estos días, nadie se atrevería a hacer algo estúpido con tanta gente importante en la ciudad, no solo hay guardias de Dunia, también los hay de otras ciudades.

Eso era porque ella no me conocía. O quizá lo hacía y por eso me dejaba en manos de Esteban.

—De acuerdo. Me servirá para despejar la mente. —Decidí llevar el cuaderno. Si me aburría, me sentaría en alguna banqueta a escribir lo que fuera.

Las calles ya estaban completamente decoradas con banderines y cintas colgando de un lado a otro; era como navidad, todo muy colorido y alegre. A Valeria le encantaría esto, ella amaba la navidad, los regalos y las luces.

Seguramente había pasado su navidad en un hospital, esperaba que su accidente no hubiese sido demasiado grave, que aun con un yeso en un brazo pudiera usar el otro para abrir algún regalo. Tal vez solo se había caído y tenía las rodillas raspadas, incluso existía la posibilidad de que no necesitara estar hospitalizada por mucho tiempo, solo en observación durante un día o dos. Seguramente ella estaba bien, ambas lo estaban, justo como Mariel me lo había prometido en su carta.

—Ahí está Esteban. —En una posición firme, observando todo con los ojos muy abiertos como si supiera que algo se le podía escapar en cualquier momento. Abandonó su pose rígida al vernos—. Puedes seguirlo todo el día y te veré aquí mismo. —Sacó una pequeña bolsita de tela—. Toma algo de dinero, por si quieres comprar comida o cualquier cosa. —La extendió hacia mí.

—No es necesario. No puedo aceptarlo.

—Te vas a morir de hambre. —Me tomó la muñeca y me obligó a sostener la bolsa—. Que no te estafen, aquí las cosas son más baratas, con esto deberías de poder comer algo más tarde. —Levantó la cabeza para ver al joven que me esperaba del otro lado de la calle—. Cuídala mucho —le gritó antes de irse.

Las primeras dos horas me entretuve con dos simples actividades: la primera era observar a las personas que caminaban o iban a caballo o en carruaje, me di cuenta de que vivían tranquilos, hacían sus cosas y parecían felices con todo el asunto del festejo. La segunda era molestar a Esteban, se tomaba demasiado enserio su trabajo, ahí parado con una seriedad imposible en alguien tan joven. Estaba tan tentada a picarle las costillas; me paraba a su lado, imitándolo, luego observándolo.

—¿De verdad tenemos que estar aquí todo el día? Podría ir a ver y regresar. —Señalé los puestos en vano ya que él no se molestó en seguir mi mano.

—No puedes alejarte, ¿y si alguien sospecha de ti? —Lo escuché con claridad y ni siquiera vi que moviera los labios.

— Lo sé, pero... ¿de verdad no te aburres?

Me crucé de brazos, dos horas parecieron dos días al verlo haciendo nada. Esperaba que al menos interrogara a un par de personas o viéramos a algún ladroncillo entre la multitud. Todo era demasiado tranquilo para ser real. Resopló, fuerte, realmente fuerte y exagerado, y dejó caer los hombros hacia adelante. Había estado erguido demasiado tiempo, sentí que no respiró hasta ese momento.

—¿Quieres ver algo interesante? —Su rostro tenía una expresión traviesa que me dio la victoria.

—Te suplico ver algo interesante. —Junte ambas manos, rogándole que nos fuéramos de ahí.

Caminar a su lado no fue como creí que sería, nadie nos prestaba atención, ni siquiera otros guardias. Solo se saludaban con una inclinación de cabeza y seguían con lo suyo.

—Ese es el hotel más grande de Dunia. —Apuntó a un edificio con unos ventanales impresionantemente largos, no era capaz de diferenciar cuántos pisos tenía—. Seguramente los visitantes se están hospedando en ese lugar, así que te convendría mantenerte alejada.

—Anotado. —Comencé una lista mental: número uno, hermoso hotel que parecía hecho de cristal, malo.

—Si ves a hombres con estrellas en los uniformes, son importantes, también aléjate de ellos. —Parecía pensar en más cosas para mi lista.

—Estrellas malas, lo entiendo...

—Y esa es la casa Dunia.

Casa le quedaba chico, parecía una escuela, con varios edificios y la amplia entrada.

—¿Qué haces? No puedo entrar allí.

Entré en pánico al verlo acercarse al lugar.

—No pasa nada si vienes conmigo, solo quédate junto a mí.

Los guardias en la entrada nos observaron con inquietud.

—Buenas tardes. Por favor muestre su placa y diga el motivo de su visita.

El guardia de tez morena le hablaba a él, pero me miraba a mí. Esteban sacó la placa de entre su chaqueta y se la mostró orgulloso.

—Me pidieron traer a alguien más para la limpieza, la familia la recomienda y he decidido acompañarla a la entrevista. —De verdad me impresionaba cuando actuaba como soldado.

—Registre la entrada, por favor.

Otro soldado le dio un enorme cuaderno. Él escribió los nombres. Pensé en intentar hacerle una señal para que no escribiera mi nombre real, pero los guardias no me quitaban la vista de encima. Admito que disfrutaba la adrenalina de colarme en lugares en los que no debía estar.

—Aquí tiene.

Seguí la forma en que el cuaderno pasó de la mano de Esteban a la del guardia, también la forma en la que revisó los nombres.

—Bienvenidos.

Las rejas se abrieron de par en par para nosotros y el joven me concedió el paso. No dudé en avanzar primero y alejarme.

Un gran edificio se elevó delante de nosotros, acompañado por dos pilares que parecían custodiarlo, eran tres pirámides. Dos estaban a los costados y ambas se conectaban a la pirámide en el centro por medio de una especie de puente. En medio del lugar había una gran jardinera en forma de triangulo, que contenía una fuente vibrante de energía, cuya agua brillaba bajo los rayos del sol. Varias figuras de piedra decoraban las entradas de los tres edificios, la gente los limpiaba con cuidado y paciencia. Yo pensaba que sería un caos preparar una fiesta como esa, pero todos ellos parecían saber lo que hacían.

—Contando la entrada forman un rombo. —Me sobresalté cuando habló cerca de mi hombro—. Dentro de dos noches habrá una cena en el ala principal, por eso todos están aquí, así que no habrá problemas si entramos a la sección del este.

—¿Pusiste mi nombre? —Lo sujeté de la manga del uniforme antes de que se me escapara.

—No soy tan idiota, señorita Michelle.

No me gustó esa sonrisa de sabelotodo. Chisté y continuamos caminando hacia la sección del este.

—Así que todos los Dunia estarán en esa cena. —Sonaba más como un evento político que de celebración.

—Yo no estaré, todos están invitados, pero no obligados, a menos que quieras besar botas toda la noche. —Puso cara de desagrado, como si literalmente fuera a hacerlo.

—¿Y qué harás esa noche? —Se ruborizó y desvió la vista a los árboles que rodeaban el jardín—. ¿Qué? —Jugar con él era divertido.

—Invitaré a una chica a ver los fuegos artificiales en el puente central. Ya, lo dije.

No era un pecado estar enamorado, pero hablaba como si lo fuera. Estaba por bromear con eso cuando recordé que ya lo había escuchado.

—¿Significa algo especial ir a ese lugar ese día? —Mich había asumido que Gabriel me llevaría, pero él ni siquiera lo mencionó antes de irse.

No me miró. No insistí, ya que un par de personas pasaron a nuestro lado. No nos prestaron atención, ni cuando traspasamos la entrada del primer edificio. Así no era cómo imaginaba el interior de una pirámide. El lugar estaba lleno de decoraciones y demás cosas, como si fuera habitado. Vi el inicio de las escaleras, así que instintivamente levanté la vista. Eran al menos cinco pisos.

—Vamos al último piso. —Se adelantó y tuve que seguirlo, sujetándome la falda para no pisarla.

—¡Tiene que ser una broma! —exclamé y bajé la voz al instante, el lugar era grande, seguramente había más personas en él—. Al menos cuéntame sobre el puente —insistí sobre su hombro, alcanzándolo en los escalones.

—Es una fecha especial para las parejas... —De verdad le daba pena contármelo—. Hay una leyenda que dice que, si pasas la última noche del año con tu pareja en ese puente, sus almas serán una para siempre.

Pude reírme de aquellas palabras, demasiado serias en su boca, pero él de verdad creía en ellas y pensar que Gabriel hiciera lo mismo era ridículo. Incluso más ridículo que el pensamiento de que quisiera compartir un momento tan especial conmigo.

—¿De dónde viene esa leyenda? —Quise evitar quedarnos en silencio.

—Realmente no lo sé, es algo popular aquí, muchas parejas esperan la fecha para proponerse matrimonio y esas cosas. —Llegamos al cuarto piso y yo ya no podía más.

—¿Piensas proponerle matrimonio a alguien? —Era una locura, el chico apenas tenía veinte años.

—¡Claro que no! —Me vio a la cara con algo de pavor—. Solo quiero pedirle que sea mi novia, es todo. —Siguió subiendo con tranquilidad.

No parecía enojado, pero quería asegurarme.

—¿Crees que me dejen ir a verlos? Los fuegos artificiales. —No es que tuviera ganas, pero sería bonito.

—¡Por supuesto! Puedo llevarte si Gabriel no ha vuelto, pero no puedes quedarte conmigo.

Solté una carcajada, por el comentario y por la forma en que insinuó que no debíamos pasar por eso juntos.

—Claro que te dejaré con tu novia, yo podría sentarme sola a verlos. —No era mala idea. Si Gabriel no volvía, yo prefería estar en ese lugar que esperándolo en casa de sus amigos.

—Tal vez él vuelva a tiempo y puedan estar juntos. —Dio fin a la conversación al abrir la puerta y dejarme ingresar primero.

En el lugar entraba una enorme cantidad de luz solar desde los orificios en las paredes hasta rebotar sobre las superficies lisas para luego concentrarse en el techo; era como si las estrellas estuvieran contenidas en él. Di unos pasos, con la vista elevada. Era realmente asombroso.

—¿Qué es eso? —Levanté ambas manos, como si pudiera alcanzarlo y tocarlo, sonriendo de lo maravillada que estaba.

—Es un mapa estelar.

—¿Esas... esas son estrellas? —Podía ver las constelaciones que se formaban. Mientras más fijaba la vista, la sensación de que venían a mí crecía. Era porque realmente estaban en movimiento.

Bajé las manos con lentitud, centrando la vista en el pequeño estanque en medio de la habitación. No contenía agua, parecía arena, blanca y brillante como las estrellas en el techo.

—¿Qué hace esto aquí? —Me asomé por el borde de piedra, pasando las yemas de los dedos por los detalles pero sin tocar nada realmente, temiendo que se derrumbara. Reconocí los símbolos grabados y retiré la mano de inmediato.

—Esta es la cosa interesante que te quería mostrar. —Se puso frente a mí, al otro lado del estanque de arena.

—Me parece más interesante el mapa estelar. —Apunté al techo.

—Eso es porque aún no has visto esto... —Con mucho cuidado, se agacho para poner ambas manos sobre el borde.

Las arenas comenzaron a moverse y a mezclarse y en el centro solo brilló una estrella. Me incliné un poco más al notar las figuras que se creaban con cada movimiento, hasta que un mapa apareció por completo. Parpadeé un par de veces, convencida de que aquello era un espejismo, tan real que parecía tener dimensión.

—¿Cómo hiciste eso? —Levanté la cabeza para verlo y la bajé de nuevo, incapaz de creer que fuera real, aun sabiendo que lo era ya que estaba frente a mis ojos.

—Este mapa te muestra el lugar que quieras usando tu esencia.

—No conozco este mapa.

—Es Tlamatitlán, esas son las Ciudades Frontera. —Señaló los puntos brillantes que se posaban en medio de las delimitaciones de los territorios—. Esta es Dunia, por eso brilla más, es donde estamos. En medio de las minas y Luarca.

—Parece un tres... —Incluso se marcaba el valle y el rio.

—Gabriel dice que es como un caballito de mar. Esta es la cabeza y esa su cola. —Apuntó con el dedo.

Me reí al notar que, en efecto, el lugar parecía un caballo de mar. Esteban rio conmigo.

—Es fascinante... Ese lugar en el centro... —Llamó mi atención por alguna razón.

—Es Xitzin, la capital, allí viven la mayoría de las familias Calpián, es un lugar increíble. —Se mostraba emocionado.

—Todo aquí es increíble. —Cada vez me mostraban algo nuevo... necesitaría una vida entera para entender o conocer ese lugar—. ¿Dónde se encuentra el Bosque Nublar?

—En este territorio, entre las Minas de Cristales y el Prado azul.

Era imposible que las Minas estuvieran justo entre los territorios del Bosque Nublar y Dunia.

—¿Cruzamos por las Minas para llegar aquí? —Me alejé un poco, intentando recordar esa travesía.

—No en realidad. Mas bien diría que las rodearon. —Me sobresalté cuando respondió la pregunta que pensé que había hecho en mi cabeza—. La hacienda queda justo aquí y los guerreros del bosque no pisan territorio de la Sociedad, ustedes hicieron este recorrido, del bosque... —me guio con el dedo índice— hasta la trinchera al oeste, después al norte hasta la hacienda. De allí Dunia ya no queda lejos.

Estuve aliviada de reconocer la ruta que había atravesado con Gabriel. Ahora él debía estar en una nueva travesía haciendo solo el cielo sabía qué, cosas importantes, lejos de aquí.

—En Tlamitlan.... —Era extraño mencionarlo—. ¿Solo existen estas ciudades?

—Tlamatitlán —me corrigió divertido—, es como llamamos al continente, incluyendo estas islas, el mapa solo muestra los lugares en los que están los portales.

—Así que el mapa mágico solo muestra los portales entre mundos. Si Gabriel había salido del continente, no volvería pronto.

—Exacto. —Levantó la cabeza—. Deberíamos irnos, ya es hora de comer algo.

Intenté ver lo que él veía en el mapa estelar.

—¿Con eso puedes saber la hora? —No entendía cómo, solo eran garabatos en arena.

—No, solo ya tengo hambre —soltó en una sonrisa.

Puse los ojos en blanco, ese chico me agradaba.

Al salir, escuchamos voces que provenían de otros pisos, cosa a la que no le tomó importancia. Deseaba saber la razón por la cual estaba tan confiado al meterme en esos lugares. El sol aún no comenzaba a esconderse, pintando las nubes de colores cálidos, el aire era fresco, se respiraba naturaleza y fertilizante. A un costado del edificio principal había gente podando los arbustos y alzando las banderas con lentitud. Realmente todo el alboroto se encontraba en ese lugar.

—¿Qué hay en el otro edificio? —Aunque se parecía al lugar del que acabábamos de salir, la vigilancia era más estricta, sobre todo en la terraza.

Esteban se acercó hasta rozarme el hombro.

—Debajo está la rasgadura —susurró—. Ya sabes, el portal. —Se alejó de mí para guiarme a la salida, no sin antes ver una vez más el misterioso lugar antes de seguirlo.

—¿Tú lo has visto? —Lo alcancé en tres pasos.

—Claro que sí, así fue como volvimos. —Se acomodó la chaqueta.

—¿Es difícil?

—Tienen que extenderte una orden para usarlo, solo los miembros de mayor rango en la familia Dunia pueden hacerlo, los de las estrellas. —Dibujó una estrella sobre su pecho al verme.

—¿Qué? No, me refiero a atravesarlo. Nosotros nos metimos a un lago y...

—¡Ah! En el bosque. No, ese es un caso extraño, cruzar aquí no es tan complicado. Ahora pon cara de decepción. —Hizo una señal para que nos abrieran las puertas—. Lo lamento de verdad, no sabía que requerían de alguien que supiera escribir. Prometo que encontraremos otro lugar para ti.

Agaché la cabeza e hice una mueca, esperando que la actuación fuera suficiente.

—Que tengan buen día. — El guardia en la entrada no era el mismo que nos había recibido.

—Gracias, igualmente. —Escuchamos el cerrar de las puertas—. ¿Qué se te antoja? —Me ofreció su brazo.

—Algo impresionante —dije y lo tomé, contenta por cada cosa que me había mostrado.

Al parecer su turno oficialmente terminaba. Lo acompañé a dar su reporte del día, desde una distancia segura. Él ingresó al que era el cuartel y yo me quedé en un puesto seguro.

—Estas solo valen diez monedas, son para la buena suerte.

Una chica me mostró unos amuletos con entusiasmo. Eran hermosas piezas de cristal tornasol que contenían pequeñas flores en su interior.

—¿Dan buena suerte? —le pregunté tomando uno entre las manos.

—Son flores que se cristalizaron dentro de estas piedras debido a una explosión de magia, por eso nunca se marchitan, tuvieron suerte de sobrevivir.

—¿Explosión de magia?

—Ya sabe, por los experimentos que se hacen en la capital. —No sabía, pero debía fingir que sí.

—Ya veo. Si ayudan a sobrevivir quiero una.

Saqué las monedas, no eran como las del otro lado. Eran un poco más grandes, en el centro marcaban el valor y tenían huecos alrededor de este, con los cuales se formaban pétalos. Eran flores de metal mas que monedas.

«*¿Este pequeño amuleto me ayudará a sobrevivir?*». Quería creer que sí. Lo guardé junto a mi cuaderno, esperando no olvidarlo en algún lado.

Esteban me llevó a un restaurante bastante bonito y colorido, pidió por mí prometiendo que me sorprendería.

—¿Qué experimentos se hacen en la capital?

Lo vi atragantarse con el agua que bebía, tosió tanto que la voz le quedó un poco ronca.

—¿Dónde escuchaste eso? —Me sorprendía que aquello le angustiara más que mis preguntas sobre el portal.

—De una vendedora, solo es curiosidad, no tienes que contarme si no debes. —Jugué con el mantel de la mesa.

—Hablando de cosas de no se deben hacer, no les digas que te mostré el mapa estelar. —Desvió la mirada.

—¿No debías mostrarme? Lo sabía. —Lo apunté con el dedo—. Pudimos estar en problemas.

Movió mi mano para que dejara de señalarlo.

—No es que esté prohibido verlo, pero si Izel o Teodoro se enteran de que te metí en la casa me van a sermonear otra vez. —Estaba cansado.

—¿Otra vez? —Puse los codos sobre la mesa, dispuesta a escuchar su historia.

—Teo es un gran hermano y todo eso, demasiado bueno. Me sermonea cada tres pasos. Exige mucho de mí. Ser un Dunia, heredar el nombre y la responsabilidad, es agotador. —Sentí lastima por él, gente que no encajaba en este mundo... una vez Mariel y yo habíamos sido así, personas atrapadas con nuestros salvadores—. Agradezco que me sacaran del lugar en el que vivía, al menos ya no me golpean.

—Parece que ellos te aprecian, eres muy joven para tener una deuda tan grande. Te recomiendo saldarla antes de que crezca más. —Tomé mi vaso con fuerza.

Fue lo que habíamos hecho, pero saldar esa deuda nos llevó a esa situación: yo atrapada en un mundo extraño y ella, esperaba que ella se sintiera más libre que yo. Todo lo que habíamos hecho fue para eso. Si aún nos sentíamos prisioneras entonces nada había valido la pena.

Izel fue por mi para volver a su casa, caminamos con un extraño silencio entre ambas. Ella estaba ansiosa, dudaba haberla visto actuar de esa forma antes, algo en su interior estaba a punto de estallar, pero no quería entrometerme ya que no me miraba, mantenía la vista al frente, al portón abierto. Fue cuando no pudo más y comenzó a correr el último tramo que nos quedaba para entrar en la casa.

Me costó alcanzarla, preocupada de que algo malo le estuviera pasando, aunque no era lo que esperaba. La vi refugiarse en los brazos de Teo, él la alzaba sobre el suelo y escondía su rostro en ella. Era como si la pareja hubiera estado separada durante un año. No me quedé a incomodar, así que los pasé de largo e ingresé en la casa. Esperaba encontrar a Gabriel en el interior, no me mentiría a mí misma, una fuerte decepción me golpeo en el pecho al no encontrarlo.

—Volverá después, tuvo un inconveniente. —Michelle me miraba expectante—. Estoy segura de que estará aquí pronto, Teo tenía que hacer sus deberes, así que volvió antes.

—Yo no pregunté nada. —Sentí caliente el rostro.

—Creí que querrías saber, ya que lo estas esperando para volver. —Aseguró, sentándose con cuidado.

—Sí, tienes razón. Gracias. —Le sonreí antes de ir a la habitación.

No tenía preparada ninguna mentira en caso de que preguntara por mi paseo por la ciudad. Esteban me había hecho prometer que no le contaría a nadie sobre conocer el mapa estelar, ni el mapa de arena. Aunque sí moría de ganas por contarle a Mariel todas las cosas asombrosas que estaba conociendo. Me sentí triste por no poder enviarle una carta.

Estaba exhausta, así que escribí lo último que recordé sobre ese día entre bostezos. Claro que no escribiría sobre mi paseo con Esteban, en caso de que a alguien se le ocurriera leer aquel cuaderno.

Todos mis pensamientos me llevaban a Victoria Taiman, esa dura mujer que me miraba como si mi presencia fuera un problema para ella. Encerré su nombre entre varios círculos, era incorrecto siquiera tener una opinión o una hipótesis; un sinfín de ideas me cruzaban por la cabeza, me estrujaban los sesos y me hacían pensar una y otra vez en la razón por la cual la mujer quería a Gabriel fuera de la ciudad con tanta fuerza. Ella había dicho que era un hombre peligroso y que debía volver a mi lugar. ¿Cuál era mi lugar? Si sospechaba que yo estaba aquí de forma ilegal o algo parecido podría usarlo contra Gabriel. Aunque presentía la razón por la que no lo había hecho.

CAPÍTULO 25: JULIETA TAIMAN

Estaba al pie del acantilado, el aire me empujaba con fuerza hacia la orilla. Sería tan fácil caer por el borde. Ya no era suficiente luchar contra la corriente, eso ya no me salvaría.

Miré por sobre el hombro. No existía emoción alguna en la mirada de Gabriel, ni miedo, ni enojo, solo lágrimas, brillantes líneas de agua que descendían por su rostro como el agua del río debajo de mí. Aunque yo no lloraba, sí tenía miedo; no por mí, temía por él, por su destino sin mí.

«*No llores*».

Deseaba detener su llanto con desesperación, solo que las palabras no me salían de la boca y mis pies no eran capaces de llevarme hasta él.

Volví la vista al abismo frente a mí, sujetando mi vestido con fuerza, aferrándome a la tela como si me aferrara a la vida. Era consciente de que no existía salvación para mí, solo la muerte.

Sentí el golpe y arqueé la espalda ante el impacto, comencé a caer.

Me desperté de golpe, asustada ante la sensación de caer en picada en un pozo sin fondo. Tenía el rostro húmedo, me toqué las mejillas con las yemas de los dedos, eran lágrimas. Rara vez lloraba con esta clase de pesadillas y rara vez las recordaba con tanta claridad. Me levanté con rapidez, estaba medio enredada entre las sábanas así que las llevé conmigo.

Llegué entre tropiezos hasta el escritorio y encendí la linterna, quería escribir el sueño antes de olvidarlo. Gabriel había estado en este sueño y me empujaba por... no tenía sentido, ni significado, pero aun podía sentir el miedo y su mirada, penetrante, perforándome mientras se preparaba para acabar conmigo.

Me quedé sentada en ese lugar toda la noche, con pluma en mano y un pie sobre la silla. En algún momento me recargué sobre la rodilla y comencé a dormitar, aunque en cuanto sentía que la gravedad se llevaba mi cabeza intentaba volver a despertarme.

Cuando un gallo comenzó a cantar y los rayos de luz se filtraron por la ventana me di cuenta de que me había quedado dormida de nuevo, en la más incomoda de las posiciones. Me estiré para relajar la presión sobre mi espalda, cansada y con ganas de volver a la cama.

No lo hice, salí para encontrarme la casa llena de voces. Todos estaban ahí, desayunando. La escena me recordó a cuando los había conocido, solo faltaban Kaede y Gabriel. Su dinámica estaba muy marcada, a Teo le gustaba cocinar, Izel le ayudaba, mientras que Esteban y Mich charlaban en la mesa.

—¡Julia! —Mich levantó la mano en un saludo—. Te ves horrible. —Se levantó y caminó hasta mí—. ¿No dormiste bien?

Estaba preocupada y me miraba fijamente.

—Tuve insomnio —mentí y la acompañé a la mesa.

—Ven a desayunar, Teo hizo pan. —Izel puso un plato frente a mí.

Le sonreí, igual a Esteban, quien estaba muy serio. Comencé a notar la relación entre Teo y la actitud del muchacho.

Esta vez no me sentí como la primera vez que había comido con ellos. Estaba incomoda, no solo por la actitud del mayor conmigo, también por las nuevas cosas que notaba en ellos.

—¿Te gustaría acompañarme al taller? Ayer lo estuve pensando y podrías trabajar conmigo, tal vez mi jefe decida contratarte. —Michelle pasó su mirada de mí a Teodoro.

Intuí que él era su jefe, también que no tenía intenciones de contratarme. Me lo confirmó al no molestarse en mirarme cuando volteé a verlo.

—Un día de prueba. —Fue lo único que dijo.

Mich chilló de felicidad al mismo tiempo que fingía aplaudir.

—Será increíble, te enseñaré todo lo que tengas que saber, tal vez te quedes...

—No se quedará. —Me sorprendía la habilidad de Teo para hablar sobre mí sin hacer contacto visual.

—Es verdad, tengo que volver pronto, pero hoy daré mi mejor esfuerzo.

Me arrepentí inmediatamente de aceptar esa oferta. La razón por la que no quería quedarme en casa o acompañar a Esteban nuevamente era que quería evitar a Teo, pero ese día el hombre se la pasó en el taller, inspeccionándome.

—Esto se llama mancha, la usamos para proteger la madera y le da un bonito color café. Puedes comenzar con esa de allá, lo principal es dar las pinceladas en una sola dirección y por capas, primero una y después otra, unas tres o cuatro serán suficientes. —Tenía una instructora amable, eso lo admitía.

A diferencia del jefe, que me ponía los nervios de punta cada vez que lo sentía detrás de mí.

—¿Tienes algo que decir sobre mi trabajo? —La quinta vez no pude evitarlo, estaba sentada frente a una amplia mesa, hecha con hermosos detalles. Yo pasaba la amplia brocha con delicadeza ya que no deseaba arruinarla.

—Solo veo que lo hagas bien, Gabriel pasó meses perfeccionando esta mesa. —Se aclaró la garganta.

Retiré la brocha en cuanto escuché su nombre. Miré a mi alrededor, estábamos apartados de las otras personas que iban y venían en el taller. La mayor parte del trabajo parecía estar en el almacén, donde cortaban y pulían la madera.

—¿Lo hiciste a propósito? —Lo miré desafiante, estaba segura de que arrugaba la frente. No deseaba generar más hostilidad entre nosotros, solo que no podía evitar mirarlo de ese modo.

—Sí. —Abrí la boca, asombrada de que lo admitiera—. ¿La arruinarás, así como arruinaste su vida? Quiero ver cómo lo haces.

—No lo haría a propósito. —Me levanté para enfrentarlo, claro que el hombre seguía siendo más alto que yo—. No quise arruinar su vida, él lo sabe.

—Él no puede evitar caer en tu trampa. —Caminó dos pasos hacia mí y yo retrocedí el mismo espacio que él avanzó—. Yo, por otro lado, puedo ver lo que haces.

—¿Y qué es lo que hago? ¿Me culpas por intentar sobrevivir? ¿Puedes juzgarme como si nunca hubieras visto a alguien igual de desesperado? —Me sentía con la información suficiente como para enfrentarlo—. Su grupo en particular... parece que todos pasaron por algo igual o peor. Incluso creo que Gabriel tuvo que hacer sacrificios iguales alguna vez.

—No te atrevas a señalar a mi familia, menos a Gabriel. —Me señaló con el dedo y supe que estaba entrando en terreno peligroso; lo detectaba en su mirada, en cómo mis instintos comenzaban a decirme que el hombre frente a mí no era un aliado—. Él no es como tú, no te atrevas a compararlo contigo...

—Así como tú tienes este odio por mí, alguien lo tiene por él. —Mi paciencia había llegado a su límite, estaba harta de ser señalada por él como si estuviera acostumbrado a ser el héroe de la historia y a rodearse solo por historias de héroes—. Dices que no es como yo, pero parece que también ha lastimado a otras personas. Puede que en distintas circunstancias, puede que en las mismas.

Vi la chispa incendiarse en sus ojos, un naranja intenso que atravesó su mirada.

—¿De qué diablos estás hablando? —Temía que se abalanzara sobre mí en cualquier momento y que la brocha en mi mano no fuera un arma lo suficientemente fuerte para detenerlo.

—Conocí a Victoria Taiman. —La rabia en sus ojos fue remplazada por algo inexplicable y parecido al pánico—. Cuando la vi en tu casa me advirtió explícitamente sobre lo peligroso que es Gabriel. Y cuando la vi en el mercado parecía temer que siguiera junto a él.

—¿Te encontraste a Victoria en el mercado? —Pareció ignorar todo lo demás. —Esa mujer miente, habla desde su dolor, culpa a mi amigo por algo que pasó hace casi quince años.

—¿Y tú no hablas desde tu dolor? —Lo tenía, no había manera de que continuara después de esto.

—La vida de mi amigo no ha sido sencilla. Y tú no estás ayudando. —Remarcaba cada palabra con un tono de voz acusador.

—No estoy haciendo nada, no lo estoy obligando a hacer nada. Fue su decisión, al final pudo dejarme atrás si eso quería. —Yo había estado convencida de que no lo haría, por eso le di la idea, estaba demasiado segura. Después de haberme recatado y curado mi herida, sabía que no me abandonaría.

—Él no iba a dejarte atrás, no cuando le sigues recordando a ella.
—Tensaba la mandíbula.

Esa última acusación me puso a temblar. Existía una chica, alguien tan importante para él que verla en mí lo hacía ser el héroe de mi historia.

—¿A quién? —No quería preguntar y no pude detenerme.

—A la razón por la que los Taiman lo odian. La joven a la que Gabriel ha buscado sin descanso, sin saber si sigue viva o no.

Me quedé helada. Ya había olvidado que Gabriel buscaba a alguien a quien había lastimado hacía años. Alguien sobre quien le mintieron toda su vida, la joven a la que creyó muerta cuando todos los demás decían que seguía viva, la persona que lo puso en mi camino, quien era la relación entre él y el asesino al que yo buscaba.

—Me habló sobre eso —dije algo perdida entre mis pensamientos—. Dijo que su familia no lo quiere en la Sociedad, que por eso a los Mirantes les estaban haciendo difícil el regreso.

—Así que te contó eso... Parece que te tiene más confianza de la que pensé. —Levanté la vista hasta él—. Se ha culpado demasiado tiempo, piensa que lo que los Taiman le hacen está justificado, pero también lo lastimaron. —Teo parecía guardarles rencor, uno más profundo del que podía tener por mí.

—Dijo que por eso tenía esa aversión a la sangre. —Fobia ante la cual lo había expuesto en varias ocasiones.

—Ellos son los creadores de todos sus miedos. —Debió ver la confusión en mi rostro, no parecía querer seguir explicando, pero lo hizo—. Esa noche Victoria Taiman lo abandonó en el bosque, cubierto de sangre y muerto de miedo por lo que le había sucedido a su amiga. Estuvo perdido durante toda la noche, su temor a la sangre no es nada comparado con su pavor a la oscuridad de una noche solitaria en el bosque. —No era que quisiera contármelo, quería que yo fuera consiente de lo roto que su amigo estaba ya sin mi ayuda.

Y funcionó, pobre Gabriel. Por eso se había quedado atrás en el Bosque Nublar, por eso no pudo avanzar y buscarme, su miedo se había hecho realidad en todos los sentidos. No quería ni imaginarme la clase de recuerdos que estar perdido en ese lugar evocó en él.

Me cubrí la boca con una mano, era demasiado. Para un muchacho de quince años debió ser demasiado y que ahora el buen hombre en el que, pese a todo, se había convertido tuviera que ser acosado por esa familia era injusto.

—Gabriel... —Su nombre fue todo lo que pude decir. Si lo que mi familia me había hecho alguna vez me pareció doloroso, lo que la gente en la Sociedad le había hecho a él me parecía un infierno mucho peor.

Yo le debía tanto, él seguía dando tanto, por mí, por Mariel, por los Taiman, me sentí culpable, asquerosamente culpable y como una mierda.

—Ahora lo entiendes, tal vez sí le hizo daño a alguien, pero lo ha pagado, lo único que lo mantiene vivo es buscarla, y yo lo apoyo, prefiero verlo enojado, buscando por debajo de las rocas, que deprimido y lleno de miedos encerrado en quien sabe qué lugar. —No pude evitar llevarme la otra mano al pecho, justo donde el collar de rubí se encontraba por debajo de mi blusa—. Solo te pido que dejes de hacerle daño, él ya no puede alejarse de ti... —Algo más allá de mí llamó su atención, la distracción fue breve, volvió la mirada a mí con firmeza—. Incluso es divertido, Julia, Julieta, te rescata cada vez que puede, creo que es la forma en la que compensa que no pudo salvarla a ella.

Me lo echó en cara, porque podría parecer que yo había estado aprovechándome de eso todo este tiempo.

—¿Julieta? —Mis manos cayeron a mis costados en cuanto escuché ese nombre.

—Julieta Taiman, la hermana menor de Victoria, ese era su nombre. —Comencé a hiperventilarme, tuve que darle la espalda para que no se diera cuenta—. Ya no voy a decirles qué hacer respecto al otro. Se que si tienes algo de conciencia volverás a tu casa y no te meterás más en su vida. —Me sobresalté un poco cuando sentí su mano sobre mi hombro—. Esa sería la mejor forma de agradecerle todo lo que ha hecho por ti. Déjalo continuar su búsqueda... nadie te va a culpar por dejar la mesa a medio pintar.

Mire la mesa en la que él había pasado meses trabajando. Dejarla así antes de arruinarla era lo mejor, apenas había puesto una capa de mancha, el daño no era tan grande como para no poder ser corregido.

Dejar a Gabriel ahora, ocultándole la verdad, le haría menos daño que quedarme a su lado y revelarle todo. Era mejor que buscara muertos un poco más de tiempo antes de rendirse. Con el tiempo se rendiría, cuando no encontrara nada.

—¿Puedo irme ya? —Me tembló la voz y eso hizo que retirara su mano.

—¿De verdad puedes hacerlo? —Me desafiaba, me probaba, ya no lo culpaba por dudar de mí o por odiarme.

Asentí rápido un par de veces antes de dirigirme a la salida, comencé caminando y en algún momento ya me encontraba corriendo.

—¿A dónde vas? —No me detuve a explicarle a Mich, solo continué hasta que me encontré lejos de ese lugar.

Ni siquiera presté atención al camino que tomé para volver a la casa, solo regresé por donde me habían llevado, no dejaba de temblar y llorar. Un gran peso se me había instalado en el pecho y me provocó nauseas, comencé a toser de lo congestionada que estaba. Porque Taiman era el maldito apellido por el que mi madre no había ido tras nosotros cuando abandonamos la Sociedad, apellido que le impidió buscarme todos estos años. Ese apellido era la razón por la que había terminado enredada en todo esto.

—No. —Me apreté el estómago con ambas manos y me dirigí a la habitación—. Por favor, no.

Aunque las coincidencias fueron claras desde que las chicas enfrentaron a Victoria, me desistí a pensar que la miseria por la que arrastraban a Gabriel tenía algo que ver directamente conmigo. Después de todo ¿qué tan difícil podía ser llevar un apellido de la Sociedad en este basto mundo?

Era una invasión a su privacidad. En los días que estuve durmiendo en su habitación no había abierto ni una sola puerta del armario, ni para buscar otra manta la noche que tuve frio. Ahora no podía contenerme, necesitaba la respuesta, y necesitaba que fuera todo lo contrario a la que ya intuía.

No encontré mucho, así que revolví todo, ropa, zapatos, papeles, hasta que me encontré con un cajón cerrado con llave. Con el abrecartas podría vencer la cerradura, dudé, lo que fuera que estuviera ahí, podía y no ser de mi incumbencia.

Me dejé caer en la silla, apartando el abrecartas con fuerza.

«Debe ser una solo una extraña coincidencia. Tiene que serlo».

Yo ya no formaba parte de esa familia, yo era una Cazador. Por eso había evitado sentir cualquier tipo de cosa por la situación entre los Taiman y Gabriel.

—Ni siquiera conozco a esas personas. —Quise reír, era gracioso, sentir tanta culpa de que la sangre Taiman corriera por mis venas, que indirectamente siguieran lastimándolo a través de mí.

Me tomó más tiempo del esperado; quitar el cerrojo no significaba abrir el cajón. Me faltaba coraje para ver el interior. Pero necesitaba ver, necesitaba asegurarlo por mi cuenta.

Era un desastre, varias cartas sin abrir, una piedra amarilla, un frasco extraño. Tomé varios papeles arrugados, era información sobre la muerte de un hombre. El siguiente era sobre la desaparición de Julieta. ¿De dónde sacaba Gabriel todos esos informes? O era bueno sobornando o tenía muy buenos contactos.

Comencé a hojear el reporte. Ahora sabía por qué mi madre había preferido a la Sociedad sobre mí. Como Izel había dicho, los Taiman eran casi como de la realeza. Una familia demasiado influyente, la desaparición de uno de sus miembros tuvo un gran impacto, interrogaron a mucha gente, despidieron a varios oficiales y guardias, se desplegaron brigadas de búsqueda por todo el territorio. Toda una locura.

Un papel cayó de entre el montón de documentos que sostenía entre las manos, una fotografía. Me agaché para recogerla, tenía algo escrito en la parte de atrás.

«Nicolás, Julieta y Gabriel, festival del veinte de noviembre, Ciudad de Taiman».

Di la vuelta a la fotografía y la solté al instante. Un chico de cabello castaño sostenía un par de bengalas en las manos, ese debía ser Nicolas. Gabriel, el chico de cabello oscuro y rostro más redondo, tenía las manos sobre los hombros de la pequeña sentada en el césped. Ambos niños se veían alegres y divertidos. Por el contrario, la pequeña sentada con las piernas cruzadas tenía una expresión más seria y algo enojada.

Era esa chica, lo veía y no podía creerlo, aquella pequeña de nombre Julieta Taiman, del hospital en el que había pasado la mayor parte de mi infancia, la chiquilla por la cual mi abuelo confundía mi nombre tras su enfermedad.

Así que ese fue el accidente que la había hecho estar en ese horrible hospital por tanto tiempo, someterse a dolorosas operaciones y por lo cual lloraba todas las noches extrañando a su madre igual que yo. Imposible.

Me dirigí de nuevo al ropero, con más desesperación que antes, no era suficiente evidencia, no, no y no. Debía haber algo más, era un error.

Caí de un sentón en el suelo, exhausta y dolida, pues en el fondo del ropero estaba el paraguas de Amaris. No tenía idea de que Gabriel lo había conservado y traído hasta este lugar, me preguntaba en qué momento.

—Ese idiota. —Me golpeé la pierna con la mano, una y otra vez, deseando escapar de la pesadilla.

La relación entre Victoria y Gabriel, la persona a la que él seguía buscando y a la que nunca encontraría, era la niña en la fotografía. Aquella cuya muerte me había salvado cuando estuvimos juntas en ese hospital.

Yo seguiría siendo la misma Julia Cazador, pero, de alguna forma, el mundo ya no era el mismo. Estaba lleno de más incógnitas y misterios de los que pensaba. Era como si, mientras más respuestas obtenía, más preguntas las acompañaban.

Me recosté en el suelo con cuidado, recargando la cabeza sobre el brazo, viendo el mundo desde otro ángulo.

—Si descubres la verdad, ¿serás capaz de perdonarme? —Las lágrimas nublaron mi visión—. Nunca vas a encontrarla... por mi culpa. —Mi respiración comenzó a regularse, en mi pecho se instaló la sensación de que lo peor ya había pasado. Aunque no estaba ni cerca de terminarse.

Corrí por el bosque, asustada, sumida en la nostalgia, llena de emociones encontradas.

—¡Aléjate de aquí! —Gabriel me daba la espalda y solo se volvía a mí para gritarme y regañarme.

Por alguna razón yo no deseaba dejarlo solo, quería quedarme a su lado. Lloraba por la forma en que me decía toda clase de cosas para que desistiera, pero yo seguía.

—¡Solo estorbas! —Me empujó hacia atrás y caí de sentón.

Sollocé por cómo las espinas de los pinos se me clavaron en las palmas de las manos. Ni los ojos húmedos, ni la nariz congestionada, evitaron que me pusiera de pie para ir tras él nuevamente. Tomé lo que encontré a mi alrededor, hojas, palos, piedras pequeñas, para lanzárselas a la espalda.

No, yo no quería seguirlo, yo intentaba detenerlo.

Mis lloriqueos y golpes no eran rivales para él, no era capaz de hacerlo retroceder, y aun así lo seguía intentando.

—¡Déjame tranquilo! —Esta vez usó más fuerza de la necesaria.

Me empujó de nuevo por el abismo, por alguna razón, yo siempre estaba cayendo por su culpa.

Me sostenía con fuerza entre sus brazos, acariciando un lado de mi rostro con sus delgados dedos. Me encontré recostada sobre su regazo, en el suelo. Ella estaba sentada junto a mí, con el rostro lleno de preocupación.

—Tranquila, ya estás despierta. Fue solo un mal sueño —susurró mientras me sonreía con esa tranquilidad suya que tanto extrañaba.

Por un segundo volví a tener doce años y a encontrarme en brazos de mi tía Carlota. Seguía aferrándome a ella, asustada por mis pesadillas.

Intenté tocar su rostro, pero no tuve la fuerza suficiente para mantener la mano en alto.

—Todo está bien. Yo estoy aquí. Yo siempre estaré aquí. —Acercó la frente hasta tocar la mía—. No quería que pasaras por esto, yo... estaba dispuesta a hacer lo que fuera para evitarte este camino. —No comprendía sus palabras. Entonces su voz se volvió potente y severa, nunca la había escuchado hablar de ese modo en toda mi vida—. Aléjate de él.

Abrí los ojos de golpe. Recobré finalmente la consciencia al ver que la mujer que me sostenía no era mi preciada tía. Me aparté de ella con prisa, interponiendo los pies entre ambas, alarmada por su presencia, aturdida por el recuerdo del sueño.

Era Michelle quien me miraba, entre confundida y asustada, con las manos frente a ella, suspendidas donde antes me habían sostenido.

—¿Qué haces aquí? —Me di cuenta de que lloraba, ambas llorábamos.

—Quería saber si estabas bien... toqué la puerta varias veces y cuando te escuché gritar tuve que entrar. —¿Gritar? Yo no había gritado—. Intenté despertarte, en realidad solo balbuceabas cosas sin sentido.

No recordaba más que fragmentos sin sentido de aquel sueño, no había sido la peor de mis pesadillas, no sabía por qué estaba llorando. Y ella... ella lloraba también.

Recordaba el dolor, incluso juraría que lo conservaba en mi cuerpo, una sensación que hacía que me ardiera la carne y me quemara la sangre, como cargar con una herida abierta durante años.

—Solo fue un mal sueño, no tengo nada. Estoy bien. —Me acomodé el cabello y miré al suelo, la fotografía estaba frente a mí. Usé la falda para ocultarla lo más cautelosamente posible, pero el movimiento sí llamó su atención.

—Eso no explica que la habitación este hecha un desastre. —Tenía razón, parecía que el lugar había sido saqueado, como si un remolino hubiera pasado por allí—. Aunque eso no me causa tanta curiosidad como la forma en que te fuiste hoy del taller. ¿Está todo bien?

—¡Ah! El taller, yo... —No quería contarle sobre esa conversación—. Teo dijo que si no era lo mío, que podía dejar la mesa sin terminar antes de arruinarla. —Esa era una verdad, a medias, pero lo era.

—Entiendo, Teo puede ser inflexible a veces, nunca lo ves venir. —Miraba a la nada, centrada en sus pensamientos—. No dejes que te desaliente, encontraremos otro trabajo para ti...

—No tiene caso, me iré pronto.

«*Pronto, tiene que ser muy pronto*».

—Suponía que pasaría. —Se veía desconsolada, como si realmente quisiera que me quedara—. Al menos deberías cenar algo conmigo, eso te tranquilizará. —Se acercó a mí con cautela, tomó mis manos entre las suyas y me ayudó a ponerme de pie.

Seguía aturdida y la foto cayó justo frente a ambas, pero ella no intentó mirar.

—Realmente no tengo hambre... —Solté sus manos—. Creo que debería ordenar un poco aquí. —Señalé nuestro alrededor.

—De acuerdo, si cambias de opinión estaré en la cocina. —Comenzó a alejarse y caminé detrás de ella.

—Por favor, no les digas sobre la habitación, juro... juro que no robé nada. —No deseaba ver la cara de Teo al enterarse del desorden, me echaría a la calle sin pensarlo.

—No te preocupes, no diré nada. Supongo que buscabas ese paraguas, lo tomabas con mucha fuerza mientras dormías.

Aquel paraguas estaba justo donde yo me había quedado dormida. La escuché reír bajo, seguramente ante la expresión en mi rostro, y se fue.

Me costó más de lo que pensé dejar todo más o menos en su lugar. Al menos me calmaba saber que, cuando Gabriel lo viera, yo ya estaría muy lejos de allí, perdida entre la neblina del bosque o siendo tragada por uno de esos caballos gigantes. Las posibilidades eran grandes.

Necesitaba un mejor plan de escape. Supe que lo debía ser pronto cuando otra de esas chispas de luz mágicas se coló en la habitación.

—Julia. —La voz de Gabriel se escuchaba agotada—. ¿Estas bien? Lamento si he sido un poco duro, espero que a mi regreso podamos dejar todo en el olvido. —Quise tocar aquel rastro de humo—. Volveré para el aniversario, pasémoslo juntos y después te prometo que volveremos.

Y la luz se desintegró, justo como la última vez, llevándose consigo una parte de mi alma, pues aquel mensaje era de tregua. Pero a su regreso solo le esperaba una batalla más. Me odiaría al enterarse, no solo porque tendría preguntas cuyas respuestas no sería capaz de darle, también porque su apreciada amiga ya no estaba por mi culpa.

Salí de la habitación, deseando un poco de aire fresco, no, necesitando aire fresco.

—¿Encontró algo? —el murmullo de Izel se escuchó desde la sala y me detuve antes de que me vieran.

—Tiene una pista —le respondió Teo.

Una pista, ¿sobre qué? Algo en mi interior se revolvió, culpa, por escuchar a hurtadillas cuando había prometido dejar de hacer estas cosas.

—¿De verdad? —Una pausa, después Izel habló con la voz un más baja—. ¿Está viva? ¿La encontrará?

Dejé de respirar por un momento, hablaban de Julieta.

—Una tumba es lo que encontrará. —Teo igualó su tono de voz, temí que ya lo supieran—. Vimos los registros del médico, las heridas de la chica eran demasiado graves como para que pudiera sobrevivir.

—¿Todo fue mentira?

—Esos Taiman solo han estado jugando con nosotros. Cuando Gabriel finalmente abra los ojos, querrá descubrirlos ante todos, no dejará que usen su dolor, no dejará que usen a esa chica de esa forma. —La rabia con la que hablaba me provocaba un nudo en la garganta, días atrás aún guardaba la esperanza de recuperar su confianza, pero después de esto sería imposible.

—Pobre Gabriel, qué bueno que Julia este aquí para él...

—¿De qué hablas? ¡Esa mujer solo nos ha traído problemas! —Elevó la voz a un nivel que hizo que su esposa le reprendiera.

—Esos problemas lo mantienen distraído de esta locura de búsqueda, creo que ella le hará bien.

—Yo pensaba lo mismo hasta que el hombre llegó a nuestra casa cubierto de sangre.

¿Qué? Habían herido a Gabriel... ¿los Vigías? ¿Javier? ¿Tanto se habían acercado a él?

—Yo creo que eres demasiado duro con ella. Hasta hace unos años también me gustaba meterte en todo tipo de problemas. —Alguien se movió—. Y a ti te gustaba ir a rescatarme. —Escuchar a Izel con ese tono seductor me hizo pensar que estaba espiando demasiado.

—Era diferente —renegó su esposo.

—No, no lo era. Deja que los tortolos decidan que hacer, *solos*. —Hizo énfasis en la última palabra—. No quiero que te metas, ella también lo está pasando mal y lo que hiciste hoy en el taller no fue correcto. Deberías disculparte.

Pareció broma, Teo no se veía como los que se disculpaban.

—Lo haré. —O solo era capaz de hacerlo cuando su esposa se lo pedía.

—Por eso te amo. —Sentí un poco de envidia por el vínculo que compartían, parecía especial, como si no se resistieran el uno al otro, como si fueran capaces de hacer de todo el uno por el otro.

—¿Por mi amabilidad?

—Porque no eres capaz de negarte a lo que te pido. —Sí, era demasiado.

Me alejé lo más silenciosamente posible. La pequeña y amable Izel tenía su fe depositada en mí, en que yo le diera un nuevo sentido a la vida de Gabriel, cosa que me molestaba y me revolvía el estómago. No solo no sería capaz de hacer algo así, no quería. Aun si yo solo fuera Julia Cazador y él solo fuera Gabriel, no quería cargar yo con el peso de ese pasado. No quería cargar con el peso de saber exactamente qué destino le había deparado a Julieta Taiman.

CAPÍTULO 26:
FUEGOS ARTIFICIALES

Lo admitía, me costaba respirar con ese vestido. Lo peor era que, mientras más me quejaba, más se ajustaban las cintas del corsé. Necesité la ayuda de Mich para conseguir esa perfecta figura de reloj de arena que obviamente no poseía naturalmente. Ella llevaba puesto un increíble vestido amarillo con un hermoso bordado negro en la falda.

—Recuerda esperar a Esteban aquí, en cuanto su esté listo, vendrá por ti para llevarte al centro. —Izel se acomodaba los rizos de cabello sobre la cabeza.

Era raro, esto de arreglarse entre chicas me recordaba a cuando Día me peinaba en la hacienda. No había convivido mucho con ella, pero de verdad deseaba que volviera para atormentar a su hermano unos días más.

Teodoro apareció al final del pasillo, portando un impresionante traje blanco con decoraciones del color de las banderas, su uniforme hacía juego con el vestido de Izel. Sobre su pecho relucían un par de medallas y estrellas.

—¿Nos vamos? —Hizo una pequeña reverencia y le ofreció el brazo a su esposa.

Ella lo tomó gustosa, sin poder apartar la vista de él.

—Sobre anoche... —Michelle acomodó algo en las mangas de mi vestido—. No es normal tener ese tipo de pesadillas, te preparé un té, está en la mesa. —Me sonrió con cierta complicidad. Y le agradecí con un asentimiento de cabeza.

Bebí con cuidado, el líquido me daba cosquillas en la garganta, y conté lentamente. Diez minutos debían ser suficientes, un carruaje había pasado por ellos, seguramente ya estaban muy lejos de la casa. Ya tenía preparadas mis cosas, solo me faltaba cargar con mi morral. Me iría ese mismo día.

Las calles estaban concurridas, más llenas de gente que nunca, gente diversa con atuendos diferentes y pomposos. La música inundaba el lugar y ellos bailaban de un lado a otro. El atardecer manchaba las nubes de un increíble color amarillo que hacía que el cielo se viera más iluminado que nunca.

Apretaba con fuerza la insignia de la familia Dunia en la mano derecha, dispuesta a mostrarla a quien se atreviera a interrogarme, esperando que me salvara de cualquier problema que se me atravesara.

El plan era fácil: ir a la casa Dunia, fingir que estaba allí para ayudar con el banquete e infiltrarme en ese cuarto con el portal. Demasiado fácil para resultar victorioso, pues mi plan no contemplaba que en realidad desconocía en qué lugar del mundo terminaría al cruzar el velo, o las personas que pudieran recibirme al otro lado. Además de que los guardias en la entrada no estaban dejando pasar a nadie más y no eran solo los que había visto el otro día, había más, con diferentes uniformes. Intuí que escoltaban a las personas que viajaban desde otras ciudades.

Cambio de planes: tenía que salir de la ciudad, me dirigiría al Bosque Nublar, el cual no sabía dónde estaba, así que probablemente me perdería en ese mundo o alguna bestia me comería viva. Eso si el supuesto sello que tenía no me metía en problemas primero.

El tercer plan era el peor: tendría que esperar a Gabriel y abandonarlo del lado del mundo que dominaba, o más bien del mundo que sí tenía medios de transporte como el metro y el autobús.

Deambulé por la ciudad, no a propósito en realidad, intentaba volver a la casa, pero al avanzar un paso retrocedía dos.

«*Podría saltar el muro. ¿Qué importa lo que hay al cruzar el portal? Ya me las arreglaré al enfrentarme a ello*», pensaba mientras mis pasos me dirigían de nuevo al centro de la ciudad. «*Las decisiones impulsivas solo me han traído hasta este lugar. ¿Qué pasa si me encuentro con Teodoro? Sería capaz de encarcelarme por no esperar en la casa».*

Me dirigí de regreso por una calle diferente. Ese era el problema, cada vez era una calle diferente. No estaba segura de en qué parte de la ciudad me encontraba cuando el cielo se oscureció por completo.

Me extrañaba que las estrellas no brillaran en el cielo nocturno, la falta de contaminación debería atribuir a eso, pero el cielo permanecía ensombrecido, iluminado únicamente por una enorme luna.

Todo se estaba poniendo borroso, más que cuando no usaba mis lentes. Me toqué el rostro con torpeza, solo para comprobar que si los llevaba puestos. Me pesaban los brazos y piernas, más que el vestido. No es que fuera muy elegante, solo un enorme estorbo.

—¡Vamos al puente! Ya casi es hora. —Escuché a alguien decir. Todas las personas comenzaron a caminar en una misma dirección. Sabía de qué lugar hablaban, ni siquiera lo decidí, me encontré siendo arrastrada por todos ellos.

Caballos y carruajes pasaban a mi alrededor, desviándose del concurrido lugar. Ese debía de ser el puente central, donde las personas se agrupaban y las parejas caminaban de la mano, el lugar donde los que no eran invitados de los Dunia observarían el tan prometido espectáculo nocturno. Bueno, al menos podría observarlo desde el mejor punto en la ciudad, no me quedaría en la casa ni sería el mal tercio de un muchacho enamorado. Esperaba que ya estuviera aquí con su pareja, celebrando y sonriendo. Esperaba que ella no lo hubiera rechazado.

Disfruté de la brisa nocturna, arrullaba mi ser en un canto silencioso. Me abracé, llena de nostalgia. No había estado en este mundo ni dos semanas y ya extrañaba con desesperación mi hogar.

Mi hogar era junto a mi padre, mi hogar era junto a mi tía, mi hogar era junto a mi amiga y su hija, aunque se mudaran a otro lado, no íbamos a perder la comunicación, ellas seguirían a mi alcance. Seguirían visitándome en casa de mi padre, Carlota prepararía algo exquisito y todos reiríamos por alguna gracia de Valeria. Lo añoraba en realidad.

Caminé por todo el puente hasta llegar al otro extremo, donde menos gente se agrupaba en parejas y se acomodaban de manera cariñosa, cosa que me incomodó, así que caminé de regreso. Estaba tranquila de que hubiera personas en el mundo capaces de experimentar tales cosas, incluso en un mundo tan desconocido y caótico como ese.

Detuve mis pasos cuando el primer estruendo sacudió el ambiente y las personas aclamaron contentas hacia el cielo. También elevé la vista para admirar aquello que tanto les emocionaba. Y ahora entendía por qué era tan importante y especial. No eran fuegos artificiales como los de mi mundo, con la pólvora y la flama. No, eso tenía que ser otra cosa.

Los increíbles patrones y colores pintaron todo el cielo en una sola explosión, imaginé que así era ver la explosión de una estrella por un telescopio. Tan asombroso que mi corazón se expidió dentro de mi pecho y latió entusiasmado por presenciar tan hermoso evento.

Pasaron unos minutos en los que esa mágica expansión de colores comenzó a reducirse hasta desparecer, solo para suceder en un lugar distinto al anterior.

Sonreí ampliamente, atónita y cansada de tanto mirar hacia arriba, así que bajé la mirada al mismo tiempo que lo hacia el hombre frente a mí, a unos pocos metros de distancia. Él también podía haber estado sonriendo antes de hacer contacto visual conmigo, antes de quedarse sin aliento al encontrarme en ese lugar.

Me sentí atraída por su presencia en tan especial momento, tanto que no me di cuenta cuando comencé a caminar hacia él sin dejar de sonreír, sin dejar de admirar los colores que se reflejaban a sus espaldas. Y él parecía sentir la misma atracción, ya que, cual imán, avanzó a mí con el mismo ritmo, con la boca entreabierta y los ojos definitivamente muy abiertos.

—Gabriel —susurré casi agradecida por encontrármelo y sentí cómo los ojos se me llenaban de lágrimas.

Estaba segura, este hombre era Gabriel, aquel cuyos ojos verdes relucían siempre a pesar de la oscuridad, solo que no se veía como el Gabriel al que yo estaba acostumbrada. Lo analicé de pies a cabeza, llevaba un corte diferente, las ondas de su cabello ya no eran tan marcadas y dejaban descubierta su frente, todo su rostro estaba descubierto, también se había rasurado la barba por completo, cosa que lo hacía ver más joven.

—Estas aquí. —Me di cuenta de que había estado analizándome de la misma forma en que yo a él.

—Estas aquí. —Hice eco de sus palabras, sin saber por qué.

Llevaba puesta una chaqueta muy parecida a la que le había visto a Teo. Tenía que admitir que no reconocía al Gabriel frente a mí, no se parecía a ninguna de las versiones que había conocido de él. Se puso serio cuando un grupo de personas pasó escandalosamente a nuestro lado, estaba silencioso, no de la forma en que me había tratado últimamente, sino en un aspecto más obediente, alerta, entrenado, como un soldado. Eso era, en estas calles, entre esta gente, se comportaba como Esteban al hacer guardia, viendo lo que todos hacían de esa manera territorial que les decía a las personas que eran vigiladas.

Excepto cuando su mirada captó la mía nuevamente. De pronto sus facciones se relajaron al contemplarme, como si mi presencia le recordara quién era él en realidad. Eso me estrujó el corazón, que yo tuviera ese efecto en él me llenaba de remordimiento. Que, pese a todo, él pudiera regalarme su versión más relajada.

Un par de parpadeos lo hicieron mirarme de la misma manera acusatoria de antes, se acercó a mí con un impulso que me hizo retroceder por instinto.

—¿De dónde sacaste eso? —Su mirada estaba fija en mi cuello, o más abajo. Seguí su dirección hasta el punto en que descansaba el pequeño rubí de mi collar—. ¿Por qué lo tienes tu? —Cuando sus dedos estuvieron a centímetros de mí, di un paso atrás y cubrí el collar con mis manos.

Me observó de nuevo, con una expresión indescriptible, como si al fin estuviera atando todos los cabos. No perdió ni un detalle: el vestido, el morral al que aún me aferraba, el cabello y algo más, algo que no estaba ahí, algo que me rodeaba y que yo también comencé a sentir en los últimos días... mi esencia.

También fui capaz de reunir las últimas piezas, por la forma en que me miraba supe que la letra en ese collar no debía ser por Julia, era por Julieta, por eso mi padre jamás me lo había dado, no me pertenecía.

—¿Qué? —No sabía que otra cosa responder—. ¿Cómo me encontraste? —No parecía una causalidad.

—Solo lo preguntaré una vez más, Julia. —Su tono era firme, pero dudó al final—. Tú... —Sentí que me volvía pequeñita—. ¿Cómo se llama tu padre?

Abrí los ojos y me sobresalté ante el primer impacto. Gabriel se llevó la mano a la espada enfundada en su cinturón y se movió cauteloso hasta quedar junto a mí, registraba todo a su alrededor mientras la gente corría presa del pánico. Aquel ruido ensordecedor no era como el que producían las luces en el cielo, venía de algún lugar en tierra.

—¿Qué está pasando? —Busqué el origen de aquel sonido. Antes de encontrarlo fue brutalmente opacado por un estruendo mucho mayor que provenía de un lugar más cercano.

—¡Fuego! —gritó un hombre, otro guardia, que se dirigía al lugar con otros más de sus compañeros—. ¡Suenen la alarma! ¡Nos están atacando!

Nos pasaron de largo. Gabriel me sostuvo por el codo, guiándome entre las personas. No me miraba, no me decía nada, solo continuaba a toda prisa entre la multitud.

—¿A dónde vamos? —Usé la mano libre para sostenerme la ropa.

—A la casa Dunia. Cuando hicieron esto en Taiman fue solo una distracción para atacar a... —Se escucharon campanadas, una tras otra—. Es la alarma. Debemos buscar a los demás. —Me miró expectante, me di cuenta de que esperaba que yo supiera algo.

—Todos están en la cena, el banquete...

—Ya debió finalizar, ¿y después? —Me recordó a la vez que buscaba a su hermana, cuando me acusó de lastimarla. Porque estas personas le importaban y lo que más quería era estar junto a ellas.

—Esteban debía ir por mí a la casa... —Solo que yo no había estado allí para esperarlo. Intenté hacer memoria de los planes de los demás, no recordaba ninguno—. Es todo lo que sé.

Asintió, soltándome. Al ver su espalda alejarse, dejándome atrás, un hueco se abrió en mi pecho. Nada le importaba, volvía a desconfiar de mí y se alejaba. Lo seguí de nuevo, la culpa no me permitía ir en una dirección diferente.

—Toma. —Desabrochó la correa y me ofreció su espada aún enfundada, sin dejar de avanzar.

—No sé cómo usar esto... —Una pistola me sería más útil. Igual tomé el arma e intenté acomodarla sobre el hombro.

—Solo sostén el mango con fuerza, úsala contra todo aquel que te ataque y no conozcas, incluso si parece ser alguien de Dunia.

La gran casa era un caos, el portón había sido forzado, completamente derribado y uno de los edificios ardía en llamas.

—¿Cuál fue el objetivo? ¿En el ataque a Taiman? —No terminó de decirme.

—El portal. —Lo vi recoger la espada de uno de los guardias que había quedado bajo los escombros, se apoyó en una rodilla e hizo una seña extraña sobre su rostro, como si se persignara. Finalmente levantó la vista hacia el interior del lugar, parecía nervioso, preparándose mentalmente—. Cubre mi espalda.

La puerta principal se abrió de par en par y una persona salió prácticamente volando. Tras de ella, Victoria Taiman surgió del interior, con una *ballesta* entre las manos, regalándole el tiro de gracia a su presa.

—¡No fueron muy inteligentes al atacar este lugar! —Alzó la voz, pero no nos hablaba a nosotros—. No cuando las mejores guerreras del continente están aquí.

—¡En eso tienes razón! Por eso se acobardaron en las minas. —Otra mujer salió del interior, en la mano llevaba lo que parecía un hacha, la giraba sobre la muñeca como si fuera un lápiz.

Cuando la mirada de Victoria se encontró con nosotros, no dudó en apuntar su arma en dirección a Gabriel, quien, instintivamente quiero pensar, me cubrió con su cuerpo.

—¡Tampoco eres muy inteligente al parecerte aquí, Mirantes! Te he estado buscando. —Realmente parecía ser capaz de dispararle, asomé la cabeza a un costado de Gabriel. La otra mujer solo se pasó junto a ella, sin pretender detenerla.

—¡HAY QUE APAGAR EL FUEGO! ¡EL RESTO QUE VAYA ADENTRO A CORTAR CABEZAS! —Teodoro apareció desde nuestras espaldas, con más de quince mujeres y hombres—. ¡Victoria! ¿Puedes dejar tus rencillas personales para después?

Victoria no parecía querer flaquear, fue una corazonada, pero salí de detrás de Gabriel para llamar su atención. Las palabras de Teo no hicieron efecto en ella, sin embargo, al verme ni siquiera lo dudó. Bajó el arma y caminó hasta nosotros, seguida por su compañera. Aquello me confirmo la principal de mis sospechas: ella me recordaba y me había reconocido desde la primera vez.

—Solo esta vez, Mirantes, solo esta vez —casi le escupió.

—¿Dónde están los demás? —Gabriel ni siquiera se molestó en responderle.

—Izel y Esteban fueron a apaciguar los otros dos incendios. Michelle sigue adentro. —Teo pareció darse cuenta de mi presencia. Alzó una ceja hacia Gabriel, él solo negó con la cabeza.

—¿Cómo apagarán el incendio? —interrumpí.

—Así. —Señaló con el mentón y todos observamos en esa dirección.

El grupo de personas que no había ingresado en el edificio principal se reunió alrededor del lugar en llamas. Sentí la energía fluir en el aire, casi podía verla, estaban conteniendo el fuego.

Gabriel se inclinó para susurrar en mi oído.

—Eso significa controlar tu propia esencia. —Volví el rostro para verlo, justo cuando se enderezó, cosa me permitió ver la manera en que Victoria nos observaba, con los ojos entrecerrados, como si estuviéramos haciendo algo malo.

¿Nuestras interacciones eran como la traición para los Taiman? Aún tenía muchas preguntas y demasiado miedo de hacerlas, pero todo apuntaba a que mi corazonada era cierta: ella lo sabía, que pertenecía a los Taiman aunque no llevara su apellido. Así como también yo la había reconocido, la joven en el hospital, la que lloraba al dejar atrás a su hermana menor. Tal vez, asi como le guardaba rencor a Gabriel por el accidente, me guardaba rencor por sobrevivir cuando su hermana no lo había hecho.

Escuchamos otra explosión, acompañada de horribles gritos lastimeros. Los atacantes debían tener bien claro su objetivo. Aquellos estruendos me recordaron la forma en que mi departamento había colapsado.

—Vienen del portal. ¡Ustedes tres, vengan conmigo! —Teo ordenó a tres de las personas que estaban apagando el fuego, pero todos lo seguimos.

Mich estaba ahí, combatiendo con espada en mano, ayudada por otras personas a quienes no conocía. Sus golpes eran efectivos, su arma brillaba embebida en su propia magia, esencia. Nunca había visto una guerrera igual, ni en las películas.

Intenté unirme a la pelea, me di cuenta de que no solo no era buena con la espada, o en combate cuerpo a cuerpo, sino que mis ataques no eran nada comparados con los de mis compañeros, cuyas habilidades, como lo que Gabriel llamaba controlar la esencia, los volvían más fuertes y rápidos.

Eran demasiados, personas con vestimentas militares, de mi mundo, con los rostros llenos de marcas extrañas.

Mi espalda chocó con la de Gabriel, a la mayoría no le interesaba luchar contra nosotros, todos estaban intentando entrar en el edificio.

—Esas marcas... —le dije a Gabriel, a la vez que empujaba a uno de ellos lejos de nosotros.

—Sí, son como aquellas cicatrices. —Las de las víctimas del asesino, Gabriel las conocía demasiado bien.

Nos separamos y un tipo sacó un arma de fuego. Lo herí con la espada, generando un corte largo en su brazo que lo hizo soltar el arma.

—Estas personas son del otro mundo. Son humanos. —Tuve que deslizarme con rapidez para tomar la pistola. Sin dudar, le disparé dos veces al sujeto y me enfundé la espada de nuevo.

—Que parezcan humanos no significa que lo sean. —soltó Mich.

A unos cinco metros de mí, la mujer que acompañaba a Victoria le partió el cuello a alguien con el hacha. A diferencia de Gabriel, la excitación en su mirada me decía que disfrutaba cada gota de sangre que derramaba de su arma. Podría jurar que sonreía, aunque sin ser demasiado obvia, al ver la masacre que provocaba.

Por el contrario, el hombre junto a mí no hacía más que esquivar y defenderse, evitando a toda costa tener que herir a alguien. No dejaba de mirarme, ni al cuerpo junto a mí, horrorizado ante la facilidad con la que había disparado, sin dudar. También me parecía extraña la forma en que la adrenalina se apoderaba de mi cuerpo, convirtiéndome de nuevo en la cazadora, esa que había aprendido a acorralar a sus presas desde los quince años, que aprendió a disparar a los dieciocho, que aprendió a no dudar a los veintitrés.

Continué disparando, esta gente estaba más preparada en armamento que mis compañeros, pero no hacían uso de su ventaja, no se defendían con suficiente esfuerzo, como si acabar con nosotros no fuera su objetivo.

—¡Gabriel! ¡Tenemos que entrar! —Teodoro le gritó desde el otro extremo del edificio, limpiando la sangre en su espada en el costado de su uniforme—. ¡Ya han destruido el mapa estelar!

Él ni siquiera lo volteó a ver, tan perdido en mis acciones como yo en la batalla.

—Ayuda a defender la entrada. —No hubo expresión que pudiera leer en su rostro cuando se dirigió al interior.

—¡Indira, ve con ellos! —indicó Victoria.

Mich se acercó a mí y me sujetó la barbilla con una mano.

—Tienes buena puntería —chistó en forma de burla—. ¿Quieres cubrirme la espalda? —Rio en una carcajada al soltarme, no entendía cómo le había permitido sostenerme de esa manera, tan familiar.

—¿No deberíamos ir con ellos? —No respondió, me empujó a un lado rápidamente, tan fuerte que no pude controlar la forma en que el vestido me hizo tropezar, usé los antebrazos para no darme de cara contra el suelo. Cuando la vi, estaba sacando su espada del abdomen de una mujer de cabello corto

—Lo siento. —Se encogió de hombros, sin diversión, viendo con lástima el cuerpo de la mujer.

De la nada apareció Victoria y me puso de pie en un solo movimiento. Me empujó contra la pared más cercana y apuntó su ballesta al techo del edificio.

—¡CUIDADO CON LOS ARQUEROS! —les gritó a todos y se dirigió a Mich—. Esto no va a servir. Llévatela de aquí. —La culpaba de mi presencia en ese lugar, aunque no parecía preocuparse por mí, sino más bien por tener que cuidarme.

Estaba lista para escuchar a esas dos discutir como lo habían hecho antes, tanto que me sorprendió la forma en que Mich asintió a la orden y me tomó del brazo, arrastrándome al interior del edificio. Cerró las puertas detrás nuestro, aunque el interior no era más agradable que el exterior. Varios de los soldados que habían llegado con Teodoro yacían en el suelo, inconscientes o demasiado heridos.

Mich estuvo a punto de inclinarse junto a la pierna de alguien cuando un tipo intentó atacarla por la espalda.

Jalé el gatillo numerosas veces, aunque solo una bala salió del arma e hirió la pierna del sujeto, distrayéndolo lo suficiente como para que mi compañera le cortara el pecho con su afilada espada.

—Vayan... quieren alterar la rasgadura... —El soldado, cuya pierna estaba más que desgarrada, escupía sangre al hablar.

—Con el mapa estelar destruido, el portal es inestable... —pensó en voz alta—. Aguante un poco más, camarada, volveremos por usted. —La chica le puso la mano sobre la frente y el hombre se relajó por completo ante su tacto—. Vamos.

El lugar ya estaba patas arriba, los muebles destrozados y las paredes manchadas de sangre. No bajamos la guardia ni un segundo. Ya que me había quedado sin balas tuve que desenvainar la espada de Gabriel para poder defenderme, tanto como mis habilidades me lo permitieran. Bajamos unas escaleras muy parecidas a las que había visto en el edificio del mapa estelar, en alguna parte del camino unas extrañas enredaderas verdes se apoderaban de las paredes y se extendían en todo el camino frente a nosotras. Fue cuando escuchamos los primeros ruidos de la pelea.

Gabriel, Indira y otros cinco guardias luchaban por alejar a los intrusos del portal, mientras que Teo y otros soldados peleaban al otro lado de la habitación.

Me dirigí a ayudar a Gabriel y Mich fue con Teo.

El portal no era para nada igual al que habíamos usado antes. Entre dos columnas de piedra blanca, tallada con distintos símbolos, se reflejaba todo lo que sucedía en la habitación. No era un espejo, parecía agua, tan cristalina e inalterable que se mantenía estática en el aire. La maleza crecía y se asomaba entre los bloques de roca blanca que cubrían las paredes y el techo. El suelo estaba cubierto por una extraña arena iridiscente que destellaba bajo las luces de las antorchas, era la misma del mapa de arena.

Indira lanzó su hacha y en un solo movimiento hirió en la espalda a un par de hombres que se dirigían hacia mí. No tuve tiempo de asombrarme por la forma en que el hacha volvió su mano por sí sola. Con ambos hombres inmovilizados, aproveché para cortar la garganta de uno y ella partió en dos el cráneo del otro.

—¡No! —gritó Teo y todos vimos en su dirección, se acercaba a alguien que usaba un mazo con fuerza contra una de las columnas del portal.

Ninguno de nosotros pudo llegar a tiempo, la roca se agrietó y el lugar comenzó a temblar, sacudiéndonos con fuerza. Con el segundo golpe, el techo empezó a colapsar.

—¡Hay que salir de aquí! —Indira corrió en dirección a la salida, seguida por los demás.

También estuve a punto de seguirla, pero alguien me sujetó del brazo y me dobló la muñeca. Intenté usar la otra mano para defenderme, pero fui arrastrada a la otra esquina del portal.

Michelle surgió desde mi espalda y usó todo su cuerpo para alejar al hombre de mí, empujándolo contra la pared, para finalmente tomar la antorcha junto a ellos y hundirla contra su rostro.

—¡Vámonos! —Se volvió hacia mí cuando el sujetó cayó por el dolor. El lugar ya estaba colapsando por completo, entonces ambas vimos al techo que se agrietaba sobre nosotras—. ¡Julia, piensa en casa! —Ordenó y, de una patada en el pecho, me empujó contra el portal.

Sentí que alguien intentó agarrarme, sus dedos resbalaron por todo mi brazo, evitando que pudiera sostenerme con la fuerza suficiente para que no cayera de espaldas hacia la nada.

CAPÍTULO 27:
ESA ERA MI FAMILIA

El cielo todavía estaba gris. Poco a poco los rayos de luz se apoderaban del horizonte, la falta de visión y el dolor causado por las espinas en la piel me desorientaron, así que me arrastré como pude, lejos de los rosales sobre los que había aterrizado. Fue como caer a cien metros de altura, aun sentía en mi pecho la presión del descenso. Aunque todos los huesos se sentían en su lugar, el dolor en las articulaciones hacía que moverse fuera todo un infierno, sobre todo por el frío invernal que me rodeaba.

Cuando hubo suficiente luz, distinguí la puerta tan familiar que se presentó ante mí. No tuve tiempo de asombrarme por el destino al que había llegado. En cualquier momento, desde el interior, saldría mi padre, preocupado por el ruido que había ocasionado mi aparición, desorientado de verme en esas condiciones.

Nadie salió.

—¿A dónde nos trajiste? —Teodoro avanzaba a mí, cojeando de la pierna derecha, la cual estaba llena de sangre en los lugares donde el uniforme estaba roto. Su presencia me desconcertó, pero no tenía tiempo para preguntar.

—Es mi casa. —Me puse de pie y caminé con prisa hacia la entrada, las piernas me temblaban por el impacto—. ¡Papá! ¡Tía Carlota! —Los llamé como lo hacía cuando estaba en la escuela y algo malo me había pasado.

—¿Julia? —Me detuve al escuchar la voz que provenía de uno de los costados de la casa—. ¿Están bien? —Gabriel se veía mucho peor que nosotros, una cortada larga en la sien manchaba de sangre la mitad de su rostro. Se sostenía uno de los brazos con el otro, ya que le colgaba dislocado. Lo que más destacaba era su mirada. La de Teo era de rabia, pero la de Gabriel era de dolor y desorientación.

—Define «bien» —le gritó su amigo al momento en que desenvainó la espada.

—Guarda eso —exclamé por lo bajo—. Dios, no quiero que lastimen a nadie, quédense aquí. No quiero que asusten a mi familia. —Les hice una señal para que retrocedieran en el momento en que me di cuenta de que algo no estaba bien.

La puerta estaba abierta y un olor extraño se apoderaba del aire, la quietud en el ambiente era lo que más me extrañaba. Mi padre estaba acostumbrado a madrugar, siempre decía que despertar temprano era la clave de la disciplina o, al revés, rara vez prestaba atención a sus sermones.

—Huele a humo. —Teo se acercó silenciosamente.

Lo detecté en cuanto lo dijo y me volví presa del pánico.

—¡La casa se incendia! —Corrí al interior con todas mis fuerzas, ignorando lo tambaleantes que estaban mis piernas y todo mi cuerpo en general—. ¡Papá, tienen que salir de aquí! —El interior estaba lleno de esa misma quietud aterradora.

El fuego provenía de la cocina, el humo cubría cada parte del interior de la sala, impidiéndome ver con claridad.

—Hay sangre en el piso. —Señaló Gabriel, cubriéndose la nariz con la mano con la que antes se había sostenido el brazo herido.

Comencé a toser y el humo me caló en los ojos, asi que puse una mano frente a mi rostro para cubrirlos. Caminé en la dirección que marcaba el rastro de sangre. Conocía la casa de mi infancia mejor que a ningún otro lugar, no me fue difícil tambalearme por los pasillos. Choqué con la puerta de la habitación cuando la vi: a mi querida tía Carlota, tirada en el suelo, con el torso sobre la cama.

— ¡No, no, no!... Carlota. —Me arrodillé a su lado con miedo de tocarla.

Por la forma en que se movía aun respiraba y... murmuraba algo.

—Todos, todos... —Me costaba escucharla.

—¿Quién te hizo esto? —La moví con cuidado, tenía los ojos abiertos y el pulso débil cuando la revisé. Abrazaba con fuerza algo envuelto en tela—. ¿Qué sucedió? ¿Por qué hay tanta sangre?

—Todos los dioses... son vengativos. Todos los dioses son... —Intentaba reírse sin éxito.

—¿Qué? ¿De qué hablas? —Tomé su rostro con cuidado entre mis manos—. Carlota, mírame, soy Julia, tu sobrina, tienes que reaccionar. No te duermas. —Vi por sobre mi hombro, junto a la puerta, que Gabriel estaba completamente paralizado—. ¡Haz algo! ¡Tienes que ayudarla! —exigí desesperada.

Mis palabras hicieron efecto en él, un par de pasos después se arrodilló junto a nosotros.

—Tiene una herida en el costado. —La examinó con algo de rudeza.

Su vestido tenía una enorme mancha de sangre junto a su vientre. La vi retorcerse del dolor cuando él metió su mano en la herida.

—¡Basta! ¡La estas lastimando! —Estaba por alejarlo cuando atrapó mi mirada con la suya, alarmado ante su descubrimiento.

—Es muy profunda, tenemos que sacarla de aquí. —La cabeza me daba vueltas, no era capaz de juntar dos ideas que fueran iguales—. ¡Ahora!

Un sonido estrepitoso llegó hasta nosotros junto con la presencia de Teodoro.

—Creo que vi a alguien al fondo del cuarto donde inició el incendio. —Se pasó la mano por la frente sudorosa—. No pude llegar a él.

—Debe ser mi padre. —Miré a Gabriel, llena de pánico. Mi corazón podía salirse de mi pecho en cualquier momento—. Ayúdame a cargarla —articulé entre sollozos.

—¡No! Déjame aquí... Que no me encuentren. —Carlota me entregó el paquete que tanto protegía, empujándome con fuerza hacia atrás, cosa que pareció lastimarla más. El precioso rostro de mi tía se ensombreció y algo atravesó su mirada. Esta vez lo sentí, la piel se me erizó y mi sangre me gritó que ella veía en mí algo que no estaba ahí—. Que no te encuentren... Ella no... no debe encontrarte, si te encuentra, te va a consumir. —Aunque estaba más lucida que antes, se trababa al hablar; le dolía hacerlo, tocía sangre al intentarlo, tanta sangre que me revolvía el estómago.

—No, ya no hables. —La abracé con todo el cuidado del mundo—. Tengo miedo —le susurré al oído.

Se lo admití, solo a ella se lo admitía en las noches tormentosas, cuando los truenos no me dejaban dormir y me contaba historias para calmarme. Mi confidente, siempre había estado para mí. Me alejé un poco para verle la cara cuando noté que su respiración se volvía lenta. Quería verla a los ojos, no importaba lo que ocultaran, eran los ojos de la mujer que había sido mi madre más que nadie.

Abría y cerraba la boca, intentando decir algo más, algo para lo que ya no le quedaban fuerzas. Sin importar que sus palabras carecieran de sentido para mí, intentaba advertirme, cuidarme, aun en sus últimos momentos. Verla esforzarse me destrozaba el alma.

—No quiero que me dejes, pero... —Era difícil decirlo, tan malditamente difícil, ¿cómo le das permiso alguien para morir? No lo haces, nadie tiene por qué hacerlo. Sin embargo, sentía que debía, sentía que, si no le hacía saber que estaría bien sin ella, entonces ella no podría descansar en paz—. Si tienes que irte, está bien, no te esfuerces más. No luches más. —Tuve que tomar aire para decirlo—. Descansa. —Le acomodé el cabello detrás de la oreja y le acaricié la frente—. Gracias por todo —sollocé—. Te amo.

Poco a poco, cual vela junto a la ventana, vi cómo la llama de la vida se apagaba dentro de ella, con una sonrisa en su rostro. El brillo en sus ojos desapareció, perdió su enfoque. Me incliné sobre su pecho, y lloré al no lograr escuchar su latido. Su corazón no emitía más sonidos.

Grité ante la impotencia de sostener el cuerpo inerte de mi madre y no poder hacer nada por ella. No tenía nada más a lo cual aferrarme, temí al futuro sin ella, sin volver a verla, sin saber cómo resistir sin poder sostenerle la mano nuevamente y tener que cargar con su ausencia.

Las manos de Gabriel se posaron sobre mis hombros e intentaron alejarme.

—¡No! —La tomé con fuerza, gritando y sollozando, convencida de que esto tenía que ser una maldita pesadilla—. ¿Por qué? ¿POR QUÉ? —Dejé caer mi cabeza sobre su cuerpo.

La había conocido a los doce años en un hospital. La gente solo me decía que estaba enferma y que no saldría nunca de ese lugar. Ella fue por mí y me sacó. Con una enorme sonrisa, dijo que era mi tía y que, si de ella dependía, yo nunca, jamás, tendría que volver a estar en un lugar como ese.

—Julia, no podemos quedarnos aquí. —No supe cuánto tiempo me había perdido en los recuerdos de mi primer encuentro con Carlota, debió ser mucho. Cuando Gabriel me acarició la espalda, sentí que había dormido por horas abrazada a ella.

—No quiero dejarla sola —dije y noté que mi voz estaba ronca.

—No tenemos tiempo, si no salimos ahora quedaremos atrapados. —Teo se acercó y dijo algo más, imposible de escuchar para mí en ese momento.

Luché por seguir agarrada a mi tía y me quejé cuando Gabriel me puso de pie y me atrapó en un abrazo.

El humo me opacó la visión y, de alguna forma, la capacidad para procesar lo que estaba sucediendo. Un instante me movía desenfrenadamente para soltarme del agarre de Gabriel y al siguiente... al siguiente estaba vomitando sobre el pasto del jardín, llena de escalofríos.

No tomó tanto tiempo, el fuego se expandió y toda la casa ardió con él. Teodoro me tomó por los hombros y me obligó a retroceder. Quise quedarme a ver cómo toda mi vida y la de mi familia se consumía entre las llamas, todas las risas y las peleas, todos los momentos en los que fuimos una familia real, rota, pero real.

La sensación de que yo había destruido a mi familia y a mi casa se apoderó de mí. De alguna forma aquello era mi culpa. Si yo hubiera estado ahí, si me hubiera escondido con mi padre en lugar de huir lejos, seguramente él me habría llevado a otra parte del mundo y entonces mi familia seguiría con vida, entonces esto no habría sucedido.

Pero alguien había entrado a mi casa, hirió a mi preciosa tía e incendió el lugar con ambos dentro. Y aquellos que habían hecho todo para protegerme ahora ya no existían. En su memoria tenía que averiguarlo todo, toda la mierda del pasado y del presente, sin importar el precio.

Gabriel se paró junto a mí y me entregó eso que mi tía había protegido con tanta fuerza cuando llegamos. Levanté la vista hacia él y me di cuenta de la extraña forma en que nuestras vidas volvían a depender entre sí. De nuevo él, siempre él. La respuesta y la pregunta. Aunque eso significara lastimarlo de nuevo, ¿de verdad estaba dispuesta a utilizar su desesperación nuevamente?

—Tenemos que irnos antes de que alguien nos encuentre aquí. Llamaremos mucho la atención. —Teo se aclaró la garganta—. ¿Julia? ¿Alguna idea? —Presionaba sobre mí con ansias.

No me sentía preparada para irme, por más que supiera que no podíamos quedarnos por mucho tiempo, en cualquier momento los vecinos se darían cuenta y acudirían al lugar, y aunque deseaba quedarme hasta que sacaran los... cuerpos, los dos hombres a mi lado no podían ser vistos.

—El auto está... —Miré en dirección a la cochera que era la bodega.

Prácticamente me arrastré hasta ella, me costó abrir el protón de madera y ellos me ayudaron. Había alfalfa tirada por todos lados, el lugar era un desastre, mucho peor que la vieja camioneta de mi padre.

—¿Sirve? —Teodoro lo examinó.

—Las llaves están en la guantera, mi padre... —Mi padre, a quien ni siquiera había tenido oportunidad de ver una última vez—. Sí, funciona.

—¿Dónde está tu familia? —preguntó Gabriel y esperó paciente mi respuesta, rodeándome a la espera de que me desplomara.

Levanté la barbilla para verlo, conteniendo las lágrimas que aún me quedaban por derramar.

—Esa era mi familia.

Me recosté en el asiento e intenté controlar mi respiración, frotándome las manos sobre las piernas, incapaz de asimilar lo que cavaba de pasar.

El silencio no ayudaba, los dos hombres de repente no tenían nada más de que hablar. Al principio habían buscado cómo salir del pueblo y tomar la carretera. Cuando finalmente encontraron el camino, el ambiente se ensombreció.

—Lo lamento mucho —comentó alguno de ellos.

—Igual, lamento mucho lo que estas viviendo —murmuró el otro.

No pude responder, la voz no llegó a mí. Comencé a ver por la ventana hasta que pude cerrar los ojos y hundirme.

«*Porque la única salvación es hundirse*».

Me desperté con el sonido de la ciudad, con la creciente sensación de que había soñado algo lindo y acogedor. No fue así, no había soñado nada.

Gabriel me ayudó a bajar de la camioneta cuando estuvimos en la casa; me tomaba del brazo, cuidaba de mí con paciencia, cosa que me mantenía de pie. La casa no había cambiado ni un poco, no recordaba con claridad la primera vez que atravesé ese umbral, ebria hasta los huesos, aun así, debió ser mejor que esta ocasión.

—¿Qué demonios hacen aquí? ¿No tenían una fiesta? Pensé que durarían días celebrando. —Kaede no dejaba de ser encantador. Y el clima no le afectaba, pues llevaba puestos unos pantaloncillos cortos.

—Tuvimos problemas. Necesito que contactes a tu hermana. —Teodoro entró en la casa como si solo adentro estuviera a salvo.

—¿Dónde la dejaste? —Dejó escapar un bufido que bien pudo ser su interpretación de una risa—. Caminas muy chistoso. —Lo señaló con el pulgar. Después pareció reconocer al fin el estado en el que nos encontrábamos—. ¿Qué les pasó?

—Creo que se quebró algo. —Gabriel le dio dos palmadas en el hombro.

Y cuando me vio ladeó la cabeza, sorprendido por mi presencia. Incliné la cabeza en un saludo y seguí caminando junto a Gabriel. No sentía ganas de excusarme, ni de aparentar arrepentimiento, ni de nada. Me dejó sentarme en el comedor, junto a ellos. Me tomé la libertad de subir los pies a la silla para poder abrazarlos, tenía la necesidad de sostenerme, segura de que en cualquier momento el suelo me tragaría si no lo hacía.

—Ella... ¿No la ibas a abandonar en la primera parada? —lo escuché murmurar, era malo con eso de la discreción.

—No es momento para eso, hemos pasado por mucho. Por ahora vamos a pasar por alto su presencia. Me interesa más saber si mi esposa está a salvo. —Se sentía extraño ser defendida por Teo en lugar de Gabriel.

—De acuerdo... —Estoy segura de que se tomó otro momento para mirarme—. ¿Listos? —Hubo un largo silencio.

Tuve que mirar, ya que nadie hablaba. Kaede permanecía sentado en una posición erguida, con ambas manos sobre el pecho y los ojos cerrados, como si durmiera.

Gabriel fue el primero en ponerse de pie ante la espera.

Cargar con el daño que nos habíamos hecho en el pasado no superaría jamás la forma en que volvíamos a enfrentarnos en el presente. Eso que nos obligó a aferrarnos, a buscar más preguntas para no enfrentar las dolorosas respuestas que teníamos, nos llevó a conocernos. No fue el destino, ni la casualidad, fueron nuestros propios demonios internos.

—¿Quieres algo de café? —Una aguja en el pecho me picaba para que lo mirara, para que apreciara el rostro que seguramente había ablandado para mí, lleno de lastima. Si de verdad iba a atreverme a usar su pasado como fuente de información, no me permitiría verlo, no me permitiría acercarme demasiado otra vez.

Cometí el error de todas formas, perdiéndome en el castaño de sus ojos bajo sus espesas cejas. Y descubrí que tenía razón, me regalaba la más suave de sus expresiones, aquella que me hacía sentir a salvo, la que podría admirar todo el día sin parpadear.

No respondí, solo seguí mirándolo, perdida en los remolinos de sus ojos. Fue suficiente para él.

Sirvió un par de tazas de la cafetera, dejó una frente a mí y otra frente a Teo quien, sospechaba, no le prestaría atención hasta que Kaede volviera en sí. Como yo lo veía, era capaz de no probar bocado hasta saber de su esposa. Su vínculo hacia ella era tan intenso, tan protector y a la vez tan fascinante... pensar que de verdad se podía llegar a amar a alguien a ese nivel me era inconcebible.

Llevaba tres o tal vez cuatro cucharadas de azúcar cuando me di cuenta de que Gabriel veía mi taza con detenimiento. Mezclé todo con nerviosismo, era verdad que el café me gustaba muy dulce, aunque rara vez hacía algo como eso frente a los demás.

Kaede se sacudió con fuerza hacia adelante y se sostuvo de la mesa para no darse en la frente.

—¿Qué pasó? ¿Qué te dijo? —Las ansias de Teodoro eran contagiosas.

—Ella está bien. Dijo que te tranquilices, tu padre y tus hermanos se encargaron de todo. Esteban está herido, pero se recuperará. Hubo al menos veinte bajas sin contar a los soldados que tal vez no pasen la noche. —Hablo sin parar, como si temiera olvidar algo—. ¿Cómo fue que lograron volver?

El hombre se dio varios golpes en la cabeza con el puño.

—¿Qué más? —Exigió frotándose la frente, ignorando la pregunta.

—No se pudo recuperar nada del mapa estelar, en sus palabras, quedó deshecho. —Levantó las manos con dramatismo. Imaginé a su hermana haciendo lo mismo.

—Por eso el portal no fue fijo y terminamos en la primera dirección que se le dio. —Gabriel me miró por sobre las manos que mantenía entrelazadas, con los codos apoyados sobre la mesa.

—Fue lo que intentaron hacer en las minas de Taiman. Solo que nunca encontraron su mapa estelar. Ese es su objetivo, deshacerse de los portales que controlan las rasgaduras en el velo. —Teodoro estaba furioso, algo me decía que era capaz de tirar todas las sillas.

—Tu padre confinó el portal, como es inestable decidieron prohibir el acceso, aún no saben si lo reconstruirán o le darán prioridad a la ciudad. —Kaede no estaba en su mejor estado, se veía pálido y con la frente sudada. Comunicarse con Izel, como fuera que lo hiciera, parecía agotarlo.

—¿Cómo la viste? ¿Está herida? —Su furia disminuyó al pensar en la mujer a la que amaba.

—Físicamente intacta, aunque está afligida porque no logran encontrar a Michelle.

—¿No la encuentran? —Gabriel parecía desorientado—. No cruzó con nosotros, la habríamos visto. —Vi la tormenta en su interior. Ellos eran cercanos.

—La están buscando entre los escombros, pero no descenderán al lugar con el portal por orden de tu padre. —Señaló a Teo.

Todos guardamos silencio, conscientes del significado de esas palabras. Aunque ella siguiera viva, no quedaba esperanza.

El mayor se puso de pie con fuerza, pasándose una mano por el cabello. Luego se posó frente a mí con una expresión severa.

—¿Qué te dijo antes de cruzar el portal? —gruñó con ferocidad. Todos me miraron.

—Que pensara en casa. —Recordé su expresión, tan segura de sí misma.

—¿Por qué no entró contigo? —continuó interrogándome.

Por un momento no supe responder, primero porque la forma en que me habló me dejó paralizada y, aunque tuviera la capacidad de hablar sin quebrarme en mil pedazos, no tenía una respuesta

—No lo sé, solo me empujó. —La culpa se apoderó de mí y me robó el valor, evadí su mirada y me concentré en los botones de su chaqueta manchada en sangre, eran dorados y contenían la insignia de su ciudad.

—Tranquilo. —Gabriel le dio dos palmadas en la espalda, sus miradas se encontraron en una lucha silenciosa que nunca los había visto tener—. Yo no la vi al seguir a Julia y tu fuiste el ultimo en entrar al portal —le señaló y aquello dejó a Teo con más preguntas—. Necesita descansar. —dijo antes de que alguien más pudiera decir algo. Me ofreció la mano—. Vamos.

—¿Qué tal si todos toman una ducha? Porque huelen horrible —Se quejó el gemelo, en intento por despejar la incomodidad que nos rodeaba.

—Voy a ir a las minas —soltó Teo sin mirar a nadie en particular.

—¿Intentarás cruzar? —Kaede no se escuchaba muy convencido de su plan—. Sobre eso... Se me olvidó mencionar... —Se revolvió en su asiento—. Han enviado una especie de... orden, para que nadie cruce por al menos los siguientes dos días. Algo sobre que los intrusos llegaron desde este lado del velo.

—¿Cómo llegaron a esa conclusión? —Gabriel sonaba incrédulo. Al igual que yo, duda que esas marcas y las que habíamos visto en las victimas de asesinato fueran una coincidencia.

Kaede negó con la cabeza.

—No pueden impedirme el paso, soy un miembro tercero de la casa Dunia...

—Mi hermana dijo que ni lo intentaras, tratará de explicar tu situación y me contactará cuando pueda —lo interrumpió con calma.

Gabriel me apretó la mano y me sacó de la vista de Teo.

Vivir esto de nuevo me ponía nerviosa. Esta vez pasé una exagerada cantidad de tiempo bajo el chorro de agua caliente. En mi mente, su sangre se adhería a mí como una segunda piel, y lo odiaba. Tallé con fuerza cada parte de mi cuerpo con una sola imagen en mi cabeza: la de su rostro sin brillo alguno. No pude alejar esos pensamientos mientras tomaba la ropa prestada y ocultaba el tan controversial collar bajo una blusa de cuello de tortuga. Me desenredaba el cabello cuando escuché los murmullos tras la puerta y mi nombre entre la discusión.

Hice oídos sordos a lo que fuera que estuvieran planeando. Estaba dispuesta a respetar su privacidad, aunque se discutieran mi futuro. La posibilidad de que alguien más planeara los siguientes días de mi vida me parecía de lo más tentadora. Qué miedo pensar en el futuro cuando tu presente no se siente bajo control. De nuevo, nada se sentía bajo control.

Pero este era mi mundo, aquí yo tenía la ventaja, los aliados, los medios. No iba a dejar que ese par o nadie más intentara decidir por mí. Con un poco más de fuego en las venas, tomé el paquete que había dejado sobre la cama. Aquello a lo que Carlota tanto se había aferrado antes de morir era un libro, las pastas eran metálicas y en la portada se distinguía el relieve de una serpiente. Me dio un escalofrío de solo tocarlo. Abrirlo fue toda una sorpresa, no entendía nada. Todos eran símbolos extraños e imágenes confusas. Hasta que llegué a las páginas finales, algunas tenían anotaciones, de ella, esa era su letra. Sonreí, la caligrafía era inconfundible para mí ya que había tenido que aprender a hacerla para falsificarla en mis exámenes. Lloré de solo imaginarla traduciendo esos textos con esfuerzo, era buena en idiomas, la perfecta compañera de un historiador. Llena de frustración, quise cerrar el libro y una hoja se desprendió de él. El papel era diferente, no le pertenecía.

«*Un sueño. Esa niña otra vez. Su muerte desata una terrible guerra sobre este mundo*».

¿Una niña? Era una especie de confesión.

«*Hay que protegerla tanto como podamos. Será inevitable, pero cada segundo hará la diferencia. Ella muere y no hay marcha atrás, los días estarán contados, su furia incontenible se extiende sobre la tierra*».

Confuso y vago. Había más escrito al reverso.

«*Perderla es perderlo todo. Para conservar algo hay que conservarla de nuestro lado*».

Busque más sobre esta niña, otra hoja entre las páginas del libro, pero no había nada más. Rechazaba la idea de que se refiriera a mí. Para empezar, porque ya no era una niña, y porque me dolía que hablara de mí como si fuera una desconocida.

De alguna manera no solo mi pasado era un misterio, el de mi tía, incluso el de mi padre también. Nunca, ni con toda la experiencia que había obtenido trabajando con los Vigías, llegué a descubrir que Carlota no era humana.

La puerta se abrió y cerré el libro de golpe, escondiendo la hoja que había encontrado.

—¿Cómo te sientes? —Se acercaba con lentitud—. Es una pregunta estúpida, pero no sé qué más preguntar. —Ahora estaba en su papel de torpe, ese que me decía que le costaba conectar con las personas—. Sucedió demasiado rápido, tal vez no sepas cómo sentirte al respecto.

—En su momento fue eterno. —Me arrepentí de seguir hablando de aquello, pero solo con él quería hacerlo—. Nunca había perdido a alguien de esa forma, ¿cómo voy a superarlo?

—No lo harás. —Su respuesta detuvo el tiempo, me quitó el aliento—. Nunca lo superas. Ver morir a alguien que amas y que sabes que te amaba... te marca de por vida, esa imagen vivirá contigo por siempre.

Él vivía cargando con la imagen de alguien a quien amaba, era el tipo de cosas que te consumían, obligándote a cometer todo tipo de locuras con tal de superarlo, aunque eso nunca sucediera.

—Suena horrible. —Bajé la vista, convencida de que ni siquiera con eso podría imaginar todo el dolor que él había experimentado en su vida.

Y ahora, con Mich desaparecida y la ciudad, que era su ultimo hogar, destrozada, de alguna manera ambos estábamos a la deriva.

—Me ducharé en otro lugar... puedes dormir un rato si quieres. —Buscó algo de ropa en su armario—. Los chicos fueron a comprar algo de comida, Teo no está de humor para cocinar. Te despertaré cuando vuelvan. Si tienes frío puedo darte algún abrigo o una bufanda.

Sonreí en mi interior, agradecida de vivir esto una vez más, de no quedarme con la imagen fría de un Gabriel que se negaba a dirigirme la palabra. Permanecer a su lado solo haría que se hundiera conmigo.

—Yo la buscaré. Gracias. —Se inclinó de una forma extraña al momento en que se rascaba la barbilla. Lo vi caminar a la salida y tuve que decirle algo—: Y gracias, por intentar salvarla. —Porque había visto su incomodidad y pese a ella no me abandonó.

—Me hubiera gustado hacer más. —Se fue.

Guardé el libro y vi su espada recargada contra la pared. El mango tenía una figura muy parecida a las que estaban en el libro. La tomé para admirarla mejor, el filo en la hoja tenía símbolos grabados, extrañamente familiares. Volví a enfundarla y la dejé en la cama junto a las demás cosas.

Asalté el armario y encontré un abrigo bastante largo y una bufanda lo suficientemente discretos como para pasar desapercibida. Era fácil esconder la espada bajo ese disfraz.

Tomé la manija de la puerta y vi el celular de Gabriel sobre la mesita junto a la cama, no quería quitarle más, pero necesitaría hacer algunas llamadas. Necesitaba encontrar el único hogar que me quedaba.

CAPÍTULO 28:
VALERIA LUARCA

No recordaba la última vez que me había mordido el pulgar con tanta ansiedad, el corazón me retumbaba con fuerza de solo pensar que nadie contestaría la llamada. Me encontraba a unas cuadras de la cafetería de Amaris. Antes de acercarme debía estar segura de que no me encontraría con alguien indeseable.

Al menos me sentí aliviada por un momento cuando me di cuenta de los autos atascados en el tráfico, de las luces resplandecientes de los escaparates y de la gente que caminaba apresurada en todas direcciones. De verdad estaba de vuelta, en un abrir y cerrar de ojos, sin meterme en ríos extraños o enfrentar soldados en plena guerra, así de fácil.

Y buzón de voz de nuevo. Era la tercera vez que marcaba. Comenzaba a pensar que había cambiado de número hasta que devolvió la llamada.

—¿Bueno...? —Un gran alivió me inundo al escuchar su voz.

—¡Amaris! —Tenía que controlarme, por más emocionada que estuviera de escuchar su voz—. ¿Estás sola? —Debimos tener una clave para estos momentos.

—Hola, señor Delgado. En este momento estoy atendiendo la cafetería, permítame un momento. —Escuché pasos y algunos susurros—. Sí, debo ir a visitar a Mariel al hospital, la comida del

Universitario es buena. Y dígale a Pau que no tiene que venir a trabajar hasta que no se sienta mejor.

Javier debía estar junto a ella por la forma en que exageraba, tal vez todos los Vigías estaban en la cafetería.

—¿Siguen en el hospital? ¿Está muy grave? —Cubrí tanto de mi cara como pude, temía que alguien pudiera reconocerme.

—Le pagaré los ciento treinta y cinco que le debo la próxima vez que la vea. Sí. Hasta pronto. —Colgó.

Al menos estaba bien, no dudaba que le costaría mantenerse leal en estos momentos, pero sobreviviría con mi secreto, así como lo hacía con los de las personas a las que tocaba.

La información que me dio fue suficiente; hospital Universitario, número ciento treinta y cinco. La habitación ciento treinta y cinco, para mi sorpresa, estaba en una de las áreas exclusivas del hospital. No iba a ser fácil entrar, razón por la cual deambulé entre los pasillos y las escaleras de emergencia como una niña perdida.

Era la segunda vez que paseaba por la cafetería, arrastrando los pies por el cansancio. La comida en realidad se veía buena, lástima que no tuviera dinero para comprarla.

Al otro lado del pasillo divisé la figura familiar de mi amiga. En cuanto Mariel me vio, se quedó boquiabierta, como estatua en su lugar, hasta que un par de cables debieron conectarse en su cabeza, ya que corrió inmediatamente hasta mí para tirar de mi abrigo y meternos en un cuarto de servicio.

—Tú. —Soltó y comenzó a examinarme de pies a cabeza, palmeando las manos sobre mis brazos, para finalmente abrazarme con fuerza—. Estás bien, qué bueno que estes bien. ¿Dónde has estado? No pude volver a contactar a ese hombre, solo dijo que no me podía dar detalles...

Ya había olvidado la tarea que le había encomendado a Teodoro Dunia, el tercero de su casa, lo que fuera que eso significara.

—¿Fue grosero contigo? —Deshicimos el abrazo para estar frente a frente.

—La verdad fue bastante amable. ¿Por qué preguntas? —Le brillaba la cara por el llanto.

—No soy su persona favorita. ¿Sabes?... Ya no importa —Sostuve sus hombros, notaba lo delgados que estaban.

—¿Qué te sucedió? De verdad, te vi ir al borde de la muerte y estas aquí... tan diferente. —Miraba algo en mí que no podía ser mi ropa.

No fui capaz de contenerme, solo estallé en llanto y volví a abrazarla con fuerza. Tanto me dolía el pecho que me costaba respirar, como si hubiera demasiado que sacar.

—Mariel... —Me acarició el cabello, justo como Carlota solía hacerlo, cosa que me puso peor.

—¿Te hicieron daño? Julia... —dijo y se le quebró la voz.

Porque nunca me había visto de esa manera, nunca le había dejado verme así de mal. Solía llorar en silencio cuando la vida era difícil, me escondía, a sabiendas de que la mujer ya tenía suficientes problemas en su vida.

—Están muertos... —Solo lo dije, ya estaba hecho.

—¿De quiénes hablas? —Me apartó con cuidado, buscando mi rostro.

Descendí por una espiral de sensaciones, deseando no haber comenzado jamás esa conversación, deseando que no hubiera razones para hacerlo. Dentro de mí aún era como un sueño, anunciarlo en voz alta lo volvía real.

—Mi padre... —Los ojos me ardían al intentar contener las lágrimas—. Carlota, los dos están...

Vi a mi amiga llevarse ambas manos al estómago, perpleja ante mis palabras. Yo no quería que me soltara, necesitaba la estabilidad que su abrazo me daba para continuar de pie.

—¿Estás segura de eso? —Sonó horrorizada por la noticia—. No pude contactarme con tu padre, pero eso no significa que esté... muerto. Y aunque Carlota tampoco devuelve mis llamadas... —Pareció darse cuenta de lo segura que yo estaba de ello.

—Fui a la casa... —Me deslicé lentamente hasta quedar de rodillas en el suelo—. No quedó nada. —Me encogí, negándome a recordarlo, las imágenes del fuego y la sangre me golpeaban como balas que se me enterraban en el pecho.

—¿A qué te refieres con que no quedó nada? —Se puso frente a mí, sosteniéndome de los hombros—. Julia, ¿de qué estás hablando?

—A Carlota la hirieron. —Me llevé la mano al vientre—. La casa se incendió y ambos quedaron atrapados dentro.

Se llevó las manos a la boca en un grito ahogado.

—¿Qué? ¿Cuándo? —Sabía que aquello le dolía tanto como a mí, pues mi familia se había vuelto la suya con el tiempo.

—Justo... hoy. —Me sostuve la cabeza entre las manos. Era verdad, hacía apenas unas horas mi tía aún hablaba conmigo y me advertía sobre los dioses en los que ella creía y ahora ya no estaba más.

Mariel me atrapó en un abrazo inesperado, el apretón me llegó hasta el alma junto con sus lamentos, así que lo solté todo. Balbuceé cada doloroso momento de forma casi inentendible y ella, bendita sea, escuchó todo con paciencia.

—Pasaste por todo eso solo hoy... —Me frotaba la espalda para tranquilizarme.

—Son demasiadas coincidencias, ¿no crees? —Busqué su mirada, una familiar y amistosa—. Dime que no estoy volviéndome loca. El departamento y la casa, ambos han dejado de existir casi al mismo tiempo. —Sentía que alguien estaba cazándome, aunque no había sido el objetivo en el primer ataque, mi hogar fue destruido en ambas ocasiones—. Necesito encontrar las respuestas. —Tomé sus manos entre las mías—. Sé que algo está pasando, algo que tal vez no tiene nada que ver conmigo, pero el culpable atacó a mi familia en el proceso, necesito encontrar al responsable de esto. —Sonaba como una loca, porque estaba desesperada, todo eso giraba en mi cabeza y, aunque el camino a seguir era borroso, estaba dispuesta a tomarlo.

—Sobre el edificio... —Se puso de pie, ayudándome a levantarme, limpiando las lágrimas en mi rostro con la manga de su sudadera—. Creo que tengo información sobre eso.

Iba a preguntarle al respecto cuando escuché un sonido en el exterior, como si alguien se hubiera recargado en la puerta para escucharnos. Ella me miró, confirmando que había escuchado lo mismo que yo, así que guardamos silencio y nos limpiamos las lágrimas.

Le hice una señal con la cabeza y ella asintió. Entonces abrí la puerta y Mariel se lanzó sobre la persona que nos espiaba. Estaba por unirme a la pelea cuando la vi detenerse.

—¿Axel? —No esperaba verlo por aquí.

—¡Axel! Idiota, nos asustaste. —Le reclamó y él hombre me miró, entornando los ojos. Pensé que me bombardearía con preguntas o que tal vez me llevaría arrastrando hasta la central de operaciones.

Me equivoqué y me hubiera gustado no equivocarme. Era la primera vez que recibía un abrazo, un verdadero abrazo de su parte.

—Maldita bruja, creí que no volvería a verte. —Sus palabras eran duras, pero eran dichas con verdadera preocupación.

—Yo también te extrañé. —Solté aturdida, sin saber cómo corresponder a su abrazo, agradecida de que no durara mucho—. Espera, tú... ¿sabías que estaba viva? —Dirigí mi mirada más acusatoria a mi amiga. Su expresión tranquila me disgustó.

—Tuve que decírselo, de acuerdo. Necesitaba ayuda para investigar. —Recargó el codo en el hombro de él.

—¿Y tenemos su lealtad? —No era la pregunta que yo quería hacer, deseaba preguntarle si era capaz de guardarle el secreto a su jefe.

—Me ofendes, cazadora. —Se cruzó de brazos—. Sabes que mi trato con los Vigías fue tan tramposo como el de ustedes. Ellos nunca han tenido mi lealtad.

—No me la estás poniendo fácil. —Volví al interior del cuarto y ellos me siguieron.

—¿Ni porque salvé sus traseros? —Cerró la puerta.

—Tú no... —Aquella llamada nos había dado una gran ventaja, una que muchos no tuvieron—. ¿Cómo supiste del ataque? —Esa era una pregunta correcta.

Mariel tenía cara de conocer todos los detalles.

—Nos infiltramos. Bueno, uno de los nuestros está dentro —explicó—. Gracias a eso, interceptamos mensajes y llamadas sospechosas. —No se veía orgulloso, aunque lo sonara—. Solo sabíamos que iban hacia el edificio, no teníamos idea de lo que harían.

—¿Quiénes? —La pregunta del millón.

—Eran humanos —respondió mi amiga con impaciencia.

—Lograron llevarse al menos a cinco personas, no tenemos claros los números. Con la explosion no localizamos varios cuerpos y los demás residentes no quieren hablar con nosotros o ya se mudaron muy lejos de aquí. —Estiró la espalda, aquella búsqueda lo había tenido ocupado.

—¿Por qué no enviaron refuerzos? —Estaba indignada, toda esa información... habían tenido a alguien dentro y no hicieron anda.

—Los enviamos, aunque no fue suficiente, nunca pudimos ingresar al lugar. —Había estado allí, ahora lo sabía y lo agradecía.

—Fue la distracción perfecta para que pudiéramos escapar, de otro modo habría sido imposible, con toda esa gente... —Ella lo recordaba con desagrado.

Gabriel debió haber aprovechado ese momento para entrar.

—Lo extraño es que eran de dos grupos diferentes —agregó Axel, interrumpiendo los pensamientos de Mariel.

—¿Qué quieres decir?

—Luchaban entre ellos, estaba vestido de la misma forma, pero algunos de ellos... era como si tuvieran un objetivo diferente.

—Julia... la bomba, la pusieron en nuestro departamento. —Sonaba preocupada, y entendía perfectamente la razón.

La explosión de ese edificio... toda mi vida había estado entre esas paredes. Ahora todo rastro de mi existencia adulta había sido borrado. Y con el incendio de mi casa ya nada quedaba de mí. No quedó nada.

Incapaz de articular palabras, me senté sobre un par de cajas apiladas. Todas esas cosas, esos ataques, eran similares, pero seguía sin entender la relación.

—¿Sabías que Javier puso el edificio a tu nombre un día antes? —Axel se arrodilló frente a mí.

—Algo de eso escuché. Salió en las noticias. —¿Mi familia se habría enterado?

—Todo parece estar conectado, aunque no hemos encontrado los motivos. —Mariel volvió a su lugar en la pared.

—Javier cree que es obra del Justiciero de Dios. Llegamos a la conclusión de que no es una sola persona, tal vez sea una organización completa. —Extendió los brazos; de ser verdad, aquello era un hecho aterrador.

—No tiene sentido. —Me llevé las manos a la cabeza—. Ese asesino, o esos asesinos, solo vengaban la muerte de una niña Calpián, sus víctimas eran asesinos. Y las personas que vivían en ese edificio solo eran inocentes atrapados entre los Vigías y la Sociedad. —Nos señalé como prueba de ello.

De verdad estábamos atrapadas entre ambos grupos, pero no éramos inocentes, también había sangre en nuestras manos, nuestro pasado no estaba limpio.

—Por eso los Grandes Vigías culpan a la Sociedad. —Sus palabras me hicieron ponerme de pie—. Las personas que no aparecen son parte Calpián y los heridos, todos en el edificio, son personas que acudieron a los Vigías para ocultarse de la Sociedad.

No me di cuenta de que tenía las manos hechas puño hasta que sentí las uñas clavadas en la piel. La Sociedad sí que tenía razones para ir detrás de mí y de mi familia, sobre todo los Taiman.

—¿Tienen pruebas contra la Sociedad? —le demandé.

—Al menos uno de los grupos que nos atacó pudo pertenecerles. —Mariel puso su mano sobre mi hombro—. Sabemos que hay gente intentando volver y que no todos están de acuerdo. —Esa estúpida investigación, era verdad que habíamos descubierto un conflicto político entre ellos mismos. ¿Tan grande era que cobraban vidas a su paso? —. Por eso apostamos por esta conclusión. —Interrumpió mis pensamientos—. Si Javier tiene un infiltrado entre ellos nada nos asegura que no haya un espía en nuestras filas. —Vi la euforia con la que ataba los cavos, esto era lo que hacíamos. Libres o no, esto éramos.

—Es probable que así fuera cómo llegaron a ustedes. —Paseó el dedo, señalándonos—. Ustedes investigaban los conflictos dentro de la Sociedad y a las personas que el tratado protegía.

No me convencía, algo no encajaba. Esa explosión no era necesaria si solo iban por nosotras, además Javier nos había echado en cara que la información que le dimos no era suficiente. No, Gabriel lo sabría, o sus amigos, no cargaría conmigo a través de los mundos sabiendo que tenía la mira de la Sociedad en la espalda. Pero, de ser verdad, con un infiltrado detrás de nosotras era fácil dar con la casa de mi padre, el único lugar en este mundo donde yo era capaz de esconderme.

—¿Recuerdas el departamento junto al nuestro? Pensábamos que estaba solo, pero las cosas en ese lugar... —No sabía por qué eso vino a mi memoria, era otra de las cosas sin sentido.

—No quedó nada de él para investigarlo. Le conté a Axel sobre nuestras pertenencias, las que estaban allí, por eso pensamos que han estado tras nosotras por un largo tiempo. —Seguramente recordaba lo mismo que yo, ese lugar era un desastre y olía a óxido, debía ser la sangre y el agua en el piso, no era posible que alguien viviera en esas condiciones durante meses solo para espiarnos—. Tal vez habían matado a alguien más en ese lugar, pero era tarde para averiguarlo.

—Uno de los nuestros podría entrar en el edificio sin parecer sospechoso, incluso ir a verlas. Aunque vivir a su lado y robar sus cosas sin que se den cuenta, eso significaría que las han estudiado bien.

—Eso significa que entraron en nuestro departamento y husmearon entre nuestras cosas, teníamos todo, fotos de la investigación, reportes... ¿Qué clase de cargo se necesita para obtener información sobre los compañeros? —pregunté a ambos.

—¿Entre nosotros? Nadie en el centro de operaciones que esté por debajo de Javier. —Axel se encogió de hombros.

—Tal vez alguien en el equipo encargado de investigarnos, ya sabes, los tipos que fueron a mi antigua casa y asustaron a mis padres.

Y los Vigías sabían sobre el otro mundo, mi apellido pertenecía a ese mundo, y los Cazador estaban ligados a los Taiman. ¿Qué tanto sabrían sobre nosotros?

—Tal vez sea verdad... —Me dirigí a ambos, con la sangre hirviendo en mi cuerpo—. Tal vez sí iban por nosotras. —Porque una de nosotras poseía la información suficiente para echar abajo a una familia Calpián importante, además de estar demasiado cerca de los Mirantes, familia que querría información valiosa como esa—. Que parezcan humanos no significa que lo sean —dije más para mí que para ellos.

De ser verdad, la Sociedad, no, los Taiman eran los culpables de la muerte de mi familia, del incendio en mi casa y la explosión de mi departamento, querían acabarme antes de que pudiera decirle a cualquiera que Julieta no estaba desaparecida. Gabriel me había asegurado que existían razones mucho más fuertes para mantenerla viva y perdida que admitir que estaba muerta.

—Pero no sirve de nada. —Axel bufó caminando hasta la puerta—. Javier no le dará más protección a Mariel para no asustar al mentado grupo de asesinos. —Me parecía una locura que intentara usarla como carnada—. Además... —Se rascó la nuca, vacilante—. Descubrimos un posible escondite del asesino y en el lugar había una prenda... él asegura que es tuya. Solo que no hay forma de preguntarte porque tú... pues estás muerta.

—Una prenda mía... —En un escondite del asesino, pero el asesino al que los había enviado era Gabriel y en su departamento claro que podía haber una prenda que me perteneciera—. ¿Crees que podamos verla? —Me latía el corazón con fuerza; aunque no tenía más motivos para dudar de Gabriel, sí que le había dejado preparado el escenario para que fuera el asesino al que Javier tanto buscaba.

—No será posible, nos quitaron el caso. —Sonaba más aliviado que decepcionado—. Pero sé que seguirán la primera pista. La mujer a la que apuntaba el cabello encontrado en la última escena tiene los motivos y es un Calpián de sangre, les gusta como sospechosa. Ya sabes, por esa rivalidad.

—¿La última? ¿No hubo más ataques?

—Nada desde la explosión, ni movimiento entre los que invadieron el edificio al parecer. Es como si estuvieran esperando algo.

Mariel se acercó a él y comprendí lo que estaba pasando.

—Déjenme entender, ustedes dos, par de idiotas, han estado investigando esto. ¿Así como si nada? —Abrí la boca para seguir insultándolos, simplemente no podía creerlo—. No deberían mal gastar su tiempo así, hay cosas más importantes... —Me transporté desde mi mágico mundo lleno de investigaciones y asesinos a ese cuarto de servicio en el hospital—. ¿Por qué no te la has llevado lejos de aquí? —Quise golpearlo, pero nuestra amiga se interpuso—. No están a salvo, deberían salir corriendo en lugar de ir tras el peligro.

—También he estado evitando que los Luarca encuentren a Mariel, soy como multitareas. —Axel se jactó, con ese ceño fruncido que tanto le conocía.

—Luarca... se me hace familiar. —Me detuve de mi ataque para procesarlo.

—Como el profesor Andrés Luarca —explicó Mariel—. El tío de Valeria.

Se me estrujó el corazón al solo entrar en la habitación y verla, tan pequeña e indefensa, con la vida entrelazada a todos esos aparatos y cables que la rodeaban. Tenía el sonido del monitor cardiaco como canción de cuna, parecía estar sumergida en un profundo y hermoso sueño. Estaba rodeada por todo tipo de regalos, flores, peluches y globos; era una pequeña muy amada.

—Está en coma. —Su madre se sentó a su lado y le acarició la frente—. Ese auto no las vio cruzar la calle... Paulina tiene un brazo roto.

Tomó una gran cantidad de aire cuando las palabras le fallaron.

—¿Qué dicen los médicos?

Vi a Axel junto a la puerta, negó con la cabeza.

—No saben cuándo o si... —O si es que despertará alguna vez. Esa diminuta criatura, a la que, con tanto esfuerzo, protegimos todos estos años, aquella que alegraba nuestras vidas con su existencia—. Si su padre nos encuentra va a llevársela a la Sociedad. Julia, él me la va a quitar.

—El apellido de su padre es Luarca. —No podía ser cierto, aquel descubrimiento me puso la piel de gallina—. Y Andrés, ese bueno para nada, es su tío. —No olvidaba cómo ese idiota no había podido controlar el accidente de Miriam.

—Sí, sé que son una familia algo importante en...

—¿Algo importante? —La interrumpí—. Tienen una puta ciudad con su nombre. —Me mordí la lengua al ver a la pequeña—. Lo siento. Valeria, no puedes repetir estas palabras, ¿me escuchaste? —Deseaba que pudiera hacerlo, sin importar que al despertar supiera una palabra nueva.

—¿A qué te refieres con una ciudad? —Ignoró mi comentario.

—Olvídalo, no importa. ¿Quién más sabe que ella está aquí? —Sí que estábamos en problemas.

—Javier, pero solo vino una vez —se vio obligada a aclarar—. Amaris y Aidan. —No me sorprendía que siguiera en contacto con el hombre.

—De acuerdo, si nadie nos traiciona, no van a encontrarla. No dejaré que se la lleven. —Hablaba en serio, sobre mi cadáver la Sociedad reclamaría a mi sobrina. Y vaya que creían que podían y se sentían con el derecho.

—Si pidieras la protección de los Vigías, la Sociedad no se atrevería a acercarse.

Nuestro amigo abandonó su puesto para pararse frente a la camilla.

—Ya dije que no. —La dureza en su voz no titubeó, nunca lo hacía si se trataba de su hija—. Estábamos bajo su cuidado cuando Andrés apareció en el instituto y me amenazó.

—No me contaste eso. —Caminé hasta ella y se puso de pie al momento que se frotaba las manos entre sí.

—No sabía cómo hacerlo. Lo lamento tanto... —Cerró los ojos con fuerza para no mirarme—. Fue por lo que te presioné y te obligué a entregarlo a Javier... —Se refería a Gabriel. Un sentimiento de traición me invadió, pero no me importó, al igual que ella, estaba dispuesta a todo por sacarnos de las garras de ese hombre.

—Ahora lo entiendo. —Apreté sus manos deshaciendo su agarre, estaban tan heladas que me estremecí—. No vamos a dejar que se la lleven. —Finalmente abrió los ojos.

—No. —Me soltó con brusquedad—. Yo me encargaré de esto. Has pasado por mucho, tienes que volver al lugar en el que te estabas escondiendo.

—No puedo hacerlo y no quiero. —No solo porque era difícil, también porque no podía esconderme más—. Voy a ayudarte a arreglarlo, primero nos encargaremos de esto. —Y después me iría, pero no para esconderme, para enfrentarme a la Sociedad, aunque me llevara la vida—. Sea lo que sea, estoy contigo. —No pude evitar volver la mirada al lugar donde yacía Valeria—. Va a despertar, va a colorear en las paredes y a vomitar todo lo que le des de comer. Y va a estar a salvo.

—Prometo ayudarlas tanto como pueda. —Axel se acercó a nosotras—. Ustedes, más que nadie, saben que el pasado solo puede destruirlas si se lo permiten. Mariel, no puedes dejar que ese hombre destruya la familia que tienes junto a tu hija. —Recordé la historia del hombre, él había hecho un trato para salvar a su familia, y eso le costó el perderla.

—No lo haré —le aseguró con confianza.

Yo, en cambio, no temía que fuera el pasado el que me destruyera; era el presente con sus tantas desagradables sorpresas lo que me provocaba dudas.

Esperé a que Axel se fuera para continuar mi conversación con Mariel, prometió estar cerca y pendiente de nosotras, me sentía mal por desconfiar de su reciente acercamiento, no era algo que hiciera siempre, aunque era la primera vez que nos encontrábamos en una situación como esa.

—¿Cómo pagas este lugar? —Tal vez el seguro médico lo hubiera cubierto, si aun siguiéramos trabajando.

—Aidan es quien lo paga, se fue esta mañana. —Se cruzó de brazos al sentarse junto a la cama—. Ha sido muy atento con nosotras.

—Ya veo. Así que va en serio. —Me alegraba saber que no había estado sola todo este tiempo.

—Eso parece. —Sonrió, al menos aún era capaz de sonreír—. ¿Crees que tú y yo podamos seguir confiando en nosotras? Han pasado tantas cosas y todo lo que hice...

—Ay, por favor. —Me dejé caer en uno de los sillones—. No nos fue tan mal ni cuando se cayó de la cama.

Señalé a ambas con la barbilla. Volvió a sonreír, claro que nunca lo iba a olvidar.

—Casi te mato esa vez. Ojalá esto fuera como eso.

—Esto es como eso, fue un accidente y ella va a estar bien. —Tenía que estarlo. Respiré profundo, convenciéndome de lo que estaba por decir—. Y cuando me asegure de que no te la quitarán, yo volveré a la Sociedad.

Me miró fijamente, buscando las palabras, los reproches. Finalmente se llevó la mano a la cabeza y masajeó su cien.

—Tiene sentido, tu familia puede protegerte, ya sea el asesino o la misma Sociedad, si recuperas tu nombre no van a poder tocarte.

Sentí que se lo decía a sí misma, así que tuve que aclararle.

—No vuelvo para que me protejan, sabes que nunca los consideré mi familia. —Di pequeños golpes al sillón con mi puño—. Te dije que encontraría al responsable de todo esto, si es uno de ellos, entonces también yo lo seré.

—Julia, tú misma nos reprendiste por seguir investigando. Hay que olvidarlo, busquemos la forma de zafarnos de esto, esta vez hay que intentarlo juntas.

La última vez habíamos terminado separadas al intentarlo y esta vez sería igual, no existía posibilidad de que pudiéramos lograrlo si seguíamos juntas.

—Algo me dice que tú no eres el objetivo de estos ataques. —Nuestras miradas se encontraron, no lo resistí y levanté la cabeza hacia el techo—. Aunque, de todas formas, si alguien tuviera intenciones de atacar el edificio, ir por mi padre fue personal. —Cerré los ojos, deseaba que no fuera verdad, tenía tiempo deseando que la maldita realidad no fuera verdad.

—¿Por qué la Sociedad iría por ti?

Quiso ponerse de pie, y solo volvió a caer de sentón en su lugar.

—Hay algo que nunca te conté. —Ya tenía los ojos llorosos, era difícil recordarlo, suprimí los recuerdos, seguramente a modo de defensa, por lo horrorosos que eran—. Cuando te hablé de la vez que me enfermé de pequeña, no fue tan insignificante, realmente estuve meses hospitalizada. —No había estado lista en ese momento y de hecho aun no lo estaba.

—No me lo contaste. —Miró a su hija.

Seguramente este no era el mejor momento para hablar de aquella situación tan parecida al presente.

—Había otra chica en ese lugar... —No podía hacerle eso, aunque no fuera el caso, contarle los detalles de aquel infortunio no era lo mejor—. Lo importante es que mi padre cuidaba de ella y acabo de descubrir que todo eso es una especie de secreto.

Mi padre, aquel que había deseado en voz alta morir por no poder cumplir con su palabra, pese a tenerme a mí. Finalmente lo había hecho, ya no cargaría con ese peso del pasado.

—¿Crees que a tu padre lo mataron para mantener ese secreto?

—Como Sofía Levana, lo que le pasó causó caos en la Sociedad, su familia era realmente influyente...

—Ingrid me habló de eso. —Se frotó las manos intentando recordar el reporte que nos había enviado cuando aún trabajábamos el caso—. Cuando la familia abandonó la Sociedad, otras se confrontaron, por eso muchos pidieron ayuda de los Vigías.

—Es igual con esa niña, descubrí que también su familia es influyente. Y, al parecer, se esfuerzan mucho por ocultar la verdad de lo que le sucedió. —Se esforzaban tanto que acosaban a Gabriel apenas ponía un pie en alguna de sus ciudades, incluso Victoria no había flaqueado al apuntarle con su ballesta en la casa Dunia. Y si Victoria me había reconocido esa vez, como tampoco dudó en asustarme para que no confiara en Gabriel, entonces eran capaces de perseguirme de la misma forma—. No dudo que sean capaces de ir tras mi familia para mantener la mentira. —Por más que yo perteneciera a esa familia, los había abandonado, al igual que el resto de los Cazador. Así como los Levana.

Aquello tendría que ver con el sello, si mi padre no lo había puesto en mí, ¿los Taiman lo harían? Un encantamiento que manipulaba lo que una persona era podría incluir los recuerdos. Era algo que podrían ponerme para protegerme o para ocultarme la verdad.

—Por eso no quieres irte conmigo. —No intentaría convencerme, por más que quisiera protegerme, era más importante proteger a Valeria—. Entonces hazme caso, busca protección en la familia de tu madre, o vuelve con Javier...

Ninguna de las dos era siquiera una opción.

—No puedo volver a los abusos de Javier y la presión de los Vigías, y no confío en esa familia.

Seguía siendo una Cazador, Victoria me había dicho que volviera a mi lugar, hasta ella me desconocía como alguien que llevaba su sangre. Seguramente tan solo al acercarme se desharían de mí.

—No puedes meterte sola a la boca del lobo, no estarás a salvo. —Se dio cuenta de algo más y bajó la voz—. ¿De verdad crees que el destino de una pequeña niña sea tan importante para ellos?

Vi la espada que recargué a un costado del sillón, era verdad que su filo me llamó la atención, pero en mi interior sabía que también era un rehén.

—Gabriel ha estado buscando a esa niña, por lo que se, se le ha ido la vida en ello. —Acaricié el mango con las yemas de los dedos—. Tengo miedo, él parece tener siempre mis soluciones. —Me tallé los ojos por debajo de los lentes—. Nunca imaginé que sería él quien liberaría a mi familia de cargar con ese secreto.

La escuché acomodarse en su lugar.

—Parece imposible que se conocieran de esa manera. —Vi en su rostro que había estado pensando mucho en mi relación con el hombre, sobre todo porque no le agradaba—. Ustedes, que sin saber estuvieron buscándose, se tenían uno frente al otro. —Su risa era nerviosa, la repetición de un suave silbido—. Él es tu boleto de regreso a la Sociedad, tu oportunidad de enfrentar tu pasado.

Su reacción a la revelación fue la cara opuesta de la mía. Para mí aquel descubrimiento suponía un obstáculo... volver a acercarme a él, después de descubrir la forma en esa familia lo había lastimado. Después de haberlo lastimado yo misma.

Caminó hacia mí, afligida y cansada. Era demasiado, de verdad me estaba volviendo loca.

—Sigo indecisa sobre usar ese boleto. —Escondí mi rostro de ella, ya no quería que me viera llorar.

—Sé que acabas de perderlos y que duele. Pero lo que estás pensando, y sabes perfectamente que conozco tu enredada mente, es demasiado, incluso para ti. —Acarició mi mejilla sin obligarme a verla—. Hoy puedo ser tu refugio, quédate a mi lado mientras decides, no quiero que hagas nada por tu cuenta. —Se enderezó con rapidez, soltando el aire—. Te voy a preparar la cama en la que he estado durmiendo, tienes que dormir para aclarar la mente.

No dejé de ver la espada de Gabriel, los símbolos en ella, tan parecidos a los del libro. Carlota guardaba múltiples secretos, muchos que no debieron ser originalmente de ella. Y si había decidido proteger ese libro con su vida, era seguro que la respuesta se encontraba entre sus páginas.

CAPÍTULO 29: LAZO DE VIDA

La camilla de hospital en la cual Mariel había estado durmiendo era bastante cómoda en realidad. Y la comida sí era buena, aunque con solo un café en el estómago hasta un sobre de sal habría sido un manjar.

—Puedes usar mi ropa y voy a meter esa cosa en algún armario. —Señaló a la espada.

—¿Es extraño? A esas cosas solo las había visto en las películas. —Fue divertido ver su expresión cuando la había sacado de mi abrigo.

—Es como las que están de exhibición en el edificio de los Vigías.

Para nada, la espada de Gabriel era majestuosa comparada con las oxidadas reliquias que presumían los Vigías, la hoja era tan resplandeciente que brillaba por si sola.

—Me estoy arrepintiendo de tenerla aquí, se la devolveré a la primera oportunidad. —Dudaba que la oportunidad se presentara pronto.

—Yo también me arrepiento de algo. —La miré, a la espera de su confesión—. Hice que Amaris viera su futuro, para saber si despertará. —Se llevó las manos a la cara—. No debí pedírselo.

—¿Elle lo hizo? ¿Qué fue lo que vio?

De haber estado en su situación y contar con una amiga con tal habilidad, también se lo habría pedido, me moriría por saber.

—Dijo que sabía cómo despertarla. No sé exactamente lo que vio, solo prometió volver pronto. —Y la espera la mataba porque eso le daba esperanza.

—Entonces no te arrepientas, son buenas noticias. Solo debemos esperar.

—Me siento culpable por dejar su vida en sus manos. Hacer que despierte no es su responsabilidad, es de los doctores. No sé si fue a buscar un donador de órganos o al mejor cirujano del mundo, solo se fue.

Había olvidado por un momento que mi amiga era solo una humana, claro que sus soluciones eran mundanas, no era capaz de imaginar la clase de habilidades que tenían quienes eran como Día, que en una noche había hecho florecer por completo aquella hacienda marchita.

—Ten paciencia, si dijo que sabía cómo hacerlo significa que Valeria sí despertará, no importa lo que tengamos que hacer, haremos que mejore. —Jugué con su cabello como lo hacía con el de su hija.

—Sigo intranquila por todo lo que está sucediendo. ¿No crees que ya fue suficiente? ¿La vida sabrá que ya no podemos más?

¿Los dioses lo sabrían? ¿Qué habríamos codiciado nosotras que nos castigaban de esa manera?

El celular de Gabriel sonó un par de veces, haciendo temblar mi corazón. No contesté y ni me molesté por ver el número. En cuanto lo hiciera, vendría por mí y el juego continuaría. No estaba lista para eso.

—Iré a la cafetería, Amaris aún debe tener mi ropa y tomaré prestadas algunas cosas de los Vigías. —Además tenía algunas preguntas para la vidente.

—No creo que sea buena idea. Yo tengo tus cosas en mi casa, al menos las que estaban en la mochila. ¿Qué más necesitas? —Me sujetó el brazo, aferrándose a mí.

—Tranquila, me aseguraré de que esté sola antes de acercarme.

Al llegar a la cafetería y abrir la puerta trasera con las llaves de Mariel, subí al segundo piso, la mujer caminaba de un lado a otros, juntando frascos sobre una pequeña mesa, hablaba sola al moverse por el lugar. Al verme no se acercó, solo me miró sin reconocerme y yo tampoco la reconocí. Para mis ojos era evidente que esa mujer se trataba de Amaris, mi amiga, confidente, extraña persona que veía el futuro. Para mis instintos, ella era alguien diferente, una extraña, un posible rival, un ser de desconfianza que no me dejaba bajar la guardia.

Soltó una leve risilla y el sentimiento pasó, el sonido de su voz me recordó que ella era una aliada, que era familia.

—No la vi antes en ti —dijo en recibimiento.

—¿Qué?

—La esencia Calpián. —Siguió con lo que estaba haciendo sin prestarme más atención. Esa distancia entre nosotros se debía a eso.

—¿Nunca te preguntaste por qué? —Avancé un paso hacia ella.

—Pues eres mitad humana, me pareció lógico que tu esencia fuera humana —le restó importancia.

—Alguien me dijo que tengo un sello sobre mi persona, algo que oculta al mundo de mí. —Sujeté su mano para que me mirara—. ¿Puedes verlo? ¿es verdad?

Dejó de moverse, pero se resistió a mirarme.

—Yo... no puedo ver muchas de esas cosas. —Cerró los ojos con fuerza.

—¿No puedes? —La solté al sentir que la estaba lastimando.

—Era muy joven cuando escapé del que era mi hogar, por eso no controlo las cosas que veo, en la esencia o en el futuro de las personas. —Cerró con fuerza el libro que llevaba entre las manos—. Nunca pude aprender a hacerlo, por eso me refugio con los Vigías, así evito el peligro.

—No tenía idea. —Muy rara vez hablábamos del pasado, sobrevivíamos a costa de olvidarlo.

—Y si tú tienes una cosa como esa, que te impide desarrollar tus habilidades, tienes que deshacerte de ella y rápido.

—¿Sabes qué son?

—Si te impide ver el mundo como es, no es nada bueno. —Me miró con severidad—. Ir a la tierra de los dioses con esa cosa no fue lo más inteligente que pudiste hacer, cruzar entre mundos parece fácil, pero solo los fuertes lo resisten. —Suspiró y guardó todas sus cosas en una caja de cartón.

—¿Cómo sabes que crucé entre mundos? —Me alejé de ella, mis instintos volvían a dormirse, pero no los necesitaba para temer a sus habilidades.

—Por eso el cambio en tu esencia, también debiste sentirlo. Tener contacto con el otro mundo fortalece lo que eres, por el contrario, pasar mucho tiempo aquí... Pues te debilita.

Se miró las manos, se sentía débil, lo que ella era no sobresaldría en un lugar como este, por eso no se controlaba. Tenía tantas preguntas, sobre su vida en ese mundo y el por qué la había abandonado. Verla así hacía que me pesara el corazón.

—¿De verdad sabes cómo despertarla? —Si su poder era el suficiente para hacerlo, el medio no importaba.

—Estaba por ir a verla, ya casi tengo todo lo necesario.

Lazo de vida. Fue como Amaris describió el hechizo que encontró para Valeria.

—Será como cargar un celular. Conectas el aparato a la corriente y entonces éste toma la energía por medio de un cable. —Era la segunda vez que lo explicaba, después de pedirle amablemente que hablara el idioma de las personas que no veían el futuro o hacían magia—. Necesito a una persona que sea la fuente de energía, le dará, dicho de una forma sencilla, parte de su vitalidad, así ella podrá despertar.

—Lo haré. —Mariel no dudó en aceptar la idea.

—Espera un poco. ¿Qué consecuencias trae este lazo para la fuente de vida? —No sabía qué cruzaba por sus cabezas, pero la idea de que alguien te quitara vitalidad sonaba peligrosa.

Me sorprendía que Mariel no tuviera más preguntas, esta debía ser su primera vez presenciando la magia, pensaría que estaría aterrada.

—En alguien adulto y compatible, no debería tener ninguna, tal vez se sienta débil los primeros días al adaptarse. Nada grave. —aseguró.

—¿Y quién más compatible que su propia madre? Claro que voy a hacerlo.

—Solo hay un detalle —añadió la vidente, calmando la euforia de nuestra amiga—. Necesito el cable.

Mariel y yo nos miramos la una a la otra.

—¿Cómo lo conseguimos? —Parecía tan dispuesta a todo que temí que ese amor maternal la volviera irracional.

Amaris me miró a mí en su lugar.

—Necesito piedras de río. —Lo soltó como si fuera lo más normal del mundo.

—¿Piedras? ¿Vas a salvar a mi hija con piedras? —Su incredulidad me sorprendió más que la petición. Tras ver todo lo que estaba oculto en el otro mundo, que pidiera piedras y no sangre de dragón me tranquilizaba.

—Éste es el método que te ofrezco. Si dudas de su efectividad, será mejor que no lo intentemos. —Se puso de pie, menos indignada de lo que sonaron sus palabras.

Y Mariel imitó sus movimientos.

—Está bien, traeré tus piedras. —No se veía muy convencida, pudo más su desesperanza—. Quiero que lo intentes.

Ella negó con la cabeza.

—Tú no puedes. Las piedras que necesito solo las encontrará alguien de sangre Calpián.

Supe la razón por la cual no apartaba la vista de mí. Necesitaba que yo lo hiciera.

—Yo... Sí, creo que puedo hacerlo. No suena difícil. ¿De un rio en específico? —De preferencia de este mundo, por lo que más quisieran.

—Sí, es uno en específico. Tendré que ir contigo para validar la calidad de la roca. —Su mirada me decía que había algo más que solo un rio y una roca, desconocía la razón por la que lo ocultaba.

—Julia no puede ir. —interrumpió posándose entre ambas—. Nadie debe verla, quiero que se quede oculta.

—Ah, eso. —Me pasé ambas manos por el cabello—. Fui a la cafetería sin problemas, si me ayudan a esconderme no habrá problema. —Además nadie me buscaba, si alguien siquiera se fijaba en mí pensarían que se trataba de un error—. Solo deja que te ayude. Valeria merece vivir la vida que tanto te has esforzado por conseguirle. Carlota hizo todo por mí... —No podía, simplemente no era fácil hablar de ella sabiendo que ya no estaba. Suspiré y alejé ese pensamiento, hablaría de ella tanto como pudiera, siempre que pudiera—. Deja que en su memoria yo lo haga por Valeria. Después de todo, solo tengo que traer piedras, ya no estoy en peligro.

Lo reflexionó, y vaya que se tomó su tiempo. El silencio se alargó hasta que tuve que carraspear la garganta. Sabía que lo aceptaría, que siempre que usaba a su hija para que me dejara hacer algo estúpido terminaba cediendo.

—Pero yo también voy. —Me señaló para evitar que me negara—. Hagámoslo ya.

Llamó a la enfermera que había estado cuidando de Valeria para decirle algunas cosas mientras Amaris y yo la esperamos en el pasillo.

—¿De verdad tengo que ser yo? —pregunté bajo, tomándola por el codo, acorralándola.

—Sí, aunque no porque seas parte Calpián. —Miró atrás, asegurándose de que Mariel seguía hablando con la enfermera—. Es porque acabas de cruzar el velo, ahora tú podrás ver las cosas que nosotros no. —Se me erizó la piel al escucharla hablar del velo—. Ustedes se fortalecen al cruzar a la tierra de los dioses.

—¿Qué significa eso? —la encaré—. Dime, Carlota lo mencionó, habló de los dioses.

—¿Tu tía la humana? —Se rio, no sé por qué, pero me molestó—. ¿Qué saben los humanos de los dioses? —La seriedad con que hablaba del tema la hacía parecer una fiel creyente, cosa que nunca pareció.

—Dijo que eran vengativos. —Lo había repetido hasta morir.

Entornó los ojos, disociando hacia la nada.

—Eso es verdad. No hay ser con eternidad que no sienta la tentación del rencor. —Giró rápidamente el rostro en mi dirección, mi corazón saltó hacia atrás ante su reacción—. Eso sí que lo saben los humanos, por eso temen a quien le rezan y le construyen edificios.

—Vamos, está todo listo. —Me sobresalté al sentir la mano de Mariel sobre mi hombro.

Esta conversación no podía terminar ahí. Si ella y mi tía creían en estos supuestos dioses, al grado de temerles, yo necesitaba saberlo.

La nueva casa de Mariel era pequeña y bastante linda, con un jardín perfecto para una niña en crecimiento.

—Tú... ¿vives con ese hombre? —Su relación tenía todas las señales de ir en serio, y yo lo esperaba, de verdad, por más incomoda que me hiciera sentir.

—No. —Sonrió—. Él vive a unas cuadras. Lo cual me da bastante tranquilidad, a decir verdad. —Y le hacía feliz, lo único que importaba era que ella fuera feliz. Que se ruborizara ante su mirada y él sintiera ternura por ello—. Ahora no está en la ciudad, tal vez lo veas luego.

Nos instalamos en su habitación.

—Sí, espero poder agradecerle por estar cerca de ti. —Y quería sentirme feliz por ello, pero me sentí desplazada. Abandonada.

—Tengo tu teléfono y algo de tu ropa. Le pedí a Javier las cosas que tenías en su casa, aunque solo me devolvió algunas de ellas. Supongo que te tiene más afecto del que pensé.

El hombre le daba lástima, algo que nunca, ni en mis más locos pensamientos, se me ocurrió que podría pasar. Ya que prácticamente nos había esclavizado durante años.

—Si no fuera quien es, yo pensaría lo mismo. Pero sé que no es afecto. —Una ilusión, un remplazo. Yo solo fui para él lo mismo que él significó para mí: un escape del pasado—. Me alegra que aún exista algo de mi por allí. Te tengo que pedir un favor. —Me desabotoné el abrigo y dejé al descubierto la espada que colgaba frente a mi pecho.

—Ah, esa cosa. —Volvió a mirarla con desagrado.

El interés de Amaris por nuestra conversación creció cuando me saqué la funda.

—Necesito que la guardes por mí. —Se la entregué—. Es importante.

Mariel la sostuvo con temor, dispuesta a soltarla en el momento en que esta cobrara vida.

—¿Te molesta si la pongo bajo la cama?

—Para nada.

—De acuerdo. —Vi la forma en que Amaris observó el momento en que puso la espada bajo la cama, en el fondo esperaba que su interés radicara en el hecho de que era una espada y solo en eso—. ¿Y a donde iremos?

—Al Boque Nublar. —Su mirada derramaba sadismo al nombrar el lugar.

—No podemos llevar a Mariel a ese lugar —exigí.

—¿Por qué no? —Ni Amaris ni yo la miramos.

—No cruzaremos, solo nos acercaremos al río donde desemboca el agua de la cascada que separar el velo.

Recordaba el amplio lago y lo profundas que eran sus aguas. Solté el arie al entender que Amaris sabía mucho mas de este otro mundo que yo. Si había compartido esa información con Javier, ni Gabriel ni yo estábamos completamente a salvo en ninguno de los dos mundos.

—¿Cruzar a dónde? —La ignorancia de Elena me lastimó el corazón.

Si en ese momento esa ignorancia era letal o una bendición, no lo sabía. Ella solo era una humana y deseaba seguir viviendo como tal, razón suficiente para mantenerla de ese lado del portal.

El camino fue más amable conmigo que la última vez. Sobre todo porque Amaris conocía más de una forma de darle la vuelta a la montaña y llegar a nuestro destino con rapidez. Como no había manera de que nuestro auto cruzara el deformado camino y no se quedara varado a la mitad, Amaris nos hizo pedir prestada la camioneta de Axel, quien, a pesar de estar ansioso por acompañarnos, decidió quedarse a cuidar de Valeria. Nos aseguró que pagaríamos con nuestra amabilidad cualquier rasguño que causáramos a su nueva camioneta.

—¿Por qué ese lugar? —preguntó Mariel a mitad de camino.

—No es necesariamente ese, pero es el más cercano. —Sus ojos me dijeron, a través de uno de los espejos retrovisores, que esta búsqueda de piedras mágicas tenía que ver con el portal que se encontraba en el lugar.

—Detente aquí, continuaremos a pie —indicó abriendo la puerta, sin esperar a que Mariel detuviera la marcha. Caminó hasta la parte trasera y se echó al hombro una cuerda enrollada de gran tamaño.

Mariel y yo nos pusimos las botas de hule y cerramos por completo nuestras chamarras. Los árboles que nos rodeaban estaban en completo silencio, como si el viento se negara a acariciar sus hojas.

—Ata la cuerda a tu cintura y pásale el resto a Julia para que haga lo mismo. No dejen poco más de un metro de separación entre ustedes —dio las instrucciones con serenidad.

Aquella travesía no suponía gran riesgo para nosotras, solo perdernos y salir al otro lado de la montaña. Sin criaturas peligrosas ni soldados furiosos capaces de disparar sin detenerse a pensar. Solo nosotras tres contra la montaña.

En lugar de continuar caminando por la terracería frente a nosotras, nos adentramos en el bosque que nos invitaba a ser devoradas por él, a perdernos en la espesura de su niebla. Amaris iba al frente, susurrando un montón de cosas que no alcanzaba a entender.

Las linternas eran inútiles contra la oscuridad que acechaba sobre nosotras. Noté que el paso lento de mi amiga tras de mí hacía que la cuerda que nos unía se balanceara de una dirección a otra, como si le fuera difícil seguir mis pasos, a diferencia de mí, que seguía exactamente cada paso de Amaris.

—Dame la mano. —Le ofrecí por lo bajo para no interrumpir los rezos de nuestra guía. Extendió su mano hacia mí, pero no hacia el lugar donde yo le ofrecía la mía—. ¿No ves mi mano?

—No veo absolutamente nada —reclamó con voz temblorosa.

Yo sí la veía a ella, era capaz de distinguir las figuras de los árboles cercanos además de las figuras de mis acompañantes. Aún no era de noche, pero de todos modos la luz del sol no se filtraría con éxito en el lugar.

—Los sentidos de los humanos se debilitan en este lugar, la niebla los desorienta. Por eso nos até a la cuerda. —Amaris interrumpió sus plegarias para responder.

Busqué la mano de Mariel y la tomé con fuerza.

—Yo te guiaré, solo da pasos altos para que no tropieces. —Me devolvió el apretón con la misma fuerza—. ¿Tú sí puedes ver el camino?

—Más que verlo, yo diría que puedo sentirlo. —Continuó rezando por lo bajo.

—Si este camino no es para humanos, tal vez no debí venir... —Le sudaba la mano de lo nerviosa que estaba.

—De todos modos, te necesitamos. Cuando Julia entre al agua, yo sola no podré sacarla. —Volvió a interrumpir sus plegarias.

—¿Es profunda? —A estas alturas no era demasiado relevante.

—Ese no es el problema —dijo entre una risa nerviosa—. Ya estamos cerca. —Se interrumpió al escuchar la ferocidad con la que corría el agua del río.

Yo también podía escucharla, también me sentía guiada por ella. La neblina era menos densa, dispersa por el movimiento de la corriente sobre las grandes rocas. Las tres nos detuvimos sobre la orilla, admirando la guerra que se llevaba a cabo en esas aguas. Me quedé sin aliento y di un paso atrás, con un agudo dolor de cabeza como advertencia; no debía entrar allí.

—Pero no es profundo, ¿verdad? —preguntó Mariel, sabiendo que mi miedo al agua no era precisamente el mojarme sino ya no poder salir.

—Al entrar puede que ya no quieras salir. Las aguas del río nublar son poderosamente hipnotizantes. Te envuelven en un dulce arrullo que te deja atrapada en ellas. —Sus palabras no me tranquilizaron—. Nadie ha podido descubrir dónde desemboca, no podríamos encontrarte...

—¿Dices que Julia podría no volver a la superficie? —Intensificó su apretón en señal de temor.

—Desconozco qué tan eficiente es en los Calpián. De todos modos, no vamos a soltarte. —Comenzó a desatarse de su extremo de la cuerda—. No tengo la fuerza suficiente para estirar la cuerda y traerla a nosotros, pero sé que tu sí. —Y se la entregó a Mariel, quien asintió decididamente.

—No voy a dejar que te quedes ahí atrapada. —Me miró con confianza en sí misma.

Vi en sus ojos que era muy tarde para retractarse. Esto no era nada, después de todo, ya había cruzado esa estúpidamente densa cascada. Solo esto y ya, por Valeria.

—De acuerdo. Haz bien ese nudo. —Levanté nuestras manos estrechadas—. Y no vayas a soltarme.

Mientas Mariel nos ataba a extremos opuestos de la cuerda, Amaris me dio un par de lecciones de concentración en lo que me quitaba la chaqueta.

—Tienes que sentir lo que te rodea, algo va a darte una sensación diferente. Todo será atrayente, pero solo eso se sentirá bien, limpio, bueno... Se verán como piedras comunes y corrientes, una sola será suficiente si es de buen tamaño, si son pequeñas con un par bastará. —Asintió hacia mí—. Métetelas en tus bolsillos, cuando te estiremos no sé si pondrás resistencia. Si sentimos que la cuerda se estira demasiado, empezaremos a subirte.

—De acuerdo. —Sacudí las manos, por lo general no me ponía tan nerviosa en una misión—. Mariel, deberías rodear ese árbol, solo como un apoyo.

—¿Tienes algo que pudieras usar para cortar la cuerda? —Amaris me mostró la palma de la mano. Le entregue a regañadientes una navaja que estaba entre las cosas que guardó Mariel.

—Estoy lista.

Mariel tomó mis manos entre las suyas

—Gracias, de nuevo, por hacer esto por ella.

—También lo hago por ti. Y porque al parecer solo yo puedo hacerlo. —Respiré hondo, quería tomar todo el aire posible, aunque no tuviera que estar realmente bajo el agua, me sofocaba simplemente al pensarlo.

Solté sus manos y comencé a bajar hacia el rio nublar. Con los pies dentro del agua, quise buscar a mis amigas detrás de mí, pero ya no era capaz de distinguirlas con claridad, solo un par de sombras bajo la niebla que cubría el bosque. Me retiré todo el cabello de la cara. Apenas mis pies tocaron el fondo, sentí pavor, una vibra de desesperación recorriendo todo mi cuerpo. Tomaba grandes bocanadas de aire por la boca, paralizada ante la bestia de agua que debía enfrentar.

Desde mi niñez este había sido mi monstruo bajo la cama, lo que la oscuridad es para unos, como las arañas para Mariel y la soledad para Javier, ese enemigo que tanto me costaba enfrentar. Toda mi vida cargué con la sensación de haber sido abandonada en medio del más fiero y profundo océano, que alguna vez me perdí en una tormenta o quedé atrapada en el ojo de un huracán. No lo entendía por completo, el sentimiento de vagar eternamente entre las orillas, temiendo a lo que se encuentra en el fondo.

Me obligué a seguir caminando, tanteando el terreno antes de apoyarme con firmeza. Mi mente me jugaba chueco, era incapaz de concentrarme en eso que estaba buscando.

Estas piedras tenían conciencia y yo debía sentirla. No podía.

—Ven. —Aquel susurro en mi oído hizo que un escalofrío me recorriera la nuca.

Ya estaba escuchando cosas.

Di pasos largos para evitar ser arrastrada por la corriente, que parecía incrementar su fuerza al mismo tiempo que yo avanzaba. Busqué a mi alrededor, sin mirar nada realmente, me encontré atrapada en una especie de burbuja, una capa que se interponía entre el exterior y yo.

—Ven a buscarme. —Me fue imposible avanzar más, mis piernas fueron atrapadas por algo en lo profundo.

Comencé a hiperventilar, sofocándome ante la sensación de estar hundiéndome lentamente.

—¿Dónde estás? O solo... estoy alucinando. —Me miré las palmas de las manos, ya que me hormigueaban—. No es el agua... debe ser la neblina. Juega con mi mente. —Mis manos no habían tocado el agua, pero si esa niebla extraña era capaz de confundir, entonces era capaz de manipular.

—Te encontré. —Se jactó aquella voz.

Me giré abruptamente y mi alrededor se transformó, se inundó de luz y calor. Un gran cuerpo de agua, como una ola gigante, se alzó por sobre mí hasta cubrirme por completo y, al caer, me envolvió entre sus remolinos y corrientes.

Me ahogaba, verdaderamente me ahogaba, y cada vez que intentaba ponerme de pie o detener el rumbo en el que me arrastraba la corriente, algo me empujaba de nuevo hacia abajo. Rodé con la corriente y me golpeé con algunas rocas en el proceso, sin poder respirar o detenerme por más que luchara.

Una canción navegó hasta mi interior, la lentitud de su ritmo me acarició el alma, tranquilizándome hasta que dejé de luchar. Sabía que no podía rendirme, pero ya no recordaba por qué.

Escuché con fuerza los latidos de mi corazón, como si estuviera junto a mi oído en lugar de en mi pecho. Intenté abrir los ojos, no pude ver más que sombras, así que estiré la mano hasta el lugar en el que mi corazón palpitaba sin parar fuera de mí pecho. Sentí un tirón en la cintura al momento en que lo tomé entre mis manos y lo abracé contra mi centro, intentando devolverlo a su lugar en mi interior.

Seguía temblando cuando salí del agua, arrastrándome de rodillas sin dejar de abrazarme el torso. Me di cuenta de lo absurdo que era pensar que esa roca era mi corazón, pero me había concentrado tanto en sentir el momento en que mis latidos se detuvieran que fue así como pude sentirla, hablándome.

Estaba tosiendo, escupiendo el agua que había tragado y tomando grandes bocanadas de aire cada vez que podía.

—¡Julia! ¿Estas bien? Hay que ayudarla a subir. —Mariel me tendió los brazos y yo le entregué la estúpida roca—. La conseguiste... y es enorme.

—Creo que puedo subir sola. —Tenía la voz ronca y bastante adolorida.

Puse las manos sobre la tierra y escalé usando las rodillas, el borde no era demasiado alto. De todos modos, Mariel siguió estirando la cuerda. Y Amaris me tomó la mano con fuerza para dar el último tirón que me llevaría a la cima. Pensé que me soltaría, en su lugar me sujetó de ambas muñecas en un apretón que me dejaría marcas.

—¿Qué te sucede? —le reproché, estirándome hacia atrás para que me soltara, en vano. Sus ojos eran dos cristales blancos, crecientes de vida— ¿Qué pasa? Amaris... —le supliqué.

—Amaris, ya puedes soltarla. —Se acercó a ella por la espalda y puso una mano sobre su hombro.

La sombra de una visión cruzó por su mirada, y cuando habló su voz era la de alguien completamente diferente.

—Esa joven alma camina junto a un río de muerte. —Dejé de intentar soltarme de su agarre en cuanto sentí que me miraba—. Antes, él siempre la alcanzaba, esta vez no pudo, pero sigue buscándola.

—¿Qué está diciendo?

Negué con la cabeza, sin apartar la mirada de la vidente. Entonces me estiró hacia ella y pude sentir su aliento sobre el rostro húmedo.

—Solo podrás salvarte si te dejas llevar. Tu única salvación es hundirte. —Sentenció entre lágrimas, aquellas palabras, aquella visión parecía lastimarla.

Ya había escuchado eso antes, en una de mis pesadillas.

«El castigo se cumplirá una y otra vez, la única salvación es hundirse en él».

¿Realmente yo también estaba siendo castigada? Seguía escuchando las mismas palabras, había querido ignorarlas, pero si Amaris realmente lo estaba viendo, quizás era real, ya no era parte de mi imaginación.

—Amaris. —Me soltó, consciente de haber escuchado su nombre—. Tranquila. —Vi el miedo en su mirada.

—Julia. Tú... —Se desplomó en el suelo, sosteniéndose la cabeza entre las manos.

—Tranquila, solo fue una visión. —Mariel la consoló, abrazándola desde su lugar.

—No estoy segura de que fuera el futuro. —Esa perturbadora visión la había dejado exhausta, respiraba pesadamente.

—¿Y qué era? —Mariel me lanzó una mirada reprobatoria en cuanto pregunté.

—Era... no lo se. Una advertencia.

—Será mejor que salgamos de aquí. Crees... ¿Podrás guiarnos de regreso? —Me pasó mi chamarra mientras hablaba—. Me da escalofríos este lugar.

—Solo dame un segundo. —Se puso de pie y quise ayudarla, pero no me atreví a tocarla, yo ya no tenía el brazalete protector.

—Yo guardaré la roca, tú comienza a atarnos a la cuerda en lo que se repone. Ya está oscureciendo y no creo que eso haga el regreso más fácil. —Estornudé con fuerza, sintiendo el aire frío en la cabeza.

—Salud. —Me pasó la cuerda por la cintura—. Llegando a la camioneta te quitas los zapatos o te dará un resfriado.

Me dieron muchas ganas de contarle a Amaris sobre mis sueños, preguntarle si sabía su significado, pero al verla tan perdida en su propia mente no me atrevía. La miré por el espejo retrovisor, parecía que observaba el recorrido por la ventana, estaba segura de que ni siquiera prestaba atención a su alrededor.

Mariel carraspeó con fuerza para llamar nuestra atención.

—¿Y ahora qué sigue? —Claro que estaba nerviosa, ansiosa por saber si toda esa aventura serviría de algo.

Amaris se removió en su asiento.

—Ya tengo todo listo en casa, prepararé lo necesario y las veré mañana en el hospital, lo haremos en su habitación, para no llamar la atención.

—¿Segura de que estarás bien? —La veía pálida, más fuera de sí que nunca.

—Lo estaré —aseguró—. Julia, también te necesito allí, en caso de que alguien intente interrumpir el ritual.

—No pensaba perdérmelo.

La dejamos lo más cerca posible de la cafetería, asegurándonos de que nadie pusiera especial atención en mi presencia.

—Te llevaré a mi casa, te ves horrible, deberías bañarte y dormir. —Noté la forma en que apretaba el volante.

—Acepto —exclamé, estirando la espalda—. En realidad, no he dormido bien en días.

—Si esto funciona, te voy a ayudar. —Me quedé sin palabras, ver su determinación al conducir era como ver su determinación en la vida—. Esa visión que Amaris tuvo al tocarte hablaba sobre la muerte. Y creo que hablaba sobre *tu* muerte. No quiero dejarte sola.

—Estás loca. —Me crucé de brazos, hundiéndome en el asiento—. Tú no puedes ni poner la nariz cerca de la Sociedad. —Buscaba las palabras justas para convencerla sin revelar demasiado—. No solo porque los Luarca son demasiado influyentes y se las arreglaron para meter a alguien entre los Vigías, ya he visto como se ponen cuando se trata de su familia... —Como Victoria y su implacable forma de perseguir a Gabriel hasta casa de sus amigos—. Te pueden acosar día y noche hasta que les des lo que quieren, no es algo que deseo para Valeria.

—Ya estuviste cerca de ellos —intuyó.

—Bastante. Son como nosotros, pero cuando tienen poder lo usan. Por favor, quédate lejos. Y, si esto funciona, toma a tu hija y aléjate de aquí.

—Entonces ven con nosotras. Olvida eso de volver y quédate con nosotros.

—Tampoco quiero volver. Por años me prometí que no me acercaría a menos que mi vida dependiera de eso. Es solo que hay un montón de preguntas en mi cabeza y una punzada que me dice que solo las personas en ese lugar me darán las respuestas.

—¿Y si no lo hacen?

—Las tomaré a la fuerza.

Al llegar me dejó en su habitación y salió para ver a su hija, con la promesa de que volvería por mí a medio día para encontrarnos con Amaris. Dormí al menos diez horas y estuve completamente orgullosa por ello. La mejor parte: sin pesadillas, solo total oscuridad, tal vez por el cansancio o porque la casa de Mariel era tan parecida a nuestro departamento que la familiaridad me hizo sentir cómoda.

Robé un poco de cereal con leche y me senté frente al televisor apagado, enfrentándome a la verdad de las palabras de mi amiga, o lo que había entre ellas, que no sería fácil. En realidad, solo tenía un impulso, un arrebato causado por el dolor de la pérdida, no había ningún plan, ni un objetivo en particular. Nada. Me encontré llorando, tan patética al no poder seguir mi vida sin alguien dándome ordenes o arrastrándome de un lugar a otro. Era la primera vez que tenía las riendas, solo por mí, y no era capaz de decidir un rumbo.

La cabeza comenzó a darme vueltas y sentí que el cráneo se me comprimía, mareada y asqueada por todo lo que estaba pasando en mi vida. Me mataba no poder juntar los pedazos del desastre, lo que había pasado con mi familia, la visión de Amaris y aquel sueño, todo era sobre muerte y destrucción. Nada estaba en orden, mi corazón se mantenía inquieto, retumbando de ansiedad dentro de mi cuerpo, qué locura el imaginar que podía estar fuera de mí.

Fui a lavarme los dientes y, al salir, escuché voces en el pasillo: un hombre hablaba con Mariel y después ella entró en la habitación, completamente apurada y fuera de sí.

—Lo siento tanto, el insistió en venir conmigo —habló por lo bajo, acomodándome el cabello.

—¿Qué? ¿Quién?

—Ese hombre, Gabriel. Te está esperando afuera. —Entró en pánico.

Y yo también, había dado conmigo demasiado rápido, no estaba lista.

—¿Cómo? —Me quité sus manos de encima.

—Estaban en el hospital, al parecer ayer fueron a buscarte, cuando no estábamos. Sal y habla con él. —Ella había dicho que él era mi boleto, quizás me empujaba a él para que no hiciera nada sola.

—No puedo. —Era muy tarde, seguramente venía por sus pertenencias—. Mariel yo no puedo. Tengo miedo.

—¿Te lastimó? —Una ráfaga de furia cruzó por su rostro.

—No, eso no. Es que yo... —Era una cobarde, eso era, había hecho el plan y lo había puesto en marcha y ahora me negaba a seguirlo.

—Debe existir una razón por la que sigue apareciendo en tu vida. Solo escúchalo. Se veía preocupado. —Me empujó hacia la puerta.

Estaba por poner un pie fuera y me detuve. Debía pensar bien en si continuaría con aquello o lo dejaría en paz de una vez por todas. De nuevo era el hombre demacrado que había conocido al pie de aquel puente, como si el sueño no lo abrigara durante la noche y el calor no lo acompañara en el invierno. Abrió la boca para hablar y no se lo permití. Yo necesitaba hablar primero.

—¿Por qué siempre estás en todos lados? —No eran mis mejores palabras, solo esperaba prender en él la chispa de la desesperanza.

—No iba a hacerlo, de verdad. Teodoro me dijo que aprovechara la oportunidad y te olvidara... Y no pude. —Parecía arrepentido—. Porque soy un idiota que te sigue tendiendo la mano cuando no te lo mereces y porque... —Elevó la voz, molesto, y se detuvo, a unos escasos pasos de mí—. Porque no podía dejarte, no cuando te vi sufrir como si te arrancaran el corazón en el proceso. No he podido sacarme ese momento de la cabeza. —Otra vez esos ojos, esa mirada que parecía reflejar mi dolor, como si fuera capaz de sentirlo.

—¿Cómo me encontraste? —Aparté la mirada y me crucé de brazos.

—Teodoro investigó a tu amiga cuando lo enviaste a buscarla. Algo me decía que acudirías a ella ya que no tienes otro lugar al cual ir.

—Sí, es verdad. Ya no tengo a dónde ir. Aun así, es mi maldito problema. —le escupí, ofendida.

—No quise decirlo así —se defendió, exaltado, y fue como ver a un león domarse a sí mismo, porque inmediatamente se obligó a tranquilizarse. Casi pude ver esa lucha interna a través de sus ojos—. Pudiste quedarte conmigo.

—Preferiría vagar en las calles que seguir bajo la mirada acusatoria de tus amigos. —Eso sí que era verdad, al menos las chicas me veían con lástima, pero nunca como a una traidora.

—¿O a tu noviecito el Vigía? —Me tomó desprevenida, tuve que respirar hondo para procesar los celos que descargaba.

—Eso no es de tu incumbencia. —De nada me serviría intentar convencerlo de que no estaba en mis planes volver con él.

—¿Y por qué siento que sí? —Me tomó por los hombros, esperaba que usara toda su fuerza para someterme; en su lugar fue gentil, ni siquiera parecía que estuviera tocándome—. ¿Por qué estoy aquí, Julia? ¿Por qué no puedo dejarte ir y ya? ¿Por qué me duele el alma al verte llorar por tu familia? —Mi corazón dio un vuelco por la forma en que se arrancaba esas palabras de la piel para revelarse ante mí.

—Si tú no sabes la respuesta, ¿qué te hace pensar que yo sí? —contesté, levantando la barbilla, enfrentándolo como siempre.

—Siento que sabes algo que yo no —reclamó con severidad.

Por más razón que tuviera, no era capaz de decírselo, al menos no todavía. Aún no estaba lista para enfrentar su ira.

—Yo no sé nada —insistí, poniendo énfasis en cada palabra, sin parpadear, solo sosteniendo su mirada, así como él sostenía la mía.

—Quería confiar en ti... —Acercó su rostro hacia el mío—. ¿Cómo si haces esto? —Hablaba cada vez más bajo, parecía quedarse sin palabras, sin reproches. Su mirada viajó de mis ojos a mis labios, conteniendo el mismo deseo en mi interior. No pude evitar que mi mirada hiciera el mismo recorrido en su rostro.

—No lo hagas —supliqué. Sabiendo que, si comenzaba esto de nuevo, no sería capaz de detenerlo, y seguramente no iba a querer hacerlo. Mis manos ya estaban sosteniéndole los codos antes de que me diera cuenta. Ambos respirábamos con irregularidad, cansados de retenernos en nuestros lugares, de mantener esa pequeña distancia entre nuestros labios.

—No voy a hacer nada. —Sentí su aliento contra el mío—. Estoy aquí porque quiero estar aquí. Me preocupo por ti porque quiero hacerlo.

—No lo hagas —repetí y me di cuenta, no era a Gabriel a quien le decía esas palabras. Eran para mí—. No lo hagas. —Preferí cerrar los ojos y recargar mi cabeza en su pecho, abrazándolo por la desesperación de no poder alejarlo.

Creo que lo pensó un momento, porque sus brazos tardaron en rodearme y apretarme contra él.

—No haré nada. Tranquila. —Acarició mi espalda, haciéndome sentir tan segura que comencé a llorar de nuevo—. Me quedaré quieto el tiempo que lo necesites, hasta que tus heridas sanen.

—Ni siquiera hay una tumba para ellos, no hay un lugar en el que pueda llorarles. —Me sinceré con eso que me pesaba en el alma—. No quedó nada de ellos.

—Quedaste tú —dijo con firmeza—. Siempre serás su familia y llevarás en tu memoria sus recuerdos. —Por alguna razón aquello hizo que sintiera más ganas de llorar—. No vuelvas a irte así. Cada vez que desapareces de la nada siento ansiedad al pensar en la razón que te hace huir así de mí.

Separé mi cabeza de él para verlo, pero él no dejó de rodearme con sus brazos.

—¿Cada vez?

Su celular vibró en mi bolsillo y sentí vergüenza de aquel robo, le mostré quién llamaba para que decidiera si atendía o no. Seguía sin saber quién era el *jefe* que no dejaba de llamarlo. Lo tomó sin mirarme y respondió.

—Dime.

Me limpié las lágrimas con el torso de la mano.

Mariel apareció, de donde quiera que hubiera estado, completamente alarmada, acomodándose el abrigo, desconcentrada en lo que hacía.

—¿Pasa algo? —La sujeté del brazo cuando estuvo a mi alcance.

—Ya están en el hospital, van por ella. —Estaba aterrorizada, al borde del llanto.

—Entretenlos. Vamos para allá. —Gabriel colgó la llamada—. Teodoro está en la sala del hospital, hablando con Santiago Luarca.

El sonido que salió de la boca de mi amiga fue el de un grito que murió antes de ser emitido.

—Vino por ella, él mismo vino por ella. —No controlaba su nerviosismo.

—¿Axel esta con ella?

—Si, él y la enfermera se quedaron con ella... No van a lograr detenerlo.

—Teodoro lo hará en su lugar. No pueden simplemente llevársela en su estado. Puedes estar tranquila. —Gabriel hablaba con una confianza contagiosa que logró calmarnos a ambas.

—Voy por mi abrigo y nos vamos. —Los miré a ambos, en especial a Gabriel, que no apartaba la mirada de mí.

CAPÍTULO 30: PROTECCIÓN

Sentí que nuevamente había cambiado de dimensión, que me encontraba en ese mundo donde toda una cuadrilla de guardias, uniformados y con espadas, se podía apoderar de un hospital y dejarlo inhabitado. Esperaba que los doctores y las enfermeras estuvieran en las habitaciones de los pacientes, ni siquiera los miembros de la Sociedad eran tan crueles como para dejarlos desatendidos.

Teodoro ya se encontraba enfrentándolos junto a Kaede, al menos nadie había desenfundado las armas, pero todos estaban alertas, en posición, esperando el momento de atacar.

Identifiqué al hombre a la cabeza del grupo como Santiago Luarca, el padre de Valeria. Usaba un traje de vestir negro con algunos detalles en verde, tenía la postura de superioridad que tanto odiaba en los hombres y le arrojó a mi amiga la más descarada de las miradas, como un lazo para mantenerla en su lugar.

—La madre está aquí. Ella te confirmará lo que ya te he dicho, tengo semanas dándoles mi protección, a ella y a su hija. Y sabes que tener mi protección es tener la de la familia Dunia. —Teodoro se acomodó, separando los pies al momento en que acomodaba la parte inferior de su chaqueta en un fluido y marcado movimiento, marcando su territorio.

Pude rodar los ojos, pero sentí la mirada de Gabriel sobre mí: me decía que no hiciera nada estúpido. Como si yo fuera capaz de arruinar un momento tan crucial para el futuro de Valeria, de aquella niña que había ayudado a criar, que era más que una sobrina, era mi hija, no sangre de mi sangre, más bien alma de mi alma.

—Los Dunia no tienen la influencia necesaria para detenerme. Esa es mi hija, mi sangre y la de los Luarca corre por sus venas. —Algo particular envolvía su voz, estaba decidido, lo veía, también veía de dónde había sacado Valeria sus grandes ojos y sus peculiares orejas. Aun así me pregunte si el hombre estaba aquí por voluntad propia.

—Tú mejor que nadie deberías saber que el nombre esta por sobre la sangre. —La insinuación en sus palabras desató la furia en la mirada del padre—. Esa niña y su madre están bajo la tutela de la familia Dunia, y hasta que decidan declinar dicha protección no puedes llevártela a la fuerza.

—Parece que has olvidado que no eres lo suficientemente fuerte para luchar esta pelea. —Avanzó hasta su oponente, retándolo.

—¿Quieres una pelea? ¿Aun cuando Taiman nos respalda? —Imitó sus movimientos.

No estaba muy segura de lo que aquello significaba, pero los hizo retroceder, a todos ellos.

—Espero que tengas en cuenta lo que te espera si esa niña muere. —Hizo un movimiento con la mano y sus guardias comenzaron a salir del lugar.

—No dejaré que muera bajo el nombre de mi familia. —Dio un paso al frente, Kaede y Gabriel lo siguieron casi por instinto.

Abracé a Mariel, quien estaba en pleno llanto, negando con la cabeza. Mantenía la mirada en Santiago, esperando a que se la devolviera para suplicarle.

—Que así sea. O estarás manchando tu nombre con la sangre de los Luarca, y ni toda Dunia ni toda Taiman van a poder brindarte su protección. —Finalmente miró a mi amiga—. Ni podrán protegerla a ella.

Quise saltar sobre él por la forma en que la barrió con la mirada, juzgándola por su aspecto, el aspecto de una madre que había velado por su hija. Y él no tenía derecho a ofenderla, no cuando lo único que había hecho por Valeria era desocupar un hospital con la intención de robársela.

Gabriel pareció leer mi mente, dio un par de pasos hacia atrás, para colocarse justo frente a mí; no sé si fue para esconderme de ellos o si fue para esconderlos de mí.

Santiago no le tomó importancia y, con una sonrisa de falsa satisfacción, se marchó con su gente.

Mariel soltó el aire con fuerza y se desplomó en el suelo, respirando con profundidad. Entonces Axel apareció de solo el cielo sabía dónde y me ayudó a ponerla de pie.

—Ya pasó. —Froté su espalda—. Ya se fueron.

—La cambiamos de habitación, sigue estable, ella está bien.

Ella no nos miró, levantó la vista hacia los hombres que la contemplaban con lástima.

—Gracias. Muchas gracias. Gracias. —Era la única palabra que salía de su boca.

—Te llevaré a verla. —La solté para que Axel la llevara, ella seguía mirando a Teo, agradecida y tal vez arrepentida.

—¿Qué pasaría si Valeria... muere? —le pregunté a Gabriel cuando vi a Mariel marcharse.

—Ellos pueden reclamar su vida tomando la de alguien más de la familia. —Me cubrí la boca con las manos, imaginando la vida de quien reclamarían.

—¿Por qué? —Teodoro y Kaede discutían algo a varios pasos de nosotros.

—Se hace para evitar que otras familias ofrezcan esa protección con el fin de dañarse. —Procesé esa información, pero simplemente no lo entienda—. Como Santiago, miembro distinguido de la familia Luarca, hizo evidente su interés en la niña y Teodoro, quien también es importante en su propia familia, de la nada y sin dar viso a la Sociedad ha ofrecido la reclamación de esta ley, más el precedente de la rivalidad entre ambas ciudades, se puede pensar que la muerte de esa niña fue intencional.

—Entonces...

—Tendrían que demostrar que no fue por causas naturales o un accidente —me interrumpió Teodoro—. Va a seguir rondando por aquí, no podrá llevársela, pero puede intentar ejercer su derecho a visitarla.

—No creo que lo haga. No le interesa en lo más mínimo, pude verlo, alguien más debió enviarlo. —Kaede hizo un ademan con la mano y se alejó.

—Seguramente sus mayores, su padre o algún otro.

—¿Por qué ahora? —Me desesperé—. Mariel le rogó que le ayudara con el embarazo, ni a él ni a su familia le importó.

—Tal vez la familia no estaba enterada hasta ahora. Es una buena pregunta. Si tanto les importa la sangre y la niña es mitad humana... ¿cuál sería el interés? —Kaede tomó asiento en una de las sillas, verdaderamente intrigado.

A mí, por el contrario, no me interesaba la razón, se habían tardado. Ella podía ser aún demasiado pequeña para entender las cosas, alejarse de su madre de la nada le dejaría una marca que, yo sabía, sería permanente.

—¿Fue idea de ustedes? Me refiero a cambiarla de habitación.

—Ayudamos al chico, lo hizo por iniciativa propia. —Teo se acomodó junto a su cuñado—. Fue innecesario, no se iba a atrever a ir tras ella conmigo presente.

—No pensé que cedería tan fácil. Gracias. —Nuestra relación empeoraba cada vez más, pero lo admitía, era un buen hombre, un buen amigo.

—No fue fácil, teníamos rato reteniéndolo. Y la amenaza que hice me va a costar.

—¿Y por qué lo hiciste? Ni siquiera las conoces. —Esperaba que no me diera la típica respuesta eslogan de la Sociedad, algo así como: «nos protegemos entre nosotros» o cualquier mierda parecida.

—Creo que lo hice por Michelle. —Se recargó hacia atrás, levantando la cabeza en señal de cansancio.

—Aún no aparece. Izel realizó personalmente la limpieza del lugar, y no han encontrado nada, aunque aún no terminan, no tiene muchas esperanzas —me explicó Gabriel con tristeza en la voz.

—Lo siento. —Había evitado pensar en ello, la culpa me agobiaba al recordar que me había empujado al portal para salvar mi vida, acabando posiblemente con la suya en el proceso.

—Yo la saqué de las calles para que tuviera una vida mejor... y solo le di unos cuantos años. —Con las manos rojas de tanto apretar los puños, cerró los ojos—. Es egoísta querer compensarlo ayudando a otra persona, también es una idea idiota y vacía. Además, ahora que sé lo involucrado que está Santiago, siento mucha curiosidad por la situación.

—Ustedes aparecieron aquí solo porque ellos lo hicieron primero —intuí.

—Los portales están cerrados por orden... superior. Cuando personas importantes como él aparecen por aquí, todos se enteran.

No estaba seguro de quién era, pero al enterarnos de que una escolta de guardias de Luarca se dirigía al mismo hospital donde te buscamos ayer, tuve que venir a ver lo que sucedía. —Comenzó a mover la pierna con algo de ansiedad.

—Deberías volver con ellos, sin duda les abrirán el portal de nuevo —le aconsejó Gabriel.

—No creo que vuelvan pronto, van a estar muy cerca de la niña. Y tampoco creo que les agrade la idea de compartir el viaje conmigo.

—Esperen. ¿Y a donde fueron las personas del hospital?

—Los enviaron a los pisos superiores, ya debieron darles la orden de bajar. —Kaede se puso de pie y se asomó por los pasillos.

—¿Así de fácil? —Me dirigí al hombre a mi lado, el que no se apartó ni un paso de mí.

—Es momento de que sepas que la Sociedad tiene todo tipo de convenios con muchas instituciones y personas influyentes. —Se inclinó hasta que sus labios casi rozaron mi mejilla—. Ten cuidado de a quiénes enfrentas y en qué lugares lo haces. —Sentí todo el peso de su advertencia en su tono de voz. Cuando se acomodó en su lugar se rascó el mentón, pensativo—. Tenemos que hablar de algunas cosas. —Vio a sus compañeros, insinuando que esa charla debía ser a solas.

—Ahora no —solté por lo bajo, atrayendo sus miradas—. Mariel me necesita, ella... —No estaba segura de qué tanta información soltar—. Ella está buscando otra forma de despertar a Valeria, solo deja que la ayude y podremos hablar de lo que quieras.

—De acuerdo. —Lo sentí rígido al verlo acomodar su postura—. Pero me quedaré aquí, si no les molesta.

Aquella idea inquietó al mayor de sus amigos, quien frunció el ceño sin intervenir.

—Como quieras —suspiré y fui a buscar a mis compañeros.

Mi amiga caminaba por la habitación, mareándome con el vaivén de su andar.

—Elena, si no te sientas ahora te voy a amarrar a la silla.

Axel soltó una risa ante mi comentario.

—No ha respondido a ninguna de mis llamadas.

—Seguramente vendrá al caer la noche. Si no es que Javier la contacta para algo. —Le lancé una mirada de reproche y Axel se encogió de hombros.

—También me inquieta esta cosa de la protección. —Se acercó a mi—. ¿Crees que me pidan algo a cambio? Que tenga que dar información o...

—No, y si lo hacen no dices nada. Recuerda que no sabemos nada. Nosotros no pedimos su ayuda, se la agradecemos y solo eso, no tenemos con que pagarles y si esperan algo debieron pensarlo antes de entrometerse. —La tomé por los hombros para tranquilizarla—. Y estoy segura de que Amaris vendrá pronto.

—Es que se llevó la piedra, me sentiría más tranquila si nos la hubiéramos quedado.

—Lamento interrumpir. —El hombre se puso de pie de mala gana—. No entiendo la mitad de lo que está pasando y preferiría que el hombre que vino con ustedes estuviera aquí y no afuera, solo por si a Javier se le ocurriera aparecer... Yo puedo quedarme afuera, después de todo él sabe que he estado viniendo a apoyar a Mariel.

—¿Lo viste? —Se me había pasado por completo. Claro que Axel había reconocido a Gabriel; después de todo, lo estuvieron buscando por un largo tiempo.

—No voy a preguntar, prefiero no saberlo. Pero sí, lo vi muy bien y sé que si Javier lo encuentra todos nos vamos a meter en problemas.

—¿No lo vas a delatar? —No es que lo esperara de él, o sí, me inquietaba.

—Debería, seguramente me recompensarían muy bien por hacerlo. —Me dio la espalda y temí que lo estuviera pensando demasiado—. Lo dejaré pasar esta vez, solo porque él y sus amigos nos han cubierto hoy. —Volvió la vista a mí, decidido—. Pero debes decirle que si lo vuelvo a ver fuera de aquí tendré que informarlo.

—Por favor. —Me puse de pie, suplicante.

—Es un asesino, sé que esas personas también lo son...

—Él no es a quien buscan. Amaris nos confirmó que podíamos confiar en él. —Me sorprendió la forma en que Mariel me robó las palabras—. Piensa, debemos considerarlo un aliado hasta que ya no actúe como tal.

—Entiéndanme. Ya estoy ocultando demasiado, si no lo reporto yo y alguien se da cuenta... También quiero dejar esta vida.

—¿A costa de la suya? —reclamé, alterada por sus palabras.

—Ustedes lo hicieron. —Nos lo echó en cara con toda la razón del mundo.

Sus palabras se clavaron en mi pecho como un puñal. Era hipócrita de mi parte pedirle que no pecara de la misma forma en que lo había hecho yo.

—Esa fue mi culpa. —Se dejó caer junto a su hija—. Ese hombre no hizo más que ayudar a Julia y yo la presioné para que lo entregara. Y ahora le debo que mi hija siga a mi lado. —Sollozó, dolida—. No sabes cuánto me arrepiento. Fui tan egoísta y ahora él hace esto... —Se miró las palamas de las manos, como si en ellas viera sus errores.

—Ya le hicimos mucho daño, no tienes idea de cuánto. —Pensé en mis palabras, por más que pareciera que no, puse en una balanza todo el daño que Gabriel me había hecho contra todo el que yo le causé. Yo salía debiendo—. Si tienes que entregar a alguien por tu libertad, entonces entrégame a mí.

—¡Julia! —Mariel se puso de pie en un impulso.

—En este punto le debo más que mi vida. —Me puse la mano sobre el pecho y hablé desde mi arrepentimiento—. Da lo mismo si es su vida o la mía la que das en trueque de la tuya. Si tienes que escoger, si de verdad quieres hacerlo, al menos dame la oportunidad de saldar una de todas las deudas que tengo con él.

—No lo dices de verdad. —Negó con la cabeza y se reclinó junto a mí—. ¿Volverías a soportar la vida con los Vigías por salvarlo?

Apreté las manos en puño al recordar la venda tan grande con la que había tenido que cubrirme los ojos para hacer más llevadera la vida junto a Javier.

—Sí. Yo lo haría todo por librarme de la culpa que siento en este momento. —Esperaba que solo fuera culpa, remordimiento, tal vez un poco de afecto por nuestro tiempo juntos. No podía ser más que eso.

—Está bien... Yo no me atrevería a hacerte algo así, también tengo algunas deudas contigo, así que con esto queda todo saldado.

Tomé su mano, agradecida, creyendo en sus palabras.

Amaris llegó al hospital poco después. Trajo consigo un par de frascos y aceptó, resignada, la presencia de Gabriel, alegando que solo podría observar desde una esquina después de ayudarnos a mover a Valeria al suelo.

—¿Exactamente qué es lo que pretenden hacer? —El hombre se encontraba escéptico.

—Yo no pretendo hacer nada, solo seré la guía para que madre e hija compartan vida. —La vidente le respondía con sabiduría.

—He visto este tipo de magia antes, pero no en este mundo. ¿De verdad funcionará?

—No es el velo el que divide los mundos, somos nosotros. Hay velos en todas partes, nosotros decidimos cuáles atravesar y manipular. Si no, no podríamos ni ver la esencia, ni los dones de la gente. Algunos humanos pueden ver más allá porque son conscientes de los velos que los cubren, al igual que tú y yo, aunque no lo hacemos de la misma forma.

Gabriel pareció quedar tan confundido como yo. Pensaría que estaba acostumbrado a escuchar locuras así debido a su relación con los gemelos, quienes eran como Amaris, solo que ellos, a diferencia de ella, parecían más conscientes de que entendíamos lo que decían.

—¿Ya hay que bajarla de la cama? —La madre estaba nerviosa más por moverla que por el asunto de compartir su vida con su hija.

—¡Todavía no! Debo esparcir el polvo que obtuve de la roca vida en el suelo. Ustedes... —Se dirigió a Gabriel y a mí—. Más vale que se mantengan lejos y no estropeen mi trabajo.

Ambos dimos un paso atrás y la vimos arrodillarse. Más que esparcir los pedazos de roca comenzó a crear símbolos extraños con ellos; las marcas no eran claras, pero sus movimientos sí.

Era una especie de danza a mis ojos, sus movimientos eran lentos, precisos y fluidos, formaba una especie de ovalo al deslizarse por el suelo.

—¿Ella ha hecho esto antes frente a ti? —Gabriel se inclinó hacia mí.

—No. —Entendía su curiosidad, pero algo me decía que, aunque así fuera, no debía decírselo.

—¡Colóquenla sobre el altar! —ordenó Amaris.

Gabriel no dudó en tomar a la pequeña en brazos y colocarla muy cuidadosamente sobre los polvos en el suelo. Y Mariel siguió de cerca cada uno de sus movimientos.

—Arrodíllate frente a ella. —Señaló a Mariel y ella obedeció—. Ustedes dos, retrocedan.

Gabriel levantó las manos y se alejó lentamente. Nos colocamos junto a la puerta, mi brazo rozaba el suyo a propósito y él no se apartó, seguramente sintiendo las mismas ganas que yo por estar cerca, por tener alguien para sostenerse ante la espeluznante atmosfera que se establecía en ese cuarto de hospital, parecido a sentir la presencia de la muerte o de la fatalidad.

—¿Qué hago ahora? —Mi amiga nos miró, los ojos brillantes, esperanzados y asustados.

—Pon tus manos sobre ella y cierra los ojos. —Amaris se arrodilló junto a ella y posó una de las manos sobre su hombro—. Pase lo que pase no debes moverte, sientas lo que sientas, no retrocedas. Puedes lastimarla.

—Esto está mal —murmuró Gabriel, demasiado bajo para que ellas no lo escucharan, demasiado bajo como para dirigirse únicamente a mí.

Lo sentí también, un tirón que me jalaba a detener esta locura, un impulso de protegernos a todos del peligro que asechaba.

Saqué el aire cuando vi a Amaris golpear, con la palma de su mano libre y una fuerza increíble, el pecho de Mariel. La mujer casi no se inmutó ante el ataque, pero su rostro reflejó dolor. Agonía. Ella estaba agonizando, luchando por permanecer inmóvil, di un paso al frente y Gabriel me tomó con fuerza por los hombros.

—Si interrumpes será peor. —Sentí su aliento en mi nuca—. Mira bien, ella tiene su vida en la palma de la mano.

Entrecerré los ojos, intentando ver lo que Amaris parecía contener entre sus dedos. No había nada, al menos no era capaz de distinguirlo. Solo podía ver cómo la mano de la vidente temblaba. Imaginé esas puntiagudas uñas, teñidas de rojo carmesí, insertándose en el aún latiente corazón de Mariel.

Lo siguiente pasó muy rápido como para que yo pudiera comprenderlo. Amaris se abalanzó con la mano alzada hacia Valeria y una especie de energía se dispersó por todo el lugar. Gabriel me cubrió con su cuerpo contra la puerta y, cuando pude asomarme, tanto Amaris como Mariel estaban tiradas en el suelo.

—¡Mariel! —Me zafé del agarre de mi protector para ver a mi amiga, quien se encontraba pálida, a diferencia de Amaris, que se incorporó rápidamente—. Se desmayó, ¿qué salió mal?

—Valeria la rechazó. —Amaris le tocó el rostro y Mariel comenzó a abrir los ojos.

—Cúbranla, el piso está frío —dijo con voz débil, refiriéndose a su hija.

Gabriel caminó hacia ella dispuesto a llevarla en brazos de nuevo a la cama, pero Amaris lo detuvo.

—No la muevas, solo trae una manta. No es estable. —Gabriel obedeció, mirando a la pequeña con lástima.

—¿Funcionó? —Se tocaba el pecho con ansiedad.

—No... ella te rechazó. —Amaris observaba todo a su alrededor, como buscando la respuesta en el aire.

—¿Por qué? —pregunté, recargando la cabeza de Mariel sobre mis piernas—. Pensé que no había nadie más compatible que su madre —le reclamé aun sabiendo que seguramente no era su culpa.

—No es solo eso —gruñó Gabriel, intentando no mover nada del altar al cubrir a Valeria—. Ella no es humana, su esencia es más fuerte.

—Porque su sangre es Calpián. —Lo comprendí rápidamente, aunque Mariel fuera su madre y compartieran el grupo sanguíneo y las alergias, esa cosa mágica con la que cargábamos no la reconocía, no era compatible por no ser un Calpián.

—¿Qué más podemos hacer? Hay que intentarlo de nuevo. —Se enderezó de golpe—. Tengo que hacer algo por ella... —Se alejó de mí con brusquedad.

—Si lo intento de nuevo podría matarte —sentenció Amaris con tranquilidad—. Ella es más fuerte de lo que parece. Necesitamos a alguien que sea compatible, con sangre humana y Calpián.

No esperé a que alguien volteara a verme, ya fuera para señalarme o para negarse, la única persona cerca y dispuesta a ayudar con esas características era yo.

Mariel me tomó de la mano, leyendo mis pensamientos, seguramente pintados en mi rostro.

—Quiero que viva. No se merece esto. —Soltó de la nada, como si no fuera lo único que habíamos estado haciendo por ella los últimos años, dándole una vida—. ¿Puedes hacerlo? —suplicaba entre lágrimas, me lastimaba el corazón, no solo no era capaz de negarme por nuestra historia juntas, tampoco era capaz de negarme ante una madre que haría hasta lo imposible por proteger a su hija.

—Yo lo haré. —Asentí y le devolví el apretón con firmeza—. No te preocupes, ella vivirá.

Pudo ser un simple reflejo, pero levanté la vista hacia Gabriel, a la espera de algo, aprobación, reproche, lo que fuera. No tenía idea del por qué.

Se limitó a retomar su postura en completo silencio, sin dirigirme ni un gesto de desaprobación. Su seriedad era su manera de dar a conocer su inconformidad sobre mi decisión. Pero no me lo diría, éste era mi mundo, está era mi vida, de este lado no era capaz de ni siquiera intentar controlarme.

—Puede que no funcione. —Amaris acercó la mano y temió tocarme—. El proceso será... desgastante.

Comprendí que estaba intentando tocarme para averiguarlo. Yo no quería que me tocara de nuevo después de lo que había pasado la última vez. Así que solo me aparté y me coloqué en el lugar en el que antes había estado Mariel.

—Lo voy a intentar. —Respiré profundo—. Quiero hacerlo. —No iba a perder mi tiempo pensándolo.

—Tienes que saber que estarán compartiendo vitalidad, si algo te pasa, si alguien te lastima, por más mínimo que sea para ti, no sabemos cómo pueda afectarle, su estado empeoraría. —Apartó la mirada—. Su muerte igual te afectaría a ti.

Esperé a que Mariel se negara, porque ella era consciente de que en este momento mi vida no era estable, que resultaría lastimada tomara el rumbo que tomara. Ella no dijo nada, permitiéndome así compartir la vida de su hija.

—Adelante. —El rostro de Valeria estaba petrificado, ella se encontraba atrapada en una pesadilla, y todo lo que yo quería era sacarla de ese lugar.

Gabriel ayudó a Mariel a alejarse del ritual y Amaris me dio las mismas instrucciones que había dado antes.

Cerré los ojos y sentí que el tiempo se puso en pausa, cada centímetro de mi piel se erizaba a la espera del primer golpe. No lo percibí. Fue parecido a que alguien me arrancara la carne, la desprendiera de mis huesos; tuve que apretar los dientes con fuerza para no tirarme al suelo estremeciéndome de dolor.

Al quitar la primera capa, un enorme vacío se estableció en mi interior, algo faltaba, y su ausencia me impacientaba, me enloquecía. Abrí la boca para suplicar por su regreso y de ella solo salieron lamentos. No lo resistí más, finalmente grité de dolor cuando aquello que me arrebataron volvió a mí con la brutalidad de una estocada final.

Entonces una mujer gritó, un sonido hiriente y lastimero. Era el mismo sonido vibrante de agonía de mis pesadillas, era aquella mujer que me atraía al río con una promesa de muerte.

Lo recordé todo, cada vez que me acercaba a la orilla era para buscarla, la fuente de aquel grito que se extendía sobre el agua y rebotaba entre los impresionantes peñascos. Y en ninguno de mis sueños fui capaz de entenderla, nunca pude escuchar por completo su advertencia, siempre había algo más, alguien más, alejándome de la mensajera.

Incluso en ese momento, abrí los ojos de golpe al encontrarme entre los brazos de Gabriel, desorientada, dudando de mi nueva hipótesis. Lo vi a los ojos, buscando más que el color, buscando una respuesta. Si la existencia de su mundo era posible, así como nuestra propia existencia, también era posible que aquello fuera más que un sueño.

—Dime algo, por favor. —No escuché lo primero que me dijo, concentrada únicamente en no olvidar aquel sonido tan horrorosamente doloroso.

—¿Me rechazó? —Levanté la cabeza y vi a la madre tomar en brazos a su hija, llorando con una sonrisa en los labios.

—Despertó y volvió a estar inconsciente. Es normal, le tomará tiempo recuperarse por completo, pero lo hará. —Amaris se veía orgullosa de su logro y a la vez cansada por el esfuerzo.

El polvo de la roca vida desapareció cuando Mariel se llevó en brazos a la pequeña de nuevo a la cama.

—¿Cómo fue? —Me las arreglé para preguntarle en un intento por recuperar el aliento, a él, que no me había soltado hasta el momento.

—Ese polvo rojizo se levantó en el aire, sobre sus cabezas, ustedes comenzaron a absorberlo, fue... aterrador. —Por como hablaba, estaba verdaderamente asustado, tanto que tuve que poner las manos sobre sus mejillas para suavizar la mueca en su rostro.

—Aterrador. —También me había sentido aterrada, pero no por el dolor—. ¿También la escuchaste? —Lo sujeté por el cuello, debía pensar que estaba loca.

—¿A quién? —Sí, tenía esa mirada de preocupación, aquella que decía que yo deliraba.

—La mujer que lloraba. —Intenté sonar más segura que loca. A juzgar por su mirada, no funcionó—. Un lamento que me hirió el alma, como el de la diosa de la que me habló Donato... Cihuacóatl.

Amaris se deslizó hasta mí y prácticamente me arrancó de los brazos de Gabriel.

—¿La Cihuacóatl? —Me miraba con los ojos bien abiertos, enrojecidos de la nada—. ¿Julia, tú la escuchaste? ¿Justo ahora? —

Sujetó mi ropa entre sus manos, estirándola con fuerza—. No deberías poder escucharla. ¿CÓMO PUDISTE ESCUCHARLA? —reclamó entre gritos.

No entendía la razón de su enojo, también me hacía las mismas preguntas.

—Era ella, ¿verdad? Anunciando destrucción. No es la primera vez que la escucho. —Que me creyera, que ni siquiera dudara de mis palabras, me aliviaba.

—No la está anunciando, ya está aquí. —Lloraba, pero en su rostro no vi tristeza, vi rabia contenida.

Gabriel deshizo su agarre y me alejó de ella. Al verla completa entendí por qué se había interpuesto entre ambas. Ella parecía una bestia a punto de saltar sobre su presa, una criatura peligrosa que se sentía amenazada.

—Amaris, ¿estás bien? —Los tres nos pusimos de pie casi al mismo tiempo.

Negó con la cabeza antes de responder.

—Siento que fui usada... —Vio a Mariel sobre la cama, aún llevaba en brazos a Valeria, luego nos miró de nuevo a Gabriel y a mí—. Parece que esto estaba escrito. —Se frotó los ojos con el antebrazo—. Ya nada se puede hacer. —Su mirada se perdió un instante fugaz y luego volvió en sí—. La puerta se abre.

Y la puerta se abrió, sacándonos un gran susto.

—¡Cazadora! Javier está aquí. —Alex entró y se aproximó a mí.

—¿Lo llamaste? —No lo podía creer, después de todas mis suplicas lo había hecho de todas formas.

—Claro que no, debió enterarse de que miembros de la Sociedad han estado entrando y saliendo del edificio. —Sonó ofendido, pero no iba a culparme por desconfiar—. Es mejor que se vayan, yo me quedo con ellas.

Gabriel me soltó para hacer una llamada.

—Están aquí. —Estaba serio—. No te involucres y dile a Kaede que me espere con la camioneta encendida. —No esperó respuesta y colgó.

Yo estaba en peligro tanto como él, uno diferente pero igual de aterrador. Lo miré por un instante, debatiéndome entre pedirle que me llevara con él o esperar a que solo me arrastrara fuera de aquí.

—¿Vienes conmigo? —Me ofreció la mano, dudando si la tomaría. Y no lo hice.

—Sí. —Asentí, pero me dirigí a la cama junto a Valeria—. ¿Estará bien si me voy? —Sujeté una de sus manitas con suavidad.

—Ya todo está hecho —sentenció Amaris—. Solo tienes que vivir.

—Sonaba como una tarea complicada para mí—. Ella estará bien, eres tú quien puede sufrir los efectos de la unión.

—¿Efectos? —Gabriel preguntó subiendo la voz.

—Dar tu vida a otro ser no es algo que no deje una marca en tu esencia —respondió con astucia.

—Seré cuidadosa —le aseguré a mi amiga.

—Ve a mi casa... tus otras *cosas* están allí. —Mariel puso su mano sobre la mía, junto a su hija—. Ten cuidado, no solo por Valeria, sea lo que sea que vayas a hacer, no lo hagas sola, también por ella.

Junté mi otra mano con nuestras manos apiladas.

—Te prometo que me haré responsable de esta decisión. Tal vez no nos veamos en un tiempo, pero nos mantendré vivas a ambas.

—Sé que lo harás. Siempre lo haces. —Me abrazó con fuerza y me soltó al instante, dándome las llaves de su casa.

—Teodoro las buscará. —El Calpián de sangre habló con firmeza—. Sean prudentes, él les dará instrucciones para no provocar conflictos con los Vigías ahora que están bajo protección de los Dunia. —Y con dureza.

Mariel solo asintió.

—Alex, cuídalas de Javier, no permitas que las siga usando de carnada. —Fue una amenaza más que una petición.

—Yo me encargo, Cazadora. —Se cuadró de hombros cual soldado dispuesto a ir a la batalla.

Rodé los ojos al escucharlo llamarme asi, como si temiera decir mi nombre en voz alta. No pude decir nada más cuando Gabriel me tomó del codo para que lo siguiera. Abandonar esa habitación fue literal y figurativamente dejar una parte de mí con ellas, podía sentir que algo se desprendía; más que doler hacía cosquillas, como quitar la costra de una herida.

—Si te sientes mal debes decirme, te llevaré en brazos si es necesario —comentó al cabo de unos minutos, mientras atravesábamos un amplio pasillo.

—Estoy bien. —Aun así, él permanecía más alerta que yo. Algo me distraía, estos días había visto y escuchado tantas cosas irreales... tenía tantas preguntas, me alejaba de unas respuestas para ir tras otras.

Usó el brazo para detenerme, atento al silencio que nos rodeaba, silencio que poco después fue interrumpido por el sonido de pasos apresurados. Su mirada me indicó que permaneciera en mi lugar mientras se asomaba por el pasillo.

No lo vio venir, Javier se lanzó sobre él con agilidad y lo acorraló contra el suelo, Gabriel intentó quitárselo de encima y se lastimó aquel brazo dislocado en el intento. Admito que mis primeros instintos me gritaban que corriera en la dirección opuesta, para cuando entendí que Javier no me había visto ya estaba lanzándole mi mejor patada, la mejor que podía en mi estado, aún me dolía el cuerpo.

Mi antiguo jefe parecía tener mejores reflejos que nunca, recibió muy bien mi golpe y se apresuró a tomar entre sus manos mi otra pierna para hacerme perder el equilibrio. Caí sobre el costado y usé el antebrazo para no darme en la cabeza. Sentí cómo me arrastró por el piso hasta tenerme lo suficientemente cerca y poner las rodillas sobre mi abdomen al momento que me sujetaba por los hombros.

—Es verdad. —Palideció, si es que eso era posible—. Estás viva —soltó con los ojos bien abiertos ante la sorpresa.

—¿No estás contento? —Sonreí cuando vi a Gabriel acercársele por detrás para golpearlo en la cabeza.

Cayó a mi lado, desorientado y al borde de la inconciencia. Me incorporé y lo vi arrastrarse.

—Estás con el asesino —escupió, mirándome desde abajo—. ¿NO SABES LO QUE HA HECHO? —gritó, incrédulo.

—Tú has hecho cosas peores —le señalé al acercarme.

Le golpeé el rostro con el pie, una y otra, y otra vez, de pronto recordando todas esas cosas peores que él había hecho, que me había hecho. Cosas que me permití olvidar e ignorar para que el sufrimiento no me volviera loca, pero que ahora volvían a mí como un recuento de mi vida.

No fue hasta que vi la sangre en el suelo que me detuve, apretando las manos en puños, no era suficiente, una parte de mí lo quería muerto, ya me había planteado la idea de matarlo.

Sentir la presencia de Gabriel a mis espaldas, recordar su reacción ante la muerte y la sangre, eso fue lo que me detuvo. Yo estaba temblando y llorando por la impotencia, como una niña caprichosa, porque quería lastimarlo más y no podía.

—Vámonos —me dijo con la misma suavidad con la que me tomó de la mano y entrelazó nuestros dedos.

Ni siquiera cuando comencé a caminar aparté la vista del malherido Javier, solo cuando escuché a Gabriel quejarse.

—¿Está bien tu brazo? —Me detuve y apreté nuestro agarre para que también lo hiciera.

—Eso espero, las gotas que me dio Kaede me estaban ayudando. No sé si el efecto pasa si me vuelvo a lastimar.

—Ya habías mencionado esas gotas, tú me las diste cuando me dispararon. —Asintió una vez y siguió caminando—. Hay que estar alertas, no creo que haya venido solo.

—Salgamos por atrás. —Apresuró el paso.

Doblamos por el siguiente pasillo y llegamos al piso del estacionamiento.

—Admito que el enfrentamiento fue más fácil de lo que pensé. —Mi voz sonaba más agitada de lo que realmente estaba.

—Fue una buena distracción. Pero ahora sabe que estás viva. —Me apretó la mano, el tacto fue suave y tibio.

—Algo me decía que lo descubriría tarde o temprano. —Le devolví el apretón, y no nos soltamos al seguir caminando hasta el lugar en que estaba la camioneta de Kaede.

—¿Y Teo? —La forma en que vio nuestras manos unidas fue una mezcla de desagrado y confusión, pero no preguntó nada.

—Seguramente se quedará a cumplir con su promesa de protección. —Me soltó para buscar algo en sus bolsillos y se lo lanzó a su amigo, que tuvo que separarse de la camioneta para atrapar las llaves del auto de Gabriel—. Me llevaré la camioneta; ustedes, mi auto.

—Cuídala mucho, me costó recuperarla la última vez. —Era la misma camioneta en la cual habíamos escapado hacia las montañas.

—Los veo en la casa. —Me indicó con la cabeza para que subiera del lado del copiloto.

Con Javier detrás de los dos y mis amigas bajo su vigilancia, no me quedaba más opción que huir junto a él, este hombre que siempre parecía estar cerca cuando era necesario. Como una cruel broma del destino.

CAPÍTULO 31: ESCRITOR ETERNO

Fue extraño entrar en casa de Mariel, juraría que su joven vecina nos observó por la ventana después de que la viéramos en el patio. Puse todas mis cosas dentro de mi mochila y busqué la espada de Gabriel bajo la cama.

—¿Por qué estaba ahí? —preguntó al sujetarla y sacarla de la funda para revisar la hoja.

—A Mariel la ponía nerviosa. Pero te prometo que no le hicimos nada. —Tomé algo de ropa de su armario.

—¿Van a estar bien si el Vigía les pregunta por ti?

—Sé que se inventarán algo, no importa ya, para él ahora soy tan peligrosa como tú.

Nos miramos. Yo ya no pensaba que el fuera peligroso, pero no quise añadirlo.

—Me sorprende la forma en que te arriesgas por ellas sin dudar. Ni siquiera lo pensaste dos veces antes de aceptar ser parte del ritual —comentó, recargándose contra la puerta—. ¿Desde cuándo vives así?

Seguí acomodando mis cosas, recordando el momento en que había seguido a Mariel al callejón junto a la cafetería, cuando conocí a Javier.

—En aquel tiempo, Javier la estaba amenazando, diciendo cosas como que le quitaría a Valeria y la dejaría sin nada. —Lancé todo sobre la cama, maldiciendo al amargo pasado—. Sentí tanta rabia que lo rasguñé para que soltara la carriola y lo amenacé. —Me reí—. Lo amenacé como si tuviera con qué hacerlo. Él dijo que no la dejaría en paz hasta que le pagara. —Lo miré, no tenía por qué saber los detalles del encuentro entre mi amiga y el prestamista—. Cuando pregunté cuánto le debía solo se rio de mí, no era dinero lo que quería, lo que quería era su vida a su servicio. —Cerré la mochila en un movimiento—. Yo ya sabía quién era él, era famoso entre los universitarios con deudas académicas, sobre todo con los mestizos, ofrecía trabajo a cambio de pagar las cuotas escolares.

Me siguió hasta la cocina, necesitaba agua, me sentía tan marchita.

—¿Qué pasó después? —Se acercó a mí, dándome toda su atención, verdaderamente intrigado; al fin hacía las preguntas que seguramente había callado desde el principio, desde que me encontró.

—Bueno, pensé que una madre primeriza con una hija tan pequeña no iba a poder con esa responsabilidad, esa era la razón por la que ella huía de él. Era capaz de quitársela con tal de que cumpliera. —Dejé el vaso sobre el fregadero—. Solo le propuse pagar la mitad de la deuda por ella, ofrecí ayudarla con tal de que no le quitara a su hija. —Había admirado su valentía en aquel momento, cualquier otra madre fácilmente habría renunciado—. Esto fue lo que pasó después.

No quise preguntarme antes si, de poder volver el tiempo atrás, sería capaz de tomar las mismas decisiones. Tanto si la respuesta era que sí, que lo haría sin dudarlo de nuevo, o de ser lo contrario, ambos escenarios me erizaban la piel.

—Y después de todo eso... —interrumpió aquel pensamiento con su grave voz—. Terminaste saliendo con él... —Dio un paso más. Mi espacio se volvió suyo y su espacio se volvió mío, nos dábamos y nos quitábamos como siempre que nos acercábamos.

—Él vino a mí desde el principio, pero yo tenía tanto miedo que comencé a salir con otro tipo en la misma situación que yo. —De los peores errores de mi vida. Bajé la vista y la dejé entre mis tenis y el suelo, con la esperanza de que no lo recordara.

—¿El exnovio de la boda? —Pero sí lo recordaba. Me devolvió el espacio robado para ver por la ventana sobre el fregadero.

Me avergonzaba el hecho de que me hubiera visto en ese estado aquella vez. Que el imbécil de Javier me llevara con engaños a esa boda, sabiendo lo que sabía, me hacía hervir la sangre.

—Así es, las cosas entre nosotros terminaron mal y al final acepté a Javier, no sentí que tuviera otra opción después de eso. —Apreté los labios, sin saber por qué le estaba contando esas cosas—. Me di cuenta de que el mundo es así, fue mi mejor estrategia. —Intenté convencerme durante meses de que esas palabras eran ciertas—. A pesar de que me advirtió que en el trabajo él era mi jefe y no me daría ningún tipo de ventaja, comenzamos a tener las misiones y los trabajos mejor pagos, así fue como construimos la vida cómoda que tuvimos hasta ahora.

—Querrás decir que tú la construiste, ¿Cómo se sintió Mariel con eso? —Fruncía el ceño, concentrado en lo que estaba frente a él.

—Ella nunca me cuestionó por eso. Después de todo, Javier me daba todo lo que una pareja podría darme: compañía, estabilidad, consuelo de vez en cuando... —Cosas vacías y falsas, siempre se sintieron falsas, pero eran mejor que nada, mejor que la soledad.

—Sexo y amor no son lo mismo —sentenció como leyendo mis pensamientos.

—No necesitaba amor, lo que tenía estaba bien. —De pronto se me calentó el rostro—. Nunca añoré la vida de ensueño de los Calpián en la Sociedad, los lujos, las comodidades, me las conseguí yo, mi vida estaba resuelta a mi manera.

—¿Y a ella? Sé que hiciste todo eso por ella. ¿Y si no era lo que quería? ¿Y si quería huir?

Me molestaban sus preguntas, no había tomado mis elecciones de forma egoísta, siempre pensé en las tres.

—Llegué a pensarlo, pero nunca habló de eso con claridad. Hablar de eso implicaba hablar de lo que pasó con el padre de Valeria, contarme qué la llevó a pedirle dinero a alguien como Javier y no pagarle. —Recordé al hombre de apellido Luarca y cómo su familia la había acorralado de a poco sin que ella me lo contara—. La conocí en la universidad y nunca nadie supo el momento en que su vida cambió de esa manera. Al final las cosas terminaron así.

Con este desastre en curso me sentí liviana al contarle nuestra historia, esperaba que entendiera el porqué de las decisiones que había tomado en el pasado y de las que estaba por tomar en el presente.

—Ahora entiendo porque actúas tan a la ligera, siempre te ha funcionado, así que lo sigues haciendo, pero puede que te topes con una sorpresa. —Sus palabras volvieron a pesarme.

Era verdad, la mitad del tiempo actuaba por impulso y sobrellevaba las consecuencias sin querer cuestionar mis decisiones. Pero a la decisión que estaba por tomar la cuestioné toda la noche y la noche anterior. Aún la seguía cuestionando cuando tomé el libro y lo dejé sobre la mesa en un golpe sordo.

Lo miró extrañado, pero el reconocimiento de lo que aquello era cruzó por sus ahora castaños ojos en un solo instante. Puse una mano sobre el libro cuando intentó tomarlo.

—Ésta no es una decisión tomada a la ligera. —Fui lo más firme que pude ser.

—¿Cómo es que tú...? Es un libro de nuestro mundo. —No apartó la vista de mi mano sobre la cubierta.

—Quiero traducirlo, quiero saberlo todo y quiero que tú me ayudes.

Aquellas palabras fueron suficientes para que su atención fuera mía de nuevo.

—¿Qué es lo que quieres saber? —Arrugaba la frente mirándome con fiereza, y eso solo era el principio.

—Mi tía murió protegiendo esto, hablando de dioses, justo como Amaris cuando pregunté por aquel lamento, hay más en este mundo que solo los Calpián y los humanos, y quiero saberlo todo para saber por qué murió. —Estaba decidida, él debía notarlo—. No estoy loca, esa voz en mi cabeza sigue hablando de destrucción y por donde voy resulta que la hay.

Su expresión se suavizó, pero no para pasar a la comprensión, sus ojos se abrieron y quedó inmóvil por completo.

—No. —Salió finalmente de sus labios—. Ir tras los dioses no es algo que le salga bien a nadie, no pienso ayudarte de nuevo y ser tu carnada...

Estaba por irse, sin mí, así que tuve que poner esa jugada sobre la mesa.

—Te daré algo a cambio —dije demasiado desesperada.

—No tienes nada que yo quiera. —Tomó la espada y su chamarra.

—Yo sé dónde está Julieta Taiman. —La forma en que aquello salió de mi boca en una demanda más que en un ofrecimiento, lo obligó a detenerse y me dio la fuerza para continuar—. De aquellos que conocían su paradero, soy la única que queda con vida. A menos, claro... que quieras morir en manos de Victoria al intentar que los Taiman te revelen algo. —Y ahora era una amenaza segura. Casi flaqueó, sin poder creer la forma en que le estaba haciendo esto de nuevo, jugando con su desesperación por conocer la verdad.

No dejó de darme la espalda, así que no pude leer lo que fuera que reflejara su expresión.

—Veo que seguiste investigándome. Teo me dijo que lo sabías, pero no pensé que fueras a usarlo en mi contra, parece que siempre encuentras una manera...—Sacudió los hombros—. Nada me asegura que eso sea verdad.

Era verdad, pero aún no podía darle nada. Me acusaba con razón, justo como aquella vez en el puente con los fuegos artificiales, él sabía algo, o debía sospecharlo.

—En Duna preguntaste por mi padre. —Ahora que ya no estaba más, no corría peligro si revelaba lo que le había hecho a esa niña—. Mi padre era Tadeo Cazador y, si has investigado bien, de seguro sabes que era muy cercano a los Taiman.

Tan cercano que tuvo una hija con esa familia, hija a la que rechazaron y por la que tuvo que marcharse de la Sociedad. Gabriel se volvió hacia mí, daba igual si hubiera seguido de espaldas, en su rostro no había nada que yo fuera capaz de interpretar.

—¿Tadeo Cazador?

Lo sabía, había dado con él, seguramente hacía mucho tiempo.

—¿Aceptas? —Lo tenía en mis manos, no había necesidad de que lo dijera.

—¿Su padre cómo se llamaba? —Dejó caer sus cosas y dio largos pasos hasta mi—. ¿Cuál era el nombre de tu abuelo?

Si quería pruebas le daría pruebas.

—Elías Cazador, dejó la Sociedad antes que nosotros, era humano, de eso estoy segura —alegué acercándome a él—. Murió de alzhéimer un par de años después de que mi abuela Florida falleciera. ¿Ahora me crees? —Apreté los dientes y lo miré por sobre mis lentes, exaltada por lo rápido que había hablado, pero no quería que quedara duda: esa había sido mi familia.

Me miró de pies a cabeza, solo el cielo sabía la clase de cosas que pasaban por su mente en ese momento, pero estaba segura de que me odiaría de nuevo al final. Sin importar cuánto quisiera intentar perdonarme, esto le haría fallar para siempre.

—Si te llevo con alguien que pueda leer esa cosa... —Suspiró con fuerza al momento que cerraba los ojos y vi que de igual forma apretaba los puños—. Si lo hago, solo eso, me dirás lo que sabes. —Abrió los ojos nuevamente, no era una pregunta—. Es todo lo que haré por ti, no me pedirás nada más.

Su mirada era severa, era capaz de estallar en rabia si volvía a cambiar sus planes. Estaba jugando con fuego, con la búsqueda de su vida y el peso con el que había cargado durante años.

—Prometo que si me presentas a alguien que pueda traducirlo yo te llevaré con ella inmediatamente —asentí hacia él.

—No confío en tus promesas, así que me aseguraré de que lo hagas, si te atreviste a usarla debes saber que haría lo que fuera para encontrarla. —Se movió hasta sujetarme por los hombros y asegurarse de que lo viera a los ojos, invadiendo mi espacio nuevamente—. No me va a importar lo que te pase, si me fallas con esto te abandonaré en cualquier lugar, ya sea en este o en el otro mundo.

Me mostró los dientes y yo solo pude permanecer firme, consciente de que decía la verdad, no había forma en que pudiera fallarle esta vez y salir victoriosa. No me soltó de inmediato, de pronto temí que me arrojara hacia atrás con fuerza para deshacerse de mí, pero siguió buscando algo en mis ojos, quizá lo mismo que yo veía en los suyos, que no podíamos seguir haciéndonos esto porque cada vez que trabajábamos juntos nos lastimábamos, ya fuera que yo lo traicionara o que él terminara por amenazarme. ¿Podríamos hacerlo de nuevo? Yo conocía mi respuesta, confiaba en él, en esa forma de ser suya que me sacaba de todos los problemas en los que me metía. ¿Podría él confiar en mí? En que le diría toda la verdad esta vez... Me soltó con la misma lentitud con la que relajó su expresión y la respuesta estaba albergada en el reflejo verde que atravesó su mirada, no tenía más opción que hacerlo.

Me llegó el sentimiento, por primera vez en todo ese tiempo, de que no me quedaba nada ni nadie, resentí mi destino y me pregunté por el momento en que había sido definido. Si fue el instante en que mi padre decidió sacarme de la Sociedad, al darme cuenta de que mi madre no me buscaría, o cuando me puse de lado de Mariel para ayudarla contra Javier. Tal vez, incluso en esos momentos, aún había escapatoria, tal vez el momento que había marcado el rumbo de mi vida fue cuando me crucé con ese hombre, ese Calpián. Y si mi trabajo no nos hubiera unido, tarde o temprano Julieta lo habría hecho. En su búsqueda de aquella Calpián de la familia Taiman, él habría dado conmigo, con mi familia, de manera inevitable.

—¿No vas a preguntarme nada? —estallé después de cuarenta minutos de silencio insoportable. Entendía que volviéramos a esto, pero en el fondo deseaba que me cuestionara una y otra vez para seguir escuchando su voz.

—Todavía no sé qué preguntar —admitió indiferente.

Al menos no había perdido la capacidad de hablar. Y de todos modos no fue suficiente para mí. Aquello que fue dicho casi en un susurro, no llenaba la sensación que se me acumulaba en el pecho.

Dejamos la camioneta a unas cuadras del edificio con locales al que ingresamos. No me dio detalles sobre la persona a la que visitaríamos, así que me sorprendió verlo entrar en un taller de costura y confección.

Una pequeña campana se escuchó al abrir la puerta y un gato negro subió a una máquina de coser al vernos entrar. De hecho, había seis de ellas, acomodadas en dos filas y estaban rodeadas por todo tipo de telas enrolladas en enormes tubos. El lugar era pequeño y se encontraba bastante bien ordenado.

Una mujer mayor salió de detrás de una cortina, llevaba anteojos y una cinta métrica colgaba de sus hombros.

—Gabriel, ¿cómo estás? Volviste demasiado rápido. —Le sonrió desde su lugar y después notó mi presencia—. ¿Cómo estás? ¿Necesitan algún trabajo?

—No... —Quedé perpleja ante su amabilidad, parecía que Gabriel siempre estaba rodeado de gente muy amable.

—Estamos bien. —Se acercó y tomó su mano en un saludo—. ¿Tú estás bien? Te ves cansada.

—Gracias a los dioses tuvimos mucho trabajo, las chicas acaban de irse. —No soltó su mano al pasar la vista entre los dos—. ¿Qué los trae por aquí?

—Venimos a verlo, tenemos algunas preguntas para él. —Le sonrió de vuelta. La forma en que trataba a la señora me recordó al cómo me trataba antes.

—Ah, es por el escritor eterno... —Creo que la vi rodar los ojos—. Está arriba, pero el pobre no ha comido desde que escuchó lo de

Donato, por favor, sé comprensible. —Soltó sus manos y nos abrió paso a la parte de atrás.

Presentía que seguía conociendo gente a la que no debía, gente en su vida a quien apreciaba. Me di cuenta de que por eso éramos tan diferentes, por eso él era un ser de bondad y gentileza, porque nunca estuvo solo. Fuera cual fuera el pasado con el que cargaba, había personas en su vida que le habían ayudado a sobrellevarlo.

El hombre al que visitábamos se encontraba recostado en el suelo, tan relajado que parecía dormir, hasta que habló.

—¿Ahora qué quieres? ¿Al menos volviste con una solución? —Habló con voz golpeada, bastante alto.

Gabriel se puso de cuclillas a su lado.

—No la tengo, lo lamento. —Me miró haciendo un gesto con la cabeza para que me acercara y caminé hasta estar a su lado.

—Disculpe que lo molestemos, tengo un favor que pedirle. —Al ver el humor del hombre temí que no me ayudara, al menos no sin algo a cambio.

Abrió los ojos de golpe y se sentó en un solo movimiento. Nos miró sobre su hombro con las cejas en alto.

—¿Un favor? —Soltó una risa—. Me encantaría escuchar cuál es el favor. —Miró a Gabriel con incredulidad.

Aproveché el momento para sacar el libro y mostrárselo. No dudó en tomarlo, arrebatándomelo de las manos.

—¿Por qué tienes un libro en el idioma de los dioses? —Lo abrió y comenzó a pasar las páginas sin prestarles especial atención.

Mi compañero se inclinó a sus espaldas para verlo.

—Es antiguo Calpián —susurró, confirmando sus sospechas.

Ya había escuchado sobre eso, era el idioma del asesino. De pronto los símbolos se me hicieron conocidos, en casa de mi padre había habido más libros en otros idiomas junto con ese.

Me vino a la mente la imagen de Carlota, sosteniendo un libro parecido y leyéndolo para mí, solo que todo este tiempo pensé que lo leía en español y ahora la recordaba pronunciando un idioma diferente. Aquel pensamiento fugaz aumentó mi curiosidad.

—Esperaba que me ayudara a traducirlo, ¿puede hacerlo? —le pregunté a Gabriel, no muy segura de las habilidades del hombre.

—Más cosas para traducir... Pero claro que puedo hacerlo, hablaba esto antes de pisar esta tierra. ¿Qué quieres escuchar primero? —Seguía pasando las páginas con tranquilidad—. ¿Cómo romper lazos del pasado? —Pasó la página—. Aquí hay una nota sobre profecías. —Señaló y pasó una página más—. Leyendas conocidas... —murmuraba interesado en el contenido—. Sellos que te atan a este mundo...

Me senté a su lado de inmediato, de verdad estaba leyendo el libro, y de verdad contenía las respuestas.

—¿Qué dice sobre el sello? —Me cubrí la boca con las manos. Aquello significaba que Carlota lo sabía, seguramente mi padre también. Ahora tenía preguntas que solo aquellos que ya habían muerto podían responder.

Me miró con algo diferente en su rostro.

—Ah, sí. Ya lo vi, es difícil de reconocer, pero está en tus ojos. —Acercó su rostro al mío y retrocedí.

—¿Qué hay en sus ojos? —Gabriel se sentó del otro lado del hombre.

—Es más un maleficio que un hechizo, ya que suelen ser más perjudiciales que benignos. —Dicho eso dejó de verme y prestó su atención de nuevo al libro—. El sacerdote o sacerdotisa que escribió esto sabía muy bien lo que hacía, es demasiado detallado. Pareciera que fue personalizado para tratar a una persona.

—¿Tratar? ¿Cómo de una enfermedad? —Como la enfermedad que casi me mata de niña.

Cerró el libro de golpe y se puso de pie, seguí sus movimientos con la mirada, pero mi mente era un caos. El único escritor que conocía era mi padre y, aunque él hubiera escrito el libro, no aseguraba que tuviera el conocimiento, pero quizás Carlota lo tenía, después de todo, al final pude ver en sus ojos que no era humana.

—¿Crees que puedas extraer lo necesario para que sepamos lo que el sello hace en ella? —Gabriel ya estaba de pie cuando lo escuché.

—Tengo un libro... diccionario, que escribí hace tiempo, cuando comencé a olvidar mi vida inmortal, no es muy detallado, pero podrá ayudarles a traducir las palabras importantes.

—¿Puede leerlo ahora para mí? —Mi voz estaba ronca, ya me ardían los ojos y me dolía la cabeza, mi interior se incendiaba al intentar descifrar todo lo que estuvieron ocultándome.

Y yo acepté permanecer cegada, también era mi culpa, el pasado en conjunto era abrumador para mí, cada vez que parecía volver me metía en un nuevo problema para olvidarlo.

Ambos hombres me miraron, no sabía lo que pensaban sobre la mujer hecha pedazos en la que me había convertido, en la que mi padre me convirtió. Y se había ido sin siquiera tener la oportunidad de explicarme, de disculparse. Ya no era momento de maldecirlo, perdí esa oportunidad, si siguiera con vida podría atreverme a reclamarle mostrándole las heridas sangrantes en mi corazón.

—Ven, siéntate conmigo. —El escritor eterno, aquel que hablaba de inmortalidad, me tendió la mano arrugada por la edad y me dedicó una pequeña y lastimera sonrisa torcida, como si le costara sonreír.

Tomé su mano, sintiendo calma al instante, su apretón fue reconfortante. Me llevó hasta un sillón azul y me cubrió con una manta.

—Gracias... —Me abrumó su amabilidad—. No quiero ser descortés, yo solo...

—Quieres saber. —Su voz fue más agradable que al recibirnos—. Tranquila, dime lo que quieres saber y lo leeré para ti.

Sentí a Gabriel merodeando sin acercarse a nosotros. Decidí ignorar su presencia para concentrarme en hacer las preguntas precisas, las definitivas. Tragué saliva, intentando deshacer el nudo que se instalaba en mi garganta.

—¿Qué me hace el sello? Yo... creo que he olvidado algunas cosas importantes. —O más bien todas las cosas que ahora parecía que habían sido importantes.

El hombre asintió y regresó las páginas.

—En resumen, habla de un viaje que tu alma debía hacer, el sello, en palabras simples, mantiene tu alma en este mundo. —Habló con paciencia, asegurándose de que lo escuchaba con atención.

—¿Qué significa eso? —Estaba temblando, aquello no podía referirse a atravesar el velo mágico, ya que lo había hecho y había vuelto sin problemas.

—Significa... —titubeó, ladeando la cabeza—. Este libro habla de un sello para mantener a alguien con vida.

Con esa oración el fuego en mi interior se extinguió, dejando un helado vacío. La mente se me puso en blanco y me puse a temblar como loca, hiperventilando sin saber por qué. No tenía miedo de morir, no más que el miedo racional que una persona normal le tiene a la muerte. Tenía miedo de la pregunta que necesitaba hacer antes de llevar a Gabriel a cualquier lado.

—El sello del que habla ese libro... —Se me secó la garganta al intentar pronunciarlo—. ¿Dice cómo se hace?

Parpadeó dos veces y se rascó la ceja canosa.

—Pues... —Pasó las yemas de los dedos por la página—. Debe ser un ritual largo, ya que habla de una luna llena y una luna nueva. Habla sobre atar el alma y encapsularla en un capullo usando la esencia de alguien más... No estoy seguro, pero esto debe ser hechicería prohibida, ya que se habla de absorber la esencia de alguien más.

Me sentí palidecer, tan mareada que tuve que sostenerme la cabeza con ambas manos ante la sensación de que daba vueltas dentro de un remolino. Si eso era verdad y el sello del que hablaba el libro era el mismo que estaba sobre mi persona, entonces yo había matado a Julieta, esa persona a la que Gabriel nunca encontraría, la había absorbido poco a poco para seguir viva.

—Deberías recostarte. —Sentí su mano detrás de la cabeza, Gabriel debió notar que estaba por desmayarme, ya que me sostuvo antes de que me dejara caer al precipicio—. Creo que es suficiente información, pero nos llevaremos el libro. Toto, ¿puedes traerle un poco de agua?

El hombre se puso de pie y dejó el libro en el lugar que había ocupado antes.

—¿Toto? —No pude dejar pasar aquello, pensé que estaba escuchando cosas sin sentido.

—Por Tototl, significa ave. —Se tomó el tiempo de explicarme—. ¿Quieres acostarte? —Parecía preocupado de nuevo y sentí esperanza, la única forma de recuperar su confianza era a través de la lástima. La preocupación en sus ojos y entre sus cejas también parecía creada por mi imaginación.

—¿Ave? Y es escritor... ¿Es el ave azul? —Perdía el foco, pero intentaba mantener el equilibrio—. No se parece para nada a un guerrero azteca. —Aquello salió de mi boca sin que pudiera pensarlo.

—En mis mejores días, fui un gran guerrero. —Se sentó de nuevo a mi lado.

Antes de que pudiera sujetar el vaso que me ofrecía, Gabriel lo tomó en mi lugar y lo llevo a mis labios para que pudiera beberlo. Fue hasta que sentí el agua fresca que me di cuenta de lo seca que estaba mi boca y lo marchita que me sentía.

—Creo que estás deshidratada. —Acarició mi cabello una vez y retiró su mano, dejando el vaso entre las mías, marcando su distancia.

—Puede ser, no he bebido mucha agua últimamente. —Ya había experimentado esa sed extrema antes, pero la ignoré en las últimas horas.

—De acuerdo, ya leí lo que pidieron y les ofrecí el libro para traducirlo. ¿Qué harán por mí para agradecerlo? —Demandó en su tono de voz inicial.

—¿Tienes una carta para Donato? —Gabriel se enderezó, con los brazos cruzados sobre el amplio pecho.

—Una carta no será suficiente despedida... Solo ve a verlo y asegúrate de que sigue con vida. —Bajó la cabeza y cerró los ojos.

Aquel gesto y sus palabras me revelaron la verdad entre esos dos, él era la persona que Donato anhelaba y a quien no podía buscar, aquel que compartía su castigo.

—¿Quieres que te avise cuando sea el final? —La duda acompañó cada una de sus palabras.

Donato no quería que este hombre presenciara su muerte, tampoco había querido enviar otra carta, y de todos modos Gabriel le contó lo que había sucedido.

El inmortal, ya anciano, pareció procesarlo. Podía imaginar su dolor ante la idea de perder al ser al que amaba, después de aceptar habitar un mundo diferente para que ambos pudieran vivir, después de sobrellevar el castigo que se les había impuesto y que al final no valiera la pena. Si me hubieran dado la opción de no presenciar los últimos momentos de agonía de Carlota, no habría aceptado, volvería a acompañarla y a consolarla hasta el final.

—Sí. —Exclamó con firmeza—. Tienes que encontrar la manera de hacérmelo saber de inmediato, yo tengo que estar allí para él.

Aún me sentía en medio de un océano tempestuoso cuando el hombre pareció darse cuenta de que había escuchado todo.

—Donato me habló sobre ti, ¿también pintas? Vi un cuadro en la hacienda. —Quise reconfortarlo, no era muy natural en mí, pero sentí mía la pena de ese hombre.

—Más que pintar, siento que escribo con imágenes las cosas que he presenciado. —Estiró el cuello—. A veces siento que viviría más sin aire que sin escribir. —Recargó los codos sobre los muslos, entrelazando sus manos y dejando a la vista la alianza en su dedo—. Pero definitivamente viviría mejor junto a él.

—Lamento mucho lo que les está pasando. —Lo decía de corazón, incrédula de que ese par estuviera condenado a amarse y nunca permanecer juntos.

—¿Te pareció estable? —Miró a Gabriel y después a mí.

Donato no se me había hecho alguien exactamente estable, de hecho, me había dado miedo estar junto a él, pero no me atrevía a decirlo. Pensé que ver a Gabriel en busca de su aprobación no le agradaría a Toto.

—Él me habló sobre la diosa Cihuacóatl, descubrí la pintura por accidente. Yo creo que la escuché y él fue muy amable al contarme la historia, o lo que recordaba de ella. —Sobre todo la parte en la que se decía que anunciaba destrucción.

Eso lo hizo sonreír y me pregunté si conocía esa parte de la historia.

—Le gustan las leyendas... al menos no ha perdido eso. —Relajó los hombros.

—Creo que la historia que le contó a Julia no fue una leyenda. —Gabriel puso la mano sobre mi hombro—. Si ella de verdad escuchó a la diosa, ¿eso que significaría?

El escritor comenzó a reírse al ponerse de pie.

—Eso es imposible, entre los inmortales solo los sacerdotes pueden escuchar a los dioses, son los únicos a quienes consideran dignos para transmitir sus mensajes. —Me quitó el vaso de las manos—. Seguramente lo que escuchaste fue producto de las ánimas en las que los humanos creen. —Puso el libro para que lo sostuviera entre mis manos—. Ahora, vayan a Tlamatitlán y asegúrense de que Donato siga vivo. Y Gabriel... —Se puso frente a él, eran casi de la misma estatura—. Deja de venir a pedir traducciones. Necesito vivir mi dolor para tener inspiración. —Levantó las manos entre ambos como si sostuviera algo entre sus dedos.

—¿Puedes al menos dejar que se recomponga antes de corrernos? Prometo que alguien te informará si algo pasa en la hacienda.

En realidad, ya me encontraba más calmada, aunque no estaba muy segura de poder ponerme de pie. Saber que era imposible que alguien como yo escuchara a los dioses hizo que el temor al futuro fuera menor, al menos la destrucción no estaba escrita con tinta imborrable en mi destino.

—Gracias. —Obtuve la atención de ambos—. Por la ayuda.

Toto se acercó a otra puerta, opuesta a la puerta por la que habíamos entrado.

—No me agradezcas tanto, lo hago para que ese inútil no se atreva a abandonar la hacienda. —Señaló a Gabriel con un movimiento fiero.

Aquello me hacía pensar que tenían problemas, pero el Calpián permanecía clamado en su presencia.

—Sabes que jamás los abandonaría solo porque sí —murmuró.

El escritor se perdió en la otra habitación y escuchamos la forma en que arrastró algo pesado por el suelo, minutos después volvió con un libro que era el doble del tamaño del libro de Carlota.

—Y trata mejor a la chica, parece que los Calpián no pueden evitar ser despreciables.

Golpeó el pecho de Gabriel con el libro y lo soltó sin asegurarse de que éste lo tomara, así que cayó al suelo en un golpe sordo. Se alejó inmediatamente sin preocuparse por nosotros y desapareció en la habitación contigua.

Mi acompañante me miró y después se agachó, recogiendo la clave con la que podría descifrar lo que fuera que Carlota escondiera entre las páginas del que, ahora sospechaba, había sido su diario.

Si este maleficio se había hecho para permitirme vivir, entonces no podía considerarlo perjudicial para mi persona, pero no dejaba de preguntarme si una cosa como esa tenía el poder de acabar con una vida para salvar otra, y si mi padre había sido consciente de ello al tomar la decisión de ponerlo en mí.

CAPÍTULO 32: JUSTICIERO DE DIOS

Mi alma estaba perdida entre mares dispersos, pues fui golpeada violentamente con las olas de la verdad. Sentí la realidad de la que era mi vida, aquella que desde un inicio había mantenido a cuesta de los demás. Mi cordura residía en mi instinto de supervivencia, pero sin ello como excusa solo quedaba una mujer desalmada que tomaba lo que necesitaba sin pensar en quienes afectaba.

Por eso no tuve el valor de cuestionar a Gabriel cuando exigió que cumpliera con mi promesa, pese a seguir sintiendo que caminaba sobre aguas turbulentas; accedí cuando me insistió impaciente para que lo llevara a encontrarse con sus propias respuestas.

El lugar seguía siendo terrorífico de noche, había pasado más de una década desde la primera y última vez que estuve en allí. Gabriel se quedó parado del otro lado de la ornamentada entrada, completamente congelado, no era el sitio al que esperaba que lo llevara.

Lo dejé preparase para lo que estaba por ver y continué caminando, porque no recordaba con exactitud el lugar en el cual la tumba se encontraba. El panteón era bastante grande para estar ubicado en una zona céntrica. Pese al tiempo se veía igual, solo que la cantidad de lapidas se había duplicado.

No veía los nombres en las cruces, buscaba la figura de un ángel con las manos hacia el cielo, fue lo que más había llamado la atención cuando mi padre me trajo aquella vez.

Ya había olvidado sus exactas palabras, pero el significado sin duda era que solo una de las dos podía vivir, y al final fui yo quien lo logró.

Gabriel me tomó por el codo y tuve que detenerme, verlo fue ver el fracaso de su búsqueda, al final de cuentas sí perseguía a un fantasma. Saberlo debía estarlo matando por dentro.

—¿Qué significa esto? ¿Por qué me trajiste a este lugar? —Su mirada reflejaba que ya sabía qué preguntar.

—Porque la persona a la que buscas está enterrada aquí. —No tuve tiempo de pensar en suavizarlo.

—¿Cómo lo sabes? —Negación, en realidad no sabía lo que esperaba de él, solo que sería difícil y desgarrador.

Me zafé de su agarre, que se estaba volviendo sofocante.

—La conocí... —Era difícil de contar, lo que fuera que dijera podría parecer una mentira, solo que las palabras en el diario de mi tía confirmaban que aquella historia no era tan loca para serlo—. De pequeña me... me sometieron a varias operaciones por un defecto cardíaco. —Titubeaba, no porque fuera doloroso, solo era difícil de expresar—. Y ella estaba en el mismo hospital que yo. —Toqué mi cabello, pero me resistí a jugar con él.

Ahora ambos lo sabíamos, fue después de aquel accidente por el que él se culpaba que Julieta había terminado en ese lugar.

—¿Es eso verdad? —Sus pupilas bailaban al mirarme.

—Lo es. No fuimos muy cercanas, pero la recuerdo. —Tomé la foto del interior de mi mochila y se la extendí.

La tomó en un arrebato y frunció el ceño al reconocerla.

—Esto estaba en mi habitación —dijo sin aliento.

—La reconocí en cuanto la vi. —Respiré profundo, si daba los detalles él podría imaginar la forma en que lo había vivido—. La recuerdo durmiendo, con gasas en el cuello y vendajes en la cabeza. En ese entonces yo lloraba todo el tiempo, pensaba que mi enfermedad era la razón por la que mi madre me había dejado ir con mi padre tan fácilmente. —Me estaba desviando, pero recordaba más mi historia que la suya—. Yo la envidiaba.

Dejó de ver la foto para levantar su confundida mirada en mi dirección.

—¿Qué?

El silenció cayó sobre nosotros cuando me di cuenta de lo estúpido que sonaba aquello. Me aclaré la garganta y me acomodé el cabello detrás de la oreja, pensando en la forma más sencilla de explicarme.

—Aunque ella estaba en peor estado siempre tenía visitas, los Taiman también eran mi familia, pero nunca fueron a verme, me repelían por convertirme en solitaria.

De ahí había reconocido a Victoria, yo espiaba detrás de la puerta la forma en que lloraba por su pequeña hermana, claro que era muchos años más joven que la mujer que vi en Dunia, pero no olvidaba su rostro: su larga nariz, el lunar bajo su ceja y la manera en que se paraba frente a los demás con superioridad.

—Dices que eres parte de la familia Taiman, pero... —Miró al cielo ya oscurecido.

—Creo que esa es la razón por la que fue ella quien al final me ayudó a vivir. —No solo me había entregado su corazón, también me regaló su esencia—. Al final, su corazón resistió más que su cuerpo, lo recuerdo vagamente, todos hablaban de cómo... ella me regalaría su vida. —Un nudo me apretó la garganta, advirtiéndome que no intentara ablandar su corazón con una triste historia, pero de todos modos continué—. Incluso ahora la envidio un poco, siempre hubo alguien buscándola. —Lo señalé y de inmediato dejé caer mi mano a mi costado—. Incluso... tiene una tumba donde pueden llorarle...

A estas alturas estaba segura de que me iría de la misma forma en que mi padre y mi tía se habían ido, sin dejar una cruz con mi nombre.

—¿Dónde está la tumba? —Vi la intención en su rostro, así que di un paso atrás cuando se acercó para sujetarme de nuevo—. Necesito verla para creerlo... —Estaba por quebrarse, ya sabía cómo se sentía y aun así lo permitiría, que se derrumbara—. Necesito creerlo para dejarla descansar en paz.

Se me fueron las palabras de consuelo, yo vivía, pero ella había ganado: tanto el cariño de mi padre como el anhelo de Gabriel.

—Tiene la estatua de un ángel y su nombre grabado en una placa. —Seguí caminando, tragándome la amargura—. Tú busca por allá y yo por acá, han pasado años, no estoy segura de la ubicación, pero tiene que estar cerca de esta entrada. —Me alejé antes de que dijera algo más.

Solo cuando estuve lo bastante alejada de él me cubrí los ojos con las manos y contuve las lágrimas que se avecinaban. Era una tonta por sentirme desplazada de esa manera, al darme cuenta de que lo que Teodoro me había dicho en Dunia era la verdad: Gabriel seguía cargando conmigo porque le recordaba a la chica que nunca dejó de buscar.

Una ráfaga de helado viento se azotó contra mi rostro, provocándome un escalofrío. Aquello me recordó que el hermoso otoño que había vivido con Gabriel ya había acabado, dando paso al despiadado invierno en el que me encontraba sola.

Y estar en ese cementerio no me ayudaba para nada. Mientras más rápido encontrara la maldita tumba, más rápido saldría de ahí. Así que comencé a correr al perderme en el laberinto de cruces que me rodeaba, ya nada me era familiar y mi mente no se encontraba más despejada que el camino frente a mí. Realmente me estaba esforzando por recordar, pero el simple hecho de buscar en mis memorias provocaba que me diera vueltas la cabeza.

Tuve que detenerme al ver a una mujer caminando en mi dirección, no quería que pensara que estaba loca. Me miró fijamente, desabotonándose el abrigo café, pero no fue hasta que se acomodó la larga cabellera rubia que la reconocí. Era Saraí Levana.

—¡Te he estado buscando por todos lados! —gritó al avanzar con pasos más largos—. Maldita zorra astuta, me echaste a los Vigías encima para cubrirte. —Se carcajeó con fuerza—. No tienes idea de lo que hiciste.

No entendía lo que quería decir, pero estaba enojada conmigo por alguna razón. No tenía las fuerzas para luchar sola con ella y salir victoriosa. Mi mejor estrategia era huir.

Estaba por correr en dirección contraria cuando vi al ángel alzarse tras sus espaldas, esa tenía que ser la tumba.

—¡GABRIEL! —grité al correr hacia Saraí.

Se preparó para atacarme, pero la esquivé y continué corriendo a sus espaldas. Solo tenía que llegar hasta la tumba y ver el nombre, solo eso.

—¿Así que Mirantes está contigo? ¿Después de lo que le hiciste? —Me lanzó algo y tropecé al intentar esquivarlo—. Fui a su departamento, prácticamente lo derribaron como si el hombre pudiera esconderse tras las paredes.

Vi el objeto que me había lanzado, era una especie de bala, pero de ella se desprendía un líquido blanco iridiscente; eso no era de este mundo.

—Yo no te hice nada. —Giré sobre mí misma para verla acercarse—. No sé qué les hiciste a los Vigías, pero no tiene nada que ver conmigo —le reproché a gritos, cansada de enfrentarme a la gente.

—Me buscan... con una prueba de cabello que dejaste en una escena para incriminarme... —Se inclinó sobre mí y me sujetó con una mano del cabello, mientras apretaba la otra alrededor de mi cuello—. Me hubiera dado igual si matabas a esas personas, después de todo me quitaron a mi hermana. Te habría ayudado a deshacerte de los cuerpos con gusto. Lo que no entiendo es por qué exhibirlos de esa forma. ¿Por qué hacerme ver culpable a mí?

Abrí la boca ante el dolor de su apretón, intenté luchar y obligarla a soltarme, por alguna razón parecía más fuerte que la última vez.

Alguien la derribó y tomé la oportunidad para arrastrarme lejos y tomar grandes bocanadas de aire, desabrochándome la chaqueta, sin poder recuperarme del todo.

Me horroricé al ver a Javier forcejeando con Saraí y alejándola de mí, pero no me detuve a observar la pelea, avancé a gatas hasta el lugar con el ángel y vi a Gabriel aparecer al otro lado al momento en que nuestros rivales dejaron de luchar.

Me sujeté de la tumba para ponerme de pie y alcancé a ver el nombre en ella, no era la de Julieta, aunque estaba segura de que esa era la estatua de mis memorias, hasta el pino marchito a unos metros me parecía familiar. No confiaba en lo que veía, no tenía sentido.

Me volví hacia los demás, que se miraban entre ellos, entendiendo lo que estaba pasando. Esos dos no eran el objetivo del otro. Saraí venía detrás de mí. Todo dependía de Javier: si decidía protegerme y dejarme escapar o si iba detrás de Gabriel para intentar atraparlo.

El Vigía pareció informarle su decisión, ya que ambos se alejaron al mismo tiempo; Saraí en mi dirección y Javier en la opuesta, directo hacia Gabriel.

—¡Que no te alcance con eso! ¡Es venenoso! —alcanzó a gritarme antes de ser atacado.

Recibí a Levana con una deficiente patada lateral que esquivó sin problemas.

—Ese hombre es un Vigía, ¿por qué no vas a reclamarle? Es quien te está buscando. —Un truco cobarde, pero la única arma que tenía.

—No intentes manipularme, sé muy bien qué relación sostienen ustedes dos. Prefiero entregarte a la Sociedad, a ver si a ellos les explicas por las vidas que te has cobrado. —Sacó otra de esas balas de uno de sus bolsillos y jugó con ella entre sus manos—. ¿De verdad crees que haces justicia en nombre de Dios? Justicia habría sido que esos bastardos admitieran sus crímenes, descubrir sus motivos, darle respuestas a las familias que afectaron. Pero gracias a ti nunca lo sabremos. —Recargó su arma y me apuntó.

—Deja de decir tonterías, yo no maté a nadie y tampoco te entregué a los Vigías. —Me sentía acelerada, todo mi cuerpo estaba alerta como nunca, deseoso por protegerse.

—¡Deja de mentir! —rugió disgustada—. Tengo un testigo y otro cadáver, además... —Me empujó hacia atrás un par de veces y en cada empujón retrocedí tanto como pude—. Encontré tu guarida en el edificio que explotó. Me pareció curioso que el lugar se derrumbara el día que mi contacto quiso llevarme a verlo con mis propios ojos.

—¿Guarida? —A sus espaldas, los dos hombres luchaban cada vez más cerca de nosotros, no me sorprendió ver que Gabriel llevaba la ventaja.

—Tenías ese inmundo lugar cubierto de sangre, una muestra será suficiente. —Se refería a aquel lugar que descubrimos el día del ataque, ella había dado antes con él—. Incluso tengo fotografías, solo necesito tu sangre para comparar...

No era imposible que aquello la llevara directo a mí, después de todo la ropa que encontramos aquella vez era de Mariel, tal vez también había ropa que me pertenecía.

Se me erizó la piel ante la sensación de la amenaza, cada célula de mi cuerpo me exigía atacar, defenderse, como si tuviera la fuerza para hacerlo. En su lugar eché a correr lejos de ella, estaba segura de que me seguiría, debía intentar perderla entre las tumbas.

El sonido que se produjo no se pareció en nada al de un disparo, fue más bien como un insoportable silbido que se prolongó hasta que la bala dio con su objetivo. Miré por sobre el hombro, confundida por no recibir el impacto. Fue Gabriel a quien encontré tirado en el suelo, con esa cosa blanca cubriendo su espalda. Di vuelta enseguida, por un momento todas las palabras quedaron estancadas en mi garganta, no pude más que correr de regreso a él, intentar alcanzarlo.

—¡Gabriel! —logré pronunciar al fin. Prácticamente me resbalé al llegar a su lado, caí junto a él de un sentón—. Gabriel. ¿Qué hiciste? —Vi el desastre frente a mí sin encontrar manera alguna de revertirlo.

Levanté su rostro, pálido del dolor, se quejaba, pero no era capaz de producir palabras completamente entendibles. Intenté quitarle aquello de la espalda y mi mano ardió ante el contacto, aquel veneno brillante de luz que reflejaba preciosos colores era tan devastador como hermoso, solo tenía un poco en la mano y fue suficiente para que invadiera mis sentidos y la piel me escociera en una quemadura fría que se adentraba poco a poco entre mis nervios.

Levana se acercó a nosotros y tras ella venía Javier, no los iba a dejar acercarse a él, ni a mí. Así como él había recibido esa bala por mí, recibiría lo que viniera por él, haría lo que fuera por sacarlo a salvo.

Inhalé y exhalé con profundidad antes de poner mi otra mano sobre la espalda de Gabriel para tomar el veneno y lanzarme contra Saraí.

La ataqué como Mariel lo haría, era buena identificando los puntos débiles de sus contrincantes. No conocía los de Levana, pero la primera vez que me había enfrentado a ella logré derribarla porque la tomé desprevenida.

Así que la sujeté del brazo con la mano llena de veneno, su reacción ante el contacto fue usar el antebrazo para alejarme. No me detuve y puse la otra mano contra su cara, primero gritó de dolor, después me empujó con la rodilla y se zafo de mi agarre. Fue suficiente para que experimentara el ardor en el que Gabriel y yo estábamos siendo consumidos.

—¡Maldita perra! —gritó por la desesperación. Usaba su abrigo para limpiarse el rostro, aunque parecía tarde para revertir el efecto.

Javier se acercó y vi a Gabriel por instinto. Él no temblaba como yo, aunque aún no era capaz de ponerse de pie por más que lo intentara. Su herida debía ser profunda. Un gran coraje se instaló en mi interior al pensar en lo que le estaba provocando tener eso en la sangre.

—¡Tú eres la maldita perra! —le grité al tomar todas mis fuerzas para derribarla.

Con ella desconcertada por el dolor, fue más fácil usar esa distracción. Puse una rodilla en el suelo y giré usando mi otra pierna para derribarla por los tobillos. Cayó al suelo sin poder amortiguarse. Era suficiente, ahora podía ir por Javier.

El hombre no se encontraba en su mejor condición, no solo por los golpes que le había dado en el hospital, sino porque Gabriel también los cubrió con nuevas heridas. No esperé a que dijera algo o intentara retroceder, pretendí atacarlo de la misma forma que a Saraí, pero fue más listo al tomarme por las muñecas para evitar el veneno.

—Deja de pelear y te perdonaré la vida. —Usó el hombro para limpiarse la sangre que le escurría de la boca.

—¿Cómo? —Después de todo estaba dispuesto a conservarme a su lado.

—Solo tienes que darme la suya a cambio. —Se veía completamente desquiciado, dispuesto a llegar tan lejos como tuviera que hacerlo.

—Su vida vale más que la mía... —Sacudí nuestras manos de arriba abajo hasta que me soltó—. No sería un intercambio justo...

Levana se levantó para volver al juego. Javier intentó interceptarla. Fue demasiado rápido, la mujer se quitó el anillo que llevaba en el dedo anular y la capa invisible que la cubría se desprendió. Está vez fui capaz de verla, la esencia, esa cosa que brilla alrededor de las personas y que antes ignoraba.

Mas que verlo lo sentí desde mi lugar: la forma en que concentró todo ese poder en sus manos. Javier no tenía oportunidad. Apenas intentó tocarla, ella lo obligó a retroceder con un primer golpe. Con el segundo golpe lanzó a su atacante al otro lado del camino sobre el que nos encontrábamos. Este cayó sin poder protegerse, el estruendo fue tan escalofriante que no dejó dudas de lo brutal del ataque. Él no se volvió a levantar.

—Ya me cansé de esto. —Posó su mirada sobre mí.

Me sentí amenazada por ese poder que ahora era tan claro ante mis ojos, algo en mi interior se sacudía ansioso por surgir.

Yo no podía morir, no solo por las respuestas que esperaban ser encontradas, también por la vida de la pequeña que ahora estaba atada a la mía. Le había prometido a Mariel que viviría, que ambas lo haríamos mientras estuviéramos unidas por ese lazo. Por eso y por Gabriel, permití que ese poder oculto en mi interior surgiera.

En el momento en que Saraí Levana lanzó su primer ataque, producto de su esencia, una luz surgió desde mi interior, tan pura y blanca que absorbió todo a nuestro alrededor. Tan cegadora como la recordaba. Usé esa luz creada con mi esencia como un escudo sobre mí. Tanto su ataque como mi defensa se sentían inestables, si continuábamos no podríamos detenernos.

—No quiero hacer esto —anuncié.

—Pero lo harás. —Avanzó con fuerza—. No sé qué clase de ser despreciable eres, pero una humana no es capaz de manipular su propia esencia.

—¡Yo no soy humana! —Dejé de retroceder para tomar mi turno de avanzar usando todas las fuerzas que me quedaban.

—Eso me queda claro. —Sonrió mostrando todos sus dientes—. Con que fue así como te deshiciste de toda la escoria, usando los poderes divinos. ¿Cómo pagaste el precio?

No tenía idea del significado exacto de sus palabras, de la misma forma en que no recordaba del todo poseer tal poder antes de ese día. Y del precio a pagar por usarlo... no era capaz de imaginarlo.

Mi mente quedó en completo silencio ante los recuerdos que emergían desde lo más profundo y oscuro de mi ser. De la vez que seguí a Gabriel contra ese depredador que me acosó en el bar. Fui yo quien lo había derribado. Usando mi esencia de la misma forma en que lo hacía ahora. Si Gabriel se quitó el anillo para liberar su poder, fue solo con la intención de contenerme.

No me contradijo al insinuar que él era el culpable, aunque tampoco lo admitió. Solo aceptó que aquello había ocurrido por mero acto de defensa propia.

Las lágrimas se deslizaron sobre mis mejillas ante la incredulidad que comenzó a abrumarme. Profundicé mi respiración en un intento vacío por estabilizarme. Era incapaz de comprender la manera en que los hechos se habían retorcido en mi cabeza.

¿Por qué ahora lo recordaba con tanta claridad? Esa revelación me sofocaba, me daba la sensación de que no era lo único que mi mente había bloqueado.

No me contuve más, estallé entre giritos y destellos de mi poder, lanzando todo lo que tenía al exterior, intentando no cargar más con tan abrumadoras sensaciones.

Saraí cayó de espaldas al ser empujada por la fuerza de mi esencia. Yo terminé de rodillas en el suelo al perder la cordura y desestabilizarme por el esfuerzo. Me rendí ante los hechos alumbrados por esa luz, descubiertos por ese poder que me desgarraba el alma.

Rasguñé la tierra delante de mí al intentar aferrarme al presente, sintiendo la forma en que era arrastrada hasta consumirme.

Había sido yo, todo ese tiempo, fui quien cazó a esas personas. No lograba llegar al origen de mi sed por su sangre, pero sin duda las había perseguido con el único propósito de cobrarme sus vidas. Las desangré mientras aún estaban conscientes. Me aseguré de que presenciaran la forma en que, usando su propia sangre, cubría las marcas con las que suplicaban perdón por sus pecados. Deseaba que pasaran sus últimos minutos en agonía ante la promesa de un castigo superior. Al final, cuando cruzaban el umbral entre la vida y la muerte, colgaba sus cuerpos, los exhibía en advertencia para que sus cómplices me temieran y supieran que pronto también iría por ellos. Y después de cada encuentro me ocultaba en ese asqueroso y deplorable departamento donde, entre el agua y la sangre de mis víctimas, pagaba el precio sin resistirme, limpiando las impurezas con las que cargaba por autonombrarme juez y verdugo.

Gabriel había tomado mi lugar como culpable, de la misma forma en que Saraí fue perseguida, por el simple hecho de cruzarse en mi camino. Consciente o no de ello, al involucrarse en la estúpida investigación, terminaron siendo partícipes en el juego del Justiciero de Dios. Error con el que cargarían hasta que se revelara la verdad.

—Gabriel... —gemí en su dirección, con el corazón en la garganta. Lo único que quería era pedirle perdón, cien veces, mil veces, hasta el fin de mi vida. Arrepentida por cada vez que lo señalé o lo traicioné—. ¡Gabriel! —Me impulsé con los pies, pues no era capaz de sentir las palmas de las manos por el veneno en ellas. No era lo único que me dolía, mi corazón igual dolía, latiendo por cada palabra que el viento no sería capaz de llevarse, por cada cicatriz que pudiera haber causado en su corazón por el mero hecho de haberlo conocido—. Perdón... —logré musitar sin aliento al llegar hasta él.

Quería tocarlo, pero mis manos ardían al rojo vivo, la sensación de la quemadura fría no pasaba. No había forma en que me le acercara sin lastimarlo.

—¿Qué eres? —Levana seguía en el suelo, se sostenía con los antebrazos en nuestra dirección.

No le respondí, no tenía con qué y lo único que habitaba mi mente eran los ojos agonizantes del hombre delante de mí. Debía sacarlo y llevarlo lejos de este lugar.

Javier se encontraba inconsciente sobre una de las tumbas, me era difícil notar su respiración desde mi lugar. Se me erizó la piel al solo pensar que tal vez no volvería a levantarse nunca más.

Sollocé en voz alta, mirando la noche rodearnos con tanta tranquilidad, mi interior temía a esa quietud y la sensación de ser vigilada se apoderó de mi ser.

Reí ante la ironía, pues aquel hombre que me vigilaba y atormentaba ya no estaba más, ya no volvería a sentirme atrapada entre sus garras, no tendría que volver a preocuparme por su existencia.

Y era tan injusto, no haber acabado con él con mis propias manos, no ser quien le arrebatara la vida después de años sufriendo ante ese deseo. El idiota se había ido solo así, sin sufrir una probada del infierno en el que me mantuvo prisionera.

—Justiciero de Dios es... —La mujer se enderezó, escupiendo sangre—. Es una ofensa para los dioses. —Se llevó la mano al costado al retorcerse de dolor—. Más bien eres la enviada del diablo —rugió con furia.

Me quité el resto del veneno, tallando mis palmas contra mis pantalones, la fricción extrañamente era reconfortante.

—Ni justiciera ni enviada —gruñí entre pesadas respiraciones—. No recibo ordenes ni de Dios ni del diablo.

Aquellas palabras introdujeron en mi mente una aterradora idea: de una voz que me hablaba en pesadillas, reclamando mi alma que le pertenecía.

—Eso es mucho peor. —Logró ponerse de pie.

—Ahora somos iguales. —Señalé el cuerpo de Javier con la barbilla, satisfecha ante mis palabras.

—Eso lo veremos después. —Se dio la vuelta y se tambaleó por el lugar.

El monstruo recién surgido de mi interior estaba molesto por dejarla escapar, pero no contaba con la fortaleza para correr tras ella. Busqué con cuidado el celular de Gabriel entre sus bolsillos, estaba segura de que Teo me metería dentro de algún ataúd si veía a su amigo en ese estado, lo creía bastante capaz. No tenía idea de qué número marcar.

—Gabriel, tienes que razonar. —Usé mi codo para moverlo—. ¿A quién debo llamar? ¿Quién en este mundo es capaz de curarte?

Mantenía los ojos abiertos, aunque enrojecidos y llorosos. Su mejilla chocaba con las pequeñas piedras sobre la tierra, por lo que me las arreglé para ponerlo boca arriba. Ya no intentaba moverse, solo emitía quejidos extraños.

Me recosté sobre su pecho y comencé a llorar, abrazándolo con fuerza, manteniéndolo cerca, dándole compañía en la oscuridad, no quería que se sintiera solo, que sufriera solo o sufriera en absoluto.

—Tranquilo, yo estoy aquí. Vas a estar bien. —Encendí la linterna del celular y lo dejé junto a su cabeza—. Aquí solo hay luz, no es una noche oscura. No estás perdido.

Quise sonar calmada, aunque no lo estaba para nada. Aquello no estaba bien, no era correcto que él fuera el herido mientras yo era la asesina. Me di cuenta de que quien temblaba era yo, no dejé de hacerlo en todo ese tiempo y mi pecho comenzó a sacudirse cada vez más.

Sentí su brazo sobre mi espalda y levanté la cabeza esperanzada, pero no me veía, su mirada estaba perdida en algún lugar junto a su mente.

—Kaede. —Lo escuché ronco y claro.

CAPÍTULO 33: SELLADA

Fue entre balbuceos y lágrimas que intenté explicarle a Kaede la situación, haciendo énfasis en que a Gabriel lo habían lastimado con una bala extraña que contenía un veneno también extraño para mí. Y no estaba muy segura de haberle dado correctamente nuestra ubicación, por lo que también se la compartí en un mensaje. Las instrucciones fueron claras, mantenerse ocultos, despiertos y permanecer alertas.

—Deja de llorar. —Volver a escuchar su ronca voz me sorprendió tanto como el hecho de que no dejaba de mirarme.

Se había transformado en un fantasma en las últimas horas, pálido y apenas capaz de sostenerse. Me esforcé mucho para ayudarlo a avanzar hasta la entrada, aunque admito que él hizo todo el trabajo. Su amigo estaba en camino, me costó mucho explicarle la situación, más que nada por la enredadera en la que se transformó mi mente, pero también por la vergüenza.

—No puedo. —Me pasé la mano por la nariz para contener el flujo que crecía conforme el frío y el llanto continuaban.

—Si sigues así… —Se quejó de dolor—. Sentiré que… estoy muriendo. —Le costaba hablar.

—¿Y no te estas muriendo? —comenté sin pensar.

Era consciente del esfuerzo que implicaba que continuara despierto, solo parecía resistirse a ceder, a dejar de mirarme, como si supiera que en cualquier momento podría desmoronarme.

—No lo sé —admitió sin humor—. Pero no hay que... tratar a los pacientes de ese modo. —Habló rápidamente, tal vez así le era más fácil—. Así que... deja de llorar.

—No recuerdo la última vez que lloré tanto. —Me miré las manos heladas, una cosa era que el recuerdo ya no me persiguiera todo el tiempo, pero vaya que lo recordaba. Era curioso que la situación fuera parecida, pues había sido herida por una bala y pasé por el infierno de no saber si viviría.

—¿Es... es por mí? —Me sorprendí al escucharlo de nuevo.

Asentí con lentitud y me tallé los ojos bajo los lentes. Era por él, era por mí, era por cada desastre en mi vida.

—Esa bala era para mí. —Como todas las balas de la vida que él recibía cual armadura de antaño.

—Pero tú... —Lo miré, esperando el reproche—. Tú no... no puedes morir. —Sus labios ya estaban partidos por el frío y de todos modos su rostro era una pieza perfecta, con sus ángulos marcados y sus líneas suavizadas para mí. Sabía que ocultaba su dolor para calmar la tormenta en mi interior. Sentí el peso de sus palabras ante la forma en que me miraba, casi podía escucharlo decir que él no deseaba mi muerte sino todo lo contrario. Que viviera.

Me aclaré la garganta e intenté contener mis siguientes lágrimas. Aparté la mirada primero, reprendiéndome por anhelar aquello que ya estaba perdido.

—Seguramente Valeria habría resentido una herida como esa. —No lo permitiría más, una situación como esa no debía repetirse en el futuro, nunca—. ¿Escuchaste todo? ¿Lo que Levana dijo sobre mí? —Sentí su mirada y me encogí ante ella, ante la revelación—. ¿Ya lo sabías? Que soy un monstruo.

Me asustaba, matar y olvidar, matar con tanto rencor y disfrute para simplemente borrarlo de mi mente y vivir como si nada. Siempre había sabido de lo capaz que era para acabar con mis enemigos y no sentirme culpable por ello, pero maquinar masacres como esas y no recordar el motivo de tanta ira me parecía espeluznante y me revolvía el estómago. Tener solo fragmentos me dejaba con menos piezas que con las que comencé.

—Aquella...—Se esforzó por hablar—. Aquella vez pensé... que estabas intentando... jugar conmigo... que me... incriminabas a propósito. —Al fin lo escuchaba, aquello que no tocaba para no romper la burbuja, al fin sería revelado—. Luego me di... me di cuenta... de que realmente no lo recordabas, no eras capaz de... —Se obligó a hacer una pausa—. Recordar lo que pasó con ese hombre... Pasé días... pensando en eso y al final... tiene todo el sentido. —Lo miré, esta vez no escondía su dolor ni lo abrumadora que había sido esa situación para él—. El poder dentro de ti, no... no sabes usarlo... el precio debe ser alto... por eso se cobra con tu memoria. —Me estremecí al escucharlo en voz alta, temerosa de que hubiera más que ya no recordaba.

Me acomodé en mi lugar, sentada junto a él. De nuevo se me revolvió el estómago ante la fea sensación de que aquello no era todo.

—Pensé que estabas enojado porque arruiné tu cumpleaños — quise burlarme, tal vez no debí.

—También. —Sonrió lastimero—. Estaba enojado... porque no lo entendía... intentar... intentar entenderte... es agotador. —Luchaba por no cerrar los ojos, pero al final lo hizo.

—Yo tampoco lo entiendo. —Lo atraje hacia mí para recargar su cabeza sobre mi hombro, pero se dejó llevar y quedó sobre mis piernas.

—A su tiempo... lo harás —balbuceó—. Lo haremos.

—No tienes permiso de quedarte dormido. —Palmeé su hombro varias veces, temblando ante la posibilidad de que ya no despertara.

—Lo pensaré... en sueños.

Llevé el dorso de mi mano hasta su frente y la retiré asustada.

—Estás ardiendo. —Miré en todas direcciones esperando mágicas señales de que la ayuda estaba en camino.

—Di... di... diles que... se apresuren. —Fue bajando la voz hasta quedar inconsciente.

—¡Gabriel! —Marqué el número de nuevo—. Gabriel, no te atrevas a dormirte. —Lo moví con rudeza esperando que funcionara—. ¡Gabriel!

Enloquecí con su nombre entre mis labios, lo golpeé y sacudí sin dejar de pronunciarlo, por eso cuando lo escuché a lo lejos pensé que venía desde alguna voz en mi cabeza.

—¡Gabriel! —Aquella voz sonaba lejana y perdida.

—¡Gabriel! —Pero la segunda fue más clara y cercana.

—¡Estamos aquí! —grité en respuesta—. ¡Es por aquí!

El primero en llegar fue Teodoro. No me miró, se lanzó sobre su amigo para evaluar su estado. Cuando Kaede lo alcanzó sí se detuvo a mirarme, abrió levemente la boca para decir algo y la cerró al instante, arrugando la frente al pasar la mirada a sus amigos.

Dejé de escuchar cualquier cosa cuando se lo llevaron de mis brazos. Era todo, estaba por terminarse su agonía que en las últimas horas había sido mi agonía. Mi cuerpo no podía más, seguía temblando de una forma muy extraña, incapaz de controlar mi respiración, no podía parar.

—Julia... —Kaede tocó mi hombro y tuve que enfocar mi vista en él—. ¿Puedes sola? —Me miraba con atención, demasiada para mi comodidad.

Me costó entender que se refería a si podría caminar por mi cuenta. No estaba segura, pero ambos tendrían que llevar a Gabriel.

—Creo... creo que sí. —Tomé su mano y me puse de pie.

—Nosotros llevaremos a Gabriel. —La preocupación de Teo era más grande que cualquier resentimiento que pudiera tener hacia mí, pues se concentró en el herido y no dio señales de culparme de nada.

—Intentaré estabilizarlo. —Kaede puso una de sus manos sobre el pecho de Gabriel y vi la energía fluir entre sus esencias.

Fueron segundos, Gabriel abrió los ojos de golpe y comenzó a toser el veneno.

—Mantente despierto, debes luchar. —Lo cargaron entre los dos, él no les respondió, solo se dejó llevar.

Verlo agonizar de esa manera me consumía el corazón, no podía evitar hundirme en ese extraño sentimiento. Limpiaba su barbilla cada vez que tocía el veneno, que parecía haber invadido todo su cuerpo.

Kaede limpió su herida y mis manos con una solución espesa parecida a la crema corporal, aquello me adormeció las palmas por completo, cosa que agradecí y esperaba que tuviera el mismo efecto en la herida de Gabriel.

—Está bien, tranquilo, sácalo todo. —Iba recostado en mi pecho, yo lo abrazaba con fuerza cuando sentía que estaba por desmayarse de nuevo—. No te duermas, solo sigue tosiendo. —Froté su espalda con una de mis manos ya que con la otra sostenía un pañuelo frente a su boca.

Intentaba voltearse al escupir, avergonzado por el desastre, pero no me importaba, aquel liquido blanco iridiscente, que salía de su boca con la consistencia de la sangre, no tenía olor así que no me daba asco.

—Debemos llevarlo al otro lado antes de que llegue a su corazón. —Kaede se había puesto en contacto con su hermana y parecía tener un plan.

—¿No puedes curar su herida aquí?

—La herida no es lo importante, me preocupa más el veneno, ni siquiera se ha desangrado, lo cual significa que lo está absorbiendo, es bueno que lo devuelva, pero no será suficiente.

—¿Y no puedes curarlo de este lado? —El Calpián sonaba impaciente.

—No tengo la fuerza ni los recursos, no con Izel del otro lado.

No entendía su afán por discutir, sabía que no sería fácil volver a ese mundo, pero se nos acababan las opciones. Gabriel no lo estaba llevando bien, lo sabía por la forma en que ni siquiera prestaba atención a la conversación que le salvaría la vida.

—No te vayas a rendir —le supliqué tocando su mejilla.

—Dijiste... que... que... ella estaba... muerta... —Se le quebró la voz.

Se había rendido, perder la esperanza de encontrar a Julieta con vida lo había derrotado y dejado sin una razón para seguir. Ingenuamente pensé que podría seguir con su vida, como alguna vez había dicho Izel, que continuaría sin mirar atrás. No lo iba a hacer, había vivido para ella demasiado tiempo, mostrarle la verdad no lo liberó, solo lo condenó. Y ni siquiera pude mostrarle la tumba correcta, no le di el cierre que merecía.

—Eso no es todo... —Tomé su barbilla y la levanté con delicadeza, esperando encontrarme con ese verde que tanto odiaba que me gustara, con esa mirada que me leía y que me juzgaba y que no era capaz de evitar que me embriagara en ella hasta hacer desaparecer todos mis problemas. Pero solo había oscuridad ahí—. No es el final. —Estaba dispuesta a compartirle eso que me impulsaba a continuar, aquello que me mantenía cuerda ahora que lo había perdido todo—. Tienes que averiguar por qué su familia estuvo mintiendo todo este tiempo, tienes que vengarte por la forma en la que te han tratado todos estos años. —No estaba muy segura de lo que estaba por ofrecer, pero estaba dispuesta a pasar por lo que fuera con tal de que no se dejara morir—. Yo te voy a ayudar, si tú quieres... —Se me hizo un nudo en la garganta ante la forma en que me miró, completamente perdido, como si nada de lo que yo dijera tuviera sentido—. Si tú me lo pides yo le contaré a todos lo que vi, todo lo que se sobre ella. —No me respondió, bajó la mirada así que lo dejé—. Te lo prometo.

Quizás no me creía capaz, o no me creía en absoluto, no me dio señal de aceptar mi propuesta, pero al menos continuó esforzándose por toser y yo seguí con mi tarea de limpiarlo.

—Entonces... —Teo dudó—. Voy con ustedes.

—Sé que quieres verla, pero va a matarme si te dejo poner un pie en el Bosque Nublar, no puedes —lo reprendió Kaede.

El primero era quien conducía y parecía no tener argumentos para convencer a su cuñado de acompañarnos. O simplemente no deseaba discutir más.

—¿Y a ella sí te la llevarás? —Me miró un segundo por sobre su hombro y después volvió la vista al frente.

Desconocía la respuesta de Kaede y esperaba seguir haciéndolo.

—Ella... viene. —Gabriel prácticamente les gritó aquellas palabras—. Se... se queda conmigo.

Tomó mi muñeca con fuerza, advirtiéndome a la vez que no me separara de su lado, cosa que me conmovió y me preocupó en partes iguales. ¿Sería su forma de aceptar mi ayuda para vengarse?

—Sí, me voy a quedar a tu lado hasta que me pidas que me vaya. —Recargué mi frente contra su cabeza, insegura de sus motivos, temerosa del resultado que pudiera tener esa promesa.

—¿Ya nos puedes contar quién fue? —La demanda de Teodoro insinuaba violencia, como si pudiera ir tras el culpable en ese preciso instante.

—Ella era Saraí Levana... —dije con duda. Gabriel volvió a tomar mi mano, silenciándome con ese gesto.

—El Vigía... venía tras nosotros... y tras él... estaba Levana... —mintió.

Estaba muy segura de que Javier había llegado a ese lugar guiado por Saraí, quien me perseguía para cobrarse lo del Justiciero de Dios. Pero Gabriel no parecía dispuesto a revelarlo. ¿Me estaba protegiendo? ¿O a Saraí?

—¿Y entonces por qué fuiste tú quien terminó de esa manera? —Sospechaba, debía conocer a su amigo lo suficiente para saber cuándo le mentía.

—Todo se... se... —Tuve que detenerlo.

—Es difícil de explicar, le dio en lugar de a Javier. Aunque al final él tampoco se salvó. —Desgraciado con suerte, su muerte había sido menos dolorosa. Él, y no Gabriel, tendría que haber pasado por el sufrimiento de ser consumido por ese veneno.

—¿Y estaba solo? ¿Un Vigía tan importante?

Era verdad, no tenía sentido que estuviera persiguiéndonos o a Levana por sí solo, realmente se había vuelto loco.

—No vimos a nadie más, debió estar solo o no habría terminado de ese modo. —Era todo lo que tenía para decir, pues al hombre que había visto esa última vez lo desconocí por completo.

—Eso ya... ya no importa. —Me sorprendió verlo intentar incorporarse—. Tengo que... verla... Miriam... va... va... vamos al... hospital.

Me desconcentró la dirección en la que envió la conversación, ¿de dónde venía aquello?

—¿De qué hablas, hombre? Tu hermana salió del hospital hace semanas. —Las palabras de Teo mostraban el mismo desconcierto que yo sentía.

—Ya está delirando —confirmó Kaede, viéndonos sobre su asiento—. Debemos darnos prisa.

—Vamos para allá —intenté tranquilizarlo—. Vamos a ver a tu hermana.

—Fue... fue tú... —lloriqueó, carraspeando—. Tú... no... no... pu... pu... puedes... —Se interrumpió al ahogarse con su propio aire.

Lo sujeté con fuerza para golpear su espalda y obligarlo a escupir lo que fuera que tuviera atorado en su garganta.

—Estamos cerca, nos acercaré lo máximo posible y los acompañaré hasta la rasgadura. —La urgencia inundó su voz al darse cuenta del estado de su amigo.

—Izel nos esperará del otro lado.

—Resiste. Todo estará bien. —Deseaba poder calmarlo, que su delirio fuera menos doloroso.

Teo acercó la camioneta hasta aquellas dos cabañas que se encontraban una frente a la otra y nos pidió esperar.

—No... no... —Gabriel apretaba los ojos mientras se retorcía entre mis brazos.

—Shh. —Acaricié su sien con las yemas de los dedos—. Vas a estar bien.

—No... no hay... fo... fo... forma... —soltó entre jadeos.

Apretaba las manos en puños, estás ya estaban enrojecidas por la presión. Intenté liberarlo de su propio apretón, pero ponía demasiada resistencia.

—No te lastimes de esa manera, tu hermana se pondrá triste. —De repente mis palabras tuvieron un efecto calmante en él.

Su temperatura no hacía más que subir, el cuello de su ropa se encontraba empapado de tanto sudor. Esperaba que aquello fuera igual de efectivo que escupir el veneno, como sudar una fiebre hasta calmarla.

—No... no eres... —Se llevó las manos al estómago y el gesto me preocupó.

Vi a Teo corriendo de nuevo hacia nosotros y varios metros detrás de él un hombre familiar tiraba de una pequeña carreta de madera.

—Tengo el dinero y convencí al guía de llevarnos solo a nosotros. —Abrió la puerta junto a la que yo estaba sentada—. Hay que bajarlo.

Gabriel no dejó de decir toda clase de locuras conforme nos adentrábamos en el bosque nublar, en medio de su alucinación incluso comenzó a reírse con fuerza y verdadera diversión, seguramente recordando algo gracioso, la mayoría de sus conversaciones eran para sí mismo.

—No... no es... —Solo la mitad de lo que decía era audible para nosotros, el resto debía concluir en su cabeza.

La bruma que nos rodeaba se sentía más pesada al avanzar, húmeda, al igual que la tierra bajo nuestros pies y los pinos a nuestro alrededor, convirtiendo a la noche en una trampa letal, y nuestro único faro de esperanza era la linterna en las manos del guía. Al tenerla más de cerca pude ver que la flama en su interior alumbraba el paso con un blanco cegador, fuera lo que fuera que le daba vida a esa llama no era de este mundo. Me recordaba al poder que emanaban los Calpián, el mismo que, ahora era consiente, vivía en mí.

—Vamos demasiado lento —murmuró el mayor.

—No hay forma de que vayamos más rápido. No queremos alertar a los espíritus del bosque —lo reprendió el guía.

Entre los tres pudimos hacer que la carreta cruzara el pequeño arroyo que se interponía en el camino, yo intentaba mantenerlo quieto, con una de mis manos sobre su abdomen, mientras Teo tiraba de la carreta por delante y Kaede la empujaba desde atrás.

—¿Cómo siguen tus manos?

Me miré las palmas un instante, al principio, cuando había puesto el remedio en ellas, me hormiguearon con intensidad y fueron adormeciéndose poco a poco, pero ahora...

—Casi no puedo sentirlas. —Era lo mejor a comparación de aquel ardor—. ¿Es normal?

No pudo contestarme, se quedó callado cuando Gabriel alzó el brazo para tomar mi muñeca con demasiada fuerza y acercarla hasta su rostro, asustándome. Seguía caminando a su lado para no detener la marcha, extrañada por la forma en que entornaba sus ojos para observar mis dedos.

—¿E... eres... real? —Mantenía la boca abierta, hablando entre exhalaciones pausadas.

Interpreté aquello como su intento por distinguir la realidad de sus alucinaciones. Llevé la mano libre hasta su rostro e hice que me mirara.

—Aquí estoy —le aseguré—. Mírame, soy real.

—¡Deja... de... mentir! —exigió con firmeza, tan claro que todos detuvimos nuestra marcha.

—Tienen que calmarlo —ordenó el guía.

—Tranquilo, hermano. —Teo bajó la carreta y se acercó a él—. Te vas a lastimar.

—¡No! —Gabriel se movió frenéticamente sobre su espalda—. ¡Ella no es!... ¡Real! —Su apretón se volvía más insistente, me era imposible soltarme—. ¡No... es verdad! —Contenía la respiración, resistiéndose a soltar el aire.

—Tranquilo. —Kaede interfirió, tomó la mano con la que yo forcejeaba a la vez que lo mantenía en su lugar. Se llevó su propia mano al pecho y volvió a hacer lo que fuera que hacía para estabilizarlo—. Ya pasó. Tranquilo.

—No es... no es su hija... —continuó Gabriel, aflojando su agarre sobre mí.

—¿Qué? —Esta vez lo sujeté yo—. ¿Qué quieres decir?

—No le hagas caso, solo dirá cosas sin sentido. —Teodoro me hizo retroceder interponiendo su brazo frente a mí.

Entorné los ojos sobre él, cansada de retroceder cuando me lo pidiera, y golpeé su brazo para alejarlo de mí.

—Solo ha hablado de cosas que ya han pasado. —Me acerqué a la carreta—. Quiero escucharlo de él. —Kaede fue más listo al apartarse por sí mismo de mi camino—. Gabriel. —Endulcé mi voz para él—. ¿A qué te refieres con que no soy real?

Se veía más calmado, pero aun perdido en su propia mente.

—Cazador no... no pudo... tener una hija. —Hablaba pausadamente, pero con seguridad.

—¿Por qué dices eso? —Él tenía que saber algo, no era un delirio ni algo dicho a la ligera, después de todo parecía conocer bien a mi padre al preguntar los nombres de mis abuelos—. ¿Por qué me haces esto? ¿Por qué me dices esto ahora?

—No eres... su hija...

Se desmayó.

—¡Ya! —Me apartaron de él—. ¡Gabriel! Despierta.

—Hay que continuar, debe llegar al velo.

Reanudaron su marcha, pero no fui capaz de seguirlos.

¿Qué tan en serio debía tomarme esas palabras? Porque Tadeo Cazador era mi padre, la figura masculina que me había educado con esfuerzo durante todos esos años, aquel que sobrellevó la carga de criar a una joven cuya madre la abandonó. Quien curó mis rodillas raspadas y tuvo que comprar mis primeras toallas sanitarias porque Carlota no estaba cerca la primera vez que me llegó el período. Aquel que cumplió mis caprichos y soportó mis berrinches.

También era el mismo hombre que no tenía ni idea de cómo comunicarse conmigo de forma decente, nunca tuvo especial interés en mis calificaciones, pero eso era porque nunca fue un padre exigente. Se la pasaba de viaje y nunca me había dicho que me quería, pero yo lo sabía, él me había querido, supuse que no todos los padres lo admitían con facilidad, que amaban a sus hijos.

«*Yo voy a cuidar de ti a partir de ahora*». Se había presentado. Pero esas palabras parecían más de un sueño que de una realidad, provenían de un lugar lejano, el mismo lugar en el que descansaban todos los desagradables recuerdos de mi niñez.

La única cosa de aquella temporada en el hospital que no me permitía olvidar era la hermosa sonrisa de Carlota, llena de calor y ternura.

«*Yo soy tu tía*».

«*Mientras yo esté a tu lado jamás volverás a este lugar*».

¿Por qué mi familia tuvo que ser presentada ante mí? De Carlota no se me hizo extraño, ya que sabía que no era parte de la Sociedad, así como mis abuelos, pero mi padre... no tenía sentido.

No recordaba nada antes del hospital, por más esfuerzo que pusiera, ya sea por el sello o por el trauma, antes no le había dado importancia, era raro que alguien tuviera recuerdos de su niñez. Si era consciente de que, al salir del hospital, tenía entre diez y once años, esos recuerdos deberían ser más permanentes, aunque no tenía noción del tiempo que estuve internada.

—¿Por qué de pronto mi pasado no tiene sentido? —Escuchar mi voz me hizo darme cuenta de que mi compañía ya no estaba junto a mí. Me encontraba sola.

Di tres pasos al frente, desorientada. ¿De verdad ese era el frente? Retrocedí. ¿Lo hice? Busqué a mi alrededor una pista del camino a seguir. Todo se veía exactamente igual. Distinguir los pinos entre la neblina no era de ayuda, eran demasiado parecidos entre ellos. ¿Por qué eran tan perfectos?

El pánico me invadió. ¿Qué era lo que pasaba si no podías salir del Bosque Nublar? ¿Me quedaría atrapada para siempre? No. En algún momento alguien debía pasar por ahí, solo debía esperar a que el guía regresara y quedarme en mi lugar. ¿Y si no volvía por el mismo lugar? Me convertí en el temor mismo cuando la sensación de asfixia se apoderó de mí y me dificultó la respiración. Tenía... no, necesitaba salir de ese lugar con urgencia, necesitaba deshacerme de la cárcel de ese bosque para poder respirar.

Caminé, corrí, me tropecé, me perdí, pero no me encontré, no era capaz de encontrarme, de entender las grietas que con cada paso fracturaban mi pasado, aquel que me atrapaba entre el fuego cruzado de la verdad y la mentira, sin saber de dónde vendría el siguiente golpe de la duda. Me sentía engañada, aún no sabía por quién, pero ya veía la base de engaños sobre la cual había construido mi vida desmoronándose lentamente.

Dejé de distinguir lo que estaba a mi alrededor y volví a sentir el llamado, el susurro familiar del río nublar, me di cuenta muy tarde, sus aguas volvieron a atraerme sin aviso y terminé parada justo a la orilla.

No escaparía de esta. Me maldije por ser tan idiota, tan débil que había sujetado el primer hilo de esperanza que sentí, un engaño más en el que caía; ahí no había nadie, solo aguas turbulentas, nadie iba a ayudarme.

—Yo voy a ayudarte. —Esa voz, familiar y desconocida a la vez, amable e intensa por igual, hizo que se me erizara la piel y me quedara sin aliento.

No solo porque no esperaba que hubiera alguien más en ese lugar, también por la forma en que sus palabras respondieron las plegarias en mi mente.

—¿Quién? —Giré el torso y la vi.

El viento jugaba con su cabello y vestido en dirección del río, se acercaba a mí con sigilo y ligereza, sin esfuerzo, con las manos juntas frente a ella.

Un escalofrío me recorrió la columna vertebral y quede petrificada ante la imagen fantasmal que transmitía esa persona, incluso irradiaba luz propia, presumiendo su poder delante de mí.

Pero ella no era un fantasma, al menos no lo había sido cuando la conocí. Tras haber abandonado el cuerpo de su hermano, ¿en qué clase de ser se había convertido?

—Día... —Las tres letras salieron de mi boca sin dar aviso. Algo en mis adentros la reconocía, pero lo que mis ojos observaban era irreconocible, la piel reluciente de juventud que antes no poseía era lo que más destacaba entre todas las cosas que ahora eran diferentes en ella.

—Yo te ayudaré a salir —aclaró —. Es hora de continuar con tu destino.

La desconfianza me invadió al escucharla y retrocedí, donde quiera que la viera, lo único que pensaba era que no debía confiar. Ella no hablaba de sacarme del bosque.

—¿Quién eres?

Sonrió, al igual que yo debía recordar la advertencia que me había hecho la vez que pregunté.

—Soy la culpable de que cargues con ese sello. —Me señaló con su dedo. No sé si fue el gesto o sus palabras, pero caminé hacia ella, ignorando esa sensación en mi interior que me advertía—. Te esperé por mucho tiempo. —Me detuve justo delante de ella, su rostro estaba frente a mi rostro y colocó sus manos frente a mis manos—. Me esforzaron mucho para que te mantuvieras estancada —musitó con armonía y una firmeza se instaló en su rostro—. Pero es hora de que ambas avancemos, si tú cumples con tu papel ahora, yo podré cumplir con el mío.

—¿De qué estás hablando? —Fui retenida por ese encanto suyo que me inmovilizaba cuando intentaba hablar con ella.

—Tu vida fue sellada con el único propósito de detener el destino que te espera, para impedirlo. —Acarició mis mejillas y después mi cabello con los nudillos de sus dedos, como si estuviera tocando algo frágil y valioso—. El precio que pagué por ayudarte fue caro. —Su semblante se contrajo en un gesto lastimero—. Estaba dispuesta a aceptarlo, pero ahora debo tomar lo que te di y tú podrás recuperar lo que perdiste en el proceso.

—Fuiste tú... —Realmente era la culpable por el sello.

Tenía tantas preguntas que me costaba formular alguna de ellas, creí que al menos tendría oportunidad de intentarlo... no me esperaba lo que sucedió después.

Alzó los codos y sus manos bailaron sobre su cabeza. Todo lo que nos rodeaba dejó de ser relevante y se convirtió en una especie de remolino que fue atraído por ella. Sentí que el mundo se reunía sobre nuestras cabezas y finalmente una extraña fuerza se posó sobre mí y arrancó, poco a poco y sin piedad, aquello que cubría mi carne y me mantenía unida en una sola pieza. No encontraba otra forma para describir la sensación que me recorrió de pies a cabeza, sentí que me despellejaban la piel hasta dejar expuesta la carne roja debajo de ella.

Me abrumé ante el pensamiento de que eso podría costarme la vida, así que intenté, como si pudiera, poner resistencia a su ataque, intenté llamar al poder que poseía y en ese frágil intento lo único que logré fue tambalearme hacia atrás y caer de espaldas sobre la nada con un vuelco al corazón.

Un grito emergió de alguna parte en mi interior al escuchar el golpe de mi cuerpo contra el agua y sentir la forma en que comenzaba a hundirme lentamente.

«*Sácame de aquí*».

«*Sácame de aquí*».

En mi mente luchaba por permanecer en la superficie, me resistía. En realidad, no era capaz de moverme, de intentar flotar o hacer nada para salvarme. Solo era una bolsa llena de pánico que inhalaba y exhalaba con frenesí como si fuera suficiente para sobrevivir.

No pude más, finalmente me partí en dos y fui despojada del sello que no sentía que poseía, pero cuya ausencia resentí con pesar en cada parte de mi ser. Ahora sabía que esa cosa me mantenía cuerda y alejada de las memorias confusas que se arremolinaban en mi cabeza.

De entre todas ellas, un nuevo escenario emergió como una única verdad. No solo recordaba ver a la pequeña Julieta en aquel hospital, ahora el recuerdo de estar del otro lado me confundía al ser más detallado y preciso. Y era una locura, era una visión aterradora. Porque sobre la camilla de aquel hospital, escuchando a la gente llorar y gritar hasta el cansancio el que sabía que era mi nombre, estaba yo. Esta nueva perspectiva no era posible y no era aceptable, no para mí. Así que me esforcé por despejar la niebla que cubría los rincones de mi memoria. Seguí recordando y seguí buscando hasta ver el lugar desde el que recordaba ser espectadora. No era yo quien escuchaba tras la puerta. Era mi padre. Era Tadeo Cazador quien espiaba con melancolía.

Fui consiente de que ese recuerdo nunca me perteneció y entonces todas las manchas oscuras se aclararon y los huecos en mi mente se llenaron con un montón de momentos convertidos en imágenes que no sabía que aún vivían en mí.

Ahora lo sabía, que había sido engañada con crueldad, que de manera descarada me envolvieron junto a un montón de ilusiones y me enterraron en una tumba falsa. Tomaron mi vida, tomaron mi alma, mi corazón y respiración para moldearlos a su antojo. Usaron trucos despiadados para ocultarle al mundo, a Gabriel y a mí misma, que yo era Julieta Taiman y que aún seguía con vida.

EPÍLOGO

El piso estaba fresco bajo la carne desnuda de mis pies, cada paso tembloso era guiado por el ritmo de mi eufórico corazón. Incluso las paredes parecían respetar mi paso, expandiéndose a mi alrededor, dándome el espacio suficiente para no sentirme asfixiada por los restos de la última de mis pesadillas.

Me acerqué al espejo. Admiré la piel resbalosa de sudor, los cabellos enredados y más oscuros que nunca y los ojos, rojizos de tanto tallarlos y algo más que eso. Verlos, cristalinos y brillantes, fue ver a través del cristal de una ventana en mi alma, la que llevaba hacia mi oscuro pasado.

Me vi, regocijándome sobre la sangre derramada. Me vi disfrutando del dolor y la humillación de mi víctima. Me vi celebrar su lenta y muy desgarradora muerte. Me deleité cuando el último atisbo de vida abandonó su mirada y aquel recuerdo me hizo volver a la mía propia, la que aún se encontraba estática, sin saber si compartía aquella dicha o si estaba horrorizada.

Dirigí mi vista al lugar sobre el que descansaba mi mano, sobre el lado derecho de mi cuello. Aún me costaba verla, no me acostumbraba a ella, pues era la marca que me demostraba que la persona en el espejo no era reconocible ante mis ojos. Resbalé los dedos sobre la cicatriz hasta dejarla al descubierto, una marca fina y blanca que llevaba años oculta del mundo y de mí misma.

Tragué saliva con rabia, pues cada vez que la veía juraba que era capaz de sentir el dolor y el ardor con la misma intensidad que cuando había sido lastimada. Era una sensación tan insoportable, solo superada por el temor de quedar atrapada en las pesadillas que me atormentaban cada noche, aquello que me hacía permanecer despierta hasta no poder más con tal de huir del pasado que me consumía en sueños.

No era mi vida, no podía ser mi vida, ya no sabía quién era, ni quién había sido, ya no me reconocía. La parte de mí que había sido durante años se convirtió en el insignificante cascaron que ocultaba a la mujer que estaba frente a mí, la mujer a la que ya no soportaba más.

Golpeé el espejo con fuerza una y otra vez hasta que se fracturó en pedazos, maldiciendo en voz alta al desgraciado que me había convertido en este fantasma.

Alguien me rodeó hasta sujetarme los antebrazos y me alejó de los vidrios rotos. No me resistí a él y dejé que me acunara entre sus brazos, le dejé sentir que me tranquilizaba, que me ayudaba a sobrellevar el malestar en mi corazón.

Sentirlo detrás de mí solo hacía que la carga fuera más pesada, que el sufrimiento pareciera prolongarse. Su compañía me dejaba atrapada en un laberinto, perdida entre caminos llenos de decisiones que no estaba lista para tomar.

Pero, sin importar el camino que tomara, el destino debía ser el mismo. Lo supe al verme en el último de los fragmentos que quedó de pie: la decisión estaba en mi mirada. Al final este hombre y yo tomaríamos las respuestas que tanto habíamos estado buscando, las arrancaríamos de los labios de quienes nos habían puesto en esa situación si era necesario. Al final conseguiríamos librarnos de ese castigo. Esa era mi promesa.

AGRADECIMIENTOS

Escribir esta historia fue una tarea muy difícil para mí, creo que me rendí más veces de las que escribí, por eso quiero agradecer principalmente a mi amiga de la vida Eva, por escucharme cada vez que decidía volver a intentarlo y por consolarme cuando, entre llanto, le hablaba de lo doloroso que era abandonar este sueño. Te amo.

También quiero agradecer a Steven, por leerme, aunque no quisiera y por tener tan duras y desgarradoras críticas. Te faltaba tacto, pero me ayudaste a crecer mucho y eso vale más que cualquier cosa.

Gracias a mi padre, por fomentar en mí el hábito de la lectura, aunque no leo el tipo de libros que le gustaría, me regaló un escape de la realidad y un hogar para llevar a cualquier rincón del mundo al que fuera. Gracias a mi madre por su apoyo y por ser mi principal inspiración y modelo de mujer fuerte. Gracias a mi hermano por decirme que no valía la pena y que este sueño no era realista. Que dudaras de mi me hizo desearlo con más fuerza.

A Ingrid, que se tomó muy enserio su tarea de leer el comienzo de esta historia. Tu reseña no solo fue correctiva, también tus lindas opiniones me hicieron feliz al hacerme sentir que lo estaba haciendo bien.

Y no podría olvidar a mis salvadoras, Sabina, Saraí, Karencita, Pau y Mich, porque cuando la vida se volvió una tormenta solitaria y fría hicimos un picnic para celebrarlo (literal y figurativamente) tener su amistad y ser recibida como una más de ustedes me dio la fortaleza y el motivo para querer hacerlo y tenerlo todo sin dudar que sería capaz de llegar hasta este momento.

Y desde lo profundo de mi corazón quiero agradecer a mis tías, que me recibieron en sus casas, me dieron el cobijo necesario, no solo para continuar con mis estudios, también para poder trabajar en esta novela. Pero por favor no la lean.

SOBRE LA AUTORA

Xochitl Francisca Guerrero Banda es una autora originaria del municipio de Aramberri Nuevo León, entre sus múltiples pasiones se encuentran la ciencia de datos y la literatura. Estudió una licenciatura en matemáticas, pero desde joven expresó su interés por la escritura al crear distintas obras de teatro, discursos de oratoria y uno que otro discurso de graduación. En 2018 se convirtió en una de las ganadoras del concurso Armario de letras y en 2019 del concurso Armario de letras 2, con sus cuentos cortos *La enramada de los mundos* y *La vida es seguir despertando*, los cuales han inspirado este libro.

Made in the USA
Coppell, TX
17 February 2026

72134358R00298